금석이야기집 일본부 [七]

今昔物語集 七

금석이야기집 일본부 (七)

1판 1쇄 인쇄   2016년 4월 15일
1판 1쇄 발행   2016년 4월 20일
—
교주・역자 ㅣ 馬淵和夫・国東文麿・稲垣泰一
한역자 ㅣ 이시준・김태광
발행인 ㅣ 이방원
—
발행처 ㅣ 세창출판사
　　　　신고번호・제300-1990-63호ㅣ주소・서울 서대문구 경기대로 88 냉천빌딩 4층ㅣ전화・(02)723-8660
　　　　팩스・(02)720-4579 ㅣ http://www.sechangpub.co.kr ㅣ e-mail: sc1992@empal.com
—
ISBN 978-89-8411-603-0 94830
ISBN 978-89-8411-596-5 (세트)
—
・이 책은 한국연구재단의 지원으로 세창출판사가 출판, 유통합니다.
・잘못된 책은 구입하신 서점에서 바꾸어 드립니다.
・책값은 뒤표지에 있습니다.
—
이 도서의 국립중앙도서관 출판시도서목록(CIP)은 e-CIP홈페이지(http://www.nl.go.kr/ecip)와 국가자료공동목록
시스템(http://www.nl.go.kr/kolisnet)에서 이용하실 수 있습니다. (CIP제어번호: CIP2016008602)

금석이야기집 일본부
今昔物語集 (권26・권27)
A Translation of "Konjaku Monogatarishu"
【七】

馬淵和夫・国東文麿・稲垣泰一 교주・역

이시준・김태광 한역

세창출판사

머리말

『금석이야기집今昔物語集』은 방대한 고대 일본의 설화를 총망라하여 12세기 전반에 편찬된 일본 최대의 설화집이며, 문학사에서는 '설화의 최고봉', '설화의 정수'라 일컬어지는 작품이다. 작품의 내용은 크게 천축天竺(인도), 진단震旦(중국), 본조本朝(일본)의 이야기로서 본 번역서는 작품의 약 3분의 2의 권수를 차지하고 있는 본조本朝(일본)의 이야기를 번역한 것이다.

우선 서명을 순수하게 우리말로 직역하면 '옛날이야기모음집' 정도가 될 성싶다. 『今昔物語集』의 '今昔'은 작품 내의 모든 수록설화의 모두부冒頭部가 거의 '今昔' 즉 '이제는 옛이야기이지만'으로 시작되기 때문에 붙여진 서명이다. 한편 '物語'는 일화, 이야기, 산문작품 등 폭넓은 의미를 포괄하는 단어이며, 그런 이야기를 집대성했다는 의미에서 '集'인 것이다. 『금석이야기집』은 고대말기 천화千話 이상의 설화를 집성한 작품으로서 양적으로나 문학사적 의의로나 일본문학에서 손꼽히는 작품의 하나이다.

하지만 작품성립을 둘러싼 의문은 여전히 남아 있어, 특히 편자, 성립연대, 편찬의도를 전하는 서序, 발拔이 없는 관계로 이 분야에 대한 연구는 많은 이설異說들을 낳고 있다. 편자 혹은 작가에 대해서는 귀족인 미나모토노 다카쿠니源隆國, 고승高僧인 가쿠주覺樹, 조슌藏俊, 대사원의 서기승書記僧 등이 거론되는가 하면, 한 개인의 취미적인 차원을 뛰어넘는 방대한 양과 치

밀한 구성으로 미루어 당시의 천황가天皇家가 편찬의 중심이 되어 신하와 승려들이 공동 작업을 했다는 설도 제시되는 등, 다양한 편자상이 모색되고 있다. 한편, 공동 작업이라는 설에 대해서 같은 유의 발상이나 정형화된 표현이 도처에 보여 개인 혹은 소수의 집단에 의한 것이라고 보는 반론도 설득력을 가지고 공존하고 있다. 성립의 장소는 서사書寫가 가장 오래되고 후대사본의 유일한 공통共通 조본인 스즈카본鈴鹿本이 나라奈良의 사원(도다이지東大寺나 고후쿠지興福寺)에서 서사된 점으로 미루어 봤을 때, 원본도 같은 장소에서 만들어졌으리라 추정되고 있다.

그리고 성립연대가 12세기 전반이라는 점에서 대부분의 연구자가 일치된 견해를 보이고 있다. 출전(전거, 자료)으로 추정되는『도시요리 수뇌俊賴髓腦』의 성립이 1113년 이전이며 어휘나 어법, 편자의 사상, 또는 설화집 내에서 보원保元의 난(1156년)이나 평치平治의 난(1159)의 에피소드가 다루어지고 있지 않다는 점이 이를 뒷받침한다.

전체의 구성(논자에 따라서는 '구조' 혹은 '조직'이라는 용어를 사용)은 천축天竺(인도), 진단震旦(중국), 본조本朝(일본)의 삼부三部로 나뉘고, 각부는 각각 불법부佛法部와 세속부世俗部(왕법부)로 대별된다. 또한 각부는 특정주제에 의한 권卷(chapter)으로 구성되고, 각 권은 개개의 주제나 어떠한 공통항으로 2화 내지 3화로 묶여서 분류되어 있다. 인도, 중국, 본조의 삼국은 고대 일본인에게 있어서 전 세계를 의미하며, 그 세계관은 불법(불교)에 의거한다. 이렇게『금석』은 불교적 세계와 세속의 경계를 넘나들면서 신앙의 문제, 생의 문제 등 인간의 모든 문제를 망라하여 끊임 없이 그 의미를 추구해 마지않는 것이다. 동시에『금석』은 저 멀리 인도의 석가모니의 일생(천축부)에서 시작하여 중국과 일본의 이야기, 즉 그 당시 인식된 전 세계인 삼국의 이야기를 망라하여 배열하고 있다. 석가의 일생(불전佛傳)이나 각부의 왕조사와 불법 전래사, 왕법부의 대부분의 구성과 주제가 그 이전의 문학에서 볼 수 없었던 형태였음을 상기할 때,『금석이야기집』편찬에 쏟은 막대한 에너지는 설혹 그것이 천황가가 주도한 국가적 사업이었다손 치더라도 가히 상상도 못 하리라는 사실을 인정하지 않을 수 없다. 과연 그 에너지는 어디서 기인하는 것일까? 그것은 편자의 현실에 대한 인식에서부터라 할 수 있으며, 그 현실은 천황가, 귀족(특히 후지와라藤原 가문), 사원세력, 무가세력이 각축을 벌이며 고대에서 중세로 향하는 혼란이 극도에 달한 이행기移行期였던 것이다. 편자는 세속설화와 불교설화를 병치倂置 배열함으로써 당시의 왕법불법상의 이념을 지향하려 한 것이며, 비록 그것이 달성되지 못하고 작품의 미완성으로 끝을 맺었다 하더라도 설화를 통한 세계질서의 재해석·재구성에의 에너지는 희대의 작품을 탄생시킨 것이다.

『금석이야기집』의 번역의 의의는 매우 크나 간단히 그 필요성을 기술하면 다음의 세 가지를 들 수 있다.

첫째,『금석이야기집』은 전대의 여러 문헌자료를 전사轉寫해 망라한 일본의 최대의 설화집으로서 연구 가치가 높다.

일반적으로 설화를 신화, 전설, 민담, 세간이야기(世間話), 일화 등의 구승口承 및 서승書承(의거자료에 의거하여 다시 기술함)에 의해 전승된 이야기로 정의 내릴 수 있다면,『금석이야기집』의 경우도 구승에 의한 설화와 서승에 의한 설화를 구별하려는 문제가 대두됨은 당연하다 하겠다. 실제로 에도江戶 시대(1603~1867년)부터의 초기연구는 출전(의거자료) 연구에서 시작되었고 출전을 모르거나 출전과 동떨어진 내용인 경우 구승이나 편자의 대폭적인 윤색으로 해석하는 경향이 있었다. 하지만 새로운 의거자료가 확인되는 가운데 근년의 연구 성과에 의하면,『금석이야기집』에는 구두의 전승을 그대로 기록한 것은 없고 모두 문헌을 기초로 독자적으로 번역된 것으로 확인되고 있다. 이하 확정되었거나 거의 확실시되는 의거자료는 『삼보감응요략록三寶感應要略錄』(요遼, 비탁非濁 찬撰), 『명보기冥報記』(당唐, 당림唐臨 찬撰), 『홍찬법화전弘贊法華傳』(당唐, 혜상惠祥 찬撰), 『후나바시가본계船橋家本系 효자전孝子傳』, 『도시요리 수뇌俊賴髓腦』(일본, 12세기초, 源俊賴), 『일본영이기日本靈異記』(일본, 9세기 초, 교카이景戒), 『삼보회三寶繪』(일본, 984년, 미나모토노 다메노리源爲憲), 『일본왕생극락기日本往生極樂記』(일본, 10세기 말, 요시시게노 야스타네慶滋保胤), 『대일본국법화험기大日本國法華驗記』(일본, 1040~1044년, 진겐鎭源), 『후습유 와카집後拾遺和歌集』(일본, 1088년, 후지와라노 미치토시藤原通俊), 『강담초江談抄』(일본, 1104~1111년, 오에노 마사후사大江匡房의 언담言談) 등이 있다. 종래 유력한 의거자료로 여겨졌던 『경률이상經律異相』, 『법원주림法苑珠林』, 『대당서역기大唐西域記』, 『현우경賢愚經』, 『찬집백연경撰集百緣經』, 『석가보釋迦譜』 등의 경전이나 유서類書는 직접적인 자료라고 할 수 없고, 『주호선注好選』, 나고야대학장名古屋大學藏 『백인연경百因緣經』과 같은 일본화日本化한 중간매개의 존재를 생각할 수 있으며, 『우지대납언이야기宇治大納言物語』, 『지장보살영험기地藏菩薩靈驗記』, 『대경大鏡』의 공통모태자료共通母胎資料 등의 산일散逸된 문헌을 상정할 수 있다.

둘째, 『금석이야기집』은 중세 이전 일본 고대의 문학, 문화, 종교, 사상, 생활양식 등을 살펴보는 데에 있어 필수적인 자료이다.

전술한 바와 같이 인도, 중국, 일본의 삼국은 고대 일본인에게 있어서 전 세계를 의미하며, 삼국이란 불교가 석가에 의해 형성되어 점차 퍼져나가는 이른바 '동점東漸'의 무대이며, 불법부에선 당연히 석가의 생애(불전佛傳)로부터 시작되어 불멸후佛滅後 불법의 유포, 중국과 일본으로의 전래가 테마가 된다. 삼국의 불법부는 거의 각국의 불법의 역사, 삼보영험담三寶靈驗譚, 인과응보담이라고 하는 테마로 구성되어 불법의 생성과 전파, 신앙의 제 형태를 내용으로 한다. 한편 각부各部의 세속부는 왕조의 역사가 구상되어 있다. 특히 본조本朝(일본)부는 천황, 후지와라藤原(정치, 행정 등 국정전반에 강력한 영향력을 가진 세습귀족가문, 특히 고대에는 천황가의 외척으로 실력행사) 열전列傳, 예능藝能, 숙보宿報, 영귀靈鬼, 골계滑稽, 악행惡行, 연애戀愛, 잡사雜事 등의 분류가 되어 있어 인간의 제상諸相을 그리고 있다.

셋째, 한일 설화문학의 비교 연구뿐만이 아니라 동아시아 설화, 민속분야의 비교연구에 획기적인 계기가 될 것으로 기대된다.

먼저 동아시아에서 공통적으로 신앙하고 고대부터 현대에 이르기까지 막대한 영향력을 끼치고 있는 불교 및 이와 관련된 종교적 설화의 측면에서 보면, 『금석이야기집』 본조부에는 일본의 지옥(명계)설화, 지장설화, 법화경설화, 관음설화, 아미타(정토)설화 등이 다수 수록되어 있다. 이와 같이 불교의 세계관에 의해 형성된 설화, 불보살의 영험담 등은 일본뿐만 아니라 한국, 중국에서 또한 공통적으로 보이는 설화라 할 수 있다. 불교가 인도에서 중국, 그리고 한국, 일본으로 전파·토착화되는 과정에서, 각국의 독특한 사회·문화적인 토양에서 어떻게 수용·발전되었는가를 설화를 통해 비교 고찰함으로써, 각국의 고유한 종교적·문화적 특징들이 보다 객관적이고 명확하게 이해될 수 있을 것으로 판단된다.

한편, 『금석이야기집』 본조부에는 동물이나 요괴 등에 관한 설화가 다수 수록되어 있다. 용과 덴구天狗, 오니鬼, 영靈, 정령精靈, 여우, 너구리, 멧돼지 등이 등장하며, 생령生靈, 사령死靈 또한 빼놓을 수 없다. 용과 덴구는 불교에서 비롯된 이류異類이지만, 그 외의 것은 일본 고유의 문화적·사상적 풍토 속에서 성격이 규정되고 생성된 동물들이다. 근년의 연구동향을 보면, 일본의 '오니'와 한국의 '도깨비'에 대한 비교고찰은 일반화되고 있다고 판단된다. 이제는 더 나아가 그 외의 대상에 대해서도 관심을 가지고 문화적인 비교연구가 활성화되어야만 할 것이며,『금석이야기집』의 설화는 이러한 연구에 대단히 유효한 소재원이 될 것으로 기대하는 바이다.

전술한 바와 같이 본 번역서는『금석이야기집』의 약 3분의 2를 차지하는 본조本朝(일본)부를 번역한 것으로 그 나머지 천축天竺(인도)부, 진단震旦(중국)부의 번역은 금후의 과제로 삼고자 한다.

권두 해설을 집필해 주신 고미네 가즈아키小峯和明 교수님께 감사를 드린다. 교수님은 일본설화문학을 중심으로 동아시아 설화문학, 기리시탄 문학, 불전 등을 연구하시며 문학뿐만이 아니라 역사, 종교, 사상 등 다방면의 학문에 큰 업적을 남기신 분이다. 개인적으로는 일본 유학시절부터 지금까지 설화연구의 길잡이가 되어 주셨고, 교수님의 저서를 한국에서『일본 설화문학의 세계』란 제목으로 번역·출판하기도 하였다. 다시 한 번 흔쾌히 해설을 써 주신 데에 대해 심심한 감사를 드린다.

마지막으로 방대한 분량의 원고를 꼼꼼히 읽어 교정·편집을 해주신 세창출판사 임길남 상무님께 감사를 드리는 바이다.

2016년 2월
이시준, 김태광

일러두기

1. 본 번역서는 新編 日本古典文學全集『今昔物語集 ①~④』(小學館, 1999년)을 저본으로 한 것으로 모든 자료(도판, 해설, 각주 등)의 이용을 허가받았다.

2. 번역서는 총 9권으로 구성되어 있고 각 권의 수록 내용은 다음과 같다.
   ①권－권11·권12　　　　　　　　　②권－권13·권14
   ③권－권15·권16　　　　　　　　　④권－권17·권18·권19
   ⑤권－권20·권21·권22·권23　　　⑥권－권24·권25
   ⑦권－권26·권27　　　　　　　　　⑧권－권28·권29
   ⑨권－권30·권31

3. 각 권의 제목은 번역자가 임의로 권의 내용을 고려하여 붙인 것임을 밝혀 둔다.

4. 본문의 주석은 저본의 것을 기본으로 하였으며, 독자층을 연구자 대상으로 하는 연구재단 명저번역 사업의 취지에 맞추어 가급적 상세한 주석 작업을 하였다. 필요시에 번역자의 주석을 첨가하였고, 번역자 주석은 '＊'로 표시하였다.

5. 번역은 본서『금석 이야기집』의 특징, 즉 기존의 설화집의 설화(출전)를 번역한 것으로 출전과의 비교 연구가 중요하다는 점을 고려하여 가능한 한 직역을 위주로 하였다. 단, 가독성을 위하여 주어를 삽입하거나, 긴 문장의 경우 적당하게 끊어서 번역하거나 하는 방법을 취했다.

6. 절, 신사의 명칭은 다음과 같이 표기하였다.
   예 東大寺 ⇒ 도다이지　예 賀茂神社 ⇒ 가모 신사

7. 궁전의 전각이나 문루의 이름, 관직, 연호 등은 우리 한자음으로 표기하였다.
   예 一條 ⇒ 일조 예 淸凉殿 ⇒ 청량전 예 土御門 ⇒ 토어문 예 中納言 ⇒ 중납언
   예 天永 ⇒ 천영

   단, 전각의 명칭이 사람의 호칭으로 사용될 때는 일본어 원음으로 표기하였다.
   예 三條院 ⇒ 산조인

8. 산 이름이나 강 이름은 전반부는 일본어 원음으로 표기하되, '山'과 '川'은 '산', '강'으로
   표기하였다.
   예 立山 ⇒ 다테 산 예 鴨川 ⇒ 가모 강

9. 서적명은 우리 한자음과 일본어 원음을 적절하게 혼용하였다.
   예『古事記』⇒ 고사기 예『宇治拾遺物語』⇒ 우지슈유 이야기

10. 한자표기의 경우 가급적 일본식 한자를 한국에서 일반적으로 통용하는 글자로 변환시
    켜 표기하였다.

금석이야기집今昔物語集

권 26
【宿報】

주지主旨 이 권에는 여러 지방의 기담이문奇譚異聞이 널리 수록되어 있고, 그 기이奇異들도 결국은 전세로부터의 숙보宿報에 의한 것이라는 불교적 숙보관에 입각된 해석으로 전권이 통일되어 있다. 다만 선인선과善因善果, 악인악과惡因惡果의 인과응보를 설파하는 것이 아니라, 인간사회에 일어나는 수많은 불가사의한 사건들을 전부 숙보宿報의 탓으로 돌려 해석하고 설명해 버린다. 수록된 설화는 기이성, 우연성을 요소로 하는 것이 많고, 거기에 덧붙여 민간적·지방적 색채도 풍부해 흥미진진한 측면이 있다. 제22권 이후 세속의 화제를 대상으로 삼아 권이 진행될수록 줄곧 등장인물의 계층과 취재의 폭이 확대되어 왔는데, 이 권에 들어서는 그 폭이 일거에 확대되어 사회각층의 무명 인물이 등장하고 취재대상도 널리 민간적·지방적인 것까지 포함하고 있다.

권26 제1화

다지마 지방但馬國에서
독수리가 갓난아기를 낚아채 간 이야기

다지마 지방但馬國 시쓰미 군七美郡의 어느 주민이 볼일을 보러 단고 지방丹後國 가사 군加佐郡에 가서 어느 인가에 머물게 되었는데, 우연한 인연으로 그 숙소의 딸이 십 수 년 전 독수리가 낚아채 간 자신의 아이였다는 사실을 알게 되어, 재회의 기쁨에 잠기는 한편, 부모 자식 간의 깊은 숙연宿緣에 경탄을 금할 수 없었다는 이야기. 유화類話로는 잘 알려진 로벤良辨 관련 전설이 있다.

이제는 옛이야기이지만,[1] 다지마 지방但馬國[2] 시쓰미 군七美郡[3] 가와야마 향川山鄉[4]에 사는 사람이 있었다. 그 집에 갓난아기가 있었는데 마당에서 엉금엉금 기어 다니며 놀고 있었다. 때마침 독수리가 하늘을 날아다니고 있다가, 이 갓난아기가 마당에서 기어 다니는 것을 보고 갑자기 내려와서 아기를 낚아채어 하늘로 올라가 저 멀리 동쪽을 향해 날아가 버렸다. 부모는 이를 보고 슬피 울며 쫓아가 되찾으려 했지만, 저 멀리 날아 올라가 버렸기에 어찌할 방도가 없었다.

그 후 십여 년이 흘러, 독수리에게 채인 갓난아기의 아버지가 볼일이 있어

1　『영이기靈異記』에서는 고교쿠皇極 천황 2년(643) 3월의 일이라 함.
2　→ 옛 지방명.
3　나중에 후타카타 군二方郡과 합쳐져 미카타 군美方郡이 됨. 현재 효고 현兵庫県에 있는 군.
4　미상.

서 단고 지방丹後國[5] 가사 군加佐郡[6]에 가 그 마을에 사는 어떤 사람의 집에 숙소를 잡았는데 그 집에 어린 여자아이가 한 명 있었다. 나이는 열두세 살 정도였다. 그 여자아이가 대로변의 우물가에 가서 물을 기르려 했을 때, 이 숙소에 묵게 된 다지마 지방 사람도 발을 씻으려고 그 우물로 갔다. 그곳에는 이 마을의 계집애들이 여럿 모여 물을 긷고 있었는데, 숙소에서 온 여자아이가 갖고 있던 두레박을 빼앗으려 했다. 여자아이가 거부하며 뺏기지 않으려고 하다 싸움이 벌어졌고, 마을 계집애들은 한패가 되어 여자아이를 욕하며 "넌 독수리가 먹다 남긴 찌꺼기다."라고 마구 소리를 지르며 때렸다. 여자아이는 두들겨 맞고 울며 돌아갔다. 숙소를 빌린 다지마 사람도 돌아왔다.

　이 집 주인이 여자아이에게 "왜 우는 게냐?"고 묻자, 여자아이는 그저 울기만 할 뿐 그 이유에 대해선 입을 열지 않았다. 그때 숙소를 빌린 다지마 사람이 자신이 직접 본 일이기도 하여, 일의 자초지종을 말하고 "어째서 이 여자아이를 '독수리가 먹다 남긴 찌꺼기'라고 하는 겁니까?"라고 묻자, 주인이

　"어느 어느 해 어느 어느 달 어느 어느 날 독수리가 비둘기 둥지에 뭔가를 떨어뜨렸는데 곧이어 갓난아기의 울음소리가 들려와, 그 소리를 쫓아 둥지를 찾아가 보니 갓난아기가 울고 있었습니다. 그래서 데리고 내려와 키운 것이 저 아이인지라 마을 계집애들이 그걸 듣고 그렇게 상스럽게 말하며 떠들어대는 것이지요."

라고 말했다. 숙소를 빌린 다지마 사람은 그 말을 듣고, '이전에 독수리가 자기 아이를 낚아채 간 그 일'을 떠올리며 곰곰이 생각해 보았다. 그랬더니 이 주인이 어느 해 어느 달 어느 날이라고 한 날짜가 다지마 지방에서 독수

5　→ 옛 지방명.
6　단고 지방의 군 이름으로 현재도 같은 군이 있음. 단고 지방은 화동和銅 6년(713) 4월 3일에 단바 지방의 다섯 군(가사 군을 포함)을 분할해서 설치되었음(『속기續紀』).

리가 자기 아이를 낚아채 간 연월일과 딱 맞아떨어졌기에 '그렇다면 이 아이가 내 아이란 말인가?'라는 생각에, "그런데 그 아이의 부모에 대해서는 들은 바가 있습니까?"라고 묻자, 주인은 "그 후 전혀 그런 이야기는 듣지 못했습니다."라고 대답했다. 그래서 숙소를 빌린 사람이 "실은 그 일에 관한 일입니다만, 당신의 말씀을 듣고서 짚이는 바가 있습니다."라고 말하며 독수리가 아이를 낚아채 간 일에 대해 이야기하고는, "이 아이는 분명 내 아이입니다."라고 말했다. 주인이 무척 놀라며 여자아이와 남자를 비교해 보니, 아이의 모습이 숙소를 빌린 사람과 쏙 빼닮았다.

이 집 주인은 "과연 틀림없다."고 믿으며 더없이 측은하게 여겼다. 숙소를 빌린 사내도 무엇인가 깊은 인연이 있어서 이곳에 오게 된 것이라고 거듭 말하며 한없이 울었다.

이 집 주인도 깊은 인연이 있기 때문에 이렇게 우연히 만날 수 있었던 것이라고 감동하고 그 아이를 아까워하지 않고 돌려주었다. 다만,

"저 역시 오랜 세월 아이를 길렀으니 친부모와 같습니다. 그러니 두 사람이 아이의 부모가 되어서 함께 기르는 것이 좋겠습니다."
라고 약속하였다. 이 후 그 아이는 다지마에도 왕래를 하였고, 두 사람 모두 아이의 부친이 되었다.[7]

이는 실로 드문 불가사의한 일이다. 독수리가 바로 잡아먹고 말았을 것을, 살려둔 채로 둥지에 떨어뜨렸다니 정말 불가사의한 일이다. 이것도 전세前世의 숙보宿報[8]에 의한 것이리라. 부자父子 간의 숙세宿世[9]라는 것은 바로 이런 것이라고 이렇게 이야기로 전하여 내려오고 있다 한다.

---

7 현세에 뜻밖에도 두 부친을 가지게 되어 두 집을 친하게 왕래한 여자이야기는 권20 제18화에도 보임.

8 → 불교.

9 → 불교. 숙연宿緣.

於但馬国鷲掴取若子語第一

今昔、但馬国七美郡川山ノ郷ニ住ム者有ケリ。其ノ家ニ
一人ノ若子有テ庭ニ腹這ケルヲ、其ノ時ニ鷲空ヲ飛テ渡ケル
間ニ、此ノ若子有テ、飛落テ、若子ヲ掴取テ空
ニ昇テ、遥ニ東ヲ指テ飛ビ去ニケリ。父母此レヲ見テ、泣悲
ムデ追ヒ取ラムトスルニ、遥ニ昇ニケレバ、力不及シテ止ニ
ケリ。

其ノ後十余年ヲ経テ、此ノ鷲ニ被取ニシ若子ノ父、用事有
ルニ依テ、丹後国加佐ノ郡ニ行ニケリ。其ノ郷ニ有ル人ノ家
ニ宿ヌ。其ノ家ニ幼キ女子一人有リ、年十二三許也。其ノ
女子大路ニ有ル井ニ行テ、水ヲ汲ムト為ルニ、此ノ宿タル但
馬国ノ者モ、足ヲ洗ハムガ為ニ其ノ井ニ行ヌ。然ル間、其ノ
郷ノ幼キ女ノ童部共数其ノ井ニ集リ来テ水ヲ汲ニ、此ノ宿タ
ル家ヨリ来タル女子ノ持タル罐ヲ、其ノ郷ノ女ノ童部奪フ。家
ノ女子此レヲ惜テ不被奪ト諍フ程ニ、郷ノ女ノ童部共、同心
ニシテ、此ノ家ノ女子ヲ罵テ云ク、「己ハ鷲ノ喰ヒ残シゾカ
シ」ト云テ、罵リ付ツ。家ノ女子被打テ泣テ家ニ返ル。此ノ
宿タル但馬ノ者モ返ヌ。

家主女子ヲ、「何ノ故ニ泣」ト問ヘバ、女子泣ノミ泣テ、
其ノ故ヲ不答へ。其ノ時ニ但馬ノ宿人、見ツル事ナレバ、有ツ
ル様ヲ具ニ語テ、亦云ク、「抑モ、此ノ女子ヲバ何ノ故ニ、
『鷲ノ喰ヒ残シ』トハ云ゾ」ト問ヘバ、家主答テ云ク、「其ノ
年ノ其ノ月ノ其ノ日ノ、己レ、鳩ノ樔ニ二者ヲ落シタリシニ、

22

若子ノ泣ク音ノ聞シカバ、其ノ音ヲ聞テ、棟ニ寄テ見侍シニ、若子ノ有テ泣シヲ、取リ下シテ、其レヲ養ヒ立テ侍ル女子ナレバ、郷女童部モ其ヲ聞キ伝テ、此ク喤立テ申ス也」ト云フ、此ノ但馬ノ宿人此ヲ聞クニ、「我コソ先年二子ヲバ鷲ニ被取テ」ト思出テ思ヒ廻スニ、「其ノ年其ノ月其ノ日」ト云ヲ聞クニ、彼レ但馬ノ国ニシテ鷲ニ被取シ年月日ニゾフト当タレバ、「我ガ子ニヤ有ラム」ト思ヒ出テ云ク、「然テ、其ノ子ノ祖ト云フ者ヤ若シ聞ユレ」ト問ヘバ、家主、「其ノ後更ニ然カ聞ユル事不侍」ト答フレバ、宿人ノ云、「其ノ事ニ侍リ。此ク宣フ時ニ思出侍ル也」トテ、鷲ニ子ヲ被取シ事ヲ語リ。「此レハ我ガ子ニコソ侍ナレ」ト云ニ、家主糸奇異クテ、女子ヲ見合スルニ、此ノ女子此ノ宿人ニ形チ露違タル所無ク似タリケル。

家主、「然レバ実也ケリ」ト信ジテ、哀ガル事無限リ。宿人モ、可然クテ此ニ来ニケル事ヲ云ヒ次ケテ、泣ク事無限リ。家主ニ此ク機縁深クシテ行キ合ヘル事ヲ悲ムデ、惜ム事無

クシテ許シテケリ。但シ、「我モ亦年来養ヒ立ツレバ、実ノ祖ニ不異。然レバ、共ニ祖トシテ可養キ也」ト契テ、其ノ後ハ、女子、但馬ニモ通テ、共ニ祖ニテナム有ケル。

実ニ此レ難有リ奇異キ事也カシ。鷲ノ即チ噉ヒ失フベキニ、生乍ラ棟ニ落シケム、希有ノ事也。此レモ前生ノ宿報ニコソハ有ケメ。父子ノ宿世ハ此クナム有ケル、ト語リ伝ヘタルトヤ。

권26 제2화

동국東國으로 가던 사람이
순무와 교접交接을 하여 아이를 낳은 이야기

동국東國으로 내려가던 남자가 갑자기 발정發情한 음욕淫慾을 이기지 못하고 길옆에 있던 순무로 욕정을 처리했는데, 그 순무를 먹은 소녀가 임신을 하여 남자아이를 출산한다. 수년(5, 6년) 후 그 남자가 상경하려고 그 지역을 지나갈 때, 그의 추억담으로 인해 소녀가 임신하게 된 수수께끼가 풀리고, 부자가 대면하여 확인한 후 남자는 그 소녀를 아내로 맞이해 그대로 그곳에 살게 되었다는 이야기. 기상천외한 줄거리를 친자親子 대면이라는 기담奇譚의 인연 이야기로 꾸미고 있다. 서민적이고 개방적인 에로티시즘이 감돈다. 또한 선인仙人의 소변을 마신 사슴이 회임을 해서 여자아이를 낳았다는 유화類話가 본집 권5 제1화에 보인다.

　이제는 옛이야기이지만, 도읍에서 동국東國[1]으로 내려가던 남자가 있었다. 어느 지방 어느 고을인지는 모르지만 어떤 마을을 지나고 있었을 때, 갑자기 심하게 음욕淫慾[2]이 일어나 미칠 듯이 여자를 원하게 되었는데, 아무리 진정하려고 해고 도무지 참을 수가 없었다. 그런데 문득 길가의 울타리 안을 보니 푸성귀가 한창 무성하게 높이 자라 있었다. 마침 10월경이라 순무 뿌리가 크게 열려 있었다. 이 남자는 급히 말에서 뛰어내려 울타리 안으로

1　동국東國. 관동關東. 판동坂東.
2　음란한 욕망이라는 뜻으로, 성욕.

들어가, 커다란 순무 뿌리를 하나 뽑아들고 칼로 구멍을 파내어[3] 그 구멍에 교접交接을 하여 볼일을 마쳤다. 그리고 그것을 휙 울타리 안으로 던져 넣고 지나갔다.

그 후 그 밭주인이 푸성귀를 뽑으려 여러 명의 하녀들과 어린 자기 딸 등을 데리고 그 밭에 가서 푸성귀를 뽑고 있었는데, 아직 남자를 모르는 열네댓 살 정도의 딸이 모두들 푸성귀를 뽑고 있는 동안, 혼자서 울타리 주변을 거닐며 놀다가 예의 남자가 던져 넣은 무를 발견했다. "어머나! 여기 구멍을 파낸 무가 있네. 이게 뭐지?" 하며 잠시 가지고 놀고 있다가, 바싹 마른 그 무를 베어 먹고 말았다. 얼마 후 주인은 하녀들을 모두 이끌고 집으로 돌아갔다.

그 후 이 딸이 평상시와 달리 어쩐지 몸 상태가 좋지 않은 듯, 식욕도 없고 병이 난 것처럼 보였기에, 부모는 '어떻게 된 일이지.'라며 걱정했는데 시간이 흘러서 보니, 놀랍게도, 임신을 한 것이었다. 부모는 너무 놀라서, "너 도대체 무슨 짓[4]을 한 것이냐?"며 다그치자, 딸은

"난 남자 곁에 간 적도 없어요. 그렇지만 이상한 일이 있었어요. 어느 어느 날 이러 이러한 무를 발견하고 먹었지요. 그날부터 몸 상태가 이상해졌고 이렇게 된 것입니다."

라고 말했다. 그러나 부모는 도저히 납득이 안 되어, 그것이 어떻게 된 일인지도 알 수 없어 이곳저곳 물어보아도 집안 종자들조차 "아가씨가 남자 곁에 다가간 것을 본 적이 없습니다."라고 대답했다. 부모가 이상하게 생각하는 동안 여러 달이 흘러, 어느새 달이 차서 무사히 옥동자가 태어났다.

이렇게 되니 부모도 어쩔 도리가 없어 그 아이를 키우게 되었는데, 그 동

3 순무의 구멍을 여자의 음부 대신으로 목적을 이룬 것임.
4 부모는 남자가 있는 것인 줄 알고 딸에게 사정을 엄하게 캐물은 것임.

국으로 내려간 남자는 그 지방에서 수년간 지내다가 상경하게 되어, 돌아오는 길에 많은 사람들을 거느리고 그 밭을 지나쳤다. 딸의 부모도 이전과 마찬가지로 마침 10월경이라 푸성귀를 거둬들이려고 종자들과 함께 밭에 나가 있었는데, 이 남자가 다른 사람과 이야기를 나누며 그 울타리 옆을 지나칠 때 큰 목소리로

"아, 그렇지. 수년 전에 동국으로 내려갈 때 이곳을 지나갔는데, 여자와 몹시 하고 싶어 도저히 참을 수가 없어서 이 울타리 안에 들어가 큰 무를 하나 뽑아 구멍을 파서 거기에 교접交接을 하여 목적을 이루고 울타리 안으로 던진 적이 있었어."

라고 말했다. 딸의 어머니가 울타리 안에서 그 말을 똑똑히 듣고 이전에 딸이 한 말이 문득 생각이 나서 울타리 안에서 뛰어나와 "여보세요, 거기 계신 분." 하며 불러 세웠다. 남자는 자신이 무를 훔쳤다고 말한 것을 따져 물으려고 불러 세웠다고 생각하고는 "아니 지금 한 말은 농담입니다."라며 쏜살같이 도망치려고 했는데, 그 어머니가 "매우 중요한 일이니 꼭 말해 주셨으면 합니다. 제발 부탁이니 말씀해 주세요."라고 울듯이 말했다. 남자는 '무슨 까닭이 있는 게로군.' 하고 생각하며

"특별히 숨기지 않으면 안 될 정도의 일이 아니올시다. 또한 저는 그리 무거운 죄를 저질렀다고는 생각지 않습니다. 다만 범부凡夫의 몸으로서 이러저러한 짓을 한 것뿐입니다. 이야기를 하다 보니 무심코 그 일에 대해 말해 버린 것이지요."

라고 말하자, 어머니는 이를 듣고 눈물을 흘리며 울면서 남자의 손을 잡고 집으로 데려갔다. 남자는 이상하게 생각하면서도 부디 가자고 해서 그 집을 방문했다.

그러자 어머니가 "실은 이러이러한 일이 있었기에 태어난 아이와 당신을

비교해 보려고 했던 것입니다."라고 말하며 아이를 데려와 살펴보니 이 남자와 쏙 빼닮았다. 그때 남자도 깊이 감동하여 "과연, 이러한 인연도 있는 것이로군요. 그렇다면 어떻게 하면 좋겠습니까?"라고 말하자, 어머니는 "이제는 어떻게 하든 당신 마음에 달렸습니다."라고 하며 아이의 어미를 불러내어 보인바, 신분이 낮은 여자였지만 무척 아름다웠다. 나이는 스무 살 정도, 아이도 대여섯 살 정도로 정말 귀여운 사내아이였다. 사내는 이를 보고 '나는 도읍으로 돌아간들 이렇다 할 부모도 친척도 없다. 어찌 되었건 이렇게 깊은 숙세宿世가 있는 것이다. 그렇지. 이 여자를 아내로 삼아 이곳에 머물기로 하자.'고 굳게 결심하고 그대로 이 여자를 아내로 삼아 그곳에 살기로 했다. 이것은 정말 드문 일이다.

그러므로 남녀는 설령 교접하는 일이 없더라도 몸 안으로 음수淫水[5]가 들어가면 이렇듯 아이가 태어나는 것이라고 이렇게 이야기로 전하여 내려오고 있다 한다.

---

5 정액.

東方行者娶蕪生子語第二

今昔、京ヨリ東ノ方ニ下ル者有ケリ。何レノ国郡トハ不
知デ、一ノ郷ヲ通ケル程ニ、俄ニ姪欲盛ニ発テ、女ノ事ヲ物
ニ狂ガ如ニ思ケレバ、心ヲ難静メクテ思ヒ繚ケル程ニ、大路
辺ニ有ケル垣ノ内ニ、青菜ト云物、糸高ク盛ニ滋タリ。十
月許ノ事ナレバ、蕪ノ根大キニシテ有ケリ。此ノ男忽ニ馬
ヨリ下テ、其ノ垣内ニ入テ、蕪ノ根ノ大ナルヲ一ツ引取テ
其ヲ彫テ、其ノ穴ヲ娶テ、姪ヲ成シテケリ。然テ即チ垣ノ内
ニ投入テ過ニケリ。

其ノ後、其ノ畠ノ主青菜ヲ引取ラムガ為ニ、下女共数具
シ、亦幼キ女子共ナド具シテ、其ノ畠ニ行テ、青菜ヲ引取ル
程ニ、年十四五許ナル女子ノ、未ダ男ニハ不触リケル有テ、

其ヲ青菜引取ル程ニ、垣ノ廻ヲ行遊ケルニ、彼ノ男ノ投入
タル蕪ヲ見付テ、「此ニ穴ヲ彫タル蕪ノ有ゾ。此ハ何ゾ」ナ
ド云テ、暫ク翫ケル程ニ、皺干タリケルヲ、掻削テ食テケ
リ。然テ皆従者共具テ家ニ返ヌ。

其ノ後、此ノ女子何ニト無ク悩マシ気ニテ、物ナドモ不食
デ、心地不例有ケレバ、父母、「何ナル事ゾ」ナド云ヒ騒グ
程ニ、月来ヲ経ルニ、早ウ懐妊シケリ。父母糸奇異ク思テ、
「何ナル業ヲシタリケルゾ」ト問ケレバ、女子ノ云ク、
「我更ニ男ノ当リニ寄ル事無シ。只怪キ事ハ、然ノ日然カ有
シ蕪ヲ見付テナン食ヒタリシ。其ノ日ヨリ心地モ違ヒ、此ク
成タルゾ」ト云ケレドモ、父母不心得事ナレバ、此レヲ何ナ
ル事トモ不思デ、尋ネ聞ケレドモ、家ノ内ノ従者共モ、「男
ノ辺ニ寄ル事モ更ニ不見」ト云ケレバ、奇異クテ、月来ヲ経
ル程ニ、月既ニ満テ、糸厳シ気ナル男子ヲ平カニ産ツ。

其ノ後云甲斐無キ事ナレバ、父母此ヲ養テ過ル程ニ、彼ノ
下シ男、国ニ二年来有上ケルニ、人数具シテ返ルトテ、其ノ

畠ノ所ヲ過ケルニ、此ノ女子ノ父母亦有シ様ニ、十月許ノ事
ナレバ、此ノ畠ノ青菜引取ラムト、従者共具シテ畠ニ有ケル
程ニ、此ノ男其垣辺ヲ過グトテ、人ト物語シケルニ、糸高
ヤカニ云ケル様、「哀レ、一トセ国ニ下シ時、此ヲ過シ、術
無ク開ノ欲クテ難堪カリシカバ、此ノ垣ノ内ニ入テ、大キナ
リシ蕪一ツヲ取テ穴ヲ彫テ、其レヲ婚テコソ本意ヲ遂テ、垣
内ニ投入テシカ」ト云ケルヲ、此ノ母垣内ニシテ慥ニ聞テ、
娘ノ云事ヲ思ヒ出テ怪ク思ヘケレバ、垣ノ内ヨリ出テ、「何
二何ニ」ト問フニ、只逃ニ逃ルヲ、母ハ、「極テ事共ノ有レ
「戯言ニ侍リ」トテ、男ハ蕪盗タリトテ云ヲ咎メテ云ナリトテ、
許ニ云ヘバ、男、「様有ル事ニヤ有ルラム」ト思テ、「隠シ可
申事ニモ不侍ラ。亦自ラガ為ニモ、重キ犯シニモ不侍ゾ。
只凡夫ノ身ニ侍レバ、然々ノ侍シゾ。我ト物語ノ次ニ申ツル
也」ト云ニ、母此レヲ聞テ、涙ヲ流シテ、泣々男ヲ引ヘテ、
家ニ将行ケバ、男心ハ不得ドモ、強ニ云ヘバ、家ニ行ヌ。

其ノ時ニ女、「実ニハ然々ノ事ノ有レバ、其ノ児ヲ其コニ
見合セト思フ也」ト云テ、子ヲ将出テ見ルニ、此ノ男ニ露
違タル所モ無ク似タリ。其時ニ男モ哀ニ思テ、「然ハ此宿世
モ有リケリ。此ハ何ガシ可侍キ」ト云ケレバ、女、「今ハ只
何カニモ其ノ御心也」ト、児ノ母ヲ呼出テ見スレバ、下衆
乍ラ糸净気也。女ノ年二十許ナル也。児モ五六歳許ニテ糸
厳シ気ナル男子也。此レヲ見テ思フ様、「我レ京ニ返上テ有ン
二、指ル父母類親モ可憑キモ無シ。只此許宿世有ル事也。
此レヲ妻ニシテ此ニ留ナム」ト、深ク思ヒ取テ、ヤガテ其ノ女
ヲ妻トシテ、其ナム住ケル。此レ希有ノ事也。
然レバ男女不娶ト云ヘドモ、身ノ内ニ姪入ヌレバ、此ナム
子ヲ生ケル、トナム語リ伝ヘタルトヤ。

미노 지방美濃國 이나바 강因幡川 홍수로
사람이 휩쓸려 간 이야기

미노 지방美濃國 이나바 강因幡川의 홍수 때문에 집과 함께 휩쓸려갔던 열네댓 살 정도의 동자가, 수재水災·화재火災 등 한 재난이 지나면 또 한 재난을 겪는 식으로 연거푸 엄습해오는 재난을 모두 극복하고 구사일생으로 목숨을 건진 이야기. 후반에 관음觀音의 가호를 우러르고 있는 점에서 관음영험담의 성격도 보이지만 그것을 강조하지 않고, 모든 것을 전세前世의 숙보宿報로 돌리는 것은 이 권의 주제에 맞추기 위함이다.

　이제는 옛이야기이지만, 미노 지방美濃國에 이나바 강因幡川[1]이라는 큰 강이 있었다. 비가 와서 물이 넘치면 엄청난 대홍수가 나는 강이었다. 그래서 강변에 사는 사람들은 홍수 때 올라가 피난하기 위해 모든 집들이 천정을 튼튼하게 지어 마루와 같은 판자를 단단하게 깔아 놓고 있었다. 홍수가 나면 그 위에 올라가 그곳에서 생활하며 식사 따위도 했다고 한다. 남자들은 배를 타거나 헤엄치거나 하여 볼일을 보러 나갔지만 여자나 어린아이들은 그 천정에 남겨 두었다. 아랫것들은 그 천정을 □[2]라고 불렀다.

1　기후 현岐阜県 나가라 강長良川의 옛 명칭. 이나바 산稻葉(因幡)山 기슭을 흐르기 때문에 붙여진 호칭으로, 이 지역에는 이나바신伊那波神이 진좌鎭座했음. 『삼대실록三代實錄』 원경元慶 4년(880) 11월 9일에, "미노 지방美濃國 정5위하 이나바신"이라 되어 있음.

2　천정의 호칭 명기를 기한 의도적 결자로, 한자표기가 알 수 없어 생긴 공란. 해당어는 '시쓰シッ'인 것으로 추정. '시쓰'에 관해서 『총합일본민속어휘総合日本民俗語彙』에는 "인가의 지붕 안 곳간을 '시쓰'라고 하는 지역이 널리 퍼져 있다(거의 전국적)."고 되어 있음.

그런데 20년쯤 지나, 이나바 강에 대홍수가 일어났을 때, 어느 집 천정에 여자 두세 명, 아이 네댓 명이 올라가 있었다. 집안에 물이 그렇게 많이 차지 않았을 동안에는 기둥의 토대도 물위로 떠오르지 않았는데, 물이 천정을 넘어 훨씬 높아지자, 집이란 집은 한 채도 남김없이 모조리 유실되어 수많은 사람이 죽었다. 하지만 이 여자들과 아이들이 올라가 있던 그 집 천정은 다른 집들보다 특히 튼튼히 지어져서 기둥은 귀틀과 함께 그대로 남고 지붕과 천정만이 부서지거나 손상되지 않고 그대로 물위로 떠서 마치 배처럼 흘러갔다. 높은 산으로 도망쳐 올라 지켜보고 있던 사람들이 제각기, "저기 떠내려가는 자들은 무사히 살아남을 수 있을까? 대체 어떻게 되는 걸까?" 하고 서로 이야기했다. 그러는 사이 강풍이 세차게 불어 닥치는 바람에 천정에서 취사를 하던 불이 □[3]가 되어 지붕 위 판자로 옮겨 붙고 불이 삽시간에 번져 맹렬히 불타올라, 큰 소리를 지르며 서로 아우성쳤다. 그때까지는 물에 휩쓸려 익사하겠거니 생각하며 보고 있었는데, 그렇게 불이 타오르는 모습을 보고도 구하러 가는 사람 하나 없이, "저런, 저런." 하고 안타까워하는 사이에 모조리 불타 없어지고 모두 불에 타서 죽고 말았다.

산에서 보고 있던 사람들은 "물에 떠내려가면서 불타 죽다니, 참으로 불가사의하고 드문 일이다."라며 이러지도 저러지도 못 하고 보고 있었는데, 그 안에 있던 열네댓 살 정도의 한 아이가 불을 피해 물속으로 뛰어들었다. 그리고 그대로 떠내려가자,

"저 아이는 화재火災는 잘 모면했지만, 이제는 도저히 살아남을 가망이 없어 보인다. 결국에는 물에 빠져 죽을 과보[4]를 갖고 있던 것이겠지."

라며 서로들 말하는 와중에도 소년은 점점 떠내려가고 있었다. 그런데 소년

---

3 한자 표기를 위한 의도적 결자. '불꽃'이 들어갈 것으로 추정. 불이 강풍 덕분에 더 높이 타올랐다는 의미.
4 전세의 응보. 숙보(→ 불교).

이 우연히 풀보다 짧은 파란 나뭇잎이 수면위로 나와 있는 것을 보고 손에 닿는 대로 잡고 그것에 매달리자 더 이상 떠내려가지 않았다. 잡은 나뭇잎이 의외로 단단한 것 같아 그것에 힘을 얻어 손으로 더듬어 보니, 다름 아닌 나뭇가지라는 것을 알게 되어 그 가지를 꽉 붙잡고 있었다. 이 강은 물이 넘치는가 싶으면 금방 물이 빠지는 강으로, 조금씩 물이 빠지면서 붙잡고 있던 나무가 빠르게 그 모습을 드러냈다. 이윽고 나무 가장귀가 드러났기에 그곳에 단단히 걸터앉아 '이렇게 하고 있다가 물이 다 빠지고 나면 틀림없이 나무 덕에 살아남을 수 있겠다.'라고 생각하고 있는 동안 날이 저물어 밤이 되었다. 깜깜해서 아무것도 보이지 않았기에 그날 밤은 그대로 밤을 지새우며 '물이 빠지면 나무에서 내려가야지.' 하고 좀처럼 날이 새지 않는 밤을 하염없이 기다리던 중에 이윽고 날이 밝고 해가 떴다. 그래서 아래를 보니 까마득한 높은 구름 위에 떠 있는 기분이 들어서 '어떻게 된 것일까.' 하고 자세히 응시하며 다시 한 번 아래를 내려다보자, 아득히 높은 산봉우리에서 깊은 계곡을 향해 비스듬히 자란, 가지도 없고 높이가 열 장丈[5] 정도나 되어 보이는 나무 꼭대기의 가느다란 나뭇가지에 매달려 있는 것이 아닌가. 조금이라도 몸을 움직이면 흔들거려서, '이 가지가 부러지기라도 한다면 추락해서 산산조각이 나겠군.'이라 생각하니 이러지도 저러지도 못 하고 어린 마음에 관음觀音[6]을 염하며 "제발 구해 주십시오."라며 큰 소리로 외쳤지만 그 소리를 당장에 들어 줄 사람도 없었다.

'수재를 피하려다가 화재를 만났다. 화재를 면했나 싶었더니, 이번에는 이런 엄청 높은 나무 위에서 떨어져 산산조각이 나게 생겼군. 이 얼마나 슬픈 일인가.'

---

5   약 30m.
6   → 불교.

라고 생각하였다. 그런데 아이의 외침 소리를 어떤 사람이 어렴풋이 듣고 '저 소리는 뭐지?'라며 찾아다니다가 마침내 나뭇가지 위에 있는 아이를 찾아냈다.

"저기 있는 저 아이는 어젯밤 강물에서 불탄 그 집에 있던 사람 중, 집에서 떨어져 강물에 빠졌던 아이로구나. 어떻게 구하면 될까?"
하고 말했지만 어찌할 방도가 없었다.

나무줄기를 보니 가지도 없어 붙잡을 데도 없고 열 장 정도나 높이 치솟은 나무 끝에 있는데다 디딤대를 세워 내릴 수도 없는 봉우리 위인지라 어찌할 바를 모르고 있었다. 그러자 이를 전해들은 사람들이 잔뜩 몰려와 이러쿵저러쿵 서로 말들을 했지만, 뾰족한 묘안이 없어 모두들 어찌할 바를 모르고 있었다. 그때 나무 위에 있는 아이가

"조금 있으면 어쩔 수 없이 떨어지고 말 것 같아요. 어차피 죽는 거라면 그물을 많이 모아 와서 그걸 펼쳐 받아주세요. 죽든 살든 그 위로 뛰어내려 볼 테니까."
라고 외쳤다. 모두들 "그것 참 좋은 생각이다."라며 근처에 있는 그물들을 잔뜩 가져와 겹쳐, 단단한 밧줄을 높이 매달아, 그것을 지지대로 삼아 그물을 몇 겹이나 겹쳐 펼쳤다. 그러자 아이는 관음을 염원하고는 발을 떼어 그물 위로 뛰어내렸고, 빙글빙글 돌면서 떨어졌는데 그 거리가 어찌나 길던지. 그렇지만 부처님의 영험이었을까, 절묘하게 그물 위로 떨어졌다. 사람들이 다가가 보니 기절하여 축 늘어져 있었다. 조심조심 아래로 내려 처치를 하니 두 시간 정도 지나 숨이 돌아왔다.

정말로 구사일생으로 목숨을 부지한 자이다. 연이어 그러한 견디기 어려운 일들을 당하고도[7] 목숨을 보전하게 된 것은 분명 전세의 깊은 숙보宿報[8] 때문일 것이다. 이를 전해들은 사람들은 이웃지방 사람들까지도 참으로 불

가사의한 일이라고 생각했다.

　이것을 생각해보면, "여하튼 사람의 목숨은 모두 숙보에 의한 것이다."라고 모두들 서로 말했다고 이렇게 이야기로 전하여 내려오고 있다 한다.

7　수재와 화재를 가리킴.
8　→ 불교.

美濃国因幡河出水流人語第三

今昔、美濃ノ国ニ因幡河ト云大ナル河有リ。雨降テ水出ル時ニハ、量リ無ク出ル河也。然レバ其ノ河辺ニ住ム人ハ、水出ル時ニ登テ居ル料トテ、家ノ天井ヲ強ク造テ、板敷ノ様ニ固メテ置テ、水出レバ其ノ上ニ登テ、物ヲモシテ食ナドシテゾ有ナル。男ハ船ニモ乗リ、游ヲモ搔ナドシテ行ケドモ、幼キ者、女ナドヲバ其ノ天井ニ置テゾ有ケル。下衆ハ其ノ天井ヲバ□トゾ云ケル。

而ルニ、此テ二十年ニ成ヌ。

時、其ノ天上ノ上ニ女二三人、童部四五人ヲ登セ置タリケル其ノ因幡河量無ク出タリケル家ノ、水ノ亘キ時ニコソ、柱ノ根モ不浮デ立テリケレ、天井モ過テ遥ニ高ク水上ニアレバ、残ル家無皆流レテ、多ノ人皆死ニケル中ニ、此ノ女童部ノ登タル家ノ天井ハ、此ノ家共ノ中ニ強ク構タリケレバ、柱ハ不浮デ、屋ノ棟ト天井トノ限リ壊レ不乱シテ水ニ浮テ、船ノ様ニ流レテ行ケレバ、屋ノ上ノ板ニ峰ニ登テ見ル者共ハ、「彼ノ流レテ行者共ハ助カリヤセズラム。何ガ有ンズラム」ト云ヒ沙汰シケル程ニ、其天井ニ風ゾ強ク吹テ、屋ノ上ノ板ニ只燃ニ燃ケレバ、音ヲ挙テ叫ビ合タリケレドモ、助ケニ行ク人無クテ、見ル程ニ、燃畢ニケレバ、人ハ皆焼死ニケリ。

「水ニ流レテ行ク間ニ、火ニ焼テ死ヌル、奇異ク難有キ事也」ト見線ケル程ニ、其ノ中ニ二十四五歳許ナル童ノ、火ヲ離テ水ニ踊入テ流レテ行ケレバ、見ル者、「彼ノ童ノ、火難ヲ離ヌレドモ、遂ニ可生キ様無シ。彼ノ童人、遂ニ水ニ溺テ可死キ報コソハ有ラメ」ナド云ヒ程ニ、童流テ行ケルニ、水ノ面ニ、草ヨリハ短クテ、青キ木ノ葉ノ有ルヲ手ニ障ケルマヽニ引タリケレバ、其ニ被引テ不流リケルニ、此ノ引ヘタル木ノ葉ノ強ク思ケレバ、其ニ力ヲ得テ捜ケレバ、「木ノ枝

也ケリ」ト思ヘケレバ、其ノ枝ヲ強ク引ヘテ有ル程ニ、其ノ
河ハ出ルカトスレバ疾ク水落ル河ニテ、漸ク水ノ干ケルマ
ニ、此ノ引ヘタル木ノ只出来ニ出来ケレバ、枝ノ胯ヨリ出タ
リケレバ、其ノ胯ニ直ク居テ、「水落畢ナバ、此レニ助カル
ベキ」ナムド思ケル、日暮テ夜ニ成ニケレバ、ツヽ暗ニシ
テ物モ不見ヘリケレバ、其ノ夜ハ明シテ、「水落シテコソハ
木ヨリモ下リメ」ト思テ、夜ノ遅ク明ルヲ、イツシカト待程
ニ、夜明テ漸ク日出ラム程ニ、見下ロシケレバ、目モ不及雲
居ニ為タル心地ノシケレバ、「何ナル事ゾ」ト思ニ、吉ク見
下セバ、遥ナル峰ノ上ヨリ深キ谷ニ傾テ生タル木ノ、枝無ク
テ十丈許ハ上タラムト見ユル木ノ、細キ小枝ノ有ルヲ辺へ
テ居タル也リケリ。少シモ動カバユラヽ々トシテ、「枝折ナ
バ落テ身モ砕ナムトス」ト思フニ、可為キ方無カリケレバ、
幼キ心地ニ、観音ヲ念ジ奉テ、「我ヲ助ケ給ヘ」ト音ヲ挙テ
叫ケレドモ、速ニ聞付ル人モ無シ。「水ノ難ヲ免レムト為ル程
ニ、火ノ難ニ合ヌ。火ノ難ヲ免レムト為ル程ニ、此ク遥ナル

木ヨリ落テ、身ヲ砕テ死ナムト為ル、悲キ態カナ」ト思フ程
ニ、此ノ叫ブ音ヲ人聞付テ、「此ハ何ナル音ゾ」ト尋ケ
ル程ニ、木ノ枝ナル童ヲ見付テ、「彼ニ居タル童ハ、昨日水ノ
上ニテ焼シガ中ニ、屋ヨリ漏テ水ニ入シ童ニコソ有メレ。彼レ
ヲバ何ニシテ助ケント為ル」ト云ケレドモ、力可及キ様無シ。
木ノ本ヲ見レバ、枝モ無ク、引ベキ所モ無テ、十丈許
登リ木ナレバ、麻柱ナド結テ、下スベキ方モ無キ程ニ、
思ヒ繚フ程ニ、此レヲ聞継ツヽ、人多ク集テ、可為キ様ヲ云
合ドモ、云得タル事モ無キ程ニ、童ノ叫ブ様、「今暫有ラ
バ心ニモ非ズシテ落ナントス。同死ニヲ、網ヲ多ク集メテ、
其ヲ張テ受ケヨ。『若ヤ助カル』ト、其ガ上ニ落懸ラム」
ト云レバ、皆人、「然モ有ル事也」ト云テ、其ノ辺ニ有ケル
網ヲ数取リ持来テ重々ネテ、強キ縄ヲ以テ高ク張テ、其レヲ便
ニテ網ヲ数重々張タリケレバ、童観音ヲ念ジ奉テ、足ヲ
離レテ網ノ上ニ踊ケレバ、フリヽ々ト落ル程ニ、遥ナリ
仏ノ御験ニヤ、網ノ上ニ落懸リテ有ケル。人共寄テ見ケレ

バ、死入テ不動リケルヲ、和ラ取リ下シテ抑ヘタリケレバ、一時許有テゾ生タリケル。

実ニ難生キ命存シタル者ニナム有ケル。方々然ル難堪キ目ヲ見テ命ヲ生クル、前生ノ宿報ノ強カリケルニコソ有ケム。

此レヲ聞ク人、隣ノ国マデ奇異ニ思ヒケリ。

此レヲ思フニ、「人ノ命ハ、何ナレドモ、宿報ニ依ル事ニテ有也ケリ」ト人皆云ケル、トナム語リ伝ヘタルトヤ。

후지와라노 아키히라藤原明衡 아손朝臣이
젊은 시절 여자의 거처에 다닌 이야기

젊은 날의 후지와라노 아키히라藤原明衡에 얽힌 에피소드로, 아키히라가 하인의 집을 빌려 애인과 밀회를 나누고 있을 때, 그 사이의 사정을 모르는 집 주인에게 자신의 처의 정부로 오인받아 하마터면 죽임을 당할 뻔했는데, 입고 있던 고귀한 옷차림 덕분에 혐의가 풀려 위난危難을 모면한 이야기. 재난災難을 면하고 구사일생으로 목숨을 부지했다는 점에서 앞 이야기와 연결된다.

이제는 옛이야기이지만, 대학료大學寮의 두頭¹ 후지와라노 아키히라藤原明衡²라는 박사博士가 있었다. 이 사람이 젊었을 적에 훌륭한 분 밑에서 종사하던 어떤 여방女房과 깊은 사이가 되어 몰래 정을 통하고 있었다.

어느 날 밤에 방문했는데, 그 여자 방에서 함께 자는 것이 여의치 않아 그 집 근처의 어느 천한 사람에게 "네 집에 여방을 모셔 거기서 재워줄 수 있겠는가."라고 부탁을 했다. 마침 그 집 주인 남자는 부재중이라 그 처가 혼자서 있었는데 "그건 어려운 일이 아니지요."라고 말했지만, 비좁고 작은 집이라 자기 한 사람 외에는 달리 잘 곳이 없어서 자기 침소를 제공했다. 그래서 이 여자에게 여방의 방에 있는 다다미疊를 가져오게 하여 그것을 깔고 그대

---

1   대학료 장관.
2   → 인명.

로 그곳에서 함께 잤다.

그런데 그 집 주인 남자는 이전부터 "부인이 몰래 다른 남자와 정을 통하고 있다."고 듣고 있었는데, "정부가 오늘밤 반드시 올 것이다."라고 알려 준 사람이 있어, '어떻게든 현장을 덮쳐 그놈을 죽이겠다.'고 마음먹고, 처에게는 멀리 가서 네댓새는 돌아오지 않을 거라고 말해두고 나가는 척하면서 상황을 엿보고 있는 중이었다.

아키히라는 그런 줄도 모르고 완전히 마음을 놓고 자고 있었는데, 한밤중 무렵, 주인 남자가 몰래 집에 다가와 안의 상황을 엿들었다. 그러자 어떤 남자와 여자가 소곤소곤 이야기하는 기척이 나서 '예상대로다. 들은 대로 그것은 사실이었구나.'라고 생각하고 살며시 발소리를 죽이고 안으로 들어가 엿들으니, 자신의 침소에 어떤 남자와 여자가 자고 있는 것 같았다. 그렇지만 어두워서 분명하게는 보이지 않았다. 주인 남자는 코를 골고 있는 쪽으로 살짝 다가가 칼을 뽑아 아래를 향하게 쥐고는 배 위라고 생각되는 곳을 찾아 찌르려고 팔을 치켜들었다. 그 순간, 지붕판자 틈으로 들어오는 달빛에 사시누키指貫[3] 하카마의 끈이 길게 늘어뜨려져 있는 것이 문득 눈에 들어왔다. 깜짝 놀라

'거참 내 처에게 이런 사시누키를 입은 사람이 정부로 올 리가 없다. 만약 엉뚱한 사람을 잡은 것이라면 큰일이다.'

라며 주저하고 있었는데, 매우 훌륭한 향내가 훅 풍겼기에, '역시 그러면 그렇지.'라고 깨닫고는 치켜든 팔을 내려 입고 있는 옷을 살짝 만졌더니 손에 닿는 감촉이 부드러웠다. 그때 여방이 깜짝 놀라며 잠을 깨서, "누가 있는 것 같은데 어떤 분이십니까."라고 조용조용 말하는 목소리가 우아하며 자

---

3 하카마袴의 일종. 옷자락에 끈목을 연결해서 입은 후 발목 부근을 꽉 조여 묶는 하카마.

기 처와는 다르기에, '역시 그랬었군.'이라 생각하고 뒤로 물러나자, 아키히라도 잠을 깨서 "누구냐?" 하고 말했다. 남자의 처는 구석의 작은 방에서 자고 있었는데, 그 목소리를 듣고서

'낮에 남편이 좀 이상했고 어디 간다며 나갔는데, 혹시 몰래 돌아와서 사람을 잘못 알아본 건 아닐까?'

라는 생각이 문득 들었다. 그래서 그 순간 벌떡 일어나 소란을 피우며 "넌 누구냐? 도둑이냐?"라고 소리를 질렀다. 그 목소리가 자기 처였기에 남자는 '그렇다면 방금 전 여자는 내 처가 아니고 다른 사람들이 자고 있었던 것이었구나.'라고 깨닫고, 그곳에서 달아나 처가 자고 있던 곳으로 가서 처의 머리채를 잡아당겨서는 조용히, "이게 도대체 어찌된 일이냐?"라고 물었다. 처는 '내가 예상했던 대로구나.'라고 생각하고,

"저곳은 고귀한 분께서 오늘밤만 방을 빌려 달라고 오셨기에 빌려드리고, 나는 여기서 잔 것입니다. 당신, 하마터면 어처구니없는 큰 실수를 저지를 뻔했군요."

라고 말했다. 이때 아키히라도 놀라서 "도대체 무슨 일이냐?"라고 말을 걸어왔다. 남자는 목소리를 듣고, '이건 그분이로구나.'라고 알아차리고,

"소인은 가이도노甲斐殿[4]의 허드렛일을 하는 사내인 아무개라고 하는 자이옵니다. 같은 일가의 나리가 오신 줄도 모르고 하마터면 큰 실수를 저지를 뻔했사옵니다."

라고 말하며,

"실은 이러이러한 사정이 있어 몰래 상황을 엿보고 있었사온데, 침소에 남녀가 있는 느낌이 들어 예상했던 대로라고 생각하고, 살며시 다가가 칼을

4　후지와라노 기미나리藤原公業(→ 인명)를 말함.

뽑아들고 복부 부분을 향해 팔을 치켜들었사온데, 새어 들어온 달빛에 다행히도 나리의 사시누키指貫 하카마의 끈을 발견하고 문득 깨달은 것은 '저희 같은 사람들의 처에게는 정부라 해도, 이런 사시누키를 입은 사람이 설마하니 올 리가 없다. 엉뚱한 사람을 붙잡은 것이라면 큰일이다.'라고 생각을 고쳐 치켜든 팔을 내렸습니다. 만약 사시누키 끈을 발견하지 못했다면 정말 어처구니없는 실수를 저지를 뻔했사옵니다."

라고 말했다. 아키히라는 그 말을 듣고 비로소 마음이 가라앉아 그저 기가 막힐 뿐이었다.

그 가이도노라는 라는 사람은 실은 이 아키히라의 여동생[5]의 남편으로 후지와라노 기미나리藤原公業[6]라는 사람이었다. 이 남자는 그 사람의 허드렛일을 하는 잡색雜色으로 항상 아키히라의 집에 심부름 왔기 때문에 항상 얼굴을 마주친 적이 있는 남자였다. 사시누키 끈 덕분에 실로 아슬아슬하게 목숨을 보전하였던 것이다.

그러므로

"사람은 남의 눈을 꺼리는 것은 좋지만 함부로 천한 사람 집 같은 곳에 들러서는 안 되는 법이다."

라고 이를 듣는 사람들은 서로 말했다. 그러나 또한 이것[7]도 숙세宿世의 과보果報[8]이다. 죽지 않을 과보가 있었기 때문에 신분이 낮은 하인이었지만 그처럼 이리저리 궁리를 할 수 있었던 것이다. 만일 죽어야 하는 과보가 있었

---

5 『존비분맥尊卑分脈』에 의하면 아키히라에게는 누나인지 여동생이 한 명 있었는데, 아키히라의 출생년도가 989년, 그 여자형제가 낳은 아들인 쓰네히라經衡의 출생년도가 관홍寬弘 원년(1005)이어서, 그 여자형제는 누나였던 것으로 추정됨. 따라서 기미나리는 아키히라의 매형일 것임.
6 → 인명.
7 아키히라가 가까스로 위험을 모면한 일.
8 숙세宿世(→ 불교)의 응보. 숙보宿報.

다면 이리저리 생각지도 않고 찔러 죽이고 말았을 것이다.

그러므로 모든 일은 전부 숙보宿報[9]에 의한 것이라는 사실을 알아야 하는 법이라고 이렇게 이야기로 전하여 내려오고 있다 한다.

9 → 불교.

藤原明衡朝臣若時行女許語第四

今昔、大学頭藤原明衡ト云博士有キ。其ノ人若カリケル

時、可然キ所ニ宮仕シケル女房ヲ語ヒテ、忍テ通ケリ。

其ノ局ニ入リ臥サムガ便無カリケレバ、其ノ傍ニ有ケル下

衆ヲ語ヒテ、「其ノ家ニ女房ヲ迎へ出テ、其コニ臥サン」ト

云ケレバ、家主ノ男ハ無クテ、妻ノ限リ有リケルガ、「糸安

キ事」ト云テ、狭キ小屋ナレバ、己ガ臥ス所ヨリ外ニ可臥キ

所モ無カリケレバ、其ノ臥所ヲ去テ、女房ノ局ノ畳ヲ取リニ

遣テ、敷テ、其ニヤガテ寝ニケリ。

而ルニ、其ノ家ノ主ノ男ハ、「我ガ妻ノ女、他ノ男ニ窃ニ

娶グ也」ト聞ケルニ、「其ノ蜜男、今夜ナム構ヘテ合ハムト

為ル」ト告ル人有ケレバ、「構テ其ヲ伺テ殺ム」ト思テ、妻

ニハ、遠キ所ニ行テ、今四五日ハ不来由ヲ云ヒ令知テ、虚

行ヲシテ伺フ所ニテゾ有ケル。

其事ヲモ知ラ不シテ、此明衡ハ来テ打解テ寝タルニ、夜打深

更テノ程ニ、此ノ家主ノ男窃ニ来テ立聞ケルニ、男女忍テ物

云気色有ケレバ、「然レバヨ。然カ聞シニ合セテ、実也ケリ」

ト思テ、和ラ構ヘ入テ

伺ヒ聞クニ、我ガ寝所

ニ当テ、男女臥シタル

気色思ユ。暗ケレバ慥

ニハ不見。男寝引ノ為

臥したる男女(春日権現験記)

ル方ニ和ラ寄テ、刀ヲ抜テ逆手ニ取テ、腹ノ上ト思シキ所ヲ

捜得テ、「突テム」ト思テ、肱ヲ持上タル程ニ、月影ノ屋ノ

上ノ板間ヨリ漏タリケルニ、指貫ノ扶ノ、長ヤカデ物ニ懸タ

ルニ、急ト見エケレバ、見付テ□様、「我ガ妻ノ女ノ許ニ、

此様ノ指貫着タル人ハ密男トテ此不来者ヲ。若人違シタラムハ

極メテ不便ナルベキ事カナ」ト思ケル程ヲ。

ト聞エケレバ、「然バコソ」ト思テ、手ヲ引返シテ、着タリ

ケル衣ヲ和ラ捜ケレバ、衣モ爽ラカニ障ケル程ニ、女房ノ急

ト驚テ、「此ニ人ノ気色ノ為ルハ誰ソト」ト忍ビヤカニ云

ケル気色ノヤハラカニテ、我ガ知女ニハ非リケレバ、「然バ

コソ」ト思テ、居去ケル程ニ、明衡モ驚キ、「誰ソ」ト問フ

音ヲ聞付テ、我ガ妻ノ女ハ下ナル所ニ臥シテ思ケル様、「昼

ル、我ガ夫ノ気色ノ怪クテ、物ヘ行ツルハ。若シ其レガ窃ニ

来テ、人違ヘナド為スルカ」ナド思ケルニ、驚キ騒テ、「彼

レハ誰ソ。盗人カ」ナド嗔ル音、我ガ妻ニテ有レバ、「彼レ

ハ我ガ妻ニハ非デ、異人々ノ臥タリケルニコソ有ケル」ト思

テ、立去テ、妻ノ臥タル所ニ行テ、妻ノ髪ヲ引寄テ、窃ニ

「此ハ何ナル事ゾ」ト問ヘバ、妻、「然レバヨ」ト思テ、「彼

ニハ上蓆ノ今夜許ヲ借ラセ給ツレバ、借シ奉テ、我レハ

此ニ臥タル也。希有ノ錯ヲスラム」ト云フ時ニゾ、明衡驚

テ、「何事ゾ」ト云ケレバ、此ノ男、「然レバヨ」ト聞付

テ、『己ハ甲斐殿ノ雑色某丸ト申ス者候フ。殿ノ御ケルヲ不

知給シテ、一家ノ君ニコソ御セ、殆極キ錯ヲナム仕リ候

ヒヌベカリシ」ト、「然々ノ事ニ依テ、窃ニ何ヒ候ツルニ、臥

所ニ当テ、男女ノ気ヒノ聞エ候ツレバ、『然レバヨ』ト思給

ヘテ、構ヘ寄テ刀ヲ抜テ、肱ヲ持チ上テ候ツ

ル程ニ、月影ノ漏入タルニ、希有ニ御指貫ノ扶ヲ見付候テ、

急ト思給ヘツル様、『己等ガ妻ノ許ニ、蜜男トテ此様ノ指貫

着タル人ハヨモ不来者ヲ。人違ヘ仕タラムハ極カルベキ事

カナ』ト思給ヘテナム肱ヲ引テ緩候ツル。極テ御指貫ノ扶

ヲ見付テ。奇異キ錯ヲ仕リ候ハムニ」ト云ケレバ、明衡此

ヲ聞クニ、肝心緩テ奇異ク思ケル。

其ノ甲斐殿ト云ハ、此ノ明衡ノ妹ノ男ニテ、藤原公業ト云人也ケリ。此ノ男ハ其ノ人ノ雑色也ケレバ、常ニ明衡ノ許ニ使ニ来ケレバ、明暮レ見ユル男也ケリ。実ニ不思懸、指貫ノ扶ノ徳ニ、希有ノ命ヲコソ存シタリケレ。

然レバ、「人ハ忍ブト云ト乍、賤シキ所ナドニハ立寄マジキ也ケリ」トゾ聞人モ云ケル。□シ其レモ宿世ノ報也。不死ジキ報ノ有レバコソ、賤ノ下﨟ナレドモ、然思ヒ廻セ。可死キ報有マシカバ、思ヒ廻ス事モ無ク突殺シナマシ。

然レバ諸ノ事皆宿報ト可知シ、トナム語リ伝ヘタルトヤ。

무쓰陸奥 국부國府의 관인官人인
대부개大夫介의 아들 이야기

본집 굴지의 장편이다. 무쓰陸奥 개介 아무개의 후처後妻가 데려온 자기 딸에게 재산을 모두 상속시키려고 자기의 심복을 시켜 전처소생의 남자아이를 살해하려고 획책하였는데, 부하의 동정에서 비롯된 실수와 무쓰 개介 동생의 구출작업에 의해 실패하고, 결국 나쁜 짓이 탄로 나서 딸과 함께 추방되었다는 이야기. 이 이야기는 유형적인 의붓자식 학대 이야기로 앞 이야기와는 성격이 다르지만, 구사일생의 모티브가 양쪽 이야기를 잇는 요소가 되고 있다. 단, 산속에 매장된 아이가 질식사하지 않고, 더욱이 우연히 숙부가 발견한다는 줄거리는 우연성이 지나치게 강해 사실성이 결여되었다는 흠이 있다. 이 이야기에서는 그것을 전세前世에서 비롯된 숙보宿報로 결부시켜 의의를 부여한다.

이제는 옛이야기이지만, 무쓰 지방陸奥國에 권세와 재력 있는 가문의 형제가 있었다. 형은 무슨 일을 하건 동생보다 훨씬 더 뛰어났다. 그는 그 국부國府의 개介[1]로 정무政務를 봤기 때문에 항상 관아官衙에 나가 있어 집에 있는 경우는 드물었다. 집은 관아官衙에서 100정町[2] 정도 떨어져 있었다. 그는 통칭 대부개大夫介[3]라 불렸다.

---

1   여기서는 무쓰의 차관. 미상.
2   약 10km.
3   5위의 개介였던 것에서 비롯된 호칭.

그는 젊었을 때 아이가 없어서 자신의 재산을 물려줄 사람이 없는 것을 슬퍼하며 오직 아이만을 바라던 동안 어느새 늙고 말았다. 부인의 나이도 마흔을 넘겨, 이미 아이를 갖는 것은 단념하고 있었는데 뜻밖에도 회임을 했다. 부부가 함께 이를 크게 기뻐하는 동안 달이 차고 귀여운 옥동자를 낳았다. 부모는 그 아이를 진정으로 사랑하며 잠시도 눈을 떼지 않고 길렀는데, 그 어머니는 얼마 지나지 않아 그만 죽고 말았다. 개介는 이루 말할 수 없을 정도로 비탄에 잠겼지만 이제 와서 어쩔 도리가 없었다.

아버지는 "이 아이가 철이 들어 성장할 때까지는 후처를 맞지 않겠다."고 말하고 후처를 들이려 하지 않았다. 또한 이 개介의 동생도 아이가 없는 데다 조카인 이 아이가 무척 귀여워 "나도 이 아이를 내 자식처럼 생각하겠다."고 하기에, 개介는

"어미가 죽어 나 혼자서 이 아이를 키우고 있지만 바빠서 언제나 곁에 있어 주지 못하는 것이 늘 가슴 아팠는데, 네가 나처럼 이 아이를 귀여워해 준다면야 더없이 고마운 일이다."

라며 동생에게 돌보게 하여, 동생은 아이를 자기 집으로 데려가 소중히 키웠다.

그러는 사이 어느덧 아이는 열한두 살이 되었다. 자랄수록 용모가 아름다운데다 성격도 착해 떼를 쓰는 일이 없었고, 학문도 빨리 이해하고 기억력도 좋아서 아버지와 양아버지[4]가 총애하는 것은 당연했고, 종자들까지도 아이를 귀여워하며 잘 보살폈다.

그런데 이 지방에 제법 괜찮은 집안사람으로, 남편을 일찍 여읜 여자가 있었다. 개介가 아내 없이 산다는 소식을 듣고 '아이를 돌보고 싶다.'며 중매

4 　실부와 양부. 즉 개介 형제를 가리킴.

쟁이를 내세워 열심히 청해 왔다. 개介는 여자의 마음이란 간사하고 무서운 데다 자신이 바빠 집을 비우기 일쑤여서 '처는 필요 없다.'며 받아들이지 않았는데, 그 여자가

"꼭 부인으로 맞아 주셨으면 합니다. 이렇게 말씀드리는 것은 저에게도 딸이 하나 있지만 사내아이가 없어, 아이를 잘 돌봐주고 늙어서 그 아이가 의지가 되었으면 하기 때문입니다."

라며 막무가내로 들어왔다. 그리고는 오직 이 아이를 애지중지했기 때문에, 개介는 왠지 수상하다는 생각이 들어 한동안은 곁에도 다가오지 못하게 했지만, 홀아비 집에 과부가 들어와서 막무가내로 가사 일체를 도맡아 관리했기 때문에, 어느새 단념하고 그 여자와 부부의 인연을 맺게 되었다. 그 후 여자는 한층 더 그 아이를 애지중지하며 이상적인 계모처럼 행동했으므로, 아버지인 개介도 '이럴 줄 알았다면 좀 더 일찍 후처를 맞이했을 것을.'이라며 가사 일체를 모두 그녀에게 내맡겼다. 여자에게는 열네댓 살 정도의 딸[5]이 하나 있어, 후처가 자기 아이를 매우 애지중지해 주었기 때문에, 개介도 그 딸을 자기 아이와 마찬가지로 애지중지 보살펴 주었다.

이렇게 그 아이가 열세 살이 되던 해에 계모는 남편의 재산을 모두 자기 마음대로 할 수 있게 되었다. 그러자 마음속으로

'남편은 이미 일흔, 오늘내일도 알 수 없는 목숨이다. 만약 이 아이만 없다면 이 막대한 □□□□.'

□□□□[6] 속셈이 아닐 수 없었다. 계모는 '이 아이를 없애 버리자.'고 생각했지만, 갑작스레 좋은 방도도 떠오르지 않던 중, 새로 들어온 낭등郞等

---

5 계모가 데려온 딸로, 전남편 소생의 아이.
6 1행 이상의 결문이 존재함. 각각 《재산을 내가 데려온 딸에게 몽땅 상속할 수 있을 텐데.'라는 생각을 품었다. 》, 《실로 개탄스러운》이 들어갈 것으로 추정.

으로 조금 생각이 모자라고, 남의 말을 잘 따를 것 같은 남자가 눈에 들어왔다. 그래서 특별히 그에게 잘 대해 주며 좋은 것이 있으면 주기도 하자, 낭등은 무척 기뻐하며 "죽든 살든 분부대로 따르겠습니다."라고 했다. 그자를 계속해서 포섭하던 중, 이 아버지인 개介가 공무 때문에 관아에 머물며 집에 돌아오지 않는 날들이 이어졌다. 계모는 이 낭등을 가까이 불러들여

"여기에는 사람이 많지만 생각하는 바가 있어 너를 특히 총애하고 있다는 것을 알고 있느냐?"

라고 물었다. 낭등은

"개나 말조차 자기를 귀여워해 주는 사람에게는 반드시 꼬리를 흔듭니다. 하물며 인간으로서 저에게 베풀어 주시는 은혜에 대해서는 고맙게 생각하고, 매정한 처사에 대해서는 야속하다고 생각하는 것이 당연한 일이겠지요. 제게 베풀어 주신 은총에 대한 보답으로 죽든 살든 그저 분부대로 따를 생각뿐입니다. 그 밖의 일은 말씀드릴 필요도 없이, 어떤 일이든 어찌 그 뜻을 거역할 수 있겠습니까?"

라고 대답했다. 계모는 이를 듣고 기뻐하며

"내가 일찍이 바라던 바와 같은 생각을 네가 가져 주다니 참으로 기쁘구나. 앞으로 나는 조금도 허물없이 너를 의지할 것이니, 너도 그렇게 생각하고 있도록 해라."

라고 말하고는 "오늘 밤은 길일이니까."라며 딸의 유모의 딸과 짝지어 주었다. 낭등에게는 본처가 따로 있었지만 출세의 연줄이 생겼다며 매우 기뻐했다.

계모는 이 남자의 마음을 완전히 사로잡은 뒤, 그와 짝지어 준 처로 하여금 남편에게 "이제는 오로지 당신만을 의지하니 생각하는 바를 털어놓지 않을 수 없네요."라고 말하게 했다. 남자는 "그것이야 말로 내가 바라던 바요."

라고 대답했다. 처는 완전히 남편의 마음을 사로잡은 뒤에

"실은 제가 돌봐 드리는 아가씨[7]는 심성이 도리를 잘 분별하시고 정도 깊으시니 결국에는 행운을 누리시게 되겠지요. 친아버지를 일찍 여의시고는 힘들어 보이셨지만, 이곳 개介께서 어머님을 맞이하시고부터는 그럴 만한 전세前世의 인연이 있어서인지, 개介께서 아가씨를 더없이 애지중지하시며 '내가 살아 있는 동안에 혼인을 시키겠다.'고 하시어 이제 그날도 오늘내일 다가오고 있습니다. 그러니 '개介님의 재산을 따로 나누는 일 없이 아가씨에게만 모두 넘어가도록 해드린다면 당신 세상이 될 것이다.'라고 생각합니다만 어떻게 하면 좋을까요?"

라고 말했다. 남편은 이 말을 듣고 자신 있다는 미소를 띠우며

"그대는 몹시 어려운 일처럼 말하는군. 뭐 그 정도 일이야 내 마음먹기에 달렸지. 마님만 허락해 주신다면 누구 짓인지 모르도록 감쪽같이 해치우겠는데. 그렇게 되면 그 막대한 재산은 어떻게 처분하실 생각일까?"

라고 말했다. 처는 "바로 그거에요. 마님도 그것을 생각하고 계세요."라고 말하기에 남편이 "그대가 마님께 잘 말씀드려 봐."라고 하자, 처는 "말씀드리지요."라고 말하고 다음날 아침 일찍 둘이 함께 계모에게 가서 할 말이 있는 것 같은 기색을 보였다. 계모는 자기가 계획하여 말을 시킨 것이라 금방 그것을 알아차리고는, 인기척이 없는 곳으로 불러들여 잡담이라도 나누는 것처럼 이야기를 들었다. 남자는 그것을 자신이 생각해낸 것처럼 말했다,

"그저 모시기만 하였을 때도 깊은 총애를 받아 한없이 송구하게 생각하고 있었는데, 이 여인까지 주서서 '어떻게든 마님을 위해 좋은 일을 해야지'라고 이전부터 생각하였습니다. '어린 도련님만 없어진다면 아가씨를 위해 분

---

7 계모가 데려온 딸.

명 좋을 일일 것이다,'라는 생각이 들었습니다. 허락만 해 주신다면 오늘 같은 날은 저택에도 사람이 적고 하니,[8] 어떻게든 처리해 볼까 합니다만, 어떻겠습니까?"

라고 말하자, 계모는 "이렇게까지 가족처럼 위해 주다니 생각지도 못했다. 정말로 의지가 되는구나."라고 말하고 입고 있던 옷을 벗어 주며 "그렇다면 생각대로 처리해 주게. 그런데 어떻게 할 생각인가?"라고 묻자, 남자는

"이 정도로 신중하게 생각하고 말씀드린 이상, 어찌 실수가 있겠사옵니까? 제게 맡기시고 그저 보고 계십시오."

라고 말하고 자리를 떴다.

계모는 기쁘기는 했지만 두근거리는 가슴을 억누르지 못하고 있었는데, 남자가 밖으로 나가자 때마침 도련님이 함께 놀 친구들이 없어 작은 화살과 화살통을 들고 혼자 걸어오고 있었다. 남자가 발견하고 무릎을 꿇자 도련님이 달려와 "아무개를 못 보았느냐?"라고 늘 함께 놀던 아이에 대해 물었다.

"그 아이는 부모와 함께 먼 곳에 나갔다고 들었습니다. 도련님은 어찌 그렇게 외롭게 혼자 걷고 계십니까?"

라고 하자 "친구를 찾고 있는데 한 명도 없구나."라고 말했다. 남자는 "그럼 따라오십시오. 숙부님[9]께 모셔다 드리지요."라고 하자, 도련님은 천진난만하게 《고개를 끄덕》[10]이며 "어머님[11]께 말씀드리고 오겠다."라고 하였다. 이에 남자는 "다른 사람에게는 알리지 말고 조용히 다녀오십시오."라고 말하고 헤어졌다. 도련님이 기쁜 듯이 달려가는 뒷모습을 보니 머리카락이 찰랑

---

8   종자들이 관아에 출사한 개介를 수행하여 모조리 나가 있었던 것임.
9   개介의 남동생.
10   한자의 명기를 위한 의도적 결자. 문맥을 고려하여 보충함.
11   계모를 가리킴.

찰랑 흔들려 정말 귀여웠다. 가엾어서 죽이지 못할 것 같았지만, 마님께 믿음직한 모습을 보여 드리고 싶어서 마음을 독하게 먹고 말에 안장을 얹어 끌고 나왔다. 남자는

'이 아이를 칼이나 활로 죽이는 것은 너무 가엾은 일이다. 차라리 들판으로 데려가 구덩이를 파서 묻어 버리자.'

라고 생각하고 활을 가지고 손에 화살을 쥐고 다른 종자를 거느리지 않고 흰 말의 고삐를 잡고 기다리고 서 있는데, 도련님이 작은 화살통을 등에 메고 달려 나와 "어머님이 '빨리 가라'고 하셨어."라고 말하며 말에 올라탔다.

숙부의 집은 오 정町 정도의 거리에 있었지만 사람도 마주치지 않고 저 멀리 사오십 정 정도나 데려가 들판으로 접어들자, '이제 됐다!'고 생각하며 길도 아닌 곳을 점점 들어갔는데, 도련님이 "어디로 가는 거야? 언제나 가던 길과 다르구나."라고 말했지만, 남자는 "이것도 같은 길이예요."라며 이삼십 정 정도 데리고 들어가서 "잠시만 기다리십시오. 여기에 참마¹²가 있습니다. 파서 보여드리지요."라고 말했다. 도련님이 왠지 불안한 표정으로, "어째서 참마 같은 걸 캐는 거야? 빨리 가자."라고 말하는데, 사랑스럽고 귀여운 도련님의 얼굴을 보자 남자도

'이제 어떡하지? 마님이 아무리 중요하다고 해도 이 도련님 또한 나에게는 전혀 무관한 분이 아니시다. 개介께서는 또 얼마나 슬퍼하실까.'

라고 생각하자 어쩐지 무서워졌지만, 마음을 독하게 먹고 땅을 팠다. 도련님은 그저 참마를 캐는 줄만 알고 "참마는 어디, 어디에 있어?"라고 들떠 떠드는 모습을 보니 '만일 내가 이 도련님 편이라면 슬퍼서 견딜 수 없었을 게지.'라고 생각하자 눈물이 나왔다. 하지만 '마음이 이렇게 약해서야.'라고 꾹

---

12 야산 자생의 참마. 자연 마.

참으며 눈을 감고 도련님을 말에서 끌어내렸다. 벌벌 떨며 우는 것을 외면하고 옷을 벗긴 채 구멍으로 밀어 넣자, 도련님이 "이 짐승 같은 놈. 나를 죽이려고 한 것이었구나."라고 소리치는 것을, 그저 말을 못하도록 흙을 막무가내로 던져 넣고 허겁지겁 밟아 다지긴 하였지만, 당황하여 잘 다지지도 못한 채 허둥대며 되돌아갔다.

계모는 이 일에 관해서는 아무것도 모르는 체하고 있었지만, 도련님이 목에 매달리며 "숙부님 집으로 갑니다."라고 말한 얼굴이 눈앞에 아른거려,

'내가 정신이 어떻게 되어서 이런 짓을 생각했단 말인가? 그 아이는 친엄마가 없으니까 애지중지해 주면 나중에 효도를 할 텐데. 나에게는 딸밖에 없고 사내아이가 없다. 만일 이 일이 탄로 난다면 오히려 내 장래도 망치고 이 아이를 위해서라고 생각한 딸에게도 곤란해지는 것은 아닐까? 그 남자도 무척 모자라 보였는데 혹시 조금이라도 일에 차질이 생기면 간단히 자백해 버릴지도 모른다.'

라고 생각하니 곧바로 모든 것을 되돌리고 싶었지만, 이미 죽이고 돌아온 터라 이제 와선 어쩔 수가 없었기 때문에 매우 침울해져 토방에 틀어박혀 울고 있었다.

한편 그 숙부는 조카가 그리워 급히 만나보고 싶어졌다. 공교롭게도 종자들은 모두 밖에 나가고 없었는데 그들을 부르러 보내는 시간도 아까울 정도로 빨리 만나보고 싶은 마음에 단 한 명 남은 사인舍人[13] 남자를 불러 "말에 안장을 얹어라."라고 명하고는 화살통을 짊어지자마자 뛰어올라 말을 달리는 도중에 길가 수풀 속에서 토끼가 뛰쳐나왔다. 그것을 보자마자 그렇게나 서둘러 빨리 만나보고 싶었던 마음을 한순간에 잊고, 화살을 메겨 바싹 추

---

13 말고삐를 잡는 사내. 권22 제7화 참조.

격하여 쏘는 것 외에는 아무것도 생각나지 않아[14] 정신없이 들 속으로 달려 들어갔다. 토끼가 풀 속 깊이 들어갔기 때문에 몇 번인가 화살을 쏘았다. 그는 평상시 활의 명수라 쏜 화살이 빗나갔을 리가 없는데 끝내 그 토끼를 놓치고 말았다. '내가 실수를 하다니. 희한하군.'이라 생각하고, 하다못해 화살이라도 주우려고 말머리를 이리저리 돌려 찾고 있던 중 개 같은 것이 신음하는 소리가 들렸다. '이 소리는 어느 쪽에서 나는 것일까. 혹 병자라도 있는 걸까.' 하고 둘러보았지만 그런 것은 없었다. 이상하게 생각하며 귀를 기울이자, 지상이 아니라 무언가에 갇힌 듯 땅속에서 들려오는 것 같았다.

그러는 사이, 사인 남자는 화살을 모두 찾아냈다. 하지만 이 목소리가 무슨 소리인지 확인하고 싶어 "저 신음소리는 무슨 소리지?"라고 묻자, 사인 남자도 몹시 이상해하며 "무슨 소리일까요? 무엇일까요?"라며 이 남자도 주변을 돌아다니며 찾고 있던 중에 방금 흙으로 구덩이를 메운 것 같은 곳이 있었다. 사인 남자가 "여기 이상한 곳이 있습니다. 확실히 여기에서 소리가 납니다."라고 말하자, 주인이 다가가 들어보니 정말 거기서 소리가 났다. '누가 여기에 죽은 사람을 묻었는데 다시 살아나 신음소리를 내는 거겠지'라고 생각하고, "어쨌든 사람소리 같다. 자 어서 파내 보자."라고 말하자 사인 남자가 "두렵습니다."라고 말했다. 주인이 "그런 소리 마라. 혹시 사람이라면 사람 목숨을 구하는 것은 대단한 공덕이다."라며 말에서 내려 흙을 파헤쳤다. 바로 좀 전에 허둥지둥 파묻은 것이어서 매우 부드러웠다. 주인은 활고자[15]로, 사인 남자는 손으로 파헤쳤는데 점점 신음소리가 가까워졌다. '예상대로군.'이라 생각하고 서둘러 파니 충분히 메우지 않은 탓에 구멍 바

---

14 무사가 모든 것을 잊고 반사적으로 사냥감에 몰두하는 비슷한 용례는 권19 제7화에도 보임. 여기서는, 땅속에 파묻혀 있는 아이를 찾는 복선이 되고 있음.
15 활 양끝의 시위를 거는 부분.

닥에 빈틈이 있는 것 같았고, 그 바닥에서 목소리가 나는 것임을 알았다. 그리고 계속 파헤쳐 보니 큰 푸성귀나 풀, 나뭇가지로 덮여 있었는데 그것을 조심해서 걷어 낼 때마다 소리가 더욱더 커졌다. 다 파내고 보니 어린 아이가 발가벗겨진 채로 들어 있었다. "이런, 이 무슨 몹쓸 짓을."이라 말하며 들어 올려 보니, 그 아이는 그토록 자기가 만나고 싶어서 서둘러 나온 바로 그 조카였다. 그 아이라는 것을 알아차리자 앞이 캄캄하고 가슴이 미어져 "이게 어찌된 일이냐?" 하며 꼭 껴안자 몸은 차가울 대로 차가워져 있었지만 가슴 부근은 조금 따뜻했다. '우선 빨리 물을 마시게 해야겠다.'고 생각했지만 광활한 들판의 한복판이어서 물도 없었다. 사인 남자에게 "어서 물을 구해 와라"라고 말하고 자신은 허겁지겁 옷을 풀어 아이를 품속에 넣고 피부에 바싹대고는 "부처님 도와주십시오. 이 아이를 살려 주십시오."라고 흐르는 눈물을 연신 닦으면서 아이의 얼굴을 보니, 입술에 혈색이 없고 자고 있는 것 같았다. 하지만 꼭 껴안고 부처님을 염원한 효험이 있었던 걸까, '입술 색깔이 조금 되돌아왔다.'고 보일 즈음 사인 남자가 홑옷을 벗어 물에 적셔 숨이 넘어갈 듯 달려왔다. 그것을 받아들고 입안에 짜 넣자 얼마간은 입 밖으로 흘러나오는 듯했지만,[16] 마음속으로 기원한 보람이 있었는지 짜 넣는 물이 조금씩 들어가는 듯 보였기에 더욱더 부처에게 기원하며 물을 짜 넣자 아이는 그 물을 핥는 듯했다. 이제 목도 좀 축였으리라 싶어 꼭 껴안자 피부도 약간 따뜻해지는 것 같았다. 그래서 살아난 것인가 싶어 기쁘기는 했지만 여전히 걱정이 되어 견딜 수 없는 마음을 진정시키고 보니 아이가 눈을 가늘게 떴다. 이루 말할 수 없이 기뻤다. 홑옷에 적신 물이 더럽다고는 생각했지만, 그 외에는 한 방울의 물도 없었다. 계속해서 짜 넣자 전부 잘 받아

---

16 가사假死상태로 물이 목으로 넘어가지 않은 것임.

마셨다. 마시는 아이의 눈에는 눈물이 흘렀다. 숙부는 되살아났다고 생각하자 더욱더 열중해서 기원했다. 그 덕분인지 마침내 아이가 되살아났다. 그래서 살짝 앉혀 보니 아직 숨이 끊어질 듯이 괴로워 보였지만, 날도 저물 것 같아 간신히 말에 태우고 숙부도 안장 뒤쪽에 타고 말을 천천히 걷게 하여 어두워질 무렵 숙부 집에 도착했다.

사람의 눈을 피해 인기척이 없는 쪽으로 몰래 들어가서 사인 남자에게 굳게 입단속을 시키고 자기가 거처하는 방의 옆방으로 데려갔다. 처는 "무슨 일이 있었습니까?"라며 뒤따라 들어와서는 이 아이가 있는 것을 보고 "도대체 어찌하여 이렇게 몸 상태가 안 좋은 것이에요?"라고 말했다. 숙부는 "어허, 말도 마시오. 이 아이에게는 이러이러한 일이 있었소."라고 이 집에서 갑자기 생각나 나갔을 때부터의 일을 자세히 들려주자 처는 놀라며 아이를 향해 "도대체 어떻게 된 일이냐?" 하고 물었다. 그러자 아이는 노곤한 듯 올려다보며 아무 말도 하지 않았다. 숙부는 "조금 더 시간이 지나 몸이 원래대로 되돌아오면 이야기하겠지."라며 일단은 누구에게도 알리지 않고 부부끼리 정성을 다해 간호했다.

날이 완전히 어두워져서 등불을 켜고, 아이가 간신히 죽을 먹을 수 있을 정도가 되어 일단은 한시름 놓고 있었더니 한밤중이 지날 무렵 아이가 문득 깨어나서 "도대체 어떻게 된 거에요?"라고 말을 했다. '아무래도 정신이 든 것 같다' 싶어 숙부가 "여기는 내 집이다. 넌 어찌 된 것이냐. 실은 이러이러한 일이 있었단다."라고 하자, "아버님은?"이라 물었다. "아버님은 아직 이 일을 모르고 계신다. 아마 관아에 계시겠지."라고 대답하자, 아이는 "알려 드려야 하는데."라고 말했다.

"곧 알려 드리도록 하마. 그건 그렇고 무슨 일이 있었던 거냐? 너를 그렇게 한 녀석은 기억하니? 그것을 빨리 들어야만 하겠구나."

라고 묻자 아이가

"글쎄요, 그렇게 확실하게 기억은 안 나지만 아무개라는 남자가 '자, 숙부님한테 함께 가시지요.'라고 해서 어머님께 말씀드린 뒤 그 남자와 함께 나섰는데 오는 도중 그 남자가 참마를 캔다면서 구멍을 파고 나를 밀어 떨어뜨린 것까지는 기억하고 있습니다. 그 후의 일은 기억이 없습니다."

라고 대답했다. 이를 들은 숙부는

'설마 그 녀석 혼자 생각으로 벌인 일은 아닐 것이다. 누군가가 사주한 것이 틀림없다. 분명 계모의 간교한 술책이겠지.'

라고 판단했다.

날이 새는 것을 겨우 기다려 날이 새자마자 □□□□□□□[17] 처에게 거듭 말해 놓고, 아이에게 밥을 먹인 후 종자들을 불러 모아 형의 집으로 갔다. 가서 보니 집안이 쥐죽은 듯 조용하고 사람의 모습도 찾아보기 어려웠다. "개介께서는 어디 계신가?"라고 묻자 "관아에 계십니다."라고 대답했다.

"말씀 드려야만 하는 일이 있어 찾아왔다. 아이는 어디 있느냐? 그 아이도 관아에 가 있느냐?"

라고 묻자 계모가 그것을 듣고

"무슨 일이십니까? 그 아이는 어제부터 모습이 보이지 않아서 댁[18]에 간 것이라고 생각하고 있었습니다. 어찌 된 일입니까? 설마 저를 놀라게 하려고 거짓말하시는 건 아니시죠?"

라며 엉엉 울었다. 숙부는 '괘씸한 여자로다.'라고 생각했지만 '당분간은 비밀로 해 두자' 싶어,

---

17 파손에 위한 결자일 것임. 전후문맥으로 추정해볼 때 '날이 밝으면 곧바로 개介에게 알리자고 생각하여'의 서술이 있었던 것으로 추정.

18 숙부 집.

"이상한 말씀을 하시는군요. 사람을 속이는 것도 한도가 있습니다. 오랫동안 보지 못해 마음에 걸려 만나고 싶어 온 것입니다."

라고 하자 계모는 "그렇다면 이게 어찌 된 영문이지요?"라며 야단법석을 떨었다. "하여튼 빨리 찾아라."고 말하는 소리를 듣고 아이를 땅에 파묻은 그 남자가 나와, 남들보다 배는 더 큰 소리로 울면서 찾아 돌아다녔다.

숙부는 "빨리 개介께 알리도록 해라."라고 말하며 종자를 달려가게 했는데, 편지를 써야겠다며

'말씀드릴 일이 있어 찾아뵈었더니 아이 모습이 보이지 않는다 하여 경악하고 있습니다. 빨리 집으로 와 주십시오. 말씀드릴 일이 있습니다.'

라고 써 보냈다. 심부름꾼은 말을 타고 달려가 금세 도착하여 숨이 넘어갈 듯 "어린 도련님이 행방불명되었습니다."라고 고하자, 나이든 개介는 그 소리를 듣자마자 벌떡 일어섰지만 그대로 비틀비틀 금방이라도 숨이 넘어갈 것 같은 모습이었기 때문에, 수령에게 자세한 사정을 말할 여유도 없었다. 그리고 그저 목대目代[19]에게 '이러이러한 사정입니다.'라고만 말해 두고 돌아오는 도중 말에서 떨어질 뻔했는데 종자들이 부축하여 간신히 집으로 돌아왔다.

개介가 집에 들어서자마자 "도대체 어찌 된 일이냐?"라고 묻자 계모가 나와서 발밑에 쓰러지듯 엎드리며,

"이제 당신은 나이가 있으셔서 언제까지나 저와 같이 있을 수는 없겠지요. 저는 조금 더 나중까지 살아 있을 테니까 그 아이를 이 세상에 다시없는 보배로 생각하고 있었는데……. 그것은 그렇고 도대체 어떻게 해서 사라진 걸까요? 그런 어린애를 적으로 여겨 죽이는 자가 어디 있겠어요? 다만 그

---

19 개介의 하급자로 국사國司의 대관代官.

애는 매우 귀여운 아이이니까 도읍으로 올라가던 사람들이 법사法師에게 치고 稚兒로 팔거나[20] 하려고 납치해 달아난 것인지도 모르겠어요. 아, 어쩌면 이렇게 슬플 수가!"

라고 계속 말을 하며 큰 소리로 마구 울었다. 아버지인 개介는 울지도 못하고 그저 크게 한숨만을 내쉬며 털썩 주저앉아 있었다.

숙부는 '그것 참, 사실은 살아 있는데'라고는 생각했지만, 한편으로 그 아이가 그런 심한 꼴을 당한 것을 생각하면 할수록 계모가 미워서 견딜 수가 없었다. 하지만 아무것도 모르는 얼굴로

"이제 와서 어떻게 할 수도 없지요. 이것도 다 무슨 인연이 있어서 그런 거겠지요. 어떻습니까? 마음도 위로할 겸 제 집에 가시지 않겠습니까?"

라고 권하자, 개介는

"어쨌든 일을 자세히 조사하고 아이의 생사를 분명히 확인하고 난 뒤에 법사가 될 것이다. 이 나이까지 살면서 이제 와서 이런 가혹한 일을 당하다니."

라고 소리를 높여 우는 것도 무리가 아니었다. 하지만, 이래저래 잘 설득해서 간신히 데려가는데 낭등들도 모조리 따라붙었다. 그중에는 아이를 묻은 그 사내도 있었다. '이 사내만큼은 꼭 데려가야지.'라고 생각하고 있었는데 자진해서 따라왔으니 '참 잘됐다.'고 생각하고 눈치채지 못하도록 경계하며 가는 사이 집에 도착했다.

거기서도 개介는 엎드려 쓰려져 울었다. 동생은 그를 달래어 집안으로 들이며 또한 심복부하 한 명을 불러서 아이를 파묻은 사내를 눈치채지 못하게 몰래 감시토록 했다. 그리고 "두세 명 정도 호흡을 맞춰 감시하고 내가 '묶어라' 하면 확실히 포박해라"라고 명하고, 개介를 집안으로 데려 들어가서

---

20 예쁘장한 사내아이를 유괴하여 법사에게 치고로서 팔아넘기는 것은 인신 매매자의 상투행위였음. 비슷한 예가 요곡謠曲 『사쿠라 강櫻川』, 『스미다 강隅田川』 등 중세 작품에 빈출.

아이가 있는 방으로 안내해 아이를 보여 주었다. 이를 본 개介는 '그렇다면 아이를 숨기고 나를 속이려 한 것이었나.' 생각하고 불같이 화를 내며 "농담에도 정도가 있다. 불길하게도 이런 짓을 해서 사람을 속이다니."라고 하자 동생이 "자아, 조용히 하세요. 실은 이러이러한 사정이 있었던 것입니다."라며 울며 말했다. 개介는 그 말을 듣고서 어안이 벙벙해 물어보니 아이가 있는 그대로 이야기했다.

개介는 놀라고 기가 막혀 "그런데 그 사내가 조금 전까지 있었는데 달아나 버리진 않을까?"라고 말하자 동생이 "감시를 붙여 놓았습니다."라고 말하며 그자를 끌어내어 포박시키자 그 사내가 "왜 이러십니까?"라고 말하며 "아, 역시 이렇게 될 줄 알았어."라고 말을 했는데 개介가 칼을 빼서 사내의 목을 베려고 했다. 순간 동생이 그 손을 저지하며 "사건의 자초지종을 자세히 규명한 후에 어떻게라도 처분하십시오."라고 말하며 그 사내를 다른 장소로 데려가 심문하니 처음 잠깐 동안은 입을 다물고 있었지만 엄히 추궁하자 마침내 있는 그대로 자백했다.

개介는 '계모는 어쩌면 그렇게나 어처구니없는 궁리를 한 것일까.'라고 생각하고 사람을 시켜 집을 엄히 지키게 했다.[21] 이 일을 숨기려 해도 모두가 알게 되어 긴 세월 '마님'이라고 받들어 섬기던 자들도 제각기 거리낌없이 비난을 했지만, 계모는 태연히

"이게 대체 무슨 짓이냐? 정말 억울하다. 아이가 나와서 내가 한 짓이라고 말하더냐? 정말 어처구니없구나."

라고 말했다. 그건, '아이를 죽였으니 설마 살아 있을 리가 없다.'고 생각했기 때문일 것이다.

---

21 혹시나 달아나지는 않을까 엄하게 감시시킨 것임.

개介는 이 집에 네댓새 머물며 아이의 건강을 회복시키기 위해서 기도 등을 시킨 다음 집으로 돌아갈 때가 되어

"그 여자가 집에 있으면 자연히 얼굴을 마주치게 될 터인데 그 여자의 얼굴을 더는 봐줄 수가 없다."

고 하며 동생을 먼저 집에 보내 계모를 내쫓고, 그 유모를 포박하고 또한 계모의 딸도 맨발로 내쫓아, 이들과 관련되는 자는 한 사람도 남김없이 내쫓은 뒤 아이를 데리고 집으로 돌아왔다.

이 일을 전해 들은 자들은 그 계모를 미워하며 가까이 오지도 못하게 하였기 때문에, 어미도 딸도 초라해진 모습으로 사방을 헤매 다녔다. 아이를 파묻은 그 사내는 목을 베고 그 처는 입을 찢어 주려고 했지만 동생이 "그건 그 아이를 위해서도 좋지 않는 일입니다."라고 간하여 추방하는 것만으로 그쳤다.

사내가 이 아이를 구덩이에 파묻을 때 당황하여 푸성귀나 풀, 나뭇가지를 던져 넣었는데 이 아이에게 살아남을 전세의 숙보宿報가 있어 그것들이 구덩이 도중에 걸려서 던져 넣은 흙이 아이에게 직접 눌러 얹히지 않고 틈을 만들어 주었기 때문에 아이가 숨을 쉬어 살 수 있었던 것이다. 이것도 모두 전세의 숙보이다.

이 아이는 성장해서 원복元服²²을 치르고 얼마 안 있어 아버지도 숙부도 죽자 그 두 사람의 재산을 모두 물려받아, 이 사람도 대부개大夫介라 불리며 유달리 권세와 재산을 많이 가진 자가 되었다.

이 이야기는 그 대부개를 만났던 사람이 본인에게 직접 듣고 이야기한 것이다.²³

22 옛날의 남자 성인식. 보통 열두세 살부터 열대여섯 살 무렵 사이에 행했음. 관례冠禮.
23 이 이야기의 등장인물에 인연이 있는 인물을 설화전승자로 설정하고 있는 점에 유의. 설화의 진실성을 강

생각건대 계모는 실로 어리석은 사람이다. 자기 자식처럼 생각하고 길러 주었더라면 그렇게 길거리에서 헤매는 일은 없었을 테고, 양아들도 효도를 다했을 것이다. 그러므로 계모는 현세도 후세도 자기 스스로 망쳐 버린 것이라고 이렇게 이야기로 전하여 내려오고 있다 한다.

　　조하기 위한 것임.

陸奥国府官大夫介子語第五

今昔、陸奥ノ国ニ勢徳有ル者 兄弟有ケリ。兄ハ弟ヨリ

ハ何事モ事ノ外ニ増テゾ有ケル。国ノ介ニテ政ヲ取行ヒケ

レバ、国ノ庁チニ常ニ有テ、家ニ居タル事ハ希ニゾ有ケル。

家ハ館ヨリ百町 許去テゾ有ケル。字ヲバ大夫ノ介トナン云

ケル。

其ガ若カリケル時、子モ無リケレバ、我ガ財可伝人無ト

テ、子ヲ強ニ願ヒケル程ニ、年モ漸ク老ニケリ、妻ノ年ハ四

十二余ルニテナン、今ハ子産ン事モ不思懸程ニ懐妊シニケリ。

夫妻共ニ此ヲ喜ビ思フ程ニ、月満テ端正美麗ナル男子ヲ産バ、

父母此ヲ悲ミ愛シテ、目ヲ不放養フ程ニ、其ノ母程無ク死ケ

リ。

歎キ悲ム事不愚トイヘ共、甲斐無シテ止ヌ。

父、「此ノ児ノ、物ノ心知テ長ビムマデハ、継母不見」ト

云テ、妻ヲ儲ル事無

シ。只此介ガ弟モ、

子モ無リケルニ合セ

テ、此勢ノ介ノ極テ

厳ケレバ、「我モ此

児ヲ子ト憑マム」ト

云ケレバ、父ノ介モ、

母子像（慕帰絵詞）

「母モ無テ、我レ独此ヲ養フニ、身ノ忿ニサニテ、常ハ否不見程ノ不審ニ、同心ニ被思バ喜キ事也」ト云テ、養ハスレバ、弟迎ヘ取テゾ悲ビ養ヒケル。

而ル間、児ノ年十一二ニ成ヌ。長シク成マヽニハ、形ノ端正ナルニ合セテ、心バヘサヘ厳クテ、人ノ為ニ強ニモ無ク、教フル文ナドヲモ悟リ読習ヒケレバ、祖々ノ悲愛スルハ然ル者ニテ、被仕ル従者共ニ至ルマデ、此ノ児ヲ愛シ傳ケリ。

而ル間、其国ニ可然者ノ、男ニ送レテ募ニテ有女在ケリ。此介ガ妻モ無テ有ヲ聞テ、「此ノ児ノ後見セン」ト勸ニ令云ケレドモ、女ノ心ハ奇異ノ怖シキニ合セテ、身モ急ガシクテ常ハ家ニモ無レバ、「妻ノ用モ無シ」トテ不聞ケレバ、女、『忽ニ妻ニ成ラム』ト思フニ、我モ女子ハ一人持タレ共、男子ノ無レバ、老ノ末ノ憑ミニモ、其ノ児ヲモセント思フ」トテ押来リニケリ。只此児ヲノミ翫ビ悲ビケレバ、介、「怪」トハ思ケレドモ、暫コソ不寄付ケレ、鰥ナル男ノ許ニ寡ナル女ノ来居テ、押テ家ノ事共改テ有ケレバ、何ガハセントテ

近付ニケリ。其後ハ弥ヨ此児ヲ悲クシテ可有カシウ見エケレバ、父介モ、「此ルニテハ、今迄此ヲ不寄ケル事」ト思テ、万ヲ打預テケリ。十四五歳許ノ娘有ケレバ、其ヲモ、此ノ児ヲ此ク悲クスレバ、我子ノ様ニゾ持傳ケル。

此男ハ年既ニ七十二ニ成年、今日明日共不知。此男子無若干多カル □ □ 下ノ心カナ。「此ヲ失ハム」ト思へ共、忽ニ可為様ナキ事ニ、今出来タル郎等ノ思遣リ少気ニテ、人付ナリヌベキヲ見得テ、取分テ此ヲ寵ビテ、物有レバ取セナドシケレバ、郎等無限喜テ、「生トモ死ストモ只仰ニ随ハン」ト云ケルヲ、弥ヨ語ヒ付テ有程ニ、此ノ父介、沙汰有事有テ、御館ニ有テ、久ク家ニ不返リケル程ニ、継母此郎等ヲ呼取テ云ク、「此二人数有レ共、見タル様ヤ。汝ヲ殊ニ哀レニストハ知タリヤ」。郎等ノ云ク、「犬馬ソラ哀ニ為ル人ニハ、尾不振様ヤハ候フ。何ニ申シ候ハムヤ、人ニ取テモ、己レハ喜キ事ヲバ喜ビ、佗キ事ヲバ佗トコソハ思ヒ被

取候ニ、無限御顧ノ替ニハ、生死モ只仰ニ随ハントコ
ソハ思ヒ給ヘ候ヘ。

ン」ト。継母此ヲ聞テ喜テ云ク、「我思ツル本意有テ思ケル、
極テ喜シ。我露ノ隔無憑ママム。然カ可思シ」ナド云テ、「今

夜吉日也」トテ、此娘ノ乳母子ナル者合セツ。郎等、本妻ハ
有ケレドモ、「強縁ヲ取」ト思テ、喜ブ事無限。

継母此ノ男ノ心ヲ取得テ後ニ、妻ヲ以テ男ニ令云ル様、
「今ハ偏ニ憑メバ、我思フ事シ不云デ可有ニ非ズ」ト。男、

「ソレコソハ己ガ思フ本意ニテハ有メ」ト答フレバ、妻能夫
ノ心ヲ語ヒ取テ云ハ、「此我養姫君ハ、心バヘモ物ヲ思知

参リ哀ニ御スレバ、幸ノ御サンズルナメリ。実ノ父ニ送レ給
テ後、心細ク御セシヲ、此介殿ノ母上ヲ迎ヘ取給テ後ヨリハ、

可然契ヤ御スラン、亦無者ニ傅キ給テ、『生タル時ニ男合セ
奉ラン』ト宜テ、既ニ今日明日ノ事ニ成タルヲ、『此介殿

ノ御財ヲ、引分ル方無ク、我君ニ令伝タラバ和主ノ世ニテ
コソ有レ』ト思フヲ、何ガ可為」ト。夫此ヲ聞テ、疵咲テ、

云ク、「其ハ難カルベキ事ノ様ニモ、大事気ニ宣フ哉。已ガ
心也。御前ダニ許サセ給ハヾ、誰ガシツル事共無テ失テバ、

若干ノ財共ハ何ガハ行ハント為」ト。妻、「只此也。御前モ
然思食タル也」ト云ヘバ、夫、「吉様ニ申セ」トイヘバ、妻、

「申サン」トテ朝疾参リ寄テ、急ニ思ヒ得タル様ニテ云ク、
何ト無事ナド云次デニ、此男、賢ニ心得テ、人モ無方ニ思

バ、主ヘ云セタル事次デニ、弥ヨ此女人ヲサ御預給ヒタレバ『何デカ
「只ニ候ツル時ソラ、御顧ノ厚ク候ヘバ、無限忝ク思

奉リ候ツルニ、弥ヨ此女人ヲサ御預給ヒタレバ『何デカ
吉ラン事ナ様ノ事ハ、思ヒ寄テ申サン』トコソハ思ヒ候フニ、

『此児不御ハシモ、姫君ノ御為ニハ吉ク候ナンカシ』ト思給
ヘ候フヲ、御許シ候ハヾ、今日ナドコソ人不騒候フ、

相構ヘント思給フルヲ、何ガ候」ト云バ、継母、「此マデ後
見思フラント思ヒ不寄リ。実ニ憑タリケリ」ト云テ、上ニ

着タル衣ヲ脱テ打被テ、「然ラバ此モ彼セヨ。何ハセンズ
ノ御財ヲ、此許思ヒ遣テ申ス許ニテハ、何デカハ愚

ル」ト云バ、男、「此許思ヒ遣テ申ス許ニテハ、何デカハ愚

ナル事ハ仕ラン。

只任テ 御覧ゼ
ヨ」ト云テ、立
ヌ。

継母、喜キ物
カラ、心騒テ居

タルニ、此男立出テ見レバ、折シモ同様ニ遊ブ童部無テ、
此児小弓胡録提テ会タリ。男見付テ突居タレバ、児走リ寄来
テ、常ニ具シテ遊ブ童ヲ、「某丸ヤ見エツル」ト尋ヌレバ、
男、「祖父共シテ遠ク罷ヌトコソ承リツレ。何ド此ク徒然気
ニテ独リハ行セ給フゾ」ト云ヘバ、「此ノ童部ヲ求ルニ、独
モ無レバ」ト云バ、男ノ云ク、「去来給ヘ。伯父父ノ許ニ将
奉ラン」ト。児何心モ無打□テ、「母堂ニ告奉ラン」ト
云ヘバ、男、「人ニ不令聞デ、密ニ御マセ」ト云去。児喜気
ニ思テ走リ行後手、髪ノタソ〳〵トシテ可咲気ナルヲ見ニ、
カハユク難為思ヘ共、人ニ憑シ気ヲシ見エント思ヘバ、木石

小弓(石山寺縁起)

ノ心ヲ発シテ、馬ニ鞍置テ、曳将来ヌ。男ノ思フ様、「此児
ニ刀ヲ突立、箭ヲ射立殺サムハ、尚カハユシ。只野ニ将行
テ、堀埋ン」ト思テ、弓ヲ手箭ニ取テ、従者ヲモ不具シテ、
白キ馬ヲ曳テ、待立テル程ニ、児小胡録負テ走リ出来タリ、
「母堂ハ、「疾ク行ケ」ト有ゾ」トテ、馬ニ乗ヌ。
其伯父ガ家ハ五町許ヲ去テ野ニ入ヌルヲ喜キ事ニ思テ、人ニモ不見シテ、
遥ニ四五十町許去テ将去リケルニ、人ニモ不見シテ、道ニ
モ非ヌ方様ニ将行バ、児、「此ハ何ニ。例行道ニハ非デ、道ニ
此ク将行ク」ト云ヘ共、「此モ同道ニ候フ」トテ、二三十
町許将入テ、「暫留リ給ヘ。此ニ暑預ノ侍ル、堀テ見セ
奉ラン」ト云フ共、児物心細気ニ打思テ、「何ゾ暑預ヲ堀ル。
疾行ナン」ト云フ顔ノ、厳ク労タ気ナルヲ見ニ、男モ、「イ
デヤ、何ガセマシ。人ノ事ヲ大事ニ思フトテ、此モ由無人カ
ハ。介殿何カニ迷給ハントスラン」ト空怖クテ、木石ノ心ヲ
発シテ土ヲ堀ニ、児「此ハ暑預ヲ偏ニ堀ゾ」ト思テ、「何ラ
暑預 〳〵」ト云ヒ立ルニゾ、「此人ノ方人ナレバ、悲サニ

不堪カシ」ト思テ、涙ノ出ヅ、我乍モ、「心弱シ」ト念ジテ、目ヲ塞テ児ヲ引落セバ、児愕テ泣ク、男顔ヲ外様ニ見向テ、衣ヲ剥テ、穴ニ押入レバ、児、「穴ニ押入ルヲ、

殺ラントスト也ケリ」ト云程、只物不云セシテ、土ヲ只入ニ入テ、踏周テ、心ノ迷ケルマヽニ能モ不堅シテ、騒テ返ヌ。

然気無ク持成テ有ニ、継母児ノ頸ニ懸リテ、「伯父ガリ行」ト云ツル顔ツキ、俤ニ思エテ、「我何ニ狂ヒテ此ノ事ヲ思寄ツラン。実ノ母モ無者也ツレバ、我モ哀ニセバ、能孝シツベカリツル者ヲ。此ノ女子ヨリ外ニ、我モ男子モ無。若シ聞ナ

バ、中々ニ我道モ絶、此ガ為ト思フ女子ノ為ニモ何ガ有ンズラム。此男ハ極テ心幼気ニ見ユル者ヲ。少シモ事モ違ハヾ、云ヤ出サンズラン」ト、取モ返シツベク思ケレ共、殺テ来ニタレバ、可為様モ無テ、無端シテ塗籠リ居テゾ泣ケル。

此テ、彼伯父此児ノ俄ニ急ト見マ欲クテ恋シカリケレバ、従者共モ皆行違テ人モ無リケルヲ、呼ニ遣ラン程ヲ可待モ無ク恋シク覚エケレバ、只舎人男一人有ケルヲ、「馬ニ鞍置」ト

云テ、胡録搔負テ、急乗テ走セテ行程ニ、道ニ草ノ中ヨリ兎ノ走リ出タリケルヲ見テ、急ギ行ツル心トモ無ク、此兎ヲ見ニ、恋シカリツル事モ忽ニ忘テ、箭ヲ番テ押懸テ射ムトヨリ外ノ事不思。野ノ中ニ走ラセ入ニ、草深ク入ニケレバ、数度射トイヘ共、例ハ極テ手聞ニテ、此様ノ者ハハヅス事モ無リ

ケルニ、此兎ヲ逃テ、「希有ノ態哉」ト思テ、箭ヲダニモ取ントテ、押廻シタヽ求ケル程ニ、「狗カ何ゾ」ト思ユル者ノ声ニテウメク音聞ユ。「此ハ何方ノ、若病人ナドノ有カ」ト思テ見レ共、然ル者モ無シ。怪ビ思テ、此ノ声ヲ聞バ、上ニ非デ、物ニ籠タル様ニテ、土ノ底ニ聞ユル様也。而ル間、舎人男、箭ハ求得テ取ツ。然レドモ此音ニ付テ、此ク見顕サント思テ、舎人男ニ、「此ウメクハ何ノ音ゾ」ト問

馬に乗る武将（一遍上人絵巻）

ヘバ、男モ、「糸怪シ」ト思テ、「何ノ音ニカ候ラン。何事ゾ
ヨ」ト云テ、男モ走リ廻ツ、見程ニ、只今土ヲ搔埋タル穴ト
思シキ所有。舎人男、「此ニコソ怪シキ所候ニ、此音ノ只此
ト聞エ候フ也」トイヘバ、主寄テ聞ニ、実ニ然カ聞ユ。「人
ノ死人ナドヲ埋タリケルガ、活テウメクニヤ有ン」ト思テ、
「何ニアレ、人ノ音ナメリ。去来、此堀出シテ見ム」トイヘ
バ、舎人男、「怖シ気」ト云ヲ、主、「此ト不云ゾ。若シ人ナ
ラバ人生ムハ極テ功徳ゾカシ」トテ、馬ヨリ下テ、此土ヲ搔
ケルニ、只今迷ヒシニ埋タリケレバ、糸和ラカニテ、主ハ弓
ノ本ヲ以テ搔キ去ヲ、舎人男ハ手ヲ以テ搔去ルニ随テ、此ウ
メク音近ク成ル。「然バヨ」トテ急ギ堀ルニ、能モ不埋ケレ
バ、穴ノ底ハ透タル様ニテ、此音此ガ底ニ聞キ成テ堀ルニ、
大ナル菜、草、樺ノ塞タルヲ、構テ引上タルニ付テ、此音高
ク成ヲ見レバ、幼キ児ヲ裸ニ剝テ居ヘタリ。「穴極ジャ」ト
テ引上テ見バ、此我恋シト思テ念ギ行ツル甥ノ児ニテ有リ。
「某ヨ」ト見ニ、目モ暗レ、心モ迷ヒテ、「此ハ何ナル事ゾ」

ト思テ搔寄テ見タレバ、身モ皆水旱テ、胸ノ許ノ少シ煖カ也。
「先口ニ疾ク水ヲ入バヤ」ト思ヘドモ、遥ナル野中ナレバ、
水モナシ。舎人男ニ、「水求ヨ」ト許云懸テ、我ハ装束ヲ迷
ヒ解テ、児ヲ懐ニ搔入テ、膚ニ宛テ、「仏助ケ給ヘ。此ガ命
生給ヘ」ト、涙ヲ不堪敢ヌ打拭ツ、児ノ顔ヲ見レバ、
唇ノ色ハ無テ、眠リ入タル様ナルヲ、強ク抱キ、仏ヲ念ジ
奉ル験ニヤ、「唇ノ色少シ出来ニタリ」ト見程ニゾ、舎人
男、帷ヲ脱テ水ニテ、息モ絶々ニ走リ来ル。其ヲ取テ口ニ
汲リ入レバ、暫ハ出ル様ナレドモ、心ニ願ヲ立ル験ニヤ、汲
リ入ル水ノ少シ入様ニ見ユレバ、弥ヨ仏ヲ念ジ奉ニ、汲リ
入ルニ、昔ツル様也。然レバ、咽少シ潤ヌラント思テ、搔寄
テ抱タレバ、膚モ少シ煖シ心地ス。然レバ、生ナンズルニヤ
ト思ニ喜キ物カラ、不堪敢心ヲ静テ見レバ、目ヲ細目ニ見開
タレバ、喜シトモ愚也ヤ。帷ノ汁ハ穢ク思ユレ共、何ニモ水
ノアラバコソ。尚々汲リ入レバ、糸吉ク呑入マヽニ、目ヨリ
涙ノ出レバ、既ニ生返ヌル也ケリ、思フニ、中々物不覚、弥

願ヲ立ル気ニヤ、生返ニタリ。押居レバ、絶々トシテ苦気ナ

レ共、日モ暮ヌベケレバ、構ヘテ馬ニ乗テ、伯父井尻ニ乗テ、

漸ク行ケレバ、暗ク成ル程ニゾ伯父ガ家ニ行着タリケル。

固テ、我居タル傍ナル壺屋ニ将入ヌ。妻、「何事ノ有ゾ」ト

人ニ不見シテ、忍ビタル方ヨリ和ラ入テ、舎人男ノ口吉ク

テ、暫ク人ニモ不令知シテ、妻夫シテ繚フ。

異クテ、然テ、児ニ、「抑モ何成ツル事ゾ」ト問ヘバ、糸絶

気ニ見上テ、物モ不云バ、「今、心例様ニ成ナバ云テン」ト

ハ持成ゾ」ト云ヘバ、「否ヤ、云ハ愚也。此ノ児ノ有ツル事

然々也」。此ヨリ俄ニ思ヒ立テ出ヅル程ヨリ委ク語ルニ、奇

暮ヌレバ火灯シテ、粥ナド食フ程ニ成ヌレバ、妻夫思フ

ニ、夜中打過ル程ニ、児寝驚テ、「此ハ何事ゾ」トイヘバ、

「物思エニタルナメリ」ト思テ、伯父、「此ハ我家也。何ニシ

タリツル。事ツル様ハ然々」ト云ヘバ、児、「父ハ」ト問ヘ

バ、「父ハ未ダ此事知不給。国府ニコソハ御スラメ」ト答フ

レバ、児、「告奉ラバヤ」ト云ヘバ、「今告奉ム。然モ

何ナリツル事ゾ。為ツル人ハ思エヤ。疾ク可聞事ニテコソ有

レ」ト云ヘバ、児、「不知、吉モ不思エド、某丸ト云男ノ、

『去来給ヘ、伯父ガ許へ』ト云ツレバ、母堂ニ告テ、其男ニ具

シテ来ツルニ、道ニテ其男ノ、『暑預』トテ、穴ヲ堀テ、我

ヲ引落シツルマデハ覚ユ。其後ノ事ハ不覚」ト云ヘバ、「其ノ

男ノ為態ニテハ、心トハヨモ為ジ。人ノ教ヘタルニコソハ有

ラメ。此、継母ノ謀ナラン」ト心得ツ。

夜ノ明ルモ心モ無テ、何シカ明マ二、□□□

妻ニ返々云置テ、児ニ物云セテ後、従者共ヲ呼集テ、兄ノ

許へ行ク。行付テ見レバ、家搔澄テ、人幾モナシ。「介殿

ハ」ト問ヘバ、「国府ニコソハ」ト答フ。「可申事有テ参タ

ル也。児ハ、其モ国府ニカ」ト問ヘバ、「継母此ヲ聞テ、「奇

異キ事カナ。其ノ児ハ昨日ヨリ不見バ、其ニ参タルナメリト

コソ思ツレ。何ナル事ゾ。若シ人ノ心迷ハサントテ量リ給

フカ」ト云テ、只泣ニ泣バ、此伯父、「穴憾ノ女ノ心ヤ」ト

思ドモ、「暫ハ人ニ不知」ト思テ、「怪シキ事ノ様ヤ。人ヲ謀ルトモ、可云事ヲコソ申セ。久々不見バ不審クテ、見ント思給ヘツル也」ト云ニ、

「然ハ、此ハ何ナル事ゾ」ト云テ嘆キ合タリ。「尋ネヨ」ト云フヲ聞テ、此埋タル男出来テ、人ヨリモ勝レテ泣求メ騒グ。

伯父、「先、介殿ニ疾ク告奉レ」ト云テ、人走スルニ、「文奉ラン」ト云テ、此伯父此ク書テ遣ル、「可申事有テ参タルニ、『此児ノ失テ不見』ト承レバ、奇異クナン。疾々御セ。可申事共候フ」ト。使馬ニ乗テ走セケレバ、程無行着テ、息モ絶々ニ、「若君不御」ト云ケレバ、フタ〳〵トシケルガ、年ハ老タル者ノ、此ヲ聞マ丶ニ、立上ケルガ、殆シカリケレバ、上ニ此トモ不云敢、只目代ノ許ニ、「此ル事ノ有レ

消息を捧げる男（絵師草紙）

バ」ト許云遣来ケルニ、道ニテモ落ヌベカリケルヲ、従者共集テ抱ヘテ、辛クシテゾ来着タリケル。

先、「何ナル事ゾ」ト問ニ、継母向ヒ合テ、臥丸ビテ云ク、「主ハ年老給ニタレバ、久クモ不給。我ハ今暫モ立送ルベ

ケレバ、此児ヲコソ此ノ世ノ財ト八、何ナル事ニテ失ヒツルカ有ン。児ヲ敵ト思テ殺、ト思テ殺ス人ヤハ可有。只、児、様ノ厳カリツレバ、京二上ル人ナドノ法師ニ取センナド思テ取テ逃ニケルニヤ。穴悲シトモ悲シヤ」ト云ヒ次テ、音ヲ挙テ泣事無限。父ノ介ハ泣ク事ナクテ、音モ不泣、只喘ヲシ入タラン様ニテ居タリ。

伯父ハ、「哀レ有者ヲ」トハ思ヘドモ、有ツル事共ノ思ヒ被出テ憐ケレドモ、然気無テ云ク、「今ハ甲斐ナシ。可然ニコソハ候フラメ。去来サ

泣く男（北野天神縁起）

セ給ヘ、「己ガ家ヘ。心モ嘗給ヘ」ト倡ヘバ、介、「此ガ故
尋テ、此モ彼モ聞定テ法師ニ成ナン。今マデ世ニ有テ、此ル目
ヲ見セ」トテ、音ヲ挙テ泣モ理也。然レ共、此彼云テ、構
テ将出シテ行ニ、郎等共アル限リ具シタリ。其中ニ此児埋ミ
ノ男モ有リ。「此ヲ態ト将行ン」ト思フニ、彼ガ心ト来レバ、
「糸吉」ト思テ、然気無ニ二目ヲ付テ行程ニ、将着ヌ。
其ニハ介臥シ丸ビ泣ク。弟 云ヒ誘ヘテ内ニ将入トテ、
睦マシキ郎等一人ヲ呼放テ、此児埋ノ男ニ然気無ク付ツ。然
レバ、「二三人許ニ心ヲ合テ守テ、此児ニ随テ、樋
ニ搦メヨ」ト云置テ、介ヲ内ニ将入テ、此児ノ有壺屋ニ入テ
見スレバ、介、「児ヲ取隠シテ人ヲ迷ハサン」ト心得テ、只
嗔ニ嗔テ、「戯モ可為様有テコソ。忌々ク此ル事シテ人迷
ス」トイヘバ、弟、「穴鎌給ヘ。有ツル様ハ然々」ト泣々語
レバ、介此ヲ聞テ、云ベキ限モ無テ児ニ問ヘバ、児有ノマ
ニ。

リ。

バ、弟、「人付テ侍」トテ、出搦サスレバ、此ノ男ハ、「此ハ
何ニ」ト云乍ラ、「哀レ。然ハ思ツル事ヲ」ト云テゾ、介ハ
太刀ヲ抜テ、男ノ頸ヲ切ラント為ヲ、弟引ヘテ、「有ツラン
様、槌ニ問拈メテコソ何ニモセメ」トテ、将放テ問ニ、暫ハ
不云ケレドモ、責テ問ケレバ、落テ、有ノマヽニ事共云テケ
リ。

「継母ノ心奇異シ」ト思テ、人ヲ遣テ家ヲ堅メサセツ。隠スト
スレ共、皆人聞テ、従者共モ、年来ハ、「上」トテ傅ツレ共、
所モ不置云ケレバ、継母糸強顔ヲ、「此ハ何ナル事ゾ。不思
懸事哉。児ノ出来テ、『我為態』ト云カ。可咲ヤ」ト云ヲバ、
「殺ツル者ナレバ、ヨモ不有」ト思フナルベシ。

介ハ此家ニ四五日居テ、児吉疏ニ令祈ナドシテ、返ラン
トテ、「其女家ニ有ラバ、目モコソ見合レ」トテ、弟ヲ所ニ
遣テ、継母ヲ令追出テ、其乳母ノ女令搦ナドシテ、娘ヲモ歩
ヨリ追出シテ、其故ノ者共一人モ無ク掃ハセテ後ニゾ、児具
シテ家ニハ返タリケリ。

介奇異ク思テ、「先、此男有ツルハ逃ヤシヌラン」ト云ヘ

此ヲ聞及ブ者ハ、此継母ヲゾ憎キ、人当ニモ不寄ケレバ、

母モ娘モ奇異気ニテゾ迷ヒ行ケル。彼児埋ノ男ヲバ頸取ナン、

妻ヲバロ割カントシケレドモ、此弟、「児ノ為ニ由無事也」

トテ制シテ、只追セテケリ。

此児埋ケル穴ニ、男ノ迷テ菜、草、樺ヲ入ケルニ、此児ノ

可生報デ有ケレバ、児ニハ寄シテ、穴ニ塞ガリテ、

透間ノ有テ息ノ通テ生タリケル也。此モ前世ノ報也。

其児ハ長ニ成テ元服シテ、祖、伯父失ニケレバ、其二人ガ

財ヲ併テ伝ヘテ、此モ大夫ノ介トテ、事ノ外ニ勢徳有者ニテ

ゾ有ケル。

其大夫ノ介ヲ見タリケル人ノ聞テ語シ也。

此ヲ思フニ、継母ガ心極テ愚也。我子ノ如ク思テ養立タ

ラマシカバ、不迷シテ孝養モシテマシ。然レバ、現世後生、

心柄徒ニ成タル者也、トナン語リ伝ヘタルトヤ。

계모繼母에게 씐 악령惡靈이
의붓딸을 남의 집으로 데려간 이야기

이 이야기는 제목만이 있고 본문은 없음. 처음부터 결화였던 것으로 추정된다. 앞 이야기에 이어지는 의붓자식 학대 이야기로 계모가 의붓딸을 속여 남의 집으로 데려갔다는(팔아넘긴 것으로 추정) 이야기인 것 같은데, 그러한 계모의 악행도 실은 그녀에게 씐 악령의 소행이었다는 결말이 있었던 것으로 추정됨.

본문 결缺

継母　託悪霊人家将行継娘語第六

ままはは　あくりやうにつきたるひとのいへにままむすめをゐてゆくことだいろく

（本文欠）

◉ 제 6 화 ◉

계모繼母에게 쒼 악령惡靈이 의붓딸을 남의 집으로 데려간 이야기

사냥꾼의 계책에 의해 미마사카 지방美作國의 신神이
산 제물을 받지 않게 된 이야기

동국東國 출신의 아무개가 길들인 개를 이용해서 산 제물로 지명된 어느 집 딸을 대신해 미마사카 지방美作國 주 산中山의 원숭이 신猿神을 퇴치한 이야기. 그 딸과 결혼한 남자가 그 지방에 정착해 행복하게 살았다는 것은 이런 종류의 설화에 항상 보이는 정형적定型的인 결말이다. 소위 '원숭이 신 퇴치이야기'로, 유사한 이야기는 아주 많으며 민담昔話으로도 각지에 전해지고 있다. 근세의 이와미 주타로岩見重太郞와 결합된 전설로도 전개되고 있다.

이제는 옛이야기이지만, 미마사카 지방美作國[1]에 주잔中参[2]·고야高野라는 두 신神이 진좌鎭坐하고 있었다. 그 신체神體[3]는 주잔이 원숭이, 고야는 뱀이었다. 매년 한 번 행하는 제사에는 산 제물[4]을 바치는 풍습이 있었는데, 산 제물로는 그 지방의 아직 미혼의 처녀를 바치는 것으로 하고 있었다. 이는 옛날부터 최근까지 내려오는 오랜 세월에 걸친 관습이었다.

그런데 이 지방에 그다지 이름 없는 가문이지만 나이가 열일고여덟 정도의 아름다운 딸을 가진 사람이 있었다. 부모는 그 딸을 애지중지하며 자기

---

1   → 옛 지방명.
2   바르게는 주 산中山. 현재 오카야마 현岡山県 쓰야마 시津山市에 소재.
3   신의 형체에 관한 이하의 기사는 원숭이나 뱀을 신성시한 고대신앙의 흔적으로 보임.
4   공물로서 신에 바치는 살아 있는 생물.

목숨과 바꾸어도 아깝지 않을 정도로 사랑하였는데 그만 그 딸이 그 다음 산 제물로 뽑히고 말았다.

산 제물은 그해 제사 당일 지목되면 그날부터 한 해 동안 먹여 살찌워서 다음해 제삿날에 바치는 것이었다. 그 딸이 지명당한 후 부모는 한없이 슬피 한탄했는데 피할 수도 없는 일이라 시간이 흐르면 흐를수록 살 날도 점점 줄어갔다. 이렇게 부모와 자식이 얼굴을 마주보며 사는 날도 이제 얼마 남지 않아 그날을 손꼽아 세어 보고는 서로 울며 슬퍼할 뿐이었다.

마침 그 무렵 어떤 일로 동국東國⁵에서 그 지방에 온 사내가 있었다. 이 사내는 이누야마犬山⁶라고 해서, 많은 개를 키워서는 산에 들어가 멧돼지나 사슴을 잡게 하여 사냥을 하는 일을 하는 사내였다. 겁이 없고 상당히 용감한 사내였다. 이 사내가 잠시 이 지방에 머무는 동안 어느 사이에 이 이야기를 듣고 알게 되었다.

어느 날 사냥꾼은 할 이야기가 있어서 이 산 제물의 부모 집에 가 안내를 청하며 기다리는 사이, 툇마루에 걸터앉아 덧문⁷ 틈으로 방안을 엿보니 그 산 제물의 딸이 엎드려 있는 것이 눈에 들어왔다. 정말 아름답고 색깔도 희고 귀여웠으며 머리카락도 길어 전혀 시골처녀로 생각되지 않을 정도로 멋진 처녀였다. 이 동국 사내는 그 처녀가 슬픈 표정으로 머리를 흩트리고 엎드려 우는 것을 보고는 측은하면서도 말할 수 없을 만큼 한없는 동정심에 사로잡혔다. 드디어 부모를 만나 여러 가지 이야기를 나누던 중 부모가

"단 한 명 있는 딸이 이렇게 산 제물로 뽑히고 말아서 아침저녁으로 슬피 한탄했습니다만, 시간이 흐를수록 이별이 점점 다가오는 것이 너무 슬퍼 견

---

5 대체로 관동지방을 가리킴.
6 밑의 글이나 제21화 모두冒頭의 기사에 잘 나타나 있듯이, 수렵방법의 하나로 길들인 개를 부려서 사냥감을 물어 죽이는 방식. → 제21화 참조.
7 원문은 "시토미蔀"로 되어 있음.

딜 수가 없습니다. 이런 한심한 지방이 어디 있습니까. 전세前世에 어떤 죄를 지어, 이런 지방에 태어나 이런 한심한 꼴을 당하는 것일까요."

라며 한탄했다. 동국의 사내는 그 말을 듣고

"이 세상에 사는 사람치고 목숨보다 소중한 것은 없습니다. 또한 사람이 보배로 여기는 것 중 자식보다 소중한 것은 없습니다.[8] 그런데 단 한 명 있는 따님을 눈앞에서 육회肉膾를 만들어 먹도록 놔두고 그냥 팔짱을 끼고 보는 것은 정말 한심한 일이지요. 그럴 바에야 당신은 차라리 죽어 버리는 것이 낫지요. 하지만 귀여운 따님을 잡아먹으려고 하는 적을 목전에 두고 목숨을 아까워하지 않는 자가 세상에 어디 있겠습니까? 신神이나 부처도 자신의 목숨이 아깝기 때문에 무서운 것이고 자식 때문에라도 이 몸이 아까운 것이지요. 그런데 따님은 이미 죽은 사람이나 마찬가지입니다. 어차피 죽을 목숨이라면 따님을 저에게 주십시오. 그 대신 제가 죽지요. 그렇다면 저에게 주시더라도 괜찮으시겠지요?"

라고 말했다.

부모는 이 말을 듣고 "그렇게 해서 어떻게 하시려는 겁니까?"라고 묻자, 이 동국 사람은

"아니, 저에게 생각이 있습니다. 이 댁에 제가 있다는 것을 아무에게도 말하지 마시고, 그저 정진精進하는 것이라 하고 금줄[9]을 쳐놓아 주십시오."

라고 말했다. 부모는 "딸만 죽지 않는다면 어찌 되든 상관없어요."라고 말하고 남몰래 그 동국 사람을 딸과 짝지어 주었다. 동국 사람은 이 딸을 아내로 삼아 살던 중 더 한층 이대로 헤어질 수 없다고 생각하게 되었다. 그래서

8 　목숨이 가장 소중하다고 하고 자식을 최고의 보배로 여기는 가치관에 주의. 『보물집寶物集』에서 설경하는, 세상에서 제일의 으뜸 보배를 놓고 다투는 논쟁에서도 불법佛法 다음으로 사람의 목숨과 자식임.
9 　새끼줄을 쳐서 출입을 금하거나 자기 소유임을 나타내는 표시. 권19 제11화 참조.

그동안 오래 길들인 사냥개 중에서 특별히 두 마리를 골라내어 "너희들, 알겠느냐? 나를 대신해 주렴."이라 말하고 정성들여 길들였고 산에서 몰래 원숭이를 산 채로 잡아와 남의 눈을 피해 개에게 오로지 원숭이를 물어 죽이는 연습을 시켰다. 원래 개와 원숭이는 사이가 나쁜데다 이와 같이 가르쳐 길들였기 때문에 개는 원숭이만 보면 정신없이 달려들어 물어 죽였다. 이처럼 개를 잘 길들여 놓고 자신은 칼을 잘 갈아 지니고 있었다. 이렇게 한 후 동국 사람은 아내에게

"나는 당신을 대신해 죽을 작정입니다. 죽는 것은 그렇다 하더라도 당신과 헤어지는 것만은 슬프군요."

라고 말했다. 아내는 그 이유를 몰랐지만 이루 말할 수 없이 슬픈 생각이 들었다.

드디어 그날이 되자 궁사宮司[10]를 비롯한 많은 사람들이 마중을 왔다. 새로 만든 긴 궤짝을 가지고 와서 "이 안에 여자를 넣으시오."라고 말하고 그 장궤를 침소[11]로 가져다 놓았다. 사내는 가리기누狩衣와 하카마袴[12]만을 입고 칼을 몸에 바짝 당겨 장궤에 들어가서는 두 마리 개를 좌우 옆에 엎드리게 했다. 부모가 딸을 안에 넣은 것처럼 위장해 밖으로 꺼내게 하자 창, 비쭈기나무,[13] 방울, 거울을 가진 사람들이 구름처럼 몰려와 큰 소리로 길잡이를 하며 나아갔다. 아내는 앞으로 어떻게 될 것인지 두려우면서도 자신을 대신한 남편에게 미안하게 생각했다. 부모는

"이젠 설사 어떻게 된다 해도 여한이 없다. 결국 앞으로 죽는다 해도 지금은 이렇게 하는 수밖에 없다."

---

10 신주神主. 신관神官임.
11 딸의 침실.
12 권22 제7화 참조.
13 예로부터 신성한 나무로 그 가지를 신전神前에 올림.

고 생각했다.

산 제물은 신사로 옮겨졌다. 신주들이 축사祝詞를 외고 난 뒤 서리瑞籬[14] 문을 열고 장궤를 묶은 끈을 자른 뒤 안에 집어넣고 나갔다. 그리고는 서리 문을 닫고 궁사宮司들이 밖에 죽 늘어앉았다. 사내가 장궤를 아주 조금 비집어 열어 밖을 엿보니 신장 칠팔 척 정도의 원숭이가 횡좌橫座[15]에 앉아 있었다. 이빨은 희고 얼굴과 엉덩이는 빨갛다. 그에 이어 양 옆으로 백 마리 정도의 원숭이가 앉아 있었다. 얼굴은 빨갛고 눈썹을 치켜뜨고는 끼익! 끽! 끽! 외쳐대고 있었다. 앞에는 도마 위에 큰 칼이 놓여 있고 맛소금, 맛술 등이 모두 갖춰져 있었다. 마치 사람이 사슴을 요리해 먹는 것 같았다. 잠시 후 좌의 큰 원숭이가 일어서서 장궤를 열었다. 다른 원숭이들도 모두 일어서서 함께 열려고 했다. 그때 사내가 느닷없이 뛰쳐나와 개들에게, "물어, 그래! 그래!"라고 부추겼다. 그러자 두 마리의 개가 달려 나와 큰 원숭이를 물어 넘어뜨렸다. 사내는 서슬 푸른 칼을 뽑아 우두머리 원숭이를 붙잡아 도마 위로 끌어 엎어 놓고는 목에 칼을 들이대며

"네놈이 사람을 죽여 살코기를 먹을 때는 이렇게 하는 거지. 네놈 모가지를 확 잘라 개 먹이로 해 주마."

라고 하자 원숭이는 얼굴이 새빨개져서 눈을 깜박거리며 흰 이빨을 드러내고 눈물을 흘리면서 손을 비비며 빌었지만 사내는 들은 채도 않고

"네놈이 오랜 세월에 걸쳐 많은 사람들의 자식을 잡아먹은 것을 대신해 내가 지금 바로 죽여주지. 그러나 네놈이 만일 신이라면 나를 죽여 보아라."

라며 목에 칼을 들이댔다. 두 마리의 개도 다른 많은 원숭이들을 물어 죽였다. 간신히 살아남은 원숭이들은 나무에 올라가거나 산속에 숨어, 많은 원

---

14 신사의 울타리. 다마가키玉垣.
15 주인공이 앉는 좌석. 주좌主座. 상좌上座.

숭이들을 불러 모아 산이 울릴 정도로 울부짖어 댔지만 소용이 없었다.

그러던 중 한 궁사한테 신이 씌어,

"나는 오늘 이후 영원히 산 제물을 요구하지 않고 생명을 죽이지 않겠다. 그리고 이 사내가 나를 이렇게 했다 하여 이 사내에게 위해를 가하는 일이 있어서는 안 된다. 또한 산 제물인 여자를 비롯해 그 부모, 친척들을 책망해서도 안 된다. 그저 나를 살려만 다오."

라고 하기에 궁사들이 모두 신사 안으로 들어가 사내에게 "신께서 이렇게 말씀하십니다. 용서해 드리세요. 황송한 일입니다."라고 말했지만 사내는 놔주지 않고

"내 목숨은 아깝지 않다. 많은 사람들을 대신하여 이놈을 죽이려는 것이다. 그런 후 이놈과 같이 죽어 주지."

라며 놔주지 않으려 했다. 궁사가 축사를 외며 굳게 서약을 하였기 때문에, 사내는 그제야 "그렇다면 좋다. 알겠느냐? 앞으로 절대 이런 짓을 하지 마라."라며 용서해 주자, 원숭이는 산으로 도망쳐 달아났다.

사내는 집으로 돌아가 그 여자와 부부로서 오래도록 살았다. 부모는 사위에게 입이 닳도록 감사를 했다. 그리고 이 집에는 두 번 다시 그런 무서운 일이 일어나지 않았다. 이것도 전세의 과보果報라고 해야 할 것이다.

이 지방에서는 그 후 산 제물을 바치는 일이 없어져 평온해졌다고 이렇게 전해져 내려오고 있다 한다.

美作国神依猟師謀止生贄語第七
みまさかのくにのかみれうしのはかりことによりていけにへをとどむることとなるだいしち

今昔、美作国ニ中参、高野ト申神在マス。其神ノ体ハ、
中参ハ猿、高野ハ蛇ニテゾ在マシケル。毎年ニ二度其祭ケ
ルニ、生贄ヲゾ備ヘケル。其生贄ニハ国人ノ娘ノ未ダ不嫁ヲ
ゾ立ケル。此ハ昔ヨリ近フ成マデ、不怠シテ久ク成ニケリ。
而ル間、其国ニ何人ナラネドモ、年十六七許バカリナル娘ノ、形
チ清気ナル、持タル人有ケリ。父母此ヲ愛シテ、身ニ替テ悲
ク思ケルニ、此娘ノ、彼生贄ニ被差ニケリ。此ハ今年ノ祭ノ

日被差ヌレバ、其日
ヨリ一年ノ間ニ養ヒ
肥シテゾ、次ノ年ノ
祭ニハ立ケリ。此
娘被差テ後、父母
無限歎キ悲ビケレ
共、可遁様無ナ
レバ、月日ノ過ニ
随テ、命ノ促マル
ヲ、祖子ノ相見ム事
ノ残リ少ク成行ケバ、
日ヲ計ヘテ、互ニ泣
悲ムヨリ外ノ事無シ。
然ル間、東ノ方ヨ
リ事ノ縁有テ、其国
ニ来レル人有ケリ。

吾妻人、生贄をとどむる事（宇治拾遺物語絵巻）

此人、大山ト云事ヲシテ、数ノ犬ヲ飼テ、山ニ入テ猪鹿ヲ犬ニ令噉殺テ取事ヲ業トシケル人也。亦、心口極テ猛キ者ノ、物恐ヂ不為ニテゾ有ケル。其人、其国ニ暫ク有ケル間、自然ラ此事ヲ聞テケリ。

而ルニ、可云事有テ、此生贄ノ祖ノ家ニ行テ、云入ル程ニ、延有ニ突居テ、蔀ノ迫ヨリ臨ケレバ、此生贄ノ女糸清気ニテ、色モ白ク、形モ愛敬付テ、髪長クテ、田舎人ノ娘トモ不見、品々シクテ、寄臥タリ。物思タル気色ニテ、髪ヲ振懸テ泣臥タルヲ見テ、此ノ東人哀ニ思、糸惜ク思フ事無限。既ニ祖ニ会ヌレバ、物語ナド為。祖ノ云ク、「只一人ノ侍ル娘ヲ、然々ノ事ニ被差テ、歎キ暮シ、思ヒ明シテ、月日ノ過ニ随テ、別レ畢ナムズル事ノ近キ侍ヲ、悲ビ侍ル也。此ノ国モ侍リ。前ノ世ニ何ナル罪ヲ造テ、此ル所ニ生レテ、此ク奇異キ目ヲ見侍ルラン」ト。東ノ人此ヲ聞テ云ク、「世ニ有人、命ニ増物無。亦、人ノ財ニ為物子ニ増ル物無シ。其ニ、只一人持給ヘラム娘ヲ、目ノ前ニテ膾ニ造セテ見給ハンモ、糸心疎シ。只

死給ヒネ。敵有者ニ行烈レテ、徒死為者ハ無ヤハ有ル。仏神モ命ノ為ニコソ怖シケレ、子ノ為ニコソ身モ惜ケレ。亦其君ハ今ハ無人也。同死ヲ、其君我ニ得サセ給ヒテヨ。我其替ニ死侍ナム。其ハ已ニ給フトモ苦シトナ思給ソ」ト。

祖此ヲ聞テ、「然テ、其ハ何ニシ給ハムト為ゾ」ト問ヘバ、東人、「只可為様ノ有也。此殿ニ有テ人ニ不宣シテ、只精進ストテ、注連ヲ引テ置給ベシ」ト云ヘド、祖ノ云ク、「娘ダニ不死ハ、我ハ亡ムニ不苦」ト云テ、此ノ東人ニ忍テ娘ヲ合セ、東人此ヲ妻トシテ過ル程ニ、難去思ヒケレバ、年来飼付タリケル犬山ノ犬ヲ二ツ撰ビ勝リテ、「汝ヨ、我ニ代レ」ト云ヒ聞セテ、懃ニ飼ケルニ、山ヨリ蜜ニ猿ヲ乍生

猟師（一遍上人絵巻）

捕ヘ持来テ、人モ無キ所ニテ、役卜犬ニ教ヘテ嗾セ習ハシメ、本ヨリ犬卜猿ト中不吉ナル者ヲ、然カ教ヘテ習スレバ、猿ダニ見レバ、数懸テ噉殺ス。此様ニ習ハシ立テ、我ハ刀ヲ微妙ク磨テ持タリ。東ノ人妻ニ云ク、「我ハ其御代ニ死侍リナント為。死ハ然ル事ニテ、別レ申シナムズルガ悲キ也」卜。女不心得ドモ、哀レニ思フ事無限。

既ニ其日ニ成ヌレバ、宮司ヨリ始メテ、多ノ人来テ、長櫃ヲ寝屋ニ指入タレバ、男狩衣袴許ヲ着テ、刀ヲ身ニ引副テ長櫃ニ入ヌ。此犬ニツ丶バ左右ノ喬ニ入レ臥セツ。祖共女ヲ入タル様ニ思ハセテ取出タレバ、鉾、榊、鈴、鏡ヲ持ル者、雲ノ如クシテ前ヲ追嘖テ行ヌ。妻ハ何ナル事カ出来ラムズラント怖シキニ、男ノ我ニ替ヌルヲ哀ニ思フ。祖、「後ノ亡ビモ不苦、同ジ無ク成ランヲ、此テ止ナン」卜思居タリ。

生贄御社ニ将参テ、祝申テ瑞籬戸ヲ開テ、此長櫃結フ緒ヲ切テ、指入テ去ヌ。瑞籬ノ戸ヲ閉テ、宮司等外ニ着並テ居タリ。

男長櫃ヲ塵許開テ見レバ、長七八尺許ナル猿、横座ニ有リ。歯ハ白クシテ、顔卜尻トハ赤シ。次々ノ左右ニ猿、百許居並テ、面ヲ赤ク成シ、眉ハ上テ、叫ビ嗔シル。前ニ俎ニ大ナル刀置タリ。人ノ鹿ナドヲ下シテ食ンズル様也。暫許有テ、横座ノ大猿立テ長櫃ヲ開ク。他ノ猿共皆立テ共ニ此ヲ開ル程ニ、男俄ニ出テ、犬ニ、「噉、ヨレ〳〵」卜云ヘバ、二ツノ犬走リ出テ、大ナル猿ヲ噉テ打臥ツ。男ハ凍ノ如ナル刀ヲ抜テ、一ノ猿ヲ捕ヘテ、俎ノ上ニ引臥テ、頭ニ刀ヲ差宛テ、「汝ガ人ヲ殺シテ、肉村ヲ食ハ、此ク為ル。シヤ頚切テ犬ニ飼テン」卜云ヘバ、猿、顔ヲ赤メテ、目ヲシバ扣テ、歯ヲ白ク食出シテ、手ヲ摺テ、耳モ不聞入シテ、「汝ガ多年来、多ノ人ノ子ヲ噉ルガ替ニ今日殺テン。只今ニコソ有メレ。神ナラバ我ヲ殺セ」卜云テ、頭ニ刀ヲ宛タレバ、適ニ生ヌルハ、木ニ登リ、山ニ隠レテ、多ノ猿ヲ呼殺シツ、此ノ犬多ノ猿ヲ噉ビ集メテ、響ク許呼バヒ叫ビ合レドモ、更ニ益無シ。

而間、一人ノ宮司ニ神託テ宣ハク、「我レ今日ヨリ後永ク此生贄ヲ不得、物ノ命ヲ不殺サ。亦、此男我ヲ此掕ジツトテ、其男ヲ錯犯ス事無カレ。又、生贄ノ女ヨリ始テ、其父母類親ヲ云不可掕ズ。只我ヲ助ケヨ」ト云ヘバ、宮司等皆社ノ内ニ入テ、男ニ、「御神此ク被仰。免シ被申ヨ」ト、「忝シ」ト云ヘバ、男不免シテ、「我ハ命不惜。多ノ人ノ替ニ此ヲ殺シテン。然シテ共ニ無成ナン」ト云テ、不免ヲ、

首領猿をまな板の上に引き伏せ（今昔物語絵詞）

祝申シ、極ク誓言立ツレバ、男、「吉々、今ヨリハ此ル態ナセソ」ト云テ、免奉レバ、逃テ山ニ入ヌ。

男ハ家ニ返テ、其ノ女ト永ク夫妻トシテ有ケリ。父母ハ聟ヲ喜ブ事無限。亦、其家ニ露恐ル、事無リケリ。其モ前生ノ果ノ報ニコソハ有ケメ。

其後、其生贄立ル事無シテ、国平カ也ケリ、トナン語リ伝ヘタルトヤ。

히다 지방飛彈國의 원숭이 신猿神이
산 제물을 받지 않게 된 이야기

앞 이야기에 이어서 이것도 원숭이 신猿神 퇴치담의 하나. 장소는 히다 지방飛彈國의 은둔마을로 주인공은 여러 지방을 돌아다니는 수행승이다. 은둔마을隱れ里 전설과 결부되어 구조나 서술의 기교가 앞 이야기보다 더욱더 복잡하지만, 인신공양을 하게 된 어느 집 딸을 대신해 원숭이 신을 퇴치한다는 기본적인 모티브에는 변함이 없다. 이와 같이 원숭이 신 퇴치의 무대를 은둔마을로 설정한 예가 많은 것은, 인신 공양을 일반 사회와는 동떨어진 사회의 기이한 풍습으로 해석했기 때문일 것으로 추정된다.

이제는 옛이야기이지만, 불도佛道 수행을 하며 전국을 돌아다니는 승려[1]가 있었다. 정처 없이 행각行脚[2]하던 중 히다 지방飛彈國[3]까지 가게 되었다.

그런데 산속 깊이 들어가 그만 길을 잃고 헤매어 마을로 나올 수가 없게 되어, 나뭇잎이 떨어져 수북이 쌓인 길 같은 곳을 헤치고 들어갔는데, 어느 사이에 길이 끊기고 발簾을 드리운 듯 높은 곳에서 널따랗게 떨어져 내리는 큰 폭포가 있는 곳에 이르렀다. 돌아가려고 해도 길을 알 수가 없고 앞으로 나가려 해도 마치 손을 세운 것 같은 절벽이 100장丈,[4] 200장 정도나 치솟

---

1   여러 지방을 수행하며 걸어 다니는 스님.
2   승려가 수행을 위하여 여러 곳을 돌아다님.
3   현재의 기후 현岐阜県 북부.
4   약 300m.

아 있어 기어오를 수도 없었기 때문에, 그저 '부처님 제발 도와주십시오.'라고 마음속으로 빌고 있자 뒤쪽에서 사람 발자국소리가 들렸다. 뒤돌아보니 짐을 짊어 메고 삿갓을 쓴 사내가 걸어오기에 '사람이 왔다!'고 기뻐하며 '길을 물어봐야지' 하고 생각하고 있는데 이 사내도 승려를 보고는 매우 의아한 표정을 지었다. 승려가 그 사내에게 다가가 "당신은 어디서 어떻게 오셨습니까? 이 길은 어디로 나가는 겁니까?"라고 물었지만 그것에는 대답도 하지 않은 채 폭포 속으로 껑충 뛰어 들어가 사라졌다. 승려는 '그렇다면 저것은 사람이 아니라 오니鬼였단 말인가!'라고 생각하니 점점 더 무서워졌다.

'이제 나는 아무래도 무사하지 못할 것 같구나. 그러니 오니에게 잡아먹히기 전에 그가 뛰어 들어간 것처럼 이 폭포에 몸을 던져 뛰어들어 죽자. 그 후엔 오니에게 잡아먹힌들 상관없다.'

고 각오를 하고 폭포 옆으로 다가가 '부처님, 저의 후생後生[5]을 굽어 살펴주소서.'라고 기원을 하고 난 뒤 그가 뛰어든 것처럼 폭포 속으로 뛰어들었지만 얼굴에 물이 약간 쏟아진 정도로 폭포를 쑥 빠져 나갔다. '이제 곧 물에 빠져서 죽겠지.' 하고 생각하고 있었는데 아직 정신이 멀쩡해 이상하다 싶어 되돌아가 보니, 폭포는 단지 한 겹으로 쏟아지고 있을 뿐으로 정말이지 발을 친 것 같이 되어 있었다. 폭포 안쪽에 길이 나 있어서[6] 그 길을 따라 걸어가니 산 밑을 지나 오솔길이 나왔다. 그 길을 다 지나자 저편에 큰 마을이 있고 많은 인가들이 보였다.

승려는 이것을 보고 '어허, 이렇게 기쁠 수가!'라며 그쪽으로 걸어가자, 아까 짐을 짊어 멘 사내가 그 짐을 내려놓고 이쪽으로 달려오는데, 그 뒤에서 나이든 사내가 옅은 황색 상의와 하카마를 입고 그에 뒤질세라 달려와서 승

5 부처에게 내세來世의 왕생, 사후 정토세계로 인도해 주실 것을 빈 것임.
6 폭포를 사이에 두고 별천지가 펼쳐지는 것은 은둔마을 전설에서 볼 수 있는 유형적인 서술.

려의 손을 꼭 잡았다. 승려가 "도대체 왜 이러십니까?"라고 하자 이 옅은 황색 상의와 하카마를 입은 사내는 단지 "자, 저의 집으로 오십시오."라며 잡아끌고 갔다. 그러자 여기저기서 우르르 많은 사람들이 몰려와 제각기 "자, 저의 집으로, 자, 저의 집으로."라며 서로 앞다투어 끌어당겼고 승려는 '도대체 나를 어떻게 하려는 걸까?' 하고 생각했다. 사람들이 "그렇게 억지로 데려가려고 하지 마라.", "군사郡司님에게 데려가 그 결정에 맡기자." 하며 함께 승려를 에워싸고 데려갔기에 하는 수 없이 끌려가서 커다란 집으로 들어갔다.

그러자 그 집에서 나이가 지긋이 들고 점잖은 노인이 나와서 "왜들 그러시는가?"라고 말했다. 조금 전 짐을 짊어진 사내가 "이자는 내가 일본에서 데려와[7] 이 사람에게 드린 것입니다."라고 옅은 황색 상의에 하카마를 입은 사내를 가리키며 말했다. 그러자 이 노인이 "이러쿵저러쿵 말할 필요 없이 저 양반 것이야."라며 그에게 주자, 다른 자들은 모두 돌아갔다. 승려는 그래서 옅은 황색 상의의 남자의 것이 되고 말아 그 사람이 데려가는 대로 따라갔다. 승려는 '이자들은 모두 오니겠지. 나를 데려가 잡아먹고 말 것이야.'라고 생각하니 슬퍼져서 눈물이 흘러내렸다.

'아까 일본이라는 말을 썼는데 여기는 대체 어디일까? 어찌 그렇게 먼 나라처럼 말했을까?'

라고 의아한 표정을 짓고 있는 것을 보고 이 옅은 황색 상의의 사내가 승려에게

"그렇게 의아하게 여기지 마십시오. 여기는 참 즐거운 세상이랍니다. 당신에게는 아무 걱정 없이 풍족하게 지내시도록 해 드릴 생각입니다."

---

7   이 표현은. 즉 이 지역이 이향異鄕인 것을 시사한다.

라고 말을 하는 중에 집에 도착했다.

집을 보니, 조금 전 노인 집[8]보다 조금 작지만 멋지게 지어져 남녀 종자들이 많이 있었다. 집안사람들이 반가이 맞이하며 야단법석이었다. 옅은 황색 상의의 남자가 승려에게 "어서 올라오십시오."라며 툇마루로 안내하자, 사내는 궤짝[9]을 옆에 내려놓고 도롱이·삿갓·짚신 등을 벗고 올라서자 매우 잘 《꾸민》[10] 방으로 안내해 앉혔다.

"먼저 식사를 빨리 드려라."라고 하자 식사를 가져왔다. 생선과 조류를 훌륭하게 요리한 것이었다. 승려는 그것을 보고 젓가락을 대지 않고 있자 옅은 황색 상의의 남자가 나와서 "어째서 드시지 않으십니까?"라고 말했다. 승려가

"어릴 적 법사가 된 이래 아직 이런 것을 먹어본 적이 없어 이렇게 바라보고만 있는 겁니다."

라고 하자 옅은 황색 상의의 남자는

"과연 그것도 그렇군요. 하지만 지금은 이렇게 여기에 와 계시니 이것들을 먹지 않을 수는 없을 겁니다. 저에게는 사랑하는 딸이 한 명 있습니다만 아직 미혼으로 이제 결혼할 나이가 되었으니 당신의 아내로 받아 주셨으면 합니다. 오늘부터는 머리도 기르도록 하십시오. 그렇게 계신다 한들 이젠 밖에 나가실 곳도 없을 테니까요. 그저 제가 말씀드리는 대로 따르도록 하세요."

라고 하기에 승려는 속으로 '이렇게까지 말하는데 거역하여 다른 마음을 먹기라도 한다면 자칫 죽일지도 모르겠다.' 싶어 두렵고 또한 이곳에서 도망

8　군사 집.

9　원문에는 "오이쪗"로 되어 있음. 수행자나 행각승 등이 등에 짊어지는 여행도구로 네 귀퉁이에 다리가 있고 여닫이 문짝을 달아 둔 상자. 불상·경전·불구·의류·식량 등을 넣는 데 사용.

10　한자의 표기를 위한 의도적 결자. 문맥을 고려하여 보충.

칠 방도도 없어

"아니, 이런 것을 먹는 것에 익숙지 않아 그렇게 말씀드렸을 뿐입니다. 이 렇게 된 이상 그저 분부대로 따르지요."

라고 하자, 이 집 주인은 기뻐하며 자신의 밥도 가져와 두 사람이 마주보고 식사를 했다. 승려는 '부처님이 어떻게 생각하시려나.'[11]라고 걱정하면서도 생선이나 새고기를 전부 먹어 버리고 말았다.

그 후 밤이 되어 이 집 주인이 나이 스무 살 정도의 용모가 아름답고 예쁘 게 차려입은 여자를 승려 앞에 내세우며,

"제 딸을 드리겠습니다. 제가 이 아이를 애지중지하듯 오늘부터는 저와 같은 마음으로 사랑하고 아껴 주십시오. 단 한 명뿐인 외동딸이오니, 제 마음을 잘 헤아려 주시길 바랍니다."

라고 하고 나갔다. 승려는 하는 수 없이 남녀의 정을 맺고 말았다.

이렇게 하여 부부로 세월을 보내게 되었는데 그 즐거움이란 이루 말할 수 없었다. 입고 싶은 옷을 다 입게 해 주고 먹고 싶은 음식을 무엇이든 다 먹 게 해 주어 이전과는 완전히 다른 사람으로 착각할 정도로 살이 쪘다. 머리 도 상투를 틀 정도로 자라서 머리를 묶어 올리고 에보시烏帽子[12]를 쓴 모습은 정말 사내다웠다. 그 딸도 이 남편을 잠시도 떨어질 수 없는 사이로 여기고 남편도 여자의 애정의 깊이를 알면 알수록 사랑이 더욱 깊어져, 밤낮 자나 깨나 떨어지지 않고 함께 지냈는데 어느 사이에 여덟 달 정도나 지났다.

그런데 그 무렵부터 아내의 안색이 바뀌고 매우 슬퍼하는 모습을 보였다. 집 주인은 이전보다도 더 잘 대해 주며 "사내는 통통하게 살이 찌는 게 좋아 요. 살을 찌우세요."라며 하루에 몇 번이고 음식을 먹이기에 승려는 점점 살

11 승려의 몸으로 비린내가 나는 것을 먹는 파계행위를 부처님이 어떻게 생각하실지 걱정하는 것.
12 옛날 성인식을 치른 남자가 쓰던 두건. 귀족은 평복으로 평민은 예복으로도 평복으로도 사용했음.

이 쩌갔다. 그럴수록 이 아내는 하염없이 울었다. 남편이 이상하게 여기며 아내에게 "왜 그리 슬퍼하시오. 도무지 그 까닭을 모르겠소."라고 말했지만 아내는 "왠지 그저 불안하기만 합니다."라고만 하고 더욱더 울기에 남편은 이상하게 생각했지만 남에게 물어볼 일도 아니고 해서 영문을 모른 채 그렇게 지내던 중, 어느 날 손님이 찾아와 이 집 주인을 만났다. 서로 이야기하는 것을 서서 몰래 엿들어 보니 손님이

"때마침 생각지도 않던 사람을 손에 넣게 되어 따님이 무사하게 되셨으니 정말 기쁘시죠?"

이런 식으로 말을 하자 주인이 "그러게 말입니다. 만일 그 사람을 얻지 못했다면 지금쯤 어떤 심정이었을지."라고 말했다. 손님이

"저는 아직까지 아무도 손에 넣지 못했으니 내년 이맘때 즈음이면 얼마나 참담한 심정일는지요."

라고 말하고 살짝 뒷걸음질을 치며 물러나 돌아갔다. 집주인이 그를 전송하고 돌아오자마자 "사위님께는 무언가 갖다드렸느냐? 충분히 가져다 드려라."라고 말하며 음식을 가져오게 했다. 남편은 그것을 먹으면서도 아내가 무슨 생각에 잠겨 한숨 쉬며 우는 것이 도무지 납득이 안가고 손님이 한 말도 대체 무슨 말일까 싶어, 두려운 마음에 아내를 어르고 달래며 물어보았지만 아내는 무언가 말하고 싶은 얼굴로 아무 말도 하지 않았다.

이러는 동안, 마을 사람들이 무엇인가 준비에 쫓기는 모습으로 집집마다 진수성찬을 준비하느라 분주했다. 아내가 슬피 우는 모습도 날마다 더해가서 남편이 아내에게

"슬플 때나 기쁠 때나 무슨 일이 있어도 비밀 따위는 없으시리라 생각했었는데 이렇게 숨기려고만 하시다니, 정말 무정하시군요."

라고 원망하며 울음을 터뜨렸고 아내도 눈물을 흘리며

"어찌 숨기려고 생각하겠습니까. 그렇지만 얼굴을 보면서 이렇게 이야기 하는 것도 이제 얼마 남지 않았다고 생각하니 이렇게 정이 들고 만 것이 오 히려 후회가 됩니다."

라며 그저 울기만 했다. 남편이

"그럼 내가 죽지 않으면 안 되는 일이라도 있는 겁니까? 죽음은 사람에게 는 결국 피할 수 없는 길인지라 달리 대단한 일도 아닙니다. 다만 그 외의 일이라면 무슨 일이 있는지 꼭 말씀해 주시오."

라고 꾸준히 재촉했더니 아내가 울면서 이야기를 시작했다.

"이 나라에는 아주 무서운 일이 있습니다. 이 나라에 영험을 나타내시는 신이 계십니다만 그 신께서는 사람을 산 제물로 받아먹습니다. 당신이 여기 에 오셨을 때 '저희 집으로 와 주십시오, 저희 집으로 와 주십시오.'라며 앞 다투어 호소했던 것도 바로 산 제물로 삼기 위해서 그랬던 것입니다. 매년 한 사람씩 순서대로 흰 깃털이 달린 화살을 세워서 산 제물을 뽑는 것입니 다만, 산 제물을 구하지 못했을 때에는 사랑스러운 자기 자식이라도 산 제 물로 바쳐야 하는 것입니다. '당신이 오시지 않았다면 바로 제가 나가서 신 에게 잡아먹혔을 테지요.'라고 이렇게 생각하니, 오히려 제가 대신해서 산 제물로 나가고 싶습니다."

이렇게 말하며 울기에 남편이

"그런 일로 어찌 슬퍼할 필요가 있겠습니까? 별로 대단한 일도 아닙니다. 그런데, 산 제물은 사람이 요리해서 신에게 바치는 건가요?"

라고 묻자 아내가

"그렇지 않습니다. '산 제물을 벌거벗겨 도마 위에 단정히 눕히고, 울타리 안으로 메고 들어가 사람들이 모두 떠나고 나면 신이 요리해서 먹는 것'이 라 들었습니다. 여위어 볼품없는 산 제물을 바치면 신께서 노하셔서 흉작이 되고 사람들도 병이 들어 마을도 평온치 않다고 해서 이렇게 하루에도 몇 번이고 음식을 주어 살찌우려고 하는 것입니다."

라고 말했다. 남편은 그제야 요 몇 달간 자신을 그렇게나 소중히 대해준 의미를 완전히 이해하고 "그럼 그 산 제물을 먹는 신은 어떤 모습을 하고 계십니까?"라고 묻자 "원숭이 모습을 하고 계신다고 들었습니다."라고 대답했다. 그래서 남편은 아내에게 "내게 잘 벼린 칼을 하나 찾아와 갖다 주지 않겠소?"라고 부탁하자 "쉬운 일입니다."라며 칼을 한 자루 찾아서 가져다주었다. 남편은 그 칼을 받아 잘 갈아서 숨겨 갖고 있었다.

남자는 이전보다도 더 한층 힘을 내 음식도 잘 먹고 부쩍 살이 쪘기 때문에 집주인도 기뻐했고 이를 전해 들은 사람들도 "이걸로 마을도 안심이다."라며 기뻐했다. 이렇게 해서 제사 이레 전부터 이 집에 금줄을 치거나 이 남자에게 정진결재精進潔齋[13]를 시켰고, 또한 다른 집들도 금줄을 치고 모두 행동을 삼가고 있었다. 아내는 '이제 며칠 후'라며 그날을 세어보고는 마냥 울고 있었는데, 남편은 오히려 자신을 위로해 주며 태연했기에 그런 모습을 보고 그녀도 조금은 마음이 가라앉았다.

이렇게 하여 마침내 그 당일이 되자 이 남자를 목욕시켜 옷을 깨끗이 차려 입히고 머리를 빗어 상투를 묶어 올리고 귀밑털을 단정히 정돈하고 여기저기 세세하게 신경 쓰며 매만지는 사이에 심부름꾼이 몇 번이고 찾아와 "어서!, 어서!"라며 재촉했다. 마침내 남자는 장인과 함께 말을 타고 나섰는데 아내는 말없이 옷을 뒤집어쓰고 쓰러져 흐느꼈다.

남자가 도착해 보니 산중에 큰 신전神殿이 있었다. 울타리가 엄중하고 넓게 둘러쳐져 있고 그 앞에 진수성찬을 수없이 차려 놓아 많은 사람들이 나

---

13 소정의 작법에 따라 심신을 청정히 유지하며 행위·음식 등을 삼가는 것.

란히 앉아 있었다. 그곳의 더욱더 높은 곳에 자리를 마련해 이 남자를 앉히고 음식을 권했다. 다른 사람들도 모두 먹고 마시고 춤추며[14] 놀고서는 그것이 끝나자 이 남자를 불러내어 벌거벗긴 뒤 상투에 빗질을 하고는 "절대 움직이지 말고 입도 열어서는 안 된다."라며 잘 타이르고 도마 위에 눕혀서 도마의 네 귀퉁이에 비쭈기나무[15]를 세우고 그 나무에 금줄과 무명오라기[16]를 걸어 빙 둘렀다. 그리고는 그 도마를 메고서 앞을 물리며 울타리 안에 내려놓고 울타리 문을 닫고서 모두 돌아갔다. 이 남자는 몰래 소지한 칼을 내뻗은 허벅지 사이에 티가 안 나게 끼워두고 있었다.

이윽고 제1신전[17]이라 불리는 신전이 돌연 끼익하며 열렸다. 그 소리를 듣는 순간 머리털이 곤두서고 등골이 오싹해졌다. 이어서 그 다음 신전 문들이 차례로 열렸다. 그때 사람 크기 정도의 어떤 원숭이가 신전 옆쪽에서 나타나 제1신전을 향해 끽! 끽! 하고 소리치자 제1신전의 발簾을 밀어제치고 나오는 자가 있었다. 보니 이것도 같은 원숭이로 은銀을 늘어놓은 것 같은 치아를 가진, 더 한층 크고 짐짓 위엄 있어 보이는 녀석이 걸어 나왔다. '이놈도 역시 원숭이였구나.'라고 생각하니 마음이 한결 편해졌다. 이렇게 신전에서 차례차례로 원숭이가 나와 쭉 늘어앉자 처음 신전 옆쪽에서 나온 원숭이가 제1신전 원숭이를 마주보고 앉았다. 그러자 제1신전 원숭이가 무엇인가 끽! 끽! 하며 말했다. 그에 따라 이 원숭이가 산 제물로 다가와 거기에 놓여 있는 긴 젓가락과 칼을 잡고 이제 곧 산 제물을 자르려고 했다. 그 순간 이 산 제물 사내가 허벅지에 끼워둔 칼을 손에 잡자마자 잽싸게 일어나

---

14 신의神意를 달래기 위한 춤으로, 소위 가구라神樂를 봉납奉納한 것일 것임.
15 예로부터 신성한 나무로 그 가지를 신 앞에 올림.
16 닥나무 껍질의 섬유로 만든 흰 실. 혹은 그 실로 짠 천. 그것을 비쭈기나무 가지에 잔뜩 걸어 둔 것으로 소위 유시데木綿垂(木綿四手)라 하는 것.
17 중심이 되는 제1신전.

제1신전 원숭이를 향해 덤벼들었기에 원숭이는 당황해 뒤로 벌러덩 넘어졌다. 남자는 원숭이를 그대로 일어서지 못하게 하고 칼은 아직 들이대지 않은 채 올라타서 밟아 누르며 "네놈이 신이냐?"라고 하자 원숭이는 손을 비비며 빌었다. 다른 원숭이들은 이를 보고는 한 마리도 남김없이 달아나 부리나케 나무로 올라가 시끄럽게 끽! 끽! 떠들어 댔다.

그때 남자는 옆에 있던 칡덩굴을 잡아 뜯어서 그 원숭이를 단단히 기둥에 붙들어 매고는 칼을 배에 들이대고

"야 이놈, 네놈은 원숭이였구나! 신이라 속이고 매년 사람을 잡아먹다니 얼토당토않다. 네놈의 제2, 제3의 원숭이들을 빨리 불러내라. 내놓지 않으면 찔러 죽일 테다. 하지만 네놈이 정말로 신이라면 설마 찔리지는 않겠지. 시험 삼아 한 번 배를 찔러볼까?"

라며 정말 조금 베는 시늉을 하자 원숭이가 소리치며 빌었다. 사내가 "그럼 제2, 제3의 원숭이들을 빨리 불러내라."라고 하자 그에 응해 "끽! 끽!" 소리를 냈다. 그러자 그 원숭이들이 나왔다. 이번에는 다시 "나를 베려고 한 원숭이를 불러라."라고 하자 또 "끽! 끽!" 하니 그 원숭이가 나왔다. 그 원숭이를 시켜 칡덩굴을 꺾어오게 해서 제2, 제3의 원숭이를 동여매고 또 그 원숭이도 묶은 후

"네놈은 조금 전 나를 베려고 했지만 이렇게 고분고분 따른다면 목숨만은 살려주겠다. 오늘부터 사정도 잘 모르는 사람에게 지벌을 입히거나 나쁜 짓을 한다면 그때는 네놈을 쳐 죽일 테다."

라며 울타리 안에서 원숭이들을 모두 끌어내어 나무줄기에 붙들어 맸다.

그런 후 사람들이 식사를 한 자리에 타다 남은 불을 들고 신전에 차례로 불을 질렀다. 마을 인가는 이 신전에서 멀리 떨어져 있었기 때문에 누구 한 사람도 여기에서 벌어진 일에 대해 모르고 있었는데, 마을사람들이 신전 쪽

에 불이 높이 타오르는 것을 보고는 '도대체 무슨 일이지?' 하고 이상하게 여기며 떠들었다. 하지만 원래 이 제사를 지낸 후 사흘간은 문도 닫고 집안에 칩거하며 아무도 밖에 나가지 못하게 되어 있어 이를 어쩌나 하며 떠들어 대긴 했어도 밖에 나와서 보는 자는 없었다.

이 산 제물을 바친 집주인은, '자신이 바친 산 제물에 무슨 일이 생긴 걸까?' 하고 애간장이 타고 두려웠다. 산제물의 아내는

'내 남편이 칼을 요구해 숨겨 가져간 것이 아무래도 이상하다고 생각했는데, 이렇게 불이 난 것은 남편 소행일 것이리라.'

라고 생각되어 무섭기도 하고 한편으론 궁금하기도 했는데, 이 산 제물 남자가 원숭이 네 마리를 묶어서 앞으로 내몰며 알몸으로 머리카락을 흩날리고 칡을 허리띠삼아 거기에 칼을 꽂고는 지팡이를 짚고 마을로 내려왔다. 그리고 집집마다 대문 안을 기웃거리며 지나가자 마을사람들이 이걸 보고

"그 산 제물이 신들을 묶어 몰고 오다니 도대체 어찌된 일인가. 그렇다면 신을 능가하는 사람을 산 제물로 바쳤다는 것이 된다. 신조차 이렇게 당했다. 하물며 우리들 같은 건 그냥 먹어치워 버릴 것이다."

라며 두려움에 떨었다.

이윽고, 산 제물 사내가 장인 집에 가서 "문을 열어라."라고 했지만 쥐 죽은 듯 조용했다. "괜찮으니 열어라. 절대 나쁜 짓은 안 할 것이다. 열지 않으면 오히려 안 좋을 것이다."라며 "빨리 열어라."라고 발로 문을 마구 치자, 장인이 나와 딸을 불러내어

'저 사람은 무서운 신을 능가하는 사람이었던 게다. 어쩌면 딸을 괘씸하게 생각할지도 모르겠다.'

싶어 "애야, 문을 열고 어떻게든 잘 달래 보아라."라고 딸에게 말했다. 남자의 아내는 무섭기는 했지만 한편으로 반가워 문을 살며시 열었더니 남자가

확 밀쳐 열었다. 그곳에 아내가 서 있자 남자가 "어서 안에 들어가 내 옷을 꺼내 와 주게."라고 했기에 아내는 즉시 안으로 들어가 가리기누, 하카마, 에보시 등을 꺼내왔다. 남자는 원숭이들을 집 대문 쪽에 꽉 붙들어 매놓고서 문 입구에서 옷을 입은 후 집에 있는 활과 화살통을 가져오게 하여 그것을 들쳐 메고는 장인을 불러내어

"이놈을 신이라 하며 매년 사람을 잡아먹게 했다니 참으로 얼토당토않는 일입니다. 이놈은 사루마로猿丸[18]라 하여 집에서 매어 놓고 기르면 길들여져서 사람들에게 괴롭힘당할 녀석인데, 그런 것도 모르고 오랜 세월동안 이놈에게 살아 있는 인간을 먹게 하다니 정말 멍청한 짓이었습니다. 내가 이곳에 있는 한 이놈에게 몹쓸 짓을 당하는 일은 없을 것입니다. 그러니 모든 것을 나에게 맡겨 주십시오."

라며 원숭이 귀를 세게 꼬집자 원숭이가 아픔을 참고 있는 모습이 정말 우스웠다. '과연, 이렇게 사람 뜻대로 되는 것이구나.'라고 생각하니 사내가 믿음직스러워서 장인이

"저희들은 전혀 이런 것인 줄은 몰랐습니다. 앞으로 당신을 신으로 받들어 모시며 이 몸을 맡기기로 하겠습니다. 무엇이든 말씀하시는 대로 따르지요."

라며 빌기에 "자, 군사님께서 계신 곳으로 갑시다."라며 사내는 장인을 데리고 원숭이들을 앞으로 몰고 가서 문을 두드렸지만 열어 주려고 하지 않았다.

장인이

"꼭 열어 주십시오. 말씀드릴 일이 있습니다. 열어 주지 않으면 오히려 안

---

18 원숭이를 의인화한 호칭임.

좋은 일이 생길 겁니다."

라고 협박하자 군사가 나와 두려워하며 문을 열고 이 산 제물 남자를 보고
는 땅에 꿇어앉아 납작 엎드렸다. 남자는 원숭이들을 집안으로 데리고 들어
가 눈을 부릅뜨고 원숭이들에게

"네놈들은 긴 세월 신이라 속이고 매년 한 사람씩 인간을 잡아먹고 있었
구나. 네 이놈들. 반성해라."

라며 활에 화살을 메겨 쏘려고 하자, 원숭이들이 소리를 지르고 손을 싹싹
빌며 쩔쩔맸다. 군사는 이걸 보고 경악하며 장인 곁으로 다가가 "나도 죽일
작정인가? 부디 살려 주시게."라고 말했다. 장인이 "안심하십시오. 제가 있
는 이상 설마 그런 일은 없을 것입니다."라고 했기에 군사는 다소 안심이 되
었다. 산 제물 남자가 원숭이들에게

"오냐 오냐. 네놈들의 목숨은 거두지 않겠다. 그러나 앞으로 만일 이 일대
를 어슬렁어슬렁 돌아다니며 사람들에게 나쁜 짓이라도 한다면, 그때는 반
드시 쏴 죽이고 말 테다."

라며 지팡이로 스무 번 정도씩 차례대로 때리고 마을 사람들을 모두 불러
모아 그 신사로 보내 불타고 남은 신전들을 모두 부숴서 한곳에 모아 불태
웠다. 원숭이들은 네 마리 모두 세게 때린 후 내쫓아 풀어줬다. 원숭이들은
한쪽 다리를 질질 끌며 산속 깊이 달아나 그 후론 두 번 다시 모습을 보이지
않았다.

그 산 제물 남자는 그 후 이 마을 수장이 되어 사람들을 수족처럼 부리며
그 아내와 화목하게 살았다.

남자는 이쪽 나라[19]에도 종종 몰래 다녀갔기에 이 일을 전한 것일 것이다.

---

19 그 폭포를 경계로 한 이쪽으로, 은둔마을에 대한 보통 인간계를 가리킴. 이쪽저쪽 왕래를 상정하여 이 이야
기의 전파 경위에 대한 합리적인 해석을 추가한 것임.

그쪽에는 원래 말이나 소, 개도 없었는데 원숭이가 사람에게 나쁜 짓을 한다고 하여 강아지라든가,[20] 노역에 사용할 목적으로 망아지를 데려 갔기 때문에, 그것들이 모두 새끼를 낳아 그 수가 많아졌다. 히다 지방 근방에 이런 곳이 있다고 들었지만 시나노 지방信濃國 [21]사람도 미노 지방美濃國[22] 사람도 가본 적은 없다고 한다. 그곳 사람들은 이쪽으로 몰래 오는 듯 하나 이쪽 사람들은 그쪽에 가는 일이 없었다.

이것을 생각하면, 그 승려가 그곳에 헤매 들어가 산 제물의 풍습을 그만두게 하고 자신도 그곳에 정착하게 되었던 것은 모두 전세前世의 과보果報[23]일 것이라고 이렇게 이야기로 전하여 내려오고 있다 한다.

---

20 의역하면 원숭이가 사람을 괴롭히는 것을 방지할 목적으로, 말하자면 천적天敵을 도입한 것임. 당시 이미 견원지간이 원수 사이였다는 사실은 본권 제7화에도 보임.
21 → 옛 지방명.
22 시나·미노 양 지방은 히다 지방의 동·남·서 경계에 인접해 있음. → 옛 지방명.
23 전세의 숙보.

飛弾国猿神止生贄語第八

今昔、仏ノ道ヲ行ヒ行僧有ケリ。何クトモ無行ヒ行ケル程ニ、飛弾国マデ行ニケリ。

而ル間、山深入テ道ニ迷ケレバ、可出ヅ方モ不思エケルニ、道ト思シクテ、木ノ葉ノ散積タリケルウエヲ分行ケルニ、道ノ末モ無テ、大ナル滝ノ簾ヲ懸タル様ニ、高ク広クテ落タ

ル所ニ行着ヌ。返ラントスレ共、道モ不覚。行ムトスレバ、手ヲ立タル様ナル巌ノ岸ノ一二百丈許ニテ、可搔登様モ無レバ、「只仏助ケ給ヘ」ト念ジテ居タル程ニ、後ロニ人ノ足音シケレバ、見返テ見ニ、物荷タル男ノ笠着タル歩テ来レバ、「人来ルニコソ有ケレ」ト喜ク思テ、「道ノ行方問ム」ト思フ程ニ、此男僧ヲ極ク怪気ニ思タリ。僧此ノ男ニ歩ビ向テ、

「何コヨリ何デ御スル人ゾ。此道ハ何コニ出タルゾ」ト問へ共、答フル事モ無テ、此滝ノ方ニ歩ビ向テ、滝ノ中ニ踊リ入テ失ヌレバ、僧、「此ハ人ニハ非デ、鬼ニコソ有ケレ」ト思フニ、弥ヨ怖シク成ヌ。「我ハ今何ニモ免レン事難シ。然レバ、此鬼ニ不被喰前ニ、彼ガ踊リ入タル様ニ此滝ニ踊リ入テ、身ヲ投テ死ナン。後ニハ鬼咋トモ非可苦カル」ト思得、歩ビ寄テ、「仏、後生ヲ助ケ給ヘ」ト念ジテ、彼ガ踊リ入ツル様ニ、此滝ノ中ニ踊リ入タレバ、面ニ水ヲ灑ク様ニテ、滝ヲ通ヌ。「今ハ水ニ溺レテ死ヌラン」ト思フニ、尚移シ心ノ有レバ、立返テ見レバ滝ハ只一重ニテ、早ク簾ヲ懸タル様ニテ有

滝ヨリ内ニ道ノ有ケルマヽニ行ケレバ、山ノ下ヲ通テ、細キ道有テ、其ヲ通リ畢ヌレバ、彼方ニ大キナル人郷有テ、人ノ家多ク見ユ。

然レバ僧、「喜シ」ト思テ歩ビ行程ニ、此有ツル、物荷タリツル男、荷タル者ヲバ置テ走リ向キ来ル。後ニ、長シキ男ノ浅黄上下着タル、不後ト走リ来テ、僧ヲ引ヘツ。僧、「此ハ何ニ」ト云ヘバ、此浅黄上下着タル男、只、「我許ヘ、去来給へ」ト云テ、引将行ニ、此方彼方ヨリ人共数来テ、各、「我許へ、去来給へ」ト云テ、引シロヘバ、僧、「此ハ何為ル事ニカ有ン」ト思フ程ニ、「此ク狼ガハシクナ不為ソ」トテ、「郡殿ニ将参テ、其定ニ随テコソ得メ」ト云テ、将行バ、我ニモ非シテ行程ニ、大キナル家ノ有ルニ将行ヌ。

其家ヨリ年老タル翁ノ、事々シ気ナル出テ、此物荷ツル男ノ云、「此ハ、己ガ日本ノ国ヨリ将詣来テ此人ニ給ヒタル也」ト、此浅黄上下着タル者ヲ指テ云ヘバ、此年老タル翁、「此モ彼モ可云ニ非ズ。彼主ノ可得ナリ」ト云テ取セツレバ、異者共ハ去ヌ。然レバ、僧、浅黄ノ男ニ被得テ、其レガ将行方ニ行。僧、「此ハ皆鬼ナメリ。我ヲバ将行テ噉ハンズルニコソ」ト思フニ、悲クテ涙落。

『日本ノ国』ト云ツルハ、此ハ何ナル所ニテ、此ク遠気ニハ云ナラン」ト、怪ビ思フ気色ヲ、此浅黄ノ男見テ、僧ニ云ク、「不心得ナ思不給ソ。此ハ糸楽キ世界也。思フ事モ無テ、豊ニテ有セ奉ム為也」ト云フ程ニ、家ニ二行着ヌ。家ヲ見レバ、有ツル家ヨリハ少シ小ケレドモ、可有カシク造テ、男女ノ眷属共待喜テ、走リ騒グ事無限。浅黄ノ男、僧ヲ、「疾ク上リ給へ」トテ、板敷ニ呼上レバ、負タル笈ト云物ヲ取テ、傍ニ置テ、

笈（西行物語絵巻）

簑、笠、藁沓ナド脱テ上ヌレバ、糸吉ク□タル所ニ居ヘキ。

「先、物疾ク参ヨ」ト云ヘバ、食物持来タルヲ見レバ、魚鳥ヲ艶ズ調ヘタリ。僧其ヲ見テ不食シテ居タレバ、此浅黄ノ男

出来テ、「何ド此ヲバ不食ゾ」ト。僧、「幼クテ法師ニ罷リ成テ後、未ダ此ル物ヲヲナン食ネバ、此ヲ見居テ侍ル也」ト云ヘ

バ、浅黄ノ男、「現ニ其ハ然サモ侍ルラン。然レドモ今ハ此御マシヌレバ、此物共不食デハ否不有。悲ク思ヒ侍ルノ

一人侍ルガ、未ダ嫋ニテ、年モ漸ク積々侍テ給レバ、其ニ合セ奉テンズル也。今日ヨリハ其御髪ヲモ生シ給テ御マセ。然

リトテ、今ハ外へ可御方モ有マジ。只申ニ随テ御セ」ト云ケレバ、僧、「此ク云ニ違テ心ヲ持成サバ、被殺モコソ為

ン」、怖ク思ルニ合セテ、遁可行方モ無レバ、「習ヒ無事ナレバ、然申許也。今ハ只宣ハンニコソ随メ」ト云ヘバ、家へ

主喜テ、我食ヲモ取出テ、二人指向テ食テケリ。僧、「仏、何ニ思食ラン」ト思ケレドモ、魚鳥モ能食畢ツ。

其後、夜ニ入テ、年二十許ナル女ノ、形有様美麗ナルガ、

能装束ナキタルヲ、家主押出シテ、「此奉ル。今日ヨリハ我思フニ不替、哀レニ可思也。只一人侍ル娘ナレバ、其ニ思

此テ夫妻トシテ月日ヲ過スニ、楽キ事、物ニ不似。衣ハ思ノ程ヲ押量リ可給」トテ、返入タレバ、僧云甲斐無テ近付ヌ。

タル様ニ太リタリ。髪モ鬢モ被取ル許ニ生ヌレバ、引結上テ、引替ニ随テ着ス、食物ハ無物無ク食スレバ、有シニモ不似、

リ。夫モ女ノ志シノ哀ナルニ合セテ、我モ労ク思エケレバ、烏帽子シタル形チ、娘モ此夫ヲ極ク難去思タ

夜昼起臥シ明シ暮ス程ニ、墓無テ八月許ニモ。

而間、其程ヨリ此妻気色替テ、極ジク物思タル姿也。家主ハ前々ヨリモ労リ増テ、「男ハ宍付キ肥タルコソ吉シ。太

リ給へ」ト云テ、日ニ何度トモ無物ヲ食スレバ、食肥ルニ随テ、此妻ハサメヾト泣時モ有。夫此ヲ怪ビ思テ、妻ニ、

「何事ヲ思ヒ給フゾ。心得ヌ事也」ト云ヘドモ、妻「只、物ノ心細ク思ユル也」トテ、其ニ付テモ泣増レバ、夫心モ不

得怪シケレドモ、人ニ可問事ナラネバ、然テ過ル程ニ、客人

来テ、家主ニ会タリ。互ニ物語為ヲ、和ラ立聞ケバ、客人ノ
云ク、「賢ク思ヒ懸ヌ人ヲ得給テ、娘ノ平カニ御サンズルコ
ソ、何ニ喜ク思スラン」ナド云ヘバ、家主、「其事ニ侍リ。
此人ヲ得マシカバ、近来何ナル心侍ラマシ」。只今マデハ求
得タル方侍ネバ、明年ノ今、何ナル心センズラン」トテ
後々出テ去ヌレバ、家主返リ入マヽニ、「物参ラセツヤ」トテ
ト怖シク思レバ、妻ニ捫問ドモ、「物云ハヾヤ」トハ思タル
妻ノ思ヒ歎泣、心不得、客人ノ云ツル事ヲ、「何ナル事ニカ」
吉ク食ヨ」ナド云テ、食物ドモ遣セタレバ、此ヲ食ニ付テモ、
気色乍ラ、云事モ無シ。
而ル間、此郷ノ人々事急グ気ニテ、家毎ニ饗膳ナド調ヘ嘆
ル。妻泣思タル様日ニ副テ増レバ、夫妻ニ、「『泣キ咲ミ、極
キ事有トモ、我ニヨモ不隔給』トコソ思ツルニ、此ク隔ケル
コソ思ハンズル」トテ、恨ミ泣テ、妻モ打泣テ、「争カ不申
ジトハ思ハンズル。然ドモ、見聞エンズル事ノ今幾モ有マ
ジケレバ、此ク睦マシク成ケン事ノ悔キ也」ト云モ不遺泣ケ

バ、夫、「我可死事ノ侍ルカ。其ハ人ノ遂ニ不免道ナレバ、
苦カルベキ事ニモ非ズ。只其ヨリ外ノ事ハ、何事カ有ン。只
宣ヘ」ト責云ケレバ、妻泣々云ク、「此国ニハ糸ユヽシキ事
ノ有也。此国ニ験ジ給フ神ノ御スルガ、人ヲ生贄ニ食也。其
御シ着タリシ時、『我モ得ム〳〵』ト愁ヘ嘆シハ、此料ニセ
ントテ云シ也。年ニ一人ノ人ヲ廻リ合ツヽ、生贄ヲ出スニ、
其生贄ヲ求不得時ニハ、悲
シト思フ子ナレドモ、其ヲ
生贄ニ出ス也。『其不御マ
シカバ、此身コソハ出テ神
ニ被食マシ』ト思ヘバ、只
我替テ出ナント思フ也」ト
云テ泣、夫、「其ヲバ何
ニ歎キ給フ。糸安キ事ナ
リ。然テ、生贄ヲバ人造テ
神ニハ備フルカ」ト問ヘバ、

食事（慕帰絵詞）

妻、「然ニハ非ズ。『生贄ヲバ裸ニ成テ、俎ノ上ニ直ク臥セ

瑞籬ノ内ニ掻入テ、人ハ皆去ヌレバ、神ノ造テ食』トナン聞。

痩弊キ生贄ヲ出シツレバ、神ノ荒テ、作物モ不吉、人モ病、

郷モ不静トテ、此如度ヲ無物ヲ食セテ、食ヒ太ラセント為

也」トイヘバ、夫月来労ツル事共皆心得テ、「然テ、此生贄

ヲ食ラン神ハ、何ナル体ニテ御スルゾ」ト問バ、妻、『猿ノ

形ニ御ス』トナン聞」ト答フレバ、夫妻ニ語フ様、「我ニ金

吉ラン刀ヲ求テ令得テンヤ」ト。妻、「事ニモ非ズ」ト云

テ、刀一ツヲ構テ取セテケリ。夫其刀ヲ得テ、返々ス鋭テ、

隠シテ持タリケリ。

過ヌル方ヨリハ勇ミ寵テ、物ヲモ吉ク食太リタリケレバ、

家主モ喜ビ、此ヲ聞継者モ、「郷吉カルベキナメリ」ト云テ

喜ビケリ。此テ前七日ヲ兼テ、此家ニ注連ヲ引ツ。此男ニモ

精進潔斉セサス。家々ニモ注連ヲ引慎ミ合タリ。此男ハ、

「今何日ゾ」ト計ヘテ泣入タルヲ、夫云嘖ツ、事ニモ不思

ヲゾ、妻少シ嘖ケル。

此テ其日ニ成ヌレバ、此男ニ沐浴セサセ、装束直クサセ

テ、髪削ラセテ、髻取セテ、髻直ク掻疏ヒ傅立ル間ニ、

使何度トモ無来ツ、、「遅々シ」ト責レバ、男ハ舅ト共ニ馬

ニ乗テ行ヌ、妻ハ物モ不云シテ泣臥タリ。

男 行着テ見レバ、山ノ中ニ大キナル宝倉有。

其前ニ饗膳多ク居ヘテ、人共皆物食、酒呑ナド

人共員不知着並タリ。瑞籬事々シ

ク、広ク垣籠タリ。此男ハ中ニ座高クシテ食ハス。

シテ、舞楽ビ畢テ後、此男ヲ呼立テ、裸ニ成、紐ヲ放セテ、

「努々不動シテ、物云ナ」ト教ヘテ含テ、俎ノ上ニ臥テ、俎

ノ四ノ角ニ榊ヲ立、注連木綿ヲ懸ケ集テ、掻テ、前ヲ追テ

瑞ノ内ニ掻居ヘテ、瑞ノ戸ヲ引閉テ、人一人モ無クヘ、此

男ハ足ヲ指延タル胯ノ中ニ、此隠シテ持タル刀ヲ、然気無テ

夾ミテ持タリケリ。

而ル間、一ノ宝倉ト云フ宝倉ノ戸、スベロニ、キト鳴テ開

ケバ、其ニゾ少シ頭毛太リテ、ムクツケク思ケル。其後、

次々ノ宝倉ノ戸共、次第ニ開渡シツ。其時ニ、大キサ人計ノ

猿、宝倉ノ喬ノ方ヨリ出来テ、一ノ宝倉ニ向テ、カヽメケバ、

一ノ宝倉ノ簾ヲ掻開テ出ル者有。見レバ、此モ同ジ猿ノ、歯

ハ銀ヲ貫タル様ナル、今少シ大キニ器量キ、歩出タリ。「此

モ早ウ猿也ケリ」ト見テ、心安ク成ヌ。此様ニシツ、宝倉

ヨリ次第ニ猿出居テ、着並ム後、彼初メ宝倉ノ喬ヨリ出来タ

リツル猿、一ノ宝倉ノ猿ニ向居タレバ、一ノ宝倉ノ猿カヽメ

キニ随テ、此ノ猿、生贄ノ方様ニ歩ミ寄来テ、置タル莫箸、

刀ヲ取テ、生贄ニ向テ切ント為程ニ、此生贄ノ男、胸ニ挟ダ

刀ヲ取マヽニ、俄ニ起走テ、一ノ宝倉ノ猿ニ懸レバ、猿

ル刀ヲ見テ、一ツモ無逃去テ、木ニ走リ登テカヽメキ合タリ。

周テ仰様ニ倒タルニ、男ヤガテ不起シテ、押懸リテ踏ヘテ、

刀ヲバ未ダ不指宛テ、「己ヤ神」ト云ヘバ、猿手ヲ摺。異猿

其時ニ男、傍ニ葛ノ有ケルヲ引断テ、此猿ヲ縛テ、柱ニ結

付テ、刀ヲ腹ニ指宛テ云ク、「己ハ猿ニコソ有ケレ。神ト

云虚名乗ヲシテ、年々人ヲ噉ハムハ、極キ事ニハ非ズヤ。其

二三ノ御子ト云ツル猿、慥ニ召出セ。

不然ハ突殺テン。神ナ

ラバヨモ刀モ立ジャ。腹ニ突立テ試ミ」ト云テ、塵許捩ル

様ニスルニ、猿叫テ手ヲ摺ニ、男、「然ラバ、二三ノ御子ト

云フ猿ヲ疾召出セ」ト云バ、其ニ随テカヽメケバ、二三ノ御子

ト云フ猿出来タリ。亦、「我ヲ切ラントシツル猿召セ」トイヘバ、

亦カヽメケバ其猿出来ヌ。其猿ヲ以テ葛ヲ折ニ遣テ、二三ノ

御子ヲ縛テ結付ツ。亦、其猿ヲ縛テ、「己我ヲ切ラントシツ

レ共、此随ハヾ命ヲバ不断。今日ヨリ後、案内モ知ヌ人ヲ為

ニ、祟ヲ成シ、不吉事ヲモ至サバ、其時ニナンヂヤ命ハ断テ

ント為」ト云テ、瑞ノ内ヨリ皆引出シテ、木ノ本ニ結付ツ。

然テ、人ノ食物共シタル火ノ残テ有ケルヲ取テ、宝倉共ニ

次第ニ付渡セバ、此社ヨリ郷ノ家村ハ遠ク去タレバ、此ク為

事共ヲモ、否不知ラ有ケルニ、社ノ方ニ火ノ高ク燃上タリケ

ルヲ見テ、郷ノ者共、「此ハ何ナル事ゾ」ト怪ビ騒ケレドモ、

本ヨリ、此祭シテ後三日ガ程ハ、家ノ門ヲモ閉籠テ、人一人

モ外ニ出ル事無リケレバ、騒ギ迷ヒ乍ラ、出テ見ル人モ無シ。

此生贄ノ出シツル家主ハ、「我生贄ノ何ナル事ノ有ニカ」

ト静心無、怖シク思ヒ居タリ。此生贄ノ妻ハ、「我男ノ刀乞

取テ、隠シテ持タリツル。此火ノ出

来タルハ、彼ガ為態ナラン」ト思テ、怖シクモ不審クモ思フ

程ニ、此生贄ノ男、此猿四ヲ縛テ、前ニ追立テ、裸ナル者ノ

髻ヲ放タルガ、葛ヲ帯ニシテ刀ヲ指テ、杖ヲ突テ、郷ヨリ来テ、

家々ノ門ヲ臨ツ、見レバ、郷ノ家々ノ人、此ヲ見テ、「彼生

贄ノ、御子達ヲ縛テ前ニ追立テ来ルハ、何ナル事ゾ。此ハ神

ニモ増タリケル人ヲ生贄ニ出シタリケルニコソ有ケレ。神ヲ

ダニ此ス。増テ我等ヲバ噉ヤセンズラン」ト恐テ迷ヒケリ。

而ル間、生贄男ノ家ニ行テ、「門ヲ開ヨ」ト叫ケレ共、音

モ不為ヲ、「只開ヨ。ヨモ悪事不有。不開ハ中々悪キ事有ナ

ン」ト、「疾ク開ヨ」ト、門ヲ踏立レバ、舅出来テ、娘ヲ呼

出シテ、「此ハ極キ神ニモ増タリケル人ニコソ有ケレ。

若我子ヲバ悪トヤ思フラン」ト、「和君、門ヲ細目ニ開タレバ、押

イヘバ、妻怖シ乍ラ、喜シク思テ、門ヲ細目ニ開タレバ、押

開ルニ、妻立レバ、「疾ク入テ、其装束取テ得サセヨ」ト云

ヘバ、妻即チ返入テ、狩衣、袴、烏帽子ナド取出タレバ、猿

共ヲバ家戸ノ許ニ強ク結付テ、戸口ニテ装束シテ、弓胡録ノ

有ケルヲバ乞出テ、其ヲ負テ、舅ヲ呼出テ云ク、「此ヲ神ト云

テ、年毎ニ人ヲ食セケル事、糸奇異キ事也。此ハ猿丸ト云テ、

人ノ家ニモ繋テ飼バ、被飼テ人ニノミ被接テ有者ヲ、案内モ

不知シテ、此二年来生タル人ヲ食セツラン事、極テ愚也。

己ガ此ニ侍ラン限ハ此ニ被接ル事有マジ。只己ニ任セテ見給

ヘ」ト云テ、猿ノ耳ヲ痛ク摘バ、念ジ居タル程、糸可咲。

「此人ニハ随ヒタリケル者ニコソ有ケレ」ト見ニ、憑シク成

テ云ク、「己ハ等ハ更ニ此案内モ不知侍ケリ。今ハ君ヲコ

折烏帽子（法然上人絵伝）

ソハ神ト仰ギ奉テ、身ヲ任セ奉ラメ。只仰ノマヽ

手ヲ摺バ、「去来給ヘ、有シ大領ノ許ヘ」ト云テ、舅具シテ

猿丸共ヲ前ニ追去テ行テ、門ヲ叩クニ、其モ不開ラ。

舅ト有テ、「此只開給ヘ。可申事有。不開給ハ中々悪キ事

有ナン」ト云恐シケレバ、大領出来テ、恐々門ヲ開テ、此生

贄ヲ見テ、土ニ平ミ居タレバ、生贄猿共ヲ家ノ内ニ引率テ、

目ヲ嗔カシテ、猿ニ向テ云ク、「己ガ年来神ト云虚名乗ヲシ

テ、年ニ二ノ人ヲ食ミ失ヒケル。己、更ヨ」ト云テ、弓箭ヲ

番テ射スレバ、猿叫テ手ヲ摺テ迷フ。大領此ヲ見テ、奇異シ

ク、怖シ気ニ思テ、舅ノ許ニ寄テ、「我等ヲモヤ殺シ給ハン

ズラン。助ケ給ヘ」トイヘバ、舅、「只御セ。己ガ侍ランニハ

ヨモ然ル事不有」トイヘバ、憑シク思テ居ニ、生贄、「吉々。

己ガ命ヲバ不断。此ヨリ後、若此辺ニ見エテ、人ノ為ニ悪キ

事ヲ至サバ、其時ニ必ズ射殺シテントスルゾ」ト云テ、杖ヲ

以テ、二十度許ヅ、次第ニ打渡テ、郷ノ者皆呼集テ、彼社ニ

遣テ、残タル屋共皆壊集メテ、火ヲ付テ焼失ヒツ。猿ヲバ

四ヶ秋負セテ、追放ケリ。片蹇ギツ、山深ク逃入テ、其後

敢テ不見ケリ。

此ノ生贄ノ男ハ其後、其郷ノ長者トシテ、人ヲ皆進退シ仕

ヒテ、彼妻ト棲テゾ有ケル。

此方ニモ時々密ニ通ケレバ、本ハ其ニハ

馬牛モ狗モ無リケレドモ、猿ノ人挨ズルガ為トテ狗ノ子カ、

仕ハン料ニトテ馬ノ子ヤト将渡シテ有ケレバ、皆子共産ニゾ

有ケル。飛弾国ノ傍ニ此ル所有トハ聞ケドモ、信濃国ノ人モ

美濃国ノ人モ、行事無カ也。其人ハ此方ニ蜜ニ通ナレドモ、

此方ノ人ハ行事無カナリ。

此ヲ思フニ、彼僧ノ其所ニ迷ヒ行テ、生贄ヲモ止、我モ住

ケル、皆前世ノ報ニコソハ有メ、トナン語リ伝ヘタルトヤ。

가가 지방加賀國의 뱀과 지네가 싸우는 섬에 간 사람들이 뱀을 도와주고 섬에 산 이야기

폭풍우로 무인도에 표착한 가가 지방加賀國의 신분이 낮은 일곱 명의 사람이 섬주인인 큰 뱀(지주신地主神)에게 의뢰를 받아, 숙적인 지네를 무찌르고 신의 보답으로 가족들도 모두 그 섬으로 이주하여 신의 가호 아래서 자손대로 번영했다는 이야기. 후일담으로 나중에 그 섬에 표착한 뱃사공 쓰네미쓰常光의 목격담을 부기付記해 전승을 뒷받침한다. 네코지마猫島 주민의 태생과 개척의 역사를 전하는 전설이기도 하다. 참고로 지네퇴치蜈蚣退治와 유화類話로 다와라 도다俵藤太이야기가 저명하다. 앞 이야기와는 괴물퇴치 모티브와 은둔마을의 요소로 연결된다.

이제는 옛이야기이지만, 가가 지방加賀國¹ □²군郡에 사는 신분이 낮은 일곱 사람이 한 조를 이루어 오랜 세월에 걸쳐 항상 바다에 나가 낚시하는 것을 생업으로 하고 있었다. 어느 날 여느 때와 마찬가지로 일곱 명이 한배를 타고 바다로 배를 저어 나갔다. 이 사람들은 낚시를 하러 나간 것이지만 각자 활과 화살, 그리고 도검刀劍을 가지고 있었다.

바다 저 멀리로 저어 나가, 육지도 보이지 않을 만큼 먼 곳까지 나오자 돌연 생각지도 못한 거친 바람이 불기 시작해 점점 더 먼바다 쪽으로 떠내려

---

1   → 옛 지방명.
2   군명의 명기를 위한 의도적 결자. 해당어 불명.

갔다. '이런, 이런' 하는 사이 순식간에 떠내려가 어떻게 할 수가 없어 노櫓도 끌어올리고 바람이 부는 대로 이제 죽음만 기다릴 뿐이라며 슬피 울고 있을 때, 나아가던 방향 저 멀리 큰 외딴 섬이 시야에 들어왔다. '섬이 있었구나. 어떻게든 저 섬으로 가서 잠시라도 목숨을 건지고 싶다.'고 생각하고 있자 마치 사람이 당기기라도 하듯 배가 그 섬으로 나아갔기 때문에 '잠시나마 일단 목숨을 건진 것 같다.' 싶어 기뻐하며 앞다투어 뛰어내려 배를 해안으로 올려놓고 섬을 살펴보니 물이 흐르고 과실나무 등도 있는 것 같았다. "뭔가 먹을 것이라도 있지 않을까?" 하고 찾아보려는데 나이 스무 살 남짓의 매우 잘생긴 남자가 걸어 나왔다. 낚시꾼들은 이를 보고 "그렇다면, 사람이 사는 섬이었던 것이로구나."라며 기뻐하자 이 남자가 가까이 다가와 "내가 당신들을 맞이해 배를 이쪽으로 끌어당긴 것이라는 것을 아십니까?"라고 말했다. 낚시꾼들은

"그런 것인 줄은 몰랐습니다. 낚시를 하러 나왔더니 예기치 않은 바람에 떠밀려 떠내려 오던 중 이 섬을 발견하고는 크게 기뻐 상륙했습니다."
라고 대답하자, 남자는 "그 바람은 내가 일으킨 것이요."라고 말했다. 일곱 명은 그 말을 듣고 '역시 이 남자는 보통 사람이 아니었던 거구나.'라고 생각하고 있는데 남자가 "당신들 피곤하시지요?"라고 하며 "여봐라, 그것이다, 그걸 가져와라."라고 걸어 나온 쪽을 향해 크게 소리치자 많은 사람들이 오는 발소리가 들리고 조금 있자 긴 궤짝을 두 개 메고 가져왔다. 술병 같은 것도 많이 있었다. 열린 장궤를 보니 훌륭한 진수성찬이 들어 있었다. 그것을 모두 꺼내 먹게 해주자, 낚시꾼들은 아침부터 온종일 풍파에 시달려 녹초가 되어 있던 터라 모두 게걸스럽게 먹어 댔다. 술 같은 것도 마음껏 마시고, 먹다 남긴 것은 다음날 식량으로 하려고 장궤에 원래대로 넣어 곁에 놔두었다. 장궤를 메고 온 자들은 모두 돌아갔다.

그 후 주인 남자가 옆으로 다가와

"제가 당신들을 맞이한 이유입니다만, 실은 여기서 더 먼바다 쪽에 섬이 또 하나 있습니다. 그 섬 주인이 나를 죽이고 이 섬을 손아귀에 넣으려고 노상 쳐들어오는데, 요 몇 년간은 그래도 간신히 물리쳐 왔습니다. 하지만 내일 그 자가 쳐들어오면 그 자도 나도 사생결단을 내야만 하는 날이라, 당신네들이 저를 좀 도와주셨으면 하고 이렇게 맞이한 것입니다."

라고 말했다. 낚시꾼들이

"쳐들어오는 그 녀석은 어느 정도의 병력을 이끌고 몇 척의 배를 타고 오는 겁니까? 저희들이 미흡하나마 이렇게 온 이상 목숨을 버릴 각오로 당신의 지시에 따르도록 하지요."

라고 말하자, 남자는 이를 듣고 기뻐하며

"쳐들어오는 적은 사실 인간의 모습이 아니고, 이렇게 준비하고 기다리는 저 또한 인간이 아닙니다. 내일이 되면 아시게 될 겁니다. 그런데 녀석이 쳐들어와 섬을 습격하려고 할 때에, 저는 이 위쪽에서 공격해 내려옵니다만, 여태까지는 적을 이 폭포[3] 앞에는 상륙 못하게 하고, 물가에서 격퇴했습니다. 하지만 내일은 당신들을 깊이 신뢰하니 일단 녀석을 이 섬으로 상륙시켜 보려고 합니다. 녀석은 상륙하면 사기가 충천하여 기뻐서 상륙하려고 할 겁니다만, 잠시 동안은 제게 맡겨 주세요. 도저히 못 견디겠다 싶으면 당신들에게 눈짓을 할 테니, 그때에 가지고 계신 화살을 모조리 쏘십시오. 방심은 절대로 금물입니다. 내일 사시巳時[4] 정도부터 싸움 준비에 들어가 오시午時[5]쯤에 싸움을 시작할 겁니다. 든든히 먹어 두시고 이 바위 위에 서 계십시

---

3   이 폭포(瀧)는 바닷가에 파도가 바위에 막혀 폭포수가 튀겼던 것으로 추정.
4   오전 10시경.
5   정오경.

오. 녀석은 이곳으로 올라올 겁니다."

라고 상세히 가르쳐 주고는 안쪽으로 들어갔다.

　낚시꾼들은 이 산에 자라고 있는 나무 따위를 베어와 오두막집을 짓고 화살촉 등을 충분히 갈아두고 활시위 등도 잘 점검한 후, 그날 밤은 모닥불을 피우고 이야기를 나누고 있는 사이 날이 샜기에 든든히 배를 채우고 있었더니 어느새 사시가 되었다.

　그러다가 공격해 올 것이라고 한 방향을 살펴보자, 바람이 한차례 휙 몰아치고 해수면이 심상치 않은 무서운 모습을 드러내는가 싶더니 해수면이 《시퍼레》[6]지며 광채가 나는 것 같이 보였다. 그러더니 그 속에서 큰 불구슬이 두 개 나타났다. '뭐지?'라고 생각하며 남자가 반격을 위해 내려올 거라고 한 방향을 쳐다보니 그 부근의 산 모습도 심상치 않은 두려운 양상을 보이며 풀들이 나부끼고 나뭇잎이 소란스럽게 높은 소리가 나는 그 속에서도 또 두 개의 불구슬이 모습을 드러냈다. 먼 바다 쪽에서 해안 가까이로 쳐들어오는 것을 보니 열 장丈 정도나 되는 지네가 헤엄쳐오고 있었다. 등 쪽은 《시퍼렇》[7]게 빛나고 양옆 쪽은 빨갛게 빛났다. 이번에는 산 쪽을 보니 엇비슷한 정도의 길이로 몸통이 한 아름 정도나 되는 큰 뱀이 내려오고 있었다. 혀를 날름거리며 서로 대치했다. 양쪽 다 무섭기 그지없었다. 정말 사내의 말대로 뱀은 지네가 상륙 가능할 정도의 거리를 두고 대가리를 치켜들고 서 있었다. 그것을 본 지네는 기뻐하며 육지로 달려 올라왔다. 서로 눈을 부릅뜨고 잠시 동안 서로 노려보고 있었다.

　일곱 명의 낚시꾼들은 그 남자에게 들었던 대로 바위 위로 올라가 화살을 메겨 뱀을 지켜보고 있노라니 지네가 큰 뱀을 겨냥하여 달려들어 서로 물어

6　한자 표기를 위한 의도적 결자. 문맥을 고려하여 보충함.
7　한자 표기를 위한 의도적 결자. 문맥을 고려하여 보충함.

뜯었다. 서로 바득바득 물어뜯는 사이 둘 다 피투성이가 되었다. 지네는 원래 발이 많은 터라 《잡고 으그러뜨리며》[8] 물어뜯었기에 항상 우세를 유지했다. 네 시간 정도나 서로 물어뜯는 사이 뱀이 조금 《약해진》[9] 것 같은 기색으로 낚시꾼들에게 눈짓을 하며 '빨리 쏴 달라.'는 것 같은 태도를 취했기에 일곱 명은 모여서 지네의 머리부터 꽁무니 끝까지 있는 화살 모두를 마구 쏘아 대어 화살이 모두 밑동까지 깊이 박혔다. 그 후 칼로 지네의 발을 전부 잘라 내버리자 마침내 지네는 쓰러졌다. 그러자 뱀이 지네에서 떨어져 물러섰기에 일곱 명은 지네를 갈기갈기 베어 죽이고 말았다. 뱀은 이것을 본 후 고개를 《떨어 뜨리》[10]고 산속으로 되돌아갔다.

그 후 얼마간 시간이 지난 후에 그 남자가 한쪽 다리를 질질 끌며 얼굴에는 상처를 입어 매우 고통스러운 표정으로 피를 흘리며 나타났다. 이번에도 음식 등을 가져와 낚시꾼들에게 먹이며 한없는 감사의 인사를 했다. 그리고 지네를 갈기갈기 토막 내어 그 위에 나무를 베어 와 덮어 불태우고는 그 재나 뼈를 멀리 내던져 버렸다.[11]

그리고 낚시꾼들에게

"저는 당신네들 덕분에 이 섬을 무사히 지킬 수 있게 되어 정말 기쁩니다. 이 섬에는 논을 경작할 곳도 많고 밭도 도처에 있으며 과일나무도 수없이 많습니다. 그러니 여러모로 풍족하고 살기 편한 곳입니다. 당신들도 이 섬에 와서 같이 살았으면 합니다만 어떠십니까?"

라고 말했다. 낚시꾼들은 "그것 참 고마운 일입니다만 그럼 처자식은 어떡하지요?"라고 말하자 사내는 "그건 데려오면 됩니다."라고 말했다. 낚시꾼

---

8   한자 표기를 위한 의도적 결자. 문맥을 고려하여 보충함.
9   한자 표기를 위한 의도적 결자. 문맥을 고려하여 보충함.
10   한자 표기를 위한 의도적 결자. 상처를 입고 완전히 약해져서 고개를 떨어뜨리고 돌아간 것으로 추정.
11   재나 뼈를 먼 데로 내버리는 것은 그 악령의 부활이나 보복을 두려워했기 때문일 것임.

들이 "하지만 그들을 어떻게 여기까지 데려오지요?"라고 묻자 사내는

"그쪽으로 건너갈 때는 이쪽에서 바람을 불어 보내드리지요. 이쪽으로 올 때는 가가 지방에 구마다 궁熊田宮[12]이라는 신사가 있는데 그곳은 이곳의 분사分社이니 그 궁에 기원을 드린다면 쉽게 이쪽으로 올 수가 있을 겁니다." 라며 자세히 가르쳐주고 도중에 필요한 식량 등을 실어 배를 출발시키자 섬에서 갑자기 바람이 불기 시작해 순식간에 가가 지방에 도착했다.

일곱 명은 각자 자기 집으로 돌아가 그 섬으로 가고자 하는 자들은 모두 권하여 대동하고 몰래 가기 위해 배 일곱 척을 마련하여 곡식, 이삭 등 작물도 전부 갖추어, 먼저 구마다 궁熊田宮에 참배하여 자초지종을 아뢰고, 배를 타고 먼바다로 저어나가자 또 갑자기 바람이 불기 시작해 일곱 척 모두 섬에 당도했다.

그 후 일곱 명의 일행들은 섬에 정착하여 논밭을 일구고 점차 번영하여 자손들이 수도 없이 늘어 지금도 그곳에 살고 있다고 한다. 그 섬 이름은 네코노시마猫島[13]라고 한다. 그 섬사람들이 일 년에 한 번, 가가 지방에 건너와 구마다 궁의 제祭를 지낸다고 하여 이 지방 사람들은 그것을 알고서 동태를 엿보려고 했다고 하는데 도무지 볼 수가 없었다고 한다. 섬사람들은 생각지도 않는 밤중에 건너와 제를 지내고는 돌아가 버리기에 그 흔적을 보고서야 '늘상 하듯이 제를 지냈구나!' 하고 알아차린다고 한다. 그 제는 매년 연례로 행해져 지금도 끊이지 않고 있다 한다. 그 섬은 노토 지방能登國[14] □□[15]군郡

---

12 『연희식延喜式』 신명神名 下·가가 지방加賀國 노미 군能美郡 조條에 "구마다 신사熊田神社"라고 보이는 것이 그것일 것.

13 고양이 섬이라는 지명. 이시카와 현石川県 와지마 시輪島市에 속하는 헤쿠라지마舳倉島가 그것이라 함. 섬 이름의 유래는 불분명함.

14 옛 지방명.

15 군명의 명기를 위한 의도적 결자. 해당어 불명.

의 오미야大宮¹⁶라는 곳에서 잘 보인다고 하는데 흐린 날에 바라보면 저편 까마득히 서쪽이 높고 온통 파랗게 보인다고 한다.

지난 □□¹⁷ 때, 노토 지방의 □□¹⁸ 쓰네미쓰常光라는 뱃사공이 있었다. 바람에 떠내려가 그 섬에 도착했더니 섬사람들이 나와서 접근하지 못하게 하고서 잠시 해안에 배를 대게 하여 음식 등을 보내왔는데, 이레 여드레 정도 있었더니 섬 쪽에서 바람이 불어와 동시에 배는 내달리듯 노토 지방으로 돌아왔다. 그 후 뱃사공이

"언뜻 본 바에 의하면 그 섬에는 인가가 첩첩이 잔뜩 있고, 도읍과 같이 소로小路가 있는 것이 보였다. 사람들의 왕래도 많았다."

고 말했다. 섬의 모습을 보여 주지 않으려고 가까이 오지 못하게 했던 것일까?

최근에도 멀리서 오는 당인唐人¹⁹들은 먼저 그 섬에 들러 식량을 입수하고 전복이나 물고기 등을 잡은 후에 곧바로 그 섬에서 쓰루가敦賀²⁰로 나오는데 그 당인들에게도 "이런 섬이 있다고 사람들에게는 말하지 말라."고 엄히 입단속을 시킨다고 한다.

이것을 생각해 보면, 전세의 인연이 있었기에 그 일곱 명의 일행들이 그 섬에 가 정착하였고 지금도 그 자손들이 그 섬에 살고 있는 것일 것이다. 정말로 살기 좋은 섬인 것 같다고 이렇게 이야기로 전하여 내려오고 있다 한다.

---

16 소재 미상.
17 연호 또는 연시·황대皇代 등의 명기를 위한 의도적 결자. 해당어 불명.
18 성씨 명기를 위한 의도적 결자. 해당어 불명
19 중국인.
20 지금의 후쿠이 현福井県 쓰루가 항敦賀港.

加賀国諍蛇蜈島行人助蛇住島語第九

今昔、加賀ノ国□郡ニ住ケル下衆七人、一党トシテ常ニ

海ニ出テ、釣ヲ好ヲ業トシテ、年来ヲ経ケルニ、此ノ七人一

船ニ乗テ漕出ニケリ。此者共釣シニ出レドモ、皆弓箭兵杖

ヲナム具シタリケル。

遥ノ沖ニ漕出テ、此方ノ岸モ不見程ニ、思モ不懸ニ、俄ニ

荒キ風出来テ、澳ノ方へ吹持行ケバ、我ニモ非デ流レ行ケ

バ、可為方無テ、櫓ヲモ引上テ、風ニ任テ、只死ナン事ヲ泣

悲ケル程ニ、行方ノ澳ニ、離レタル大キナル島ヲ見付テ、

「島コソ有ケレ。構テ此島ニ寄テ、暫クモ命ヲ助カラバヤ」

ト思ケルニ、人ナドノ態ト引付ケン様ニ、其島ニ寄ニケレバ、

「先ヅ暫クノ命ハ助リタメリ」ト思テ、喜ビ乍ラ迷ヒ下テ、船

ヲ引居テ、島ノ体ヲ見レバ、水ナド流出テ、生物ノ木ナドモ

有気ニ見エケレバ、「食ベキ物ナンドモヤ有」ト見ト為程ニ、

年二十余ハ有ント見ユル男ノ糸清気ナル、歩ミ出タリ。此釣

人共此ヲ見テ、「早フ、人ノ住島ニコソ有ケレ」ト、喜シク

思フ程ニ、此男近ク寄来テ云ク、「其達ヲバ我ハ迎へ寄ツル

ト、知タルカ」ト。釣人共、「然モ不知侍。釣シニ罷出タ

リツルニ、思ヒ不懸、風ニ被放テ詣来ツル程ニ、此島ヲ見付

テ、喜乍ラ着テ侍ル也」。男ノ云ク、「其放ツ風ヲバ我吹セツ

ル也」ト云ヲ聞ニ、「然ハ、此ハ例ノ人ニハ非ヌ者也ケリ」

ト思フニ、男、「其達ハ

極ジヌラン。何ヲ、其物

持来」ト出来ツル方ニ向

テ、高カニイヘバ、人ノ

足音数シテ来也ト聞程ニ、

酒ノ瓶二ツ荷テ持来タリ。

長櫃ノ瓶ナドモ数有。長櫃

ヲ開タルヲ見レバ、微妙

長櫃（粉河寺縁起）

114

ノ食物共也ケリ。皆取出シテ令食レバ、釣人共終日ニ極ジニ
ケレバ、皆吉ク取食テケリ。酒ナドモ能呑テ、残タル物共ヲ
バ、明日ノ料ニトテ、長櫃ニ本ノ様ニ取入テ傍ニ置ツ。荷タ
リツル者共ハ返リ去ヌ。

其後、主ノ男近寄来テ云ク、「其達ヲ迎ヘツル故ハ、此ヨ
リ澳ノ方ニ亦島有、其島ノ主ノ、我ヲ殺テ此島ヲ領ゼントテ、
常ニ来テ戦フヲ、我相構テ戦返シテ、此年来ハ過ヌ程、明
日来テ、我モ人モ死生ヲ可決日ナレバ、『我ヲ助ケヨ』ト思
テ、迎ツル也」ト。

釣人共ノ云ク、「其来ン人ハ何許ノ軍ヲ
具シテ、船何ツ許ニ乗テ来ルゾ。身ニ不堪事ニ侍リトモ、此
ク参ヌレバ、喜テ云ク、『命ヲ棄テコソ』ト仰ニ随ヒ侍ラメ」ト。男此
ヲ聞テ、喜テ云ハ、『来ラント為ル敵モ人ノ体ニハ非ズ。
ケンズル我身モ亦人ノ体ニハ非ズ。今明日見テン。先彼来テ
島ニ懸ラン程ニ我ハ此上ヨリ下来ランズルヲ、儲ラ
滝ノ前ニ不令上シテ此海際ニ戦ヒ返スヲ、前々ハ敵ヲ此
強ク憑マンズレバ、彼レヲ上ニ登センズル也。明日ハ其達ヲ

力ヲ得ベケレバ、喜テ登ラント為ルヲ、暫ハ我ニ任セテ見ム
ニ、我難堪成バ、其達ニ目ヲ見合センズルヲ、其時ニ箭ノ
有ン限リ可射也。努々愚ニ不可為。明日ノ巳時許ヨリ儀立
テ、午時許ニゾ戦ハントスル。吉々物ナド食テ、此巌ノ上
ニ立ン。此ヨリゾ上ラン為ル」ト、吉々教ヘ置テ、奥様ニ入
ヌ。

釣人共、其嶽ニ木ナド切テ、庵造テ、箭ノ尻ナド能々鋭テ、
弓ノ絃ナド拈テ、其夜ハ火焼テ物語ナドシテ有程ニ、夜モ暁
ヌレバ、物ナド吉食テ、既ニ巳時ニ成ヌ。

而ル間、「来ン」ト云シ方ヲ見遣タレバ、「風打吹テ、海ノ
面奇異ク怖シ気也」ト見ル程ニ、海ノ面□ニ成テ、光ル様ニ
見ユ。其中ヨリ大キナル火二ツ出来タリ。「何ナル事ニカ」
ト見ル程ニ、出来合ハント云シ方ヲ見上タレバ、其モ山ノ気色
異ク怖シ気ニ成テ、草靡キ木葉モ騒ギ、音高ク嗔合タル中ヨ
リ、亦火二ツ出来タリ。澳ノ方ヨリ近ク寄来ルヲ見レバ、蜒
ノ十丈許アル游来ル。上ハ□ニ光タリ、左右ノ喬ハ赤ク光

タリ。

上ヨリ見レバ、同長サ許ナル蛇ノ臥長一把許ナル、

下向フ。舌誓ヅリヲシテ向ヒ合タリ。彼モ此モ怖シ気ナル

事限無。実ニ云シガ如ニ、蛇彼ガ可登程ヲ置テ、頸ヲ差上

テ立ルヲ見テ、蜈喜テ走上ヌ。互ニ目ヲ嗔ラカシテ守テ暫

ク有。

七人ノ釣人ハ教シマヽニ、巌ノ上ニ登テ、箭ヲ番ツヽ、蛇

二眼ヲ懸テ立ル程ニ、蜈進テ走寄テ咋合ヌ。互ニ六シ〱

ト咋フ程ニ、共ニ血肉ニ成ヌ。蜈ハ手多カル者ニテ、打□

ツ、咋ツ、常ニ上手也。二時許咋フ程、少シ〱タル気付テ、

釣人共ノ方ニ目ヲ見遣セテ、「疾射ヨ」ト思タル気色ナレバ、

七人ノ者共寄テ、蜈頭ヨリ始テ尾ニ至マデ、箭ノ有ケル

限、皆射ル。彊本マデ不残射立。其後ハ大刀ヲ以テ蜈ノ手

ヲ切ケレバ、倒レ臥ニケリ。而レバ、蛇引離レテ去ヌレバ、

弥ヨ蜈ヲ切殺テケリ。其時ニ蛇□テ返入ヌ。

其後良久有テ、有シ男、片寒テ、極心地悪気ニテ、顔

ナドモ軼テ、血打テ出来タリ。亦、食物共持来テ食セナドシ

テ、喜ブ事無限シ。蜈ヲバ切放チツヽ、山ノ木共ヲ伐懸テ焼

テケリ。其灰骨ナドヲバ遠ク棄テケリ。

然テ、男釣人ドモ云ク、「我其ノ達ノ御徳ニ、此島ヲ平カ

二領ゼム事、極リ喜シ。此島ニハ田可作所多カリ。畠無

量、生物ノ木員不知。然レバ事ニ触テ便有島也。『其達、此

島ニ来テ住メ』ト思フヲ何ニカ」ト。釣人共、「糸喜キ事ニ

ゾ可候ヲ、妻子ヲバ何ニカ可仕」ト云ケレバ、男、「其ヲ

迎ヘテコソハ来ラメ」ト云ケレバ、釣人共、「其ヲバ何ニシ

テ可罷渡」ト云ケレバ、男、「彼方ニ渡シニハ、此方ノ風

ヲ吹セテ送ラン。彼方ヨリ此方ニ来ランニハ、加賀ノ国ノ御

スル熊田ノ宮ト申ス社ハ、我ガ別レノ御スル也、此方ニ来ラ

ント思ハン時ニハ、其宮ヲ祭リ奉ラバ、輙ク此方ニ可来也」

ナド、吉々ク教ヘテ、道ノ程可食物ナド船ニ入サセテ指出

シケレバ、島ヨリ俄ニ風出来テ、時モ不替走リ渡ニケリ。

七人ノ者共、皆本ノ家ニ返、彼島へ行ント云者ヲ皆倡具

シテ、蜜ニ出立テ、船七艘ヲ調ヘテ、可作物ノ種共悉ク

拈テ、先熊田ノ宮ニ詣デ、事ノ由申テ、船ニ乗テ指出ケレ

バ、亦俄ニ風出来テ、七艘ヲ島ニ渡リ着ニケリ。

其後、其七人ノ者共、ソノ島ニ居テ、田畠ヲ作リ居弘リ

テ、員不知人多ク成テ、今有也。其島ノ名ヲバ猫ノ島トゾ云

ナル。其島ノ人、年ニ一度加賀ノ国ニ渡テ、熊田ノ宮ノ祭ナ

ルヲ、其国ノ人其由ヲ知テ伺ナルニ、更ニ見付ル事無也。思

モ不懸、夜半ナドニ渡リ来テ、祭テ返リ去ヌレバ、其跡ニゾ、

「例ノ祭シテケリ」ト見ユナル。其祭毎年ノ事トシテ、于今

不絶也。其島ハ能登国、郡ニ大宮ト云所ニテゾ吉ク見ナ

ル。暗タル日、見遣ナレバ、離タル所、西高ニテ青ミ渡

テゾ見ユナル。

去ヌル〔二〇〕ノ比、能登ノ国〔二一〕ノ常光ト云梶取有ケリ、風

ニ被放テ彼島ニ行タリケレバ、島ノ者共出来テ、近クハ不寄

セシテ、シバラク岸ニ船繋セテ、食物ナド遣セテ、七八日

許有ケル程ニ、島ノ方ヨリ風出来タリケレバ、走リ帰テ、

能登ノ国ニ返ニケル。其後、梶取ノ語リケルハ、「髣ニ見シ

カバ、其島ニハ人ノ家多ク造リ重テ、京ノ様ニ小路有ヲ、見

エシ人ノ行違フ事数有キ」トゾ語リケリ。島ノ有様ヲ不ジ

見トテ、近クハ不寄ケルニヤ。

〔巴〕近来モ遙ニ来ル唐人ハ、先其島ニ寄テゾ、食物ヲ儲ケ、鮑

魚ナド取テ、ヤガテ其島ヨリ敦賀ニハ出ケル。唐人ニモ、

「此ル島有トテ、人ニ語ナ」トゾ固ムナル。

此ヲ思フニ、前生ノ機縁有テコソハ、其七人ノ者共、其島

ニ行住其孫于今其島有ラン。極テ楽シキ島ニテゾ有ナル、

トナン語リ伝ヘタルトヤ。

도사 지방土佐國의 오빠와 여동생이
모르는 섬에 가서 산 이야기

모내기 준비를 위해 부모가 해안에 상륙하여 배를 비운 사이 도사 지방土佐國의 나이 어린 오빠와 여동생이 타고 있던 배가 바람에 떠밀려서 아득히 먼 남방의 무인도에 표착해 섬의 개조開祖가 된 이야기. 도사 지방 이모세지마妹背島 주민의 기원과 개발 역사를 전하는 설화로 표류에 의한 신천지 발견과 토착번영을 설說하는 점 등에서 앞 이야기인 네코지마猫島 기원담과 유사하다.

이제는 옛이야기이지만, 도사 지방土佐國[1] 하타 군幡多郡[2]에 신분이 낮은 남자가 살고 있었다. 자기가 사는 포구浦口가 아닌 다른 곳의 포구에 논을 경작하고 있었는데, 자신이 사는 포구의 논에 볍씨를 뿌려 못자리를 만들고 모내기할 시기가 되어 모종을 배에 싣고 그것을 심을 사람들을 고용해 그들과 함께 음식을 비롯해 써레, 쟁기, 낫, 괭이, 도끼, 대부大斧[3] 따위에 이르기까지 가재도구 일체를 배에 싣고 그 포구로 나가기로 되어 있었다. 어느 날 그들 부부는 열네댓 살 정도의 사내아이와 그 아이의 여동생인 열두세 살 정도 먹은 아이 둘에게 배를 보고 있으라고 남겨 놓고, 모심기할 여자를 고

---

1 → 옛 지방명.
2 현재도 동일한 명칭임.
3 넓은 칼날의 큰 도끼. 나무를 베어 넘어뜨리는 데에 사용함.

용해 와 배에 태우려고 육지로 올라갔다.

　곧 돌아올 생각으로 배를 아주 조금만 뭍으로 올려놓고 밧줄은 내팽개친 채로 그대로 두었다. 이 두 아이는 배 밑바닥에 누워 있는 사이 어느덧 잠이 들고 말았다. 그 사이에 만조가 되어 배가 물위로 떴는데 돌풍이 불어 조금 바다로 밀려나가는가 싶더니 그대로 썰물에 이끌려 저 멀리 아득한 남쪽 바다 한가운데로 떠내려 가버렸다. 먼바다로 나오자 점점 더 바람에 떠밀려 흘러가 마치 돛을 올린 듯이 나아갔다. 그제야 아이들은 잠에서 깨어나 밖을 보았는데 배가 놓여 있었던 곳과는 전혀 다른 바다 한가운데로 나와 있었기에 울며 소리쳐 보았지만, 어찌할 수가 없어 그저 바람에 맡긴 채 떠내려갔다. 부모는 모 심을 여자를 고용하지 못해 배에 오르려고 되돌아와 보니 배가 없었다. '바람이 불지 않는 곳에 숨어 있나?' 싶어 한동안 이름을 부르며 이리저리 뛰어다니며 찾았지만 어찌 대답이 있을 수 있겠는가. 몇 번이고 소동을 피우며 찾아보았지만 흔적조차 없어서 어쩔 도리가 없어 결국 단념하고 말았다.

　한편 그 배는 아득히 먼 남쪽 바다 한가운데에 있는 어떤 섬으로 세차게 몰아쳐져 그곳에 당도했다. 아이들은 조심조심 육지로 올라가 배를 매어 두고 주변을 쭉 둘러보았지만 사람이라곤 전혀 없었다. 돌아가려 해도 돌아갈 수가 없어 둘은 울고 있었는데 그렇다고 어떻게 될 수 있는 게 아니었다. 이윽고 여자아이가

　"이제 어쩔 수가 없는 것 같아. 하지만, 이대로 죽기는 싫어! 이 음식이 있는 동안은 조금씩 먹으면서 어떻게 살아갈 수 있겠지만 이것이 전부 없어지고 나면 어떻게 살아가지? 아, 그렇지. 어서 이 모들이 전부 시들기 전에 심어 보는 것이 어떨까."

라고 말했다. 사내아이는 "옳지, 그렇다. 네가 말하는 대로 해보자. 네 말이

맞다."라며 가래, 팽이 등이 모두 갖춰져 있었기에 물이 있고 경작할 만한 적당한 곳을 찾아내어 있는 모를 전부 심었다. 그리고 큰 도끼도 있었기에 나무를 베어 와 오두막집을 짓고 살았는데 과일도 계절에 따라 많이 열려서 그것을 따먹으며 세월을 보내는 사이 어느덧 가을이 되었다. 그리고 이것도 전세로부터의 숙명이었을까, 경작한 논이 정말 잘 되었기에 많이 추수해 두고 오빠와 여동생은 사이좋게 지냈는데 이윽고 몇 년이 흐르자 언제까지나 그렇게만 있을 수가 없어 오빠와 여동생은 부부가 되었다.

이렇게 또 몇 년이 지나는 사이 사내아이와 여자아이가 차례로 태어났고 그들도 또한 부부가 되었다. 이곳은 커다란 섬이어서 논을 많이 만들고 확장하여 그 오빠와 여동생이 계속 낳아 간 자손들이 섬에 넘쳐나고 지금도 살고 있다 한다. "그곳은 도사 지방의 남쪽 바다 한가운데에 있고, 이모세지마妹背島[4]라고 한다."고 사람들이 말했다.

이것을 생각하면, 전세의 숙세宿世로 인해서 그 섬에 가서 정착하여 오빠 여동생이 부부로도 된 것일 것이라고 이렇게 이야기로 전하여 내려오고 있다 한다.

---

4   고치 현高知県 하타 군 오키노시마沖島가 그곳이라 추정되고 있음. 현재 스쿠모 시宿毛市에 속해 있고 반농 반어半農半漁의 섬.

土佐国妹兄行住不知島語第十
ときのくにのいもせしらぬしまにゆきてすむことだいじふ

今昔、土佐国幡多郡ニ住ケル下衆有ケリ。己ガ住浦ニ種ヲ蒔テ、苗代ト云

非デ他ノ浦ニ田ヲ作ケルニ、己ガ住浦ニ種ヲ蒔テ、苗代ト云

事ヲシテ、可殖程ニ成ヌレバ、其苗ヲ船ニ引入テ、殖人ナド

雇具シテ、食物ヨリ始テ、馬歯、辛鋤、鎌、鍬、斧、鐇ナド云物ニ至マデ、家ノ具ヲ船ニ取入テ渡ケルニヤ、十四五歳許有男子、其ガ弟二十二三歳許有女子ト、二人ノ子ヲ船ニ守リ目ニ置テ、父母ハ殖女雇乗ントテ、陸ニ登リニケリ。

白地ト思テ、船ヲバ少シ引居テ綱ヲバ棄テ置タリケルニ、此二人ノ童部ハ船底ニ寄臥タリケルガ、二人乍ラ寝入ニケリ、其間ニ塩満ニケレバ、船ニ浮タリケルヲ、放ツ風ニ少シ吹被出タリケル程ニ、千満ニ被引テ、遥ニ南ノ澳ニ出ケリ。澳ニ出ニケレバ、弥ヨ風ニ被吹テ、帆上タル様ニテ行。其時ニ童部驚テ見ニ、懸タル方ニモ無澳ニ出ニケレバ、泣迷ヘドモ可為様モ無テ、只被吹テ行ケリ。父母ハ殖女不雇得シテ、

「船ニ乗ム」トテ来テ見ニ、船モナシ。暫ハ、「風隠ニ差隠タ

鋤(石山寺縁起)

ルカ」ト思テ、此走リ彼走リ呼べ共、誰カハ答ヘント為ル。

返々求騒ゲドモ、跡形モ無レバ、云甲斐無テ止ニケリ。

然テ、其船ヲバ遥二南ノ沖二有ケル島二吹付ケリ。童部、

恐々陸二下テ、船ヲ繋テ見レバ、敢テ人無シ。可返様モ

ナケレバ、二人泣居タレドモ甲斐無テ、女子ノ云ク、「今ハ

可為様ナシ。然リトテ命ヲ可棄二非ズ。此食物ノ有ム限リコソ

少シヅヽモ食テ、命ヲ助ケメ、此ガ失畢ナン後ハ、何ニシテ

カ命ハ可生。然レバ、去来此苗ノ不乾前二殖ン」ト。男子、

「只何ニモ汝ガ云ン二随ム。現二可然事也」トテ、水ノ有ケ

ル所ノ田二作ツベキゾ、求メ出シテ、鋤鍬ナド皆有ケレバ、

苗ノ有ケル限リ、皆殖テケリ。然テ、斧鑓ナド有ケレバ、木

伐テ庵ナド造テ居タリケルニ、生物ノ木、時二随テ多カリケ

レバ、其ヲ取食ツヽ、明シ暮ス程二、秋二モ成ニケリ。可

然ニヤ有ケン、作タル田、糸能出来タリケレバ、多ク苅置テ、

妹兄過ス程二、漸ク年来二成ヌレバ、然リトテ可有事二非ネ

バ、妹兄夫婦二成ヌ。

然テ年来ヲ経程二、男子女子、数産次ケテ、其レヲ亦夫妻

ト成シツ。大ナル島也ケレバ、田多ク作リ弘ゲテ、其女兄ガ

産次ケタリケル孫ノ、島二余ル許成テゾ干今有ナル。「土佐

ノ国ノ南ノ沖二、妹兄ノ島トテ有」トゾ人語リシ。

此ヲ思フニ、前生ノ宿世二依テコソハ、其島二モ行住、妹兄

モ夫妻トモ成ケメ、トナン語リ伝ヘタルトヤ。

미카와 지방參河國에 이누가시라犬頭 실이 시작된 이야기

미카와 지방三河國에서 공납貢納하던 이누가시라犬頭 실의 유래를 전하는 이야기. 현지의 설화가, 공납되는 이누가시라 실에 덧붙여져 도읍에 전파된 것으로 추정된다. 『간문어기看聞御記』영형永享 6년(1434) 3월 24일 조條에 의하면 이 이야기가 회권繪卷으로도 만들어져 유통, 향수享受되고 있었던 사실을 알 수 있다. 앞 이야기와는 기원설화적 성격과 한 개에서 여러 개로의 증식增殖이라는 공통요소로 연결된다. 두 아내의 싸움을 배경으로 한 누에의 보은담의 성격을 지니고 있지만, 두 아내의 싸움은 본처의 승리로 귀결되는 것이 설화적 정형定型이다. 민담昔話 '꽃피우는 할아범花咲爺'과 부분적으로 유사하다.

이제는 옛이야기이지만, 미카와 지방參河國[1] □군郡[2]에 한 군사郡司가 있었다. 아내가 두 사람 있었는데 누에를 키워[3] 실을 많이 만들게 하고 있었다.

그런데 어찌된 일인지 본처의 집에서는 누에가 모두 죽어 버려 양잠을 할 수 없게 되었다. 그러자 남편은 본처에게 냉담해져 가까이 가지 않게 되었다. 주인의 발걸음이 뜸해지자 종자들도 모두 가지 않게 되었고 집도 가난해져 주변 사람들도 점점 사라져 버렸다. 그래서 본처는 불과 두 명의 종자

---

1 → 옛 지방명.
2 군명의 명기를 위한 의도적 결자. 이누가시라 명신犬頭明神의 소재지로 보면 오미 군碧海郡이 이에 해당할 것으로 추정.
3 양잠養蠶.

와 함께 홀로 살고 있었다. 그녀의 슬픔과 처량함은 이루 말할 수 없었다.

집에서 키우던 누에가 모두 죽어 버려 양잠을 포기하고 있었는데, 우연히 누에 한 마리가 뽕잎에 앉아 잎을 먹고 있는 것이 눈에 띄었다. 그걸 잡아서 키우는 동안, 이 누에가 점점 커졌다. 그래서 뽕잎을 계속 가져다주니 순식간에 먹어 치웠다. 그걸 보고 있노라니 누에가 귀엽게 느껴져, 애지중지 키웠다. '이 한 마리를 키워 봐야 별 뾰족한 수는 없을 테지.'라고는 생각했지만 오랜 기간 누에를 키워 익숙해진 것을 최근 3, 4년간 전혀 하지 않았던 터라 뜻하지 않게 누에를 키우게 된 사실을 기뻐하며 소중히 키우게 된 것이다. 그런데 이 집에서는 흰 개를 한 마리 키우고 있었다. 본처는 개가 주인 옆에 앉아 꼬리를 흔들고 있는 그 앞에서 누에를 무언가의 뚜껑에 넣고는 그 누에가 뽕잎을 먹고 있는 모습을 보고 있었는데, 갑자기 개가 달려들어 누에를 잡아먹어 버렸다. 깜짝 놀라며 분해서 죽을 것 같았지만, 누에 한 마리 잡아먹었다고 해서 개를 때려죽일 수도 없는 노릇이었다.

그런데, 그 개가 누에를 입에 집어넣어 삼키고는 이쪽을 보고 앉아 있었다. '누에 한 마리조차 제대로 키우지 못하다니. 이것도 다 숙세宿世일까.' 싶어 슬픔에 빠져 처량하게 개를 보고 울고 있었는데 개가 재채기를 했다. 그러자 두 콧구멍에서 흰 실이 두 줄기, 한 치 정도 나왔다. 그걸 보고 이상하다 싶어 그 실을 잡아당겨보자, 두 줄기 모두 기다랗게 줄줄이 나왔기 때문에 그것을 얼레에 감았다. 가득 감고 나서 또 다른 얼레에 감자 이번에도 또 □□□[4] 때문에 다음 얼레를 꺼내어 새로 감았다. 이렇게 해서 이삼백 개 얼레에 옮겨 감아도 끝이 없어 그 다음에는 대나무 장대를 걸쳐 놓고 그곳

---

4 파손에 의한 것일 수도 있고 한자의 명기를 위한 의도적 결자일 수도 있음. 문맥상 '전부 다 감겼기'가 들어갈 것으로 추정.

에 감았다. 그래도 아직 남아 이번에는 나무통에 감았다. 사오천 냥兩[5] 정도 옮겨 감은 후 실의 끄트머리가 나오자 개는 쓰려져 그만 죽고 말았다. 그 때에 아내는 '이것은 다름 아닌 불신佛神이 개가 되어 나를 도와주신 것이구나.'라고 생각하고 개를 집 뒤쪽 밭 뽕나무 밑에 묻어 주었다.

그런데 아내가 이 실을 정제精製하지 못해 난감해 하고 있을 때, 남편인 군사가 볼일로 외출하는 도중 그 집 앞을 지나갔다. 집안이 매우 □[6]하고 인기척이 없기에 《그래도》[7] 불쌍한 생각이 들어 '이곳 아내는 지금 어떻게 지내고 있을까?' 하고 가엾은 생각에 말에서 내려 집으로 들어가 보았는데 사람 모습이라곤 보이지 않았다. 단지 본처가 혼자서 그 많은 실을 주체하지 못하고 있었다. 그 실을 보니, 지금 새 아내의 집에서 많이 키우는 누에에서 얻은 실은 검고 마디가 있어 조잡한 데 비해, 이 실은 눈과 같이 희고 광택이 있어 매우 훌륭했다. 이 세상에 다시없을 정도였다. 군사는 그것을 보고 크게 놀라 "도대체 어찌된 일이오?"라고 묻자 본처는 숨김없이 자초지종을 이야기했다. 이를 들은 군사는 '불신이 도우시는 이 여인을 내가 그동안 소홀히 했구나.'라며 뉘우치고 그대로 본처 집에 머무르며 새 아내의 집으로는 가지 않고 본처와 살게 되었다.

그 개[8]를 묻은 뽕나무에는 누에가 빈틈없이 누에고치를 만들었다. 그래서 또 그걸 따서 실로 만드니 이루 말할 수 없이 훌륭했다. 군사는 이 실이 생긴 경위를 수령 □[9]라는 사람에게 이야기해 들려주자, 수령은 다시 그것을

---

5 무게의 단위. 『대보령大寶令』에는, 대소小가 있어, 한 근1斤은 16량兩, 소근小斤 3근을 대근大斤 1근, 소량小兩 3량을 대량大兩 1량으로 하고, 동철鋼鐵·면綿·곡류穀類는 대大를 사용하였음. 대1근은 약 160문匁(600g)이고, 대량은 그 10분의 1임.

6 한자의 명기를 위한 의도적 결자. 문맥상 '썰렁하다'는 의미가 들어갈 것으로 추정.

7 한자의 명기를 위한 의도적 결자. 문맥을 고려하여 보충함.

8 누에의 영靈이 개에서 뽕나무로, 새로운 생명체에 다시금 깃들어 본처에게 부와 행복을 가져다 준 것. 유사한 모티브는 민담昔話 '기러기 잡는 할아범雁取爺'이나 '꽃 피우는 할아범花咲爺'으로 익숙함.

9 수령의 성명 명기를 위한 의도적 결자. 해당어 불명.

조정에 아뢰었는데, 그 일 이후 이누가시라犬頭[10]라는 실을 이 지방에서 바치게 되었다. 이 군사의 자손이 그것을 이어받아 지금도 그 실을 헌상獻上하는 가문으로 이어지고 있다고 한다. 이 실은 장인소藏人所[11]에 보관되어 천황의 의복을 만드는 데 사용되고 있다. 천황의 의복 재료로 하기 위해 이 실이 나타난 것이라고 사람들은 대대로 이야기하고 있다. 또한 새 처가 본처의 누에를 계획적으로 죽인 것이라고 말하는 사람도 있는데 확실한 것은 알 수가 없다.

이것을 생각하면, 전세의 과보果報에 의해 부부 사이도 원래대로 되고 실도 나온 것일 것이라고 이렇게 이야기로 전하여 내려오고 있다 한다.

---

10 『연희식延喜式』의 미카와 지방參河國 조條 등에 이누가시라 실에 대한 헌상 내역이 많이 보이고, 미카와 지방 명신明神 스물두 곳 중 하나로 오미 군의 이누가시라 명신이 보임. 이 이야기는 이누가시라 실에 얽힌 연기緣起담인 동시에 이누가시라 명신의 연기담이기도 한 듯함.

11 장인소 납입은 의심스러움. 여러 지방의 공물 인수나 천황 의복 조달과 보관사무를 담당한 곳은 중무성中務省 소속의 내장료內藏寮였음.

参河国始犬頭糸語第十一

今昔、參河国□郡ニ一人ノ郡司有ケリ。妻ヲ二人持テ、其

二蠶養ヲセサセテ、糸多ク儲ケル。

而ルニ、本ノ妻ノ蠶養、何ナル事ノ有ケルニカ、蠶皆死テ、

養得事無リケレバ、夫モ冷ガリテ、不寄付成ニケリ。然レバ

従者共モ、主不行成ニケレバ、皆不行成ニケレバ、家モ貧ク

成テ、人モ無ク成ヌ。然レバ、妻只一人居タルニ、従者僅ニ

二人計ナン有ケル。妻心細ク悲キ事無限。

其家ニ養ケル蠶ハ皆死ニケレバ、養蠶絶テ不養ケルニ、蠶

一ツ桑ノ葉ニ付テ咋ケルヲ見付テ、此ヲ取テ養ケルニ、此蠶

只大キニ成レバ、桑ノ葉ヲ挕入テ見レバ、只咋ヲ食フ。此ヲ見

ニ、哀ニ思ヘケレバ、掻撫ツ、養フニ、「此ヲ養立テモ何ガ

ハセン」ト思ヘドモ、年来養付タル事ノ、此三四年ハ絶テ不

養ケルニ、此ク不思ニ養タルガ哀ニ思ケレバ、撫養フ程ニ、

其家ニ白キ犬ヲ飼ケルガ、前ニ尾ヲ打振テ居リケルニ、其前

ニテ、此蠶ヲ物ノ蓋ニ入テ、桑咋ヲ見居程ニ、此犬立走テ寄

来テ、此蠶ヲ食ツ。奇異妙思ユレドモ、此蠶ヲ一食タラン

ニ依テ、犬ヲ可打殺ニ非ズ。

然テ、犬蠶ヲ食テ呑入テ、向ヒ居タレバ、「蠶一ツヲダニ

不養得デ。宿世也ケリ」ト思フニ、哀ニ悲クテ、犬ニ向テ泣

居タル程ニ、此犬鼻ヲヒタルニ、鼻ノ二ツノ穴ヨリ、白キ糸

二筋一寸許ニテ指出タリ。此ヲ見ニ怪クテ、其糸ヲ取テ引バ、

二筋乍ラ、絡々ト長ク出来レバ、籰ニ巻付ク。其籰ニ多ク巻

取ツレバ、亦異籥巻二、亦□ヌレバ、亦異籥ヲ取出テ巻取ル。如クシテ二三百ノ籥二巻取二尽モセネバ、竹ノ棹渡シテ渡ノ絡懸。尚其二モ尽セネバ、桶共二巻ク。四五千両

許巻取テ後、糸ノ畢被絡出ヌレバ、犬倒テ死ス。時二妻、「此ハ仏神ノ、犬二成テ助ケ給フ也ナリ」ト思テ、屋ノ後二有畠ノ桑ノ木ノ生タル本二、犬ヲ埋ブ。

然テ、此糸ヲバ細メ可遣方無シテ、縒程二、夫ノ郡司物へ行トテ、其門ノ前ヲ渡ケレバ、家ノ極テ□気二、人気色モナケレバ、□二哀ト思テ、「此二有シ人、何ニシテ有ラン」ト、糸惜ク思ケレバ、馬ヨリ下テ家二入タルニ、人モナシ。只妻一人多ノ糸ヲ繚居タリ。此ヲ見二、我家ノ蚕ヲ養富テ、絡懸ル糸ハ、黒シ、節有テ弊シ、此糸ハ雪ノ如ク白シテ光有テ微妙キ事無シ。此世二類ヒナシ。郡司此ヲ見テ、大キニ驚テ、「此ハ何ナル事ゾ」ト問ヘバ、妻事ノ有様ヲ不隠語ル。郡司此ヲ聞テ思ハク、「仏神ノ助ケ給ケル人ヲ吾愚二思ケル事」ヲ悔、ヤガテ留テ、今ノ妻ノ許ヘモ不行シテ棲ケリ。

其犬埋シ桑ノ木二、蚕弾無蟇ヲ造テ有。然レバ、亦其ヲ取テ糸二引クニ、微妙キ事無限。郡司此ノ虫来ケル事ヲ国ノ司□ト云フ人二語テ出シタリケレバ、国ノ司公二此由ヲ申シ上テ、其ヨリ後、犬頭ト云糸ヲバ彼国ヨリ奉ル也ケリ。其郡司ガ孫ナム伝ヘテ、今其糸奉ル竈戸二テハ有ナル。此糸ヲバ蔵人所二被納テ、天皇ノ御服二ハ被織也ケリ。天皇ノ御服ノ料二出来タリ、トナン人語リ伝ヘタル。亦今ノ妻ノ、本ノ妻ノ蚕ヲバ構テ殺タル、ト語ル人モ有、樋二知ズ。此ヲ思フニ、前生ノ報二依コソハ、夫妻ノ間モ返合ヒ、糸モ出来ケン、ト語リ伝ヘタルトヤ。

권26 제12화

노토 지방能登國 후케시鳳至의 자손이
허리띠帶를 얻은 이야기

노토 지방能登國 후케시鳳至의 자손이 흉조凶兆를 피해 바닷가로 나와서 떠밀려 온 영험한 허리띠를 얻고 부자가 된 경위와 그 아이로부터 수령이 영험한 허리띠를 양도 받아 관백關白에게 헌상한 경위를 전한 이야기. 권20 제46화와는 유사점도 많으며 동일 근원의 이전異傳으로 추측됨. 노토能登는 나라奈良시대 이래 고려, 발해선의 내항이나 표착漂着도 빈번했고 대륙과의 교섭도 왕성했었기에 이와 같은 진보표착담珍寶漂着譚이 생겼을 것으로 추정된다. 또한 영험한 오비의 헌납은 아마도 사실史實로, 이 이야기도 그 유래담으로 도읍에 전해진 것일 것이다. 이누가시라犬頭 실 유래를 전하는 앞 이야기와 전파양상이 같다.

이제는 옛이야기이지만, 노토 지방能登國[1]에 후케시鳳至의 자손[2]으로 그곳에 사는 사람이 있었다. 이 남자가 아직 가난하여 생활이 어려웠을 무렵의 이야기이다. 집에 이상한 계시[3]가 있었기에 음양사에게 그 길흉을 물었더니

"재앙이 있을 겁니다. 엄중히 근신하지 않으면 안 됩니다. 섣불리 금기를 범한다면 목숨을 잃게 될 것입니다."

---

1   → 옛 지방명.
2   미상. 군명郡名을 성으로 한 토착 호족의 자손이었을 수도 있음.
3   신불 등의 계시.

라고 점쳤다.

후케시의 자손은 이를 듣고 몹시 두려워하며 음양사의 가르침에 따라 불길한 계시가 있었던 집을 떠나 모노이미物忌를 하려고 했으나,

'모노이미를 할 수 있는 집도 없고, 그렇다고 지금의 집에 있으려 해도 집이 무너져서 덮칠 수도 있으니 여하튼 집을 떠나 바닷가 근처에 가 있어야겠다. 산 가까이에 있으면 산이 무너져 내려서 그 굴러온 나무에 깔려 죽을지도 모른다.'

라고 생각했다. 벌써 모노이미를 해야 하는 당일이 되어 새벽닭도 울기 시작했기에 심복 한 사람만을 데리고 집을 나서 해안으로 갔다.

후케시 군郡은 바다에 면해 있어 시야를 가로막는 것도 없고, 그 끝에는 어떤 세계가 펼쳐져 있을지 짐작도 가지 않는 땅이었다. 그 바닷가에 가서 이곳저곳을 걷고 있던 중 피곤해져 그곳에 누워 날이 저물기를 기다리고 있었다. 그러다가 오시午時 무렵[4] 북쪽을 내다보니 해면이 이루 말할 수 없을 정도로 무서운 모습이었고 먼바다 쪽에서 높이가 백 장丈이나 되어 보이는 파도가 밀려오고 있었다. 후케시의 자손은 그것을 보고 이루 말할 수 없이 공포에 휩싸여, 데려온 하인에게

"저 파도의 높이를 봐라. 큰일 났구나. 어떻게 하면 좋겠느냐. 저것이 덮쳐 온다면 높은 파도에 이 마을은 흔적도 없이 사라져 버릴 것이다. 빨리 도망쳐야 한다."

라고 몹시 당황하며 말했다. 그러자 하인이

"무슨 말을 하십니까? 지금 해면은 다리미 밑바닥[5]마냥 파도 하나 없는데, 그런 말씀을 하시다니 혹 무언가에 홀리신 것은 아니십니까? 모노이미를

---

4   정오경.
5   해면이 조용히 일렁이고 있는 것을 다리미의 밑바닥과 같다고 형용한 것임.

해야 하는 날에 쓸데없이 외출을 하서 가지고는."

이라고 말했다. 그러자 주인이

"어째서 내가 무언가에 씌었다고 말하는 게냐. 이렇게 무섭게 해면이 요동치고 있는데 그런 말을 하다니 너야말로 파도에 휩쓸릴 운명이라서 보이지 않는 것일 게다. 파도는 처음 봤을 때는 백 장 정도나 되어 보였는데 점차 가까이 올수록 조금 낮아진 듯하다. 그렇지만 벌써 저기까지 와 있다. 어찌하면 좋단 말이냐?"

라고 말하자마자 일어서서 도망치려고 하였다. 그것을 하인이 붙잡으며 "이 무슨 정신 나간 일이옵니까? 뭔가에 씐 게 틀림없으시구나."라며 말렸지만, "난 무언가에 씐 게 아니란 말이다. 너는 정말 저 파도가 보이지 않는단 말이냐?"라고 주인이 말했다. 하인이 "그런 것은 전혀 보이지 않습니다."라고 하자

"그렇다면 내가 이 파도에 휩쓸려 죽는다는 계시였던 것이구나. 내게 반드시 죽는다고 정해진 전세前世의 과보가 있어 음양사가 '집을 나가 모노이미를 하시오.'라고까지 해서 이렇게 해안에 오게 된 것이야. 설사 여기서 도망친다 한들 끝내는 도망치지 못할 것이다. 이대로 죽을 수밖에 없나 보다. 그저 후세의 공덕을 위해 부처님께 기원해야겠다."

라며 합장한 채로 자리에 주저앉았다.

그리고는

"저 파도를 처음 봤을 때는 백 장 정도나 되어 보였는데 점차 가까이 오면서 낮아지더니 지금은 오십 장 정도가 되었다."

고 하며 눈을 감았다. 잠시 후에 다시 눈을 뜨고는 "파도가 바로 앞까지 왔다. 그런데 이상한 일도 있구나. 파도 속에 맹렬한 불이 나타났어."라고 말했다. "별 이상한 말씀을 다 하십니다."라고 하는 하인의 말을 듣고서 "벌써

타오르는 불이 삼십 장丈정도 앞까지 왔구나."라며 눈을 감았다. 주인이 이렇게 말하는 것을 듣고 하인이 눈물을 뚝뚝 흘리자 주인은 다시 눈을 뜨고서 "파도가 네다섯 장 앞으로 닥쳐왔다. 그렇지만 높이는 두세 장 정도가 되었다. 아아, 바로 앞까지 왔다."

라고 마주잡은 두 손을 비비며 눈을 감는 그 순간, 해안에 파도가 밀어닥치는 듯한 '쏴아' 하는 소리가 어렴풋이 들리는 것을 하인도 듣고 이상하게 생각하고 있었다. 그런데 잠시 후에 주인은 눈을 뜨고는 "파도가 보이지 않는구나. 어떻게 된 일이지?"라며 주변을 둘러보았다. 그러자 파도가 밀어닥친 해안 가까이에 지금까지 없었던 검고 둥근 물체가 있는 것이 눈에 들어왔다. "바닷가에 있는 저것은 무엇일까?"라고 하자 하인도 그것을 발견했다. "자, 가보자." 하며 가까이 달려가 보니 칠기로 된 작은 뚜껑이 달린 나무통이었다. 그것을 집어 들어 뚜껑을 열어 보니, 통천通天6의 코뿔소 뿔로 장식된 훌륭한 허리띠帶7가 들어 있었다. 그것을 보고 희한한 일도 다 있다 생각하며 "이것을 하늘이 나에게 내려 주시려고 그 계시가 있었던 것이구나. 그럼 이제 돌아가자."라고 하고는 그 허리띠를 가지고 집으로 돌아왔다.

그 뒤 갑자기 집이 흥하게 되어 창고에는 입이 쩍 벌어질 정도로 재보財寶가 넘쳐 났고 엄청난 대부호가 되어 후케시의 자손으로 불리며 세월을 보냈다. 그러다 어느덧 나이가 들어 재산은 그대로 남긴 채 세상을 떠났다. 그의 자식으로 아들이 단 한 명 있었는데 그 허리띠를 상속받아 아버지와 마찬가지로 부자로 살았다. 그런데 그 지방의 수령이었던 요시시게노 다메마사善

---

6   흑색의 코뿔소 뿔의 일종이지만 상세한 것은 미상. 어쩌면 산지를 나타내는 말일 수도 있음. 석대石帶의 장식으로 사용하며 『이중력二中歷』 명물력名物歷, 허리띠의 항목에도 "학통천鶴通天 원통천鴛通天"이라는 이름이 보임. 또한 『강담초江談抄』 권3에는 이들 명물 석대를 미도의 보물창고(御堂寶藏)에 넣어 두었다고 함.

7   석대石帶, 속대(정복) 차림일 때 포袍의 허리를 졸라매는 허리띠. 소가죽으로 만들어져 흑옻을 칠해 배면에 해당하는 부분에 3위 이상과 4위의 참의는 옥玉, 4, 5위는 마노瑪瑙, 코뿔소 뿔, 6위는 소뿔을 나란히 장식함. 가죽에는 모양을 새겨 넣은 유문有紋과 모양이 없는 무문無紋이 있음.

滋爲政[8]라는 사람이 이 허리띠에 관한 이야기를 듣고는 그것을 보여 달라고 찾아왔다. 그는 연이어 난제難題를 내어 후케시의 자손을 몰아세우려고 많은 낭등과 종자들을 이끌고 그의 집에 몰려와서는 그곳에 눌러앉아 하루에 세 번씩이나[9] 식사를 내놓게 했다. 위아래 모두 합쳐 오륙백 명 정도나 되었는데 그들에게 미리 식사할 때 트집을 잡으며 먹으라고 명해 두었기에, 조금이라도 맛없는 것이 있으면 되밀치거나 던지거나 하며 트집을 잡았다. 그렇지만 이 남자는 그러한 것도 충분히 견딜 수 있는 부자였기 때문에 상대가 말하는 대로 요리하여 주었다. 그러나 '아주 잠깐 머무는 것이겠지.'라고 생각했었는데 막무가내로 네다섯 달이나 눌러앉자, 후케시의 자손이라 해도 결국 견디지 못하고 이 허리띠를 목에 걸고 집에서 도망치고 말았다. 그 지방 밖으로 도주한 것을 안 수령은 집안의 재산을 모조리 몰수하여 관아로 돌아갔다.

그 후 후케시의 자손은 여기저기 전전했는데, 이 허리띠 덕분이었는지 객지에서 이렇다 할 거처도 없었지만 그다지 힘든 생활을 보낸 적은 없었다. 그 다메마사가 수령의 임기를 마치고 다음으로는 미나모토노 유키토源行任[10]라는 사람이 부임하였다. 그 사람의 임기 중에도 후케시의 자손은 돌아오지 않았다. 그 다음으로 후지와라노 사네후사藤原實房[11]라는 사람이 수령이 되었다. 후케시의 자손은 줄곧 유랑생활을 계속하는 사이, 나이가 들어서 그 수령한테로 돌아와서 옛날에 있었던 일을 자세하게 말하며 고향으로 돌아와 살고 싶다고 아뢰었다. 그러자 수령이 "그건 참 좋은 일이지."라며

---

8   바르게는 '요시시게慶滋'. 노토 수령 부임은 관홍寬弘 3년(1006) 정월임(『외기보임外記補任』).
9   당시에는 하루 2식이 정식이었는데 그것을 3식으로 한 것은, 재산 탕진을 노린 음모임.
10 → 인명. 노토 지방 국수 부임은 관홍寬弘 7년(1010) 윤 2월임(『미도관백기御堂關白記』).
11 → 인명. 노토 지방 재임 시기는 분명하지 않으나 유키토 바로 직후라면 장화長和 3년(1014)에서 관인寬仁 2년(1018) 정월까지.

온갖 물건을 하사하고 노고를 치하했기 때문에 자손은 매우 기뻐하며 그 허리띠를 수령에게 건넸다. 수령은 기뻐하며 허리띠를 가지고 상경하여 관백關白 님[12]에게 헌상했다. 그 허리띠는 다른 많은 허리띠에 추가되었을 것이다.[13] 그 이후 어떻게 되었는지는 모른다.

이렇게 훌륭한 보물이었기 때문에 파도로도 보이고 불로도 보였던 것이다. 그렇다고는 해도 전세의 복보福報[14]가 있었기에 그 허리띠를 얻게 된 것일 거라고 이렇게 이야기로 전하여 내려오고 있다 한다.

---

12 시대적으로 후지와라노 미치나가藤原道長 또는 후지와라노 요리미치藤原賴道를 가리킴. 관백 님關白殿이라고만 표기된 경우 대부분 미치나가나 요리미치를 가리키지만 요리미치를 가리키는 경우가 더 많음.

13 석대石帶는 소위 미도御堂의 보물창고나 혹은 우지宇治의 보물창고에 넣어졌던 것으로 추정. 미치나가나 요리미치의 보물창고는 명기名器나 진귀한 보물이 보관되어 있던 것으로 유명했으며 관련 기사는 여러 서적에 보임.

14 전세의 인연에 기인한 행복한 과보.

能登国鳳至孫得帯語第十二

今昔、能登国鳳至ノ孫トテ、其ニ住者有ケリ。其ガ初ハ
貧クシテ、便無テ有ケル時ニ、家ニ怪ヲシタリケレバ、陰陽
師ニ其吉凶ヲ問フニ、トテ云ク、「病事可有。重ク可慎。悪

ク犯セバ命被奪ナントス」ト。
鳳至ノ孫此ヲ聞テ、大キニ恐テ、陰陽師ノ教ニ随テ、其
怪ノ所ヲ去テ、物忌ヲセント為ニ、憑シク行宿テ物忌可為
所モ無ニ合テ、「中々家ノ内ニ有ラバ、屋モ倒レテ、被打壓
ムズラントモ不知。只家ヲ離レテ、海辺ノ浜ニ行テ居タラン。
山際ナラバ山モ崩レ懸リナム、木モ倒レテ被打壓ナントス」ト
思テ、既ニ物忌ノ日ニ成テ、鶏鳴ケルマ丶ニ、親ノ仕ヒケル
従者一人許ヲ具シテ、家ヲ出テ浜辺ニ行ニケリ。
其鳳至ノ郡ハ、懸リタル所モ不見エ、何ナラン世界カ有ム
トモ不見及ヌ所也。其海辺ノ浜ニ行テ、此彼行ケルニ、苦カ
リケレバ、打臥ナドシテ、日クラサントシケル程ニ、午時
許ニ、北ヲ見遣タレバ、海ノ面奇異ク怖シ気ニ成テ、沖ノ方
ヨリ高サ百丈バカリハアラント見ユル浪立テ来ル。鳳至ノ孫
此ヲ見テ、無限怖シト思テ、具シタ男ニ、「彼浪ノ高サヲ見
ヨ。奇異キ事哉。此ハ何ガセント為ル。此浪ノ来ナバ、此郷
ニハ高塩上テ無成ナンズルハ○。可遁」ト、騒ギ周章テ云ヘバ、

男、「此ハ何ニ被仰ゾヤ。只今、海ノ面ハ尉斗ノ尻ノ様ニテ浪モ不候ニ、此ク被仰ハ、若物ノ詫カセ給ハン。物忌ノ日由無出サセ給ヒテ」トイヘバ、主ノ、「我ニ何ノ詫カント為ルゾ。此許怖シ気ナル水ノ面浪ノ立タルヲ此ク云フハ、汝ガ浪ニ被漂倒ヌベクテ、否不見ニヤアラン。此浪ノ見始メツル時ハ百丈許ハ有許見エツルガ、近ク成ヽニ浪ノ長コソ劣ニタレ。既ニ近ク成ニタリ。何ガセント為ル」トテ、起テ逃ント為ヲ、男引カヘテ、「糸物狂ハシキ態哉。定テ物託セ給ヒニケリ」ト云テ捕ヘタル時ニ、主ノ云ク、「我ハ不物託。汝ガ目ニハ実ニ此浪ノ不見カ」ト。男、「更ニ然ル事不候」ト云ヘバ、主、「然テハ、我此浪ニ被漂倒テ、可死ニテ怪シケルゾ。必ズ可死報ノ有テ、『所ヲ去テ忌』ト云テ、手ヲ合テ居ヌ。此ク浜辺ニモ出居タルニコソ有ケレ。今ハ逃トモ不得。此只死ナン徳云様、仏ヲ念ジ奉ム」ト云テ、手ヲ合テ居ヌ。然テ云様、「此浪ノ見始ツル時ハ、百丈許ハ有ラント見エツルガ、近ク成マヽニ、長ノ促リ、五十丈許ニ成ニタリ」ト

テ、目ヲ塞ギツ。暫ク有テ、亦目ヲ開テ云ク、「此浪近ク成ニケリ。亦怪キ事コソ副タレ。此浪ノ中ニ、大キニ燃ル火ノ出来ニタル哉」。「希有ノ態哉」ト云テ、云ク、「既ニ燃ル火ノ不行着程ハ、三十丈許ニ成タリ。浪ノ長モ二十丈許ニ成ニタリ」ト云テ、目ヲ塞ギツ。男此ク云ヲ聞ロヽト泣居タリ。亦、目ヲ見開テ云ク、「此浪四五丈ガ内ニ来ニケリ。浪ノ長コソ二三丈許ニ成ニケレ。此ニ来ニタリ」ト云テ、手ヲ摺テ、目ヲ塞タルニ、浜際ニ立浪、打寄ル様ニサラヽト懸ル音ノ髣ニスルヲバ、男モ聞モ付テ、「怪シ」ト思フ程ニ、暫ク許有テ、目ヲ見開テ、「浪コソ失ニケレバ、此ハ何ニシツル事ゾ」ト云テ見廻スニ、浪ノ寄ツル浜際近ク、初ハ無リツル物ノ、円ニテ黒キ物ノ有ヲ見付テ、「去来、行テ見ハ何ゾ」ト云時ニゾ、男モ此ヲ見付タル。「彼浜ニ有トテ、走リ寄テ見レバ、塗タル小桶ノ蓋覆ナルヽ有。其ヲ取テ開テ見レバ、通天ノ犀ノ角ノ艶ズ微妙キ帯有。此ヲ見テ、「希有ノ態哉」ト思テ云ク、「此ヲ天道ノ給ハントテ、此怪ハ

136

有ケル也ケリ。今ハ去来返ナン」トテ、其帯ヲ取テ家ニ返ヌ。

其後、俄ニ家豊ニ成テ、財ニ飽満テ、奇異キ徳人ニテ、

鳳至ノ孫トテ有ケル程ニ、年漸ク老テ、徳ハ不衰乍ラ失ニ

ケレバ、其子男子只一人有ケルガ、其帯ヲモ受伝ヘテ、同様

ナル徳人ニテ有ケル程ニ、其国ノ守ニテ善滋ノ為政ト云ケル

人、此帯有ト聞テ、「其見セヨ」ト云テ、事ニ事ヲ付テ責タ

メントシテ、数ノ郎等眷属ヲ引将テ、鳳至ノ孫ガ家ニ行着テ、

日ニ三度ノ食物ヲ令備ケル。上下合テ五六百人許有ケルニ、

「食物ヲバ吉ク嫌テ食へ」ト教ヘタ
リケレバ、露モ愚
ナルヲバ返シ棄テ
責ケレバ、吉ク堪
タリケル者ニテ、
云ニ随テ調へ備へ
ケリ。然ドモ、「暫クゾ居タラン」ト思ヒケル程ニ、強ニ四

石帯（松崎天神縁起）

五月モ居タリケレバ、鳳至ノ孫侘テ、此帯ヲ頸ニカケテ、家ヲ出テ逃ニケリ。国ヲ去ニケレバ、守ハ家ノ内ノ物ヲ皆計へ取テ、館ニ返ニケリ。

其後、鳳至ノ孫、此彼ニ望ケレドモ、此止ノ気ニヤ有ケン、旅ノ空ニ定メタル所モ無リケレドモ、糸無下ニハ非デゾ有ケル。其為政ノ守任畢テ、次ニ源ノ行任ト云人ゾ成タリケル。其次ニ藤原ノ実房ト云人成タリケルニ、鳳至ノ孫、此ク浪流シ行ケル程ニ、年モ老ケレバ、其守ノ許ニ行テ、古へ有シ事共ヲ語テ、国ニ返リ住ト云ケレバ、其守、「糸ヨキ事也」ト云テ、物ナド取セテ哀憐シケレバ、喜テ、其帯ヲ守ニ渡シタリケレバ、守喜ビ乍ラ、帯ヲ京ニ持上テ、関白殿ニ奉テケリ。其帯、多ク帯ノ中ニ加ヘテ被置タラン。其ヨリ後ハ有様ヲ不知。

此ル微妙キ財ナレバ、浪トモ見ユ、火トモ見エケル也ケリ。其モ前世ノ福報ニ依コソ、其帯モ得メ、トナン語リ伝ヘタルトヤ。

병위좌兵衛佐 아게오노 누시上綾主가
서팔조西八條에서 은을 발견하고 얻은 이야기

아게오 누시上綾主라는 별명을 가진 병위좌兵衛佐 아무개가 비를 피해 들어간 오두막집에서 큰 은괴를 손에 넣고 그것을 밑천으로 습지 매립에 손쉽게 성공하고, 서궁西宮 터를 조성하여 큰 부자가 되었다는 이야기. 숙세宿世의 행운과 자신의 재치를 활용한 치부담致富譚으로, 앞 이야기와는 재물의 발견과 치부라는 모티브로 연결된다.

이제는 옛이야기이지만, 병위좌兵衛佐 □□[1]라는 사람이 있었다. 관冠에 달린 아게오上綾[2]가 길어서 세간에서는 그를 아게오노 누시上綾主라고 불렀다.

서팔조西八條 경극京極[3] 부근 밭 안에 볼품없고 초라한 오두막집이 한 채 있었는데 이 사람이 그 집 앞을 지나갈 때, 갑자기 소나기가 와서 말에서 내려 그 오두막으로 들어갔다. 그곳에는 노파가 한 사람 있었다. 말도 집으로 끌고 들어가 소나기가 그치기만을 기다리며 주변을 살피자 바닥에 바둑판처럼 평평한 돌이 하나 있어서 아게오노 누시는 거기에 걸터앉았다. 그리고 작은 돌멩이로 앉아 있던 돌을 손《장난삼아》[4] 두드리고 있었는데 두들겨져 움푹 파인 곳을 보니, '이럴 수가, 이것은 은이로구나.'라고 알아차렸다. 그

---

1 병위부 차관의 성명 명기를 위한 의도적 결자. 해당어 불명.
2 관冠을 상투 밑동에 동여매는 끈. 끈의 여분은 아래로 내려뜨림.
3 서팔조西八條 대로와 서경극西京極 대로가 교차하는 부근. 헤이안 경平安京의 서남쪽 귀퉁이에 해당.
4 한자의 명기를 위한 의도적 결자. '만지작거리며'가 이에 해당. 『우지 습유宇治拾遺』를 참조하여 보충.

리고 벗겨진 곳을 흙으로 덮어 감추고 《노파에게 "이 돌은 무슨 돌인가?"라고 물으니》[5] 노파가 "글쎄 무슨 돌인지 옛날부터 여기에 이런 상태로 놓여 있었습니다."라고 대답했다. 아게오노 누시가 "원래부터 이렇게 있었던 건가?"라고 묻자, "이곳은 옛날 부자가 살던 곳이라고 들었습니다. 이 집이 있는 곳은 그 창고 터입니다."라고 대답했다. 그러고 보니, 정말로 큰 주춧돌이 몇 개나 있었다.

"지금 앉아 계신 돌은 창고 터를 밭으로 만들고자 밭고랑을 팠을 때 땅 밑에서 파낸 것이옵니다. 그것이 이렇게 집 안에 있어서 없애 버리려고 했지만 이 할멈은 힘이 없어 도저히 치울 수가 없어, 어쩔 수 없이 그대로 놔둔 것이옵니다."

라고 노파가 말했다.

이 말을 들은 아게오노 누시는

'그렇다면 아직 모르고 있는 거로군. 혹여 눈썰미 있는 자에게 발견되면 모두 끝장이다. 좋아, 이 돌을 차지해야겠다.'

라고 생각하고, 노파에게

"이 돌은, 할머니는 별 볼일 없다고 생각하고 있지만 내 집에 가져가면 쓸모가 있는 것이라오."

라고 말하자 노파가 "사양 마시고 어서 가져가십시오."라고 말했다. 아게오노 누시는 그 근방에 아는 하인 집으로 가서 수레를 빌려 돌을 싣고 나가려다가 그냥 가져가는 것은 죄스러워서 입고 있던 옷을 벗어 노파에게 건네자, 노파는 사정도 모른 채 눈을 희번덕거렸다. 그래서 아게오노 누시가

---

5   이 구절의 문장의 의미가 통하지 않아 결문이 있었을 것으로 추정됨. 『우지 습유』를 참조하여 보충함. '노파에게 묻기를' '노파가 말하기를'과 같은 유사한 문구가 전후로 중복되어 나왔기에, 전사轉寫 시에 오류로 중간부분을 누락시킨 것으로 보임.

"아니, 이렇게 오랜 세월 동안 여기에 있던 돌을 그냥 가져가는 것도 미안하다는 생각에 옷을 벗어 사례한 것뿐이라네."

라고 하였다. 그러자 노파는

"생각지도 못한 일이옵니다. 쓸모도 없는 돌을 대신해 이런 훌륭한 옷을 주시다니. 아이고, 황송합니다, 황송해요."

라며 그곳에 있던 장대에 옷을 걸고는 절을 했다.

아게오노 누시는 이 돌을 수레에 실어 집으로 옮기게 하여 갖고 와서는 조금씩 쪼개고 쪼개 팔았더니 점점 갖고 싶던 것들을 갖출 수 있게 되었다. 쌀, 명주, 비단 등도 잔뜩 손에 넣었다.

그런데 서사조西四條 대로6에서 북쪽, 황하문皇賀門7 대로에서 서쪽에 약 1정町8 정도의, 사람이 살지 않는 질퍽질퍽한9 습지가 있었다. 그곳은 그다지 비싸지 않겠다 싶어 아주 싼 가격으로 샀다. 땅주인 입장에서는 밭으로도 못 쓰고 집도 짓지 못하는 쓸모없는 땅이라고 여기던 차에 비록 싼 가격이라도 매입자가 나타나서 '《별난》10 사람도 다 있구나.' 하며 팔았다.

아게오노 누시는 이 습지를 사들이고 나서 셋쓰 지방攝津國으로 갔다. 배 네댓 척에 너벅선11 등을 갖추어 나니와難波12 부근으로 가서 술과 죽 따위를 잔뜩 준비하고, 또한 낫을 많이 마련해 놓고는 왕래하는 사람들을 많이 불러들여 "이 술과 죽을 마음껏 드시오. 그 대신에 이 갈대를 조금 베어 주게."

---

6   서경西京(우경右京)의 사조四條 대로.
7   바르게는 '황가문皇嘉門'. 대내리大內裏 외곽 남면에 위치한 문으로 주작문朱雀門의 서쪽에 소재. 여기서는 황가문 대로를 가리킴.
8   1정은 60간間. 약 110m 사방 구획.
9   습지대이기 때문에 땅이 굳어져 있지 않고 물렁물렁해 있었던 것임.
10 한자표기를 위한 공란이 전사轉寫 시에 소멸한 것으로 보임. 『우지 습유』를 참조하여 보충함.
11 물자를 적재하거나 얕은 물에서 이동하기 편리하도록 배의 바닥을 평평하고 넓게 만들어 강을 오르내리는 데 쓰는 배.
12 오사카. 특히 요도 강淀川 어귀 부근의 옛 명칭.

라고 청했다. 어떤 이는 네댓 단을, 또 어떤 이는 열 단을, 또 어떤 이는 두세 단을 베어 주었다. 이렇게 사나흘 베어 오게 했더니 갈대가 산처럼 쌓였다. 그것을 열 척 정도의 배에 싣고 상경했는데 왕래하는 사람들에게 "빈손으로 걸어가느니 이 배의 밧줄을 끌어 주시오."라고 청하며 술을 많이 준비했다. 그래서 술을 마시면서 밧줄을 끌었기에 정말 빠르게 가모 강賀茂川[13] 어귀까지 도착할 수 있었다. 그곳에서 수레를 빌려[14] 대가를 주며 짐을 옮기게 하고 왕래하는 하인들에게 전과 같이 술을 마시게 하여 사들인 습지로 전부 운반해갔다. 이렇게 해서 갈대를 그 습지에 깔고 하인들을 많이 고용하여 그 위에 주변 흙을 퍼 얹어[15] 그곳에 집을 세웠다. 이 땅 남쪽[16]에는 대납언大納言 미나모토노 사다무源定[17]라는 사람의 집이 있었다. 이 사다무라는 대납언大納言이 아게오노 누시로부터 그 북측 저택을 사들여 남북 2정의 저택으로 하였다. 지금의 서궁西宮[18]이 바로 이곳이다.

그 노파의 집에 있던 은으로 된 돌을 손에 넣었기 때문에 아게오노 누시는 자기 집도 지을 수 있었고 부자가 될 수 있었던 것이다. 이것도 전세의 인연에 의한 것이리라고 이렇게 이야기로 전하여 내려오고 있다 한다.

---

13 가모 강賀茂川 하구. 가모 강이 요도 강의 지류 가쓰라 강桂川으로 합류하는 지점으로 대략 시모토바下鳥羽 부근으로 추정.
14 수레를 이용하여 물건을 운반하는 당시의 운송업자를 '구루마가시車借'라고 하는데, 시모토바의 가모 강 하구 부근에는 구루마가시가 살고 있어 운반하는 데 편리했을 것임.
15 퍼낸 흙을 갈대 위로 던져 쌓아서 습지를 메워 땅을 조성한 것임.
16 병위부차관 조성지 남쪽의 1정 분량의 구역.
17 → 인명.
18 → 현재의 교토 시京都市 나카교 구中京區 시조四條 온마에도리御前通 부근이라 함. 권23 제19화 참조.

兵衛佐上綏主於西八条見得銀語第十三

今昔、兵衛佐□ト云人有ケリ。冠ノ上綏ノ長ガサケレ
バ、世ノ人、上綏ノ主トナン付タリケル。

其人、西ノ八条ト京極トノ畠中ニ、賤ノ小家一ツ有リ、
其前ヲ行ケルニ、俄二夕立ノシケレバ、馬ヨリ下リテ、其小
家二入ヌ。見レバ、嫗一人居タリ。馬ヲモ引入テ夕立ヲ過サ
ントスルニ、家ノ内二平ナル石ノ、碁枰ノ様ナル有。其尻
ヲ打懸テ、上綏ノ主居タルニ、石ヲ以テ此居タル石ヲ手□
二扣キ居タレバ、被打テ、窪ミタル所ヲ見ルニ、「銀ニコソ
有ケレ」ト見ツレバ、剗タル所二塗リ隠シテ、嫗二云
ク、「何ゾ石ニカ候ハン。昔ヨリ此二此テ候フ石也」ト。嫗云
ク、上綏ノ主、「本ヨリ此テ有ケルカ」ト問ヘバ、嫗ノ云ク、「此

所ハ昔ノ長者ノ家トナン承ハル。此屋所ハ倉ノ跡共ニ候ヒケ
ル」。実ニ見レバ、大ナル礎共有。「然テ、其尻懸サセ給
ヘル石ハ、其倉ノ跡ヲ畠二作ラント思テ、畝ヲ堀ル間ニ、土
ノ下ヨリ被堀出テ候ヒシ也。其ガ此テ宿ノ内二候ヘバ、掻去
ント思ヒ候ヘドモ、嫗ハ力ハ弱シ、可掻去様モ無レバ、憾
ム此テ置テ候フ石也」ト。

上綏ノ主此ヲ聞テ、「早不知ニコソ有ケレ。目有ル者ゾ
見付ル。我此石取テン」ト思テ嫗二云ク、「此石ハ嫗共コソ
由無物ト思タレ共、我家ニ持行テ、只ニ取ンガ罪得ガ
マシカリケレバ、着タル衣ヲ脱テ嫗二取ラスレバ、嫗心モ
不得シテ騒ギ迷フ。然レバ、上綏ノ主、「此テ年来有石只
二取ンガ悪ケレバ、衣ヲバ脱テ取スル也」ト云ヘバ、嫗、
「只疾召テヨ」ト云二、上綏ノ主、其辺ニ知タル
人ノ許二、車ヲ備テ掻入テ出ント為程二、
「不用ノ石ノ替二、此許極キ財ノ御衣ヲ給ハラ
ントハ不思ツ。穴怖シヤ々」ト云テ、棹ノ有ニ懸テ礼ム。

耶」。
「不思懸。

142

然テ、上緌ノ主ハ此ノ石ヲ車ニ掻入テ遣ラセテ、家ニ返テ、打欠々々売ルニ、漸ク思シキ物共皆出来ヌ。米、絹、綾ナド多ク出来ヌ。

然テ、西ノ四条ヨリハ北、皇嘉門ヨリハ西ニ、人モ住マヌ浮ノユウ〳〵ト為ル、直只少シ買ツ。主ハ不用ノ浮ナレバ、畠ニモ否作マジ、家モ不作マジケレバ、不用ノ所ト思フニ、直少ニテモ買フ人有レバ、「［九］者カナ」ト思テ売ツ。

上緌ノ主此ノ浮ヲ買取テ後、摂津ノ国ニ行ヌ。船四五艘、鱛ナド具シテ、難波ノ辺ニ行テ、酒粥ナドヲ多ク儲ケ、亦鎌ヲ多儲テ、往還ノ人ヲ多ク招キ寄テ、「其酒粥ヲ皆飲ム。然テ、其替ニハ此葦苅テ少シ得サセヨ」ト云ケレバ、或ハ四五束、或ハ十束、或ハ二三束苅テ取ラス。如此三四日苅セケレバ、山ノ如ク苅セ積テ、其ヲ船十余艘ニ積テ、京へ上ルニ、往還ノ下衆共ニ、「只ニ過ンヨリハ、此船ノ縄手引」ト云ケレバ、酒ヲシ多ク儲タレバ、酒ヲ呑ツ綱手ヲ引ケバ、糸疾ク

賀茂河尻ニ引付ツ。其後ハ車借テ物ヲ取セツ、運ビ、往還ノ下衆共ニ、如此酒ヲ呑セテ、其買得タル浮所ニ皆運ビ持来ヌ。然テ、其葦ヲ其浮ニ敷テ、其上ニ其辺ノ土ヲ救テ、下衆共ヲ多ク雇テ刎置テ、其上ニ屋ヲ造ニケリ。其南ノ西ハ大納言源ノ定ト云ケル人ノ家也。ソレヲ其定ノ大納言、上緌ノ主ノ手ヨリ買取テ、南北二町ニ成タル也。今ノ西ノ宮ト云所此也。

彼嫗ノ家ノ銀ノ石ヲ取テ、上緌ノ主、其家ヲモ造リ儲ケ、家モ豊成タリケル也。此モ前世ノ機縁有事ニコソハ有ラメ、トナン語リ伝ヘタル也。

무쓰 지방陸奥國 수령을 따르던 사람이 황금을 발견하여 부를 얻은 이야기

무쓰 지방陸奥國 수령의 악랄한 모략에 빠져 시라카와白河 관문에서 밖으로 내쫓긴 남자가, 우연히 황금을 손에 넣는 행운을 얻어, 몇 해가 지난 뒤, 같은 아즈마지東路[1] 후와不破 관문에서 무쓰 수령의 상경을 저지하여 원한을 푼 이야기. 인과因果를 둘러싼 통쾌한 복수담으로, 앞 이야기와는 우연히 얻은 재물에 의한 행운이라는 점에서 서로 연결된다.

이제는 옛이야기이지만, 무쓰 지방陸奥國 수령 □□□□□[2]라는 사람이 있었다. 또한 같은 무렵 □□[3]라는 자가 있었다. 두 사람이 젊은 시절, □□는 수령이 의외로 자신을 미워하고 있는지도 모르고 수령을 섬기고 있었는데, 이 수령이 하대하지 않고 후대했기 때문에 기뻐하고 있었다. 본래 무쓰 지방에서는 마구간의 별당別當[4]직을 수령의 제일의 측근[5]으로 삼는 관습이 있었는데, 수령이 도읍에 있는 동안에는 그 책임자를 아직 정하고 있지 않았다. 하지만 가끔 수령의 집에 새로운 말이 생기면, 그에게 말을 돌

---

1 * 교토에서 동부 지방으로 가는 길. 동해도東海道·동산도東山道를 가리킴.
2 무쓰 지방陸奥國 수령의 성명의 명기를 위한 의도적 결자.
3 인명 명기를 위한 의도적 결자.
4 마구간의 관리직. 말의 관리인.
5 주군으로부터 가장 총애를 받는 자. 무쓰 지방에서는 예로부터 말을 매우 소중하게 여겼기 때문에, 그 관리 책임자를 제1의 심복으로 여겼던 것으로 보임.

보게 하는 등, 마치 이 남자를 마구간의 별당으로 할 것처럼 대했고, 때문에 모든 사람들은 '이 사람이 제일 측근[6]임에 틀림없다.'라고 생각하고 대다수 하인들도 이 사람을 잘 따랐다.

한편 수령이 남자를 데리고 무쓰 지방으로 내려갔는데, 도읍을 나서서부터 줄곧 이 남자 이외에는 아무하고도 의논을 하지 않았기 때문에, 그가 도중에 종자들을 거만하게 부리고 득의만만했던 것도 당연한 일이었다. 이렇게 그가 어깨를 견줄 만한 자도 없는 기세로 지방으로 내려가던 중, 어느덧 무쓰 지방 경계까지 다다랐다. 그곳은 옛 시라카와白河의 관문[7]이라 하는 곳으로, 그 관문에 들어갈 때에는 수령이 수행원의 이름을 쓴 순서에 따라 관문 안으로 들어갔고, 모두 들어가고 나면 문[8]을 닫는 것이 관례였다. 그래서 이 수령은 수행원 명부를 목대目代[9]에게 건네고 안으로 들어가 버렸다. 남자는 '이런 지시도 분명 나에게 시키겠지.'라고 생각했는데, 관수關守들이 죽 늘어서서 "누구누구 나리의 일동 들어와라, 누구누구 나리의 일동 들어와라."라고 불러냈다. 그러자 이 남자가 아닌 다른 자의 지휘로, 주종主從들이 순서대로 들어갔다. 남자는 '맨 처음에 나를 호명하겠지.'라고 생각하고 듣고 있었지만, 네다섯 명을 불러도 아직 불리지 않았다. 그래서 남자는 '나에게 행렬 뒤에서 전체를 감독하게 하는 역할을 맡기시려는 게로군.'이라고 생각하고, 자신의 종자들을 데리고 기다리고 있었다. '모두 들어가고 나면 내 차례겠지.'라고 여기고 있자, 문이 꽝하고 닫히며 남자를 그냥 내버려 둔 채 들어가 버렸다. 때문에 남자는 어안이 벙벙해서 아무 말도 못하고, 이제

---

6 제1의 세력자라는 뜻으로 여기서는 제일의 종자, 제일의 심복.

7 네즈念珠・나코소勿來와 함께 무쓰奧州 지방의 세 관문 중의 하나. 후쿠시마 현福島縣 시라카와 시白川市의 남방, 하타주쿠세키노모리旗宿關ノ森에 관적關跡이 남아있음. 무쓰 지방으로 가는 관문으로, 원래 에조蝦夷 족의 남하를 방지하기 위해 설치되었음.

8 원문에는 "木戶"라고 되어 있음. 나무로 된 외짝 여닫이 문.

9 * 개介의 하급자로 국사國司의 대관代官.

와서 되돌아가려고 해도 봄 안개가 낄 때 도읍을 떠나왔는데 벌써 추풍이 부는 무렵이 되어 있었다.[10] 설령 매정한 대접을 받을지언정 잠시나마 무쓰 지방에 있게 해 주면 좋았을 것을, □□[11]는 관문 밖으로 쫓겨나고 말았다.

이렇게 되자 따르던 종자들도 "이런 사람의 종자가 되는 바람에 너무도 비참한 일을 당하고 말았다."라며, 몹시 심한 욕들을 하고 모두 주인을 버리고 가고 말았다. 차마 떠나지 못한 종자 네다섯 명 정도가 남아서 "어디든 앞으로 가실 곳까지 보내 드린 후, 저희들도 어디로든 떠날 생각입니다."라고 하며, 제각각 푸념을 늘어놓고 한탄했다. 주인은 이런 광경을 보고도 어찌할 바를 모르고, 근처에 있던 바닥에 하얀 모래가 깔린 얕은 실개천으로 내려갔다. 남자가 채찍 끝으로 물 밑바닥의 모래를 이리저리 휘젓고 있노라니, 채찍 끝에 황금빛 물건이 보였다. 남자가 '무엇이지?' 하며 더 휘저어 보니, 그것이 동그란 모양이어서 채찍이 미끄러져 걸리지 않았다. 이에 남자는 살며시 모래를 헤치고, 호기심에 끌려서 살펴보자 그것은 작은 단지의 주둥이였다. '단지였구나. 사람의 뼈[12]라도 넣어 묻은 것일지도 모르겠구나.'라고 어쩐지 꺼림칙하게 여겼지만, 하여튼 비집어 열고 단지 안을 들여다보니, 황금을 단지 안에 가득 넣어 묻어 둔 것이었다. 남자가 이를 보는 순간, 갑자기 지금까지의 울적한 기분이 사라지고,

'무쓰 지방에 무사히 내려가서, 내려올 때처럼 중용되어 임기동안 근무를 하였다 한들 이렇게나 많은 황금을 손에 넣는 것은 절대로 불가능하다.'

---

10 노인能因 법사法師의 "봄 안개와 함께 도읍을 떠나왔건만, 시라카와의 관문에는 벌써 추풍이 부는구나(都をば霞とともにたちしかど秋風ぞ吹く白川の關)."(『후습유後拾遺』·9·518)에 근거한 표현. 벌써 추풍이 부는 시절이 되어 버렸다는 의미. 시가를 인용하는 기법은 본집에서는 드물기 때문에 전거典據로 한 자료에 이러한 내용이 있었을 것. 이 이야기의 전거자료가 가나假名 문학적 표현의 것이었음을 시사하는 한 구절.

11 앞의 공란과 같이, 이 이야기 주인공의 이름 명기를 위한 의도적 결자.

12 고대 장례법의 하나로, 단지에 죽은 자의 뼈를 넣어 매장하는 옹관장甕棺葬이 있었다. 여기서는 그 유골 단지가 아닐까 생각한 것임.

라고 생각하고, 근처에 있던 종자들에게 들키지 않도록 몸으로 감추면서 이 항아리를 조용히 빼냈다. 무척 무거웠지만 남자는 꾹 참고, 품속에 넣고 옷 소매를 잡아 뜯어서 그것으로 배에 묶어 맸다. 그러고 나서 종자들이 있는 곳으로 가까이 걸어와

"그 수령 놈에게 이런 꼴을 당했다고 해서 이대로 호락호락 죽을 수야 없지. 에치고越後의 수령은 오랜 세월 동안 잘 대해 주셨던 분이 아니더냐. 지금 영지에 계실 터이니, 에치고로 가자."

라고 말하자, 네다섯 명 남은 종자들 중에는 "그건 또 무슨 말씀이옵니까?" 라는 자도 있고, "상관없습니다. 말씀하신 대로 에치고로 가시지요."라고 말하는 자도 있었다. 종자들이 이렇다 저렇다 말들이 많았지만 남자가 개의치 않고 빠르게 말을 달리자, 낭등郎等들도 마지못해서 뒤늦게 따라왔다. 그날 밤은 근처에 숙소를 잡았다. 남자는 그 작은 항아리를 고리짝[13] 바닥 깊숙이 넣어 두었다.

이렇게 □[14]하여 가는 동안, 며칠이 걸려 에치고 지방의 국부國府에 도착했다. "이러이러한 자가 왔습니다."라고 고하게 했더니, 안으로 안내되었고 수령이 나와서 "무쓰 지방으로 간 줄 알았는데, 뜻밖에도 어찌 이곳에 온 것이냐?"라고 물었다. □□[15]는

"그게 말입니다. 국사國司는 도읍에서 명부를 작성하여 데리고 내려가지 않을 자를 명부에서 제외합니다. 때문에 명부를 보고 도읍에 남도록 하는 것이 일반적인 방식입니다. 그런데 이번 경우는 도읍을 나서서부터 가는 도중 내내, 무엇이든지 저와 상의해 주셨기에 잘 되어 간다고 생각했습니다.

---

13 원문에는 "가와고皮子"로 되어 있음. 가죽을 덮은 고리짝.
14 한자표기 명기를 위한 의도적 결자로 보이며, 'フルマ(翔)' 등이 들어갈 것으로 추정.
15 인명 명기를 위한 의도적 결자.

하지만 사실은 내심 저에게 독을 품고 계셨고, 저는 시라카와의 관문에서 밖으로 내쫓기고 말았습니다. 그래서 어쩔 수 없어 수령님을 의지하여 겨우 겨우 찾아오게 된 것이옵니다."

라고 말했다. 수령은

"그것 참 딱하게 됐구나. 자네에게 무쓰 수령나리는 전세前世로부터의 원수이었나 보군. 그렇다 하더라도 자네가 그런 일을 당하다니, 심히 유감스러운 일이네. 나로서도 기대가 빗나갔군."

이라고 말했다. "그게 무슨 말씀이옵니까?"라고 묻자, 수령은

"사실 나는 오랜 숙원宿願으로 장륙丈六의 아미타불阿彌陀佛[16]을 만들기 시작했는데, 자네가 무쓰 지방 수령의 제일 측근으로 내려간다고 하기에, 불상에 사용할 금박을 자네에게 부탁하려던 참이었네. 그런데 그런 연유로 온이상 이제는 어쩔 수가 없군."

이라고 말했다. 남자가 "황금은 얼마나 필요하십니까?"라고 물었다. 수령은 '건방진 것을 묻는구나.'라고 생각하면서[17] "칠팔십 량兩[18] 정도 들 것이라고 들었다."라고 대답하자, "그 정도라면 무쓰 지방에 내려가지 않아도 어떻게든 구해 보겠습니다."라고 말했다. 수령은 놀라며 "사람의 소원이라는 것은 저절로 이루어지는가 보군."이라 말하고, 곧바로 방과 음식, 여물에 이르기까지 모두 내어주며 각별히 신경을 써서 대접해 주었다. 때문에 지금까지 투덜투덜하며 따라 온 종자들도 그때서야 생각을 고쳐먹고 열심히 봉사하

---

16 → 불교. 높이 1장 6척의 아미타불상阿彌陀佛像. 장륙丈六은 부처의 몸길이. 『이중력二中歷』 조불력造佛歷 불상 촌법寸法 항에 "부처가 세상에 나오는구나. 사람 키가 8척인 것이 보통이다. 불존佛尊은 특상特相이기 때문에 배로 하여 이를 장륙丈六이라 하는 것이다."라고 되어 있음.

17 '황금은커녕 자신의 앞가림도 못하는 주제에 얼마나 필요합니까라니.'라는 의미.

18 한 량兩은 약 10문匁. 『이중력』 조불력·목상용木像用 금박金薄 항에 "금 한 량으로 금박 천 매枚를 만든다."라고 보임. 권20 제16화 주 참조.

게 되었다. 한편 남자는 방으로 돌아가 고리짝을 열어 작은 단지의 입구를 비집어 열고, 황금 백량을 꺼내 들고 가서 수령에게 바쳤다. 수령은 너무나 기뻐하며 이루 말할 수 없을 정도로 대접해 주었고, 남자는 무쓰 지방에 있는 것보다 오히려 더 좋은 상황이 되었다.

얼마 후 에치고 수령은 무쓰 수령보다 먼저 임기가 끝났는데, 남자는 에치고 수령을 따라서 큰 부자가 되어 상경했다. 도읍에서도 금을 잔뜩 가지고 있었기 때문에 편하게 《살고 있던》 중, 남자는 내사인內舍人[19]이 되었다. 이렇게 조정에 출사하고 있었는데, 천황天皇의 치세가 바뀌어, 남자는 후와不破 관문의 □□[20]라는 관리가 되어 그 관문으로 내려가 굳게 지키고 있었다. 그때 무쓰 수령이 중간에 일시 상경[21]하게 되어, 부인과 딸 등과 함께 상경을 하다 남자가 관문을 경호하고 있는 곳에 이르렀고, "자넨 조정에 출사할 만한 인물이었구먼."[22]이라고 말하며 지나가려고 했다. 하지만 남자가 통과시켜 줄 리가 없었다. 남자는 수령이 지나가려 하면 지나가지 못하게 하고, 되돌아가려 하면 되돌아가지 못하게 했다. 남자가 관문에 가둬 두고 따라다니며 괴롭히며 《학대》[23]했기에 수령은 조정에 호소했다. 그러나 당장 아무런 연락도 없었고, 그러던 사이 수령을 따르던 잡역들도 주인을 버리고[24] 도망쳤다. 말도 모두 굶겨 죽였고, 남자는 수령에게 충분히 창피를 주어서 혼을 내주었다.

---

19 권22 제7화 주 참조.
20 관수關守의 관직 또는 역직役職 명기를 위한 의도적 결자.
21 국사國司가 임기 중에 한 번 상경하는 것. 임기만료 후의 귀경과 대비되는 표현.
22 자네는 나 같은 사람이 아닌, 천황을 섬길 만한 인물이었다는 의미. 뜻밖의 해후邂逅에 놀란 무쓰 수령이 겸 연쩍음을 얼버무려 넘기려고 한 말.
23 한자의 명기를 위한 의도적 결자. 해당되는 말을 추정할 수 없지만, 몹시 괴롭히며 학대한다는 의미가 들어갈 것으로 추정됨. 전후 문맥을 고려하여 보충함.
24 잡역들이 하나둘 수령을 버리고 짐을 내팽개치고 도망친 상황을 뜻함.

그러므로 남을 함부로 미워해서는 안 된다. 또한 신불神佛의 가호가 있었던 것일까, 이 남자는 뜻밖에 황금을 발견하여 부유하게 살게 되었다. 그것은 모두 전세의 복보福報에 의한 것이라고 이렇게 이야기로 전하여 내려오고 있다 한다.

付陸奥守人見付金得富語第十四

今昔、陸奥ノ守、□[九]ト云人有ケリ。亦其ノ時ニ

□[一〇]ト云者有ケリ。互ニ若カリケル時ニ、守心ヨリ外ニ頗ル

妬シト思ヒ置タル事ノ有ケルヲ、不知シテ、□[一五]守ニ付タリ

ケルヲ、守艶ズ饗応シケレバ、「喜」ト思テ有ケルニ、陸奥

ノ国ニハ既ニ別当ヲ以テ一顧ニ為ニゾ、京ニシテ然様ノ

事共ヲモ未ダ定メケレドモ、自然ラ出来ケル馬ノ事共ヲバ此人

ニ沙汰セサセナドシテ、既ノ別当様ニ持成ケレバ、

人皆、「此人コソ一ノ人也ケレ」ト思テ、下衆共モ数付ニケ

リ。

然テ、守国ヘ具シテ下ルニ、京出ヨリ始テ、此人ヨリ外ニ

物云ヒ不合ケレバ、道ノ程、従者多ク被仕テ、鐵メクモ理

関屋と関守（一遍上人絵巻）

也。

然レバ、肩ヲ并ブル人無テ下ル程ニ、既ニ国ニ下着ヌ。

其ニ、古ハ白河ノ関ト云所ニテ、守ノ其関ヲ入ニ、供ノ人ヲ書立テ、次第ニ関ヲ入テ、入レ畢テ後ニゾ木戸ヲ閉ケル。然レバ、此守共ノ書立ヲ目代ニ預ケテ、守ハ入ヌレバ、「此様ノ事ハ沙汰モ、我ゾ行ハセンズラン」ト思ケルニ、然モ無キ異人ノ沙汰ニテ、関ノ者共並ビ立テ、「何主ノ人入レ主ノ人入レ」ト呼テ、主従者共次第ニ入ルニ、「先我ヲ呼立ンズルナメリ」ト聞ニ、四五人マデ不呼上ケレバ、「我ヲ尻巻ニ入畢テ後、我入ンズラム」ト思フニ、木戸ヲ急ト閉テ、棄テ入ヌレバ、奇異ク云甲斐無テ、返ランズルニモ霞ニ立テ秋風吹際ニ成ニタリ、菅無クトモ国ニ暫モ可有ニ□□ハ、被指出ニタリ。

然レバ、付タリツル従者共ハ、「此リケル人ニ我等ガ付テ、此ル目ヲ見ル」トテ、罵リ覆シテ、皆棄去ニケリ。難去キ従者共ゾ四五人許残テ、「何ニマレ、御セム所ニ遣リ着テコソ

ハ何デモ罷ラメ」ト云テ、己ガドチツラ〳〵ト歎キ居タリ。

主ハ此ヲ見ニ、可為方覚エザリケレバ、底ハ白砂ニテ浅キ小河ノ流タリケルニ下立テ、鞭ノ崎ヲ以テ、水ノ底ノ砂ヲ、此彼ニ掻立リケレバ、鞭ノ崎ニ黄ナル物ノ有ケルヲ、「何ゾ」ト思テ、促レテ見ルニ、小瓶ノ口ニ見成シツ。「瓶ニコソ有ケレ。人ノ骨ナドヲ入テ、埋ミタリケルニカ」ト、気色悪ク思エケレドモ、構ヘ剜開テ瓶ノ内ヲ見ニ、金ヲ一瓶入テ埋ケルヲ見付テケレバ、「侘シ」ト思ツル心モ忽ニ晴テ思フ様、「国ニ下着テ、道ノ程ノ様ニ被用テ任ヲ通シタリトモ、金此許儲ケン事不可有」ト思テ、従者共ノ居タルニ立塞テ、此瓶ヲ和ラ抜出テ、極テ重キヲ念ジテ、懐ニ引入テ、衣ノ袖ヲ絶、腹ニ結付テ後、従者共ノ許ニ歩テ云ク、「此守此シツトテ、此ニテ骸ヲ可曝ニ非ズ。越後ノ守ハ年来親ク知進タル人也。国ニ坐ナレバ、越後ヘコソ超ナメ」ト云ヘバ、今四五人残タル従者共、「其レモ何ガ侍ラムズラン」ト云モ有。亦、「何条

事カ候ハン。然コソ超サセ給ハメ」ト云モ有。此彼云ヘドモ、

只打ニ打テ行ケバ、郎等共モ渋々ニ送リツ、行ニ、其夜ハ近ク留ヌ。此小瓶ヲバ皮子ノ底ニ深ク納置ツ。

然テ、[四]□ハセテ行程ニ、日来ヲ経テ、越後ノ館ニ行着ヌ。[五][六]

「然々ノ人ナム参タル」ト云セタレバ、守呼入テ出会テ云ク、「陸奥ノ国ツルハ。不思懸何カデ来ツルゾ」ト。[九]□、「其[一四]

事ニ候フ。受領ハ京ニシテ書立ヲシテ、不将下ト思フ人ヲバ、書立除ツレバ、其ヲ見テ罷留ルハ、常ノ事也。[一三]

京ヨリ始テ道ノ程モ、万ノ事ヲ被云合候ツレバ、其ニ、此ハ[一五]

ト思ヒ候ツルニ、毒含タリケル心ニテ、白河ノ関ニテ被指出[一六]候ヌレバ、可為様モ不候デ、憑ヲ懸奉テ、這々参候ツ[一七]

ル也」トイヘバ、守、「糸不便也ケル事哉。此ノ世ノミノ敵[一八]ニハ非ヌ人ニコソハ有ケレ。抑其然ル目見タルハ然ル事ニ[一九]

テ、我支度ナン違ヌル」トイヘバ、「何事ニカ候ラン」ト云ニ、守、「我年来宿願有テ、丈六ノ阿弥陀仏ヲナン始奉[二〇]

タリツルニ、其陸奥ノ守ノ一ノ者ニテ下ルト聞シヨリ、押[二一][二二]

奉ラム金ハ、其ヲナン憑テ有ツルニ、此テ来ニタレバ、今ハ可為方無シ」トイヘバ、「金何許可罷入ニカ」ト問。守、[二四]

「憶クモ問哉」トハ思ヒ乍ラ、「金ノ許ハ、国ニ不罷下トモ、構ヘ試候ナン」トイヘバ、守驚テ、「人ノ願ハ自然ラ叶フ物也ケリ」ト[二五]

云テ、忽ニ居所ニ取セ、食物、馬ノ草ナドニ至マデ、亦思ヒ直リテ、殊ニ饗応

シケレバ、其時ニゾ渋々ニ思タリツル従者共、皮子開テ、小瓶ノ口[二八]鑭メテ被仕ケル。然テ、居所ニ返テ、[二九][三〇][三一]

ヲ篝テ、金百両ヲ取出シテ持行テ、守ニ取セタリケレバ、守喜ブナド云ヘバ愚也ヤ、艶ズ顧ケレバ、中々陸奥ノ国ニ[三二]

有マショリハ、吉テ有ケリ。

而ル間、陸奥ノ国ヨリハ前ニ任畢ニケレバ、吉ク徳付テ、[三三]京ニ上ニケリ。京ニテモ金ヲシ多ク持タリケレバ、便々シク[三三]

程ニ、内舎人ニ成ニケリ。然テ、公ニ仕リケル程ニ、[三四][三五]

代替リテ、不破ノ関ノ□ト云事ニ成テ、彼関ニ下テ、関固[三六][三八][三九]

メテ居タリケル程ニ、彼陸奥ノ守ノ中上ト云事シテ、北ノ方

娘ナド上セケルガ、此関固メテ居タル所ニ、来懸タリケルヲ、

「公ニハ可仕者ニコソ有ケレ」ト云テ通ラントシケルヲ、

通サンヤハ。為ルヲモ不通サ、返ラント為ヲモ不返シテ、追

迷ハシテ、関ニ置テ□ケレバ、愁ヘ申シケレドモ、忽ニ沙

汰モ無リケル程ニ、夫共モ皆棄ツ、逃ニケリ。馬共モ皆干殺

シテ、吉ク恥ヲ見セ責テケリ。

然レバ、人ノ為ニハ、強ニ不悪マジキ者也。亦、仏神ノ加

護ヤ有ケン、不思懸、金ヲ見付テ、豊ニ成テゾ有ケル。其ヲ

前々ノ福報ニ依コソハ有ラメ、トナン語リ伝ヘタルトヤ。

노토 지방能登國의 철 캐는 자가
사도 지방佐渡國에 가서 황금을 캐낸 이야기

노토 지방能登 수령 아무개가 주위들은 광부장鑛夫長의 이야기에서 사도佐渡에 금이 있다는 사실을 알게 되어, 광부장을 사도로 보내어 금 천 량兩을 얻은 이야기. 광부장이 혼자 사도로 건너가 금을 캐내고 그 후 행방을 감춘 것은, 인색하고 탐욕스러운 노토 수령에 대한 최대한의 저항이었을지도 모른다. 사도에서 산출된 황금에 대한 오래된 역사를 전하는 일화이다.

　이제는 옛이야기이지만, 노토 지방能登國에서는 철의 원광석原鑛石이라 하는 것을 캐내어 국사國司에게 바치는[1] 것이 관습처럼 되어 있었다고 한다.
　《사네후사實房》[2]라는 국사가 재임 중, 철을 캐는 자가 여섯 명[3] 있었는데, 무리끼리 이야기를 나누고 있을 때 그 우두머리격인 자가 "사도 지방佐渡國에는 황금 꽃[4]이 피어 있는 곳이 있었어."라고 말하는 것을 수령이 전

1　조세로서 관에 납입한다는 의미. 『연희식延喜式』 주계主計에는 노토 지방能登國에서 철이 난 기록은 없으며, 이 지방 조세물에도 철이 보이지 않지만, 『신원락기新猿樂記』에 '노토 가마솥能登釜', 『쓰즈미 중납언이야기堤中納言物語』 '부질없는 이야기よしなしごと'에 "산부리에 연기 나는 거푸집이 있는 노토"라고 되어 있으며, 헤이안平安 시대에 노토 지방에서 철을 생산한 것은 분명함.
2　국수國守의 성명 명기를 위한 의도적 결자. 『우지 습유宇治拾遺』에서는 "사네후사實房라는 수령 임기에"라고 함. 사네후사는 후지와라노 마사타다藤原方正의 아들. 노토 수령이었던 것은 『존비분맥尊卑分脈』에 나타남.
3　『우지 습유』에서는 육십 명.
4　오토모노 이에모치大伴家持의 시가(『만엽萬葉』18·4097)를 상기하게 하는 표현임. 황금 꽃이 피었다는 발상은, 산하山河에서 대량의 자연금을 산출한 당시의 산금사정을 배경으로 해서 나온 것임. 후대의 영세한 금 정련 상황에서는 생각지도 못할 표현.

해 들었다. 수령이 우두머리를 불러들여 물품을 주며[5] 물어보자

"사도 지방에 황금이 있을까요. 황금이 있을 것 같아 보이는 곳이 있어서 말을 하다 보니까, 어쩌다 동료들 간에 했던 이야기를 전해 들으신 모양이옵니다."

라고 말했다. 그러자 수령이 "그럼 그렇게 보인 곳에 가서 황금을 캐 와 주지 않겠는가?"라고 말했기에, 우두머리는 "보내 주신다면 다녀오겠습니다." 라고 대답했다. 수령이 "뭐 필요한 것은 없는가?"라고 물었다.

"사람은 필요 없습니다. 다만, 작은 배 한 척에 식량을 조금 주시면 그곳으로 건너가 있는지 없는지 알아보겠습니다."

라고 했다. 수령은 다른 사람들이 모르게 그가 말한 대로 배 한 척과 약간의 식량을 주었다. 우두머리는 그것을 받아서 사도 지방으로 건너갔다.

그 후 스무 날에서 한 달 정도가 지나 수령이 그 일을 잊어버리고 있을 즈음, 우두머리가 수령이 다른 사람들과 함께 있는 곳에 불쑥 나타나 모습을 보였다. 수령은 상황을 간파하고 그의 이야기를 인편으로 전해 듣지 않고, 사람이 없는 곳으로 가서 우두머리에게서 직접 이야기를 들었다. 우두머리는 거무스름한 《헝겊》[6]에 감싼 물건을 수령의 소매 위에 올려놓았다. 수령은 무거운 듯이 그것을 들고 집안으로 들어갔다.

그 후 그 우두머리가 어디론가 자취를 감춰 버렸다. 수령은 사람들을 나누어 여기저기 찾아보게 했지만, 결국 행방을 알 수 없었다. 무슨 생각으로 자취를 감춘 것인지, 그 이유는 알 수 없었다. 어쩌면 "그 황금이 난 곳을 추궁당하지는 않을까 염려했기 때문이 아닐까."라고 의심하기도 했다. "그 황

---

5   물품을 미끼로 황금의 소재를 캐묻고자 한, 국수의 교활한 매수 작전임.
6   한자의 명기를 위한 의도적 결자.

금7은 천 량兩이나 되었다."라고 구전되고 있다. 그러므로 노토 지방 사람들은 "황금은 사도 지방에서 캐는 게 좋다."라고 말했다. 그 우두머리는 그 후에도 분명 황금을 캤으리라. 하지만 그 일에 관해서는 끝내 알려지지 않았다고 이렇게 이야기로 전하여 내려오고 있다 한다.

---

7   우두머리가 수령에게 건넨 황금.

能登国堀鐵者行佐渡国堀金語第十五

今昔、能登ノ国ニハ鐵ノ鐵ト云ナル者ヲ取テ、国ノ司ニ弁ズル事ヲナンスナル。

其□ト云ケル守ノ任ニ、其鐵取ル者六人有ケルガ、長也

ケル者ノ、己等ガドチ物語シケル次ニ、「佐渡ノ国ニコソ金ノ花栄タル所ハ有シカ」ト云ケルヲ、守自然ラ伝ヘ聞テ、彼長ヲ呼寄テ、物ナド取セテ問ケレバ、長ノ云ク、「佐渡ノ国ニハ、金ノ候フニヤ。『金ノ候ナメリ』ト見テ給ヘシ所ニハ、金ノ候シヲ、事ノ次デニ、己ガドチ申シ候シヲ、聞食タルニコソ候ナレ」ト。守、「然ラバ、其然見エケム可行ニ取テ来ナンヤ」トイヘバ、長、「遣サバ罷ナン」ト云。守、「何物カ可

入」ト問ヘバ、長、「人ヲバ給ハリ候ハジ。只小船一ツ、粮少トヲ給ハリテ、罷渡テ、若カト試候ハン」トイヘバ、只彼ガ云ニ随テ、人ニモ不知セシテ、船一ト可食物少シトヲ取セツ。長其ヲ得テ、佐渡ノ国ニ渡ニケリ。

其後、二十日余リ一月許ヲ有テ、守打忘シタル程ニ、彼長急ト出来テ、守ノ現ハニ居タル所ニ見エタリケレバ、守心得テ、人伝ニハ不聞シテ、離タル所ニ自ラ出会タリケレバ、長黒バミタル□ニ裏タル物ヲ、守ノ袖ノ上ニ打置タレバ、守重気ニ提テ入ニケリ。

其後、此長何チトモ無テ、俄ニ失ニケリ。守人ヲ分テ、東西ニ尋サセケレドモ、遂ニ行方ヲ不知ラ止ニケリ。何カニ思テ失タリト云事ヲ不知。『彼金ノ有所有ル所ヲ尋問ヤ為ル』ト思ケルニヤ」トゾ疑ヒケル。『其金千両有ケリ』トゾ語リ伝ヘタル。然レバ、「佐渡ノ国ニ金ハ堀ベシ」ト、能登国ノ人云ケル也。其長ノ後ニモ必ズ堀ケンカシ。遂ニ不聞エデ止ニケリ、トナン語リ伝ヘタルトヤ。

진제이鎭西의 사다시게貞重의 종자가
요도淀에서 진주를 산 이야기

경대부京大夫 사다시게貞重의 종자가 요도淀에서 진주를 구매하였다. 중국인이 그 진주를 탐내어 거듭 가격을 올려 양도해 주기를 바랐기 때문에, 결국 사다시게는, 종자의 진주를 가지고 중국인에게 진상용 물품 육칠천 필疋 분량의 담보로 맡겨둔 대검 열자루와 맞바꾸었다는 이야기. 일본과 중국에서는 상품가치가 다르기 때문일까, 진주를 둘러싸고 상인과 남자 사인舍人, 사인과 중국인 간의 교환조건의 흥정이 흥미롭다.

이제는 옛이야기이지만, 진제이鎭西[1]의 지쿠젠 지방筑前國에 □□[2] 사다시게貞重[3]라는 부유한 호족이 있었다. 자字는 경대부京大夫[4]라고 했는데, 지금 있는 하코자키筥崎[5] 대부인 노리시게則重[6]의 조부이다.[7]

---

1 규슈九州. 특히 북규슈北九州의 옛 명칭임.
2 사다시게貞重의 성의 명기를 위한 의도적 결자. 다음 주의 내용으로 보아 '하타秦'가 해당될 것으로 추정.
3 시대적으로 해당자가 두 명 있음. 하나는 하타노 사다시게秦定重(『미도관백기御堂關白記』 관홍寬弘 6년 〈1009〉 9월 19일), 다른 하나는 우위문위右衛門尉 다이라노 사다시게平貞重(『좌경기左經記』 장원長元 원년 〈1028〉 4∼8월 사이에 빈출). 다이라노 사다시게와 규슈와의 인연은 확인하기 어렵지만, 하타노 사다시게는 『미도관백기』에 의하면 대재부大宰府 정무에 관련되어 있고, 뒤에 나오는 노리시게則重와 연관되어 유력한 해당자임.
4 도읍의 오위五位. 사다시게가 고향을 떠나 도읍에서 근무한 것에서 비롯된 통칭으로 추정.
5 → 지명.
6 → 인명.
7 이 구절과 같은 문장의 주기注記가 『우지 습유宇治拾遺』에도 보이기 때문에, 편자가 직접 덧붙여 적은 것이 아니라, 전거典據자료에 있던 것을 전사한 것임.

이 사다시게가 임기를 마치고 상경하는 □□□[8] 보輔[9]를 전송하며 함께 상경하게 되어서, 우지도노宇治殿[10]에게 헌상하고 또 자신의 지인에게도 선물로 주려고, 당인唐人에게 엽전 육칠천 필疋[11] 상당의 물건들을 빌리고는 그 담보로 훌륭한 대검 열 자루를 맡겨 두었다.

수령이 상경하자, 먼저 우지도노에게 헌상품을 바치고 자신의 지인에게도 선물 등을 한 뒤 귀도에 올랐다. 요도淀[12]에서 배를 탔는데 지인이 송별연을 열어줘서 식사를 하고 있었다. 그때 배에서 장사를 하는 사람이 가까이 다가와 "진주 사세요."라고 했다. 아무도 귀담아들으려 하지 않았는데, 사다시게의 사인舍人[13]으로 종사하고 있는 남자가 배에 타고 있었다. 그가 "이쪽으로 오게. 한번 봐줄 테니."라고 하자, 상인이 배를 저어 가까이 와서 하카마袴의 허리춤에서 《진주조개》[14]에서 나온 콩만한 큼직한 진주를 꺼내 보여 주었다. 사인은 입고 있던 스이칸水干[15]을 벗어서 "이것과 바꾸지 않겠나?"라고 말했다. 진주를 가진 사람은 '내가 이득이다.'라고 생각했는지, 스이칸을 들고 황급히 배를 내저어 가 버렸다. 사인은 '너무 비싸게 샀나 보다.'라고 생각했지만, 어쩔 수 없어 다른 스이칸으로 갈아입고 분해 하며 진주를 하카마의 허리춤에 넣고 귀로에 올랐다. 며칠이 지나 이윽고 하카타波

---

8 인명 명기를 위한 의도적 결자.
9 '보輔'는 팔성八省의 차관次官으로 쓰이고, 대소大小가 있지만 팔성의 차관이 규슈에 재근在勤할 리가 없기 때문에, 여기서는 '개介'의 차자借字임. 사다시게가 살던 지방으로 추정해볼 때 지쿠젠筑前의 개介로 추정.
10 → 인명. 후지와라노 요리미치藤原賴通를 가리킴. 『우지 습유』에는 "고故 우지도노宇治殿"라고 되어 있는데, 그것이 전거자료에 의한 기록이라면 이 설화의 전거자료 집필시기도 요리미치의 사후였던 것이 되어 주목됨.
11 '필疋'은 돈을 세는 조수사로, 당시 일 필은 엽전 십 문文. 따라서 육칠만 문, 즉 동전 육칠십 관實이 되는데, 여기서는 그 금액에 상당하는 물품.
12 → 지명. 요도淀의 나루터를 가리킴.
13 말고삐를 끄는 사내.
14 한자의 명기를 위한 의도적 결자. 『우지 습유』를 참조하여 보충함.
15 *가리기누狩衣의 일종으로 남자의 평복.

方[16]에 도착했다.

　배에서 내리자마자 사다시게는 곧바로 돈을 빌린 당인의 집으로 향했다. 작은 담보로 돈을 많이 빌려준 것에 대한 예를《표하러 갔더니, 당인도 환대를 해주며 술 등을 내어와 이야기가 무르익었다. 그때 진주를 사온 남자 사인이》[17] 이 집 하인인 당인을 만나 "어떠십니까, 진주를 사지 않겠습니까?"라고 물어 보았다. 그가 "사겠소."라고 말해서, 사인은 하카마의 허리춤에서 진주를 꺼내 보여 주었다. 그러자 하인인 당인이 진주를 받아들고 손바닥에 올려 흔들어 보더니,[18] 갑자기 놀란 듯한 얼굴을 하고 "이건 얼마 정도합니까?"라고 물었다. 정말 갖고 싶어 하는 그 표정을 사인이 알아채고 "열 필疋[19]이면 어떻겠소?"라고 하자, 당인이 황급히 "열 필로 사지요."라고 했다. 사인은 '그렇다면 이건 엄청나게 고가품일지도 모른다.'라고 생각하고, 곧바로 다시 돌려 달라고 하자 당인은 마지못한 표정으로 진주를 다시 돌려 주었다.

　남자 사인은 "일간 잘 알아본 후에 팔겠소."라고 하며 원래대로 하카마 허리춤에 넣고 가 버리자, 그 당인은 사다시게와 마주앉아 있는 주인인 배 선장 곁으로 가서 뭔가를 속삭였다.[20] 선장이《고개를 끄떡이며》[21] 사다시게에게

　"당신의 종자 중에 진주를 가지고 있는 자가 있다고 합니다만, 그 진주를 뺏어서 제게 주시지 않겠습니까?"

16　권20 제1화 주 참조. 『우지 습유』에는 "하카타博多".
17　저본 이하 모든 이본에 공란이 없지만, 이대로는 아래 구절과 문의文意가 이어지지 않음. 『우지 습유』에 비추어 보면, 장문이 누락된 것으로 예상되며 『우지 습유』를 참조하여 보충함.
18　진주의 감정법으로 추정되며, 후문에서도 같은 동작을 함.
19　『우지 습유』에서는 "십 관貫".
20　뭔가 알 수 없는 말을 귓속말 한 것으로 보임. 중국어로 이야기하여 내용을 알 수 없었던 것. 선장을 통역으로 교섭방안을 의뢰하고 있는 것임.
21　한자의 명기를 위한 의도적 결자. 『우지 습유』를 참조하여 보충함.

라고 말했다. 사다시게는 사람을 불러 "종자 중에 진주를 가지고 있는 자가 있다 한다. 그 자를 찾아 불러오너라."라고 명했다. 그러자 귓속말을 했던 당인이 달려 나가서 남자 사인의 소매를 잡고는 "이 사람입니다."라고 말하며 끌어냈다. 사다시게가 "네가 정말로 진주를 가지고 있는 것이냐?"라고 하자, 사내는 마지못해서 "예, 가지고 있습니다."라고 말했다. "꺼내 보거라."라고 하자, 사인이 하카마 허리춤에서 꺼낸 진주를 사다시게의 부하가받아서 선장에게 건넸다. 선장은 그 진주를 받아들고 조금 흔들어 보고, 갑자기 일어나서 안으로 뛰어 들어갔다. 사다시게는 '뭘 하려고 들어간 것일까.'라고 생각하고 있었는데, 선장이 이전에 담보로 두었던 대검을 안고 나와서 열 자루 전부 사다시게에게 돌려주었다. '진주 가격이 비싸다, 싸다' 등한 마디 말도[22] 없었다. 사다시게도 《어안이 벙벙할》[23] 뿐이었다.

'스이칸 한 벌로 산 진주를 열 필에 파는 것도 비싸다.'라고 생각했는데, 이렇게나 많은 물품과 맞바꾼 셈이 된다. 정말 놀라운 일이었다.

이것을 생각하면 그 이상의 값어치가 나가는 물건임에 틀림없을 것이다. 그 진주가 원래 어떻게 나온 것인지 알 수 없지만, 이것도 사다시게의 전세前世의 복보福報에 의한 것일 것이라고 이렇게 이야기로 전하여 내려오고 있다 한다.

---

22 아낌없이 값을 지불했다는 의미.
23 한자의 명기를 위한 의도적 결자. 『우지 습유』를 참조하여 보충함.

鎮西貞重従者於淀買得玉語第十六

今昔、鎮西ノ筑前ノ国□ノ貞重ト云勢徳ノ者有ケリ。字ヲバ京大夫トゾ云ケル。近来有ル管崎ノ大夫則重ガ祖父也。其貞重ガ□ノ輔ノ任畢テ上ケルニ、送リニ京上ストテ、宇治殿ニ参ラセム料、亦私ニ知タル人ニモ志サント、唐人ノ物ヲ六七千疋許借テケリ。其質ニ、貞重吉キ大刀十腰ヲゾ置タリケル。

京ニ上ケルマヽニ、宇治殿ニ物共参ラセ、私ニ知タリケル人々ニ志ナドシテ返リ下ケルニ、淀ニテ船ニ乗ケル間、知タル人ノ儲シタリケレバ、ソレ食ナドシケル程ニ、船ニ乗テ商スル者、「玉ヤ買フ」ト云ケルヲ、聞入ル者無リケルニ、貞重ガ舎人ニ仕ケル男ノ、船ニノリタリケルガ、「此へ来レ。見ム」ト云ケレバ、漕寄テ、袴ノ腰ヨリ□ノ玉ノ大キナル大豆許リ有ヲ、取出シテ取セタリケレバ、舎人男、着タリケル水干ヲ脱テ、「此ニハ替テンヤ」ト。玉ノ主、「所得シツ」ト思ヒケルニヤ、水干ヲ取、手迷ヲシテ、船ヲ指放テ去ニケレバ、舎人男、「高ク買ツルニコソ」ト思ヒケレドモ、異水干ヲ着替テ、「悔シ」ト思テ、玉ヲバ袴ノ腰ニ裏テ返ル程ニ、日員積リテ、波方

商船と船頭（一遍上人絵巻）

二行着ニケリ。

貞重船ヨリ下ルマデニ、物借タリシ唐人ノ許ニ行テ、質ハ
少クシテ、物ヲ多ク借シタリシ喜ビ□、下衆唐人ニ会テ、
「玉カ買」ト問ニ、「買ム」トイヘバ、袴ノ腰ヨリ玉ヲ取出テ
取セタレバ、下衆唐人玉ヲ受取テ、手ノ裏ニ入レテ、打振テ
見マ丶ニ、「奇異」ト思タル気色ニテ、「此ハ直何ラ」ト問ヘ
バ、欲気ニ思タル気色ヲ舍人男見テ、「十疋ニ買ム」ト云ヲ、
唐人迷テ、「十疋ニ」トイヘバ、舍人男、「直高キ物ニヤ
有ム」ト思テ、速ニ乞取ケレバ、唐人我ニモ非デ、返シ取セ
テケリ。

舍人男、「今吉ク尋テ売ン」ト云テ、本ノ如ク袴ノ腰ノ裏
テ去ニケレバ、唐人貞重ガ許ニ寄テ、其事
トモ無ク私語ケレバ、船頭打□テ、貞重ニ云、「御従者ノ中
ニ、玉持タル者有ランヤ」。貞重人ヲ呼
テ、「共ノ下衆ノ中ニ、玉持タル者有也。ソレ尋テ召セ」ト
云ケレバ、此告ツル唐人走リ出テ、其舍人男ノ袖ヲ引ヘテ、

「此ゾ」ト教ヘテ、引出タレバ、貞重、「実ニ玉ヤ持タル」ト
トヘバ、男ハ渋々ニ、「候フ」ト云。「奉レ」トイヘバ、袴ノ
腰ヨリ取出タルヲ、貞重ガ郎等取リ伝ヘテ取セタレバ、船頭
玉ヲ受取テ、打振テ見マ丶ニ、立走テ内ヘ入ヌ。貞重、「何
シニ入ニカアラン」ト思フ程ニ、彼質ニ置タリシ大刀ヲ掻抱テ
出来テ、十腰乍ラ貞重ニ返シ取セテ、「玉ノ直高シ、短也」
ト云事モ不云、何ニモ云事無シテ止ニケリ。貞重モ□テゾ有
ケル。

「水干一領ニ買タリケル玉ヲ、十疋ニ売ンダニ高シ」ト思ケ
ルニ、若干ノ物ニ補シテ止ニキ。現ニ奇異キ事也カシ。此ヲ
思フニ、其ニモ過タリケル直ニテ有ケルニコソ。本ヨリ何ニ
シテ出来ケリト不知。此モ貞重ガ福報ノ至ス所ナメリ、トナ
ン語リ伝ヘタルトヤ。

도시히토利仁 장군이 젊은 시절 도읍에서
쓰루가敦賀로 오위五位를 데리고 간 이야기

참마죽芋粥을 좋아하는 오위五位가 후지와라노 도시히토藤原利仁에게 속아 쓰루가敦賀의 집에까지 따라가게 되고 호화롭고 사치스러운 환대에 눈이 휘둥그레지지만, 하룻밤이 지나고 방대한 참마죽 접대에 질리고 말아 평소 생각과는 달리 식욕이 생기지 않았다는 이야기. 귀경歸京할 때 오위가 막대한 선물을 받았다고 하는 생각지도 못한 불로소득의 모티브가 앞 이야기의 진주에 의한 불로소득과 연결되어 있음. 아쿠타가와 류노스케芥川龍之介의 『참마죽芋粥』의 소재이다.

이제는 옛이야기이지만, 도시히토利仁[1] 장군이라는 사람이 있었다. 젊은 시절 《후지와라노 모토쓰네藤原基經》[2]라는 그 시대의 일인자[3]를 모시던 시侍였다. 에치젠 지방越前國에 □[4] 아리히토有仁[5]라는 부유한 호족의 사위이기도 하였기에 평소 그 지방으로 내려가 있었다.

어느 해 그 주인의 저택에서 정월 대향大饗[6]이 열렸다. 당시에는 대향이

1　→ 인명.
2　성명의 명기를 위한 의도적 결자. 시대적으로 보아 후지와라노 모토쓰네藤原基經가 이에 해당. → 인명(모토쓰네).
3　최고지위의 사람. 섭정攝政이나 관백關白(* 헤이안平安 시대 이후 천황을 보좌하여 정무를 맡아보던 최고最高의 중직重職)을 가리킴.
4　성性의 명기를 위한 의도적 결자.
5　→ 인명.
6　궁중의 대연회나 대신의 축연 등을 이름.

끝나면 그 잔치의 남은 음식을 주워 먹는 거지들을 쫓아내 안으로 들어오지 못하게 하고 남은 음식은 이 저택의 시侍들이 먹는 것이 관례였다. 그런데 이 관백關白 집안에 오랫동안 종사하여 활개를 치던 오위五位[7]의 시侍가 있었다. 대향 후 남긴 것을 먹고 있는 시侍들 중에는 이 오위도 있어, 그 자리에서 참마죽[8]을 후루룩 마시고 입맛을 다시면서 "아아, 어떻게든 참마죽을 배불리 마음껏 한번 먹어 봤으면 좋겠다."라고 말했다. 도시히토가 그 말을 듣고 "대부大夫[9]님, 여태껏 참마죽을 배불리 드셔 본 적이 없으십니까?"라고 하자, 오위는 "마음껏 먹어 본 적은 아직 없소."라고 대답했다. 그러자 도시히토가 "그렇다면 한 번 실컷 드시게 해 드리고 싶군요."라고 하자, 오위는 "그렇게 된다면야 참으로 기쁜 일이지요."라고 이야기하였고 그날은 그렇게 끝이 났다.

이 오위는 저택안의 방을 부여받아[10] 살고 있었는데, 잔치가 있은 지 네댓새 정도 지나, 이곳으로 도시히토가 찾아와 오위에게 "자, 갑시다, 대부님. 히가시 산東山[11] 근처에 목욕물을 데워 둔 곳이 있으니."라고 했다. 오위는

"그건 참으로 기쁜 일이지요. 어젯밤에는 몸이 간지러워 제대로 잠을 못 이뤘습니다. 하지만 공교롭게도 타고 갈 것이…"

라고 말을 꺼내는 순간 도시히토가 "아니, 말이라면 여기 있습니다."라고 말을 했다. "그것 참 고맙습니다."라고 말하는 오위의 모습을 보니, 얇은 면 솜옷을 두 겹 정도 겹쳐 입고 소매가 떨어진 검푸른 빛의 사시누키指貫[12]에, 어

---

7 * 오위五位. 오품五品. 벼슬 품계의 하나임.
8 참마를 얇게 썰어 돌외(아마즈라甘葛, 옛날 감미료)를 달인 물로 끓인 죽. 대향大饗의 주연酒宴 후 답례품을 내기 전에 제공했던 것이라 함.
9 오위의 통칭임.
10 * 독립하지 않고 그 집에 방을 얻어 머물러 있었던 것임.
11 교토京都의 히가시 산東山 지역. 그 주변의 불사佛寺에서 온천치료를 했던 것으로 추정.
12 하카마袴의 일종. 옷자락에 끈목을 연결해, 입은 후 발목 부근을 꽉 조여 묶는 하카마.

깨의 매듭이 조금 풀린 같은 색의 가리기누狩衣[13]를 입고 있었다. 또한 안에
는 하카마袴[14]는 입지 않은 채 높은 코의 코끝은 조금 불그스레하고 그 콧구
멍 주변이 매우 젖어 있는 것이 콧물을 제대로 닦지 않은 듯했다. 가리기누
의 뒤쪽은 허리띠로 인해 당겨져 구겨져 있었지만 그것을 제대로 고치려고
도 하지 않았던지 구겨진 채로 이상한 모습이었다. 그 오위를 앞세워 함께
말을 타고 가모賀茂 강변을 향해 나섰다. 오위에게는 미천한 소동小童조차
수행하는 자가 없었다. 도시히토도 수행원으로는 조도調度[15] 한 명과 사인舍
人[16] 한 명만 데려갔다.

그런데 강변을 지나 아와타구치粟田口[17]에 다다랐을 쯤, 오위가 "그 장소가
어디지요?"라고 물었다. 도시히토는 "이제 금방입니다."라고 했지만 어느새
야마시나山科[18]도 지났다. 오위가 "금방이라고 해놓고 야마시나도 지나쳤어
요."라고 하자 "아니, 이제 금방입니다."라고 하며 세키 산關山[19]도 지나서 미
이데라三井寺[20]에 있는 아는 사람의 승방에 도착했다. 오위는 '그럼 여기에
목욕물을 데워 둔 걸까?', '그렇더라도 정말 멀리까지 왔군!' 하고 생각하고
있는데 승방 주인인 승려가 나와 "이것 참 뜻밖에[21] 방문을 해 주셔서."라며
접대에 분주했다. 하지만 목욕물은 있을 것 같지도 않았다. "어떻게 된 것입
니까? 목욕물은?" 하고 오위가 묻자, 도시히토는 "실은 쓰루가敦賀[22]로 모시

---

13 원래 수렵狩獵용의 의복이었는데 헤이안 시대 이후에는 남성귀족과 관인官人의 평복이 되었음.

14 우에노하카마表袴(여기에서는 사키누키하카마指貫袴) 안에 입는, 길이가 조금 짧고 통이 넓은 하카마. 오오
쿠치하카마大口袴.

15 주인이 외출할 때 활이나 화살 등의 무구를 들고 수행하는 자.

16 말고삐를 끄는 사내.

17 교토 시京都市 히가시야마 구東山區 아와타구치 정粟田口町.

18 교토 시 야마시나 구山科區.

19 오사카 산達坂山. 오사카 관문會坂ノ關(→ 지명).

20 → 사찰명. 온조지園城寺의 별칭.

21 도시히토의 내방이 갑작스러웠다는 것을 의미하며, 동시에 입욕에 대한 오위의 기대가 어긋나게 됨.

22 지금의 후쿠이 현福井県 쓰루가 항敦賀港.

고 가는 중입니다."라고 말했다. 이를 들은 오위가

"정말 어처구니없는 분이시군. 도읍에서 그렇게 말씀하셨더라면 하인이라도 데려 왔을 것을, 수행원도 전혀 없이 그렇게 먼 길을 어떻게 갈 수 있겠어요? 두렵습니다."

라고 하자, 도시히토가 재미있다는 듯이 웃으며 "거참, 내가 있는 한, 천 명이 있다고 생각해 주십시오."라고 말하니, 참으로 지당한 말이다.[23] 이렇게하여 식사를 마치고 서둘러 출발했다. 도시히토는 여기서 비로소 화살통을집어 들어 등에 멨다.

그런데 가던 중에 미쓰三津 호수[24] 부근에서 여우가 한 마리 뛰어나왔다. 이것을 보고 도시히토는 "좋은 심부름꾼이 나왔군."이라며 여우를 겨냥하여 덮치자 여우는 아슬아슬 도망쳤지만 다시 마구 쫓아가 여우가 더 이상도망치지 못하게 하고, 도시히토는 말 옆구리 쪽으로 몸을 떨어뜨려 여우뒷다리를 잡아 들어올렸다. 타고 있던 말은 그다지 훌륭해 보이지 않았지만실은 훌륭한 준마였기에 그렇게 멀리 쫓지 않고도 따라잡을 수 있었던 것이다. 여우가 잡힌 곳으로 오위가 급히 달려가 보니 도시히토는 여우를 끌어내려서

"이봐 여우, 오늘 밤 중으로 내 쓰루가 집에 가서 이렇게 전해라. '갑자기손님을 모시고 내려가게 되었다. 내일 사시巳時[25]에 다카시마高島[26] 주변에말 두 마리에 안장을 얹혀서 사내들이 마중 오도록'이라고 말이다. 만약 이를 전하지 않을 시는 어떻게 되는지 알고 있겠지? 즉시 시행하도록 해라. 여

---

23 편자에 의한 화자의 평어評語.
24 사가 현佐賀県 오쓰 시大津市 시모사카모토下坂本 부근의 비와琵琶 호반湖畔을 말함.
25 오전 10시경.
26 사가 현 다카시마 군高島郡 다카시마 정町 부근.

우는 헨게變化²⁷의 귀재이니 반드시 오늘 중으로 가서 전하거라."

라고 말하여 놓아주었다. 오위가 "이건 또 별로 신뢰할 수 없는 심부름꾼이 구려."라고 하니, 도시히토는 "보고 계십쇼. 가지 않을 리가 없습니다."라고 말했는데 여우는 그와 동시에 정말로 뒤를 자꾸 돌아보며²⁸ 앞으로 달려갔고 순식간에 모습이 보이지 않았다.

한편, 그날 밤은 도중에 하룻밤 묵고, 다음날 아침 일찍 길을 나서 서둘러 가고 있는데 정말로 사시 무렵, 이, 삼십 정 정도 앞에서 한 무리를 지어 다가오는 자들이 있었다. "뭐지?" 하고 보고 있으니 도시히토가 "어제 여우가 그쪽에 가서 고한 것입니다. 그래서 사내들이 온 겁니다."라고 말했다. 그러나 오위는 "아, 글쎄요."²⁹라며 보고 있는 사이에 사내들이 가까이 다가와 차례차례로 말에서 뛰어내리며 "그것 봐라. 정말로 오시지 않았느냐?"³⁰라고 말했다. 도시히토가 웃음을 지으며 "무슨 일이냐?"라고 물으니 그중에 우두머리인 듯한 낭등郎等이 앞으로 다가왔기에 낭등에게 "말은 있느냐?" 하고 물었다. "두 마리 있습니다."라고 대답했고 그 밖에도 음식 등을 마련하여 가지고 왔기에 말에서 내려 그 부근에 앉아 식사를 했다.

그때 방금 전 우두머리인 듯한 낭등이 "실은 어젯밤 불가사의한 일이 있었습니다."라고 말했다. 도시히토가 "어떤 일이냐?"라고 묻자 낭등이 말하길,

"어젯밤, 술시戌時³¹ 무렵 마님께서 별안간 가슴에 엄청난 통증을 느끼셨기 때문에 '무슨 일인가?' 싶었는데 스스로 본인께서 말씀하시길 '저는³² 다

---

27 신불神佛이나 영귀靈鬼 등이 변신하는 것을 말하나, 여기서는 신통력 정도의 의미임.
28 몇 번이고 되돌아본 것은 도시히토의 명령을 알아들었다는 몸짓임.
29 도시히토의 말을 오위가 신용하지 않는 모습.
30 지금까지 여우의 전언을 반신반의하며 왔지만, 정말 그랬다는 분위기. 마중 나온 사내들끼리의 대화.
31 오후 8시경. 저본에 '술戌'이라는 글자가 결손된 것을 『우지 습유宇治拾遺』에 의해 보충하였음.
32 『우지 습유』에서는 "나는 여우이다."라고 나와 있는 것으로 비추어 볼 때, '저는,'이라는 것은 뒷말을 생략한 표현으로, 그 뒤에는 '여우입니다.' 등의 뉘앙스가 생략되었음을 예상할 수 있음.

름이 아니오라, 오늘 낮에 미쓰 호수 근처에서 갑자기 도읍에서 내려오시는 도시히토님과 맞닥뜨려 도망쳤지만 결국 도망치지 못하고 붙잡히고 말았습니다. 그때 도시히토님이, 너는 오늘 중으로 내 집에 가서 내가 손님을 모시고 급히 내려가고 있으니 내일 사시에 말 두 필에 안장을 얹고, 사내들이 다카시마 부근까지 마중 나오도록 이렇게 말을 전하거라. 만일 오늘 중으로 도착해서 전하지 못하면 험한 꼴을 당할 것이야, 라고 말씀하셨습니다. 그러니 당신들은 지금 바로 가 주십시오, 늦어지게 되면 제가 꾸지람을 듣게 됩니다.'라고 하시며 벌벌 떨며 소동을 벌였습니다만, 도시히토님의 장인어른께서 '뭐 대수롭지 않은 일이다.'라고 하시며 사내들을 불러 명하시자마자 대번에 제정신을 차리셨습니다.[33] 그 후 새벽에 닭이 울자[34]마자 저희들은 길을 나섰던 것이옵니다."

라고 말했다. 도시히토는 이 말을 듣고 빙긋 웃으며 오위에게 눈짓을 주자,[35] 오위는 희한한 일도 다 있다 싶었다.

식사가 끝나고 서둘러 출발했지만 해질 무렵에 집에 도착했다. "그것 봐라. 어제 여우가 한 말이 정말이었지."라고 집안 모두들 야단법석을 떨며 맞이했다. 오위는 말에서 내려 집안을 살펴보니 더할 나위 없이 유복한 집이었다. 처음 입고 있던 두 겹의 옷 위에 도시히토의 잠옷까지 입었으나 배도 고프고 몹시 추운 것 같아 보였기에 화로[36]에 불을 가득 《피우고》, 다다미를 두껍게 깔아 그 위에 과일이나 과자를 차려 놓으니 정말 호화스러웠다. "오시는 동안 추우셨지요?"라며 담황색의 옷에 솜이 두껍게 들어간 것을 세 겹

---

33 몸에 씐 여우가 떨어져 나간 것임.
34 이른 아침. 새벽녘을 의미하는 상투적인 표현.
35 그것 보라는 득의양양한 기분이 담겨 있음.
36 장방형의 이로리囲炉裏(* 방바닥 일부를 네모로 잘라내어 만든 불을 피우는 장치). 일설에는 상자 모양의 장방형 난로라고도 함.

이나 겹쳐 덮어주었기에 이루 말할 수 없이 기분이 좋아졌다

이윽고 식사가 끝나고 주변이 조용해지자 도시히토의 장인인 아리히토有
仁가 다가와 도시히토에게

"대체 무슨 일로 이렇게 느닷없이 내려와 그런 심부름꾼을 보낸 것이오?
도무지 이해가 가질 않소. 자네 안사람이 별안간 발병하여 참으로 보기 딱
하였소."

라고 하였다. 도시히토가 웃으며 "어찌하는지 한번 시험 삼아 말해 본 것
뿐인데 정말로 와서 고했군요."라고 말하니 장인도 웃으며 "참으로 놀라운
일이군요."라며, "모시고 온다는 분은 여기에 계신 이분이십니까?"라고 물
었다.

"그렇습니다. 참마죽을 여태껏 배불리 먹어 본 적이 없다고 하시기에 한
번 실컷 드시게 해 드리려고 이렇게 모셔온 것입니다."

라고 도시히토가 말하자, 장인이 "그 참, 아주 손쉬운 것을 여태껏 만족히
드셔 보시지 못하셨군요."라고 농담을 하니, 오위가

"아니, 이 분이 히가시 산에 목욕물을 끓여 두었다고 나를 속이고 데려와
서는 이렇게 말을 하시는 겁니다."

라고 하였다. 이렇게 이야기를 나누며 서로 농담을 주고받는 사이 밤이 조
금 깊어져서 장인은 자신의 방으로 돌아갔다.

오위도 침소로 여겨지는 곳으로 들어가 자려고 하니 거기에 솜의 두께가
네다섯 치_寸나 되는 히타타레直垂[37] 이불이 놓여 있었다. 원래 입고 있던 얇
은 옷은 착용감이 좋지 않고 또한 뭐가 있는지 가려운 곳도 있어서 전부 벗
어 버리고 담황색의 옷 세 겹을 겹친 위에 이 히타타레 이불을 덮고 누었다.

---

37 당시의 일반 남성 평복. 여기서는 히타타레후스마直垂衾의 준말로, 히타타레 모양의 깃과 소매가 달린 이불
을 가리키는 듯 함.

그 기분이란 지금까지 한 번도 경험해 본 적이 없을 정도로, 땀에 흠뻑 젖어 자고 있는데 옆에 누가 들어오는 느낌이 들었다. "누구냐?"라고 물으니, 여자 목소리로 "발을 주물러 드리라 명받고 왔사옵니다."[38]라고 하니 그 모습이 너무 귀여워 꼭 끌어안고 통풍이 잘 되는 곳에 눕혔다.

그러던 중 소란스러운 소리가 들려 오위가 '뭘까?' 하고 듣고 있으니, 한 남자의 고함소리가 들려와

"이 근처의 하인들은 잘 듣거라. 내일 아침 묘시卯時[39]에 직경 세 치, 길이 오 척尺의 참마를 각각 한 개씩 들고 오너라."

라고 말하는 것 같았다. '이상한 말을 하는구나.' 생각하며 오위는 잠이 들고 말았다. 다음날 꼭두새벽 녘에 마당에 멍석을 까는 소리가 들렸다. '무엇을 하는 걸까?' 하며 듣고 있었는데 날이 밝아 덧문[40]이 열려서 바라보니 긴 멍석이 네다섯 장 깔려 있었다. 오위가 '무엇에 쓰려는 걸까?' 하고 생각하고 있자 한 하인 남자가 나무와 같은 것을 하나 그 위에 놓고 갔다. 그 뒤 연이어 갖다 놓고 가는 것을 보니 정말로 직경 서너 치, 길이 오륙 척 정도나 되는 참마였다. 그것을 사시까지 계속 놓고 가자 자신이 있는 침실의 처마높이 정도까지 쌓였다. 어젯밤 고함을 친 것은, 사실 그 주변에 사는 모든 하인에게 명령을 전달하는 '사람 부르는 언덕'이라는 언덕 위에서 외친 것이었다. 그 소리가 닿는 범위 안에 있는 하인들이 가져온 것만 해도 이 정도로 많으니 하물며 멀리 떨어진 곳에 있는 종자들이 얼마나 많을지는 상상이 될 것이다.[41]

---

38 발을 주물리거나 안마에 그치지 않고 당시의 풍습으로 귀인이나 손님 접대로 잠자리 시중을 들게끔 명한 것.
39 오전 6시경.
40 원문은 "시토미蔀"로 되어 있음.
41 화자가 독자에게 말을 거는 표현. 「우지 습유」에도 거의 같은 문장이 보임.

오위가 '이거 참, 놀라운 일이군!' 하며 보고 있자니, 한 석石[42] 들이의 가마솥을 대여섯 개 정도 짊어지고 와서는 서둘러 몇 개나 말뚝을 박고 그 가마솥을 즐비하게 늘어세웠다. '무엇을 하는 걸까?' 하고 보고 있으니 하얀 옷감의 아오襖[43]를 입고 허리 부분에 허리끈을 맨 젊고 깔끔한 하녀들이 하얗고 새로운 통에 물을 받아 가져와서는 가마솥에 부었다. '무슨 탕을 끓이는 걸까?' 하고 보고 있으니 물로 보인 그것은 돌외 즙[44]이었다. 그리고 젊은 사내들이 열 명 정도 나와 소매를 걷어 올리고는 길고 얇은 칼[45]로 참마의 껍질을 깎아내고는 매만지며 계속해서 잘랐다. 세상이 다 아는 참마죽을 끓이는 것이었다. 이를 본 오위는 이젠 먹을 마음도 사라져 오히려 질리고 말았다. 펄펄 끓이고는 "참마죽이 다 됐어요."라고 하자, "그럼, 드리자."라며 한 말斗[46] 정도의 참마죽이 들어간 은 주전자에서 커다란 질그릇으로 서너 그릇 담아 가지고 왔다. 오위가 한 그릇조차 다 먹지 못하고 "이제 배가 부릅니다."라고 하자 모두들 한바탕 와르르 웃고 그 자리에 모여 앉아 "손님 덕분에 참마죽을 맛볼 수 있겠군." 하며 저마다 농담을 했다.

그때 여우가 건너편 집 처마에서 엿보고 있는 것을 도시히토가 발견하고는 "보십시오, 어제의 그 여우가 만나고 싶어 합니다."라고 하며 "저것에게 뭔가 먹을 것을 줘라."라고 명했기에, 먹을 것을 주니 여우는 그것을 먹고는 사라졌다.

이렇게 하여 오위는 한 달 정도 머물렀는데 모든 것이 더할 나위 없이 즐거웠다. 그 후 상경을 하게 되어, 선물로 평상복과 외출복을 몇 벌이나 건네

---

42 * 약 180ℓ.
43 두 겹의 겹옷으로 된 의복으로 남녀 모두 사용했음.
44 돌외를 달인 즙. 감미료로 사용. → 주8 참조.
45 긴 검을 가리키는 것이 아니라 칼날이 얇고 다소 긴 단도를 가리킴. 요도腰刀 또는 식칼로 추정.
46 * 약 18ℓ.

받고 능직과 명주, 솜 등을 여러 개 고리짝에 넣어줬다. 처음에 입은 옷과 잠옷 등은 말할 필요도 없었다. 그 외에도 좋은 말에 안장을 얹고 물건들을 함께 실어주었기에 그것들을 모두 얻어 큰 부자가 되어 상경했다.

　실제로 어느 곳에 오랜 세월 동안 근무하여 사람들로부터 인정받는 자에게는 자연히 이런 일도 있는 것이라고 이렇게 이야기로 전하여 내려오고 있다 한다.

利仁将軍若時従京敦賀将行五位語第十七

今ハ昔、利仁ノ将軍ト云人有ケリ。若カリケル時ハ、□ト申ケル其時ノ一ノ人ノ御許ニ恪勤ニナン候ケル。越前国ニ□ノ有仁ト云ケル勢徳ノ者ノ智ニテナン有ケレバ、常ニ彼ニゾ住ケル。

而ル間、其ノ殿ノ、正月ニ大饗被行ケルニ、当初ハ大饗畢ヌレバ、取食ト云者ヲバ追出不入シテ、大饗ノ下ヲ其ノ殿ノ侍共ナン食ケル、ソレニ、其ノ殿ニ年来ニ成テ所得タル五位ノ侍有ケリ。其大饗ノ下、侍共ノ食ケル中ニ、此五位其ノ座ニテ、暑預粥ヲ飲テ、舌打ヲシテ、「哀レ。何カデ暑預粥ニ飽カン」ト云ケレバ、利仁此ヲ聞テ、「大夫殿。未ダ暑預粥ニ飽セ不給カ」ト云ヘバ、五位、「未ダ不飽侍」ト答フ。利仁、「イデ飲飽セ奉ラバヤ」トイヘバ、五位、「何ニ喜

フ侍ン」ト云テ止ヌ。

其後、四五日許有テ、此五位ハ、殿ノ内ニ曹司住ニテ有ケレバ、利仁来テ、五位ニ云ク、「去来サセ給ヘ、大夫殿。東山ノ辺ニ湯涌シテ候フ所ニ」ト。五位、「糸喜ク侍ル事哉。今夜身ノ痒カリテ、否寝入不侍ツルニ。但シ、乗物コソ侍ラネ」ト云ヘバ、利仁、「此ニ馬ハ候フ」トイヘバ、五位、「穴喜」ト云テ、薄綿ノ衣二ツ許ニ、青鈍ノ指貫ノ裾壊タルニ、同色ノ狩衣ノ肩少シ落タルヲ着テ、下ノ袴モ着ズ、鼻高ナル者ノ、鼻崎ハ赤ニテ、穴ノ移リ痛ク湿バミタルハ、「洟ヲ」糸モ巾ヌ メリ」ト

大饗（年中行事絵巻）

赤鼻（信貴山縁起）

見エ、狩衣ノ後ハ、帯ニ被引喎タルヲ、引モ不跡ハ、喎乍ラアレバ、可咲レドモ、五位ヲ前ニ立テ、共ニ馬ニ乗テ、川原様ニ打出テ行。五位ノ共ニハ、賤ノ小童ダニ無シ。利仁ガ共ニモ調度一人、舎人男一人ゾ有ケル。然テ、川原打過テ、粟田口ニ懸ルニ、五位、「何コゾ」トトヘバ、利仁、「只此也」トテ、山科モ過ヌ。五位、「近キ所」トテ、山科モ過ヌルハ」トイヘバ、利仁、「只彼許也」トテ、関山モ過テ、三井寺ニ知タリケル僧ノ許ニ行着ヌ。トテ、「其ヲダニ物狂ハシク遠カリケル」ト思フニ、房主ノ僧、「不思懸」ト云テ、経営ス。五位、「然ハ此ニ湯涌タリケルカ」トテ、然ドモ、湯有リ気モ無シ。五位、「何ラ、湯ハ」トイヘバ、利仁、「実ニ敦賀へ将奉ル也」ト云バ、五位、「糸物狂ハシカリケル人哉。京ニテ此ク宣ハマシカバ、下人ナドモ具ス

ベカリケル者ヲ。無下ニ人モ無テ、然ル遠道ヲバ、何カデ行ント為ズ。怖シ気ニ」トイヘバ、利仁咲テ、「己レ一人ガ侍ラバ千人ト思セ」ト云ゾ理ナルヤ。此テ物ナド食ツレバ、急ギ出ヌ。利仁其ニテゾ胡録取テ負ケル。

然テ行程ニ、三津ノ浜ニ狐一ツ走リ出タリ。利仁此レ見テ、「吉使出来ニタリ」ト云テ、狐ヲ押懸レバ、狐身ヲ棄テ逃トイヘドモ、只責ニ被責テ、否不逃遁ヲ、利仁馬ノ腹ニ落下テ、狐ノ尻ノ足ヲ取テ引上ツ。乗タル馬、糸賢シト不見ドモ、極キ一物ニテ有ケレバ、幾モ不延サ。五位狐ヲ捕ヘタル所ニ馳着タレバ、利仁狐ヲ提テ云ク、「汝ヂ狐、今夜ノ内ニ、利仁ガ敦賀ノ家ニ罷テ云ム様ハ、『俄ニ客人具シ奉テ下ル也。明日ノ巳時ニ、高島ノ辺ニ、男共迎ヘニ馬ニ匹、鞍置テ可詣来』ト。若此ヲ不云ハ、汝狐只試ヨ。狐ハ変化有者ナレバ、必ズ今日ノ内ニ二行着テ云ヘ」トテ放テバ、五位、「広量ノ御使哉」トイヘバ、利仁、「今御覧ゼヨ。不罷デハ否有ジ」ト云ニ合、狐実ニ見返々々前ニ走テ行ト見程ニ失ヌ。

然テ、其夜ハ道ニ留ヌ。朝ニ疾ク打出テ行程ニ、実ニ巳時

許ニ、二三十町許凝テ来ル者有リ。「何ニカ有ン」ト見ル

ニ、利仁、「昨日ノ狐罷着キ、告侍ニケリ。男共詣来ニタリ」

トイヘバ、五位、「不定ノ事哉」ト云程ニ、只近ク近ク成テ、

ハラ〳〵ト下ルマヽニ云ク、「此、見ヨ。実御マシタリケ

リ」トイヘバ、利仁頬咲テ、「何事ゾ」ト問ヘバ、長シキ郎

等進ミ来タルニ、「馬ハ何ヤ」ト問ヘバ、「二疋候フ」トテ、

食物ナド調ヘテ持来レバ、其辺ニ下居テ食フ。

其時ニ有ツル長シキ郎等ノ云ク、「夜前、希有ノ事コソ候

シカ」ト。利仁、「何事ゾ」ト問ヘバ、郎等ノ云ク、「夜前、

戌時許ニ、御前ノ俄ニ胸ヲ切テ病セ給ヒシカバ、『何ナル事

ニカ』ト思ヒ候ヒシ程ニ、御自ラ被仰様、『己ハ、別ノ事

ニモ不候、此昼三津ノ浜ニテ、殿ノ俄ニ京ヨリ下ラセ給ケル

ニ会奉タリツルニ、逃候ツレドモ、否不逃得デ被捕テ

奉タリツルニ、被仰様、「汝、今日ノ内ニ我家ニ行着テ

云ン様ハ、「客人具シ奉テナン俄ニ下ルヲ、明日ノ巳時ニ、

馬二疋ニ鞍置テ、男共高島ノ辺リニ参リ合へ」トイヘ。若今

日ノ内ニ行着テ不云ハ、辛キ目見センズルゾ」ト被仰ツル也。

男共速ニ出立テ参レ。遅ク参テハ、我勘当蒙ナン」トテ、

怖ヂ騒セ給ツレバ、『事ニモ候ヌ事也』トテ、男共ニ召仰

候ツレバ、立所ニ例様ニ成セ給テ、其後、鳥ト共ニ参リツ

ル也」ト。利仁此ヲ聞テ頬咲テ、五位ニ見合スレバ、五位、

「奇異」ト思タリ。

物ナド食畢テ、急立テ行程ニ、暗々ニゾ家ニ行着タル。

「此見ヨ。実也ケリ」トテ、家ノ内騒ギ喤ル。五位馬ヨリ下

テ家ノ様ヲ見ニ、脐ハシキ

事物ニ不似。本着タリシ衣ニ

ツガ上ニ、利仁ガ宿直物ヲ着

タレドモ、身ノ内シ透タリケ

レバ、極ク寒気ナルニ、長櫃

ニ火多ク□テ、畳厚ク敷タ

ルニ、菓子食物ナド儲タル様、

くだもの（慕帰絵詞）

微妙也。「道ノ程寒ク御マスラン」トテ、練色ノ衣ノ綿厚ヲ三ツ引重テ打覆タレバ、楽ト云ハ愚也ヤ。

食喰ナドシテ静リテ後、舅ノ有仁出来テ、「此ハ何ニ。俄ニハ下セ給セテ」

御使ノ様物狂ハシキ。利仁打咲テ、「試ムト思給ヘテ申タリツル事ヲ、実ニ詣来テ、告候ヒケルニコソ」トイヘバ、舅モ咲テ、「希有ノ事也」トテ、「抑モ具シ奉ラセ給ヒタナル人ハ、此御マス殿ノ御事力」ト、ヘバ、利仁、「然ニ候。『暑預ニ未不飽』ト被仰レバ、飽セ奉ラントテ将奉タル也」トイヘバ、舅、「安キ物ニモ飽セ不給ケル哉」トテ、戯ルレバ、五位、「東山ニ湯涌タリトテ、人ヲ謀出テ、此ク宣フ也」ナドイヘバ、戯レテ、夜少シ深更ヌレバ、舅モ返入ヌ。

五位モ、寝所ト思シキ所ニ入テ寝ムト為ルニ、其ニ綿四五寸許有直垂有。本ノ薄ハ六借ク、亦何ゾ有ニヤ、痒キ所来ニタレバ、皆脱棄テ、練色ノ衣三ガ上ニ此直垂ヲ引着テ、臥タル心地、未ダ不習ニ、汗水ニテ臥タルニ、傍ニ人ノ入気色

有。「誰ソ」ト問ヘバ、女音ニテ、『御足参レ』ト候ヘバ、参リ候ヒツル」ト云気ヒ不憖バ、掻寄テ、風ノ入所ニ臥セタリ。

而ル間、「物高ク云音ハ何ゾ」ト聞バ、男ノ叫テ云様、「此辺ノ下人承ハレ。明旦ノ卯時ニ、切口三寸、長サ五尺ノ暑預、各一筋ヅヽ持参レ」ト云也ケリ。「奇異クモ云哉」ト聞テ寝入ヌ。

暁ニ聞バ、庭ニ莚敷ク音ス。「何態為ニカ有ム」ト思フ程ニ、下衆男ノ、木ノ様ナル物ヲ一筋打置テ去ヌ。其後、打次キ持来ツ、置ヲ見レバ、実ニ口三四寸許ノ暑預ノ、長サ五六尺許ナルヲ持来テ置ケルバ、居タル屋許ニ置積ツ。夜前叫ビシハ、早フ、其辺ニ有下人ノ限リニ、物云ヒ聞スル人呼ノ岳トテ有墓ノ上ニシテ、云也ケリ。只其ノ音ノ及ブ限ノ下人共ノ持来ルダニ、然許多カリ。何況ヤ、去タル従者ノ多サ可思遣。

「奇異」ト見居タル程ニ、斛納釜共五ツ六ホド、掻持来テ、

俄ニ杭共ヲ打居テ渡シ
ツ、、「何ノ料ゾ」ト見程
ニ、白キ布ノ襖ト云物着テ、
中帯シテ、若ヤカニ穢気無
キ下衆女共ノ、白ク新キ桶
ニ、水ヲ入テ持来テ、此釜
共ニ入ル。「何ゾノ湯涌スゾ」ト見レバ、此水ト見ハ、味煎
也ケリ。亦若キ男共十余人許出来テ、袿ヨリ手ヲ出シテ、
薄キ刀ノ長ヤカナルヲ以テ、此ノ暑預ヲ削ツ、、撫切ニ切ル。
早ウ暑預粥ヲ煮ル也ケリ。見ニ、可食心地不為、返テハ疎シ
ク成ヌ。サラ／＼ト煮返シテ、「暑預粥出来ニタリ」ト云ヘ
バ、「参ラセヨ」トテ、大キナル土器シテ、銀ノ提ノ斗納許
ナル三ツ四ツ許ニ汲入テ持来タルニ、一盛ダニ否不食デ、
「飽ニタリ」ト云ヘバ、極ク咲テ集リ居テ、「客人ノ御徳ニ、
暑預粥食」ナド云ヒ嘲リ合ヘリ。
而ル間、向ヒナル屋ノ檜狐指臨キ居タルヲ、利仁見付テ、

提（七十一番歌合）

「御覧ゼヨ、昨日ノ狐ノ見参スルヲ
ヨ」ト云ヘバ、食ハスルヲ、打食テ去ニケリ。
此テ、五位一月許有ニ、万ヅ楽キ事無限。然テ上ケルニ、
仮納ノ装束数下調ヘテ渡シケリ。亦、綾、絹、綿ナド皮子
数ニ入テ取セタリケリ。前ノ衣直ナドハ然也。亦吉馬ニ鞍置
テ、牛ナド加ヘテ取セケレバ、皆得富テ上ニケリ。
実ニ、所ニ付テ年来ニ成テ被免タル者ハ此ル事ナン自然ラ
有ケル、トナン語リ伝ヘタルトヤ。

간켄觀硯 성인聖人이 속인俗人이었던 때
도적을 만난 이야기

간켄觀硯 성인이 속인俗人이었던 시절, 자신의 집에 침입하여 발각된 도적을 도와 준 적이 있었다. 훗날 간켄이 동국東國에서 귀경하는 도중에, 오사카 산逢坂山에서 도적들에게 붙잡혀 본거지로 연행되었는데 이전에 간켄이 도와주었던 일당의 우두머리로부터 환대를 받고, 그가 준 선물 덕분에 도읍의 처자식에게도 면목이 섰다는 이야기. 이 이야기는 원래 간켄이 직접 이야기했다는 주기注記의 내용도 신빙성이 있어 사실담으로 추정된다. 또한 그 다음 평어評語는 앞 이야기 오위五位의 행운과 상통하여 두 이야기를 연결하는 요소로 되어 있다.

이제는 옛이야기이지만, 치고稚兒[1]들을 어루만지며[2] 돌아다니던 간켄觀硯[3] 성인이라는 사람이 있었다.

이 사람이 아직 젊어 속인俗人이었을 때는 부모의 집에서 함께 살고 있었는데 어느 날 밤 "헛방[4]에 도둑이 들었다."라고 외치는 자가 있었기에 모두 일어나 등불을 밝히고, 간켄도 헛방에 들어가 보았다. 그러나 도둑의 모습

---

1   여기서는 특히 사원에서 부리던 소년을 가리킴. 남색男色의 대상으로 했을 것임.
2   애무하고 돌아다녔다는 의미. 남색의 냄새가 강하게 느껴짐.
3   → 인명.
4   원문은 "쓰보야壺屋". 구역을 만들어 세 방향을 벽으로 둘러치고 의복·세간 등을 간수해 두는 방, 헛방. 또는 사실私室을 가리키는 것으로 추정됨.

은 보이지 않았고, "도둑 같은 것은 없는데."라며 모두들 헛방에서 나가려고 할 때, 간켄이 자세히 보니 고리짝 등이 놓여 있는 틈새로 스소고裾濃[5]의 하카마를 입은 남자가 엎드려 있었다. 간켄은 '잘못 본 것은 아닐까.' 하고 촛불을 밝혀 그 옆으로 다가가 보자, 정말로 도둑이 그곳에 있어 매우 떨고 있었다. '얼마나 두려울꼬.'라고 생각하니 갑자기 측은하게 여겨져 그 도둑의 등에 앉아서 "잘 찾아 보거라. 이쪽에는 없다."라며 도둑에게 들리도록 큰 목소리로 말했다. 그러자 도둑은 그의 의중을 알 수 없어 더욱 두려워 떨었다. 이윽고 도둑을 찾아 돌아다니던 사람들도 "이쪽에도 없다."고 하면서 모두 헛방을 나갔고, 촛불도 껐기 때문에 칠흑같이 어두워졌다. 그때 간켄이 조용히 도둑에게 "일어나서 내 옆에 숨어서 나가거라. 딱해 보여 도망치게 해주는 것이다."라고 말했다. 그러자 도둑이 조용히 일어나 간켄의 옆에 딱 붙어 헛방을 빠져나갔다. 간켄은 도둑을 토담이 허물어진 곳까지 데리고 가서 "앞으로 절대 이런 짓을 하지 말거라. 불쌍히 여겨 놓아주는 것이다."라고 하며 내보냈다. 그러자 도둑은 쏜살같이 달아났다. 그 도둑이 누구였는지는 알 도리가 없었다.

그 후 몇 년인가 흘러 간켄은 동국東國의 어느 국사國司를 따라 임지任地로 향했다. 그런데 볼일이 생겨서 상경하고 있을 때, 세키 산關山[6] 부근에서 도둑에게 습격을 당했다. 여러 명의 도둑이 활을 쏘아대, 간켄의 종자從者들은 모두 흩어져 도망쳐 버렸다. 간켄이 활을 맞지 않으려고 무성한 덤불 쪽으로 말을 몰아가자 그 속에서 두세 명 정도의 도둑이 나와 간켄의 말고삐를 잡았다. 어떤 자는 등자鐙子를 붙잡고 어떤 자는 말의 재갈을 잡고 강제로 계곡으로 몰아갔다. 간켄은

---

5   염색법의 하나. 위를 엷게 아래를 진하게 물들인 하카마袴(하의).
6   오사카會坂 관문關門(→ 지명).

'도둑이라면 옷을 벗기고 말을 빼앗는 것이 정상일 텐데, 이렇게 데리고 가는 것은 나를 적이라고 여기고 죽이려는 것이다.'
라고 생각하자, 간이 떨어져 나가고 가슴이 터질 것 같이 두려워졌다. 간켄은 뭐가 뭔지 그저 망연자실하여 끌려갔는데 '오류십 정町[7] 정도는 산속으로 들어왔겠구나.'라는 생각이 들면서 '이제는 죽여도 될 것 같은데 이렇게 멀리까지 데려가는 것은 무슨 연유인 것인가.' 하고 영문도 모른 채 벌벌 떨며 뒤를 돌아보니 매우 무섭게 생긴 자들이 활에 화살을 메긴 채 뒤따라오고 있었다.

이렇게 어느새 유시酉時 무렵[8]이 되어, 산중 골짜기의 오두막집에 이르렀다. 주변 일대는 매우 떠들썩하고 훌륭한 말이 두세 필 매어 있었다. 커다란 가마를 몇 개나 늘어세워 놓고 계곡 물을 담아와 넣고 물을 끓이고 있었다. 그곳으로 끌고 가더니 나이가 한 오십 정도의 험상궂게 생긴 남자가 스이칸水干 옷차림에 새로 불려 만든 큰칼을 허리에 차고 앉아 있었다. 수하는 삼십 명 정도였고 우두머리로 여겨지는 남자가 간켄을 보고 "이쪽으로 모시거라." 하고 큰 목소리로 명령하자, '어찌하려는가.' 하고 무서워 저절로 몸이 떨렸다. 간켄은 마음이 뒤숭숭한 채로 말과 함께 끌려가 암자 앞으로 가자 두목이 "안아서 내려 드리거라." 하고 명령했다. 그러자 힘이 세 보이는 젊은 사내가 나와 마치 어린아이라도 안듯이 간켄을 들어 올려 말에서 내려주었다. 다리가 후들거려 잘 걷지도 못하고 있자 그 두목인 사내가 다가와 손을 잡고 오두막집 안으로 데리고 들어가 간켄에게 입고 있던 옷을 벗게 했다. 10월 무렵인지라 "필시 추우실 테지요."라고 말하면서 솜이 두껍게 들어간 잠옷을 가져와 입혔다.

---

7   *약 5, 6km.
8   *오후 6시경.

간켄은 그제서야 '나를 죽이려고 한 것이 아니었구나. 그렇다면 도대체 어쩔 속셈으로.' 하고 이리저리 생각해 보았지만 도무지 이해가 되지 않았다. 주변을 보니 오두막 앞에 수하들이 늘어서서 판자를 대여섯장 늘어놓고 가지각색의 생선과 새를 요리하며 음식 준비에 여념이 없었다. 두목이 "어서 식사를 드려라."라고 명하자 부하들이 저마다 맛있는 음식들을 높이 받쳐 들고 간켄에게 가져왔다. 두목이 다가와 음식을 받아 간켄의 앞에 놓았다. 깔끔한 먹감나무[9] 책상 두 개를 간켄의 앞에 세워놓았는데 그 위에 담은 음식은 모두 훌륭하고 더할 나위 없이 맛있었다. 간켄은 매우 배가 고파, 그 음식을 맛있게 실컷 먹었다. 식사 후 다른 오두막집에 욕조를 마련하여 뜨거운 물을 넣게 한 후 두목이 와서 "여행 중이시라 오랫동안 목욕을 못하셨겠지요. 어서 들어가십시오."라고 하기에 내려가 목욕을 했다. 목욕을 끝마치자 새로운 욕의를 가져와 입혀 주었다. 그 후 원래 암자로 데려가 주었기에 그곳에서 잠을 잤다.

날이 밝자 "죽을 드려라. 음식을 어서 차려라."라고 재촉하며 식사를 권했다. 이윽고 오미午未[10] 무렵이 되어 점심식사도 마친 후, 두목이

"이삼일 더 머물러 주셨으면 좋겠습니다만 도읍에 빨리 돌아가고 싶으시겠지요. 그러니 오늘은 돌아가십시오. 사정을 잘 모르시니 마음이 안정되지 않으시지요."

라고 했다. 간켄은 "무슨 일이든 말씀대로 하겠습니다."라고 대답했다. 그런데 한편, 쫓겨서 흩어진 간켄의 종자들은 도망친 후에 다시 만나 주인을 찾기 시작했다. 그때 간켄의 말 뒤를 따르던 사내가

---

9   감나무 심이 검은 색을 띠는 부분. 흑단과 비슷해 단단하고 나뭇결이 아름답기 때문에, 가구나 세간의 재료로 사용.

10 * 오시午時에서 미시未時에 걸친 무렵. 오후 1시 전후로 보임.

"도둑 일고여덟 명이 말의 등자를 잡고 활에 화살을 메긴 채 골짜기로 데려갔습니다. 적이 필시 주인님을 죽일 작정일 테지요."
라고 울먹거렸다. 그리하여 종자들은 상경하여 집으로 가서 "주인님이 세키 산關山에서 도둑에게 끌려가시고 말았습니다. 벌써 돌아가셨을 테지요."
라고 고하자 '이제나 저제나.' 하며 눈이 빠지게 기다리던 처자식들은 큰 소리로 비탄하였다.

한편 도둑은 간켄을 원래의 말에 태워, 사람 대여섯 명 정도를 붙여 되돌려 보냈다. 전과 같은 길로는 가지 않고 미나미야마시나南山科[11]로 나왔다. 그리고 지토쿠지慈德寺[12]의 남대문[13] 앞을 지나서 아와타 산粟田山[14]을 넘어 가모賀茂 강변으로 나왔다. 오조五條 부근에 집이 있었기 때문에 밤에 인적이 끊길 무렵 도착하여 문을 두드렸다. 그 때 두목의 부하들은 말에 싣고 가지고 온 두 개의 고리짝을 문 옆에 내려놓고 "이것을 드리라고 하셨습니다."라고 하며 그곳에 내려놓고 곧바로 짐을 실었던 말과 함께 그대로 돌아갔다. 이렇게 되어서도 간켄은 여전히 어찌된 영문인지 알지 못했다.

그러는 동안 집에서 사람이 나와 "문을 두드리신 분은 누구이십니까."라고 물었다. "내가 돌아왔다. 어서 문을 열거라."라고 하자 집안 모두가 야단법석을 떨며 문을 열고 간켄을 안으로 들였다. 처자식은 간켄을 보고 한없이 기뻐하였다. 문 옆에 놓인 두 개의 고리짝을 모두 집으로 옮겨 열어보니 한 개에는 무늬를 넣어 짠 능직비단 열 필匹,[15] 미노美濃 산의 팔장八丈 명주[16]

---

11 현재 교토 시京都市 야마시나 구山科區의 남부지역. 야마시나는 후지와라 가문藤原氏의 연고지로, 가마타리鎌足의 저택도 야마시나 구 오야케大宅 지역에 있었음.
12 → 사찰명.
13 남쪽에 면해 있는 대문으로 절의 정문에 해당함.
14 히가시 산東山 연봉連峰 중 하나. 아와타구치粟田口 부근의 산을 칭하는 것으로 보임. 아와타구치는 교토 시京都市 히가시야마 구東山區 아와타구치 정粟田口町.
15 한 필은 두 반反 정도로, 후세에는 경척鯨尺(한 척尺은 약 37.9cm)으로 오장육척의 길이로 하였는데, 고대에는 비단과 삼베, 면직물의 종류와 용도 등에 따라 한 필의 길이가 달라 공통의 단위가 없었음.

184

열 필, 풀솜眞綿[17] 백 량[18]이 들어 있었다. 다른 한 개에는 육장六丈[19]의 세포細布[20] 열 필과 감색 옷감[21] 열 단段[22]이 들어 있었다. 또한 바닥에 편지가 있어 펼쳐보니 매우 서툰 가나문자로

"몇 해 전 헛방의 일을 떠올려 주십시오. 그때의 일을 지금까지도 잊지 못하고 있습니다만 그 감사 인사를 올릴 기회가 없었던 차에 상경하신다는 소식을 듣고 이렇게 맞이하게 된 것입니다. 그 기쁨이란 언제까지고 잊을 수 없을 것이옵니다. '만일 그날 밤 붙잡혔다면 지금까지 살아 있을 리가 없을 것이라.'라고 생각하니 그 은혜야말로 이루 말할 수가 없습니다."
라고 쓰여 있었다.

간켄은 이것을 보고 자초지종을 알게 되어 완전히 안정을 되찾았다. 동국에서 상경할 때는 너무도 빈곤하여 귀경을 기다리던 처자식에게 부끄러웠는데 이런 것들이 손에 들어와 크게 기뻐하며 처자식에게는 선물로 시골의 토산품을 가지고 상경한 것처럼 행동하였다.

이 이야기는 간켄이 "이전에 이런 일이 있었다."라고 직접 말한 것이다.[23]

---

16 한 두루마리의 길이가 팔 장(약 24m)의 비단. 『연희식延喜式』 주계主計에 따르면 미노 지방美濃國은 상사 지방上糸國의 하나로 대량의 비단을 산출했음. '미노美濃 오 필五疋'(『우지 습유宇治拾遺』 제180화).

17 누에고치에서 채취한 그대로의 둔면屯綿과는 달리 그것을 다듬어서 방형으로 얇게 접은 면. 또한 당시의 면은 모두 고치에서 만든 풀솜眞綿으로 후세의 목면木綿과는 달랐음.

18 『연희식』 주계, 제국조諸國調에 면은 대근大斤·대량大兩으로 잰다는 것에서 일량一兩은 약 십 문匁으로 따라서 약 일관一貫(3.75kg)임.

19 옷감의 길이가 육장이라는 의미.

20 『연희식』의 용례에 따르면 '광포廣布', '협포狹布'와 같은 종류의 말로 마포麻布를 짜는 방식 또는 형상에 유래한 명칭으로 보임. 짜는 보폭이 좁은 마포라고 해석해야 할 것 같음. 또한 가는 실로 짠 마포 또는 직물의 올 사이가 촘촘한 마포라고도 해석되는데, 『연희식』에 의하면 짜는 데에 그다지 손이 많이 가지 않았던 것으로 보임.

21 감색으로 물들인 마포. 조세로 납부하던 포의 하나로 『연희식』 주계 제국 조에 많이 기록되어 있음.

22 반反, 단端과 동일. 한 단一段은 한 필一疋의 이분의 일.

23 이상의 서술한 부분을 받아서 간켄이 이러한 일이 있었다고 직접 말한 것이라고 주기注記한 구절임. 이 이야기가 원래 간켄의 회상담에서 나온 것임을 뜻하는 주기이지만, 편자가 직접 간켄에게 들은 것이 아니라 출전 자료를 옮긴 것이라고 봐야 하는 것은 다른 이야기에서도 마찬가지임.

간켄은 생각지도 못하게 여러 가지 물건을 손에 넣게 된 것이다.

그러므로 사람은 누가 뭐라고 해도 남에게는 인정을 베풀며 배려해야 한다고 이렇게 이야기로 전하여 내려오고 있다 한다.

◎ 제18화 ◎
간켄観硯 성인聖人이 속인俗人이었던 때 도적을 만난 이야기

観硯聖人在俗時値盗人語第十八

今昔、児共摩行シ 観硯聖人ト云者有キ。

其ガ若クシテ在俗也ケル時、祖ノ家ニ有ケルニ、夜、「壺屋ニ盗人入ヌ」ト人告ケレバ、人皆起テ、火ヲ燃シテ、壺屋ヲバ観硯モ入テ見ケルニ、盗人不見エ。然レバ、「盗人モ無

リケリ」ト云テ、人皆出ナント為ルニ、観硯吉ク見レバ、皮子共置タル迫ニ、裾濃ノ袴着タル男打臥タリ。「若シ、僻目ニヤ」ト思テ、指燭ヲ指テ寄テ見レバ、実ニ有リ。籦フ事無限リ。「何ニ侘シク思ユラン」ト思ニ、忽ニ道心発テ、此盗人ノ上ニ尻ヲ打懸テ、「吉ク求メヨ。此方ニハ無リケリ」ト高ヤカニ、「盗人ニ知セン」ト思テ云ニ、盗人弥ヨ篩フ。而ル間、求ヌル者共モ、「此方ニモ無リケリ」ト云テ、皆出ヌ。指燭モ消ヌレバ、暗ク成ヌ。其時ニ観硯、密ニ盗人ニ、「起上テ、我ガ脇ニ交テ出ヨ。糸惜ケレバ逃サムト思フゾ」ト云ケレバ、盗人和ラ起上テ、観硯ガ脇ニ付テ出ヅ。築垣ノ崩ノ方ニ将行テ、「今ヨリ此ル事ナセソ。糸惜ケレバ逃スゾ」ト云テ押出ツ。然レバ、逃テ走リ去ヌ。誰ト云事モ何デカハ知ムト為ル。

其後、観硯年来ヲ経テ、東国ノ受領ニ付テ行ヌ。而ル要事有テ京ニ上ルニ、関山ノ辺ニシテ、盗人ニ合ヌ。盗人多クシテ箭ヲ射懸ケレバ、観硯ガ具シタリケル者共、皆逃散ヌ。観

硯ハ不被射ト、繁キ藪ニ馬ヲ押寄ケル、藪ノ中ヨリ盗人三四

人許出テ、観硯ガ馬ノ口ヲ取ツ。或ハ鎧ヲ抑ヘ、或ハ轡ヲ

取テ、谷迫ニ只追ニ追持行ク。「盗人ナラバ衣ヲ剝ギ、馬ヲ取

ランコソ例ノ事ナルニ、此ク自ラヲ追持行ハ敵ノ殺ズル

也」ト思フニ、観硯肝心失テ、更ニ物不覚シテ、我ニ非

ヌ心地シテ行ニ、「五六十町ハ山ニ入ヌラン」ト思フ。「今ハ

可殺ニ、此ク遥ニ将行ハ、何」ト心モ不得思ユル、見返テ

恐々見レバ、極キ怖シ気ナル者共、箭ヲ差番ツ、後ニ立テ

来ル。

而ル間、既ニ酉時許ニ成ヌ。見レバ、山中ノ谷迫、菴造

タル所有リ。糸惜ハシキ事限無。吉馬ニ三疋許繫タリ。

大ナル釜共居幷テ、谷ノ水ヲ懸テ湯涌ス。其ニ将行タレバ、

年五十許ナル男ノ怖シ気ナルガ、水干装束シテ、打出ノ大刀

帯タリ。郎等三十人許有。此主人ト思シキ男、観硯ヲ、「此

ヘ将奉レ」ト高ク云ニ、「何ニセンズルニカ」ト怖クシテ

被籠ル。我ニモ非デ被引テ行。菴ノ前ニ引持行テ、「抱下シ

奉レ」トイヘバ、若キ

男ノ強力気ナル来テ、観

硯ヲ児共ナド抱ク様ニ、

指済テ下ツ。被籠テ否不

歩バ、此ノ菴ノ内ニ引入

テ、装束モ解セツ。十月

許ノ事ナレバ、「寒ク御マスラン」ト云テ、綿厚キ宿直物ノ

衣持来テ、打着セタリ。

其時ニ観硯、「殺ンズルニハ非ザリケリ。此ハ何ニ為事ゾ」

ト思廻スニ、更ニ不心得。見バ、菴ノ前ニ郎等共居幷テ、

爼五六許幷テ、様々ノ魚鳥ヲ造リ、極ク経営ス。此主人

ノ男、「早ク食物奉ラセヨ」ト行ヘバ、郎等共手毎ニ取テ、

目ノ上ニ捧ツ、持来ヲ、主人寄テ取居フ。黒柿ノ机ニ清気ナ

ル二ツヲ立タリ。盛立タル物共皆微妙クシテ、其ノ味艶ズ。

吉ク極ジニ立レバ、物吉ク食ツ。食畢テ後、他ノ菴ニ桶共居

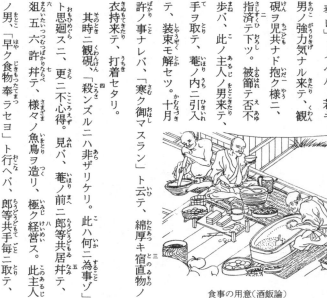

食事の用意（酒飯論）

ヘテ、湯取セテ後、主人ノ男来テ、「旅道ニテ、久ク湯浴サ

セ不給ツラン。湯浴サセ給ヘ」ト云ヘバ、下司浴ム。浴畢テ

上レバ、新キ帷持来テ着ヌ。其ノ後、本菴ニ将行タレバ臥

シヌ。

夜睦ヌレバ、「粥奉ラセ。食物ドモ早ク」ト答フ。

午末ノ時許ニ成ル程ニ、物ナド食畢テ後ニ、主人ノ男ノ云ク、

「今二三日モ可御坐ドモ、京ニ疾ク御マサマ欲カラン。然

レバ、今日返ラセ給ヒネ。心モ得サセ不給バ、静心モ御サ

ジ」ト。観硯、「何ニモ宣ハンニコソハ随ハメ」ト答フ。然

テ、彼被追散タル従者共ハ去テ行合テ、主ヲ尋ヌルニ、観硯

ガ馬ノ尻ニ立タリケル男ノ云ク、「盗人七八人シテ我君ヲバ、

鎧ヲ抑ヘ弓ニ箭ヲ番ツ、谷様ヘ将奉ヌ。敵ノ殺シ奉ツ

ルニコソ有メレ」ト云テ、泣ケレバ、従者共京ニ返テ、家ニ

行テ、「我君ハ関山ニテ盗人ニ被取テ御マシヌ。今ハ死シ給

ヌラン」ト告ケレバ、「何シカ」ト思テ待ケル妻子共、此ク

聞テ泣嘆ル事無限。

此テ観硯ヲバ本ノ馬ニ乗セテ、人五六人許付テゾ返シ遣

ケル。行シ道ヨリハ不将行シテ、南山科ニナン将出タリケル。

其ヨリ慈徳寺ノ南ノ大門ノ前ヨリ行道ヨリナン、粟田山ヘハ

将越テ、川原ニハ出タリケル。家ハ五条辺ニ有ケレバ、夜ニ

入リ人ノ居静マル程ニゾ、家ニ来テ、門ヲ叩ク程ニ、馬ニ皮

子二ツヲ負セテ共ニ具シタリケルヲ、門脇ニ二ツ乍ラ取下テ、

「此奉レ」ト候ツル也」ト云テ、取置テ、負セタリツル馬

モ、具シタリツル者共モ、ヤガテ返去ニケリ。此スレドモ更

二心不得。

而ル間、家ヨリ人出テ、「誰ソ、此ク御門叩クハ」ト問ヘ

バ、「我来タル也。此開ヨ」トイヘバ、「殿御マシニタリ」ト

テ、一家嘆リ合テ、門ヲ開テ入タレバ、妻子共観硯ヲ見テ、喜

ブ事無限。門ノ脇ニ置タリツル皮子ヲ二乍ラ取入テ開テ見レ

バ、一ツニハ、文ノ綾十疋、美八丈十疋、畳綿百両入タ

リ。今一ニハ白キ六丈ノ細布十段、紺ノ布十段入タリ。底ニ

立文有リ。披テ見レバ、糸悪キ手ヲ以テ、仮名ニ此ク書タリ。

「一トセノ壺屋ノ事ヲ思シ出ヨ。其事ノ于今難忘ケレバ、其

畏ヲ可申方ノ不候ツル、此上ラセ給フ由ヲ承テ、迎エ
奉ルナリ。其喜サハ何レノ世ニカ忘レ申サム。『其夜徒ニ成

ナマシカバ、今デ此テ侍ラマシヤハ』ト思給フレバ、無

限ナン」ト書タリ。

其時ニゾ観硯被心得テ、肝落居ケル。東ヨリモ極ク不合ニ

テ上タリケレバ、待受ケン妻子ノ為ニモ恥カシク思ケルニ、

此物共ヲ得タレバ、喜クテ、田舎ノ物ヲ具シテ上タル様ニ思

ハセテ有ケル。

「此ル事コソ有シカ」ト観硯ガ語リシ也。不思懸、物共得タ

ル観硯也カシ。

然レバ、世ノ人尚人ノ為ニハ吉ク当リ可量事也、トナン語

リ伝ヘタルトヤ。

동국東國으로 내려가던 자가
출산하는 집에서 묵게 된 이야기

어떤 남자가 동국東國으로 내려가는 도중, 날이 저물어 어느 작은 집에 묵게 되었는데, 한밤중에 그 집에서 출산出産이 있어 그 출산과, 정체불명의 괴인怪人이 신생아의 수명은 여덟 살까지라고 말하고 사라지는 것을 보게 된다. 9년 후, 남자는 그 집을 다시 방문해 예언이 적중한 것을 알게 되고 예전의 예언이 귀신의 짓이라고 납득했다는 이야기. 사람의 목숨은 전세前世의 업인業因에 의한 것으로 태어날 때에 이미 정해져 있다고 하는 불교적 숙명관宿命觀을 설명하고 있다.

이제는 옛이야기이지만, 동국東國으로 내려가는 사람이 있어, 어느 지방인지는 모르겠지만 어느 마을을 지나던 중 날이 저물어 '오늘밤만 이 마을에 묵어야겠다.'라고 생각했다. 그는 비록 작은 집이었지만 《그럴싸하게》[1] 큼직하게 보이면서 유복해 보이는 집[2]으로 가 말에서 내려 "어디어디로 가는 자입니다만 날이 저물고 말아 오늘 밤만 묵어갈 수 있겠습니까?"라고 말을 건넸다. 그러자 집 주인으로 보이는 나이든 여자가 나와서 "자, 사양 마시고 들어오셔서 묵고 가십시오."라고 말했다. 그는 기뻐하며 안으로 들어

---

1   한자표기를 위한 의도적 결자. 문맥을 고려하여 보충.
2   소가小家는 귀족의 대저택에 대해서 서민의 작은 주택을 가리킴. 서민의 집이지만 봤을 때 큼직한 규모라는 의미.

가 사랑방으로 여겨지는 방에 자리를 잡았다. 말도 마구간에 넣어주고 종자들도 모두 적당한 곳으로 넣어줬기 때문에 이루 말할 수 없이 기뻤다.

어느덧 밤이 되어서 그는 도시락을 《풀어》[3]서 먹고 누웠다. 밤도 깊어질 무렵 별안간 안쪽이 소란스러워졌다. 그가 무슨 일일까? 생각하고 있는데 방금 전의 여주인이 나와서

"저에게는 딸이 있어 임신을 하여 벌써 만삭입니다. '설마 오늘 내일'이리라고는 생각지도 못하고[4] 낮[5]에 묵게 해 드리고 난 후 갑자기 지금 산기産氣가 있으니.[6] 이미 밤이 깊었습니다. 만일 지금 당장이라도 태어난다면 어떻게 하시겠습니까?"[7]

라고 말했다. 숙박한 □[8]사람이 "그것은[9] 별로 상관없습니다. 저는 그러한 것[10]을 전혀 꺼리지 않습니다."라고 답하자 여주인은 "그렇다면 다행입니다."라고 하며 안으로 들어갔다.

그 후 얼마 지나 한차례 사람이 웅성거리는 소리가 들렸다. '태어났구나.' 하고 생각하고 있는데 숙소를 빌려준 사람이 있는 방의 옆문에서 누군지는 알 수 없지만 험상궂고 키가 팔 척 정도나 되는 자가 밖으로 나가려고 하며 섬뜩한 목소리로 "나이는 여덟 살, 《사인死因》[11]은 자살"이라고 말을 했다.

3　한자표기를 위한 의도적 결자. 문맥을 고려하여 보충.

4　당장 태어날 일은 없을 것이라고 생각한 것임.

5　남자가 숙박을 청한 것은 일몰 후임에도 그 시각을 가리켜 '낮'이라고 한 것은 다소 특이하지만, 날이 저문 현시점에서 저녁시간을 돌이켜 생각하여 '낮'이라 한 것이라고 해석됨. 하루를 이분하여 낮·밤으로 나누는 감각에서 비롯된 것임.

6　실제로는 노파가 여기서 말을 끊은 다음 잠시 시간을 두고 다음 구절을 말했던 것임.

7　산예産穢를 걱정하여 어떻게 하시겠냐고 물은 것임. 당시 산예는 사예死穢와 동등한 '부정不淨(게가레)'으로서 금기시되었음.

8　뒷 문장에는 전부 '숙인宿人(숙박한 사람)'으로 보이는 것으로 보아 용지의 파손 또는 박엽지薄葉紙 때문에 만들어진 공란으로 여겨짐. 영록본鈴鹿本에 그 예가 있음.

9　출산을 가리킴.

10　의역하면, "출산의 부정 등은 전혀 개의치 않습니다."의 뜻. 당시 출산에 관한 부정은 죽음에 관한 부정과 견줄 만한 부정으로서 기피하고 꺼렸음.

그는 '대체 어떤 자가 이런 말을 하는 거지?' 하고 수상하게 여겼지만 어두워서 어떤 자인지 알 수가 없었다. 그러나 아무에게도 이에 대해 이야기하지 않고 아침 일찍 서둘러 집을 나왔다.

동국으로 내려가 8년이 지나고 9년째에 귀경길에 올랐는데, 전에 묵었던 집을 떠올리며 '이 집에서는 참 친절하게 대해 주었지. 그 감사 인사를 해야겠다.' 싶어 전과 같이 숙소를 빌렸다. 그때보다 더 나이가 든 이전의 여인이 남자를 맞이했다. "잘 들러 주셨습니다."라고 말하며 이야기를 나누던 중 숙소를 빌린 사람이

"그런데, 일전에 태어난 아이는 이제 많이 컸겠습니다. 남자인지 여자인지 그때는 서둘러 나섰기에 여쭤보지도 못했습니다만"

라고 말했다. 그러자 여자가 울음을 터트리며

"그게 말이옵니다. 정말로 귀여운 사내아이였는데, 작년 모월모일[12] 높은 나무에 올라가 낫으로 가지를 치고 있던 중 나무에서 떨어져 그 낫에 머리가 박혀 죽고 말았습니다. 정말로 불쌍한 일이지요."

라고 했다. 숙소를 빌린 사람은 그 말을 듣는 순간 '그날 밤 대문간으로 나간 자가 한 말이, 그렇다면 귀신鬼神 따위가 한 말이 틀림없구나.' 하고 떠올리며, 여인에게

"그때 이런 일이 있었는데, 어떤 일인지도 모르고 '이 집의 사람이 그저 무심코 한 말이겠거니.' 생각하며 이 일을 전하지도 못하고 작별을 고했습니다만 일이 이렇게 되었다면 이는 모노者[13]가 이 일을 예언했음에 틀림없습

---

11 저본 이하 모든 본에 공란이 빠져 있는데 전본傳本 간의 결자 또는 의식적 결자가 상정됨. 해당어는 불명확하지만 '사死' 또는 '사인死因' 등으로 보충하여 해석하면 좋을 것임.

12 실제로는 분명히 월일을 말했음.

13 귀신·정령 등 초자연적 능력을 가진 영적 존재의 총칭. 헤이안 시대 이후는 상급의 영靈보다 하급의 영에 대해 사용하는 경우가 많음.

니다."

라고 이야기하였다. 이에 여자는 더욱더 슬피 울었다. 이 이야기는 그 후 숙
소를 빌린 사람이 상경하여 전한 이야기이다.[14]

　그러므로 사람의 목숨은 전부 전세前世의 업에 의해 이미 태어날 때부터
정해진 것인데 사람이 어리석어 그것을 모르고 지금 갑작스럽게 죽음이 닥
쳐왔다고 생각하여 한탄하는 것이다. 그러므로 모든 것은 전세의 응보[15]인
것을 알아야한다고 이렇게 전해져 내려오고 있다 한다.

14　이 이하 설화 주인공의 체험담을 전승의 근원根源으로 하여 설화의 진실성을 강조한 문구로 본집에 있어서
　　상투적인 기사임.

15　→ 불교(숙업宿業).

東下者宿人家値産語第十九

今昔、東ノ方へ行者有ケリ。何レ国トハ不知人郷ヲ通ケ

ルニ、日暮ニケレバ、「今夜許ハ此郷ニハ宿セン」ト思テ、

小家ノ□二大キヤカデ造テ、稔ハ、シ気也ケルニ打寄テ、

馬ヨリ下テ云ク、「其々ニ罷ル人ノ、日ノ暮ニタレバ、今夜

許宿シ給テンヤ」ト。家立タル老シラヒタル女出来テ、

「疾ク入テ宿リ給ヘ」トイヘバ、喜ビ乍ラ入テ、客人居ト思

シキ方ニ居ヌ。馬ヲモ厩ニ引入サセテ、従者共モ皆可然所

ニ居ツレバ、「喜」ト思フ事無限リ。

然ル程ニ、夜ニ成ヌレバ、旅籠□テ、物ナド食テ寄臥タル

ニ、夜打深更程ニ、俄ニ奥ノ方ニ騒グ気色聞ユ。何事ナラン

ト思フ程ニ、有ツル女主出来テ云ク、「己ガ娘ノ侍ルガ、懐

妊既ニ此月ニ当リテ侍ツルガ、『忽ニヤハ』ト思テ、昼モ

宿シ奉ツル。只今俄ニ其気色ノ侍レバ、夜ニ成ニタリ、

若只今ニテモ産レナバ、何ガシ給ハンズル」ト。宿人ノ云

ク、「其レハ何カ苦ク侍ラン。己ハ更ニ然様ノ事不忌侍マジ

ト。女、「然テハ糸吉」ト云テ、入ヌ。

其後暫ク有程ニ、一切騒ギ喤テ、「産ツルナメリ」ト思フ

程ニ、此宿人カ居タル所ノ傍ニ戸二有ヨリ、長八尺許ノ者

ノ、何トモ無ク怖シ気ナル、内ヨリ外ヘ出テ行テ、極テ怖

シ気ナル音シテ、「年ハ八歳、□ハ自害」ト云テ去ヌ。「何ナ

ル者ノ、此ル事ハ云ツルナラン」ト思ヘドモ、暗ケレバ、何

トモ否不見。人ニ此事ヲ語ル事無シテ、暁ニ疾出ヌ。

然テ、国ニ下テ八年有テ、九年ト云ニ返リ上ケルニ、此

宿タリシ家ヲ思出テ、「情有シ所ゾカシ」ト思ヘバ、「其ノ

喜モ云ハネ」ト思寄テ、前ノ如ク宿ヌ。有シ女モ前ヨリ老

テ出来タリ。「喜シク音信給ヘ」ト云テ、物語ナドスル次デ

ニ、宿人、「抑モ前ニ参リシ夜産レ給シ人ハ、今ハ長ジ給ム。

男カ女カ。疾ク念ギ罷リ出シ程ニ、其事モ不申キ」トイヘバ、

女打泣テ、「其事ニ侍リ。糸清気ナル男子ニテ侍シガ、去年
ノ其月其日、高キ木ニ登テ、鎌ヲ以テ木ノ枝ヲ切侍ケル程
ニ、木ヨリ落テ、其鎌ノ頭ニ立テ死侍ニキ。糸哀レニ□ル
事也」ト云ケル時ニゾ、宿人、「其夜ノ戸ヨリ出シ者ノ云シ
事ハ。然ハ其ヲ鬼神ナドノ云ケルニコソ有ケレ」ト思ヒ合テ、
「其時ニ然々ノ事ノ有シヲ、何事トモ否不心得侍デ、『家ノ内
ノ人只云事ナメリ』ト思テ、然モ不申デ罷ニシヲ、然ハ其事
ヲ、者ノ示シ伝ケルニコソ」ト云ヘバ、女弥ヨ泣悲ケリ。

然テ宿人京ニ上テ語リ伝ヘタル也ケリ。
然レバ、人ノ命ハ皆前世ノ業ニ依テ、産ル、時ニ定置ツル
事ニテ有ケルヲ、人ノ愚ニシテ不知シテ、今始タル事ノ様ニ
思歎ク也ケリ。　然レバ皆前世ノ報ト可知也、トナン語リ伝へ
タルトヤ。

동국東國의 소녀와 개가
서로 물어뜯어 죽은 이야기

평소 옆집 개와 사이가 좋지 않던 여자 아이가 역병疫病으로 중태에 빠져 그 개의 습격을 피해 멀리 떨어진 곳으로 옮겨졌지만, 어느새 개가 냄새를 맡고 찾아가 서로 물어뜯고 싸우다가 함께 죽은 이야기. 전세前世부터 이어진 숙적宿敵 간의 인연담因緣譚으로 죽음이 숙보宿報에 의한 것이라고 설명하는 점에서 앞 이야기와 이어진다.

이제는 옛이야기이지만, □□[1]지방國, □□[2]군郡에 한 사람이 살았는데 그 사람 집에 열 두세 살 정도의 소녀가 하녀로 있었다. 또한 그 옆집에 사는 사람 집에서 하얀 개를 기르고 있었는데 무슨 일인지 이 소녀 하녀를 보기만 하면 원수처럼 달려들어 물려고 했다.

그래서 하녀도 이 개를 보면 한사코 때리려고 하여, 이를 본 사람들은 매우 이상한 일이라 여겼다. 그러던 중 이 하녀가 병에 걸렸다. 역병疫病이었는지 날이 갈수록 중태에 빠져 주인이 이 하녀를 집 밖으로 내보내려고 하였다.[3] 그러자 하녀는

"제가 아무도 없는 곳으로 내쫓긴다면 분명 그 개에게 물어뜯겨 죽게 될

---

1   지방명의 명기를 위한 의도적 결자.
2   군명의 명기를 위한 의도적 결자.
3   죽음의 부정不淨을 꺼렸기 때문에 취한 조치임. 죽을 수밖에 없는 중병인을 집 밖으로 내보내는 것은 당시의 관습으로 권31 제30화에도 같은 종류의 기사가 보임.

것입니다. 건강하고, 사람이 보고 있을 때조차 저만 보면 으르렁대며 물어뜯습니다. 하물며 아무도 없는 곳에서 중병으로 누워 있으면 반드시 물어뜯겨 죽을 겁니다. 그러니 그 개가 알아채지 못하는 곳으로 보내 주십시오." 라고 말했다. '맞는 말이구나.'라고 생각한 주인은 음식 등 필요한 물건들을 전부 준비하여 하녀를 몰래 먼 곳으로 보내주었다. 주인은 "매일 한두 번씩 반드시 누군가를 보내 돌봐 주도록 하겠다."라고 달래며 내보냈다.

그 다음날, 그 개는 자기 집 근처에 얌전히 있었기에 주인은 '이 개가 알아채지 못했군.' 하고 안심했다. 하지만 그 다음날 그 개가 사라졌다. 주인은 이상하다고 생각해 하녀를 보낸 곳으로 사람을 보내 살펴보게 했다. 사람이 가 보니 개가 하녀가 있는 곳으로 찾아가 하녀를 물어뜯고 있었다. 자세히 보니, 하녀와 개는 이빨을 드러내고 서로를 문 채로 죽어 있었다. 심부름꾼이 돌아와서 이 일을 이야기하자, 하녀의 주인도, 개 주인도 모두 하녀가 있는 곳으로 가 그 모습을 보고, 놀라 이상하게 여기고 또한 불쌍히 여겼다.

이것을 생각하면, 이 둘은 현세에서만의 원수가 아니었을 것이라고 사람들이 말하며 모두 불가사의하게 여겼다고 이렇게 이야기로 전하여 내려오고 있다 한다.

東小女与狗咋合互死語第二十

今昔、□国、□ノ郡ニ住ケル人有ケリ。其家二年十

二三歳許リ有ル女ノ童ヲ仕ヒケリ。亦其隣ニ住ケル人ノ許ニ、

白キ狗ヲ飼ケルガ、何ナルコトニカ有ケン、此女ノ童ダニ見

ユレバ、此狗懸リテ敵ニシケリ。

然レバ、亦、女ノ童モ、此狗ダニ見ユレバ、打ントノミシ

ケレバ、此ヲ見人モ極ジク怪ビ思ケル程ニ、女ノ童、身ニ病

ヲ受テケリ。世ノ中心地ニテ有ケルニヤ、日来ヲ経ルマ、

ニ、病重カリケレバ、主此女ノ童ヲ外ニ出サント為ニ、女ノ

童ノ云ク、「己ヲ人離タル所ニ被出ナバ、必ズ此狗ノ為ニ被

咋殺ナントスル。病無クシテ、人ノ見時ソラ、己ダニ見ユレ

バ、只咋懸ル。何況ヤ、人モ無キ所ニ、己重病ヲ受テ臥タ

ラバ、必ズ被咋殺ナン。然レバ此狗ノ知マジカラン所ニ出シ

給ヘ」ト云ケレバ、主、「現ニ然ル事也」ト思テ、遠キ所ニ

物ナド皆拈テ、密ニ出シツ。「毎日ニ二度ハ必ズ人ヲ遣テ

見セン」ト、云誘ヘテ出シツ。

而ルニ、其亦ノ日ハ此狗有リ。然レバ、「此狗知ラヌナメ

リ」ト心安ク思テ有ニ、次ノ日、此狗失ヌ。此ヲ怪ビ思テ、

此女ノ童出シタル所ヲ見セニ、人ヲ遣タリケレバ、人行見

ニ、狗女ノ童ノ所ニ行テ、女ノ童ニ咋付ニケリ。然レバ女ノ

童、狗ト互ニ歯ヲ咋違ナム死ニテ有ケル。使返テ此由ヲ云ケ

レバ、女ノ童ノ主モ、狗ノ主モ、共ニ女ノ所ニ行テ、此ヲ見

テ驚キ怪ビ哀ガリケリ。

此ヲ思フニ、此世ノ中デ敵ニ非ケルニカトゾ人皆怪ビケ

ル、トナン語リ伝ヘタルトヤ。

수행자가 남의 집에 가서
여주인의 하라에[祓]를 하고 죽은 이야기

남편이 사냥을 나간 사이, 부인이 수행승의 감언이설에 속아 제를 올리러 깊은 산속으로 가게 되는데 그 승려가 부인을 범하고, 때마침 그곳을 우연히 지나가던 남편이 승려를 사슴으로 오인해 사살한 이야기. 즉각적인 천벌로, 불벌佛罰을 받은 이야기이지만, 동시에 편자는 이것을 전생의 숙보로 해석하고 있다. 수행승의 이름을 빌린 파계무참破戒無慙한 무리의 횡행橫行을 전하는 이야기로서는 권29 제9화와 잘 어울리는 한 쌍이다.

이제는 옛이야기이지만, □□¹지방國 □□²군郡에 사는 사람이 있었다. 많은 개를 길러 산으로 데리고 들어가 사슴이나 멧돼지를 물어 죽여 사냥하는 것을 가업으로 삼고 있었다. 세간에서는 이를 이누야마犬山³라고 하였다.

이 사람이 평소와 마찬가지로 많은 개를 데리고 산에 들어갔는데, 음식 등을 가지고 산에 들어가 오랫동안 있을 때도 있었다. 이번에도 이삼일 집으로 돌아가지 않았고, 집에서는 젊은 부인이 혼자 집을 지키고 있었다. 그

---

1 지방명의 명기를 기한 의도적 결자.
2 군명의 명기를 기한 의도적 결자.
3 단어의 뜻은 앞의 문장이나 권26 제7화 이야기를 통해 파악할 수 있음. 같은 단어는 권29 제32화에도 보임.

때 한 수행승이 이 집에 찾아와 경經을 존귀하게 독송讀誦하고는 음식을 청했다. 승려가 실로 세련된 모습을 하고 있었기에 이 여주인은 '여느 미천한 걸식乞食 중은 아니겠구나.'라고 생각하고, 승려의 독경을 존귀하게 여기며 집 안으로 불러들여 음식을 공양하였다. 승려가

"저는 걸식하는 자가 아닙니다. 불도수행을 위해 여러 지방을 돌아다니고 있습니다만, 먹을 것이 떨어져 여기에 와서 음식을 청한 것이지요."

라고 말했다.

여주인이 이 말을 듣고 더욱 승려를 공경하자, 승려는 "저는 음양도에도 밝아 영험이 신통한 제사도 지냅니다."라고 말했다. 여자가 "그 제사를 지내면 어떤 좋은 일이 있는 것입니까."라고 묻자,

"지성으로 정진결재精進潔齋하고 제사를 드리면 병에 걸리지 않고[4] 자연히 재물이 불어납니다. 또한 신의 지벌도 없으며 부부는 화합하고 만사형통하게 됩니다."

라고 대답했다. 다시 여자가 "그럼, 그 제사를 지내려면 무엇이 필요합니까."라고 묻자, 승려는

"특별히 아무것도 필요하지 않습니다. 그저 폐幣[5]를 만들 재료로 약간의 종이와 백미, 그 밖에 계절 과일과 기름 등이 필요합니다."

라고 대답했다. "그 정도라면 매우 손쉬운 일이지요. 그럼 그 제사를 지내 주시겠습니까."라고 여자가 말하자, 승려가 "그렇게 어려운 일이 아니지요."라며 그대로 그 집에 남아 즉시 여자에게 목욕재계를 시키고, 정진精進을 시작했다.

---

4 이하 무병식재無病息災, 복덕초래福德招來, 부부원만 등 온통 좋은 일만을 나열하는, 자못 사기꾼 기도사가 말할 것 같은 말투임.
5 꼬치에 끼워 바치는 폐幣(* 신전에 올리거나 신관神官이 불제祓除에 쓰는, 막대기 끝에 가늘고 길게 자른 흰 종이나 천을 끼운 것). 신에게 바치는 공물.

제사 도구를 갖추고 삼일째가 되는 날에 승려가 "이 제사는 청정한 깊은 산속에 한 사람만이 가서 행하는 것입니다."라고 말하며 그 제사도구를 들고 여자와 단 둘이서 깊은 산속으로 들어갔다. 깃발을 늘어세우고 공양미[6]나 계절과일 등을 실로 성스럽게 차려 놓고 제문祭文[7]을 외우고 제사를 마쳤다.

여자가 '남편이 집을 비운 동안 훌륭한 기도를 드렸구나.'라고 생각하며 서둘러 집으로 돌아가려고 하자, 이 여자가 젊고 아름다운 것을 보고 승려는 순식간에 욕정이 치솟아 이성을 잃어버리게 되었다. 그래서 여자의 손을 잡고

"저는 지금까지 한 번도 여자를 가까이한 적은 없는데, 당신을 본 순간 이것이 온전히 부처님의 뜻으로 이루어진 일이라고 깨달았습니다. 여기서 제가 원하는 바를 하고자 합니다."

라고 말했다. 여자가 손을 뿌리치며 벗어나려고 하자 승려는 칼을 뽑아 "내 말을 듣지 않으면 찔러 죽여 버릴 테다."라고 여자를 협박했다. 인기척 하나 없는 산 속인지라 여자가 어떻게 하지도 못하고 있는 것을 승려가 덤불 속으로 끌고 들어가 범하려고 하였다. 여자는 승려를 거부할 수가 없어, 결국 승려가 원하는 대로 따랐다.

한편, 남편은 개들을 데리고 산에서 집으로 돌아가고 있었는데 이것도 무언가의 연緣이 있었던 것일까, 마침 그때 두 사람이 있는 곳을 지나갔다. 그런데 덤불 속에서 무언가 부스럭하고 소리가 나고 움직이는 느낌이 들었다. 남편은 멈춰 서서 '이 덤불 속에 사슴이 있는 거구나.'라고 생각해 커다

---

6   정갈하게 씻은 백미로 신불께 바치는 공양미.
7   신령을 모시는 글로 제를 올릴 때에 신령을 강림시켜서 그 앞에서 읽어 바치는 것.

란 《토질疾)[8]가리야雁箭를 활시위에 메겨 활을 힘껏 잡아당겨 움직이는 곳을 향해 쏘자, 사람 목소리가 '앗' 하고 들려왔다. 놀라고 괴이하게 여겨 가까이 달려가 풀을 헤쳐 보니, 법사가 여자 위에 겹쳐 누워 있었고 활은 그 정중앙에 박혀 있었다. 너무나 놀라 법사를 들어 제쳐보니 법사는 화살에 깊숙이 맞아 그대로 죽어 있었고, 법사 밑에 깔려 있던 여자를 보니 자신의 아내였다. 남편은 이럴 리가 있나 싶어 '혹시 잘못 본 것이 아닐까.' 하고 여자를 일으켜보니 분명 자신의 아내였기에 "이보게, 대체 어찌된 일인가."라고 묻자, 아내는 자초지종을 자세히 이야기했다. 옆을 보니 정말로 폐와 공양물들이 실로 성스럽게 늘어세워져 있었다. 남편은 법사를 끌고 골짜기 밑으로 가서 버리고 아내를 들쳐 메고 집으로 돌아왔다.

어처구니없는 중을 부처님이 '몹쓸 자로구나.'라고 생각하신 것이리라. 그리고 이것도 또한 전세의 숙업宿業[9]이 초래한 것임을 알아야 한다.

그렇기는 하여도, 이것을 생각해 보면 세간에서는 상하를 불문하고 정체를 알 수 없는 자의 감언에 속아 분별없이 여자가 혼자서 함부로 어떤 일을 행해서는 안 된다[10]고 이렇게 이야기로 전하여 내려오고 있다 한다.

8   끝을 예리하게 깎은 화살촉을 붙인 네 장의 깃을 단 화살.
9   → 불교.
10 이 문장은 편자의 화말 평어. 숙보담宿報譚에서 벗어나 여자가 함부로 행동하는 것을 경계하는 처세훈으로 되어 있음.

◉ 제21화 ◉

수행자가 남의 집에 가서 여주인의 하라에를 죽인 이야기

修行者行人家荻女主死語第二十一

今昔、□国、□郡ニ住者有ケリ。家ニ数ノ狗ヲ飼置テ、山ニ入テ鹿猪ヲ咋殺サセテ、取事ヲ業トシケリ。世ノ人此ヲ狗山ト云也ケリ。

而ルニ、常ノ事ナレバ、数ノ狗ヲ引具シテ、山ニ入ヌ。食物ナドヲモ持久ク山ニ有時モ有ケレバ、二三日不返ケルニ、家ニ若キ妻独リ居タリ。其間ニ、一人ノ修行ノ僧来テ、貴ク経ヲ読テ、食物ヲ乞フ。僧ノ形チ糸清気也ケレバ、「無下ノ乞食ニハ非ヌナメリ」ト思テ、女主経ヲ貴ムデ、上ニ呼上テ物ヲ供養ズルニ、僧ノ云ク、「己ハ乞食ニハ不侍。仏ノ道ヲ修行シテ、所々ニ流浪スルガ、粮ノ絶タレバ、来テ此ク申ス也」ト。

女主此ヲ聞テ、弥ヨ貴ブニ、僧ノ云ク、「己ハ亦陰陽ノ方モ吉ク知リ、霊験新タナル祭ナドモ為ル」トイヘバ、女、「其祭シテバ何ナル事ノ有ゾ」ト云バ、僧、「精進不愚シテ、其祭ヲシツレバ、身ニ病無ク、自然ラ財出来リ、神ノ祟無ク、夫妻ノ間吉クシテ、万ヅ思フ様ニ吉也」トイヘバ、女、「然テ、其祭ニハ、何ノ入ゾ」ト問ヘバ、僧、「更ニ別ノ物不入。幣ノ料ニ紙少シ、白米少シ、時ノ菓子、油ナドゾ入」トイヘバ、女、「然テハ糸安キ事ナリ。然ハ其祭シ給テンヤ」トイト云ニ、僧、「糸安キ事也」ト云テ、留テ。忽ニ女ニ沐浴潔

斉セサセテ、精進ヲ始ム。

僧祭ノ具ヲ調ヘテ、三日ト云ニ、僧ノ云、「此祭ハ深ク浄

キ山ニシテ、只独リ行行祭也」トテ、三日ト云ニ、祭ノ具ヲ

具シテ、僧女ト只二人、深キ山ニ入テ、幡ヲ立幷ベ、御洗

米、時ノ菓子ナド、極ク事々シク調ヘ居テ、祭文ヲ読テ祭

畢ツ。

女、「夫ノ無キ間ニ、微妙キ祈ヲモシツル哉」ト思テ、急

ギ返ルヲ、僧女ノ若クテ清気ナルヲ見ニ、忽ニ愛欲ノ心発テ、

万ノ事忘レヌ。然レバ、女ノ手ヲ捕ヘテ云ク、「我未ダ不習

事也云ヘドモ、君ヲ見ニ、既ニ三宝ノ思食サン所ヲ知ヌ。

本意ヲ遂ント思フ」ト。女辞テ遁レントスレバ、僧刀ヲ抜テ、

「君、此ヲ不用ハ突殺テン」ト云ヘバ、女、人モ無キ中ナレ

バ、為ベキ方モ無テ有ヲ、僧藪ノ中ニ引入テ、既ニ懐抱セン

ト為レバ、女難辞得クシテ、僧ノ本意ニ随フ。

而ル間、本ノ夫狗共ヲ具シテ山ヨリ家ニ返ルニ、可然事

ニヤ有ケン、其時シモ其ヲ過ケルニ、藪ノ中ニ二者ノソヨリ

〈〈ト鳴テ動ケルヲ見テ、夫立留テ、「此藪ノ中ニ、鹿ノ有

也ケリ」ト思テ、大キナル鴈箭ヲ番テ、弓ヲ強ク引テ、動

ク所ニ宛テ射タリケレバ、人ノ音ニテ「ア」ト許云フ音有

リ。驚キ怪ムデ、寄テ草ヲ搔去テ見レバ、法師ノ女ノ上ニ二重

リタル最中ヲ射タル也ケリ。「奇異」ト思テ寄テ法師ヲ引去

レバ、法師ハ吉ク被射ニケレバ、死ケリ。下ナル女ヲ見レバ、

我妻也。奇異ケレバ、「先、此ハ何ナリツル事ゾ」ト問ニ、妻事ノ

様ヲ委ク語ル。傍ヲ見レバ、実ニ御幣、御供ナド糸事タシ

クテ有リ。其時ニ、法師ヲバ谷ニ引棄テ、妻ヲバ搔具シテ家

ニ返ヌ。

奇異カリケル法師ヲ、三宝ノ「憾シ」ト思食ケルニコソハ

有ラメ。亦前世ノ宿業ノ招ク所ト知ベシ。

但シ、此ヲ思フニ、世ノ人、上モ下モ心幼ク、吉無カラン

者ノ云フ事ニ付テ、女ノ独リ行事ハ可止事也、トナン語リ

伝ヘタルトヤ。

명승名僧이 어느 사람의 집에 들렀다가
죽임을 당한 이야기

가짜 명승名僧이 지체 높은 집에서 초청을 받아 길을 나섰는데 도중 초대한 집 근처에서 오두막을 빌려 법의를 갈아입던 중 그 집 주인에 의해 부인의 정부情夫로 오인되어 사살된 이야기. 설화의 구성은 본권 제4화와 비슷하고 이야기 말미 교훈도 취지가 서로 같아 처세훈으로 경도傾度되고 있다. 앞 이야기와는 뜻하지 않는 죽음이라는 점에서 서로 연결되지만 앞 이야기는 천벌, 이 이야기는 불의의 재난에 의한 것이다.

　이제는 옛이야기이지만, 도읍에 명승名僧 행색을 하며 사람들의 초청을 받아 가지기도加持祈禱를 하며 그것으로 생계를 꾸려나가는 승려가 있었다.
　어느 날, 이 승려가 지체 높은 집에 초대를 받고는 기뻐하며 집을 나서려고 했지만 타고 갈 수레를 빌릴 수가 없었다. 그리하여 승려는 걸어가기로 했지만 법의法衣[1]를 입은 채 먼 길을 걸어가는 것은 볼품이 없었기에 승려 평복에 히라가사平笠[2]를 쓰고 법의는 보자기에 넣어 동자승에게 들게 하고는 '불러준 댁 가까이에 있는 작은 집을 빌려 거기서 법의로 갈아입고 가야겠다.'라고 생각하고 출발했다. 이윽고 그 집 맞은편의 작은 집에 가서 이러이러한 이유로 집을 잠시 빌리고자 한다고 말하니, 젊은 여주인이 "어서 들

1　승려 평복인 '현의懸衣'에 대해 정식 법의.
2　평평하고 높이가 낮은 갓.

어오세요."라고 하기에 승려는 집으로 들어갔다.

사랑방이라 여겨지는 폭 한 칸³ 정도의 장소에 돗자리⁴를 깔아 주기에 거기에 앉아 법의를 머리에서부터 뒤집어쓰듯이 갈아입고 있었다. 그런데 이 집 젊은 여주인은 실은 법사法師를 샛서방으로 두고 있었다. 잡색雜色으로 종사하는 남편이 '현장을 덮쳐야겠다.'라고 마음먹고는 외출한 척을 하며 인가에 몸을 숨겨 상황을 지켜보고 있었는데 승려는 그것을 알지 못한 채 그 집으로 들어간 것이었다. 남자는 승려가 들어간 것을 보고 '틀림없이 저 녀석이 샛서방이다.'라고 생각하고는 앞뒤 분간도 않고 집으로 뛰어들었다. 승려는 무심코 밖을 보고 있었는데, 대로 쪽에서 젊은 남자가 안색이 변해 들어오자마자 아내를 향해 "네 이래도 결백하다고 할 참이더냐."라고 소리쳤다. "저분은 건너편 댁에 초대를 받아 법의를 갈아입으시려고 들르신 분이에요."라는 아내의 말이 채 끝나기도 전에 남자는 칼을 빼들고 승려에게 달려들어 잡고 승려의 정중앙을 칼로 찔렀다. 생각지도 못한 일에 승려는 양손을 높이 쳐들고 "이 무슨 터무니없는." 하고 말했지만 남자에게 맞서지도 못한 채 뒤로 벌러덩 쓰러졌다. 아내도 "이 무슨 짓을." 하고 남편에게 매달렸지만 어쩔 도리가 없었다. 찌르자마자 남자는 집을 뛰쳐나가 도망쳤고 승려가 데리고 온 동자가 그것을 보고 간신히 대로로 나와서 "살인자가 도망친다."라고 외쳤기에 사람들이 그를 붙잡았다. 승려는 칼에 찔린 후 잠시 동안은 숨이 붙어 있었지만 결국 죽고 말았다. 집집마다 사람들이 나와 승려를 찌른 남자를 검비위사檢非違使에게 넘기고 아내도 붙잡아 검비위사에게 넘겼다. 남자는 규문糾問을 당하고 결국 감옥에 구금되었다.

참으로 하찮은 일로 인간 세 명의 일생이 헛되게 되고 말았다. 이것도 전

---

3 한 칸은 기둥과 기둥 사이의 간격.

4 바닥을 판자로 댄 곳이기 때문에 돗자리를 깔아 준 것임. 부유한 집이었다면 다다미방을 내주었을 것임.

세의 숙보宿報에 의한 것이리라.

그렇기는 하여도 상하를 막론하고 세간에서는 생판 모르는 집에 섣불리 들어가서는 안 된다. 이렇게 생각지도 못한 일이 있을 수 있는 것이다. 절대로 해서는 안 된다고 이렇게 이야기로 전하여 내려오고 있다 한다.

名僧立寄人家被殺語第二十二
みやうそうひとのいへにたちよりてころさるることだいにじふに

今昔、京ニ生名僧シテ、人ノ請ヲ取テ行、世ヲ渡ル僧有
ケリ。

而ルニ、此僧可然所ノ請ヲ得タリケレバ、喜テ行ムト為
ルニ、車ヲ否借不得ケレバ、歩行ニテ行ムトスルニ、法服ヲ
シテ行カバ、遠クテ歩行ノ見苦カリケレバ、懸衣ニテ、平笠
ナド打着テ、法服ヲバ袋ニ入テ持セテ、「其ノ請ジタル所ノ近
カラン小家ヲ借テ、法服ヲシテ寄ム」ト思テ行ニケリ。然テ、
其所ノ向也ケル小家ヲ、「然々」ト云テ借ケレバ、若キ女

主有テ、「疾ク入ラセ給ヘ」ト云ケレバ、入ニケリ。
客人居ト思シキ所ノ一間有ケルニ、莚ヲ敷テ取セタリケ
バ、其ニ居テ法服ヲセントテ、冒被テ居ケルニ、早ク、此ノ
家ニハ若キ女主ノ、法師ノ間男ヲ持タリケルヲ、実ノ夫ノ雑
色也ケル男ハ、「此ヲ伺ハン」トテ外ヘ行ヌル様ニテ、隣ノ
家ニ隠レ居テ伺ケルヲ不知シテ立入タリケルニ、僧ノ入ヌレ
バ、「此ヲ其ゾ」ト思テ、左右無ク家ヘ行ケルニ、僧ノ長レ
ニ向テ、「汝、此ヤ虚言也ケル。彼女」ト云ヘバ、妻、「彼レ
ハ、大路ノ方ヨリ、若キ男ノ糸気悪気ナルヲ見テ入来ルマ、ニ、妻
云モ敢ズ、男刀ヲ抜テ走寄テ、装束奉ラントテ立入セ給ヘル人ゾ」ト
不思懸シテ、手ヲ捧テ、「此ハ何ニ」トイヘ共、可取合力モ
無テ、被突テ仰様ニ臥ヌ。妻モ、「穴奇異」ト云テ、取懸レ
ドモ、更ニ益無シ。男突マ、ニ踊出テ逃ルヲ、僧ノ童子ノ小
童ノ有ケル、漸ク大路ニ出テ、「人殺テ行」ト叫ケレバ、人
捕ヘテケリ。僧ハ被突テ後、暫ク生タリケレドモ、遂ニ死ニ

ケリ。家ヨリ人来テ、突タル男ヲバ検非違使ニ取セテケリ。妻ヲモ捕ヘテ検非違使ニトラセテケリ。男、彼□問テ、遂ニ獄ニ被禁ケリ。

実ニ由無キ事ニ依テ、三人ノ人ナン徒ニ成ニケリ。此ヲ前生ノ宿報ノ至ス所ゾト有ラメ。

但シ、世ノ人、上モ下モ、不知ラム小家ナドニハ、由無ク白地ニモ立入マジキ也。此ク不思懸事ノ有也、努々可止、トナン語リ伝ヘタルトヤ。

진제이鎭西 사람이 쌍륙雙六을 두다가 상대를 죽이려고 했으나 도리어 하녀들에게 죽임을 당한 이야기

진제이鎭西의 용맹한 무사가 동서의 집에서 쌍륙을 두던 중, 승부에 집착하여 말다툼 끝에 싸움이 나 동서를 칼로 찔러 죽이려 했는데, 칼이 빠지지 않아 시간이 지체되는 사이 주인의 위급을 본 그 집 하녀들이 가세하여 가루를 빻는 절굿공이로 무사를 때려 죽인 이야기. 하녀들의 맹렬하고 활기찬 모습은 중세의 수다스러운 여자와 연결되는 강인함이 있다. 앞 이야기와는 불의의 살인사건이라는 점에서 연결되고 다음 이야기 와는 친족 간의 다툼이라는 테마로 연관성을 갖는다. 또한 쌍륙에 기인한 상해사건에 관한 이야기로는 본집 권29 제30화와 『소우기小右記』 관인寬仁 3년(1019) 8월 11일자 기사가 있다.

이제는 옛이야기이지만, 진제이鎭西 □□[1]지방에 살고 있는 한 남자가 동 서와 쌍륙[2]을 두었다. 이 남자는 매우 거친 사내로, 무예로 생계를 꾸려나가 던 무사였고 그의 동서는 지극히 평범한 사내였다.

쌍륙이라는 것은 원래 항상 언쟁이 따르는 것으로, 두 사람은 주사위 면에 그려진 점의 개수에 대해 언쟁을 벌이던 중 결국 싸움이 났다. 무사인 사내 가 동서의 상투를 잡고 비틀어 넘어뜨려서 앞에 차고 있던 칼을 뽑으려고 하

---

1 지방명의 명기를 기한 의도적 결자.
2 대국자 두 명이 상대방의 포로로 잡은 말을 흑, 백으로 나눠 주사위를 흔들어 적진으로 말을 옮기는 유희. 도박에 이용됨.

였다. 그런데 칼집에 달린 끈을 오비토리帶取[3]에 묶어 두어 한 손으로 그 매듭을 풀려고 하자 상대방이 그 칼자루를 꽉 잡고 매달렸기 때문에 힘이 센 남자였지만 칼을 뽑지 못하고 칼자루를 비틀어 휘두르고 있었다. 그러던 중 무사인 사내가 옆 미닫이문에 식칼이 꽂혀 있는 것을 발견하고는 남자의 상투를 잡은 채 그쪽으로 끌고 갔다. 상투를 잡힌 남자는 '문까지 끌려가면 찔려 죽고 말 것이다. 이제 마지막이다.'라고 생각하여 어떻게든 끌려가지 않으려고 저항하고 있었다. 원래 이 집은 상투를 잡힌 남자의 집으로 그때 부엌에는 많은 하녀들이 아마쓰비[4]를 만드는 가루를 와자지껄 떠들며 빻고 있었다. 상투를 잡힌 이 집 주인은 저항하였지만 끝까지 버티지 못하고 질질 끌려가면서 목청껏 "살려주시오."라고 소리쳤다. 하필 집에는 남자가 한 명도 없어 가루를 빻던 여자들이 그 소리를 듣고는 절굿공이를 손에 들고 모두 그 장소로 뛰어 들어가 보니 주인이 상투를 잡힌 채 금방이라도 죽임을 당할 것 같았다. "어머나, 큰일이다. 분명 주인님을 죽이려 하는 것이다."라며 상투를 잡고 있는 상대를 에워싸고 절굿공이로 내려쳤다. 우선 머리를 강하게 맞고 뒤로 벌러덩 나자빠진 것을 그대로 덮쳐 절굿공이로 내리쳤기에 그만 맞아 죽고 말았다. 주인은 그때서야 겨우 일어나 상대에서 떨어졌다.

그 후, 분명 관청의 재판이 있었을 것이다. 하지만 그 후 어떻게 되었는지는 알 수 없다.

이 무사는 그의 동서 따위는 상대가 되지 않을 정도로 용맹한 자였지만 한심하게도 여자들에게 맞아 죽었기에 이것을 들은 사람들은 의외의 일이라고 수군거리며 이야기했다고 이렇게 이야기로 전하여 내려오고 있다 한다.

---

3 허리에 차는 긴 검을 허리에 매달기 위해 칼집 상부에 있는 쇠 장식에 통과시킨 가죽 끈. 또는 끈 끈.
4 본래 빗방울의 의미였으나 하늘에서 내리는 감로甘露의 의미로 변하여 달달한 음료의 일종으로 추정되나 확실치는 않음.

鎮西人打双六擬殺敵被打殺下女等語第二十三

今昔、鎮西□ノ国ニ住ケル人、合賀也ケル者ト双六ヲ
打ケリ。其人極テ心猛クテ、弓箭ヲ以テ身ノ荘トシテ過ケル
兵也。合賀ハ只有者也ケリ。
双六ハ本ヨリ論戦ヒヲ以テ宗トスル事トス。此等籌論ヲ
シケル間ニ、遂ニ戦ニ成ケリ。此武者ナル者、合賀ガ髻ヲ取
テ打臥テ、前ニ差タル一トビヲ抜ムトスルニ、合賀ガ髻ヲ付タ
ル緒ヲ結付タリケル刀ニテ、片手ヲ其結ヲ解ラントシケル程
ニ、敵其刀ノ欛ニヒシト取付タリケレバ、武者立テ力有者也
ケレドモ、否不抜得シテ、ヒチクリケルニ、喬ナル遣戸ニ、
包丁刀ノ被指タリケルヲ見付テ、髻ヲ取乍ラ、其へ引持行

ケルヲ、髻被取タル者、「遣戸ノ許ヘダニ行ナバ、我ハ被突
殺ナントス。今ハ限ナリ也ケリ」ト思デ、念ジテ不行ト辞ケルニ、
其家ハ此髻トラレタル者ニテ、下ニ下女共数ニ、滴造
ル粉ト云物ヲ春嘖ケルニ、此髻被取タル家主ストイヘ
ド、否不辞得シテ、只被引レテ行ケルニ、音ノ有限リ叫
テ、「我ヲ助ケヨ」ト云ケレバ、其時ニ家ニ男ハ一人モ無リ
ケレバ、此粉春ノ女共此ノ音ヲ聞テ、杵ト云物ヲ提テ、有限
リ走リ上テ見ケレバ、主ノ髻ヲ被取テ、殺サント為ヲ見テ、
女共、「穴悲ヤ。早ウ、殿ヲ殺シ奉ル也ケリ」ト云テ、杵ヲ
以テ、其髻取タル敵ヲ集テ打ケレバ、先頭ヲ強ク被打テ、
仰様ニ倒レケルヲ、ヤガテ壓テ打ケレバ、被打殺ニケリ。其時
二家主ハ起上テ引放レニケリ。
然テ、定メテ沙汰有ケム。然レドモ其後ノ事ハ不知。
敵ニ可値者ニモ無カリケレドモ、云甲斐無ク女ドモニ被打
殺ニケレバ、聞人奇異キ事也トゾ云ヒ縡ケル、トナン語リ伝
ヘタルトヤ。

야마시로 지방山城國의 어떤 사람이 형을 활로 쏘았는데 맞지 않아 목숨을 건진 이야기

> 야마시로 지방山城國의 한 남자가 몰래 어둠을 틈타 자신의 형을 사살하려고 했는데 화살이 허리에 찬 단도의 칼자루새김에 맞고 튕겨 나와 구사일생으로 형이 목숨을 건진 이야기. 결국 실패로 끝난 이 이야기는 범행에 사용한 화살로 인해 동생이 범인인 것이 탄로 난다. 이 이야기는 동서지간의 살상을 전한 앞 이야기에 이어서 형의 암살을 기도한 동생의 이야기를 배치한 것으로, 말미에 일족이나 친족이라도 마음을 놓지 말아야 한다는 교훈으로 매듭을 짓는다.

이제는 옛이야기이지만, 야마시로 지방山城國 □□¹군郡 □□²향鄕에 사는 형제가 있었다. 어떤 사정이 있었는지 모르지만 동생은 마음속으로 어떻게든 형을 죽이려고 생각하고 있었다. 그러나 동생은 이를 감추고 전혀 내색을 하지 않고 지냈고, 형은 전혀 그런 사실을 알지 못했다.

그리하여 동생은 기회를 엿보며 형이 방심하는 틈을 노리고 있던 중, 12월 20일이 지난 어느 해질 무렵, 형이 근처 이웃집에 가서 밤이 될 때까지 먹고 마시며 이야기를 나누고 있었다. 동생은 '지금이야말로 절호의 기회다.'라고 생각하고 아무것도 보이지 않는 칠흑 같은 어둠을 틈타 활과 화살만을

1 　군명의 명기를 기한 의도적 결자.
2 　향명의 명기를 기한 의도적 결자.

들고 나왔다. 형이 머물고 있는 집 대문의 뒤쪽에 숨어서 형이 나오면 화살로 단번에 쏴 죽이려고 기다리고 동안 점차 밤도 깊어졌다. 동생이 '이제 이야기를 끝내고 곧 나오겠지.' 하며 기다리고 있었는데 형은 이런 상황을 꿈에도 모른 체 이야기가 끝나자 데려온 어린 하인에게 등불을 밝히게 하고 이웃집에서 걸어 나왔다. 동생은 반색하며 활에 큰 화살을 메기고 힘껏 잡아당겨 1단段[3] 정도의 거리에서 형을 노리고 활을 쏘려고 했다. 활에 대해 잘 모르는 사람조차도 맞출 수 있는 거리였으며 게다가 동생은 궁술의 달인이었던 터에 정확히 형의 정중앙을 쏠 수 있었다. 동생은 분명 형이 맞았을 것이라고 확신을 했지만 화살은 '챙' 하는 소리를 내고는 옆으로 빗나가 버렸다. 동생은 '어떻게 된 일인가.' 하며 두 번째 화살을 뽑으려고 했다. 형은 문을 열고 밖으로 나가려고 할 때 생각지도 못한 활 소리가 나더니 화살이 날아와 몸에 명중됐다고 생각하는 그 순간 '챙' 하는 소리가 들리며 화살이 옆으로 빗겨나갔기 때문에 형은 허둥지둥 집안으로 재빨리 다시 들어가 문을 닫았다. 너무 놀라 잠시 멍하니 있다가 정신을 차려 살펴보니, 앞에 찬칼의 나전 세공을 한 고정 못[4]에 화살이 맞았고, 그 화살은 여기에 맞고 튕겨나간 것이었다. 그것을 본 집안사람들도 야단법석을 떨었고 마을사람들도 이 일을 전해 듣고 손에 활과 화살을 들고 횃불을 밝히고는 시끄럽게 떠들며 범인을 수색했다. 동생은 활을 쏘자마자 날아갈듯 도망쳤기에 발견될 리가 없었다.

처음에는 동생이 한 짓이라고 알지 못했지만 그날 밤 쏜 화살을 동네 사람들이 찾아내어 보니 동생이 평소에 가지고 있던 화살이었다. 동생은 더 이상 사실을 숨길 수가 없었다.

---

3 거리의 단위. 1단은 육 간間(약 11m).
4 칼이 칼자루에서 빠지지 않도록 칼자루에 지르는 고정 못. 또는 그것을 덮는 쇠붙이.

그러므로 분명 관청의 재판이 있었을 것이다. 하지만 그 후 어떻게 되었는지는 알 수 없다. 이 이야기는 형이 이야기한 것을 들은 사람이 말한 것이다.[5]

동생이든 육친이든 결코 마음을 놓아서는 안 된다고 이 이야기를 들은 사람들은 수군거리며 이야기했다고 이렇게 이야기로 전하여 내려오고 있다 한다.

---

5 설화의 진실성을 강조하기 위한 상투적인 주기注記임.

山城国人射兄不当其箭存命語第二十四

やましろのくにのひとあにをいるにそのやにあたらずしていのちをそんずることだいにじふし

今昔、山城国、□ノ郡、□ノ郷ニ住人、兄弟有ケリ。

何ナル事カ有ケン、弟、心ノ内ニ、兄ヲ何カデ殺サント思ケルヲ、只打思タル様ニ持成テナム過ケル。兄何ニモ此事ヲ不知ケリ。

而ル間、弟、隙ヲ量リ、短キ弓ヲ伺ケルニ、十二月ノ二十日余ノ比、夕暮ニ、兄近キ隣リナル人ノ家ニ行テ、夜ニ入マデ、

物食ヒ、酒呑テ物語リナドシテ居タリケルヲ、弟、「ヨキ隙也」ト思テ、目差ストモ不知キニ、兄ガ有ケル家ノ門ノ迫ニ立テ、兄ガ出ムヲ、只一箭ニ射殺サント思ヒ立リケルニ、夜モ漸ク深更ヌ。「今ヤ物語シ畢テ出ルく〳〵」ト待ケルニ、兄此事ヲ夢ニモ不知シテ、物語シ畢テ、賤ノ小男ノ有ニ火ヲ灯セテ出レバ、弟喜テ、大ナル矢ヲ弓ニ番テ、強ク引テ、一段許ニテ、差宛テ射ムニハ、弓箭ノ道ニ愚ナラン者ソラ、何シニカ放ム。況ヤ、此ハ極タル手聞ニテ有ケレバ、慊ニ最中ヲ射ツ。「尻答フラン」ト思フニ、箭ノチウト鳴テ、外様ニ反ヌレバ、「此ハ何ニ」ト思テ、二ノ箭ヲ搔ムト為ル程ニ、兄ハ戸ヲ開テ入ルニ、不思懸弓ノ音ノ近ク為ニ合テ、箭ノ来テ我最中ニ立ト思フニ、チウト鳴テ、外ヘ反ヌレバ、迷テ急ト返リ入テ、戸ヲ閉ツ。奇異ク、物モ不思デ見レバ、早ウ我ガ前ニ差タル刀ノ間塞ニ、貝ヲ摺タリケルニ、箭ノ喬見タリケルニ、摺様ニ当テ返ヌル也ケリ。家ノ内ノ者モ、此ヲ見テ騒ケリ。里ノ者共聞継テ、手毎ニ弓箭

ヲ取テ、火ヲ灯シテ、嗔リ求メケレドモ、弟ハ射ケルマヽニ、踊テ逃ニケレバ、何シニ有ム。

此モ弟ノ為態トモ知ザリケルニ、其夜射タリケル箭ヲ里ノ者共ノ求メ出シタリケルガ、正シク其弟ノ日来持タリケル箭ニテ有ケレバ、隠レ無リケリ。

然レバ定メテ沙汰有ケン。然レドモ其後、其事ヲ不知。

兄ガ語リケルヲ、聞タル人語ケルヲ也。

弟、骨肉トテモ、心ハ許マジキ也ケリ、トゾ、聞人云ヒ繚ケル、トナン語リ伝ヘタルトヤ。

금석이야기집今昔物語集

권 27

【靈鬼】

주 지 主 旨 본권은 교토京都 주변의 전승을 중심으로 널리 영괴담靈怪譚을 수록하고, 인간과 초자연적 영성靈性의 관계를 다양하게 묘사하고 있다. 등장하는 영괴군은 다양하며, 그 도양암약跳梁暗躍하는 모습은 실로 설화적 서술을 빌려 엮어낸 왕조백귀야행만다라王朝百鬼夜行曼茶羅의 느낌이 있으며, 영귀靈鬼·요괴妖怪와의 대결에 부심하던 당시의 세정世情, 인심을 충분히 엿볼 수 있다. 본권을 따로 분리하여 하나의 독립적인 작품으로 보더라도 충분히 일본 괴담 소설집의 비조鼻祖적 존재로 볼 수 있다.

삼조三條 동동원東洞院
귀전鬼殿의 영靈 이야기

도읍 안의 악소惡所인 귀전鬼殿의 영靈의 유래담. 옛날 헤이안平安 천도 이전에 귀전이 있는 자리에서 낙뢰에 의해 사망한 남자가 악령이 되어 그곳에 머무르며 천도 후에도 떠나지 않고 눌러 살아서 이변이 일어나는 일을 전하는 이야기.

이제는 옛이야기이지만, 삼조대로三條大路의 북쪽, 동동원대로東洞院大路의 동쪽 귀퉁이에는 귀전鬼殿¹이라 하는 곳이 있다. 그곳에 영靈²이 살고 있었다.

그 영의 유래를 말하면 다음과 같다. 옛날, 아직 지금의 도읍³으로 천도하지 않았을 무렵 삼조 동동원東洞院 귀전의 어느 장소에 커다란 소나무가 있었다. 그 옆을 한 남자가 말을 타고 화살 통을 등에 지고 지나가고 있었다. 그런데 갑자기 천둥 번개가 치고 큰비가 내리기 시작했기에 그는 앞으로 나아가지 못하고 말에서 내려 손수 말을 대기시켜 놓고, 그 소나무 밑동에 주저앉아 있었는데 거기에 낙뢰가 떨어져 그 남자와 말은 발로 차여서⁴ 찢어

---

1 → 지명.
2 정령精靈. 여기서는 이 세상에 한을 가지고 지벌을 내리는 영귀靈鬼, 원령怨靈, 악령惡靈을 이름.
3 연력延曆 13년(794)의 헤이안平安 천도.
4 고대인古代人은 낙뢰를 뇌신雷神이 하늘에서 땅으로 떨어져서 발로 찬 것으로 생각했다. 권12 제1화 참조.

져 죽었다. 그래서 그 남자가 그대로 영이 되었던 것이다.

그 후, 천도가 있었고 그 장소는 인가人家가 되어 사람이 살게 되었다. 그러나 그 영은 거기서 떠나지 않고 아직도 영이 살고 있다고 전해 내려오고 있다. 그렇다고 해도 실로 오랜 세월 동안 살고 있는 영이라 할 수 있다.

그런 연유로 그곳에는 때때로 흉사凶事가 있었다고 이렇게 이야기로 전하여 내려오고 있다 한다.

三条東洞院鬼殿霊語 第一

今昔、此ノ三条ヨリハ北、東ノ洞院ヨリハ東ノ角ハ鬼殿ト云所也。其ノ所ニ霊有ケリ。

其ノ霊ハ、昔シ未ダ此ノ京ニ都移モ無カリケル時、其ノ三条東ノ洞院ノ鬼殿ノ跡ニ、大ナル松ノ木有ケリ、其ノ辺ヲ男ノ、馬ニ乗テ胡録負テ行キ過ケル程ニ、俄ニ雷電霹靂シテ雨痛ク降ケレバ、其ノ男否不過ズシテ、馬ヨリ下テ、自ラ馬ヲ引ヘテ其ノ松ノ木ノ本ニ居タリケル程ニ、雷落懸リテ、其ノ男ヲモ馬ヲモ蹴割殺シテケリ。然テ、其ノ男ヤガテ霊ニ成ニケリ。

其ノ後、移有テ、其ノ所人ノ家ニ成テ住ムト云ヘドモ、其ノ霊其ノ所ヲ不去ズシテ、于今霊ニテ有、トゾ人ハ語リ伝ヘタル。極テ久ク成タル霊也カシ。

然レバ、其ノ所ニハ度々不吉ヌ事共有ケリ、トナム語リ伝ヘタルトヤ。

우다인宇陀院께서 가와라인川原院 도루融 좌대신左大臣의 영靈을 보신 이야기

천원원川(河)原院의 옛 주인이었던 미나모토노 도루源融의 영이 천원원에 붙어살았는데 천원원을 양도받은 새 주인인 우다宇多 법황法皇 앞에 한밤중에 나타나서 괴로운심정을 아뢰었다. 그러나 그의 영은 도리에 맞는 법황의 꾸짖음으로 퇴치당해, 더 이상 나타나지 않았다고 하는 괴이담. 또한 천원원에 얽힌 괴이담은 본권 제17화 및 『강담초江談秒』 권3, 『고사담古事談』 권1에도 보인다.

이제는 옛이야기이지만 천원원川原院¹은 도루融² 좌대신左大臣이 지어서 살던 집이었다. 정원은 무쓰 지방陸奥國³의 시오가마塩釜⁴를 본떠 만들고, 연못은 해수海水를 끌어와서 채웠다. 이렇듯 여러 가지로 더할 나위 없을 만큼훌륭하게 해두고 살고 있었는데, 대신이 죽고 난 뒤에 그 자손⁵이 우다인宇陀院⁶에게 헌상했던 것이다. 그래서 우다인이 그 천원원에 살게 되셨다. 그런데 그 당시, 다이고醍醐 천황天皇⁷은 우다인의 아드님이었기에 종종 그곳

1 '하원원河原院'으로 표기 →지명.
2 미나모토노 도루源融(→인명).
3 →옛 지방명.
4 →지명. 권24 제46화 참조.
5 미나모토노 도루의 둘째아들(昇)이 연희延喜 17년(917)에 우다 법황宇多法皇에게 진상했다.
6 우다宇多 천황天皇(→인명)을 가리킴.
7 →인명.

으로 행차하시곤 했는데, 실로 경사스러운 일이라 할 수 있다.

　그런데 우다인께서 살고 계실 때에 이런 일이 있었다. 어느 날 밤, 서쪽 바깥채[8]의 누리고메塗籠[9]의 문을 열고 누구인지 사각사각하고 옷이 스치는 소리가 들려오는 것 같은 기척이 있기에 우다인께서 그쪽으로 시선을 돌리시자 깔끔한 속대束帶차림을 한 사람이 큰 칼을 차고 홀笏[10]을 손에 쥐고 두 간間[11] 정도 떨어진 곳에 꿇어앉아 있었다. 우다인께서

　"거기 있는 것은 누구인가?"

라고 묻자 그 자가

　"이 집의 노인이옵니다."

라고 아뢰었다.

　"도루 대신인가?"

라고 노인에게 묻자

　"그렇사옵니다."

라고 대답했기에 우다인이

　"무슨 용무인가?"

하고 물으셨다. 그러자

　"이곳은 제 집이기에 여기에 살고 있사옵니다만, 우다인께서 이렇듯 여기에 계시기 때문에 지극히 황송하옵니다만 장소가 좁아져서 불편하옵니다. 어떻게 하면 되겠사옵니까?"

라 아뢰었다. 우다인이

　"그것 참 이상한 이야기를 하는구나. 나는 다른 사람의 집을 빼앗은 기억

8　'西の對の屋'. 침전寢殿 건축에서 침전의 좌우. 혹은 배면背面에 침전에 상대하여 별동으로 지은 건물.
9　주위를 벽으로 둘러싸 입구에 여닫이문을 달아 놓은 방. 요괴나 영귀가 있는 곳.
10　속대束帶를 입을 때 오른손에 쥐는 얇고 가느다란 긴 판.
11　한 간間은 기둥과 기둥 간의 사이.

이 없다. 네 자손이 헌상했기에 살고 있는 것이다. 설령 정체불명의 영[12]일 지언정 옳고 그름도 구분 못하고, 무슨 까닭으로 그런 말을 하는 것이냐," 라고 큰 소리로 꾸짖었다. 그러자 영은 감쪽같이 사라져 보이지 않게 되었다. 그 이후 영은 두 번 다시 나타나는 일이 없었다.

당시 사람들은 이를 듣고 우다인을 경외하며 "역시 보통 사람과는 다르시구나. 다른 사람이었다면 대신의 영에게 그렇게 두려움 없이 대응하지 못했을 텐데."라고 말했다고 이렇게 이야기로 전하여 내려오고 있다 한다.

12 　 * 원문에는 "모노노 레이者 / 靈"로 되어 있다.

川原院融左大臣霊宇陀院見給語第二

今昔、川原ノ院ハ、融ノ左大臣ノ造テ住給ケル家ナリ。

陸奥ノ国ノ塩竈ノ形ヲ造テ、潮ノ水ヲ汲入テ、池ニ湛ヘタリケリ。

様々ニ微妙ク可咲キ事ヲ限ヲ造テ住給ケルヲ、其ノ大臣失テ後ハ、其ノ子孫ニテ有ケル人ノ、宇陀ノ院ニ奉タリケル也。

然レバ、宇陀ノ院、其ノ川原ノ院ニ住セ給ケル時ニ、醍醐ノ天皇ハ御子ニ御セバ度々行幸有テ微妙カリケリ。

然テ院ノ住セ給ケル時ニ、夜半許ニ、西ノ台ノ塗籠ヲ開テ、人ノソヨメキテ参ル気色ノ有ケレバ、院見遣セ給ケルニ、日ノ装束直シクシタル人ノ大刀帯テ笏取テ、畏リテ、二間許去キテ居タリケルヲ、院、「彼ハ何ニ人ゾ」ト問セ給ケレバ、

「此ノ家ノ主ニ候フ翁也」ト申ケレバ、院、「融ノ大臣カ」ト問セ給ケレバ、「然ニ候フ」ト申スニ、院、「其レハ何ゾ」ト問ハセ給マヘバ、「家ニ候ヘバ住候フニ、此ク御マセバ、忝ク所セク思給フル也。何ガ可仕キ」ト申セバ、院、

「其レハ糸異様ノ事也。我レハ人ノ家ヲヤハ押取テ居タル。大臣ノ子孫ノ得タレバコソ住メ。者ノ霊也ト云ヘドモ、事ノ理ヲモ不知ズ、何デ此ハ云ゾ」ト高ヤカニ仰セ給ケレドモ、霊掻消ツ様ニ失ニケリ。其ノ後亦現ル、事無カリケリ。

其ノ時ノ人、此ノ事ヲ聞テ、院ヲゾ忝ク申ケル、「猶只人ニハ似サセ不給ザリケリ。此ノ大臣ノ霊ニ合テ此様ニ痓ヤカニ異人ハ否不答ジカシ」トゾ云ケル、トナム語リ伝ヘタルヤ。

도원桃薗의 기둥 구멍에서 나온 아이의 손이
사람을 부른 이야기

좌대신左大臣 미나모토노 다카아키라源高明의 도원桃薗 저택의 모옥母屋 기둥의 구멍에서 심야에 어린아이의 손이 나와 사람을 부르는 괴이한 일이 있었는데, 부처나 경전의 영험력靈驗力으로는 멈추지 않고 화살의 주력呪力에 의해 영을 제압할 수 있었다는 이야기. 이야기의 말미에서 화살의 주력이 부처나 경전의 험력보다 강하다는 것이 납득이 되지 않는다고 평하고 있는 점이 주목된다.

이제는 옛이야기이지만, 도원桃薗[1]이란 현재의 세손지世尊寺[2]를 일컫는다. 세손지가 아직 절이 되기 전에 니시노미야西ノ宮 좌대신左大臣[3]이 살고 있었다.

그 무렵의 일이다. 침전寢殿 동남[4]쪽에 있는 모옥母屋[5]의 나무 기둥에 구멍이 뚫려 있었다. 밤이 되면, 구멍에서 작은 아이의 손[6]이 나와서 손짓을 하며 사람을 불렀다. 대신이 그 일을 들으시고는 굉장히 놀라서 괴이하게 생각하며 그 구멍위에 경전을 묶어서 달아 놓았는데 그래도 역시 손이 나와서

---

1   → 지명·헤이안경도.
2   → 사찰명·헤이안경도. 권15 제42화 참조.
3   → 인명. 미나모토노 다카아키라源高明를 가리킴.
4   진사辰巳, 술해戌亥(서북)와 함께 금기禁忌의 방위.
5   침전寢殿의 중앙 부분으로 행랑방庇の間의 안쪽에 있는 방.
6   요괴妖怪·영귀靈鬼 등이 이계로부터 내뻗은 손. 상징적임.

사람을 불렀다. 부처의 회상繪像을 걸어 두어도 손짓은 멈추지 않았다. 이렇게 방법도 바꾸어 보고 물건도 바꾸어 보았지만 어떻게 해도 멈추지 않았고 두 밤, 세 밤 간격을 두고는 한밤중에 사람들이 모두 잠들어 고요해지면 반드시 손짓을 했다.

그런데 어떤 사람이 한 번만 더 시험해 보려고 소야征矢[7] 한 대를 그 구멍에 꽂아 보았는데 그 소야가 꽂혀 있는 동안에는 손짓하는 일이 없었기 때문에 그 후로는 화살의 대를 제거하고 소야의 화살촉[8]만을 구멍에 깊이 박아 두었다. 이후 손짓하는 일이 완전히 없어졌다.

이것을 생각하면 도무지 까닭을 알 수 없는 일이었다. 분명 정체를 알 수 없는 영 따위의 소행이었을 텐데, 그렇다고 해도 소야의 영험이 불상이나 경전보다 뛰어나 그 영이 이를 무서워했다는 것은 도무지 납득이 되지 않는다.

그리하여 당시 사람들은 이를 듣고 이렇게 이상하게 생각하며 의심했다고 이렇게 이야기로 전하여 내려오고 있다 한다.

---

7 전쟁에서 사용하는 화살. 가리마타雁股·히라네平根·도가리야尖矢 등 평평하고 큰 화살촉과 대비되게 마루네丸根, 야나이바柳葉, 겐지리劍尻, 도리노시타鳥の舌, 마키노하槙葉 등 가늘고 끝이 뾰족한 화살촉을 붙인 미타테바三立羽 화살을 말함.

8 철제무구鐵製武具의 주력. 도검刀劍도 이와 마찬가지이다. 바늘의 주력은 잇슨법사一寸法師의 이야기나 본집 권12 제34화의 쇼쿠性空 탄생담에도 이미 다루어졌음.

桃薗柱穴指出児手招人語第三

今昔、桃薗ト云ハ今ノ世尊寺也。本ハ寺ニモ無クテ有ケ
ル時ニ、西ノ宮ノ左ノ大臣ナム住給ケル。

其ノ時ニ寝殿ノ辰巳ノ母屋ノ柱ニ、木ノ節ノ穴開タリケリ。
夜ニ成レバ、其ノ木ノ節ノ穴ヨリ小サキ児ノ手ヲ指出テ、人
ヲ招ク事ナム有ケル。大臣此レヲ聞給テ、糸奇異ク怪ビ驚テ、
其ノ穴ノ上ニ経ヲ結付テ　奉タリケレバ、仏ヲ懸
奉タリケレドモ招ク事尚不止ザリケリ。此ク様ニスレドモ
敢テ不止ラズ、二夜三夜ヲ隔テ、夜半許ニ二人ノ皆寝ヌル程ニ
必ズ招ク也ケリ。

而ル間、或ル人亦試ムト思テ、征箭ヲ一筋其ノ穴ニ指入
タリケレバ、其ノ征箭ノ有ケル限ハ招ク事無カリケレバ、其
ノ後箭柄ヲバ抜テ、征箭ノ身ノ限ヲ、穴ニ深ク打入レタリケ

レバ、其ヨリ後ハ招ク事絶ニケリ。

此レヲ思フニ、心不得ヌ事也。定メテ者ノ霊ナドノ為ル事
ニコソハ有ケメ。其レニ、征箭ノ験当ニ仏経ニ増リ奉テ、
恐ムヤハ。

然レバ、其ノ時ノ人皆此レヲ聞テ、此ナム怪シビ疑ヒケル、
トナム語リ伝ヘタルトヤ。

냉천원冷泉院·동동원東洞院에 있는
승도전僧都殿의 영靈 이야기

해질 녘 무렵이 되면 승도전僧都殿의 서북쪽 구석에 있던 팽나무로 붉은 홑옷이 날아
올라가는 괴이한 일이 있었는데 숙직을 하던 미나모토노 고레스케源是輔의 무사武士
가 이것을 활로 쏴서 맞혔기 때문에 그 지벌을 받아 그날 밤 잠든 채로 죽어 버렸다고
하는 이야기. 앞 이야기와는 영靈과 화살이라고 하는 요소로 이어진다. 혈기에 경거망
동을 하다가 죽음을 부른다는 모티브는 본권 제13화와 같다.

이제는 옛이야기이지만, 냉천원소로冷泉院小路[1]의 남쪽, 동동원대로東洞院
大路[2]의 동쪽 모서리에 위치한 승도전僧都殿[3]은 유명한 악소惡所[4]였다. 때문
에 섣불리 그곳에 살려는 사람은 없었다.

그런데 그 냉천원소로의 바로 북쪽에 좌대변左大辨[5] 재상宰相인 미나모토
노 스케요시源扶義[6]라는 사람의 집이 있었다. 그 좌대변 재상의 장인은 사누
키讃岐의 수령인 미나모토노 고레스케源是輔[7]라는 사람이었다. 아무튼, 그

1 　냉천소로(→ 헤이안경도)
2 　→ 헤이안경도平安京圖.
3 　미상.
4 　불길한 장소.
5 　좌대변 겸 참의. 좌대변은 태정관太政官에 소속된 좌변관국의 장관. 재상宰相은 참의參議의 당명唐名.
6 　→ 인명.
7 　→ 인명.

집에서 보고 있으면 해질 녘 무렵에 승도전의 침전 앞에서 붉은 홑옷이 날아올라, 집의 맞은 편 승도전의 서북쪽[8] 모서리에 있는 크고 높은 팽나무 쪽으로 날아가서 가지 끝으로 올라갔다.

그래서 이를 본 사람은 두려워하며 그 근처에도 다가가지 않았는데 예의 사누키 수령의 집에서 숙직宿直 중이던 무사 한 사람이 이 홑옷이 날아가는 것을 보고

"내가 저 홑옷을 쏴서 떨어뜨려 주겠다."

고 말했다. 그러자 이를 들은 사람들이

"뭐라고? 저게 쏜다고 떨어질 것 같은가?"

라며 그 남자를 부추겼다. 이에 남자는

"반드시 떨어뜨려 주마."

라고 큰소리치고 해질 녘[9]에 승도전으로 갔다. 그리고 남면南面의 툇마루에 살며시 올라가 기다리고 있었다. 그러자 동쪽에 대나무가 조금 자라 있는 곳에서 붉은 홑옷[10]이 언제나처럼 스윽 올라와 날아갔다. 남자는 활에 날이 선 화살촉을 메어 강하게 당겨서 쏘았다. 그야말로 홑옷의 정 중앙을 관통했다고 생각했지만 홑옷은 활에 맞은 채로 언제나처럼 팽나무 가지 끝으로 날아 올라갔다. 활이 맞았다고 생각되는 곳의 지면을 살펴보니 피가 엄청나게 흐르고 있었다.

남자는 도로 사누키 수령의 집으로 돌아와서 언쟁을 했던 사람들과 만나 일의 자초지종을 이야기하자 그 사람들은 두려움에 부들부들 떨었다. 이 남

---

8 사기邪氣를 정화하기 위해서 저택 땅의 서북쪽 구석에 팽나무 등의 큰 나무를 심는 것이 당시의 습속.

9 영귀가 활동을 개시하는 시간.

10 안감이 없는 옷. 요괴나 영귀가 변신하고 붉은 의복의 오위五位 차림으로 나타나는 것과 관계있는 것으로 추정.

자는 그날 밤, 잠든 채로 죽어 버렸다.[11] 그래서 언쟁했던 사람들을 비롯하여 이를 들은 사람들은 모두 "쓸데없는 일을 해서 죽은 것이다."라 말하며 비난했다.

실로 사람에게 생명보다 중한 것은 없을 터인데 쓸데없는 일로 용감함을 보이려다 죽어 버린 것은 실로 하잘것없는 일이라고 이렇게 이야기로 전하여 내려오고 있다 한다.

---

11 수면 중의 돌연사. 요괴나 영귀의 요기妖氣에 닿았기 때문.

冷泉院東洞院僧都殿霊語第四

リ。

今昔、冷泉院ヨリハ南、東ノ洞院ヨリ東ノ角ハ、僧都殿

ト云フ、極タル悪キ所也。然レバ、打解テ人住ム事無カリケ

而ルニ、其ノ冷泉院ヨリハ只北ハ、左大弁ノ宰相源ノ扶

義ト云ケル人ノ家也。其ノ左大弁ノ宰相ノ舅ハ讃岐ノ守源

ノ是輔ト云ケル人也。其レニ、其ノ家ニテ見ケレバ、向ノ僧

都殿ノ戌亥ノ角ニハ大キニ高キ榎ノ木有ケリ、彼レハ誰ツ時

ニ成レバ、寝殿ノ前ヨリ赤キ単衣飛テ、彼ノ戌亥ノ榎ノ木

ノ方様ニ飛テ行テ、木ノ末ニナム登ケル。

然レバ、人此レヲ見テ恐テ、当リヘモ不寄ザリケルニ、彼

ノ讃岐ノ守ノ家ニ宿直シケル兵也ケル男ノ、此ノ単ノ飛行

クヲ見テ、「己ハシモ彼ノ単衣ヲバ射落シテムカシ」ト云ケ

レバ、此レヲ聞ク者共、「更ニ否不射ジ」ト諍ヲシテ、彼ノ

男ヲ励マシ云ケレバ、男、「必ズ射ム」ト諍ヒテ、夕暮方ニ

彼ノ僧都殿ニ行テ、南面ル格子ニ和ラ上テ待居タリケル程

ニ、東ノ方ニ竹ノ少シ生タリケル中ヨリ、此ノ赤単衣ノ様

ニハヘ飛テ渡ケルヲ、男鴈胯ヲ弓ニ番テ、強ク引テ射タリケ

レバ、単衣ノ中ヲ射貫ヌクト思ケルニ、単衣ハ箭立乍ラ同様

二榎ノ木ノ末ニ登リニケリ。其ノ箭ノ当リヌト見ル所ノ土

見ケレバ、血多ク泛ヌタリケリ。

男ハ本ノ讃岐ノ守ノ家ニ返テ、諍ツル者共ニ会テ、此ノ由

ヲ語ケレバ、諍フ者共極ク恐ケリ。其ノ兵ハ其ノ夜寝死ニナ

ム死ニケリ。

然レバ、此ノ諍フ者共ヨリ始メテ此レヲ聞ク人皆、「益無

キ態シテ死ヌル者カナ」トナム云ヒ謗ケル。

実ニ二人ハ命ニ増ス物ハ無キニ、由無ク猛キ心ヲ見エムトテ

死ヌル、極テ益無キ事也、トナム語リ伝ヘタルトヤ。

234

냉천원冷泉院¹의 물의 정령이
사람의 모습으로 잡힌 이야기

여름 무렵 밤이면 밤마다 몸집이 작은 노옹老翁으로 변신해서 사람의 얼굴을 쓰다듬는다고 하는 양성원陽成院 연못의 정령이 무사武士인 듯한 용감한 사람에게 포박되었는데, 정령은 물을 넣은 대야를 요구하고 그 안으로 뛰어들어 녹아 없어졌다고 하는 이야기. 양성원의 연못에 관한 괴이怪異는 『우지 습유宇治拾遺』 158화에도 보인다.

이제는 옛이야기이지만, 요제이인陽成院²께서 살고 계시던 곳³은 이조二條대로⁴의 북쪽, 서동원대로西洞院大路⁵의 서쪽, 대취어문대로大炊御門大路⁶의 남쪽, 유소로油小路⁷ 의 동쪽 땅의 이정二町⁸이었다. 요제이인이 돌아가신 후⁹로는 그 땅의 한가운데를 동서로 잇는 냉천원소로冷泉院小路¹⁰를 닦아 북쪽 마을은 인가人家가 되고 남쪽 마을에는 연못 등이 조금 남아 있었다.

그 남쪽 마을에 사람이 살고 있었을 때의 일이다. 어느 여름 무렵, 서쪽의

---

1 본문에 따르면 양성원陽成院이 옳은 표기임.
2 → 인명.
3 양성원陽成院(→ 지명)이라 함. 또 이조원二條院이라고도 함.
4 → 헤이안경도.
5 → 헤이안경도.
6 → 헤이안경도.
7 → 헤이안경도.
8 정町은 조방제條坊制에서 크고 작은 길로 둘러싸인 한 구획을 이름.
9 요제이인이 붕어崩御한 후, 천력天曆 3년(949) 9월 29일.
10 → 헤이안경도.

바깥채[11] 툇마루에서 사람이 자고 있었는데 키가 세 척[12] 정도 되는 노인이 나타나서 자고 있는 사람의 얼굴을 쓰다듬었다. 이상하게 생각했지만 무서워서 어쩌지도 못하고 자는 척하며 누워 있었더니 노인은 살며시 일어나서는 돌아갔다. 그 사람은 별빛이 총총한 밤이어서 노인이 연못가까지 가서는 감쪽같이 사라져 보이지 않게 되는 것을 지켜볼 수 있었다. 연못은 언제 물을 갈았는지 수면에 부초浮草나 창포菖蒲가 무성하게 자라 기분 나쁘고 무서운 분위기가 감돌았다.

그리하여 연못에 사는 모노者[13]로구나 생각하여 두려워하고 있었는데 그 후로도 밤마다 나와서는 얼굴을 쓰다듬었기에 이를 들은 사람은 모두 두려움에 떨었다. 그러자 솜씨가 뛰어난 한 남자가 있어서 "좋다. 내가 한번 그 얼굴을 쓰다듬는 녀석을 반드시 잡아 보이겠다."라고 말하고 그 툇마루에서 혼자 포승을 가지고 엎드려서 밤새도록 기다렸으나 초저녁 때는 나타나지 않았다. 야반夜半이 지났으리라 생각될 무렵 기다리다 지쳐서 조금 《졸게 되었는데》[14] 무언가 차가운 것이 얼굴을 쓰다듬었다. 기다리고 있었던 참이기에 비몽사몽 하던 중에도 번쩍 정신이 들어 눈뜨기가 무섭게 일어나서 붙잡아 포승으로 칭칭 감아 난간에 묶어 두었다.

그리고 사람을 부르자 모두 모여들어 불을 켜고 그자를 살펴보았다. 모습을 보니 키는 세 척 정도로 아래위로 연한 황색 옷을 입은 작은 노인이었다. 노인은 당장이라도 죽을 것 같은 모습으로 묶여서 눈을 깜빡이고 있었다. 무엇을 물어도 대답하지 않았다. 잠시 후 조금 미소를 지으며 여기저기 둘

---

11 '西の對の屋'.

12 약 90cm.

13 원문에는 "모노者"로 되어 있음. 정체를 알 수 없는 것. 요괴妖怪, 영귀靈鬼 등 불가사의한 영력靈力을 가진 존재.

14 파손에 의한 결자. 『도다이지오책본東大寺五冊本』을 근거로 보충.

러보고는 가늘고 비참한 목소리로 "대야에 물을 넣어서 가져와 줄 수 없겠는가."라고 물었다. 그래서 커다란 대야에 물을 넣어 앞에 두자 노인은 목을 쭉 빼서 대야를 마주하고 물에 비친 모습을 보고 "나는 물의 정精¹⁵이다."라고 말하고는 물속으로 풍덩 빠져 버렸다. 그 순간 노인의 모습은 사라져 버렸다. 그러자 대야의 물이 불어나 툇마루에서 흘러넘치고, 묶어 두었던 밧줄은 매듭지어진 채로 물속에 남아 있었다. 노인은 물이 되어 녹아 없어져 버렸던 것이다. 사람들은 이를 보고 놀라며 괴이하게 여겼는데 그 대야의 물을 흘리지 않도록 들고 가서 연못에 쏟아부었다. 이후 노인이 나타나 사람을 쓰다듬는 일은 없어졌다.

　이것은 물의 정령이 사람이 된 것이라고 사람들이 서로 이야기했다고 이렇게 이야기로 전하여 내려오고 있다 한다.

15　정령. 영혼. 동물 이외의 영靈을 가리키는 경우가 많음.

冷泉院水精成人形被捕語第五

今昔、陽成院ノ御マシケル所ハ、二条ヨリハ北、西ノ洞院ヨリハ西、大炊ノ御門ヨリハ南、油ノ小路ヨリハ東二町ニナム住セ給ケルニ、院ノ不御サデ後ニハ、其ノ冷泉院ノ小路ヲバ開テ、北ノ町ハ人家共ニ成テ、南ノ町ニゾ池ナド少シ残テ有ケル。

其レニモ人ノ住ケル時ニ、夏ノ比、西ノ台ノ延二人ノ寝タリケルヲ、長三尺許有ル翁ノ来テ、寝タル人ノ顔ヲ捜ケレ

バ、「怪シ」ト思ケレドモ、怖シクテ何カニモ否不為ズシテ、虚寝ヲシテ臥タリケレバ、翁和ラ立返テ行クヲ、星月夜ニ見遣ケレバ、池ノ汀ニ行テ、掻消ツ様ニ失ニケリ。池掃フ世モ無ケレバ、萍昌補生繁テ糸六借気ニテ、怖シ気也。

然レバ「弥ヨ池ニ住ム者ニヤ有ラム」ト怖シク思ケルニ、其ノ後、夜々来ツ、捜ケレバ、此レヲ聞ク人皆恐合タル程ニ、兵立タル者有テ、「イデ、己レ其ノ顔捜ルラム者必ズ捕ヘム」ト云テ、其ノ延ニ只独リ芋縄ヲ具シテ臥シテ、終夜待ケルニ、宵ノ程不見エザリケリ。「夜半ハ過ヤシヌラム」ト思フ程ニ、待カネテ少シ□タリケルニ、面ニ物ノ氷ヤカニ当リケレバ、心ニ懸テ待ツ事ナレバ、寝心ニモ急ト思エテ、驚クマ丶ニ、起上テ捕ヘツ。芋縄ヲ以テ只縛リニ縛テ、高欄ニ結付ツ。

然テ人ニ告レバ、人集テ火ヲ灯シテ見ケレバ、長三尺許ナル小翁ノ、浅黄上下着タルガ可死気ナル、縛リ被付テ、目ヲ打叩テ有リ。人物問ヘドモ、答ヘモ不為ズ。暫許有テ

少シ咲テ、此彼見廻シテ、細ク侘シ気ナル音ニテ云ク、

「盥ニ水ヲ入レテ得ムヤ」ト。然レバ、大キナル盥ニ水ヲ入

テ前ニ置タレバ、翁頸ヲ延ベテ盥ニ向テ、水影ヲ見テ、「我レ

ハ水ノ精ゾ」ト云テ、水ニツフリト落入ヌレバ、翁ハ不見エ

ズ成ヌ。然レバ、盥ニ水多ク成テ、鉉ヨリ泛ル。縛タル縄ハ

被結乍ラ、水ニ有リ。翁ハ水ニ成テ解ニケレバ、失ヌ。人皆

此レヲ見テ、驚キ奇ケリ。其ノ盥ノ水ヲバ不泛サズシテ、掻

テ、池ニ入テケリ。其ヨリ後、翁来テ人ヲ捜ル事無カリケリ。

此レハ、水ノ精ノ、人ニ成テ有ケル、トゾ人云ケル、トナ

ム語リ伝ヘタルトヤ。

동삼조東三條의 인간의 모습으로 변신한
동銅의 정精을 땅속에서 파낸 이야기

기물器物의 정령이 인간으로 변해 나타난다고 하는 괴이담怪異譚. 식부경式部卿 시게
아키라重明 친왕親王이 동삼조전東三條殿에 살고 있을 때의 일로, 뚱뚱하고 몸집이 작
은 오위五位 차림을 한 자가 남쪽 산을 어슬렁거리며 걸어 다니는 것을 수상하게 여겨
음양사陰陽師에게 점치게 한 결과 어전御殿의 동남쪽 구석에 땅속 깊이 묻혀있던 동銅
으로 만든 술 주전자의 정령임을 알게 되었다는 이야기. 기물의 정령이 의인화한 모습
은 도사 미쓰노부土佐光信가 그린 『백귀야행회권百鬼夜行繪卷』에 다수 그려져 있다.

이제는 옛이야기이지만, 동삼조전東三條殿[1]에 식부경궁式部卿宮[2]이라고 하
는 분이 살고 계셨을 때의 일이다. 남쪽 산을 키가 세 척 정도 되고 뚱뚱한
남자가 오위五位[3] 차림을 하고 가끔 걸어 다니고 있는 것을 친왕께서 보시고
는 수상하게 생각하고 있었다. 그런데 오위가 걸어 다니는 일이 계속 반복
되었기에 뛰어난 음양사陰陽師[4]를 데려다 그 지벌에 대해서 묻자 음양사는
"이것은 모노노케物の怪[5]이옵니다. 그러나 사람에게 해를 끼치는 것은 아니

---

1   → 지명·헤이안경도. '동삼조원東三條院'이라고도 함.
2   시게아키라重明 친왕親王(→ 인명)을 이름.
3   영귀靈鬼, 정령精靈이 변신할 때는 대부분 오위五位(비색緋色)나 육위六位차림으로 나타남.
4   음양료陰陽寮에 속하여 천문天文·지상地相에 근거하여 길흉화복을 점치고 양재초복禳災招福의 주술을 행하
    는 사람.
5   사람에 쓰여 병이나 재액을 가져오는 영혼이나 요괴 등.

옵니다."라고 점쳐서 아뢰었다. "그 영靈은 어디에 있는가? 그리고 무엇의 정령인가?"라고 묻자 음양사는 "이것은 동銅으로 된 기물의 정精이옵니다. 어전御殿[6]의 동남쪽 구석 땅속에 있습니다."라고 점쳐서 아뢰었기에 음양사의 말에 따라 그 동남쪽 지면을 구획을 나누어 한 번 더 점치게 해서 그 점괘에 해당하는 지면을 두세 척 정도 파서 찾게 했는데 나오지 않았다. 음양사가 "좀 더 파지 않으면 아니 되옵니다. 분명 이곳밖에 없을 것입니다."라고 점괘를 아뢰었기에 계속해서 오륙 척쯤 파냈다. 그러자 동으로 만든 용량이 다섯 말[7]정도의 술 주전자가 나왔다. 그 이후 오위가 걷는 일은 없었다.

그렇다면 분명 그 동으로 된 술 주전자가 사람이 되어 걸어 다녔던 것일 것이다. 불쌍한 일이다.

이 일로 물건의 정精[8]이 이렇게 사람이 되어 나타난다는 것을 사람들이 알았다고 이렇게 이야기로 전하여 내려오고 있다 한다.

---

6   동삼조전을 이름.
7   다섯 말은 약90리터.
8   오래된 도구나 기물이 요괴가 된 것을 쓰쿠모가미付喪神라고 함. 『백귀야행회권百鬼夜行繪卷』(진주암眞珠庵 소장)『쓰쿠모가미회권付喪神繪卷』(스후쿠지崇福寺 소장)에 나타난 요괴는 이 종류.

東三条銅精成人形被堀出語第六

今昔、東三条殿ニ式部卿ノ宮ト申シケル人ノ住給ヒケル
時ニ、南ノ山ニ長三尺許ナル五位ノ太リタルガ、時々行ケ
ルヲ御子見給テ怪ビ給ケルニ、
五位ノ行ク事既ニ二度々々成ニ
ケレバ、止事無キ陰陽師ヲ召
シテ、其ノ祟ヲ被問ケレバ、
陰陽師、「此レハ物ノ気也。
但シ人ノ為ニ害ヲ可成キ者ニ
ハ非ズ」ト占ヒ申ケレバ、
「其ノ霊ハ何ニコニ有ゾ。亦何
ノ精ノ者ニテ有ゾ」

百鬼夜行（百鬼夜行絵巻）

ト被問ケレバ、陰陽師、「此レハ銅ノ器ノ精也。宮ノ辰巳
ノ角ノ土ノ中ニ有」ト占ヒ申シタリケレバ、陰陽師ノ申スニ
随テ、其ノ辰巳ノ方ノ地ヲ破テ、亦占ハセケルニ、占ニ当
タル所ノ地ヲ二三尺許堀テ求ルニ、無シ。陰陽師、「尚可
堀キ也。更ニ此ハ不離ジ」ト占ヒ申ケレバ、五六寸許堀ル
程ニ、五斗納許ナル銅ノ提ヲ堀出タリ。其後ヨリナム此ノ五
位ノ行ク事絶ニケリ。
然レバ、其ノ銅ノ提ノ、人ニ成行ケルニコソハ有ラメ。糸
惜シキ事也。
此レヲ思フニ、物ノ精ハ此ク人ニ成テ現ズル也ケリ、トナ
ム皆人知ニケリ、トナム語リ伝ヘタルトヤ。

아리와라노 나리히라在原業平 중장中將의 여자가
오니鬼에게 잡아먹힌 이야기

아리와라노 나리히라在原業平가 열애熱愛하던 여자를 몰래 훔쳐내 기타야마시나北山科의 황폐한 산장의 교창校倉에 숨겨 두었는데, 밤이 되자 천둥 번개가 치고 날이 밝은 다음 보니 여자가 머리 하나와 옷만을 남기고 오니鬼에게 먹혀 버렸다고 하는 이야기. 『이세伊勢』 6단이 원래 출처이며 '오니 한입鬼一口'이라 불리는 저명한 설화이다. 또한 이 이야기에서 제19화까지는 오니에 관한 괴이담이 이어진다.

　　이제는 옛이야기이지만, 우근중장右近中將[1] 아리와라노 나리히라在原業平[2]라는 사람이 있었다. 소문난 호색가로 세간에서 미인이라고 평판이 높은 여자는 궁녀이건 일반인의 딸[3]이건 간에 한 사람도 남김없이 전부 자기 사람으로 하고자 했는데, 어떤 사람의 딸이 '그 자태가 이 세상에 견줄 자가 없을 정도로 아름답다.'라는 소문을 듣고 열성을 다해 구애했다. 그러나 그 부모들이 "딸에게는 고귀한 사위를 얻게 할 생각이다."라고 말하며 딸을 금이야 옥이야 애지중지하며 상대도 해 주지 않았기에 나리히라 중장은 손도 쓰지 못하고 있던 중에, 어떤 수단을 강구했는지 그 여자를 몰래 훔쳐 내는 데에

1　우근위부右近衛府의 이등관二等官.
2　→ 인명.
3　『이세伊勢』에는 이 사람이 니조 황후二條后 다카이코高子(세이와淸和 천황天皇의 부인, 요제이陽成 천황의 어머니)라고 되어있다.

성공했다.

그런데 우선 여자를 숨길 만한 장소가 마땅치 않아, 어찌할까 망설이고 있었는데 때마침 기타야마시나北山科⁴ 근처에 황폐해서 사람의 왕래가 없는 오래된 산장山莊⁵이 있었다. 그 산장 안에는 커다란 교창校倉⁶이 있었는데 문도 떨어져 나가 있었다. 사람이 살고 있던 집 쪽은 마룻바닥의 마루조차 사라져서 도무지 들어갈 수 없었기에 그 창고 안에 얇은 돗자리 한 장을 들고 와서 그 여자를 데려와 재웠다. 그때 갑자기 번개가 치고 천둥소리가 세차게 울려 퍼졌다. 중장은 태도太刀를 뽑아 여자를 뒤로 밀어 놓고 일어나서 칼을 번득이고 있었는데, 그사이 천둥이 겨우 멎고 날이 밝았다.

그러나 여자의 목소리가 들리지 않았다. 중장이 이상하게 생각해 뒤돌아보자 여자의 머리와 입고 있던 옷만이 남아 있었다. 중장은 말할 수 없이 무서워져서 자기 옷도 챙기지 못하고 도망쳐 나왔다. 나중에야 그 창고가 사람을 죽이는 창고라는 것을 알게 되었다. 그렇다면 그날 밤 일은 천둥 번개가 아니라 창고에 사는 오니鬼의 소행이었던 것일까?

그러므로 잘 알지 못하는 곳에는 결코 들러서는 안 되는 것이다. 하물며 묵는다든지 하는 일은 생각조차 할 수 없는 일이라고 이렇게 이야기로 전하여 내려오고 있다 한다.

---

4   → 지명.
5   장원莊園 관리를 위해 세워진 산속의 저택.
6   통나무나 각재角材를 '우물 정井'자 모양으로 쌓아 만든 창고. 정창원正倉院은 이 양식의 대표적인 건물이다.

在原業平中将女被噉鬼語第七

今、昔、右近ノ中将在原ノ業平ト云フ人有ケリ。極キ世ノ

好色ニテ、「世ニ有ル女ノ形チ美キト聞クヲバ、宮仕人ヲモ人

ノ娘ヲ見残スナク、員ヲ尽シテ見ム」ト思ヒ見ケルニ、或ル人

ノ娘ノ、「形チ有様世ニ不知ズ微妙シ」ト聞ケルヲ、心ヲ尽

シテ極ク仮借シケレドモ、「止事無カラム智取ヲセム」ト云

テ、祖共ノ微妙ク傳ケレバ、業平ノ中将力無クシテ有ケル

程ニ、何ニシテカ構ヘケム、彼ノ女ヲ蜜ニ盗出シテケリ。

其レニ、忽ニ、可将隠キ所ノ無カリケレバ、思ヒ繚テ、

北山科ノ辺ニ旧キ山庄有テ人モ不住ヌガ有ケルニ、其ノ家ヘ

ノ内ニ大ナルアゼ倉有ケリ。片戸ハ倒レテナム有ケル、住ケ

ル屋ハ板敷ノ板モ無クテ、可立寄キ様モ無カリケレバ、此ノ

倉ノ内ニ畳一枚ヲ具シテ此ノ女ヲ具シテ将行テ臥セタリケル

程ニ、俄ニ雷電霹靂シテ嗔ケレバ、中将大刀ヲ抜テ、女ヲバ

後ノ方ニ押遣テ、起居テヒラメカシケル程ニ、雷モ漸ク鳴止

ニケレバ、夜モ曙ヌ。

而ル間、女音モ不為ザリケレバ、中将怪ムデ見返テ見ルニ、

女ノ頭ノ限ト、着タリケル衣共ト許残タリ。中将奇異ク怖シ

クテ、着物ヲモ不取敢ズ逃去ニケリ。其レヨリ後ナム、此

ノ倉ハ人取リ為ル倉ト知ケル。然レバ雷電霹靂ニハ非ズシ

テ、倉ニ住ケル鬼ノシケルニヤ有ケム。

然レバ案内不知ザラム所ニハ努々不立寄マジキ也。況ヤ宿

セム事ハ不可思議ズ、トナム語リ伝ヘタルトヤ。

내리內裏의 마쓰바라松原에서 사람 모습을 한 오니鬼에게 잡아먹힌 여자 이야기

고코光孝 천황天皇 치세의 중추명월仲秋名月 무렵의 밤에 있었던 일로 무덕전武德殿의 마쓰바라松原를 지나가던 젊은 여자들 셋 중의 한 사람이 남자의 꼬임으로 소나무 그늘 밑으로 간 채 돌아오지 않았는데 수상하게 생각한 일행 두 사람이 가까이 다가가보니 여자가 손발만을 남긴 채 오니에게 잡아먹혀 버렸다고 하는 이야기. 『삼대실록三代實錄』의 기사를 출전으로 하는 사실성事實性이 강한 괴이담이다. 또한 권14 제5화, 본권 제38화 등 엔노마쓰바라宴の松原는 요망한 여우妖狐 등이 출몰하는 괴이한 장소로 유명하다.

이제는 옛이야기이지만, 고마쓰小松 천황天皇[1] 치세에 무덕전武德殿[2]의 마쓰바라松原[3]를 젊은 여자 일행 세 사람이 내리內裏쪽으로 걷고 있었다. 8월 17일 밤이어서 달이 굉장히 밝았다.

그러자 소나무 밑에서 한 남자가 나왔다. 지나가려고 하는 여자 한 사람을 멈춰 세워 소나무 그늘에서 손을 쥐고는 이야기를 시작했다. 다른 두 사람의 여자는 금방 이야기가 끝나고 돌아오겠거니 하고 그 자리에 멈춰 서서

---

1   → 인명. 제58대 고코光孝 천황天皇.
2   대내리大內裏 안 의추문宜秋門 서쪽으로 엔노 마쓰바라宴の松原를 사이에 두고 위치함. 우근위부右近衛府의 동쪽에 해당.
3   엔노 마쓰바라宴の松原(→지명)를 이름.

기다리고 있었는데 좀처럼 돌아오지 않았다. 이야기 소리도 들리지 않게 되었기에 어찌된 일인가 수상하게 생각해서 그쪽으로 가보니 여자도 남자도 보이지 않았다. 도대체 어디로 가버린 걸까 생각하면서 잘 살펴보니 여자의 손발만이 산산이 흩어져 있었다. 이를 본 여자들은 기겁해서 도망쳐 나와 위문부衛門府의 대기소로 달려 들어가 그곳에 있던 사람에게 사건을 차례로 고하자 대기소에 있던 자들도 놀라서 그 장소로 가보았다. 그러자 시체 같은 것은 전혀 보이지 않고 다만 손발만이 남아 있었다. 이를 듣고 사람들이 몰려와서 큰 소동이 벌어졌다. 그리고 "이것은 오니鬼가 사람으로 변신해서 이 여자를 잡아먹어 버린 것이다."라고 입을 모아 말했다.

그러므로 여자는 이러한 인적이 드문 장소에서 모르는 남자가 불러 세웠을 경우에 방심하고 따라가는 일이 있어서는 안 되는 것이다. 똑바로 정신을 차려야 한다고 이렇게 이야기로 전하여 내려오고 있다 한다.

内裏ノ松原ニシテ鬼人ノ形トナリテ人ヲ噉フ語第八

だいりのまつばらにしておにひとのかたちとなりてをむなをくらふことだいはち

내리 내리의 마쓰바라 松原에서 사람 모습을 한 오니 鬼에게 잡아먹힌 여자 이야기

於内裏松原鬼成人形噉女語第八

今昔、小松ノ天皇ノ御代ニ、武徳殿ノ松原ヲ、若キ女三人打群テ、内様ヘ行ケリ。八月十七日ノ夜ノ事ナレバ、月キ極テ明シ。

而ル間、松ノ木ノ本ニ男一人出来タリ。此ノ過ル女ノ中ニ一人ヲ引ヘテ、松ノ木景ニテ、女ノ手ヲ捕ヘテ物語シケリ。今二人ノ女ハ、「今ヤ物云畢テ来ル」ト待立テリケルニ、良久ク不見エズ、物云フ音モ不為ザリケレバ、「何ナル事ゾ」ト怪シク思テ、二人ノ女寄テ見ルニ、女モ男モ無シ。「此ハ何クヘ行ニケルゾ」ト思テ、吉ク見レバ、只女ノ足許離レテ有リ。二人ノ女此レヲ見テ、驚テ走リ逃テ、陣ノ人ニ此ノ由ヲ告ケレバ、陣ノ人共驚テ、其ノ所ニ行テ見ケレバ、凡ソ骸散タル事無クシテ、只足手ノミ残タ

リ。其ノ時二人集リ来テ見嘆シル事無限シ。「此レハ鬼ノ、人ノ形ト成テ此ノ女ヲ噉テケル也ケリ」トゾ人云ケル。

然レバ、女然様ニ二人離レタラム所ニテ、不知ザラム男ノ呼ハムヲバ、広量ジテ不行マジキ也ケリ。努々可怖キ事也、トナム語リ伝ヘタルトヤ。

조정^{朝政}에 나간 변^辨이
오니^鬼에게 잡아먹힌 이야기

태정관太政官의 조정朝政에 지각한 어느 사史가 일찍 나와 있던 상관上官인 변辨이 있는 동청東廳에 들어가 보니 온 바닥이 피바다가 되어 있었고, 변은 머리카락이 달린 머리 하나, 피투성이의 홀笏, 신발 등만을 남겨두고 오니鬼에게 참살당해 있었다고 하는 이야기. 서청西廳에서 조정이 행해지게 된 유래담의 형식을 취하고 있다. 이야기 끝에서 세이와淸和 천황天皇 치세의 사건이라고 하고 있지만 확실하지 않다. 앞 이야기와는 '오니 한입鬼一口'의 모티브로 이어져 있으며 같은 형태의 처세훈處世訓을 부가하고 있다.

이제는 옛이야기이지만, 태정관太政官에서 조정朝政[1]을 행하고 있었다. 조정에 참가하기 위해서 관리는 날이 밝기 전에 관솔불을 밝히고 등청登廳하게 되어 있다.

어느 날, 사史[2]인 □□□[3]라고 하는 사람이 지각을 했다. 변辨[4]인 □□[5]라고 하는 사람은 일찍 등청해서 이미 자리에 앉아 있었다. 사는 지각한 것

---

1   아침 일찍부터 정무政務를 보는 것.
2   태정관太政官의 4등관.
3   사史의 이름을 명기하기 위한 의도적 결자.
4   태정관의 3등관.
5   변의 이름을 명기하기 위한 의도적 결자.

을 두려워하며 서둘러 가던 중에 대현문待賢門[6] 앞에 변의 우차牛車가 서 있는 것을 보고 변이 벌써 등청해 있다고 눈치채고는 급히 관청으로 들어가려고 했는데 관청의 북쪽 문 안쪽 담 옆에 변의 잡색雜色[7]들과 소사인小舍人 동자[8] 등이 있었다. 그래서 사는 변이 일찍 출근해 있는데 자신은 하급인 사史의 관직이면서 지각해 버렸다는 사실에 두려워하며 급히 동청東廳[9]의 동쪽 출입구 옆으로 다가가 안쪽을 엿보았다. 그런데 등불은 꺼져 있고 인기척이 없었다.

사史는 무척 이상한 느낌이 들어서 변의 잡색들이 있는 담 옆으로 가서 "변께서는 어디에 계신가?"라고 묻자 잡색들은 "이미 한참 전에 동청으로 들어가셨습니다."라고 대답했다. 사史는 주전료主殿寮[10]의 하인을 불러 등불을 켜게 해서 관청 안으로 들어갔다. 들어가 보니 변의 자리에 머리카락이 군데군데 붙은 새빨간 피투성이의 머리[11]가 굴러다니고 있었다. "도대체 이건 무엇인가."라고 경악하며 옆을 보자 피 묻은 홀笏[12]과 신발이 떨어져 있었다. 또 부채도 있어서 거기에 변의 필적으로 집무 순서가 이것저것 적혀 있었다. 다다미疊 위에도 엄청난 피가 묻어 있었는데 그 이외에는 아무것도 보이지 않았다. 이윽고 날이 밝자 많은 사람들이 모여들어서 이를 보고 큰 소동이 났다. 변의 머리는 변의 종자들이 거두어 갔다. 그 이후 조정은 동청에서 행해지지 않고 서청에서 행해지게 되었다.

그러므로 정무政務라 할지라도 그렇게 인적이 드문 장소는 주의하지 않으

---

6 중어문대로中御門大路에 있는 문으로 대내리大內裏 동쪽 중앙에 있다. 이곳 안으로 수레를 가지고 들어가려면 우차牛車의 선지宣旨를 받아야 했음.

7 잡무에 종사하는 하천한 남자.

8 여기서는 나이어린 시동侍童.

9 태정관 안의 동북쪽에 있던 조소朝所를 이르는 것으로 추정.

10 관청 안의 청소나 등불 등의 잡일을 맡고 있던 곳.

11 머리만 남기고 전부 잡아 먹혀버린 것이다. 본권 제7화 참조.

12 속대束帶 차림일 때 오른손에 드는 가늘고 얇은 긴 판.

면 아니 되는 것이다. 이는 미노오水尾 천황天皇¹³의 치세에 일어난 일이라고 이렇게 이야기로 전하여 내려오고 있다 한다.

---

13 → 인명. 제56대 세이와淸和 천황天皇을 이름. 재위는 천안天安 2년(858)부터 정관貞觀 18년(876)까지.

くわんのあさまつりごとにまゐるべんおにのためにくらはるることだいく

参官朝庁弁為鬼被噉語第九

今昔、官ノ司ニ朝庁ト云フ事行ヒケリ。其レハ未ダ暁

ニゾ火灯シテゾ人ハ参ケル。

其ノ時ニ史、□ノ□ト云ケル者遅参シタリケリ、弁、□ト

ノ□ト云ケル人早参シテ座ニ居タリケリ。其ノ史遅参シ

タル事ヲ怖レテ、念ギ参ケルニ、中ノ御門ノ門ニ弁ノ車立

タリケルヲ見テ、「弁ハ参ニケリ」ト云フ事ヲ知テ、官ニ念

ギ参ルニ、官ノ北ノ門ノ内ノ屏ノ許ニ、弁ノ雑色小舎童ナド

居タリ。然レバ史、弁ノ被早参ニケルニ、我レ史ニテ遅参シ

タル事ヲ怖レ思テ、念ギテ東ノ庁ノ東ノ戸ノ許ニ寄テ、庁
ノ内ヲ臨ケバ、火モ消ニケリ、人ノ気色モ無シ。

史極テ怪ク思テ、弁ノ雑色共ノ居タル屏ノ下部ヲ召シテ、
「弁ノ殿ハ何コニ御マスゾ」ト問ヘバ、史主殿寮ノ下ニ
早ク着セ給ヒニキ」ト答フレバ、史ノ内ニ入テ見レバ、弁ノ座ニ赤ク血肉ナル

頭ノ、髪所々付タル有り。史「此ハ何ニ」ト驚キ怖レテ
傍ヲ見レバ、笏沓モ血付テ有リ。畳ニ血多ク泛タリ。他ノ物

其ノ扇ニ事ハ次第共被書付タリ。亦扇有リ。弁ノ手ヲ以、
ハ露不見エズ。奇異キ事無限シ。而ル間ニ夜暁ヌレバ、人多

ク来リ集テ見嘆ケリ。弁ノ頭ヲバ弁ノ従者共取テ去ニケリ。
其ノ後、其ノ東ノ庁ニテ朝庁ヲバ不行ザリケリ。西庁ニ

テナム行ヒケル。
然レバ公事ト云乍ラ、然様ニ人離レタラム所ニハ、可怖キ

事也。
此ノ事ハ水尾ノ天皇ノ御時、トナム語リ伝ヘタルトヤ。

모노物¹가 인수전仁壽殿 연결통로의
등유燈油를 훔쳐가는 이야기

다이고醍醐 천황天皇 치세에 매일 밤 인수전仁壽殿의 연결통로의 등불을 누군가가 훔쳐 가져가는 기괴한 사건이 있었는데 천황의 명을 받은 미나모토노 긴타다源公忠가 그 정체를 알 수 없는 것을 발로 걷어차 많은 양의 피를 흘릴 정도의 중상을 입힌 이야기. 다음날 아침에 확인해 보니 남전南殿의 회벽에 피가 흐르고 있었다는 점에서 남전의 오니鬼의 소행이라 여겨진다. 남전의 오니에 대해서는 『대경大鏡』 다다히라전忠平傳, 『겐지源氏』 유가오夕顔에도 그 내용이 전해진다.

이제는 옛이야기이지만, 연희延喜² 치세의 일로 인수전仁壽殿³의 연결통로⁴에서 한밤중에 뭔가 수상한 것이 나타나서 등유燈油⁵를 훔쳐서 자신전紫宸殿 쪽으로 사라져 가는 일이 밤마다 계속되었다.

천황께서 이를 유감스럽게 생각해서 "어떻게든 그것의 정체를 확인하겠

---

1   * 정체를 알 수 없는 것. 요괴妖怪, 영귀怨靈 등 불가사의한 영력靈力을 가진 존재.
2   제16대 다이고醍醐 천황(→ 인명). 본권 제2화 참조.
3   내리內裏의 전사殿舍 중 하나. 자신전紫宸殿의 북쪽, 승향전承香殿의 남쪽. 본디 천황이 평상시 거처하던 곳으로 천황의 거소가 청량전淸凉殿으로 옮긴 뒤로는 내연內宴 등을 행했다.
4   원문은 "다이시로호代". 여기에서는 하나치이데放serving出나 와타도노渡殿를 이름. '와타도노'는 침전寢殿 건축양식에서 건물과 건물을 잇는 지붕과 마루가 있는 복도.
5   전각 안을 밝히는 기름 등불.

노라.”고 말했다. 당시 □⁶변이었던 미나모토노 긴타다源公忠⁷라는 사람은 전상인殿上人⁸으로서 출사하고 있었는데 천황에게 “등유를 훔치는 놈을 붙잡지는 못하겠지만 어떻게든 정체를 확인하는 정도는 해 보겠습니다.”라 아뢰었다. 천황은 이를 듣고 매우 기뻐하시며 “반드시 확인하도록 해라.”라고 말씀하셨다. 그리하여 3월 장마 무렵, 평소 밝은 장소조차 어두웠고 더구나 자신전의 그늘은 깜깜했는데 밤이 되어 변은 나카바시中橋⁹를 지나 몰래 살금살금 걸어서 자신전에 올라 북쪽에 열린 문 옆에 몸을 숨기고 숨을 죽이고 상황을 살피고 있었다. 그러자 축시丑時¹⁰ 정도 되었으리라 생각될 무렵 수상한 발소리가 났다. ‘이 녀석이로군.’이라 생각하고 있었더니 아니나 다를까 등유를 훔쳐가는 묵직한 정체를 알 수 없는 발소리가 났다. 그러나 모습은 보이지 않았다. 그러던 사이 등유의 불빛만이 허공에 떠서 자신전의 문 쪽을 향해 갔다. 그것을 발견한 변은 달려가서 문 옆에서 발을 올려 있는 힘껏 찼다. 그러자 발에 무엇인가가 강하게 부딪혔다. 그와 동시에 등유를 마루에 엎지르면서 정체를 알 수 없는 것이 남쪽으로 도망쳤다.

변은 몸을 돌려 전상殿上에서 등불을 켜서 다리를 비추어 보았더니 엄지발가락의 발톱이 갈라져 피가 묻어 있었다. 날이 밝아 정체를 알 수 없는 것을 발로 찼던 장소에 가 보았는데 엄청난 양의 새빨간 피가 흘러 있었고, 핏자국이 자신전의 누리고메塗籠¹¹ 쪽으로 군데군데 이어져 있었다. 누리고메를 열어보니 온통 피가 떨어져 있을 뿐 그 외에는 아무것도 없었다. 그래서

---

6 관직의 명기를 위한 의도적 결자. 변辨은 태정관 소속의 서기관. 또한 긴타다는 당시 우소변右小辨.
7 → 인명.
8 청량전清凉殿의 ‘덴조노마殿上の間(* 清凉殿에 있는 殿上人의 대기소)’에 오르는 것을 허가 받은 사람으로 사위나 오위 혹은 육위의 궁중의 잡무를 보던 직원을 이름.
9 ‘나가바시長橋’의 오기. 청량전의 동남쪽에서 자신전의 서북쪽을 잇는 가늘고 긴 널다리.
10 오전 2시경. 요괴나 유령 등이 발호跋扈하는 시간.
11 주위를 벽으로 막고 입구에 문을 단 방. 요괴나 영혼이 있는 곳.

천황께서는 긴타다를 매우 칭찬하셨다.

이 변은 무사 집안의 사람은 아니지만, 총명하고 사려가 깊은데다 두려움이 없는 인물이었다. 그렇기에 이러한 정체를 알 수 없는 것조차 두려워하지 않고 틈을 보아 발로 차 버린 것이다. 다른 사람이라면 아무리 어명御命이라 해도, 그 정도의 어둠 속에서 자신전 그늘에 혼자 숨어 있을 수 있는 사람은 없다.

그 이후 등유를 훔쳐가는 일은 전혀 없게 되었다고 이렇게 이야기로 전하여 내려오고 있다 한다.

仁寿殿台代御灯油取物来語第十

今昔、延喜ノ御代ニ、仁寿殿ノ台代ノ御灯油ヲ、夜半許ニ物来テ取テ、南殿様ニ去ル事毎夜ニ有ル比有ケリ。天皇此レヲ目ザマシキ事ニ思食シテ、「何デ此レヲ見顕サム」ト被仰ケルニ、其ノ時ニ□弁、源ノ公忠ト云ケル人、殿上人ニテ有ケルガ、奏シテ云ク、「此ノ御灯油取ル物ヲバ捕フル事ハ否不仕ラジ。少ノ事ハ仕リ顕シテム」ト。天皇此レヲ聞食シテ、喜バセ給テ、「必ズ見顕ハセ」ト被仰ケレバ、夜ニ入テ、三月ノ霖雨ノ比、明キ所ソラ尚シ暗シ、況ヤ南殿ノ迫ハ極ク暗キニ、公忠ノ弁、中橋ヨリ蜜ニ抜足ニ登テ、南殿ノ北ノ脇ニ開タル脇戸ノ許ニ副立テ、音モ不為ズシテ何ケルニ、「丑ノ時ニ成ヤシヌラム」ト思フ程ニ、物ノ足音シテ

来ル。「此レナメリ」ト思フニ、御灯油ヲ取ル重キ物ノ足音ニテハ有ケレドモ、体ハ不見エズ。只御灯油ノ限リ南殿ノ戸様ニ浮テ登ケルヲ、弁走リ懸テ、南殿ノ戸ノ許ニシテ、足ヲ持上テ、強ク蹴ケレバ、足ニ物痛ク当ル。御灯油ハ打泛シツ、物ハ南様ニ走リ去ヌ。

弁ハ返シ殿上ニテ火ヲ灯シ足ヲ見レバ、大指ノ爪劒テ血付タリ。夜暁テ蹴ツル所ヲ行見ケレバ、朱枋色ナル血多ク泛テ、南殿ノ塗籠ノ方様ニ其ノ血流レタリ。塗籠ヲ開テ見ケレバ、血ノ御多ク泛テ、他ノ物ハ無カリケリ。然レバ天皇極ク公忠ノ弁ヲ感ゼサセ給ケリ。

此ノ弁ハ兵ノ家ナムドニハ非ネドモ、心賢ク思量有テ、物恐不為ヌ人ニテナム有ケル。然レバ此ル物ヲモ不恐ズシテ、伺テ蹴ルゾカシ。異人ハ極キ仰セ有ト云フトモ、然許暗

源公忠（三十六歌仙絵巻）

キニ其ノ南殿ノ迫ニ只独リ立タリナムヤ。

其ノ後、此ノ御灯油取ル事絶テ無カリケリ、トナム語リ伝

ヘタルトヤ。

어느 곳의 요리사가 도모노 요시오伴喜雄 대납언大納言의 영靈을 본 이야기

어느 저택의 남자 요리사가 깊은 밤에 집에 돌아가던 중 죽은 도모伴 대납언大納言의 영靈이 둔갑한 역병疫病의 신과 마주치고 세간에 해병咳病이 유행하는 이유를 해명해 준 이야기. 응천문應天門의 변變으로 이즈伊豆로 유배되어 분사憤死한 도모노 요시오 伴喜雄가 죽은 뒤 원령怨靈이 되어 역신으로 둔갑했다고 하는 전승인데 생전의 국은國 恩에 감응하여 역병을 가벼운 해병정도에 머무르게 했다는 진묘珍妙한 소행으로 괴이 성이 옅다.

이제는 옛이야기이지만, □□[1]무렵, 온 나라에 해병咳病이 크게 유행하여 한때는 이 병에 걸리지 않은 사람이 없어 신분의 고하를 막론하고 모든 사 람이 몸져누웠다.

그 무렵, 어느 저택에서 요리사를 하고 있던 남자가 그날 일을 전부 끝내 고 자기 집으로 돌아가려고 해시亥時[2] 경 사람들이 모두 자느라 조용할 때, 저택을 나왔는데 문 있는 곳에서 붉은 상의[3]에 관을 쓴 매우 고귀하면서 으 스스한 분위기의 사람과 딱 마주쳤다. 보아하니 모습에 기품이 있는지라 누

---

1 연호의 명기를 위한 의도적 결자.

2 오후 10시.

3 속대束帯(궁중의 정장)에 입는 상의. 포袍. 관위에 따라 색이 다르기 때문에 관포官袍라고도 함. 붉은 색 포 는 오위五位의 관인이 입었음.

군지는 모르지만 '천한 사람은 아니겠거니.' 생각해서 그 앞에서 무릎을 꿇고 조아리고 있자 그 사람이 "그대는 나를 알고 있는가?"라고 물었다. 남자가 "모르옵니다."라고 대답하자 그 사람이 또

"나는 옛날에 이 나라에서 대납언大納言[4]이었던 도모노 요시오伴喜雄[5]라는 사람이다. 오래전에[6] 이즈伊豆[7]에 유배[8]당해 죽었노라. 그러다 행역신行疫神[9]이 된 것이다. 나는 본의 아니게 조정에 죄를 범하여 무거운 벌을 받게 되었으나 출사出仕하는 동안에 큰 국은國恩을 입었다. 그렇기 때문에 올해는 온 나라에 나쁜 역병[10]이 만연하고 사람들이 모두 병사했어야 했을 것을 내가 해병咳病 정도에서 멈출 수 있도록 지시해 놓았던 것이다. 그 때문에 세간 곳곳에 해병이 유행하고 있는 것이다. 나는 이 일을 너에게 전하고자 여기에 서 있는 것이다. 그대는 별로 무서워할 필요가 없다."

라고 말하고 감쪽같이 보이지 않게 되었다.

요리사는 이를 듣고 두려워하며 집으로 돌아와 사람들에게 이를 전했다. 그 후 사람들은 도모노 대납언이 행역신이 되었다는 사실을 알게 되었다.

그렇다 해도 이 세상에 사람이 많은데 어째서 하필 요리사에게 이 일을 고한 것일까. 그것도 분명 무엇인가 이유가 있을 것이라고 이렇게 전해져 내려오고 있다 한다.

4　태정관의 차관으로 우대신右大臣 다음가는 지위.
5　→ 인명.
6　정관貞觀 10년 10월 사망. 향년 60세.
7　→ 옛 지방명. 이즈반도伊豆半島. 교통이 불편하고 험난한 땅이었기 때문에 유배지로 쓰였다. 엔노오즈누役小角(권11 제3화)나 미나모토노 요리토모源賴朝가 유배됨.
8　죄 때문에 먼 곳에 유배되는 것으로 정관貞觀 8년(866) 9월 응천문應天門의 방화 사건에 연루되어 유배된 것(『삼대실록三代實錄』)을 이름.
9　역병을 일으키는 신. 역신疫神이라고도 함.
10　마마, 홍역, 학질 등 유행병의 총칭.

今昔、□ノ比、天下ニ咳病盛リニ発テ、不病ヌ人無ク、上中下ノ人病臥タル比有ケリ。

其レニ、或ル所ニ膳部シケル男、亥ノ時許ニ二人皆静マリテ後、家へ出ケルニ、門ニ赤キ表ノ衣ヲ着、冠シタル人ヽ、極ク気高ク怖シ気ナル、指合タリ。見ルニ、人ノ体ノ気高ケレバ、誰トハ不知ネドモ「下﨟ニハ非ザメリ」ト思テ、突居ルニ、此ノ人ノ云ク、「汝ヂ、我レヲ知バ知タリヤ」ト。膳部、「不知奉ズ」ト答フレバ、「此ノ人亦云ク、「我レハ此レ、古へ此ノ国ニ有リシ大納言伴ノ

善雄ト云シ人也。伊豆ノ国ニ被配流テ、早ク死ニキ。其レガ行疫流行神ト成テ有ル也。我レハ心ヨリ外ニ公ノ御為ヲ成シテ、重キ罪ヲ蒙レリキト云ヘドモ、公ニ仕ヘテ有シ間、我ガ国ノ恩多カリキ。此ニ依テ、今年天下ニ疾疫発テ、国ノ人皆可病死カリツルヲ、我レ咳病ニ申行ツル也。然レバ世ニ咳病隙無キ也。我レ、其ノ事ヲ云聞カセムトテ此ニ立タリツル也。汝ヂ不可怖ズ」ト云テ、掻消ツ様ニ失ニケリ。

膳部此レヲ聞テ、恐々家ニ返テ語リ伝ヘタル也。其ノ後ヨリナム、「伴大納言ハ行疫流行神ニテ有ケリ」トハ人知ケル。

但シ、世ニ人多カレドモ、何ゾ此ノ膳部ニシモ此ノ事ヲ告ケム。其モ様コソハ有ラメ。此ナム語リ伝ヘタルトヤ。

膳部しける男(春日権現験記)

260

주작원朱雀院에서 주머니에 든 과자菓子를
도둑맞은 이야기

좌대신左大臣 미나모토노 시게노부源重信가 가타타가에方違え를 위해 주작원朱雀院으로 향한 날 밤의 일로, 먼저 출발시킨 후지와라노 요리노부藤原賴信에게 맡겨 둔 여러 종류의 과일이 가득 담긴 주머니를 요리노부가 선잠에 든 사이에 모조리 도둑맞아 버렸다는 이야기. 오니鬼의 소행으로 보고 있으나 이해가 불가능한 일들을 전부 오니의 소행으로 간주해 버리는 당시의 인심人心과 세상을 반영하고 있다. 사건의 당사자인 요리노부의 발언에서 기괴한 사실담으로 전승된 것.

이제는 옛이야기이지만, 로쿠조인六條院[1] 좌대신左大臣이라는 사람이 있었다. 이름은 시게노부重信라 했다.

이 대신이 가타타가에方違え[2] 때문에 하룻밤 주작원朱雀院[3]으로 가게 되었는데 이와미 石見 지방의 수령 후지와라노 요리노부藤原賴信[4]라는 사람이 당시 다키구치瀧口[5]의 시侍로 이 대신의 가까이에서 모시고 있었기에 요리노

---

1 미나모토노 시게노부源重信(→ 인명)를 이름.
2 음양도陰陽道의 설로 외출할 때 나카가미天一神가 있는 방향을 불길하게 생각해 피하는 것. 전날 밤에 길한 방향에 있는 집에 머물며 방향을 한 번 바꾼 뒤에 외출함.
3 → 헤이안경도平安京圖.
4 → 인명. 이와미石見 수령 재임 여부는 미상. 미나모토노 요리노부源賴信(→ 인명)와 혼동한 것으로 추정. 미나모토노 요리노부는 『소우기小右記』에 관인寬仁 3년(1019) 7월 18일조에 이와미 수령, 같은 책 치안治安 3년(1023) 5월 23일조에 전 이와미 수령이라 되어 있음.
5 장인소藏人所에 소속되어 궁중의 경비를 맡았던 사람. 다키구치瀧口(청량전清凉殿의 동북쪽 미카와미즈御溝

부를 먼저 주작원으로 가게 하고서는 "먼저 가서 기다리고 있어라."고 명령했다. 그래서 요리노부는 먼저 주작원에 가게 되었는데 대신은 커다란 주머니에 여러 가지 과일을 주둥이까지 넘치도록 넣어서 비색緋色[6] 끈으로 입구를 단단히 묶어서 요리노부에게 맡기고 "이것을 가지고 가서 놓아 두어라."고 말하며 넘겨주었다. 그래서 요리노부는 그 주머니를 받아 들고 하인에게 지게 해서 주작원으로 갔다.

요리노부가 동쪽 바깥채[7]의 남면南面에 《앉을 자리를 만들어 놓고》[8] 등불을 켜서 대신이 오기를 기다리고 있는 사이에 날이 점점 저물었다. 그러나 대신이 좀처럼 오지 않았기 때문에 요리노부는 기다리다 지쳐 한손에 활과 화살통을 들고 주머니를 쥔 채 졸음이 와서 물건에 기대어 꾸벅꾸벅 졸다가 그만 잠들어 버리고 말았다. 그래서 대신이 온 것도 눈치채지 못했기에 대신이 들어와서 잠들어 있던 요리노부를 흔들어 깨웠다. 그때 요리노부는 번쩍 정신이 들어 허둥지둥 풀어헤친 웃옷을 다시 여미고 활과 화살통을 들고 밖으로 나갔다.

그 후 귀족의 자제들이 대신의 앞에 모여 앉아 있었는데, "아, 따분하구나." 하며 그 식량 주머니를 꺼내 열어 보았다. 그런데 주머니 안에는 아무것도 들어 있지 않았다. 그래서 요리노부를 불러 어떻게 된 일인가 물었다. 요리노부는

"제가 소홀히 다루어 주머니에서 눈을 뗐던 것이라면 다른 사람에게 빼앗겼을 수도 있었겠지요. 하지만 저택을 나설 때 식량 주머니를 받아서 하인에게 들게 했을 때부터 단 한순간도 눈을 뗀 적이 없습니다. 여기에 가지고

水의 용소龍沼에 진이 있어 그곳에 대기하고 있었던 사실에서 유래한 명칭.

6 약간 갈색이 섞인 엷은 붉은 색.

7 '東の對の屋'.

8 한자 표기를 염두에 둔 의도적 결자. 문맥을 고려하여 보충함.

들어와서 그대로 이렇게 쥐고 있었는데 어떻게 안에 있던 물건이 없어질 수 있던 것일까요? 제가 물건을 누르고 잠들어 버렸을 때 오니鬼 따위가 와서 가져간 것이 아닐까요."

라고 말했기에 모두가 두려움에 떨었다.

당시 사람들은 이는 실로 이상한 일이라고 말했다. 설령 주머니를 가지고 있던 하인이 훔쳤다고 한들 약간 가져간 정도였을 것이다. 그런데 흔적도 없이 사라져 처음부터 물건을 넣은 적이 없는 것 같은 정도였다.

이것은 틀림없이 요리노부가 말한 이야기를 듣고, 이렇게 전해져 내려오고 있다 한다.

於朱雀院被取餌袋菓子語第十二

今昔、六条ノ院ノ左大臣ト申ス人御ケリ。名ヲバ重信ト
ゾ申シ。

其ノ大臣、方違ニ朱雀院ヘ一夜御ケルニ、石見ノ守藤原ノ
頼信ト云シ者ノ、其ノ時ニ滝口ニテ有ケルガ、其ノ大臣ノ御
許ニ有ケレバ、其ノ頼信ヲ前立テ、朱雀院ニ遣テ、「待居タ
レ」ト有ケレバ、頼信前立テ朱雀院ニ行ケルニ、大キナル餌
袋ニ交菓子ヲ鉉ト等シク調へ入レテ、緋ノ組ヲ以テ上ヲ強ク
許ニ有ケレバ、其ノ頼信ヲ前立テ、朱雀院ニ遣テ、「待居タ
封結ニシテ、頼信ニ預ケテ、「此レ持行テ置タレ」トテ給ヒ
タリケレバ、頼信餌袋ヲ取テ下部ニ持セテ、朱雀院ニ行ニケ
リ。

東ノ対ノ南面ヲ□テ、火ナド燃シテ、頼信、大臣ノ渡
給フヲ待ケル程ニ、夜漸ク深更テ、大臣遅ク御ケレバ、頼信

待兼テ、傍ニ弓胡録ヲ立テ、其ノ餌袋ヲ抑テ居タリケルニ、
眠タカリケレバ寄臥タリケル程ニ、寝入ニケリ。然レバ、
大臣ヲ御スルヲ不知ザリケルニ、大臣御シテ入テ、頼信ガ
寝タルヲ驚カシ給ケル時ニ、頼信驚テ手迷ヲシテ、紐ヲ差
テ、弓胡録ヲ取テ外ノ方ニ出ヌ。

其ノ後、家ノ子ノ君達、大臣ノ前ニ集リ居テ、「徒然ナル
ニ」トテ、其ノ餌袋ヲ取寄テ開テ見ルニ、餌袋ノ内ニ、塵
許モ入タル物無シ。然レバ頼信ヲ召テ被問ルニ、頼信ガ
様、「頼信ガ白地目ヲ仕リ、餌袋ニ目ヲ放テ候ハベコソ、人
ニハ被取候ハメ。殿ヲ罷出ヅルニ、餌袋ヲ給ハリテ、殿ノ下
部ニ持セテ、終道目不放候ズ。此ニ取入レテハヤガテ此テ
抑テ候ツル物ヲ、何デカ失候ハム。然テハ頼信ガ抑テ寝入
テ候ツル程ニ、鬼ナムドノ取テケルニヤ候ラム」ト云ケレバ、
皆人恐ヂ騒ケリ。

「実ニ此レ希有ノ事」トゾ其ノ時ノ人云ケル。譬ヒ持セタリ
ケル下部盗取トモ、少ナドヲコソ取ラメ、其レニ跡形モ無ク、

物入タル気モ無クナム有ケル。

正シク頼信ガ語シヲ聞テ、此ク語リ伝ヘタルトヤ。

오미 지방近江國 아기安義 다리의 오니鬼가
사람을 잡아먹은 이야기

오미近江 수령인 아무개의 종자들이 잡담을 하다가 오니鬼가 출몰한다는 아기安義 다리를 건널 수 있는가에 대한 일이 화제가 되어 한 사람이 용기를 내 수령에게 녹모마鹿毛馬 한 마리를 얻어 다리를 건넜는데, 여자로 둔갑한 오니에게 공격당해 간신히 도망쳐 돌아왔다. 그렇지만 얼마 뒤 모노이미物忌み 기간 중에 동생으로 둔갑해 찾아온 오니를 들여보내 격투를 한 끝에 결국에는 잡아먹혀 버린다는 이야기. 잡담 장소에서의 화제가 계기가 되어 설화가 전개되는 구조는 유형적으로 본권 제41, 43, 44화와 『대경大境』미치나가전道長傳의 담력겨루기의 에피소드와 유사하다.

이제는 옛이야기이지만, 오미近江 지방 수령인 □□□□¹라고 하는 사람의 재임 중의 일로, 어느 날 수령의 관아²에 혈기 왕성한 젊은이들이 여럿 모여서 옛날이야기, 요즘 이야기로 이야기꽃을 피우고 장기나 쌍륙雙六을 두며 놀거나 먹고 마시고 하고 있었다. 그때 한 남자가

"이 지방에 있는 아기安義 다리³는, 옛날에는 사람이 다녔었지만 어떤 이야기가 전해지고 있는 건지 다리를 무사히 건넜다는 사람이 없다는 소문이

---

1   오미近江 수령 이름의 명기를 염두에 둔 의도적 결자.
2   지방 수령이 거처하는 곳. 오미 국부國府는 구루모토 군栗本郡 세타勢多(현재의 오쓰 시大津市 세타瀬田 진료정神領町)에 있었음.
3   → 지명. 다리나 나루터 등은 이계異界와의 경계로 요괴나 영혼이 출현하는 장소. 본권 제14, 22, 43화 참조.

퍼져서 지금은 아무도 건너는 자가 없어졌다네."

라고 말을 꺼냈다. 그러자 그곳에 있던 경박하게 끼어들기 좋아하는 어떤 남자가, 이자는 제법 언변이 능숙하고 실력도 있었는데, 그 아기 다리의 이야기를 믿으려고 하지 않았는지

"나라면 그 다리를 건널 수 있지. 얼마나 무서운 오니鬼든 간에 이 관아에서 제일가는 녹모마鹿毛馬[4]만 탈 수 있다면 못 건널까 보냐."

라고 말했다. 그러자 다른 자들이 모두 입을 모아

"그것 참 잘됐다. 원래 다리를 건너서 가는 것이 보통인데, 이런 소문이 돌고 있으니까 멀리 돌아서 가야 하니, 그 소문이 진짜인지 아닌지 확실히 해 두고 싶고 또 이 사람의 용기가 어느 정도인지 보고 싶으니 말이다."

라고 말하며 부추기자 이 남자는 한층 자극을 받고 끝내는 언쟁으로 이어졌다.

이렇게 서로 주장을 하는 동안 큰 소리로 언쟁을 하는 것을 수령이 듣고 "굉장히 《소란스럽게》[5] 언쟁을 하고 있는데 도대체 무슨 일인가."라고 묻자 사람들은 "이러이러한 일이옵니다."라고 대답했다. 수령이 "실로 시시한 일로 열을 내고 있구나. 말이라면 당장이라도 가지고 가라."고 말했다. 그러자 이 남자는 "정말이지 바보 같은 장난이옵니다. 그런 말을 하시니 부끄러울 뿐이옵니다."라고 말했기 때문에 다른 사람들이 "이봐! 꼴불견이구나. 비겁하다."라며 남자를 부추겼다. 그러자 남자는

"다리를 건너는 것이 어려운 건 아니다. 내가 그 말을 갖고 싶어 하는 것인 양 여겨지는 것이 부끄럽다고 했을 뿐이다."

---

4   녹모鹿毛의 말. 녹모란 몸통 털이 갈색으로 갈기와 꼬리 그리고 사지 밑쪽은 검정색 털인 말.
5   한자의 명기를 염두에 둔 의도적 결자. 문맥을 고려해서 보충.

라고 말했다. 그렇지만 모두가 "해가 중천에 떴어.[6] 얼른 다녀와라. 어서 가라고."라고 말하며 말에 안장을 얹고 끌어내 와서 그에게 밀어붙였다. 남자는 가슴이 꽉 《막히》[7]는 기분이 들었지만 스스로 꺼낸 말이었기에 이 말의 엉덩이 쪽에 기름을 잔뜩 바르고 복대를 단단히 동여매어 채찍을 손에 쥐었다. 그리고 가벼운 차림을 하고 말에 걸터앉아 출발했다. 이윽고 다리 언저리 가까이 다가가자 가슴이 꽉 《막혀》 기분이 나쁠 정도로 무서웠으나 이제 와서 돌아갈 수도 없어 앞으로 나아가는 동안에 해도 어느새 산등성이에 가까워졌기에 왠지 모르게 불안했다. 그야말로 장소가 장소인지라 인기척도 없고 마을도 인가도 한참 멀리에 희미하게 보였다. 견딜 수 없는 쓸쓸함을 느끼며 나아가자, 다리 한가운데쯤에 멀리서는 보이지 않았지만 사람이 하나 서 있었다.

'저것이 오니로구나.'라고 생각하니 가슴이 떨려 왔는데 잘 보니 《부드러운》[8] 얇은 보라색 옷에 짙은 보라색 홑옷을 겹쳐 입고 붉은 하카마袴를 길게 늘어뜨리고, 손으로 입을 가리고 정말이지 고민이 있는 듯한 눈빛을 하고 있는 여인이 있었다. 이쪽을 깊은 생각에 잠긴 듯이 보고 있는 모습이 가련해 보였다. 누군가가 버려두고 간 것 같은 모양으로 우두커니 다리 난간에 기대어 있었는데 사람 모습을 보고 부끄러워하면서도 기뻐하는 것 같았다. 남자는 여자를 보고 완전히 이성을 잃고 말에서 뛰어내려 안아서 태워가고 싶다고 생각할 정도로 사랑스러운 기분이 들었다. 그러나 '잠깐. 여기에 이런 사람이 있을 리가 없다. 분명 오니일 것이다. 이대로 지나가야겠다.'라고 연신 자신을 타이르고는 눈을 감고 말을 달렸다. 여인은 남자가 당장이라도

---

6 국부에서 아기 향安義鄕까지 약 24km.
7 한자의 명기를 염두에 둔 의도적 결자. 문맥을 고려해서 보충.
8 한자 표기를 염두에 둔 의도적 결자. 문맥을 고려해서 보충.

뭐라 말을 걸 것이라고 생각해서 기다리고 있었는데 한마디도 하지 않고 지나가 버리기에

"이보세요. 거기 계신 분! 어찌하여 그렇게도 야속하게 가 버리시는 건가요? 생각지도 못한 이런 험한 곳에 버려졌습니다. 하다못해 마을까지라도 데려가 주시어요."

라며 불렀다. 그러나 남자는 끝까지 들으려고도 하지 않고 머리카락도 온몸의 털도 쭈뼛 서는 것 같은 공포감에 말을 채찍질해서 날아가듯 도망쳐 갔다. 그러자 뒤에서 여자가 "정말이지. 야속하도다."라고 소리치는 목소리가 대지를 흔들 만큼 크게 들렸다. 그리고 뒤를 좇아왔다. 남자는 '역시 오니였구나.'라고 생각해서 "관세음보살님⁹ 도와주십시오."라고 기도하며 준마를 채찍질하며 질주했다. 그러자 오니가 가까이 달려와 말 엉덩이를 손으로 잡고 끌어당기려고 했는데 기름을 발라 놓았기에 잡았다가 《놓치고》¹⁰ 잡았다가 《놓치고》 어떻게 해도 붙잡을 수 없었다.

남자는 말을 달리면서 뒤를 돌아보자 오니의 얼굴은 붉은색으로 방석만큼 크고 눈이 한 개 달려 있었다. 키는 아홉 척¹¹ 정도로 손가락은 세 개. 손톱은 다섯 치¹² 정도 되는 길이로 모양이 칼 같았다. 몸은 녹청색이고 눈은 호박琥珀¹³ 같았다. 머리카락은 쑥대머리로 제멋대로 헝클어져 있어서 보자마자 간이 쪼그라들어 말로 표현할 수 없는 공포에 휩싸였다. 그러나 연신 관음보살에게 기도하며 말을 달렸기 때문일까 겨우 마을로 도망쳐 들어왔

---

9 관음觀音(→불교). 위험에 처하거나 궁지에 몰렸을 때 자비심이 깊은 관음에게 도움을 청하는 것이 일반적. 권12 제28화, 권26 제3화, 본권 제14화 등 참조. 또한 관음의 구제를 강조하면 관음영험담觀音靈驗譚의 성격이 강해진다. 권16에는 관음영험담을 배치해 수록하고 있다.

10 한자 표기를 염두에 둔 의도적 결자. (기름으로 미끄러져) 번번이 붙잡지 못한다는 의미가 들어감.

11 약 2.7m

12 약 15cm

13 수지樹脂 화석. 황색 또는 적갈색의 보석의 한 종류. 적옥赤玉.

다. 그때 오니는 "좋다. 이번에 도망갔지만 끝까지 도망칠 수 있을 것 같으냐?"라고 말하고는 감쪽같이 보이지 않게 되었다.

남자는 헐레벌떡 정신없이 달려 황혼 무렵 관아에 도착했는데 사람들이 모여들어 큰 소동을 일으키며 "어떻게 됐어. 어떻게 된 건가?"라며 물었다. 그러나 남자는 그대로 정신이 나가서 입을 열 수 없었다. 모두가 그에게 다가가 보살피며 마음을 안정시켰다. 수령도 걱정하며 남자에게 어떻게 되었느냐고 묻자 남자는 그때까지의 자초지종을 이야기했다. 수령은 "시시한 언쟁을 하다가 하마터면 개죽음을 당할 뻔했구나."라고 말하고 남자에게 말을 하사했다. 남자는 득의양양한 얼굴로 집으로 돌아와 처자식과 집안사람들에게 이 체험을 이야기하며 두려워했다.

그 후 남자 집에 신불의 계시와 같은 전조[14]가 있었다. 그래서 음양사陰陽師에게 그 지벌에 대해 묻자 "모일[15]에 엄중하게 모노이미[16]를 하지 않으면 안 됩니다."라고 점쳤기에 그날이 되어 문을 닫고 단단히 모노이미를 하였다. 그런데 이 남자에게 친동생이 한 사람 있었는데 무쓰陸奥의 수령을 모시기 위해 그 지방에 가 있었다. 어머니도 함께 내려가 있었는데 마침 모노이미 날에 동생이 돌아와서 문을 두드렸다. 그러나 문 안쪽에서

"오늘은 엄중하게 모노이미 중입니다. 얼굴을 보는 것은 내일 이후로 했으면 좋겠습니다. 그때까지는 다른 사람 집을 빌려 거하십시오."

라고 대답했다. 그러자 동생은

"곤란합니다. 이미 날도 저물어 버렸습니다. 나 혼자라면 다른 곳으로 가겠습니다만 짐이 많은데 어떻게 하지요? 오늘이 아니면 날이 좋지 않아서[17]

---

14 원문에는 "모노노사토시物怪"로 되어 있음.
15 이러이러한 날. 실제로는 음양사가 특정 날을 지정했던 것.
16 문을 닫고 외부와의 접촉을 끊고 집 안에 틀어박혀 오로지 마음을 청결히 하고 행위를 삼감.
17 그날의 길흉吉凶. 길한 날을 골라서 도읍으로 들어가는 것이 당시의 통례.

일부러 찾아온 겁니다. 게다가 노모가 저쪽 지방에서 돌아가셨기 때문에 그 일을 말씀드리려고 합니다."

라고 말했다. 요 몇 년간 마음이 쓰였던 사랑하는 부모님의 일을 생각하자 가슴이 꽉 《막혀》서 "이번 모노이미는 어머님의 일을 듣기 위함이었던가. 상관없다. 어서 문을 열어라."고 슬피 울며 동생을 안으로 들였다.

그래서 행랑방[18]에서 식사를 하게 한 뒤 마주보고 울면서 이야기를 했다. 동생은 검은 상복을 입고 눈물을 흘리며 이야기를 했다. 형도 울었다. 처는 발 안에서 두 사람의 이야기를 듣고 있었는데 무슨 이야기를 하였는지 갑자기 형과 아우가 맞붙어서 우당탕탕 엎치락뒤치락 싸웠다. 처는 이를 보고 "도대체 어떻게 된 것입니까? 어떻게 된 거예요?"라고 말하자 형은 아우를 자기 밑에 깔아 누르고 "베갯머리에 있는 태도太刀[19]를 넘겨라."고 소리쳤다. "어머나. 제정신을 잃으신 겁니까? 어째서 그러십니까?"라고 말하며 칼을 건네주지 않았다. 그러자 또다시 형이 "어서 넘겨다오. 그렇지 않으면 내게 죽으라고 하는 건가?"라고 소리치던 사이에 밑에 깔려 있던 아우가 어느새 형을 밑으로 깔아 누르고 머리를 물어 뚝 끊어 잘라버렸다. 그러더니 춤추듯이 나가려고 하다가 처가 있는 쪽을 향해 "아, 고맙기도 하지."라고 말했다. 그 얼굴을 보니 남편이 말했던 예의 아기 다리에서 쫓기던 오니의 얼굴이었다. 처가 이런 생각을 하자마자 오니는 감쪽같이 보이지 않게 되었다. 그 후 처를 비롯한 집안사람들이 모두 슬퍼하며 소동이 일어났으나 이미 엎질러진 물이었다.

그러므로 여자가 똑똑한 체하며 건방떠는 것은 좋지 못한 일이다. 동생이

---

18 원문에는 "히사시노마庇の間"로 되어 있음. 침전寢殿 건축양식에서 모옥의 주위에 한 단 낮게 만든 길고 좁은 방. 천정이 없음.

19 태도太刀는 교전용의 무기이기도 하면서 침상에 놓아 그 주력으로 사악한 기운을 물리쳤음.

잔뜩 가져왔던 짐들과 말 등을 보니 갖가지 동물의 뼈나 머리뼈 등이었다. 시시한 언쟁의 결과 결국 목숨을 잃게 된 것은 바보 같은 일이라고 말하며 이를 들은 사람들은 모두 이 남자를 비난했다.

그 후, 여러 가지 기도 등을 행하여 오니를 퇴치하였기에 지금은 아기 다리에 아무 일도 없다고 이렇게 이야기로 전하여 내려오고 있다 한다.

近江国安義橋鬼噉人語第十三

あふみのくにのあぎのはしのおににひとをくらはることだいじふさむ

今昔、近江ノ守、□ノ□ト云ケル人、其ノ国ニ有ケル間、館ニ若キ男共ノ勇タル数居テ、昔シ今ノ物語ナドシテ、万ノ遊ヲシテ物食、酒飲ナドシケル次デニ、「此ノ国ニ安義ノ橋ト云フ橋ハ、古ヘハ人行ケルヲ、何ニ云ヒ伝タルニカ、今ハ、『行ク人不過ズ』ト云出テ、人行ク事無シ」ナド、一人ガ云ケレバ、オソバエタル者ノ、鑭々シク、然ル方ニ鑭エ有ケルガ者ノ云ク、彼ノ安義ノ橋ノ事、実トモ不思ズヤ有ケム、「己レシモ其ノ橋ハ渡ナムカシ。極ジキ鬼也トモ、此ノ御館ニ有ル一ノ鹿毛ニダニ乗タラバ渡ラバ渡ナム」ト。其ノ時ニ、残ノ者共、皆有ル限心ヲ一ニシテ云ク、

「此レ糸吉キ事也。直ク可行キ道ヲ、此ル事ヲ云ヒ出テヨリ横道スルニ、実虚言モ知ラム。亦此ノ主ノ心ロノ程モ見ム」ト励マシケレバ、此ノ男、弥ヨ被早テ静ヒ立ニケリ。

此ク云ヒ立ニタル事ナレバ、互ニ強ク静フヲ、守此ノ事ヲ聞テ、「糸□ク嗔ハ何事ヲゾ」ト問ケレバ、「然々ノ事ヲ申ス也」ト集テ答ケレバ、守、「糸益無キ事ヲモ静ケル男カナ。馬ニ於テハ早ク得ヨ」ト云ケレバ、此ノ男、「物狂シキ戯事ニ候フ。傍痛ク候ゾ」ト云ケレバ、異者共集テ、「弊シ」ト励マセバ、男ノ云ク、「橋ヲ渡ラム事ノ難キニハ非ズ。御馬ヲ欲ガル様ナルガ傍痛キ也」ト。異者共、「日高ク成ヌ。遅々シ」ト云テ、馬ニ移置テ引出テ取セタレバ、男、胸□ル、様ニハ思ユレドモ、云ヒ立ニ

碁（源氏物語絵巻）

タル事ナレバ、此ノ馬ノ尻ノ方ニ油ヲ多ク塗テ、腹帯強ク結

テ、鞭手ニ貫入レテ、装束軽ビヤカニシテ、馬ニ乗テ行クニ、

既ニ橋爪ニ行懸ル程、胸□レテ心地違フ様ニ怖シケレドモ、

可立返キ事ニ非ネバ行クニ、日モ山ノ葉近ク成テ、物心細気
也。

況シ此ル所ナレバ、人気モ無ク、里モ遠ク被見遣テ、家へ
モ遥ニ燻幽ニテ、破無ク思々フ行クニ、橋ノ半許ニ、遠クテ

ハ然モ不見エザリツルニ人居タリ。

「此ヤ鬼ナラム」ト思フモ、静心無クテ見レバ、薄色ノ衣ノ

□ヨカナルニ、濃キ単、紅ノ袴長ヤカニテ、口覆シテ破無
ク心苦気ナル眼見ニテ女居タリ。打長メタル気色モ哀気也。

我ニモ非ズ、人ノ落シ置タル気色ニテ、橋ノ高欄ニ押懸テ
居タルガ、人ヲ見テ、恥カシ気ナル物カラ、喜ト思ヘル様

也。男此レヲ見ルニ、更ニ来シ方行末モ不思エズ、「搔乗セ
テ行ナバヤ」ト落懸ヌベク哀レニ思ヘドモ、「此ニ此ル者ノ

可有キ様無ケレバ、此レハ鬼ナムメリ」トテ「過ナム」ト偏
ニ思ヒ成シテ、目ヲ塞テ走リ打テ通ルヲ、此ノ女、「今ヤ物

云ヒ懸」ト待ケルニ、無音ニ過レバ、「耶、彼ノ主。何ドカ
糸情無クテハ過ギ給フ。奇異ク不思懸ヌ所ニ人ノ棄テ行タル
也。人郷マデ将御セ」ト云フヲモ、不聞畢ズ、頭身ノ毛太

ル様ニ思エテ、馬ヲ搔早メテ飛ブガ如クニ行クヲ、此ノ
女、「穴情無」ト云フ音、地ニ響カス許也。立走テ来レバ、

「然レバヨ」ト思フニ、「観音、助ケ給へ」ト念ジテ、奇異ク
駿キ馬ニ鞭ヲ打テ馳レバ、鬼走リ懸テ、馬ノ尻ニ手ヲ打
懸々引フルニ、油ヲ塗タレバ、引□シ□引テ、否不捕ズ。

男馳テ見返テ見レバ、面ハ朱ノ色ニテ、円座ノ如ク広ク
シテ目一ツ有リ。長ハ

九尺許ニテ、手ノ指
三ツ有リ。爪ハ五寸
許ニテ刀ノ様也。色ハ
禄青ノ色ニテ、目ハ琥
珀ノ様也。頭ノ髪蓬
ノ如ク乱レテ、見ルニ、

一つ目の鬼（弘法大師行状絵詞）

心肝迷ヒ、怖シキ事無限シ。只観音ヲ念ジ奉テ馳スル気ニ
ヤ、人郷ニ馳入ヌ。其ノ時ニ鬼、「吉ヤ、然リトモ遂ニ不会
ザラムヤハ」ト云テ、掻消ツ様ニ失ヌ。

男ハ喘々ク我レニモ非デ、彼レハ誰ソ時ニ館ニ馳着タレバ、
館ノ者共立騒テ、「何々」ト問フニ、只消エ消入テ物不云
ズ。然レバ集テ、抑ヘテ心静メテ、守モ心モト無ガリテ問ケ
レバ、有ツル事ヲ不落ズ語ケレバ、守、「益無キ物詣ヒシテ、
徒ニ死ニスラムニ」ト云テ、馬ヲバ取セテケリ。男、シタ
リ顔ニテ家ニ返ニケリ。妻子眷属ニ向テ此ノ事ヲ語テ、恐ケ
リ。

其ノ後、家ニ物怪ノ有ケレバ、陰陽師ニ其ノ祟ヲ問フニ、
「其ノ日重ク物忌可慎シ」トトタリケレバ、其ノ日ニ成テ、門ヲ
差籠テ堅ク物忌ヲ為ルニ、此ノ男ノ同腹ノ弟只一人有ケル
ガ、陸奥ノ守ニ付テ行ニケルガ、其ノ母ヲモ具シテ将下リタ
リケルニ、此ノ物忌ノ日シモ返来テ、門ヲ叩ケルヲ、「堅キ
物忌也。明日ヲ過シテ対面セム。其ノ程ハ人ノ家ヲモ借ラ

ム」ト云出タレバ、弟、「糸破無キ事也。日モ暮ニ成リ。已
一人コソ外ニモ罷ラメ、若干ノ物共ヲバ何ガセム。日次デノ
悪ク侍レバ、今日ハ態ト詣来ツル也。彼ノ老人ハ早ウ失給ヒ
ニシカバ、其ノ事モ自ラ申サム」ト云入レタレバ、年来不審
ク悲ク思フ祖ノ事ヲ思フニ、胸□レテ、「此レヲ可聞キ物忌
ニコソ有ケレ」ト云テ、「只疾ク開ヨ」トテ泣キ悲デスレツ。
然レバ庇ノ方ニテ先ヅ物食セナドシテ後ニ、出向テ泣泣
語フニ、弟服黒クシテ泣タ々ク云居タリ。兄モ泣ク。妻ハ簾
ノ内ニ居テ、此ノ事共ヲ聞ク程ニ、何ナル事ヲカ云ケム、此
ノ兄ト弟ト、俄ニ取組テ、カラ々ト上ニ成リ下ニ成リ為ルヲ、
妻、「此ハ何ニ々ニ」ト云ヘバ、兄、弟ヲ下ニ成シテ、「其ノ
枕ナル大刀取テ遣セヨ」ト云フニ、妻、「穴極ジ。物ニ狂フ
カ。此ル事ハ為ルゾ」ト云テ不取セヌヲ、尚、「遣セヨ。然
ハ我レ死ネトヤ」ト云フ程ニ、下ナル弟押返シテ、兄ヲ下
ニ押成シテ、頸ヲフツ咋切落シテ、踊下テ行クトテ、妻ノ
方ニ見返リ向テ、「喜ク」ト云フ顔ヲ見レバ、彼ノ「橋ニテ

被追タリキ」ト語リシ鬼ノ顔ニテ有リ。掻消ツ様ニ失ヌ。其
ノ時ニ、妻ヨリ始メテ家ノ内ノ者共、皆泣キ騒ギ迷ヘドモ、
甲斐無クテ止ニケリ。

然レバ、女ノ賢キハ弊キ事也ケリ。若干ク取置ケル物共馬
ナドト見ケルハ、万ノ物ノ骨頭ナドニテゾ有ケル。

諍ヲシテ、遂ニ命ヲ失フ、愚ナル事」トゾ、聞ク人皆此ノ
男ヲ謗ケル。

其ノ後、様々ノ事共ヲシテ鬼モ失ニケレバ、今ハ無シ、ト
ナム語リ伝ヘタルトヤ。

동국東國에서 상경한 사람이
오니鬼를 만난 이야기

동국東國에서 상경한 남자가 세타勢田의 다리 부근의 쓰러져가는 집에서 머물게 되었는데 깊은 밤에 안장을 넣어 두는 궤짝에 숨어 있던 오니鬼에게 습격을 당하지만 말에 올라타서 간신히 세타 다리까지 도망쳐 나와 다리 밑의 기둥에 숨어서 관음觀音에게 도움을 청했는데 무엇인가가 나타났다고 하는 이야기. 이하 결문缺文으로 남자가 구사일생으로 살았는지 그렇지 못했는지 여부는 불명이다. 이 이야기의 유화類話인 권20 제28화에서는 오니로부터 위기를 면한다. 또한 동국에서 상경한 사람이 폐가에서 오니에게 습격당하는 모티브는 본권 제7화에도 보인다.

이제는 옛이야기이지만, 동국東國[1]에서 도읍으로 상경하던 사람이 세타勢田[2] 다리를 건너왔는데 날이 저물었기에 어딘가 숙소를 빌리려고 생각하고 있던 참에 마침 그 부근에 사람이 살지 않는 커다란 집이 있었다. 전부 황폐해져서 사람이 살고 있는 기척도 없었다. 어떤 연유로 사람이 살지 않는 것인지 알 수 없었지만 일행은 말에서 내려 그곳에서 머물기로 했다.

---

1   관동關東 지방.
2   오쓰 시大津市의 세타가와勢田川의 강 입구. 즉 비와 호琵琶湖의 물이 흘러나오는 입구에 놓여 있던 다리. 교토京都에서 동국으로 가는 교통의 요충지. 『서기書紀』천무天武 원년(672)의 기사에 이미 이 다리의 존재가 기록되어 있다. 세타의 당교唐橋라고도 함. 또한 다리나 나루터는 이계異界와의 경계로 요괴나 영혼이 출현하는 장소임. 본권 제13, 22, 42화 참조.

종자들은 조금 낮은 곳[3]에 말을 묶어 놓고 자리를 잡았다. 주인은 높은 안쪽 방에 가죽 같은 것들을 깔고 혼자 잤는데 여행 도중이고 게다가 이렇게나 인기척도 없는 장소였기 때문에 조금도 눈을 붙이지 못하고 있었다. 밤이 점점 깊어갈 무렵, 문득 희미한 불빛으로 보니 원래부터 옆에 놓여있던 커다란 안장 넣어두는 궤짝 같은 것이 아무도 없는데 부스럭부스럭 소리를 내면서 뚜껑이 열리는 것이었다. 수상하게 생각하며

'혹시 여기에 오니鬼가 있기 때문에 아무도 살지 않는 것일까? 그것도 모르고 숙소로 잡은 셈인가?'

하는 두려움에 뛰쳐나가고 싶어졌다.

그러나 애써 아무렇지 않은 척하며 보고 있었더니, 뚜껑이 살짝 열리더니 점점 활짝 열리는 듯하여 '이것은 필시 오니의 소행이군.' 하고 생각했다. 그러나 당장 당황하며 도망치면 쫓아와서 붙잡힐 것이 분명했다. 그래서 아무렇지도 않은 척하며 도망치고자 "말이 어쩌고 있는지 걱정되는군. 보고 와야겠다."고 말하면서 일어났다. 그리고 살며시 말에 안장을 올려놓고 허둥지둥 올라타 채찍을 휘둘러 도망쳐 나왔다. 그때 궤짝의 뚜껑을 확 열고 나온 것이 있었다. 굉장히 무서운 목소리로 "너는 어디까지 도망칠 생각이냐. 내가 여기에 있는 것을 몰랐단 말이냐."고 말하면서 쫓아왔다. 말을 달려서 도망치면서 뒤를 돌아보니 밤이었기에 모습은 보이지 않았다. 다만 터무니없이 크고 이루 말할 수 없을 만큼 무서운 모습을 한 것임에 분명했다. 이렇게 도망치는 사이에 세타 다리에 이르렀다.

아무래도 도망칠 수 없을 것 같았기에 말에서 뛰어내려 말을 버리고 다리 밑의 기둥에 몸을 숨겼다. "관세음보살님, 도와주십시오."라고 기도하며 웅

3　툇마루 등 건물 바깥 장소.

크리고 있자 오니가 쫓아왔다. 다리 위에서 굉장히 무섭게 소리를 치며 "어디냐, 어디에 있느냐?"라고 몇 번이나 외쳤다. '무사히 잘 숨었구나.'라고 생각하고 있었는데 그 밑에서 "여기에 있습니다."라고 대답하며 나오는 자가 있었다. 그것도 어두웠기 때문에 누구인지 알 수 없었다.

(이하 결缺)[4]

4　이하 결문. 에도江戸 시대의 판본인 이자와 나가히데井澤長秀의 『고정금석이야기考訂今昔物語』 권13 제11화에서는 다리 밑에 숨어 있던 것은 오니의 하수인으로 결국 주인공은 오니에게 잡아먹혀 버린다. 그 모습을 종자인 집안사람이 보았다고 하는 결말로 되어 있음.

従東国上人値鬼語第十四

今昔、東ノ方ヨリ上ケル人、勢田ノ橋ヲ渡テ来ケル程ニ、日暮ニケレバ、人ノ家ヲ借テ宿ラムト為ルニ、其ノ辺ニ人モ不住ヌ大キナル家有ケリ。万ノ所皆荒テ人住タル気無シ。何

事ニ依テ人不住ズト云フ事ヲバ不知ネドモ、馬ヨリ下テ皆此ニ宿ヌ。

従者共ハ下ナル所ニ馬ナド繋テ居ヌ。主ハ上ナル所ナド敷テ、只独リ臥タリケルニ、旅ニ此ク人離レタル所ナレバ、不寝ズシテ有ケルニ、夜打深更ル程ニ、火ヲ髣ニ灯シタリケルニ、見レバ、本ヨリ傍ニ大キナル鞍櫃ノ様ナル物ノ有ケルガ、人モ不寄ヌニ、コホロト鳴テ蓋ノ開ケレバ、「怪」ト思テ、「此ハ若シ此ニ鬼ノ有ケレバ、人モ不住ザリケルヲ、不知ズシテ宿ニケルニヤ」ト怖シクテ、逃ナムト思フ心付ヌ。然気無クテ見レバ、其ノ蓋細目ニ開タリケレバ、漸ク広ク開ク様ニ見エケレバ、「此レハ定メテ鬼也ケリ」ト思テ、「忽ニ念ギ逃テ行カバ、追テ被捕ナム。然レバ只然気無クテ逃ゲム」ト思得テ云ク、「馬共ノ不審キ、見ム」ト云テ、起ヌ。然レバ、蜜ニ馬ニ鞍取テ置ツレバ、這乗テ鞭ヲ打グル時ニ、鞍櫃ノ蓋ヲカサト開テ出ル者有リ。極テ怖シ気ナル音ヲ挙テ、「己ハ何コマデ罷ラムト為ルヲ。我レ此ニ有トハ

不知ザリツルカ」ト云テ、追テ来ルー。馬ヲ馳テ逃ル程ニ、

見返テ見レドモ、夜ナレバ其ノ体ハ不見エズ。只大キヤカナ

ル者ノ云ハム方無ク怖シ気也。此ク逃ル程ニ、勢田ノ橋ニ懸

ヌ。

四 可逃得キ様不思エザリケレバ、馬ヨリ踊下テ、馬ヲバ棄テ

橋ノ下面ノ柱ノ許ニ隠居ヌ。「観音、助ケ給ヘ」ト念ジテ、

曲リ居タル程ニ、鬼来ヌ。橋ノ上ニシテ極テ怖シ気ナル音

ヲ挙テ、「河侍々々」ト度々呼ケレバ、「極ク隠得タリ」

ト思テ居タル下ニ「候フ」ト答ヘテ出来ル者有リ。其モ闇ケ

レバ、何物トモ不見エズ。（以下欠）

임부姙婦가 미나미야마시나南山科[1]에서 오니鬼를 만나 도망친 이야기

부모도 친척도 없던 고독한 궁녀가 아비 없는 자식을 가져 궁지에 몰린 끝에 기타北(미나미南) 야마시나山科의 낡은 산장에서 출산하고자 했는데 출산과 체류를 허락해 준 집주인 노파가 오니鬼라는 사실을 눈치채고 낮잠 자는 사이에 도망쳐 나와서 무사했다는 이야기. 오니가 노파로 변신하거나 노파가 오니였다고 하는 모티브는 본권 제22화에도 보인다. 추하고 괴상한 이미지가 감돈다.

이제는 옛이야기이지만, 어느 곳에서 여방女房[2]으로 일하던 젊은 여자가 있었다. 부모도 친척도 없는데다 아는 사람도 전혀 없었기 때문에 이렇다 할 갈 곳도 없이 다만 자기 방[3]에 틀어박혀 있을 뿐이었다. '혹시 병이라도 나면 어쩌나.' 불안해 하고 있던 어느 날, 정해진 남편이 없는 상황에서 아이를 회임하게 되었다.

그래서 점점 자신의 숙세宿世[4]가 걱정이 되어 그저 한탄하고 있었는데, 그래도 일단은 어디서 낳으면 좋을지 생각해 봤지만[5] 뾰족한 수가 없었고 상담

---

1 → 지명. 본문에서는 기타야마시나北山科로 되어 있어 일치하지 않음.
2 * 원문에는 "宮仕シケル"로 나와 있는데, '宮仕'의 사전적 의미는 궁중이나 귀인을 섬기는 것을 말함.
3 원문에는 "쓰보네局". 전사殿舍 안의 폭이 좁고 긴 건물을 몇 개로 나눈 방으로 궁중이나 귀인을 섬기는 여방에게 주어진 개인 방.
4 전세前世로부터의 운명. 숙명宿命.
5 산예産穢를 피하기 위해 어딘가 산실産室을 찾을 필요가 있었음.

할 사람도 없었다. 주인에게 이야기하는 것도 부끄러워서 입도 떨어지지 않았다. 그러나 이 여자는 근본이 현명한 여자로 이런 생각을 하게 되었다.

'만약 산기産氣가 동하면 혼자서 여동女童을 데리고 어디든 알려지지 않은 깊은 산속으로 가서 아무 나무 아래서라도 좋으니까 거기서 낳자. 그곳이라면 혹시 죽는다고 해도 다른 사람들에게 알려질 일은 없겠지. 또 만약에 무사하다면 아무렇지도 않은 듯 돌아오면 될 것이다.'

이렇게 생각했지만 점점 산달이 가까워짐에 따라 말할 수 없이 슬퍼졌다. 그러나 겉으로는 아무렇지도 않은 척하며, 은밀히 계획을 세워 먹을 것 등을 조금 준비하고 여동에게도 사정을 잘 설명해 놓았다. 시간이 흘러 어느새 산달이 되었다.

이윽고 어느 새벽녘, 출산 기미가 있었기에 날이 밝기 전에 낳아야 한다고 생각해서 여동에게 준비한 물건을 전부 챙기게 하여 급히 집을 나섰다. 동쪽이 산에 가까울 것이라고 생각해, 도읍을 나와 동쪽을 향해 가는 동안에 가모 강賀茂川 근처에서 날이 밝았다. 이제 어디로 가야 할지 불안했지만 마음을 다잡고 쉬엄쉬엄 아와타 산粟田山[6] 쪽으로 계속해서 걸어 산속으로 들어섰다. 적당한 장소를 찾아서 여기저기 걷는 사이에 기타야마시나北山科[7]라는 곳까지 오게 되었다. 힐끗 보니 산의 경사면 치우친 곳에 산장[8] 풍으로 지은 저택이 있었다. 건물은 낡아서 무너질 것 같았는데 보아하니 인기척이 없었다. '여기서 낳아야겠다.'고 생각하고, 낳은 아이는 그대로 내버려 두고 자기 혼자 돌아오고자 마음먹고 겨우겨우 담을 넘어 안으로 들어갔다.

---

6 → 지명. 히가시 산東山 연봉連峰의 하나로 삼조 대로三條大路에서 오쓰大津로 가로지르는 아와타粟田 부근 산의 명칭.
7 → 지명. 제목에는 "미나미야마시나南山科"라고 되어 있다. 제목과 본문의 집필자가 다른 사람이었다는 증거.
8 장원관리를 위해서 지어진 산속 저택.

하나치이데노마放出ノ間[9]의 군데군데 썩어 남아 있는 마루에 올라앉아 한숨 돌리고 있자니 안쪽에서 누군가가 다가오는 소리가 났다. '곤란하게 되었군. 여기에는 사람이 살고 있었구나.'라고 생각하며 옆에 있던 미닫이문이 슥 열리는 것을 보니, 백발의 노파가 나왔다. '분명 나가라고 말하겠지.'하고 생각했지만 노파가 상냥한 미소를 지으며 "생각지도 못한 방문인데 뉘신가?"라고 말했다. 그러자 여자는 울면서 자초지종을 그대로 말했다. 그러자 노파는 "그것 참 참으로 불쌍한 일이다. 부디 여기서 낳으시게나."라고 말하며 안으로 불러들였다. 여자는 '얼마나 기쁜 일인가. 이는 분명 부처님이 도우심에 틀림없다.'고 생각하면서 안으로 들어가자 조악한 돗자리 등을 펴 주었다. 그리고 곧 무사히 아이를 낳았다.

그러자 노파가 와서

"기쁜 일이구나. 이 할멈은 나이를 먹어서 이런 촌구석에 사는 몸이니까 모노이미物忌[10] 같은 것을 해 줄 수가 없구려. 이레[11] 정도는 이대로 여기서 쉬고 그 이후에 돌아가시게."

라고 말하며 여동에게 목욕물을 데우게 하고 갓난아기를 목욕시키게 해 주었기에 여자는 감사하기 그지없었다. 버리고 돌아오겠다고 생각하고 있던 아이도 몹시 귀여운 남자아이였기에 버릴 마음도 사라져서 젖을 물려 재웠다.

이렇게 이삼일 정도 흘러 여자가 낮잠을 자고 있었을 때 노파가 옆에 재워두었던 갓난아기를 보고 "정말이지 맛있어 보이는군. 딱 한입거리구면."[12]이라고 말한 것을 잠결에 듣게 되었다. 번쩍 눈을 뜨고 노파를 보니 어쩐지

---

9 모옥母屋에 연결되어 밖으로 튀어나온 건물. 접객의 용도로 씀.

10 산예産穢를 이름. 의역하면 출산의 부정(게가레穢れ)은 조금도 개의치 않는다는 의미. 당시 산예는 사예死穢와 동등한 '부정不淨(게가레)'으로서 금기시되었음.

11 오시치야お七夜(* 아이가 태어난 후 7일째. 혹은 그것을 축하하는 행사. 이날 아이의 이름을 짓는 경우가 많음)의 습속習俗 등에서도 볼 수 있듯이 생후 7일을 일단 고비로 생각했던 것.

12 한입에 사람을 잡아먹는 것은 오니의 습성. 오니 한입(鬼一口).

기분 나쁘고 무섭게 보였다. '이것은 오니鬼임에 틀림이 없다. 나는 분명 잡아먹힐게야.'라고 생각해서 어떻게 해서든 들키지 않게 도망치자고 마음먹었다.

그래서 어느 날 노파가 낮잠을 푹 자고 있는 틈을 타서 살며시 여동에게 아이를 업히고 자신은 가벼운 차림으로 "부처님, 도와주십시오."라고 기도하며 집을 빠져나왔다. 원래 온 길을 계속 달려 도망쳐 이윽고 아와타구치粟田口[13]로 나왔다. 거기서부터 가모 강賀茂川의 원류 쪽으로 가서 어떤 오두막에 들어가 옷을 갈아입고 해가 지고 나서 주인의 저택으로 돌아갔다. 현명한 여자였기 때문에 이런 일이 가능했을 것이다. 아이는 다른 사람에게 부탁해서 키우게 했다.

그 후로 이 노파의 소식은 알 수 없었다. 또 다른 사람에게 이런 일이 있었다고 이야기하지 않았지만, 이것은 이 여자가 나이가 들어[14] 훗날 이야기한 것이다.

이것을 생각하면 그러한 낡은 집[15]에는 반드시 오니 같은 것이 살고 있다. 그러니까 그 노파가 아이를 보고 "정말이지 맛있어 보이는군. 딱 한입거리구면."이라고 말했다고 한다면 분명 오니[16]였을 것이다.

그러므로 그런 장소에 혼자 들어가서는 안 되는 것이라고 이렇게 이야기로 전하여 내려오고 있다 한다.

---

13 교토시京都市 히가시야마 구東山區 아와타구치粟田口. 동해도東海道 동산도東山道의 출입구.

14 설화의 당사자가 나이를 먹어서 이야기했다고 하는 형식은 권23 제15화, 본권 제16화 참조.

15 오래된 곳에 요괴나 영귀가 살고 있다고 하는 사상은 예로부터 일반적인 것이다. 제5화의 '연못', 제7화의 '오래된 산장', 제14화 '사람이 살지 않는 큰 집', 제16화의 '오래된 당堂', 제17화의 '천원원川原院', 제31화의 '황폐한 낡은 집' 등에도 보임.

16 오니와 노파를 하나로 보는 설화는 많으며 본권 제23화나 요곡謠曲 '구로즈카黑塚' 등이 있음.

⊙ 제15화 ⊙

임신 #한 부인가 미나미야마시나 南山科에서 오니鬼를 만나 도망친 이야기

産女行南山科値鬼逃語第十五

今昔、或所ニ宮仕シケル若キ女有ケリ。父母類親モ無ク、聊二知タル人モ無ケレバ、立寄ル所モ無クテ、只局ニノミ居テ、「若シ、病ナドセム時ニ、何カベ為ム」ト心細ク思ケルニ、指シ夫モ無クテ懐任シニケリ。

然レバ、弥ヨ身ノ宿世被押量テ、心一ツニ歎ケルニ、先ヅ産マム所ヲ思フニ、可為キ方無ク、可云合キ人モ無シ。「主ニ申サム」ト思モ恥カシクテ不申出ズ。而ニ此ノ女、心賢キ者ニテ、思得タリケル様、「只我レ其ノ気色有ラム時ニ、只独リ仕フ女ノ童ヲ具シテ、何方トモ無ク深キ山ノ有ラム方ニ行テ、何ナラム木ノ下ニテモ産マム」ト、「若シ死ナバ、人

ニモ不被知デ止ナム。若シ生タラバ、然気無キ様ニテ返リ参ラム」ト思テ、月漸ク近ク成マヽニハ、悲キ事云ハム方無ク思ケレドモ、然気無ク持成シテ、蜜ニ構テ、可食キ物ナド少シ儲テ、此ノ女ノ童ニ此ノ由ヲ云ヒ含テ過ケルニ、既ニ月満ヌ。

而ル間、暁方ニ其ノ気色思エケレバ、夜ノ不瞋ヌ前ト思テ、女ノ童ニ物共拈メ持セテ、忩ギ出ヌ。「東ゾ山ハ近カメレ」ト思テ、京ヲ出テ東様ニ行カムト為ルニ、川原ノ程ニテ夜曙ヌ。「哀レ、何チ行カム」ト心細ケレドモ、念ジテ打息ミヽミ、栗田山ノ方様ニ行テ、山深ク入ヌ。可然キ所々ヲ見行ケルニ、北山科ト云フ所ニ行ヌ。見レバ、山ノ片副ニ山庄ノ様ニ造タル所有リ。旧ク壊レ損ジタル屋有リ。見ルニ、人住タル気色無シ。「此ニテ産デ我ガ身独リハ出ナム」ト思テ、構テ垣ノ有ケルヲ超テ入ヌ。

放出ノ間ニ板敷所々ニ朽残ルニ上テ、突居テ息ム程ニ、奥ノ方ヨリ人来ル音トス。「穴侘シ。人ノ有ケル所ヲ」ト思

フニ、遣戸ノ有ルヲ開クルヲ見レバ、老タル女ノ白髪生タル出来タリ。「定メテ半無ク云ハムズラム」ト思フニ、不憾ズ打咲テ、「何人ノ此ハ不思懸ズ御タルゾ」ト云ヘバ、女有ノマヽニ、泣々ク語ケレバ、嫗、「糸哀ナル事カナ。只此ニテ産シ給ヘ」ト云テ、内ニ呼入ルレバ、女喜キ事無限シ。「仏ノ助ケ給フ也ケリ」ト思テ入ヌレバ、賤ノ畳ナド敷テ取セタレバ、程モ無ク平カニ産ツ。

嫗来テ、「喜キ事也。」己八年老テ此ル片田舎ニ侍ル身ナレバ、物忌モシ不侍ズ。七日許ハ此テ御シテ返リ給ヘ」ト云テ、湯ナド此ノ女ノ童ニ涌サセテ浴シナド為レバ、女喜ク思テ、「棄テム」ト思ツル子モ、糸厳気ナル男子ニテ有レバ、否不棄ズシテ、乳打呑セテ臥セタリ。

此テ二三日許有ル程ニ、女昼寝ヲシテ有ケルニ、此ノ子ヲ臥セタルヲ此ノ嫗打見テ云ナル様、「穴甘気、只一口」ト云ト髣ニ聞テ後、驚テ此ノ嫗ヲ見ルニ、極ク気怖シク思ユ。

然レバ、「此レハ鬼ニコソ有ケレ。我レハ必ズ被嚙ナム」ト

思テ、「蜜ニ構テ逃ナム」ト思フ心付ヌ。
而ル間、或ル時ノ嫗ノ昼寝久クシタリケル程ニ、密ニ子ヲバ女ノ童ニ負セテ、我レヲ軽ビヤカニシテ、「仏助ケ給ヘ」ト念ジテ、其ヲ出テ、来シ道ノマヽニ走リニ走テ逃ケレバ、程モ無ク粟口ニ出ニケリ。其ヨリ川原様ニ行テ、人ノ小家ニ立入テ、其ニテ衣ヌ着直シテナム、日暮シテ主ノ許ニハ行タリケル。心賢キ者也ケレバ、此モ為ルゾカシ。子ヲバ人ニ取セテ養セケリ。

其後、其ノ嫗ノ有様ヲ不知ズ。亦人ニ、「此ル事ナム有シ」ト語ル事モ無カリケリ。然テ、其ノ女ノ、年ナド老テ後ニ語ケル也。

此ヲ思フニ、然ル旧キ所ニハ必ズ物ノ住ニゾ有ケル。然レバ、彼ノ嫗モ、子ヲ、「穴甘気、只一口」ト云ケルハ、定メテ鬼ナドニテコソハ有ケメ。

此レニ依テ然様ナラム所ニハ、独リマニハ不立入マジキ事也、トナム語リ伝ヘタルトヤ。

정친대부正親大夫 □□가 젊었을 때 오니鬼를 만난 이야기

정친대부正親大夫인 아무개가 젊은 시절, 인연을 맺었던 지체 높은 분 밑에서 일하는 여자와 사람이 살지 않는 오래된 당堂에서 밀회했던 밤의 일로, 스스로 당의 주인이라 칭하는 이상하고 무서운 여자가 나타나서 무단으로 숙박한 것을 다그치며 정친대부와 여자를 쫓아냈는데 여자는 너무 두려웠던 나머지 땀을 흘리며 기절해서 걷지도 못하고 다음 날이 되어도 의식이 돌아오지 않은 채 결국 죽었다고 하는 이야기. 나이가 들고 나서 당사자인 정친대부가 이야기했다고 되어 있다. 플롯의 전개는 『겐지源氏』 유가오夕顔의 괴이한 죽음과 동일하고 본권 제7·17화와도 비슷한 분위기를 풍긴다.

이제는 옛이야기이지만, 정친대부正親大夫[1] □□[2]라고 하는 사람이 있었다.

이 사람이 아직 젊은 시절, 유력한 분의 저택에서 시중을 들던 여자와 인연을 맺어 때때로 정을 통하고 있었는데 얼마간 만나지 못했기에 두 사람의 만남을 이어주던 여자의 처소로 가서 "오늘 밤 그 사람을 만나고 싶소만."이라 말했다. 그러자 그 여자는

---

1 궁내성宮內省에 소속되어 황족의 명적名籍과 그 계록季祿, 시복時服에 관한 일을 맡은 관청의 공무원. 대부大夫는 오위五位.
2 정친대부正親大夫 성명姓名의 표기를 염두에 둔 의도적 결자. 제목의 결자도 같음.

"이곳으로 부르는 것은 쉬운 일이지만 오늘 밤 이 집에 오랫동안 친하게 지내던 시골 사람이 와서 묵고 가기에 공교롭게도 들일 수 있는 방이 없습니다."

라고 대답했다. '거짓말을 하는 게로군.'이라 생각하며[3] 주변을 잘 살펴보니, 원래 좁고 작은 집이었기에 정말로 여러 마리의 말과 하인 등의 모습이 한눈에 보였다. '거짓말하는 게 아니로군.' 하고 생각하고 있자 여자는 잠시 이것저것 생각하더니 "그러고 보니 좋은 생각이 있사옵니다."라 말했다. "어떤 겐가?"라고 묻자 여자는 "이곳에서 서쪽에 아무도 살지 않는 당堂이 있습니다. 오늘 밤만 그 당에서 지내십시오."라고 말하고 애인인 여자가 있는 저택이 가까웠기에 여자는 그곳으로 달려갔다.

잠시 기다리고 있자 만남을 이어주는 그 여자가 여자를 데리고 돌아왔다. "자, 갑시다."라고 말하기에 함께 나섰는데 서쪽으로 한 정町[4] 정도 가니 낡은 당이 있었다. 만남을 이어주는 여자가 자기 집에서 가지고 나온 돗자리 한 장을 펴고 "날이 밝으면 모시러 오겠습니다."라고 말하고 뒤를 부탁하고 돌아갔다.

그래서 정친대부는 여자와 누워 이야기를 하고 있었는데 함께 데려온 종자도 없고 다만 두 사람만이 인적 없는 낡은 당에 있었기에 약간 음산한 기분이 들었다. 한밤중이 되었으리라 짐작될 즈음, 당 뒤쪽에서 불빛이 나타났다. '사람이 살고 있었나? 어찌된 일일까.'라고 생각하고 있자 여동女童이 한 사람 등불을 켜서 가지고 와서 불전佛前 같은 곳에 놓았다. 정친대부가 '이것 참 곤란하게 되었다.' 생각하고 있었더니 그 뒤에서 여방女房 한 사람이 나타났다.

---

3 오랫동안 방문하지 않았던 환영할 수 없는 손님이라서 거짓말해서 쫓아내려는 건 아닐까 의심한 것.
4 약 110m.

이를 보자마자 정친대부는 괴이하고 두려운 기분이 들어서 대체 무엇일까 일어나서 보고 있자 여방女房은 한 간間5 정도 떨어진 곳에 앉아서 곁눈질로 주위를 살피고 잠시 뒤에

"여기 들어온 분은 누구시옵니까? 실로 기괴한 일입니다. 저는 이곳의 주인입니다만 어째서 주인 허락도 없이 이곳에 들어오신 겁니까? 여기는 예로부터 사람이 와서 묵었던 일이 없사옵니다."

라고 말했다. 그렇게 말하는 모습이 말할 수 없을 만큼 무서웠다. 정친대부는

"저는 여기에 사람이 계실 줄은 전혀 몰랐습니다. 다만 어떤 사람이 오늘만 여기에 있으라고 했기 때문에 온 것입니다. 대단히 실례했습니다."

라고 말하자 그 여방은 "지금 당장 나가 주십시오. 나가지 않으면 좋지 않을 것입니다."라고 말했다. 그래서 정친대부는 여자를 일으켜 세워 나가려고 했는데 여자는 땀투성이가 되어 일어서지를 못했다. 그것을 무리하게 일으켜 세워 밖으로 나왔다. 여자를 부축해서 걷게 했으나 잘 걷지 못해서 가까스로 여자의 주인 집 문까지 데려왔다. 정친대부는 문을 두드려 여자를 안으로 들여보내고 집으로 돌아왔다.

정친대부는 집으로 돌아와서도 이 일을 떠올리면 머리카락이 곤두서는 듯 두렵고 기분이 나빠졌기에 다음날도 하루 종일 누워 있었는데 저녁이 되자, 어젯밤 여자가 걷지 못했던 것이 마음에 걸려 예의 중개를 해준 여자의 집에 가서 상태를 물었다. 그러자 여자는

"그분은 돌아와서부터 인사불성이 되어 시름시름 죽어가는 것처럼 보였기에 모두가 '어떻게 된 겁니까?'라고 물었습니다만 아무 말도 하지 않으셨

---

5 기둥과 기둥 사이.

습니다. 주인님도 놀라서 허둥지둥하셨지만 그분은 친척도 없는 분이었기에 임시로 오두막집[6]을 만들어 그곳으로 내보냈는데 얼마 지나지 않아 돌아가셨습니다."

라고 대답했다. 그것을 듣고 정친대부는 깜짝 놀라서

"사실을 말하자면 어제 이러저러한 일이 있었다. 오니鬼가 사는 곳에 사람을 재우다니 너무한 사람이군."

이라고 말했다. 그러자 여자는 "아니, 그곳에 그런 일이 있을 것이라고는 꿈에도 생각지 못했습니다."라고 대답했으나 이미 엎질러진 물이었다.

이 이야기는 정친대부[7]가 늙어서 다른 사람에게 이야기한 것을 들어서 전한 것이다.

그 당은 지금도 있다고 하는데 칠조七條 오미야大宮[8] 근처라고 하지만 자세한 것은 모른다.

그러므로 사람이 없는 낡은 당 같은 곳에서 묵어서는 안 된다고 이렇게 이야기로 전하여 내려오고 있다 한다.

---

6 죽음을 꺼려 했기 때문에 죽음이 가까이 온 중병인重病人 등을 옥외로 내보내는 것이 당시의 풍습이었음. 권26 제20화. 권31 제30화 참조.
7 설화의 당사자를 제1전승자로 추정하고 신빙성을 부여하고 있음. 또한 늙어서 이야기했다고 하는 것은 유형적.
8 칠조대로七條大路와 대궁대로大宮大路가 교차하는 곳 부근.

◉ 제16화 ◉

정친대부 正親大夫 □□가 젊었을 때 오니 鬼를 만난 이야기

正親大夫□若時値鬼語第十六

今昔、正親ノ大夫□ノ□ト云フ者有キ。

其レガ若カリケル時ニ、可然キ所ニ二宮仕シケル女ヲ語ヒテ、時々物云ケルニ、久ク不行ザリケレバ、云ヒ伝タリケル女ノ許ニ行テ、「今夜彼ノ人ニ会ハム」ト云ケレバ、女、「呼奉ラム事ハ安ケケレドモ、今夜此ノ宿ニ年来知タル田舎人ノ詣来テ宿テ候ヘバ、可御キ所ノ不候ヌガ侘シキ也」ト云ヘバ、「虚言ヲ云フニヤ有ラム」ト思テ、寄テ見ルニ、現ニ馬下人ナド、程モ無キ小家ナレバ、数有レバ、「隠シ所無ク実也ケリ」ト思フニ、此ノ女暫思ヒ廻ス気色ニテ、「可為キ様

候ケリ」ト云ヘバ、「何ニ」ト問フニ、女、「此ノ西ノ方ニ人モ無キ堂候フ。今夜許其ノ堂ニ御マセ」ト云テ、近キ程也ケレバ、女走テ行ヌ。

暫許待ツニ、女ヲ搔具シテ来ニタリ。「去来サセ給ヘ」ト云ヘバ、打具シテ行クニ、西様ニ一町余許行テ、旧キ堂有リ。女堂ノ戸ヲ引開テ、己ガ家ノ畳一帖ヲ取持来、敷テ預ケテ、「今、暁ニ参ラム」ト云テ、女返リ去ヌ。

然レバ、正親ノ大夫女ト臥シテ、物語ナド為ル程ニ、共ニ具シタル従者モ無クテ只独ニテ、人モ無キ旧堂ナレバ、気六借キ程ニ、夜中許ニモ成ヤシヌラムト思フ程ニ、堂ノ後ノ方ニ、火ノ光リ出来タリ。「人ノ有ケルニコソ」ト思フ程ニ、女ノ童一人火ヲ灯シテ持来テ、仏ノ御前ト思シキ所ニ居ヘツ。正親ノ大夫、「此ハ極キ態カナ」ト六借ク思フニ、後ノ方ヨリ女房独リ出来タリ。

怪ク、此レヲ見ルニ、怖シク思ユレバ、「何ナル事ニカ」ト怪ムデ、正親ノ大夫起居テ見レバ、女房二間許去テ喬見

テ居タリ□。暫許有テ云ク、「此ニハ何ナル人ノ入御シタルゾ。糸奇怪ナル事也。丸ハ此ノ主也。何デカ主モ不云ズシテ、此ハ来レル。此ハ古ヨリ人来リ宿ル事無シ」ト。此ク云フ気色、実ト二云ハム方無ク怖シ。正親ノ大夫ガ云ク、「已ニ更ニ人ノ御マシマシケル所不知給ズ。只、人ノ、『今夜許此ニ有レ』ト申ツレバ、詣来タル。尤モ出給ハ悪カリナム」ト。女房ノ云ク、「速ニ疾ク出給ヒネ。不出給ズハ悪カリナム」ト。

然レバ、正親ノ大夫、女ヲ引立テ出ムト為ルニ、女汗水ニ成テ、否不立ヌ、強ニ引立テ出デ、男ノ肩ニ引懸テ行ケレドモ、否不歩ヌヲ構テ主ノ門ニ将行テ、門ヲ叩テ女ヲバ入レツ、正親ノ大夫ハ家ニ返ヌ。

此ノ事ヲ思ヒ出ルニ、頭ノ毛太リテ、心地モ悪ク思エケレバ、次ノ日モ終日ニ臥シテ、夕方ニ成テ尚夜前彼ノ女ノ否不歩ザリシガ不審サニ、彼ノ云ヒ伝フル女ノ家ニ行テ聞ケバ、女ノ云ク、「其ノ人ハ返リ給ケルヨリ、物モ不思エズ、只死ニ死ヌル様ニ見ケレバ、『何ナル事ノ有ツルゾ』ナド人々被問ケレドモ、物ヲダニ否不宣ザリケレバ、主モ驚キ騒テ、知ル人モ無キ人ニテ有レバ、仮屋ヲ造テ被出タリケレバ、程モ無ク死給ヒニケリ」ト云フヲ聞クニ、正親ノ大夫モ奇異クテ、「実ニハ夜前然々ノ事ノ有シ也。鬼ノ住ケル所ニ人ヲ臥セテ、奇異カリケル者カナ」ト云ヒケレバ、女更ニ其ニ然ル事有ラムト不知ヌ由ヲ云答ヘケレドモ、甲斐無クテ止ニケリ。

正親ノ大夫ガ年老テ人ニ語ケルヲ聞伝ヘタルナルベシ。其ノ堂ハ于今有トカヤ。七条大宮ノ辺ニ有、トゾ聞ク。委ク不知ズ。

然レバ、人無カラム旧堂ナナドニハ不宿マジキ也、トナム語リ伝ヘタルトヤ。

女童（扇面写経）

동국東國 사람이 천원원川原院에 숙소를 정하고 부인을 빼앗긴 이야기

영작榮爵[1]을 사고자 처를 동반해 상경한 남자가 실수로 사람이 살지 않는 천원원川原院에 숙박하고 있을 때, 어느 날의 해질 녘에 부인이 오니鬼에게 모퉁이에 있는 문처戶 안으로 끌려 들어가서 빨리 죽었다고 하는 이야기. 오래되고 황폐한 집에 얽힌 괴이 담으로 본권 제14화와 동류이다. 또한 천원원의 괴이담으로는 미나모토노 도루源融의 영靈에 관한 본권 제2화가 잘 알려져 있다.

이제는 옛이야기이지만, 동국東國에서 오위五位 관직을 사고자 상경한 사람이 있었다. 그 사람의 처도 "이참에 도읍 구경이라도 해야겠습니다."라고 말하며 남편을 따라 상경했다. 그런데 실수로 예정했던 숙소를 잡지 못하고 당장 그날 밤 숙소 때문에 곤란해 하던 중, 연고가 있는 사람을 통해 사람이 살지 않는 천원원川原院[2]의 관리인에게 사정을 말해 숙소를 빌릴 수 있었다. 밖에서는 잘 보이지 않는 하나치이데노마放出ノ間[3]에 막幕같은 것을 둘러치고는 주인 남자는 그곳에 머물렀다. 종자들은 봉당封堂에 머물게 하고 그곳

---

1   종오위從五位 이하 혹은 넓게는 오위의 명칭. 헤이안 시대 국비의 부족을 보충하기 위해 재물로 직위를 주는 일이 행해졌다. 여기서는 지방 호족 등이 연줄을 의지하고 오위의 직위를 사기 위해 상경한 것. 오위인 사람은 대부大夫라고 불렸기 때문에 이렇게 직위를 산 사람도 아무개 대부라고 불렸다.
2   보통 '하원원河原院'이라고 표기. → 지명(헤이안 경도).
3   모옥母屋에 연결되어 밖으로 튀어나온 건물. 접객의 용도로 씀.

에서 먹을 것을 만들거나 말을 묶어 두게 하거나 하면서 며칠간 머무르고 있었는데 어느 날 해질 녘에 그 방 뒤쪽에 있는 모퉁이에 있는 문⁴이 안쪽에서 갑자기 열렸다. 안쪽에 사람이 있어서 그것이 열렸거니 하고 있었는데 무언가 정체를 알 수 없는 것의 손이 쑥 나와서 함께 자고 있던 부인을 붙잡아 모퉁이에 있는 문 안쪽으로 끌고 들어갔다. 남편은 놀라서 큰 소리를 지르며 끌어당겨 멈추게 하려고 했으나 순식간에 끌려 들어가 버렸다. 남편은 서둘러 다가가 문을 당겨 열려고 했으나 꽉 닫혀 버려서 어떻게 해도 열리지 않았다.

그래서 옆에 있던 격자덧문⁵과 미닫이문 등을 밀고 당겨 봤지만 전부 안쪽에 자물쇠가 걸려 있어서 어떻게 해도 열리지 않았다. 남편은 몹시 놀라 《어찌할 바를 몰라서》⁶ 이쪽저쪽으로 달리며 건물의 사방의 문들을 당겨 보았으나 어떻게 해도 열리지 않았기에 가까운 집으로 달려가서 "지금 이러이러한 일이 있었습니다. 도와주십시오."라고 말했다. 그러자 사람들이 잔뜩 나와서 집 주변을 빙빙 돌면서 조사해 보았지만 열려 있는 곳도 없었다.

이윽고 밤이 되어 어두워졌다. 남편은 고민 끝에 도끼를 가지고 나와서 문을 부숴서 열고 불을 켜고 안으로 들어가서 찾아보자 어떻게 살해당한 것인지 부인은 상처 하나도 없이 □□⁷ 그곳에 있던 장대에 걸린 채로 죽어 있었다.

오니鬼가 빨아 죽인 것⁸일거라고 사람들은 입을 모아 말했지만 어찌할 도

---

4 원문에는 "쓰마도妻戸"로 되어 있음. 침전寢殿 건축에서 건물의 네 귀퉁이에 만든 출입구로 양쪽으로 여는 판자문.
5 원문은 "陽子"(=格子)로 되어 있음.
6 한자 표기를 염두에 둔 의도적 결자. 문맥을 고려하여 보충함.
7 한자 표기를 염두에 둔 의도적 결자. 문맥상 '맥없이' 등이 들어갈 것으로 추정.
8 부인이 옷을 걸어 두는 장대에 걸려서 죽어 있던 것으로 보아 혈육血肉을 오니에게 빨린 것이라 생각한 것임.

리 없이 일단락되었다. 부인이 죽었기 때문에 남자도 두려워 도망쳐 나와서 다른 곳으로 가 버렸다. 이러한 불가사의한 일도 있는 것이다.

그러므로 잘 알지 못하는 오래된 집에 숙소를 정해서는 안 된다고 이렇게 이야기로 전하여 내려오고 있다 한다.

東人宿川原院被取妻語第十七

今昔、東ノ方ヨリ、「栄爵尋テ買ハム」ト思テ、京ニ上タル者有ケリ。

其ノ妻モ、「此ノ次デニ京ヲモ見ム」ト云テ、夫ニ具シテ上タリケルニ、宿所ノ違テ無カリケレバ、忽ニ可行宿キ所無クテ、川原ノ院ノ人モ無カリケルヲ、事ノ縁有テ、其ノ預ノ者ニ語ヒテ借ケレバ、借シテケレバ、隠レノ方ノ放出ノ間ニ、幕ナド云フ物ヲ引廻シテ主ハ居ヌ。従者共ハ土ナル所ニ居テ、食物ナドヲモセサセ、馬共ヲ繋セテ日来有ケル程ニ、夕暮方ニ、其ノ居タリケル後ノ方ニ有ケル妻戸ヲ、俄ニ内ヨリ押開ケレバ、「内ニ二人ノ有テ開ルナメリ」ト思フ程ニ、何ニトモ不思エヌ物ノ、急ト手ヲ指出テ、此ノ宿タル妻ヲ取テ、妻戸ノ内ニ引入ツレバ、夫驚キ騒テ引留メムト為レドモ、程モ無ク引入ツレバ、念寄テ妻戸ヲ引開ケムト引ケドモ、程無ク閉ツレバ、不開ズ成ヌ。

然レバ傍ナル簀子遺戸ナドヲ、此引キ引キ為レドモ、皆内ヨリ懸タレバ開カムヤハ。夫、奇異ク□テ、此方ニ走リ、彼方ヘ走リ、東西南北ヲ引ドモ、不開ネバ、傍ナル人ノ家ニ走寄テ、「只今、然々ノ事ナム有ル。此レ助ケヨ」ト云ヘバ、人共数出来テ、廻々見ルドモ、開タル所無シ。

而ル間、夜ニ入テ暗ク成ヌ。然レバ、思ヒ繚テ、鋒ヲ持テ切開テ、火ヲ燃シテ内ニ入テ求メケレバ、其ノ妻ヲ何ニシタルニカ有ケム、疵モ無クテ□トシテ、棹ノ有ケルニ打懸テナム殺シテ置タリケル。「鬼ノ吸殺テケルナメリ」トゾ人々口々ニ云ヒ合タリケレドモ、甲斐無クテ止ニケリ。妻死ニケレバ男モ怖レテ逃テ外ニ行ニケリ。此ル希有ノ事ナム有ル。

然レバ、案内不知ザラム旧キ所ニハ、不可宿ズ、トナム語リ伝ヘタルトヤ。

오니鬼가 판자로 변해서 인가에 나타나 사람을 죽인 이야기

어떤 사람의 저택에 시골 출신의 두 사람의 젊은 시侍와 지긋한 나이의 유력자인 오위五位 계급의 시侍가 숙직宿直에 임하러 왔던 밤의 일이다. 기괴한 판자板로 변한 오니鬼가 젊은 시侍를 덮쳤는데 주의 깊게 경계하며 태도太刀를 손에 쥐고 있던 두 사람에게는 손을 대지 못하고 안쪽 방에서 방심하고 자고 있던 오위의 시侍를 눌러 죽인 이야기. 화말평어話末評語에서 남자란 항시 태도나 칼을 몸에 지니고 있어야 한다고 일깨우는데 이야기의 전개로 보면 초점이 맞지 않아 부자연스럽다.

이제는 옛이야기이지만, 어떤 사람의 저택에서 여름 무렵 무도武道에 자신 있는 젊은 시侍¹ 두 사람이 남면南面의 하나치이데노마放出ノ間²에서 숙직³을 하고 있었다. 이 두 사람은 원래 무도에 대한 바른 마음가짐을 가진 □⁴한 시골 출신인 자들로 태도太刀 등을 가지고 잠도 자지 않고 세상 사는 이야기 등을 하고 있었다. 또 그 집에 제사諸司의 윤允⁵ 오위五位 정도 되는, 저택에서 위세를 떨치고 있던 선배 같은 시侍가 안쪽의 숙직으로서 혼자 이데

---

1 귀족의 집에 고용되어 경비나 잡무 등에 종사했던 사람. 또 넓게는 신분이 낮은 고용인 남자의 명칭.
2 모옥母屋에 연결되어 밖으로 튀어나온 건물. 접객의 용도로 씀.
3 숙박을 하며 경비하는 것.
4 한자 표기를 염두에 둔 의도적 결자. 문맥상 '성실' 혹은 '똑똑' 정도가 들어갈 것으로 추정.
5 여러 관청의 삼등관.

이出居⁶에서 자고 있었는데 이 남자는 두 사람과 같은 □⁷한 마음가짐이 없었기 때문에 태도나 칼⁸도 가지고 있지 않았다. 이제 밤도 점점 깊어 갈 무렵 하나치이데노마放出ノ間에 있던 두 사람의 시侍가 문득 올려다보니 동쪽의 바깥채⁹ 지붕 위에 갑자기 한 장의 판자가 슥 하고 나타났다.

"저건 대체 뭘까. 저런 곳에 지금 이 시간에 판자가 나올 리가 없다. 어쩌면 누군가가 불이라도 붙이기 위해서 지붕에 올라가려고 하는 걸지도 모르겠구나."

"그렇다면 아래서 판자를 세워 올라가야 할 터인데 저건 위에서 판자가 나와 있지 않은가. 이상한 일이구먼."

이라고 두 사람이 소리를 낮추어 서로 이야기하는 동안에 이 판자가 점점 길어져서 일고여덟 척尺¹⁰ 정도 되었다.

놀라서 보고 있는 사이에 이 판자가 갑자기 하늘하늘 날아서 이 두 사람의 시侍가 있는 쪽으로 내려왔다. 이것은 오니임에 틀림없다고 생각해서 두 사람은 태도를 뽑아 가까이 오면 잘라버리겠다고 각자 한쪽 무릎을 꿇고 태도를 고쳐 잡고 만반의 준비를 하고 기다리고 있자 판자는 그쪽으로는 다가오지 않고 옆 격자덧문¹¹에 아주 약간의 틈이 있는 곳으로 살금살금 들어갔다.

들어갔구나 하고 보고 있는데, 그 안은 이데이出居에 해당하고, 거기서 자고 있던 오위의 시侍가 뭔가에 모노物¹²에 습격을 당한 사람처럼 두세 번 정도 신음소리를 내고 그 후로는 소리가 들리지 않았다. 그러자 시侍 두 사람

---

6 행랑방庇の間에 설치된 방으로 주로 객간客間으로 사용되었음.
7 한자 표기를 염두에 둔 의도적 결자. 문맥상 '성실' 혹은 '똑똑' 정도가 들어갈 것으로 추정.
8 태도太刀는 큰 칼. 칼은 허리춤에 차는 단도를 이름.
9 '東の對屋'
10 약 2.1~2.4m.
11 원문은 "陽子"(=格子)로 되어 있음.
12 * 정체를 알 수 없는 것. 요괴妖怪, 영귀怨靈 등 불가사의한 영력靈力을 가진 존재.

은 놀라서 허둥지둥 여기저기 뛰어다니며 사람들을 깨워 "이러이러한 일이 있었다."고 고했다. 사람들이 일어나 나와서 등불을 켜고 다가가 보니 그 오위의 시(侍)가 납작해져서 □¹³되어 죽어 있었다. 판자는 밖으로 나간 것 같지도 않았으나 안에도 보이지 않았다. 사람들은 이를 보고 모두 떨기 시작했다. 오위의 유해는 곧바로 밖으로 옮겼다.

생각해 보면 이 두 사람의 시(侍)는 태도를 가지고 베려고 했기 때문에 판자는 그곳으로 가까이 가지 못하고 안으로 들어가서 칼도 없이 안심하고 잠들어 있던 오위를 □¹⁴ 하여 죽였을 것이다.

이 저택에는 이러한 오니가 있다고 알려지게 된 것은 이보다 뒤의 일인지 혹은 원래 그러한 장소였던 것인지 자세한 것은 알 수 없다.

그러므로 남자란 어떤 일이 있어도 태도나 칼을 몸에서 떼어 놓지 말고 가지고 있어야 하는 것이다. 이러한 이유로 당시의 사람은 이 이야기를 듣고 태도나 칼을 몸에서 떼지 않았다고 이렇게 이야기로 전하여 내려오고 있다 한다.

---

13 한자 표기를 염두에 둔 의도적 결자. 문맥상 '눌려' '찌부러져'의 뜻의 어휘가 들어갈 것으로 추정.
14 한자 표기를 염두에 둔 의도적 결자. 문맥상 '눌려' '찌부러져'의 뜻의 어휘가 들어갈 것으로 추정.

鬼現板来人家殺人語第十八

今昔、或ル人ノ許ニ、夏比若キ侍ノ兵立タル二人、南面ノ放出ノ間ニ居テ宿直シケルニ、此ノ二人本ヨリ心バセ有リ、□也ケル田舎人共ニテ、大刀ナド持テ、不寝デ物語ナドシテ有ケルニ、亦其ノ家ニ所得タリケル長侍ノ諸司ノ允五位ナドニテ有ケルニヤ、上宿直ニテ出居ニ独リ寝タリケルガ、然様ノ□ナル方モ無カリケレバ、大刀ヲモ不具ケルニ、此ノ放出ノ間ニ居タル二人ノ侍、夜打チ深更ル程ニ見ケレバ、東ノ台ノ棟ノ上ニ、俄ニ板ノ指出タリケレバ、「彼レ

ハ何ゾ。彼ニ只今板ノ可指出キ様コソ無ケレ。若シ人ナドノ火付ケムト思テ屋ノ上ニ登ラムト為ルニヤコソ板ヲ立テ可登キニ、此レハ上ヨリ板ノ指出タルハ不心得ヌ事カナ」ト二人シテ忍ヤカニ云フ程ニ、此ノ板漸ク只指出ニ指出テ、七八尺許指出ヌ。

奇異ト見ル程ニ、此ノ板俄ニヒラ〳〵ト飛テ、此ノ二人ノ侍ノ居タル方様ニ来ル。然レバ、「此レハ鬼也ケリ」ト思テ、二人ノ侍大刀ヲ抜テ、「近ク来バ切ラム」ト思テ、各突跪テ、大刀ヲ取直シテ居タリケレバ、其ハ否不来ズシテ、傍ナル籬子ノ迫ノ塵許有ケルヨリ、此ノ板コソ〳〵トシテ入ヌ。

此ク入ヌト見ル程ニ、其ノ内ハ出居ノ方ナレバ、彼ノ寝タリツル五位侍、物ニ被襲タル人ノ様ニ、二三度許ウメキテ、亦音モ不為ザリケレバ、此ノ侍共驚キ騒テ、走リ廻テ、人ヲ起シテ、「然々ノ事ナム有ツル」ト告ケレバ、其ノ時、人々起テ火ヲ燃シテ寄テ見ケレバ、其ノ五位侍ヲコソ真平

ニ□殺シテ置タリケリ。板外ヘ出トモ不見エズ、亦内ニモ不見ザリケリ。人々皆此レヲ見テ恐ヂ怖ル、事無限シ。五位ヲバ即チ掻出ニケリ。

此レヲ思フニ、此ノ二人ノ侍ハ大刀ヲ持テ切ラムトシケレバ否不寄デ内ニ入テ、刀モ不持ズ緩テ寝入タル五位ヲ□殺シテケルニコソハ有ラメ。

其レヨリ後ニヤ其ノ家ニ此ル鬼有ケリトハ知ケム、亦本ヨリ然ル所デヤ有ケルニヤ、委ク不知ズ。

然レバ男ト成ナム者ハ尚大刀刀ハ身ニ可具キ物也。此レニ依テ其ノ時ノ人皆此ノ事ヲ聞テ、大刀刀ヲ具シケリ、トナム語リ伝ヘタルトヤ。

302

오니鬼가 기름병油瓶 모습으로 나타나
사람을 죽인 이야기

오노노미야小野宮 우대신右大臣 후지와라노 사네스케藤原實資가 궁중에서 귀가하던 도중 작은 기름병이 날듯이 뛰어올라 아무개 집 문의 열쇠구멍으로 침입하는 것을 보고 기괴하게 생각해서 사람을 보내 물어보게 하자 병이 든 딸이 그날 낮에 죽었다는 사정을 듣고 기름병은 모노노케物の怪(오니鬼)가 변신한 것이라고 생각했다는 이야기. 사네스케의 비범한 통찰력을 칭송한 이야기이다.

　이제는 옛이야기이지만, 오노노미야小野宮[1] 우대신이라는 분이 계셨다. 존함은 사네스케實資라 했는데 학식이 풍부하고 현명한 분이었기 때문에 세간에서는 '현인賢人 우대신'이라고 불렀다.

　어느 날, 이분이 입궐한 후에 귀가하시고자 해서 대궁대로大宮大路[2]를 남쪽으로 내려오는데 수레 앞에 작은 기름병이 깡충깡충 뛰어갔다. 대신이 이를 보고 '실로 괴이한 일이다. 이것은 무엇일까. 모노노케物の怪[3] 등임에 틀

1　오노노미야 사네스케小野宮實資.(→ 인명) 후지와라노 사네스케藤原實資를 이름.
2　『이중력二中歷』의 명가력名家歷에 따르면 사네스케의 오노노미야 저택은 대취어문大炊御門 남쪽, 가라스마루烏丸의 동쪽(『습개초拾介抄』에는 가라스마루 서쪽)에 해당하기 때문에 이곳은 동대궁대로東大宮大路를 가리킴.
3　사람에게 씌어 병이나 재액災厄을 가지고 오는 영혼이나 요괴 등.

림이 없다.'고 생각하고 계시자 기름병은 대궁대로의 서쪽, □□[4]의 □[5]에 있는 어떤 사람의 집의 잠겨 있는 문 앞까지 뛰어왔다. 문이 닫혀 있었기에 그 열쇠구멍으로 안에 들어가려고 몇 번이나 뛰어올랐으나 좀처럼 뛰어오르지 못했다. 그러나 마침내 뛰어오르는 데 성공하여 열쇠구멍을 통해 안으로 들어갔다.

대신은 이 광경을 다 지켜본 후 집으로 돌아와서 그 후 사람을 시켜 "이러이러한 곳에 있는 집에 가서 넌지시 그 집에 무슨 일이 없었는지 물어보고 오너라."고 보냈다. 심부름꾼은 외출해서 금방 돌아와서는

"그 집에는 젊은 아가씨가 있었는데 요즘 들어 몸져누워 계시다가 오늘 낮 즈음 죽어 버렸습니다."

라고 보고 했다. 대신은

"생각했던 대로 그 기름병은 모노노케였던 것이로구나. 그놈이 열쇠구멍으로 들어가서 죽여 버린 것이다."

라며 수긍했다. 이것을 본 대신도 참으로 보통사람[6]은 아니시다.

그러므로 이러한 모노노케는 여러 가지 물건으로 모습을 바꾸어 나타나는 법이다.

이것을 생각하면 어떤 원한을 풀려고 했던 것이리라고 이렇게 이야기로 전하여 내려오고 있다 한다.

---

4   동서의 대로 혹은 소로小路 이름의 표기를 염두에 둔 의도적 결자.
5   남쪽이나 북쪽의 방위의 표기를 염두에 둔 의도적 결자.
6   사네스케는 귀신鬼神의 변신을 꿰뚫어 보는 자질이 있었던 것으로 추정. 『십훈초十訓抄』 권6 제34화 참조.

鬼現油瓶形殺人語第十九

今昔、小野ノ宮ノ右大臣ト申ケル人御ケリ。御名ヲバ実資トゾ申ケル。身ノ才微妙ク、心賢ク御ケレバ、世ノ人、賢人ノ右ノ大臣トゾ名付タリシ。

其ノ人内ニ参テ、罷出トテ、大宮ヲ下ニ御ケルニ、車ノ前ニ少サキ油瓶ノ踊ツ、行ケレバ、大臣此レヲ見テ、「糸怪キ事カナ。此ハ何物ニカ有ラム。此ハ物ノ気ナドニコソ有メレ」ト思給テ御ケルニ、大宮ヨリハ西、□ヨリハ□ニ有ケル人ノ家ノ門ハ被閉タリケルニ、此ノ油瓶、其ノ門ノ許トニ踊リ至テ、戸ハ閉タレバ鑰ノ穴ノ有ヨリ、入ラム入ラムト度々踊リ上リケルニ、無期ニ否踊リ上リ不得デ有ケル程ニ、遂ニ踊リ上リ付テ、鑰ノ穴ヨリ入ニケリ。

大臣ハ此ク見置テ返リ給テ後ニ、人ヲ教ヘテ、「其々ニ有ツル家ニ行テ、然気無クテ、『其ノ家ニ何事カ有ル』ト聞テ返レ」トテ遣タリケレバ、使行テ即チ返リ来テ云ク、「彼ノ家ニ若キ娘ノ候ケルガ、日来煩テ此ノ昼方既ニ失候ニケリ」ト云ケレバ、大臣、「有ツル油瓶ハ然レバコソ物ノ気ニテ有ケル也ケリ。其レガ鑰ノ穴ヨリ入ヌレバ、殺シテケル也ケリ」トゾ思給ケル。其レヲ見給ケム大臣モ糸只人ニハ不御ザリケリ。

然レバ此ル物ノ気ハ様々ノ物ノ形ト現ジテ有ル也ケリ。此レヲ思フニ、怨ヲ恨ケルニコソハ有ラメ。此ナム語リ伝ヘタルトヤ。

오미 지방近江國의 생령生靈이 도읍으로 와서 사람을 죽인 이야기

오미 지방近江國의 여자의 생령生靈이 도읍에서 미노美濃·오와리尾張로 하향하던 남자와 우연히 만나 그에게 민부대부民部大夫 아무개의 집까지 억지로 길 안내를 하게 하여, 자신을 버린 민부대부를 죽였다는 이야기. 남자는 그간의 사정을 알고 그 후 여자의 집에 들러 생령으로 변했던 여자로부터 감사의 견포絹布를 받았다고 하는 보은적인 후일담이 부가된다. 영귀靈鬼가 사람의 원조를 받아 복수를 이루고 그 후 은혜를 갚는다는 줄거리는 전형적이다.

이제는 옛이야기이지만, 도읍에서 미노美濃, 오와리尾張[1] 근처로 내려가려는, 신분이 낮은 남자가 있었다.

새벽녘[2]에 도읍에서 나오려고 생각했지만, 그보다 일찍 깊은 밤[3]에 일어나 나와서 걸어가던 중에 □□와 □□[4]의 사거리에서 푸른빛[5]이 도는 옷을 입고 옷자락을 쥔[6] 여인이 혼자 서 있었다. 남자는

---

1 → 옛 지방명.
2 날이 밝기 직전. 여행은 이때 떠나는 경우가 많음.
3 오전 두 시 정도부터 세 시경으로 추정.
4 대로 이름의 표기를 염두에 둔 의도적 결자.
5 푸른 옷靑衣의 여인은 중국의 육조六朝·당송唐宋 소설에서도 영귀의 화신으로 등장하는데 여기도 그 계통의 것으로 추정됨.
6 기모노著物의 자락이 흙으로 더러워지지 않도록 옷자락의 좌우를 쥐고 자락을 올리는 것.

‘저 여자는 도대체 어떤 여자일까. 이런 한밤중에 설마 여자 혼자 서 있을 리가 없다. 분명 일행으로 남자가 있을 테지.’

라고 생각해서 그대로 지나가려고 했다. 그러자 이 여자는 남자를 불러 세워 “거기 지나가시는 분. 어디로 가시고 계시옵니까?”라고 물었다. 남자가 “미노, 오와리 쪽으로 내려가는 사람입니다.”라고 대답하자 여자가

“그러면 서두르고 계시겠군요. 그렇지만 꼭 부탁드리고 싶은 것이 있사옵니다. 잠시만 멈춰 주세요.”

라고 말했다.

남자가 “무슨 일인가요?”라고 말하며 멈춰 서자 여자는

“이 근처에 있는 민부대부民部大夫[7] □□의 □[8]라고 하는 사람의 집은 어디에 있는지요. 그곳에 가고 싶은데 길을 잃어 갈 수 없습니다. 저를 그 곳으로 데려가 주실 수 없겠습니까?”

라고 말했다.

남자는

“그 사람의 집으로 가시는데 어째서 이런 곳에 계시는 겁니까? 그 집은 여기서 일고여덟 정町 정도 가지 않으면 안 됩니다. 그렇지만 저는 길을 서두르고 있기 때문에 그곳까지 바래다드린다면 곤란해집니다.”

라고 말했다. 그러자 여자는 “그렇지만 너무나 중요한 일입니다. 꼭 데려다 주십시오.”라고 말하기에 남자는 마지못해 바래다주기로 했다. 여자는 “정말로 감사합니다.”라고 말하고 걷기 시작했으나 이 여자의 모습이 아무래도 이상하고 무섭다는 생각이 들었다. 그렇지만 이런 일은 자주 있는 일일 것이라고 생각해서 여자가 말한 민부대부의 집 문까지 바래다주고 “여기가

---

7   민부성民部省의 삼등관. 육위의 대승大丞과 소승少丞 중에서 선발되어 오위에 봉해진 사람.
8   민부대부의 성명 표기를 염두에 둔 의도적 결자.

그 사람의 집 문입니다."라고 말하자 여자는

"몹시 서둘러 가시던 길을 일부러 되돌아와 여기까지 데려다주셔서 거듭 감사드립니다. 저는 오미 지방近江國[9] □□[10]군郡의 이러이러한 곳의 이러이러한 사람의 딸이옵니다. 동국東國으로 가실 때 지나는 길에서 가까우니 꼭 들러 주십시오. 여러 가지 말씀드리고 싶은 것도 있습니다."

라고 말하고는 앞에 서 있던 여자가 홀연 감쪽같이 사라져 보이지 않게 되었다.

'이것 참 놀랍군. 문이 열려 있었다면 안으로 들어가거나 했겠지만, 문은 닫혀 있다. 이것은 어찌된 영문인가.'

라고 생각하자 남자는 머리털이 곤두설 정도로 두려워져서 꼼짝 못하고 서 있었는데 갑자기 이 집 안에서 울부짖는 소리가 났다. 무슨 일일까 생각해서 집 밖에서 들어 보니 사람이 죽은 분위기였다. 이상한 일이라고 생각해서 잠시 근처를 왔다갔다 어슬렁거리고 있는 사이에 날이 밝아왔다. 무슨 일이 일어난 것인지 물어보려고 생각해서 완전히 날이 밝은 뒤에 이 집에 조금 아는 사람이 있었기에 그 사람을 불러내서 상황을 들어 보니

"실은 오미 지방에 계신 마님께서 생령生靈[11]이 되어 들러붙었다고 해서 여기 주인님이 줄곧 앓고 계셨는데 오늘 새벽녘 '생령이 나타난 것 같다.'라고 말씀하시다가 갑자기 돌아가셨습니다. 정말로 생령이라고 하는 것은 실제로 사람을 죽일 수 있는 것이군요."

라고 말했다. 이것을 듣고 이 남자는 왠지 모르게 두통이 나기 시작했다. 그리고 동시에 '그 여자는 매우 기뻐했지만 이 두통은 틀림없이 그때의 독기

9   → 옛 지방명.
10   군명의 표기를 염두에 둔 의도적 결자.
11   살아 있는 인간의 원령으로 육체에서 떨어져 자유롭게 행동하는 혼. '사령死靈'의 반대말. 『겐지源氏』에서 로쿠조어식소六條御息所의 생령이 아오이노우에葵上에게 들러붙었던 일은 유명.

毒氣에 닿았기 때문일 테지.'라고 깨닫고 그날은 길을 떠나는 것을 그만두고 집으로 돌아갔다.

그 후 사흘 정도 있다가 내려갔는데 그 여자가 가르쳐 준 근처를 지나가게 되어, 남자는 '한번 그 여자가 말한 것이 정말인지 어떤지 확인해 보자.'고 생각해 물어물어 찾아가 보자 정말로 그러한 집이 있었다. 잠시 들러 이러이러 저러저러하다고 전하게 하였다. 여자는 "분명 그러한 일이 있지요."라고 말하고 그를 집으로 불러들여, 발 너머로 남자와 만나 "이전날 밤의 기쁨은 영원히 잊지 못할 것입니다."라고 말하고 식사 등을 대접하고 비단과 마포麻布 등을 주었다. 남자는 몹시 두려웠지만 여러 가지 물건을 받아서 그곳을 나와 동국東國으로 내려갔다.

이것을 생각하면 생령이라고 하는 것은 단지 혼이 사람에 옮겨 붙는 것이라고 생각했지만 의외로 그 당사자는 확실히 알고 있던 것이었다. 이것은 예의 민부대부가 부인으로 삼았던 여자가 남편에게 버림받았기에 원한을 품고 생령이 되어 남편을 앙얼殃孽을 입게 해서 죽여 버린 것이다.

그러므로 모두 여자의 마음은 두려운 것이라고 했다고 이렇게 이야기로 전하여 내려오고 있다 한다.

近江国生霊来京殺人語第二十

今昔、京ヨリ美濃尾張ノ程ニ下ラムト為ル下臈有ケリ。

京ヲバ暁ニ出ト思ケレドモ、夜深ク起テ行ケル程ニ、□ハ

ト□ト辻ニテ、大路ニ青バミタル衣着タル女房ノ裾取タ

ルガ、只独リ立タリケレバ、男、「何ナル女ノ立テルニカ有

ラム」ト只今定メテヨモ独リハ不立ジ、男具シタラム」ト思テ、

歩ミ過ケル程ニ、此ノ女男ニ云ク、「彼ノ御スル人ハ何チ御

スル人ゾ」ト問ヘバ、男、「美濃尾張ノ方へ罷下ル也」ト答

フ。女ノ云ク、「然テハ忩ギ給ラム。然ハ有レドモ、大切ニ

可申キ事ノ侍ル也。暫シ立留リ給へ」ト。男、「何事ニカ

候ラム」ト云テ立留タレバ、女ノ云ク、「此ノ辺ニ民部ノ

大夫□ノ□」ト云フ人ノ家ハ、何コニ侍ルゾ。其ヲ行カムト

思フニ、道ヲ迷シテ否不行ヌヲ、丸ヲ其へハ将御ナムヤ」ト。

男、「其ノ人ノ家へ御セムニハ、何ノ故ニ此ニハ御ツルゾ」ト。

其ノ家ハ此ヨリ七八町許罷テコソ有レ。但シ念テ物へ罷ル

「尚極テ大切ノ事也。只具シテ御セ」ト云へバ、男恐ニ具シ

テ行クニ、女、「糸喜シ」ト

云テ行ケルガ、怪ク此ノ女ノ

気怖シキ様ニ思エケレドモ、

「只有ル事ニコソハ」ト思テ、

此ク云フ民部ノ大夫ノ家ノ門

マデ送リ付ツレバ、男、「此

レゾ其ノ人ノ家ノ門」ト云へ

簾(豊明絵草子)

310

バ、女、「此ク怠テ物ヘ御スル人ノ態ニ返シ返シ此マデ送リ付ケ

給ヘル事、返々ス喜シクナム。自ハ近江ノ国、□ノ郡ニ

其々ニ有ル然々ト云フ人ノ娘也。東ノ方ヘ御セバ、其ノ道近

キ所也、必ズ音ヅレ給ヘ。極テ不審キ事ノ有ツレバナム」ト

云テ、前ニ立テ見ツル女ノ、俄ニ掻消ツ失ヌ。

男、「奇異キ態カナ。門ノ開タラバコソハ門ノ内ニ入ヌル

トモ可思キニ、門ハ被閉タリ。此ハ何ニ」ト、頭ノ毛太リテ

怖シケレバ、痊タル様ニテ立テル程ニ、此ノ家ノ内ニ俄ニ泣

喤ル音有リ。「何ナル事ニカ」ト聞バ、人ノ死タル気ハヒ也。

「希有ノ事カナ」ト思テ、暫ク俳個フ程ニ、夜モ暗ヌレバ、

「此ノ事ノ不審サ尋ネム」ト思テ、曉畢テ後ニ、其ノ家ノ内

ニ髣知タル人ノ有ケルニ、尋ネ会テ有様ヲ問ケレバ、其ノ人

ノ云ク、「近江ノ国ニ御スル女房ノ生霊ニ入給ヒタルトテ、

此ノ殿ノ日来不例ズ煩ヒ給ツルガ、此ノ暁方ニ、

現タル気色有」ナド云ツル程ニ、俄ニ失給ヌル也。然バ此

ク新タニ二人ヲバ取リ殺ス物ニコソ有ケレ」ト語ルヲ聞クニ、

此ノ男モ生頭痛ク成テ、「女ハ喜ビツレドモ、其レガ気ノ為

ルナメリ」ト思テ、其ノ日ハ留マリテ家ニ返ニケリ。

其ノ後三日許有テゾ下ケルニ、彼ノ女ノ云シ事尋テ試ム」

ルニ、男、「去来、彼ノ女ノ教ヘシ程ヲ過ケ

バ、実ニ然ル家有ケリ。寄テ、人ヲ以テ、「然々」ト云ヒ入

サセタリケレバ、「然ル事有ラム」トテ呼入レテ、簾超シニ

会テ、物ナド食ハセテ、絹布ナド取セタリケレバ、男極ク怖シ

ク思ケレドモ、物ナド得テ、出デ、下ニケリ。

此レヲ思フニ、然ハ、生霊ト云ハ、只魂ノ入テ為ル事カ

ト思ツルニ、早ウ現ニ我レモ思ユル事ニテ有ニコソ。此ハ、

彼ノ民部ノ大夫ガ妻ニシタリケルガ、去ニケレバ、恨ヲ成シ

テ生霊ニ成テ殺シテケル也。

然レバ女ノ心ハ怖シキ者也、トナム諸ノ語リ伝ヘタルトヤ。

미노 지방^{美濃國}의 기노 도스케^{紀遠助}가 여자 영^靈을 만나
결국 죽게 된 이야기

후지와라노 다카노리藤原孝範가 미노 지방美濃國 이쿠쓰生津의 장원을 맡고 있던 때의
일로 종자인 기노 도스케紀遠助가 도읍에서 내려오는 도중, 세타勢田 다리의 여자 영靈
에게 미노 지방의 여자로부터 전해 달라 부탁받은 작은 상자를 깜빡하고 가져다주지
않은 채 집으로 돌아온다. 도스케의 부인은 이를 애인에게 주는 선물이라 질투한 나머
지 열어 보았는데 안에는 사람의 눈알과 남근男根이 들어 있어 기겁한다. 도스케가 이
상자를 여자에게 전해 주자 열어 본 것을 책망받고 이내 앓아누웠다가 죽게 되었다는
이야기. 이전 이야기와 마찬가지로 여자의 영에 의해 죽임을 당하는 괴이담. 민담 '늪
신의 편지沼神の手紙'와 구조가 유사하고, 하시히메橋姬 전설과도 관련이 있다. 세타의
다리에 얽힌 괴이怪異는 본권 제14화에도 보인다.

이제는 옛이야기이지만, 나가토長門² 지방의 전임 수령이었던 후지와라노
다카노리藤原孝範³라는 사람이 있었다. 그가 시모우사下總 지방의 임시 수령⁴

---

1   앞 이야기와 이 이야기 사이에 저본底本에는 1페이지 분량의 공백이 있고 본 이야기의 번호가 '제22화'라고
     되어 있는 것으로 보아 제21화를 나중에 보충할 생각으로 비워둔 것이 분명하다. 또 동대십오책본東大十五
     冊本 등에서는 이 공백을 두지 않고 이 이야기로 이어지는데 이 이야기의 이야기 번호는 똑같이 '제22화'라
     고 되어 있다. 또 이와 함께 '제29화'의 번호를 단 이야기가 두 개 중복되고 있는데 이것은 편집상 미완성의
     형태임을 나타냄.
2   → 옛 지방명.
3   → 인명. 또한 『중우기中右記』 관치寬治 8년(1094) 윤삼월 10일 조에 "전 나가토 수령 다카노리前長門守孝範"
     라고 되어 있다. 이 이야기는 이 시기 이후에 전승된 것으로 추정된다. 이 이야기집 안에서 시대적으로 가
     장 늦은 이야기의 하나.
4   * 원문에는 "권수權守"로 되어 있음.

직으로 있었을 때, 관백關白[5]님의 가신으로서 미노 지방美農國[6]의 이쿠쓰生津[7]에 있는 장원을 맡아 다스리고 있었는데 그곳에 기노 도스케紀遠助[8]라는 사람이 있었다.

많은 종자 중에서 다카노리는 기노 도스케를 특히 총애하여, 동삼조전東三條殿[9]으로 장기간 숙직宿直을 위해 도읍으로 올려 보냈는데, 그 숙직 기간이 끝나서, 그곳을 떠나 고향으로 돌아오게 했다. 그래서 도스케가 미노로 내려가던 도중에 세타勢田의 다리에 이르자 웬 여인이 옷자락을 쥐고 다리 위에 서 있었다. 도스케는 이상하게 여기며 그냥 지나가려고 했다. 그러자 여자는 그를 불러 세우고 "당신은 어디로 가십니까?"라고 물었다. 도스케는 말에서 내려[10] "미노로 가려고 합니다."라고 대답했다. 여자가 "하오면 여쭙고 싶은 것이 있사옵니다만, 들어주시렵니까?"라고 말하기에, 도스케는 "말씀하십시오."라고 대답했다. 여자는 "매우 감사합니다."라고 말하고는 품에서 비단으로 싼 조그만 상자를 꺼내서

"이 상자를 가타가타 군方県郡[11] 모로코시 향唐鄉[12] 오사메收[13] 다리 옆으로 가져가시면 다리 서쪽 부근에 한 여인이 기다리고 있을 것입니다. 그 여인에게 이것을 전해 주십시오."

라고 말했다. 도스케는 어쩐지 기분이 나빠져서 '쓸데없는 일을 떠맡게 되었구나.'라고 생각했는데 여자의 모습이 왠지 무서웠기 때문에 거절하지 못

---

5 시모우사下總 임시 수령인 시기를 민부대승民部大丞 이전(1062)으로 한다면 후지와라노 요리미치藤原賴通(→인명)를 이름.
6 →옛 지방명.
7 기후 현岐阜県 모토스 군本巣郡 기타가타 정北方町에 있었던 관백 소유의 장원莊園.
8 장원을 현지에서 관리했던 토호土豪로 추정됨.
9 →지명·헤이안 경도.
10 말에서 내려 여자에게 예를 갖춘 것.
11 현재 기후 시 북부 일대. 『서기書紀』 사이메이齊明 천황 6년(660) 10월에 당인唐人의 거주가 기록되어 있음.
12 기후 시 사이고西鄉 지구 부근.
13 미상. 농작물의 수납에 관련된 다리인 것으로 추정.

하고 상자를 받아 들고

"그 다리에서 기다리고 계실 여인은 어떤 분입니까. 어디 사는 분인지요? 만약에 만나지 못하게 된다면 어디로 가면 좋겠습니까? 또 이 상자는 어떤 분께서 주셨다고 말씀드려야 합니까?"

라고 물었다. 그러자 여자는

"당신이 그 다리 근처에 가기만 한다면 그것을 받으러 여인이 나타날 것입니다. 결코 만나지 못할 리가 없습니다. 분명 기다리고 있을 것입니다. 그렇지만 명심하십시오. 절대로 이 상자를 열어 보시면 안 됩니다."

라고 말하고 서 있었다. 그러나 도스케가 함께 데려온 종자들에게는 그곳에 있는 여자가 보이지 않았다.[14] 다만 자기 주인이 말에서 내려 이유 없이 서 있다고 이상하게 생각하고 있었다. 도스케가 상자를 받아 들자 여자는 물러갔다.

도스케는 다시 말을 탔고 이윽고 미노에 도착했다. 그러나 그 다리에 관한 일을 잊어버리고 지나쳐서 상자를 전해 주지 못했다. 하지만 집에 도착하고서야 생각이 나서 '큰일 났군. 이 상자를 전해 주지 않았구나.'라 깨닫고 '조만간 이것을 가지고 나가서 상대를 찾아가 전해 주자.' 하고 헛방[15] 안의 가구 위에 올려놓았다. 도스케의 처는 본디 질투심이 무척 강한 여자로 도스케가 이 상자를 올려두는 것을 슬며시 보고는

'저 상자는 어딘가의 여자에게 주려고 도읍에서 일부러 사와서 나에게는 숨기고 저곳에 놓아둔 게로구나.'

라고 지레짐작해서 도스케가 외출한 틈에 슬쩍 상자를 꺼내서 열어 보았다. 그러자 그 안에는 도려낸 사람의 눈알과 그 밖에 털이 조금 붙은 잘려진

---

14 여자가 요괴나 영귀임을 암시함.
15 원문은 "쓰보야坪屋". 칸막음을 해서 세 방향을 벽으로 둘러 물건을 놓는 수납용 방.

남근男根[16]이 잔뜩 들어 있었다.

부인은 이것을 보고 깜짝 놀라 기겁하고 두려워져서, 돌아온 도스케를 황급히 불러서 이를 보여주었다. 그러자 도스케는 "아! 여자가 절대로 보지 말라고 말했는데. 큰일이군."이라고 말하고 황급히 뚜껑을 닫아서 원래대로 묶어서 곧바로 예의 여자가 가르쳐 준 다리 옆에서 기다리고 서 있자 정말로 여인 한 사람이 나타났다. 도스케는 이 상자를 전해 주고 여자가 말한 대로 전하자 여인은 상자를 받아 들고는 "이 상자를 열어 보았군요."라고 말했다. 도스케는 "아니오. 결코 그런 짓은 하지 않았습니다."라고 대답했으나 여인은 굉장히 기분 나쁜 얼굴로 "어처구니없는 일을 저질렀군요."라고 말하고 매우 화를 냈다. 여인은 화를 내면서도 상자를 받아 갔기에 도스케는 집으로 돌아왔다.

그 후, 도스케는 "아무래도 몸 상태가 좋지 않구나."[17]라고 말하고 드러누웠다. 그리고 부인에게 "그렇게나 열지 말라고 말했던 상자를 생각 없이 열어 보고 말이야."라고 말하고 얼마 지나지 않아 죽어 버렸다.

그러므로 유부녀가 질투심이 깊어 쓸데없이 의심하거나 하면, 남편에게 이러한 좋지 않은 일이 있는 것이다. 질투 때문에 도스케는 뜻밖에도 죽지 않아도 될 목숨을 애석하게 잃게 되었다. 질투는 여자의 습성이라고 하지만 이를 들은 사람들은 모두 부인을 비난했다고 이렇게 이야기로 전하여 내려오고 있다 한다.

---

16 세타 다리의 여자 영이 수작을 걸며 다가온 남자들의 그것을 잘라 놓은 것으로 추정. 또 권20 제10화에는 환술幻術로 남근을 빼앗는 이야기가 보임.
17 몸 상태가 좋지 않은 것은 여자 영의 요기에 닿았기 때문. 이윽고 죽음에 이름.

美濃国紀遠助値女霊遂死語第二十二

今昔、長門ノ前司藤原ノ孝範ト云フ者有キ。其レガ下総

ノ権ノ守ト云ヒシ時ニ、関白殿ニ候ヒシ者ニテ、美濃ノ国ニ

有ル生津ノ御庄ト云フ所ヲ預カリテ知ケルニ、其御庄ニ紀ノ

遠助ト云フ者有キ。

人数有ケル中ニ、孝範此ノ遠助ヲ仕ヒ付テ、東三条殿ノ

長宿直ニ召上タリケルガ、其ノ宿直畢ニケレバ、暇取セテ返

シ遣ケレバ、美濃へ下ケルニ、勢田ノ橋ヲ渡ルニ、橋ノ上ニ

女ノ裾取タルガ立テリケルニ、遠助、「怪シ」ト見テ過ル程

ニ、女ノ云ク、「彼レハ何チ御スル人ゾ」ト。然レバ、遠助

馬ヨリ下テ、「美濃へ罷ル人也」ト答フ。女、「事付申サムト

思フハ、聞給ヒテムヤ」ト云ケレバ、遠助「申シ侍リナム」

ト答フ。女、「糸喜ク宣ヒタリ」ト云テ、懐ヨリ小サキ箱ノ、

絹ヲ以テ裏タルヲ引出シテ、「此ノ箱、方県ノ郡ノ唐ノ郷ノ

収ノ橋ノ許ニ持御シタラバ、橋ノ西ノ爪ニ女房御セムトスラ

ム。其ノ女房ニ此レ奉リ給」ト云ヘバ、遠助気六借ク思エテ、

「由無キ事請ヲシテケル」ト思ヘドモ、女ノ様ノ気怖シク思

エケレバ、難辞クテ、箱ヲ受取テ、遠助ガ云ク、「其ノ橋ノ

許ニ御スラム女房ヲバ誰トカ聞ル。何クニ御スル人ゾ。若シ

不御会ズハ何クヲカ可尋奉キ。亦此レヲバ誰ガ奉フト

カ可申キ」ト。女ノ云ク、「只其ノ橋ノ許ニ御タラバ、此レ

ヲ受取リニ其ノ女房出来ナム。ヨニ違フ事不侍

ジ。待給フラムゾ。但シ、

穴賢、努々此ノ箱開テ

不見給ナ」ト此様ニ云立

リケルヲ、此ノ遠助ガ共

ナル従者共ハ、女有トモ

不見ズ、「只我ガ主ハ馬

勢田の橋（石山寺縁起）

316

ヨリ下テ、由無クテ立テルヲ」ト見テ、怪シビ思ケルニ、遠

助箱ヲ受取ツレバ、女ハ返ヌ。

其ノ後、馬ニ乗テ行クニ、美濃ニ下着テ、此ノ橋ノ許ヲ

忘レテ過ニケレバ、此ノ箱ヲ不取セザリケレバ、家ニ行着テ

思出シテ、「糸不便也ケル。此ノ箱ヲ不取リケル」ト思テ

捧テ置タリケルヲ、遠助ガ妻ハ嫉妬ノ心極ク深ケル者ニテ、

「今故ニ持行テ尋テ取セム」トテ、壺屋立タル所ノ物ノ上ニ

此ノ箱ヲ遠助ガ置ケルヲ、妻然気無クテ見テ、「此ノ箱ヲバ

女ニ取セムトテ京ヨリ態ト買持来テ、我レニ隠シテ置タルナ

メリ」ト心得テ、遠助ガ出タル間ニ、妻蜜ニ箱ヲ取下シテ開

テ見ケレバ、人ノ目ヲ捷テ数入レタリ、亦男ノ閼ヲ毛少シ付

ケツ、多ク切入レタリ。

妻此レヲ見テ、奇異ク怖シク成テ、遠助ガ返リ来タルニ、

迷ヒ呼寄セテ見スレバ、遠助「哀レ、『不見マジ』ト云テシ

物ヲ。不便ナル態カナ」ト云テ、迷ヒ覆ヒテ、本ノ様ニ結テ、

ヤガテ即チ彼ノ女ノ教ヘシ橋ノ許ニ持行テ立テリケレバ、実

ニ女房出来タリ。遠助此ノ箱ヲ渡シテ、女ノ云シ事ヲ語レ

バ、女房箱ヲ受取テ云ク、「此ノ箱ハ開テ被見ニケリ」ト。

遠助、「更ニ然ル事不候ズ」ト云ヘドモ、女房ノ気色糸悪気

ニテ、「糸悪シク成リ給フカナ」ト云テ、極ク瞋テ気色悪ラ

箱ヲバ受取ツレバ、遠助ハ家ニ返ヌ。

其ノ後、遠助、「心地不例ズ」ト云テ臥シヌ。妻ニ云ク、

「然許不開マジト云シ箱ヲ由無ク開テ見テ」トテ、程無ク死

ニケリ。

然レバ人ノ妻ノ嫉妬ノ心深ク、虚疑ヒセムハ、夫ノ為ニ此

ク不吉ヌ事ノ有ル也。嫉妬ノ故ニ遠助不思懸ズ、非分ニ命ヲ

失ヒテケリ。女ノ常ノ習トハ云ヒ乍ラ、此レヲ聞ク人皆

此ノ妻ヲ憎ミケリ、トナム語リ伝ヘタルトヤ。

사냥꾼獵師의 어머니가 오니鬼가 되어 자식을 잡아먹으려 했던 이야기

사냥꾼인 형제가 깊은 밤에 사슴 사냥을 하고 있었는데 오니鬼가 형을 잡아먹으려고 상툿고를 잡아 올렸다. 그러나 형은 동생에게 목소리를 단서로 활을 쏘게 하여 오니의 손을 활로 떨어뜨려 집으로 가지고 돌아왔는데, 놀랍게도 그것은 노모老母의 손이었다고 하는 이야기. 노모가 오니가 되어 자식을 습격하는 기괴하고 추악醜惡한 괴이담. 민담 '대장간의 할멈鍛冶屋の婆'의 야사부로彌三郎 할멈 계통의 이야기나 옥대본屋代本 『헤이케平家』 검권劍卷의 모도리바시戾橋 전설의 후일담과 유사하다. 늙은 여자가 오니가 되는 이야기는 본권 제15화에도 보인다.

이제는 옛이야기이지만, □□¹지방 □□²군에 사슴이나 멧돼지를 잡는 것을 업으로 하는 두 사람의 형제가 있었다. 언제나 산에 가서 사슴을 활로 쏴서 잡고 있었는데 이날도 형제는 둘이 함께 산으로 들어갔다.

그리하여 그들은 산속에서 '기다림待ち³'이라는 것을 했다. '기다림'이란 높은 나무의 가지에 횡목을 걸쳐 놓고 그 위에서 사슴이 그 나무 밑에 나타나

---

1   지방 이름의 표기를 염두에 둔 의도적 결자.
2   군 이름의 표기를 염두에 둔 의도적 결자.
3   수렵 방법의 한 가지. 이하의 설명에 따르면 높은 나무의 가지에 옆으로 나무를 걸쳐 놓고 그 위에서 대기하고 있다가 그 나무 아래로 나타난 사슴을 쏘는 방법. 『고카와데라연기회권粉河寺緣起繪卷』 권두에 나무 위의 횡목橫木에 서서 사슴을 쏘는 모습이 그려져 있음.

는 것을 기다려서 쏘는 것이었다. 그래서 형제는 네댓 단段[4] 정도 간격을 두고 나무 위에서 마주 보고 있었다. 9월 하순의 캄캄한 밤 무렵이라 사방이 온통 어두컴컴해서 아무것도 보이지 않았다. 오로지 사슴이 오는지 발자국 소리에 귀를 기울이며 기다렸지만, 그러는 사이에 점점 밤은 깊어갔고 사슴은 좀처럼 나타나지 않았다.

그때, 형이 있는 나무 위쪽에서 무언가 이상한 것[5]이 손[6]을 뻗어내려 형의 상툿고를 붙잡고 위로 끌어올렸다. 형이 놀라서 상툿고를 붙잡은 손을 더듬어 보니 그것은 굉장히 말라비틀어진 사람 손이었다.

'이것은 모노物[7]가 나를 잡아먹으려고 붙잡아서 끌어올리는 것임에 틀림없다.'고 생각해서 마주 보고 있던 동생에게 알리려고 동생을 부르자 동생이 대답했다.

그래서 형은 "지금 만약에 내 상툿고를 붙잡고 위로 끌어올리려는 녀석이 있다면 너는 어찌할 것이냐?"라며 말을 걸었다. 그러자 동생은 "그때는 방향을 어림잡아서 그 녀석을 활로 쏘겠습니다."라 대답했다. "실은 말이다, 지금 내 상툿고를 잡아 위로 끌어올리려는 녀석이 있다."고 말하자 동생은 "그렇다면 형님의 목소리[8]를 단서로 쏴 보겠습니다."라고 말했다. "그렇다면 쏴라."라고 말하자 동생은 날이 선 화살을 잡아 활시위를 당겼다. 형의 머리 위를 스친 것 같은 느낌이 있었기 때문에 동생은 "명중한 것 같습니다."라고 외쳤다. 동시에 형은 상툿고 위를 손으로 더듬어 보았는데 잡았던 손이 활에 맞아 손목에서 떨어져 매달려 있었기 때문에 형은 이것을 잡고

4　거리를 계측하는 단위로 한 단段은 여섯 간間(약 11m). 40~50m 정도 거리를 두고.
5　정체불명의 요괴나 영귀 등.
6　요괴나 영귀가 뻗어 내린 손.
7　정체불명의 요괴. 영귀 등.
8　(모습은 보이지 않으나) 짐작해서. '기다림'의 사수射手니까 소리를 의지해서 명중하는 일에 익숙해져 있었을 것.

동생에게 "잡았던 손은 분명 활로 떨어뜨렸다. 여기에 붙잡아 두었다. 자, 오늘밤은 돌아가자."고 말하고 동생도 "그게 좋겠다."고 대답했다. 두 사람 모두 나무에서 내려와서 함께 집으로 향했다. 야반夜半이 지나서야 집에 도착했다.

그런데 집에는 나이가 들어 서 있지도 못하는 어머니가 있었다. 형제는 방 하나에 어머니를 모시고 형제 둘이 어머니의 방을 감싸듯이 양쪽에 각각 살고 있었는데 두 사람이 산에서 돌아와 보니 이상하게도 어머니의 신음 소리가 났다. "어째서 신음 소리를 내고 계신 겁니까?"라고 형제가 여쭈었는데 대답이 없었다. 그래서 두 사람은 불을 켜고 활로 쏘아 떨어뜨린 손을 보았는데 어머니의 손과 닮았다. 아무래도 이상해서 자세히 살펴보았지만 아무리 봐도 어머니의 손이었기에 두 사람은 어머니의 방문을 열었다. 그 순간 어머니는 일어나서 "네 이놈들, 잘도."라고 말하면서 형제를 붙잡으려고 했기에, 두 사람은 "이것은 어머님의 손입니까?"라고 말하고 손을 던져 넣고는 문을 쾅 닫고 도망쳤다.

그 후 어머니는 얼마 지나지 않아 돌아가셨다. 두 사람이 곁에 다가가 보니 어머니의 한쪽 손은 활에 맞아 손목에서 떨어져 없어져 있었다. 활로 쏘았던 것이 역시나 어머니의 손이었다는 것을 알았다. 이것은 어머니가 몹시 노쇠하여 오니鬼가 되어 자식을 잡아먹으려고 뒤를 밟아 산으로 갔던 것이었다.

그러므로 사람 부모로 매우 나이가 든 사람은 반드시 오니가 되어 자기 자식을 잡아먹으려고 하는 법이다. 어쨌든 두 사람의 형제는 어머니를 장사 지냈다.

이것을 생각하면 실로 두려운 이야기라고 이렇게 이야기로 전하여 내려오고 있다 한다.

猟師母成鬼擬噉子語第二十三

今昔、□ノ国、□ノ郡ニ、鹿猪ヲ殺スヲ役ト為ル者、兄弟二人有ケリ。常ニ山ニ行テ、鹿ヲ射ケレバ、兄弟搔列テ山ニ行ニケリ。

待ト云フ事ヲナムシケル。其レハ高キ木ノ胯ニ横様ニ木ヲ結テ、其ニ居テ鹿ノ来テ其ノ下ニ有ルヲ待チ射ル也ケリ。然レバ四五段許ヲ隔テ、兄弟向様ニ木ノ上ニ居タリ。九月ノ下ツ暗ノ比ナレバ、極テ暗クシテ、何ニモ物不見エズ。只鹿ノ来ル音ヲ聞カムト待ツニ、漸ク夜深更ルニ、鹿不来ズ。

而ル間、兄ガ居タル木ノ上ヨリ、物ノ手ヲ指下シテ、兄ガ髻ヲ取テ、上様ニ引上レバ、兄、「奇異」ト思テ髻取タル手ヲ捜レバ、吉ク枯レ曝ボヒタル人ノ手ニテ有リ。「此レハ鬼ノ我レヲ噉ハムトテ取テ引上ルニコソ有メレ」ト思テ、

今昔、□ノ国、□ノ郡ニ、

「向ニ居タル弟ニ告ゲム」ト思テ、弟ヲ呼ベバ、答フ。兄ガ云ク、「只今、若シ我ガ髻ヲ取テ上様ニ引上ル者有ラムニ、何ニシテム」ト。弟、「然ラバ音ニ就テ射ヨ」ト云フニ随テ、弟ガ鴈胯ヲ以テ射タリケレバ、兄ガ頭ノ上ニ懸ルト思ユル程ニ尻答フル心地スレバ、弟、「当ヌルニコソ有メレ」ト云フ時ニ、兄手ヲ以テ髻ノ上ヲ捜レバ、腕ノ頸ヨリ取タル手既ニ被射切テ下タレバ、此ニ取タリ。

「取タリツル手ハ既ニ被射切テ有レバ、此ニ取タリ。今夜ハ返ナム」ト云ヘバ、弟、「然也」ト云テ、二人乍ラ木ヨリ下テ、搔列テ家ニ返ヌ。夜半打過テゾ返着タリケル。

而ルニ、年老テ立居モ不安ヌ母ノ有ケルヲ、一ツノ壺屋ニ置テ、子二人ハ家ヲ衛別ケテ居タリケルガ、此ノ子共ノ山ヨリ返来タルニ、怪ウ母ノ吟ケレバ、子共、「何ド吟給フゾ」ト問ヘドモ、答ヘモ不為ズ。其ノ時ニ、火ヲ燃シテ、此ノ

被射切タル手ヲ、二人シテ見ルニ、此ノ母ノ手ニ似タリ。極

ジク怪ク思テ、吉ク見ルニ、只其ノ手ニテ有レバ、子共ノ

居タル所ノ遺戸ヲ引開タレバ、母起上テ、「己等ハ」ト云テ

取懸ムトスレバ、子共、「此レハ御手カ」ト云テ、投入レテ、

引閉テ去ニケリ。

其ノ後、其ノ母幾モ無クシテ死ニケリ。子共寄テ見レバ、

母ノ片手、々々ノ頸ヨリ被射切テ無シ。然レバ、早ウ此ノ母ノ

手也ケリト云フ事ヲ知ヌ。此レハ、母ガ痛ウ老ヒ耄テ、鬼ニ

成テ子ヲ食ムトテ、付テ山ニ行タリケル也ケリ。

然レバ人ノ祖ノ年痛ウ老タルハ必ズ鬼ニ成テ此ク子ヲモ食

ハムト為ル也ケリ。　母ヲバ子共葬シテケリ。

此ノ事ヲ思フニ、極テ怖シキ事也、トナム語リ伝ヘタルト

ヤ。

하리마 지방播磨國의 오니鬼가
인가人家로 와서 활을 맞은 이야기

앞 이야기와 마찬가지로 오니鬼를 활로 쏜 하리마 지방播磨國의 젊은이 이야기이다.
아버지가 돌아가신 후, 음양사陰陽師는 오니가 올 것을 예언해서 엄중하게 모노이미物
忌를 하고 있었는데, 예언대로 남자로 변신한 오니가 나타난다. 집안사람들이 공포에
떨고 있는 와중에 젊은이가 결연하게 활을 쏘아 명중시키지만 화살이 꿰뚫지 못하고
오니는 사라진다. 그 후, 그 집에 특별한 일은 일어나지 않았다고 하는 이야기. 미신을
타파하는 젊은이의 호기가 느껴지는 이야기이다.

　이제는 옛이야기이지만, 하리마 지방播磨國¹ □□²군에 살고 있던 사람
이 죽었기에 그 죽음의 부정을 씻어내기 위해 음양사陰陽師를 불러 잠시 집
에 머물게 하였다. 그런데 그 음양사가 "이번 모일某日에 이 집으로 오니鬼
가 찾아올 것입니다. 반드시 근신하고 계십시오."라고 말했다.

　집안사람들은 이를 듣고 몹시 두려움에 떨면서 음양사에게 "도대체 어찌
하면 좋겠습니까?"라고 묻자 음양사는 "그날은 엄중하게 모노이미物忌³할
필요가 있습니다."라고 말했다. 이윽고 그 당일이 되었기에, 엄중하게 모노

1　→ 옛 지방명.
2　군 이름의 표기를 염두에 둔 의도적 결자.
3　문을 잠그고 외부와의 접촉을 끊고 실내에 들어앉아 한결같이 심신을 청정히 하고 행위를 삼감.

이미하고 "오니는 어디서 어떤 모습[4]으로 오는 것입니까?"라고 음양사에게 묻자

"문으로 사람의 모습을 하고 올 겁니다. 이러한 오니가미鬼神[5]는 길 아닌 길은 가려고 하지 않는 법입니다.[6] 그저 똑바르고 제대로 된 길을 가려고 하는 것입니다."

라고 대답했기 때문에 문에 모노이미의 표찰[7]을 세우고 복숭아나무[8]를 잘라 길을 막아 □□[9]법을 행했다. 이렇게 해서 오니가 온다고 하는 시각을 기다려서 문을 굳게 닫고 틈새로 엿보고 있자, 아이즈리藍摺[10]의 스이칸水干 하카마袴[11]를 입고 머리에 갓을 쓴 남자가 문 밖에 서서 안을 들여다보고 있었다. 그것을 본 음양사가 "저것이 오니입니다."라고 말했기에 집안사람들은 벌벌 떨면서 야단법석을 떨었다. 오니인 남자는 잠시 서서 들여다보더니, 어떻게 들어왔는지 어느 틈엔가 안으로 들어와 있었다.[12] 그리고 집안에 들어와서 부뚜막[13] 앞에 서 있었는데 본 적도 없는 남자였다.

그래서 집안사람들이 "벌써 저기까지 들어왔구나. 우리는 이제 어떻게 되는 걸까."라며 모두 간을 졸이며 쳐다보고 있었는데 이 집 주인 아들인 젊은 남자가

---

4 오니가 무엇인가로 변신해서 오기 때문이다. 본권 제13화에서는 동생으로 변해서 왔음.
5 오니의 영위靈威를 신격화한 말임.
6 "오니는 옆길은 가지 않는다"는 성구成句의 사상은 권27 제31화에도 보임
7 모노이미 때에 세우거나 매달거나 하는 판으로 된 호부護符. '物忌み'라고 써둠. 악귀를 쫓는 주력이 있음.
8 복숭아나무의 열매에는 예로부터 재액을 피하는 영력이 있다고 여겨졌다. 『고사기古事記』 상권에 죽은 자의 나라를 방문한 이자나기노미코토가 쫓아온 요모쓰시코메黃泉醜女에게 복숭아 열매를 던져서 격퇴했다고 하는 것도 하나의 예. 도교道敎에서 유래한 신앙으로 추정.
9 제재법除災法의 명칭 표기를 염두에 둔 의도적 결자.
10 산쪽풀 잎으로 모양을 문질러 색을 낸 의복.
11 풀을 쓰지 않고 물로 붙여서 말린 비단으로 만든 가리기누狩衣의 한 종류로 남자의 평복.
12 영귀靈鬼는 약간의 틈으로 침입. 본권 제18화 19화 참조.
13 신령神靈과 관계되는 장소. 부뚜막 신이 모셔져 있다.

'이제 어찌 됐건 저 오니에게 잡아먹히게 될 것이다. 어차피 죽는다면 이 오니를 쏴서 후세에 내 이름을 남겨 주겠다.'

라고 생각해서 활에 커다란 《토리》[14]가리利雁 화살을 메겨 으슥한 곳에서 오니를 겨누어 힘껏 쏘았더니 오니의 정중앙에 명중했다. 활에 맞은 오니는 바로 일어서서 달려 나가는가 싶더니 감쪽같이 보이지 않게 되었다. 화살은 박히지 않고 튕겨져 나왔다.

집안사람들은 이를 보고 "엄청난 일을 저질러 버렸다."라고 말하자, 남자는 "어차피 죽는다면 후세의 이야깃거리가 되고자 한 것이다."라고 말했기에 음양사도 질린 얼굴을 하고 있을 뿐이었다. 그 후 그 집에는 특별한 일은 없었다.

그렇다면 음양사가 꾸민 일인가 하는 생각도 들지만 문에서 집안으로 들어 온 상황이나 활이 튕겨져 박히지 않았던 것을 생각하면 그것은 역시 예사로운 것은 아니었으리라 생각된다.

오니가 분명히 사람으로 둔갑하여 나타나는 일은 흔하지 않은 두려운 일이라고 이렇게 이야기로 전하여 내려오고 있다 한다.

---

14 '토리'라는 한자의 표기를 염두에 둔 의도적 결자.

幡磨国鬼来人家被射語第二十四

今昔、幡磨ノ国、□ノ郡ニ住ケル人ノ死ニタリケルニ、其ノ後ノ拈ナド為サセムトテ、陰陽師ヲ呼籠タリケルニ、其ノ陰陽師ノ云ク、「今某日、此ノ家ニ鬼来ラムトス。努々可慎給シ」ト。

家ノ者共、此ノ事ヲ聞テ、極ク恐ヂ怖レテ、陰陽師ニ、「其レヲバ何カヾ可為キ」ト云フニ、陰陽師、「其ノ日物忌ヲ吉ク可為キ也」ト云フニ、既ニ其ノ日ニ成ヌレバ、極ク物忌ヲ固クシテ、「其ノ鬼ハ何ヨリ何ナル体ニテ可来キゾ」ト陰陽師ニ問ケレバ、陰陽師、「門ヨリ人ノ体ニテ可来シ。然様ノ鬼神ハ横様ノ非道ノ道ヲバ不行ヌ也。只直シキ道理ノ道ヲ行ク也」ト云ヘバ、門ニ物忌ノ札ヲ立テ、、桃ノ木ヲ切塞ギテ□法ヲシタリ。

而ル間、其ノ可来シト云フ時ヲ待テ、門ヲ強ク閉テ、物ノ迫ヨリ臨バ、藍摺ノ水干袴着タル男ノ笠頸ニ懸タル、門ノ外ニ立テ臨ク。陰陽師有テ、「彼ゾ鬼」ト云ヘバ、家ノ内ノ者共恐ヂ迷フ事無限シ。然テ、家ノ内ニ入来テ籠戸ノ前ニ居タリ、更ニ見知ヌ者ニ非ズ。

然レバ、家ノ内ノ者共、「今ハ此ニコソハ有ケレ。何様ナル事カ有ラムトスラム」ト、肝心モ失テ思ヒ合タル程ニ、其ノ家カ子ニ若キ男ノ有ケルガ思フ様、「今ハ何ニストモ此ノ鬼ニ被嗷ナムトス。同死ニ」ト思テ、物ノ隠ヨリ大ナル□鴈箭ヲ弓ニ番テ、鬼ニ指宛テ、強ク引テ射タリケレバ、鬼ノ最中ニ当ニケリ。鬼ハ被射ケルママニ、立走テ出ヅト思フ程ニ、掻消ツ様ニ失ニケリ。箭ハ不立ズシテ踊返ニケリ。

家ノ者、皆此レヲ見テ、「奇異キ態シツル主カナ」ド云ケレバ、男、「同ジ死ニヲ。後ニ人ノ聞カム事モ有リト思

テ、「試ツル也」ト云ケレバ、陰陽師モ奇異ノ気色シテナム有

ケル。其ノ後、其ノ家ニ別ノ事無カリケリ。

然レバ、陰陽師ノ構ヘタル事ニヤ有ラムト可思キニ、門ヨ

リ入ケム有様ヨリ始メテ、箭ノ踊返テ不立ザリケム事ヲ思フ

ニ、只物ニハ非ザリケリト思ユル也。

鬼ノ現ハニ此ク人ト現ジテ見ユル事ハ難有ク怖シキ事也カ

シ、トナム語リ伝ヘタルトヤ。

유부녀가 죽은 뒤
옛 남편을 만난 이야기

도읍에 사는 신분이 낮은 가난뱅이 시侍가 모某지방 수령의 종자가 되어 처를 버려두고 하향했는데, 옛 처를 너무 애절하게 그리워하여 수령의 임무가 끝나자마자 서둘러 옛 처가 살고 있는 황폐한 집을 방문하여 재회하고 회포懷抱를 풀었다. 그렇게 하룻밤을 보냈는데 다음날 아침 햇빛 아래서 보니 부둥켜안았던 옛 처는 백골이 된 사체였다는 이야기. 이웃 사람의 이야기에 의하면 처는 이번 여름에 남편을 그리워하다가 죽었다고 했기에 망혼亡魂이 한 짓이었다는 것을 알게 되는 유령괴이담幽靈怪異譚이다.

이제는 옛이야기이지만, 도읍에 신분이 낮은 시侍가 살고 있었다. 긴 세월 가난하게 살면서 직업도 딱히 없었으나 뜻밖에 □□¹라고 하는 사람이 □² 지방國의 수령이 되었다. 이 시侍는 이전부터 그 수령과 면식이 있어서 수령의 집을 방문했는데 수령은

"도읍에 있으면서 그렇게 직업도 얻지 못하고 있는 것보다는 내가 부임하는 지방에 함께 가지 않겠느냐? 변변찮게나마 보살펴 줄 수 있으리라 생각하는데 말이다. 지금까지 너를 불쌍히 여기고 있었는데 나도 내 코가 석자³

---

1   성명의 표기를 염두에 둔 의도적 결자.
2   지방 이름의 표기를 염두에 둔 의도적 결자.
3   도읍의 중류관리로는 생활의 여유가 없었던 것.

였던 상황이었으니까 말이지. 그렇지만 이번에 부임 지방으로 내려가게 되었으니, 데리고 가려고 생각하는데 어떠냐?"

고 말했다. 시侍는 "그것 참 감사한 일입니다."라고 말하고 드디어 부임 지방으로 내려가게 되었다. 그런데 이 시侍에게는 긴 세월 함께한 처가 있었다. 평소 가난한 생활은 견디기 어려운 정도였으나 처는 나이도 젊고 용모도 단정하고 마음이 착했기 때문에 매우 가난한 생활이었지만 서로 떨어지지 않겠다고 생각하며 함께 살아오고 있었다. 그러나 이 남자는 이번에 먼 지방으로 내려가게 되어 갑자기 처를 버리고 다른 유복한 집의 여자를 처로 삼았다.[4] 새 처가 온갖 여장을 꾸려 주었기에 그 처를 데리고 지방으로 내려갔다. 그리고 지방에 있는 동안 여러 가지로 생활은 풍요로워졌다.

이렇게 만족스러운 생활을 보내고 있는 동안에 도읍에 버리고 온 원래 처가 한없이 그리워져서 갑자기 만나고 싶다는 생각이 들어 '속히 상경하여 그녀를 만나고 싶다. 지금쯤 어찌하고 있을까.'라며 안절부절못하며 공허하게 지냈다. 어느새 세월이 지나 수령의 임기[5]가 끝나고 수령이 상경함에 따라서 시侍도 도읍으로 올라갔다.

남자는

'나는 특별한 이유도 없이 원래 처를 버리고 말았다. 도읍으로 돌아가면 곧바로 처의 거처로 가서 함께 살아야겠다.'

라고 결심했기 때문에, 남자는 도읍에 도착하자마자 지금의 처를 친정으로 보내고 여장을 풀지도 않은 채 원래 처의 집으로 갔다. 문이 열려 있었기에 안으로 들어가서 보니 이전과 완전히 모양이 변했고 집도 놀랄 만큼 황폐해

---

4   남자가 가난한 처를 버리고 유복한 여자에게 가는 이야기는 『이세伊勢』 23단, 『야마토大和』 149단이 잘 알려져 있음.

5   국사國司의 임기는 4년.

져서 사람이 살고 있는 기척이 없었다. 이것을 보고 한층 더 슬퍼져서 이루 말할 수 없을 만큼 불안했다. 9월 중순경이어서 달이 무척 밝았고 밤기운이 차가워 더할 나위 없이 슬퍼졌다.

집 안에 들어가 보니 옛날에 있던 장소에 처가 혼자 서 있을 뿐, 그 외에 인기척이 없었다. 처는 남편을 보고 원망하는 기색도 없이 기쁘다는 듯 "어머나, 어인일로 오신 것입니까? 언제 상경하신 겝니까?"라고 물었다. 남편이 시골에서 오랜 세월 계속해서 그리워하고 있었다는 일 등을 이야기하면서

"이제부터는 이렇게 함께 살자. 시골에서 가지고 온 것은 내일이라도 들여오도록 하자. 종자 등을 부르자꾸나. 오늘 밤은 다만 이 일만을 이야기하려고 생각해서 온 것이다."

라고 말했다. 그러자 처는 실로 기쁜 듯이 그 동안 쌓인 이야기를 하고 있는 사이에 밤이 깊어져 "자, 이제 그만 자자."라고 남면南面 쪽으로 가서 두 사람은 서로 껴안고 드러누웠다. 남편이 "여기는 아무도 없느냐?"라고 묻자 여자는 "이런 지독한 살림이기에 종자로 오는 사람도 없습니다."라고 말하고, 긴 가을밤을 밤새도록 서로 이야기했는데 이전보다 사무치도록 애처롭게 생각되었다.

이렇게 있는 사이에 날이 밝아왔기 때문에 함께 잠이 들었다. 날이 밝은 줄도 모르고 자고 있었는데 이윽고 날이 완전히 밝고 해도 떴다. 지난밤은 하인이 없었기에 덧문[6]의 아래쪽 문만 세우고 위쪽 문은 내리지 못했는데 거기서 햇빛이 반짝반짝 새어 들어오고 있었기 때문에 남자가 번쩍 눈을 뜨고 문득 보니, 안고 자고 있던 여자는 바짝 말라 뼈와 가죽만 남은 죽은 사

---

6 원문에는 '시토미蔀'로 되어 있음. 일광日光이나 비바람을 피하기 위한 바깥문으로 격자格子의 한쪽 면에 판板을 덧댄 것. 위아래 두 장의 옆문으로 되어 있어 아래를 고정시키고 윗문을 매달아 둔 것이 많음. 여기서는 아래쪽만 세워서 위쪽은 내리지 않았던 것.

람이었다. '이건 어찌된 일인가.' 하고 놀람과 동시에 말할 수 없이 무서워져서 자리를 박차고 일어나서 옷을 가지고 달려 나와 정원으로 뛰어내려 혹시 잘못 본 것인가 해서 다시 보았는데 틀림없이 죽은 사람이었다.

그래서 급하게 스이칸水干 하카마袴[7]를 입고 달려 나와서 이웃 오두막으로 달려 들어가 지금 막 방문한 척하며 "이 이웃에 살던 사람은 어디로 갔는지 알고 계십니까?"라고 물었다. 그러자 그 집 사람은

"그분은 긴 세월 함께 살던 남편이 그분을 버리고 먼 지방으로 내려갔기에 그것을 깊이 슬퍼하며 탄식하던 중에 병에 걸려 드러눕게 되어 간병해 주는 사람도 없는 채 지내다가 이번 여름에 죽어 버렸습니다. 들판의 장송[8]을 해 줄 사람도 없었기에 아직 그대로 있습니다만, 무서워서 가까이 가는 사람도 없고 집은 빈집으로 있습니다."

라고 대답했다. 그것을 듣고 더욱더 두려워진 남자는 포기하고 그곳을 떠났다.

실로 얼마나 무서웠겠는가. 분명 죽은 처의 혼魂이 머무르고 있다가 남편을 만난 것임에 틀림없다. 처는 분명 오랜 세월 그리움을 견딜 수 없어 남편과 동침한 것일 것이다.

그러므로 이러한 일도 있기 때문에 오랜 세월 동안 왕래가 없더라도 역시 찾아가야 하는 법이라고 이렇게 이야기로 전하여 내려오고 있다 한다.

---

7 풀을 쓰지 않고 물칠을 한 것을 말린 비단 하카마袴. 민간에서 남자들의 평복이었음.
8 산야山野에서 장사를 지낸다는 것으로 당시는 풍장風葬이나 토장土葬이 일반적임.

人妻死後会旧夫語第二十五

今昔、京ニ有ケル生侍、年来身貧クシテ、世ニ有付ク方[23]

モ無カリケル程ニ、不思懸ズ、[24]□ノ□ト云ケル人、[25]□ノ国ノ

守ニ成ニケリ。彼ノ侍、年来此ノ守ヲ相知タリケレバ、守

ノ許ニ行タリケレバ、守ノ云ク、[26]「此テ京ニ有付ク方モ無ク

テ有ルヨリハ、我ガ任国ニ将行テ、聊ノ事ヲモ顧ム。年来モ

糸惜ト思ツレドモ、我レモ不叶ヌ身ニテ過ツルニ、此テ任国

ニ下レバ、具ムト思フハ何ニ」ト。侍、「糸喜キ事ニ候フ也」

ト云テ、既ニ下ラムト為ル程ニ、侍、年来棲ケル妻ノ有ケル

ガ、不合ハ難堪カリケレドモ、年モ若ク、形チ有様モ冝ク、

心様ナドモ労タカリケレバ、身ノ貧サヲモ不顧ズシテ、互ニ

難去ク思ヒ渡ケルニ、男遠キ国へ下ナムト為ルニ[13]、此ノ妻

ヲ去テ、忽ニ便リ有ル他ノ妻ヲ儲ケテリ。其ノ妻万ノ事ヲ

繚テ出シ立テケレバ、其ノ妻ヲ具シテ国ニ下ニケリ。国ニ有

ケル間、事ニ触テ便リ付ニケリ。

此テ思フ様ニテ過シケル程ニ[14]、此ノ京ニ棄テ下リニシ本ノ

妻ノ破無ク恋ク成テ、俄ニ見マ欲ク思エケレバ[15]、「疾ク上テ

彼レヲ見バヤ。何ニシテカ有ラム」ト肝身ヲ剝グ如ク也ケレ

バ、万ヅ心スゴクテ過ケル程ニ[16]、墓無ク月日モ過テ、任モ畢[17]

ヌレバ、守ノ上ケル共ニ侍モ上ヌ[18]。

「我レ由無ク本ノ妻ヲ去ケリ[19]。京ニ返リ上ラムマヽニ、ヤガ

テ行テ棲ム」ト思ヒ取テケレバ、上ルヤ遅キト妻ヲバ家ニ遣[20]

テ、男ハ旅装束ヲ作テ彼ノ本ノ妻ノ許ニ行ヌ。家ノ門ハ開タ
レバ、這入テ見レバ、有シ様ニモ無ク、家モ奇異ク荒テ、人
住タル気色モ無シ。此レヲ見ルニ、弥ヨ物哀レニテ心細キ事
無限シ。九月ノ中ノ十日許ノ事ナレバ、月モ極ク明シ。夜冷
ニテ哀レニ心苦シキ程也。

家ノ内ニ入テ見レバ、居タリシ所ニ妻独リ居タリ。亦人無
シ。妻男ヲ見テ、恨ミタル気色モ無ク、喜気ニ思ヘル様ニテ、
「此ハ何カデ御座シツルゾ。何ツ上リ給タルゾ」ト云ヘバ、男
国ニテ年来思ツル事共ヲ云テ、「今ハ此テ棲ム。亦人無
タル物共モ今明日取リ寄セム。国ヨリ持上
従者ナドヲモ呼バム。今夜ハ
只此ノ由許ヲ申サムトテ来ツ
ル也」ト云ヘバ、妻喜ト思タ
ル気色ニテ、年来ノ物語ナド
シテ、夜モ深更ヌレバ、「今
ハ去来寝ナム」トテ、南面ノ

荒れ果てた家(年中行事絵巻)

方ニ行テ、二人掻抱テ臥シヌ。男、「此ニハ人ハ無キカ」ト
問ヘバ、女、「破無キ有様ニテ過ツレバ、被仕ル者モ無シ」
ト云テ、長キ夜ニ終夜語フ程ニ、例ヨリハ身ニ染タル様ニ哀
レニ思ユ。

此ル程ニ暁ニ成ヌレバ、共ニ寝入ヌ。夜ノ明ラムモ不知デ
寝タル程ニ、夜モ明ケテ、日モ出ニケリ。夜前、人モ無シカ
バ、蔀ノ本ヲバ立テ上ヲバ不下ザリケルニ、日ノ鑭々ト指入
タルニ、男打驚テ見レバ、掻抱テ寝タル人ハ、枯々ト干テ
骨ト皮ト許ナル死人也ケリ。「此ハ何ニ」ト思テ、奇異ク怖
シキ事云ハム方無ケレバ、衣ヲ掻抱テ起走テ下ニ踊下テ、
「若シ僻目力」ト見レドモ、実ニ死人也。
其ノ時ニ忩テ水干袴ヲ着テ、走出テ、隣ナル小家ニ立入テ、
今始メテ尋ヌル様ニテ、「『此ノ隣ナリシ人ハ何コニ侍ル』ト
カ聞給フ。其ノ家ニハ人モ無キカ」ト問ケレバ、其ノ家ノ人
ノ云ク、「其ノ人ハ年来ノ男ノ去テ遠国ニ下ニシカバ、其レ
ヲ思ヒ入テ歎キシ程ニ、病付テ有シヲ、繚フ人モ無クテ、此

ノ夏失ニシヲ、取テ棄ツル人モ無ケレバ、未ダ然テ有ルヲ、

恐テ寄ル人モ無クテ、家ハ徒ニテ侍ル也」ト云フヲ聞クニ、

弥ヨ怖シキ事無限シ。然テ云フ甲斐無クテ返ニケリ。

実ニ何ニ怖シカリケム。魂ノ留テ会タリケルニコソハ。

思フニ、年来ノ思ヒニ不堪ズシテ、必ズ嫁テムカシ。此ル希

有ノ事ナム有ケル。

然レバ、然様ナル事ノ有ラムヲバ尚尋テ可行キ也、トナム

語リ伝ヘタルトヤ。

여자가 죽은 남편이 온 것을
본 이야기

앞 이야기와는 대조적으로 남편의 망혼亡魂이 현신現身으로 부인의 곁을 방문한다는 유령담. 가와치 지방河內國의 남자와 야마토 지방大和國의 여자가 서로 사랑해서 부부로 3년을 보내지만 불행하게도 남편이 병사病死한다. 남편의 사후, 3년째 가을의 일로 그의 망혼이 생전의 모습으로 피리를 불면서 부인의 곁을 방문해서 시를 한 수 읊었는데 부인이 무섭고 두려워하여 사라졌다는 이야기. 3년의 세월과 피리 소리가 망혼 출현의 열쇠가 되고 있다.

이제는 옛이야기이지만, 야마토 지방大和國 □□¹군郡에 사는 사람이 있었다. 딸이 한 명 있었는데 용모가 아름답고 상냥한 마음을 가지고 있었기에 부모는 소중하게 길렀다.

한편, 가와치 지방河內國 □□²군郡에 사는 사람이 있었는데 아들 하나를 두고 있었다. 나이도 젊고 상당히 미남으로, 도읍에 올라가서 좋은 가문의 집에서 일을 하고 있었는데 피리를 잘 불었고 성품이 착하여 부모는 아들을 어여삐 여겼다.

한편, 이 젊은이는 예의 야마토 지방 사람의 딸이 미인이라는 소문을 들

---

1 군 이름의 표기를 위한 의도적 결자.
2 군 이름의 표기를 위한 의도적 결자.

고 연문戀文을 보내 열심히 구혼했다. 딸의 부모는 얼마간은 들은 척도 하지 않았으나 계속해서 부탁해 왔기 때문에 결국은 이를 허락했다. 그 후로 서로 깊이 사랑하면서 살았는데 3년 정도 지나, 이 남편이 생각지도 못한 병에 걸려 며칠 누워 있다가 끝내 죽어 버렸다.

여자는 이를 탄식하며 애타게 그리워 슬퍼하는 동안, 수많은 그 지방 남자들이 연문을 보내 구혼했다. 그러나 여자는 들은 척도 하지 않았고, 다만 죽은 남편을 그리워하고 슬퍼하면서 세월을 보내고 있었는데, 남편이 죽은 지 3년째의 가을이 되었다. 여자가 언제나처럼 눈물을 흘리면서 엎드려서 울고 있었는데 한밤중에 멀리서 피리[3] 소리가 들려왔다. '아아, 옛날 남편의 피리 소리와 비슷하구나.' 하며 한층 슬퍼져 듣고 있었는데 피리 소리가 점점 가까워지더니 여자가 있는 방의 덧문[4] 앞으로 다가왔다. "이걸 열어다오."라고 하는 소리는 분명 옛날 남편의 목소리였다. 여자는 이루 말할 수 없이 기뻤지만 또 무섭기도 해서 살며시 일어나 덧문 틈으로 내다보았다. 그랬더니 틀림없는 남편이 그곳에 서 있었다. 그리고 울면서 이렇게 말했다.

시데死出 산[5]을 넘어 지금 명도冥途에 있는 내가 이렇게 슬픈 것은, 그리운 그대와 만나고 싶기 때문이라오.[6]

이렇게 말하고 서 있는 모습은 살아 있던 때 그대로였으나 여자는 남편이

---

3 초혼招魂이나 승혼昇魂의 주력을 가지고 있다고 여겨짐. 노能의 횡적橫笛의 일성一聲은 그 기능이 있음. 여기서는 영혼이 피리를 불면서 찾아온 것.

4 원문은 "시토미蔀". 일광日光이나 비바람을 피하기 위한 바깥문으로 격자格子의 한쪽 면에 판板을 덧댄 것. 위아래 두 장의 옆문으로 되어 있어 아래를 고정시키고 위문을 매달아 둔 것이 많음.

5 죽은 자가 명도冥途에 갈 때 넘는다고 하는 험준한 산.

6 원문에는 "シデノ山コエヌル人ノワビシキハコヒシキ人ニアハヌナリケリ."라고 되어 있음.

무서워졌다. 하카마의 끈[7]은 풀려 있었고 몸에서는 연기[8]가 나고 있었기에 여자는 두려워 아무런 말도 하지 못하고 있자, 남편은

"무리도 아니지. 그대가 나를 너무 그리워하고 있는 것이 애처로워서 좀처럼 받을 수 없는 여가를 억지로 받아서 찾아온 것이지만 그렇게 무서워하고 있으니 그만 돌아가겠소. 나는 하루 세 번[9] 초열焦熱의 고통을 받고 있다오."

라고 말하고, 감쪽같이 사라져 보이지 않게 되었다.

그래서 여자는 '이것은 꿈이 아닌가.'라고 생각했으나 꿈이 아니었기에 불가사의한 일이라고 생각할 뿐이었다.

이것을 생각하면, 사람은 죽어서도 이렇게 확실히 눈에 보이는 것이라고 이렇게 이야기로 전하여 내려오고 있다 한다.

---

7   친애親愛의 정을 나타냄.
8   이 연기는 뒤에 기술되고 있듯이 지옥에서 맹화猛火에 타는 고통의 흔적을 표현하기 위함. 현세現世에 집념이 남아 있기 때문에 지옥에서 고통을 당함. 권19 제19화 참조.
9   삼고三품라고 해서 지옥에서는 하루에 세 번 고통을 받는다고 함. 여기서는 염열지옥炎熱地獄에서의 고통. 권19 제19·20·28화 참조.

女見死夫来語第二十六

今昔、大和ノ国、□ノ郡ニ住ム人有ケリ。一人ノ娘有リ。形美麗ニシテ心労タカリケレバ、父母此レヲ傳キケリ。亦、河内ノ国、□ノ郡ニ住ム人有ケリ。一人ノ男子有ケリ。年若クシテ形チ美カリケレバ、京ニ上テ宮仕シテ笛ヲゾ吉ク吹ケル。心バヘナドモ可咲カリケレバ、父母此レヲ愛シケリ。

而ル間、彼ノ大和ノ国ノ人ノ娘、形チ有様美麗ナル由ヲ伝ヘ聞テ、消息ヲ遣テ、懃ニ仮借シケレドモ、暫クハ不聞入ザリケルヲ、強ニ云ケレバ、遂ニ父母此レヲ会セテケリ。其ノ後、無限ク相思テ棲ケル程ニ、三年許有テ、此ノ夫不思懸ズ身ニ病ヲ受テ、日来煩ケル程ニ、遂ニ失ニケリ。

女此レヲ歎キ悲ムデ恋ヒ迷ケル程ニ、其ノ国ノ人数消息ヲ遣テ仮借シケレドモ、聞キモ不入レズシテ、尚死タル夫ヲノミ恋ヒ泣テ、年来ヲ経ルニ、三年ト云フ秋、女常ヨリモ涙ニ溺レテ泣キ臥タリケルニ、夜半許ニ笛ヲ吹ク音ノ遠ク聞エケレバ、「哀レ昔人ニ似タル物カナ」ト弥ヨ哀レニ思ケルニ、漸ク近ク来テ、其ノ女ノ居タリケル蔀ノ許ニ寄来テ、「此レ開ケヨ」ト云フ音、只昔ノ夫ノ音ナレバ、奇異ク哀レナル物カラ、怖シクテ和ラ起テ蔀ノ迫ヨリ臨ケレバ、男現ニ有テ立テリ。打泣テ此ク云フ、

〔八〕
シデノ山コエヌル人ノワビシキハコヒシキ人ニアハヌナ

リケリ

トテ立テル様、有シ様ナレド怖シカリケリ。紐ヲゾ解テ有ケ

ル。亦身ヨリ燻ノ立ケレバ、女怖シクテ、物モ不云ザリケレ

バ、男、「理也ヤ。極ク恋給フガ哀レニアレバ、破無キ暇

ヲ申シテ参リ来タルニ、此ク恐ヂ給ヘバ罷リ返ナム。日ニ三

度燃ル苦ヲナム受タル」ト云テ、搔消ツ様ニ失ニケリ。

然レバ、女、「此レ夢カ」ト思ケレドモ、夢ニモ非ザリケ

レバ、奇異ト思テ止ニケリ。

此レヲ思フニ、人死ニタレドモ此ク現ニモ見ユル者也ケリ、

トナム語リ伝ヘタルトヤ。

영靈이 가와치 선사河內禪師의 소를
빌려간 이야기

하리마 지방播磨國 사에키노 긴유키佐伯公行의 아들로 좌대부佐大夫인 아무개가 아와
지방阿波國으로 하향하던 도중에 배가 침몰해서 물에 빠져 죽었는데 그 영靈이 자신의
친척인 가와치 선사河內禪師 소유의 소가 히쓰메桶集 다리에서 발휘한 괴력을 보고 그
소를 무단으로 빌려 자기가 고난을 받는 장소까지 오가며 돌아다니다가 며칠 뒤에 돌
려주었다고 하는 이야기. 일의 자초지종이 가와치 선사의 꿈에 나타난 영의 변명으로
인해 밝혀진다고 하는 구조이다. 망령이 빌려가서 소가 행방불명되었다고 하는 기묘
한 괴이담.

이제는 옛이야기이지만, 하리마播磨[1]의 수령인 사에키노 긴유키佐伯公行[2]
라고 하는 사람이 있었다. 그 아들로 좌대부佐大夫[3] □□[4]라고 해서 사조四條
다카쿠라高倉[5]에 살고 있던 사람은 지금도 살아 있는 아키무네顯宗라는 사람
의 아비이다. 이 좌대부는 아와阿波[6] 수령인 후지와라노 사다나리藤原定成[7]와

---

1 → 옛 지방명.
2 → 인명.
3 사에키佐伯 대부大夫의 통칭.
4 좌대부佐大夫 이름의 표기를 염두에 둔 의도적 결자.
5 사조대로四條大路와 고창소로高倉小路가 교차하는 부근(→ 헤이안 경도)
6 → 옛 지방명.
7 → 인명.

함께 아와로 내려가던 도중 배가 침몰하는 바람에 수령과 함께 바다에 빠져 죽어 버렸다. 그 좌대부는 가와치 선사河內禪師라는 사람의 친척이었다.

그 무렵, 가와치 선사의 집에 황색 얼룩소가 있었다. 지인知人이 그 소를 빌려달라고 해서 요도淀[8]에 보냈을 때,《히樋》[9]쓰메集 다리 위에서 소몰이꾼이 수레를 잘못 다루어 한쪽 바퀴가 다리에서 떨어지는 바람에 수레도 다리에서 떨어지려고 했다. '큰일이다. 수레가 떨어진다.'라고 생각했는데 소가 다리를 벌리고 버티고 있어서, 가슴걸이가 끊어지고 수레는 떨어져 버렸지만 소는 그대로 다리 위에 남았다. 수레에는 아무도 타고 있지 않았기 때문에 다친 사람은 없었다. 별 볼일 없는 소라면 수레에 끌려가 다쳤을 것이다. 그래서 "매우 힘이 센 소다."라고 그 주변 사람들이 칭찬하였다.

그 후, 그 소를 소중하게 키우고 있었는데 어찌 된 일인지 갑자기 보이지 않게 되었다. 가와치 선사는 "도대체 어떻게 된 걸까."라며 야단법석을 떨며 찾아보았지만 찾을 수 없었다. 어딘가로 도망쳐 버린 것인가 싶어서 가까운 곳부터 저 먼 곳까지 찾아보았지만 도저히 찾을 수 없어 곤란해 하던 중, 가와치 선사의 꿈에 죽은 좌대부가 나타났다. '이 남자는 바다에 빠져 죽었다고 들었는데 어째서 찾아온 것일까.'라며 꿈이지만 무서워하면서 나가서 만나보니 좌대부가

"저는 죽은 뒤 이 집의 동북東北[10]쪽 구석에 살고 있습니다만 그때부터 하루에 한 번《히》쓰메 다리[11] 근처에 가서 고통[12]을 받고 있습니다. 그런데 저

8 　교토 시京都市 후시미 구伏見區 요도淀. 오구라 연못巨椋池이 요도 강淀川이 되어 흘러 나가는 지점. 가쓰라 강桂川·우지 강宇治川·기즈 강木津川이 합류하는 근처로 교토의 외항外港에 해당함.
9 　한자 표기를 염두에 둔 의도적 결자. 교토 시京都市 후시미 구伏見區 요도히즈메 정淀樋爪町에 있었던 다리.
10 　소위 귀문鬼門으로 사령死靈이 사는 데에 너무도 적합한 장소.
11 　다리는 이계異界와의 경계로 영귀 등이 나타나는 장소.
12 　현세에서 악업을 행했거나 집착을 가지고 죽으면 성불하지 못하고 사령死靈이 되어 그곳에서 고통을 받는다고 하는 것은 당시의 일반적인 사상.

는 죄가 깊어 매우 몸이 무겁기 때문에[13] 탈 것에 타지 못하고 어쩔 수 없이 걸어서 갑니다. 그렇지만 괴로워서 견딜 수 없습니다. 이 황색 얼룩소는 힘이 세서 제가 타도 괜찮기에 잠시 빌려서 타고 있었습니다만 당신이 애타게 찾고 계시기에 앞으로 닷새 뒤, 엿새째 사시巳時[14]경에 돌려드리겠습니다. 너무 크게 일을 벌려 찾지 마십시오."

라고 말했다. 남자는 이러한 꿈을 꾸고 잠에서 깨어났다. 가와치 선사는 "나는 이런 괴이한 꿈을 꾸었습니다."라고 다른 사람에게 말하고 소를 찾지 않았다.

그 후, 그 꿈을 꾸고 엿새째 되던 날, 사시 무렵에 이 소가 갑자기 어디선가 걸어 돌아왔다. 뭔가 굉장히 많은 일을 하고 온 것 같은 모습이었다.

그렇다면 《히》쓰메 다리에서 수레가 떨어지고 소만 다리 위에서 버티고 있던 것을 예의 좌대신의 영이 우연히 보고는 힘이 센 소라고 생각해서 빌려서 타고 다녔던 것일까.

이는 가와치 선사가 이야기한 것이다. 실로 두려운 일이라고 이렇게 이야기로 전하여 내려오고 있다 한다.

---

13 중죄重罪를 지었기 때문에 몸이 무겁다고 하는 발상.
14 * 오전 10시경.

河内禅師牛為霊被借語第二十七

今昔、幡磨ノ守、佐伯ノ公行ト云フ人有ケリ。其レガ子

二、佐大夫□トテ、四条ト高倉トニ有シ者ハ近来有ル顕宗

ト云フガ父也。其ノ佐大夫ハ、阿波ノ守ミ藤原ノ定成ノ朝臣

ガ共ニ阿波ニ下ケル程ニ、其ノ船ニテ守ト共ニ海ニ入テ死ニ

ケリ。其ノ佐大夫ハ河内禅師ト云フシ者ノ類ニテナム有ケル。

其ノ時ニ、其ノ河内禅師ガ許ニ黄斑ノ牛有ケリ。其ノ牛ヲ、

知タル人ノ借ケレバ、淀ヘ遣ケルニ、□集ノ橋ニテ、牛飼ノ、

車ヲ悪ク遣テ、車ノ片輪ヲ橋ヨリ落シタリケルニ被引テ車モ

橋ヨリ落ケルヲ、「車ノ落ル也ケリ」ト思ケルニヤ、牛ノ踏

ハダカリテ不動デ立テリケレバ、鞦ノ切レテ車ハ落テ車モ

ケリ、牛ハ橋ノ上ニ留テゾ有ケル。人モ不乗ヌ車ナレバ、

人ハ不損ザリケリ。弊キ牛ナラマシカバ被引テ牛モ損ジナマ

シ。然レバ、「極キ牛ノ力カナ」トゾ其ノ辺ノ人モ讃ケル。

其ノ後、其ノ牛ヲ労リ飼ケル程ニ、何シテ失タリトモ無ク

テ、其ノ牛失ニケリ。河内禅師、「此ハ何ナル事ゾ」トテ求

メ騒ケレドモ無ケレバ、「離レテ出ニケルカ」トテ近クヨリ

遠キマデ尋ネサセケレドモ、遂ニ無ケレバ、求メ繚テ有ル程

二、河内禅師ガ夢ニ、彼ノ失ニシ佐大夫ガ来タリケレバ、河内禅師、「海ニ落入テ死ニキト聞ク者ハ何カデ来ルニカ有ラム」ト夢心地ニモ、「怖シ」ト思々フ出会タリケレバ、佐大夫ガ云ク、「已ハ死テ後、此ノ丑寅ノ角ノ方ニナム侍ル也。其ヨリ日ニ一度□集ノ橋ノ許ニ行テ苦ヲ受待ル也。其レニ、已レガ罪ノ深クテ極テ身ノ重ク侍レバ、乗物ノ不堪ズシテ、歩ヨリ罷リ行クガ極テ苦ク侍ルニ、此ノ黄斑ノ御車牛ノ力ノ強クテ乗リ侍ルニ堪タレバ、暫ク借申シテ乗テ罷行クヲ、極ク求メサセ給ヘバ、今五日有テ六日ト申サム巳ノ時許ニ返シ申シテムトス。強ニ求メ騒ガセ不給ソ」ト云フ、ト見ル程ニ、夢覚ヌ。河内禅師、「此ル怪キ夢ヲコソ見ツレ」ト人ニ語テ止ニケリ。

其ノ後、其ノ夢ニ見エテ六日ト云フ巳ノ時許リニ、此ノ牛俄ニ何コヨリ来リトモ無クテ歩ビ入タリ。此ノ牛、極ク大事シタル気ニテゾ来タリケル。

然レバ、彼ノ□集ノ橋ニテ車ハ落□入リ牛ハ留リケムヲ、

彼佐大夫ガ霊ノ、其ノ時ニ行会テ、「力強キ牛カナ」ト見テ、借テ乗リ行ケルニヤ有ケム。此ハ河内禅師ガ語リシ也。此レ極メテ怖シキ事也、トナム語リ伝ヘタルトヤ。

권27 **제28화**

시라이노 기미白井君가 은銀으로 된 주전자를
우물에 빼앗긴 이야기

시라이노 기미白井君라는 승려가 승방僧房에 우물을 팔 때 발견한 은 주발을 녹여서 작은 주전자로 만들어서 가지고 있었는데, 빈고備後의 수령 후지와라노 요시사다藤原良貞의 따님들이 머리를 감고 목욕을 하러 방문했을 때, 하녀가 실수로 주전자를 우물에 떨어뜨려 버린다. 시라이노 기미는 우물의 물을 퍼내어 있는 힘껏 주전자를 찾아보았으나, 결국 찾지 못하고 세상 사람들은 은 주발의 원래 주인인 영靈이 주전자를 도로 빼앗아 찾아간 것이라 이야기 했다는 내용. 앞 이야기와는 영혼이 현세의 것을 빼앗는다는 모티브로 연결된다.

이제는 옛이야기이지만, 세간에서 시라이노 기미[1]白井君라고 불리던 승려가 있었다. 얼마 전에 죽은 사람으로 원래는 고십소로高辻小路[2] 부근의 동동원東洞院에 살고 있었으나 나중에는 오환소로烏丸小路[3]의 동쪽, 육각소로六角小路[4]의 북쪽, 오환소로를 마주보고 육각당六角堂[5]을 뒤로 하는 곳에 살고 있었다.

어느 날, 승방僧房에 우물을 팠는데, 흙을 내던졌을 때 돌에 부딪히는 소

---

1   * 윗 사람에 대해 경칭으로 붙이는 말.
2   고십소로高辻小路와 동동원대로東洞院大路가 교차하는 부근. → 헤이안 경도.
3   → 헤이안 경도.
4   → 헤이안 경도.
5   → 사찰명.

리가 어떤 금속이 부딪히는 소리처럼 들렸기에 시라이노 기미는 이상하게 생각했다. 시라이노 기미가 가까이서 살펴보자 은 주발로, 그것을 주워서 보관하였다. 그 후, 그것에 따로 은을 더해서 작은 주전자[6]로 만들게 했다.

한편, 빈고備後[7]의 수령 후지와라노 요시사다藤原良貞[8]라고 하는 사람은 이 시라이노 기미와 어떤 인연이 있어 사이좋게 지내고 있었다. 어느 날, 그 빈고 수령의 따님들이 시라이노 기미의 승방에 가서 머리를 감고 목욕을 했다. 그때 빈고 수령의 하녀가 이 은주전자를 꺼내서 예의 주발을 파냈던 우물로 가서 주전자를 우물 가장자리 위에 놓았다. 그런데 물 긷는 여자에게 물을 담게 하고 있는 중에 잡다 《놓쳐서》[9] 주전자를 우물 속에 빠뜨리고 말았다. 마침 그것을 빠뜨리는 모습을 시라이노 기미도 보고 있었기 때문에 곧바로 사람을 불러 "저것을 건져 올려라."라고 말하며 우물로 내려가 찾게 하였으나 어디에도 보이지 않았다. '그렇다면 바닥으로 가라앉은 것인가.'라고 생각하여 많은 사람을 우물로 들여보내 찾아보게 했으나 아무리해도 은주전자를 찾을 수 없었다. 이에 시라이노 기미는 놀랍고 이상해서 급히 사람을 모아 물을 다 퍼내고 찾아보았으나 결국 찾을 수 없었다.

이 일에 대해서 사람들은 "원래 주발의 주인이 영靈이 되어 물건을 되찾으려고 한 것일 게다."라고 이야기했다. 그렇다면 별 볼일 없는 주발을 발견하고 따로 은을 더한 다음에 그것을 다시 빼앗겨 버린 것은 매우 손해를 본 것이 된다.

이것은 분명 영이 되찾아간 것이 틀림없다고 생각하면 실로 두려운 일이라고 이렇게 이야기로 전하여 내려오고 있다 한다.

---

6 원문은 "히사게提"로 되어 있음. 술이나 물을 따르는 데 사용하는 입구 달린 용기容器.
7 → 옛 지방명.
8 → 인명. 빈고備後 수령 재임은 장구長久 원년(1040) 이후 영승永承 3년(1048) 이전.
9 한자 표기를 위한 의도적 결자. 문맥을 고려하여 보충함.

제28화

시라이노 기미 白井君가 은銀으로 된 주전자를 우물에 빼앗긴 이야기

白井君銀提入井被取語第二十八

今昔、世ニ白井ノ君ト云フ僧有キ。此ノ近クゾ失ニシ。

其レ、本ハ高辻東ノ洞院ニ住シカドモ、後ニモ烏丸ヨリハ
東、六角ヨリハ北ニ烏丸面ニ六角堂ノ後合セニゾ住シ。

其ノ房ニ井ヲ堀ケルニ、土ヲ投上タリケル音ノ、石ニ障テ
金ノ様ニ聞エケルヲ聞付テ、白井ノ君此レヲ怪ムデ寄テ見ケ
レバ、銀ノ鋺ニテ有ケルヲ、取テ置テケリ。其ノ後ニ異銀
ナド加ヘテ小ヤカナル提ニ打セテゾ持タリケル。

而ル間、備後ノ守藤原ノ良貞ト云フ人ニ、此ノ白井ノ君ハ

事ノ縁有テ親カリシ者ニテ、其ノ備後ノ守ノ娘共、彼ノ白井
ガ房ニ行テ、髪洗ヒ湯浴ケル日、其ノ備後ノ守ノ半物ノ、此
ノ銀ノ提ヲ持テ、彼ノ鋺堀出シタル井ニ行テ、其ノ提ヲ井
ノ筒ニ居ヘテ、水汲ム女ニ水ヲ入サセケル程ニ、取□シテ此
ノ提ヲ井ニ落シ入レテケリ。其ノ落シ入ルヲバヤガテ白井ノ
君モ見ケレバ、即チ人ヲ呼テ、「彼レ取上ヨ」ト云テ、井ニ
下シテ見セケルニ、現ニ不見エザリケレバ、「沈ニケルナメ
リ」ト思テ、人ヲ数井ニ下シテ捜セケルニ無カリケレバ、驚
キ怪ムデ、忽ニ人ヲ集メテ水ヲ汲干シテ見ケレドモ無シ。遂
ニ失畢ニケリ。

此レヲ人ノ云ケルハ、「本ノ鋺ノ主ノ霊ニテ、取返シテケ
ルナメリ」トゾ云ケル。然レバ由無キ鋺ヲ見付テ、異銀サ
ヘヲ加ヘテ被取ケル事コソ損ナレ。

此レヲ思フニ、定メテ霊ノ取返シタルト思フガ極テ怖シキ
也。此ナム語リ伝ヘタルトヤ。

경극전京極殿에서 옛 노래를 읊는 소리가 들린 이야기

조토몬인上東門院 쇼시彰子가 경극전京極殿에 살고 있던 3월 하순의 한낮에, 때마침 남면에 벚꽃이 만개해 있어 그것을 감상하고 있는데 '넘쳐흐르도록 피어 있는 벚꽃의 아름다움이여.'라고 읊는 목소리를 들었다. 인기척이 없었기에 오니가미鬼神의 짓이라고 두려워하며 관백關白 후지와라노 요리미치藤原賴通에게 알리자, 그것은 언제나 있는 일로, 경극전에 살고 있는 영靈이 한 일이라는 것을 알게 되었다는 이야기. 정체를 알 수 없는 불가사의한 것을 영귀靈鬼의 짓으로 돌리는 것은 당시의 세태의 반영이다.

이제는 옛이야기이지만, 조토몬인上東門院²이 경극전京極殿³에 살고 계셨을 때의 일로, 3월 20일 이후의 꽃이 잔뜩 필 무렵이라 남면南面의 벚꽃이 이루 말할 수 없이 아름답고 흐드러지게 피어 있었는데, 조토몬인이 침전에 계실 때 남면의 중앙 계단 입구의 수레를 대는 곳⁴의 근처에서 제법 기품 있고 고《풍》⁵스러운 목소리로

흐드러지게 피어 있는 벚꽃의 아름다움이여⁶

---

1   이 이야기는 원문에 '29'로 되어 있어 번호가 뒤 이야기와 중복되는데 이것은 편집의 경과를 탐구할 하나의 단서가 된다. 편의상 이 이야기를 (1), 뒤 이야기를 (2)라고 하였음.
2   →인명. 후지와라노 미치나가藤原道長의 장녀인 후지와라노 쇼시藤原彰子.
3   →지명. 헤이안경도.
4   원문에는 "하시가쿠시노마階隱しの間"라고 되어 있음. 침전 건축 양식의 중앙 계단 입구에 있는, 지붕이 달린 수레를 댈 수 있는 곳으로 그 입구에서 계단, 마루를 거쳐 행랑방(庇)으로 들어가는 부분을 이름.
5   한자 표기를 위한 의도적 결자. 문맥을 고려하여 보충.
6   『신찬만엽집新撰萬葉集』 권 上, 춘가春歌 21에 "淺綠野邊之霞者裏軿己保禮手匂布花櫻鉋かな"라는 노래의 아랫

라고 읊는 소리가 났다. 그 목소리를 조토몬인이 듣고 '대체 어떤 사람일까.'라고 생각하고, 마침 맹장지문[7]이 열려 있었기에 발 안에서 살펴보았으나 전혀 인기척이 없었다. "어떻게 된 것일까. 누가 읊은 것인가."라고 많은 사람을 시켜서 보러 가게 했는데 "가까운 곳에도 먼 곳에서 사람 하나 없사옵니다."라고 아뢰었다. 이를 들은 조토몬인은 놀라서 "이건 또 무슨 일인가. 오니가미鬼神 같은 것이 읊은 것인가."라고 무서워하며 □□[8]전殿에 와 계신 관백關白[9]께 "지금 이러한 일이 있었사옵니다."라고 급히 알렸다. 그러자 관백은 "그건 그곳의 《상례》[10]로 언제나 그렇게 시를 읊는 답니다."라고 대답했다.

조토몬인은 점점 무서워지서서

"그것이 누군가가 꽃을 보고 감동하여 그렇게 읊은 것에 지나지 않는 것을, 그렇게 철저하게 알아보게 하였으니 그 자가 두려워져서 도망친 것이라고 생각했는데, 그것이 이곳의《상례》라고 한다면 실로 무서운 일이로다." 라고 말씀하셨다. 그래서 그 후에는 점점 무서워져서 그 근처에도 들르지 않으셨다.

이것을 생각하면 이것은 여우 따위가 읊은 것은 아닐 것이다. 사람들은 어떤 영 같은 것이 그 노래를 훌륭한 노래라고 생각하고 있어서 꽃을 볼 때마다 언제나 그렇게 읊었던 것이 아닐까하고 상상했다. 그러나 그러한 영들은 밤에 나타나는 것으로, 한낮에 큰 소리로 읊었다고 한다면 실로 무서운

구. 『습유집拾遺集』권1 춘상에도 읊은 사람 미상으로 같은 노래를 수록하고 있음.

7   원문에는 "御障子"로 되어 있음. 당시의 '障子'는 '襖', '唐紙', '衝立(이동식 칸막이)' 등 방의 칸막이로 사용하는 건구建具의 총칭. * 여기에서는 구체적으로 어떤 것을 말하는지 알 수 없으나 '襖'로 보고 '맹장지문'이라고 번역했음.

8   관백關白이 그 당시 살던 전각의 명기를 염두에 둔 의도적 결자. '고양원高陽院'이 들어갈 것으로 추정.

9   후지와라노 요리미치藤原賴通(→인명)을 이름.

10   한자 표기를 위한 의도적 결자. 『도시요리 수뇌俊賴髓腦』의 기사를 근거로 보충.

일이다.

　결국 어떤 영이었는지 끝내 알지 못했다고 이렇게 이야기로 전하여 내려오고 있다 한다.

於京極殿有詠古歌音語第二十九

今、昔、上東門院ノ京極殿ニ住マセ給ケル時、三月ノ二十日余ノ比、花ノ盛ニテ、南面ノ桜艶ズ栄乱レタリケルニ、極ジク気高ク神□タル音ヲ以テ、

　　コボレテニホフ花ザクラカナ

ト長メケレバ、其ノ音ヲ院聞サセ給ヒテ、「此ハ何ナル人ノ有ルゾ」ト思シ食テ、御障子ノ被上タリケレバ、御簾ノ内ヨリ御覧ジケルニ、何ニモ人ノ気色モ無カリケレバ、「此ハ何カニ。誰ガ云ツル事ゾ」トテ、数ノ人ヲ召テ見セサセ給ケルニ、「近クモ遠クモ人不候ズ」ト申ケレバ、其ノ時ニ驚カセ給テ、「此ハ何カニ。鬼神ナドノ云ケル事カ」ト恐ヂ怖レサセ給テ、関白殿ハ□殿ニ御マシケルニ、忩テ、「此ル事コソ候ヒツレ」ト申サセ給ヒタリケレバ、殿ノ御返事ニ、「其レハ其ノ□ニテ常ニ然様ニ長メ候フ也」トゾ御返事有ケル。

然レバ、院弥ヨ恐ヂサセ給テ、『此レハ人ノ花ヲ見テ興ジテ然様ニ長メタリケルヲ、此ク蜜ク尋ネサスレバ、怖レテ逃ゲ去ヌルニコソ有メレ』トコソ思ヒツルニ、此ノ□ニテ有ケレバ、極ク怖シキ事也」トナム被仰ケル。然レバ、其ノ後ハ弥ヨ恐ヂサセ給ヒテ、近クモ不御ザリケル。

此レヲ思フニ、此レハ狐ナドノ云タル事ニハ非ジ。物ノ霊ナドノ此ノ歌ヲ、「微妙ニ歌カナ」ヽド思ヒ初テケルガ、花ヲ見ル毎ニ常ニ此ク長メケルナメリトゾ人疑ヒケル。然様ノ物ノ霊ナドハ夜ルナドコソ現ズル事ニテ有レ、真日中ニ音ヲ挙テ長メケム、実ニ可怖キ事也カシ。

何ナル霊ト云フ事遂ニ不聞エデ止ニケリ、トナム語リ伝ヘタルトヤ。

마사미치^{雅通} 중장^{中將}의 집에 같은 모습의 유모가 두 사람 있던 이야기

단바丹波 중장中將 미나모토노 마사미치源雅通의 집의 유모乳母가 어린아이를 놀게 하고 있었을 때 똑같은 모습을 한 유모가 나타나서 아이를 빼앗아가려 했기에 서로 아이를 잡아당기게 된다. 자식의 울음소리에 뛰어온 마사미치가 태도太刀를 번득이며 달려들자 한쪽 유모가 홀연히 사라져 버렸는데, 그 정체가 여우인지 정체불명의 영靈인지 밝혀지지 않았다는 이야기. 여우가 모습이 같은 사람으로 변신해서 현혹시키는 이야기는 본권 제39화에도 보인다. 두 사람의 어머니에게 아이를 서로 잡아당기게 해서 진짜 엄마를 가려낸다는 유사한 모티브는 『자타카Jataka』에 처음 보이며, 세계적으로 널리 퍼져 있는 유형이다.

이제는 옛이야기이지만, 미나모토노 마사미치源雅通² 중장中將이라는 사람이 있었다. 단바丹波 중장³이라고 불리고 있었다. 그 집은 사조대로四條大路 남쪽, 실정소로室町小路의 서쪽에 있었다.

이 중장이 그 집에 살고 있었을 때의 일이다. 유모가 두 살 정도의 어린아이를 안고 남면南面에서 혼자 그 아이를 놀게 하고 있었는데 갑자기 아이가

---

1 이 이야기는 원문에 '29'로 되어 있어 번호가 앞 이야기와 중복되는데 이것은 편집의 경과를 탐구할 하나의 단서가 된다. 편의상 앞 이야기를 (1), 이 이야기를 (2)라고 함.

2 → 인명.

3 미나모토노 마사미치源雅通가 우근위右近衛 권중장權中將 재임 중인 관홍寬弘 9년(1012) 8월 11일, 단바丹波 수령을 겸임(『미도관백기御堂關白記』)한 일로 인한 명칭.

거세게 울기 시작하고 유모의 비명 소리가 들렸다. 중장이 북면北面에 있다가 이를 듣고 무슨 일인가 해서 태도太刀를 차고 달려와서 보았더니 똑같은 모습의 유모 두 사람이 아이를 가운데 두고 좌우 손발을 붙잡고 서로 당기고 있었다.

중장이 놀라서 잘 살펴보았지만 두 사람 모두 완전히 똑같은 모습을 하고 있었기에 어느 쪽이 진짜 유모인지 알 수 없었다. 그래서 한 사람은 틀림없이 여우 따위일 것이라 생각해서 태도를 번득이며 달려들었다. 그러자 유모 한 사람이 감쪽같이 보이지 않게 되었다.

그때, 아이도 유모도 죽은 듯이 쓰러져 있어, 중장은 사람을 불러 영험력靈驗力이 있는 승려를 데리고 와서 가지加持[4]를 하자, 잠시 뒤에 유모가 정신을 차리고 일어났다.

그래서 중장이 "도대체 어떻게 된 것이냐?"라고 묻자, 유모가

"도련님이 놀고 계시는데 안쪽에서 모르는 여자가 돌연 나타나서는 '이건 내 아이입니다.'라고 말하면서 도련님을 빼앗아 갔습니다. 그렇지만 빼앗길 수 없어서 서로 당기고 있던 참에 나리께서 태도를 번득이면서 달려 오셨습니다. 그 순간 그 여자는 도련님을 내버리고 안쪽으로 도망쳤습니다."
라고 말했다. 이를 듣고 중장은 매우 무서운 일이라고 생각했다.

그래서 사람들은 입을 모아 "인기척이 없는 곳에서는 어린아이를 놀게 해서는 안 되는 것이다."라고 말했다. 여우[5]가 《변신한》[6] 것일까, 혹은 무언가의 영靈이었던 것일까. 결국은 알 수가 없었다고 이렇게 이야기로 전하여 내려오고 있다 한다.

---

4 → 불교.
5 앞 이야기와 마찬가지로 여우의 짓이라고 의심하며 영靈의 탓으로 귀결시킴.
6 한자 표기를 위한 의도적 결자.

雅通中将家在同形乳母二人語第二十九

今ハ昔、源ノ雅通ノ中将ト云フ人有キ、丹波中将トナム云

ヒシ。其ノ家ハ四条ヨリハ南、室町ヨリハ西也。

彼ノ中将、其ノ家ニ住ケル時ニ、二歳許ノ児ヲ乳母抱テ

南面也ケル所ニ、只独リ離レ居テ児ヲ遊バセケル程ニ、俄

ニ児ノ愕ヽシク泣ケルニ、乳母モ喤ル音ノシケレバ、中将

ハ北面ニ居タリケルガ、此レヲ聞テ何事トモ不知デ、大刀

ヲ提テ走リ行テ見ケレバ、同形ナル乳母二人ガ中ニ此ノ児ヲ

置テ、左右ノ手足ヲ取テ引シロフ。

中将奇異ク思テ吉ク守レバ、共ニ同乳母ノ形ニテ有リ。

何レカ実ノ乳母ナラムト云フ事ヲ不知ズ。然レバ、「一人ハ

定メテ狐ナドニコソハ有ラメ」ト思テ、大刀ヲヒラメカシテ

走リ懸ケル時ニ、一人ノ乳母掻消ツ様ニ失ニケリ。

其ノ時ニ、児モ乳母モ死ニタル様ニテ臥シタリケレバ、中将

人共ヲ呼テ、験有ル僧ナド呼バセテ加持セサセナドシケレ

バ、暫許有テ乳母例ノ心地ニ成テ起上タリケルニ、中将、「何

ナリツル事ゾ」ト問ヒケレバ、乳母ノ云ク、「若君ヲ遊バカ

シ奉ツル程ニ、奥ノ方ヨリ不知ヌ女房ノ俄ニ出来テ、『此レ

ハ我ガ子也』ト云テ、奪取ツレバ、不被奪ジト引シロヒツル

ニ、殿ノ御マシテ大刀ヲヒラメカシテ走リ懸ラセ給ヒツル時

ニ、若君モ打棄テ、其ノ女房奥様ヘ罷ツル」ト云ケレ

バ、中将極ク恐ケリ。

然レバ、「人離レタラム所ニハ、幼キ児共ヲバ不遊マジキ

事也」トナム人云ケル。狐ノ□□タリケルニヤ、亦物ノ霊ニ

ヤ有ケム、知ル事無クテ止ニケリ、トナム語リ伝ヘタルトヤ。

유아幼兒를 보호하기 위해
베개 위에 뿌린 쌀에 피가 묻은 이야기

어떤 사람이 가타타가에方違え를 위해 하경下京의 집에서 어린아이를 동반하여 묵게 된 밤의 일로 유아幼兒의 베갯머리를 키 5촌寸 정도의 오위五位 차림의 영靈 열 사람 정도가 말을 타고 통과하는 것을 유모가 액막이 쌀을 던져서 퇴치했다고 하는 이야기. 유모의 현명한 재치를 칭찬하면서 액막이 쌀의 영력靈力을 강조한다. 앞 이야기와 같이 유아와 유모 그리고 영귀靈鬼가 등장하는 기이담.

이제는 옛이야기이지만, 어떤 사람이 가타타가에方違え[1]를 위해 하경下京[2] 부근의 집으로 갔다. 어린아이를 데리고 있었는데 그 집에는 원래 영靈이 나온다는 것도 모르고 모두 잠들어 버렸다.

한편 그 어린아이의 베갯머리 가까이에 등불을 켜고 곁에서 두세 사람 정도가 자고 있었는데 유모가 홀로 깨어서는 아이에게 젖을 물리고 자는 척하면서 주변을 보고 있었다. 한밤중이 되자, 토방[3]의 문을 살짝 열고, 거기서부터 키가 5촌寸 정도 되는 오위五位[4]가 속대束帶 차림으로 말을 타고 열 사

---

1   음양도陰陽道의 설로 외출할 때 한 번 방향을 바꾸고 나가는 것.
2   하급관인下級官人이나 상인 등이 거주했음.
3   원문에는 "누리고메塗籠"라고 되어 있음. 사방의 벽을 흙으로 두껍게 바른 방. 의복·가구 등을 넣는 방. 또는 침실로 썼음.
4   정령精靈이 인간으로 변신할 때에는 오위五位나 육위六位의 모습을 취하는 경우가 많음.

람 정도 줄지어 베갯머리를 통과해 갔다. 유모가 공포에 휩싸여 액막이 쌀을 잔뜩 쥐고 던져서 맞추자 이 지나가던 사람들이 순식간에 흩어지며 □□⁵ 사라졌다.

그 후, 한층 더 무서워졌는데 날이 밝아 베갯머리를 살펴보니 지난밤 던졌던 액막이 쌀의 낱알마다 피가 묻어있었다. 원래는 며칠 동안 그 집에서 머무르고자 했지만 이 일로 인해 무서워져서 곧바로 자택으로 돌아가 버렸다.

그러므로, 이 이야기를 들은 사람은 모두 "어린아이 가까운 곳에는 반드시 액막이 쌀을 뿌리지 않으면 안 된다."라고 입을 모아 말했다. 또 "유모가 현명했기 때문에 액막이 쌀을 뿌린 것이다."라고 말하면서 유모를 칭찬했다.

이것을 생각하면 상황을 알지 못하는 곳에서는 방심하고 숙소를 정해서는 안 된다. 세상에는 이러한 곳도 있다고 이렇게 이야기로 전하여 내려오고 있다 한다.

5　왜 공백이 있는지는 원인 불명.

幼児為護枕上蒔米付血語第三十

今昔、或ル人、方違ヘニ下辺也ケル所ニ行タリケルニ、幼キ児ヲ具シタリケルニ、其ノ家ニ本ヨリ霊有ケルヲ不知デ、皆寝ニケリ。

其ノ児ノ枕上ニ火ヲ近ク燃シテ、傍ニ二人三人許寝タリケルニ、乳母目ヲ悟シテ、児ニ乳ヲ含メテ、寝タル様ニ見ケレバ、夜半許ニ塗籠ノ戸ヲ細目ニ開テ、其ヨリ長五寸許ナル五位共ノ、日ノ装束シタルガ、馬ニ乗テ十人許次キテ枕上ヨリ渡ケルヲ、此ノ乳母、「怖シ」ト思ヒ乍ラ、打蒔ノ米ヲ多ラカニ搔摑テ打投タリケレバ、此ノ渡ル者共散ト散テ失ニケリ。

[一六]

其ノ後、弥ヨ怖シク思ケル程ニ、夜暁ニケレバ、其ノ枕上ヲ見ケレバ、其ノ投タル打蒔ノ米毎ニ血ナム付タリケル。

「日来其ノ家ニ有ラム」ト思ケレドモ、此ノ事ヲ恐テ返ニケル。

然レバ、「幼キ児共ノ辺ニハ必ズ打蒔ヲ可為キ事也」トゾ此レヲ聞ク人皆云ケル。亦、「乳母ノ心ノ賢クテ打蒔ヲバシタル也」トゾ人、乳母ヲ讃ケル。

此レヲ思フニ、不知ザラム所ニハ広量ジテ、不可行宿ズ。世ニ此ノ所モ有ル也、トナム語リ伝ヘタルトヤ。

미요시노 기요쓰라三善清行 재상이
이사한 이야기

미요시노 기요쓰라三善清行가 오조五條 호리 강堀川에 있던, 요괴가 나온다는 오래된 집을 사들였던 때의 일로, 이사할 때 즈음 홀로 그 폐가로 가서 하룻밤을 보냈다. 깊은 밤에 각양각색의 요괴妖怪·헨게變化가 나타났지만 기요쓰라는 꿈쩍도 않고 있다가 이윽고 등장한 수령首領인 노옹의 하소연을 도리道理를 내세워 설득하고 요괴 일족을 대학료大學寮 남문南門의 동쪽 옆의 빈 땅으로 이주시켰다고 하는 이야기. 요괴에게도 겁먹지 않는 현자 기요쓰라의 뛰어난 언변을 그리고 있다.

이제는 옛이야기이지만, 재상宰相 미요시노 기요쓰라三善清行[1]라고 하는 사람이 있었다. 세상에 젠 재상善宰相이라 알려져 있는 것은 이 사람이다. 조조淨藏[2] 대덕大德의 아버지이며 만사에 정통한 훌륭한 사람으로, 음양도陰陽道까지도 해박하였다.

한편, 오조五條 호리 강堀川 근처에 황폐한 오래된 집이 있었다. 악소惡所의 집이라고 해서 오랜 세월 동안 사람이 살지 않았다. 젠 재상은 자신의 집이 없었기 때문에 이 집을 사들여 길일吉日을 택해 이사를 가려고 했는데 친척이 이 사실을 듣고는 "일부러 악소로 옮기려고 하다니 참으로 바보 같은

1 → 인명.
2 → 인명. '대덕大德'은 경칭.

짓이다."라며 말렸다. 그러나 젠 재상은 들은 척도 하지 않고 10월 20일경에 길일을 골라서 집을 옮겼다. 보통의 이사[3]와는 달리 유시酉時[4]경에 수레를 타고 다다미疊 한 장만을 가지고 그 집으로 갔다.

도착해서 살펴보니 오간사면五間四面[5]의 침전이 있었다. 언제 지어진 것인지도 알 수 없을 정도로 낡은 집이었다. 정원에 커다란 소나무와 단풍나무, 벚꽃나무 그 외에 상록수 따위가 자라 있었다. 전부 노목老木으로 수신樹神[6]이 살고 있을 법해 보이고, 단풍이 든 담쟁이 넝쿨에 휘감겨 있었다. 정원은 이끼로 뒤덮여 언제 청소를 했는지조차 알 수 없었다. 재상은 침전에 올라 중앙의 수레를 대는 곳[7]의 덧문[8]을 올리게 해서 안을 보았는데 맹장지문[9]은 찢어져서 전부 너덜너덜해져 있었다. 하나치이데노마放出ノ間[10] 쪽의 마룻바닥을 닦게 하고, 가지고 온 다다미를 집 중앙에 있는 방[11]에 펴고 등불을 켠 다음에 재상은 혼자서 남쪽을 향해 앉았다. 수레는 차숙車宿[12]에 넣어 두게 하고 잡색雜色[13]이나 소몰이꾼들에게 "내일 아침 일찍 오너라."라고 말하고는 돌려보냈다.

한밤중 무렵, 재상이 혼자서 남쪽을 향해 앉아 있었는데 천정의 격자 위

3   여러 의례儀禮를 행하고 가재도구를 옮겨 내는 등의 일반적인 이사가 아니라는 의미.
4   오후 6시.
5   간間 입구의 기둥이 6개로, 주간柱間이 다섯 개인 구조의 침전.
6   나무에 깃든 영靈. 수령樹靈.
7   원문은 "하시카쿠시노마橋隱ノ間". 침전 건축 양식의 중앙 계단 입구에 있는, 지붕이 달린 수레를 댈 수 있는 곳으로 그 입구에서 계단, 마루를 거쳐 행랑방(히사시庇)으로 들어가는 부분을 이름.
8   원문에는 어떤 문인지 구체적인 기술은 없지만 현대어역에 '시토미蔀'로 되어 있어 이를 참조함.
9   원문은 "障子"로 되어 있음. 당시의 '障子'는 '襖', '唐紙', '衝立(이동식 칸막이)' 등 방의 칸막이로 사용하는 건구建具의 총칭. * 현대어역에서 '후스마襖'로 하고 있는 것을 참조해서 번역함.
10   모옥母屋에 연결되어 밖으로 튀어나온 건물. 접객의 용도로 씀.
11   * 원문은 "中の間"라고 되어 있는데, 번역자의 입장에서 침전의 어느 부분을 가리키는지 명확하지 않음. 일단 '집 중앙에 있는 방'으로 번역해 놓았음.
12   차를 넣어 두는 건물. 차고車庫.
13   잡무에 종사하는 하천한 남자.

에서 무엇인가 소곤소곤하는 소리가 났다. 올려다보니 격자의 한 칸 한 칸마다 얼굴이 보였는데, 제각각 모두 다른 얼굴이었다. 재상이 이것을 보고 놀라는 기색도 없이 태연하게 있자 그 얼굴이 순식간에 획 사라졌다. 또 잠시 뒤에 남쪽의 행랑방의 마룻바닥을 키가 한 척尺[14] 정도 되는 자들이 사오십 명 말을 타고 서쪽에서 동쪽으로 지나갔다. 이것을 보고도 재상은 놀라는 기색 없이 앉아 있었다.

또 잠시 뒤, 토방의 문을 세 척 정도 당겨서 열고 여자가 나왔다. 앉은키가 세 척[15] 정도로 노송나무 껍질 색깔[16]의 옷을 입고 있었다. 머리카락이 어깨까지 내려온 모습은 매우 우아하고 아름다웠다. 향이 말할 수 없이 향기로웠고, 온몸에 사향麝香[17]의 향기가 배어 있었다. 붉은색의 부채로 얼굴을 가린 위로 보이는 이마의 모습은 희고 아름다웠다. 앞머리가 곡선을 그리고 있는 풍정風情, 긴 눈초리로 흘끗 이쪽을 보고 있는 눈빛은 섬뜩하리만치 고귀했다. 그러니 코나 입 등은 얼마나 아름다울지 미루어 짐작할 수 있었다. 재상이 눈도 돌리지 않고 똑바로 바라보고 있었더니 잠시 뒤에 돌아가려고 부채를 얼굴에서 치웠다. 모습을 보니 코가 높고 색이 붉었으며 입 양쪽 끝에는 너덧 촌寸[18] 정도의 은銀《으로》[19] 만든 것 같은 어금니가 엇갈려 나 있었다. '기이한 녀석이군.' 하며 바라보고 있는 사이에 토방으로 들어가 문을 닫았다.

그래도 재상은 놀라지 않고 앉아 있었다. 그러자 하얗게 비추는 새벽달빛 아래 수목으로 우거져 어둑어둑한 정원 부근에서 엷은 노란색 옷을 위아

14 한 척은 약 30.3cm
15 앉은키 세 척은 당시의 여성으로는 꽤 큰 편임.
16 검은빛이 들어간 암홍색. 비구니의 평상복 색으로 젊은 여성의 의복 색으로 쓰일 법하지 않은 색임.
17 사향노루의 하복부에 있는 사향선에서 얻어지는 향료. 향료와 약용으로 사용.
18 약 12~15cm.
19 파손에 의한 결자. 『동대십오책본東大十五冊本』을 근거로 보충.

래로 입은 노옹이 평평하게 □□²⁰ 써진 문서 끼우개²¹에 문서를 끼워서 높이 받쳐 들고 납작하게 엎드려 계단 아래로 가까이 와서 무릎을 꿇었다. 그것을 보고 재상이 큰 목소리로 "거기 있는 노인이여, 무슨 일로 그러는 것인가."라고 묻자 노옹은 □²² 목이 쉰 희미한 목소리로

"제가 오랜 세월 살고 있는 집에 이렇게 오셨기에 심히 곤란하여 이 일을 부탁드리고자 나오게 되었습니다."
라고 말했다.

이것을 듣고 재상은

"너의 부탁은 심히 부당하구나. 다른 사람의 집을 자기 것으로 하는 것은 정당한 절차를 밟고서야 가능한 일이다. 그런데 너는 전의 주인에게로부터 허락을 받아서 살아야 할 장소를, 그 사람을 겁에 질리게 해서 살지 못하게 하고 억지로 점거하여 자기 것으로 하고 있다. 이는 실로 이치에 맞지 않는 행동이니라. 진정한 오니가미鬼神란 도리를 알고 그릇된 짓을 하지 않기 때문에 두려운 것이다.²³ 너는 반드시 하늘의 벌을 받을 것이다. 이는 분명 늙은 여우가 들러붙어 살면서 사람에게 겁을 주고 있는 것이렸다. 매사냥에 쓰는 개가 한 마리라도 있다면 모두 잡아먹도록 해 줄 참인데. 어떠냐? 변명할 말이 있다면 분명히 아뢰어라."
라고 질타했다.

그때, 노옹은

"말씀하신 대로 한마디도 변명의 여지가 없사옵니다. 다만, 예전부터 살

---

20 한자 표기를 위한 의도적 결자. 해당 어휘 미상.
21 원문에는 "후미하사미文挾み"로 되어 있음. 헤이안平安 시대. 문서를 끼워서 귀인에게 올리기 위한 흰 나무 지팡이. 길이는 1.5m정도로 끝에 문서를 집는 금속의 집게가 달려 있었음.
22 한자 표기를 위한 의도적 결자로 보이나 해당 어휘 미상.
23 같은 사상은 본권 제24화에도 보임.

고 있던 곳이라 그 사정을 아뢴 것이옵니다. 사람을 겁준 것은 이 노인네의 짓이 아닙니다. 한두 명의 아이가 제가 말리는 것을 듣지 않고 멋대로 한 짓입니다. 그렇지만 당신께서 이렇게 오신 후에 저희들은 어떻게 하면 되는 것입니까? 세간世間에는 비어 있는 토지도 없기 때문에 옮겨 갈 곳도 없사옵니다. 다만 대학료大學寮[24]의 남문南門 동쪽 옆에 빈 땅이 있습니다만, 허락만 해 주신다면 그곳으로 옮기려고 합니다만 어떨는지요."
라고 말했다. 재상은 "그것 참 좋은 생각이구나. 즉시 일족을 데리고 그곳으로 옮기는 것이 좋을 것이다."라고 대답했다. 그때 노옹이 큰 소리로 대답하자마자, 동시에 사오십 명 정도 되는 목소리가 한꺼번에 대답했다.

날이 밝아 재상의 집 사람들이 마중을 나왔기에 재상은 집으로 돌아간 뒤, 이 집을 개축하고 모두가 하는 방식으로 평범하게 이사를 했다. 그리고 그렇게 줄곧 그곳에서 살았지만, 무서운 일은 조금도 일어나지 않았다.

그러므로 현명하고 지혜가 있는 사람[25]에게는 설령 오니鬼라고 해도 나쁜 일을 할 수 없는 법이다. 사려 깊지 못하고 어리석은 사람은 오니가 □□[26]는 법이라고 이렇게 이야기로 전하여 내려오고 있다 한다.

---

24 율령律令에 의해 설치 된 관리 양성의 최고학부. → 헤이안경도. 또 이하의 빈 땅에 옮기도록 서술하고 있는 것은 기요쓰라가 대학의 수장이었던 적이 있어서 그의 양해와 비호庇護를 구하고자 함일 것이다.
25 본집本集에서 특히 중시하는 뛰어난 인간의 자질.
26 한자 표기를 위한 의도적 결자. 문맥상 '홀리다'의 의미가 들어갈 것으로 추정.

三善清行宰相家渡語第三十一

미요시노 기요쓰라三善清行 재상이 이사한 이야기

今昔、宰相三善ノ清行ト云フ人有ケリ。世ニ善宰相ト云フ、此レ也。浄蔵大徳ノ父也。万ノ事知テ止事無カリケル人也。陰陽ノ方ヲサヘ極メタリケリ。

而ル間、五条堀川ノ辺ニ荒タル旧家有ケリ。悪キ家也トテ人不住ズシテ久ク成ニケリ。善宰相家無カリケレバ、此ノ家ヲ買取テ、吉キ日ヲ以テ渡ラムトシケルヲ、親キ族此ノ由ヲ聞テ、「強ニ悪キ家ニ渡ラムト為ル、極テ益無キ事也」トテ制シケレドモ、善宰相不聞入ズシテ、十月ノ二十日ノ程吉キ日ヲ取テ渡ケルニ、例ノ家渡ノ様ニハ無クテ、酉ノ時許ニ、宰相車ニ乗テ、畳一枚許ヲ持セテ其ノ家ニ行ニケリ。

行着テ見レバ、五間ノ寝殿有リ。屋ノ体立タルヲ不知ズ。庭ニ大キナル松、鶏冠木、桜、トキハ木ナド生タリ。木共皆久ク成テ、樹神モ住スベシ。紅葉スル絡石這懸レリ。庭ハ苔地ニテ掃ケム世モ不知ズ。宰相寝殿ニ上テ中ノ橋隠ノ間ヲ上サセテ見レバ、障子破懸リテ皆損ジタリ。放出ノ方ノ板敷ヲ掛セテ、持セタリツル畳ヲ中ノ間ニ敷テ、火ヲ燃サセテ、其ノ畳ニ宰相南向ニ居テ、車ハ車宿ニ引入サセテ、雑色牛飼ナドヲバ、「明日参レ」ト云テ、返シ遣リツ。

宰相只一人南向ニ眠リ居タルニ、「夜半ニハ成ヌラム」ト思フ程ニ、天井ノ組入ノ上ニ、物ノコソメク見上タレバ、組入ノ子毎ニ顔有リ。其ノ顔毎ニ替レリ。宰相其レヲ見レドモ不騒ズシテ居タレバ、其ノ顔皆失ヌ。亦暫許有テ見レバ、

南ノ庇ノ板敷ヨリ、長一尺許ナル者共、馬ニ乗次キテ、西ヨリ東様ニ四五十人許ニ渡ル。宰相其レヲ見レドモ不騒ズシテ居タリ。

亦暫許有テ見レバ、塗籠ノ戸ヲ三尺許引開テ女居ザリ出ヅ。居長三尺許ノ女ノ、檜皮色ノ衣ヲ着タリ。匂タル香艶ズ馥バシ。髪ノ肩ニ懸リタル程、極ク気高ク清気也。麝香ノ香ニ染返タリ。赤色ノ扇ヲ指隠タル上ヨリ出タル額ツキ、白ク清気也。額ノ捻タル程、眼尻長ヤカニ打タルニ、返ルトテ扇引去タルニ、見レバ、鼻鮮ニテ匂ヒ赤シ。口脇尻目ニ見遣セタル、煩ハシク気高シ。「鼻口ナド何ニ微妙カラム」ト思ユ。宰相白地目モセズ守レバ、暫許居テ居ザリ二四五寸許銀□作タル牙咋違タリ。「奇異キ者カナ」ト見

扇でさし隠す（紫式部日記絵巻）

宰相其レニモ不騒ズシテ居タルニ、有明ノ月ノ極キ明キ二、木暗キ庭ヨリ浅黄上下着タル翁ノ、平ニ□搔キ二文ヲ指テ、目ノ上ニ捧テ平ミテ橋ノ許ニ寄来テ跪テ居タリ。其ノ時ニ、宰相音ヲ挙テ、「何事申ス翁ゾ」ト問ヘバ、翁□キ皺枯レ小キ音ヲ以テ申サク、「年来住候ツル所ヲ此ク令居給ヘバ、『大キナル歎キ』ト思給テ愁ヘ申サムガ為ニ参テ候フ也」ト。

其ノ時ニ、宰相仰セテ云ク、「汝ガ愁ヘ顔ル不当ズ。其ノ故ハ、人ノ家ヲ領ズル事ハ次第ニ伝ヘテ得ル事也。而ルヲ、汝ヂ、人ニ伝ヘテ可居キ所ヲ、人ヲ愕ヤカシテ不令住ズシテ、押居テ領ズル、極テ非道也。実ノ鬼神ト云フ者ハ道理ヲ知テ不曲ナレバコソ怖シケレ。汝ハ必ズ天ノ責蒙ナムトス。此レハ他ニ非ズ、老狐ノ居テ人ヲ愕ヤカス也。其ノ理慍ニ申セ」ト。

其ノ時ニ翁申サク、「仰セ給フ事尤モ可遁キ所無シ。只昔ヨリ住付テ候フ所ナレバ、其ノ由ヲ申ス也。人ヲ愕ヤカシ候ラバ皆咋殺サセテム物ヲ。其ノ時鷹犬一ツダニ有ル程ニ、塗籠ニ入テ、戸ヲ閉ヅ。

フ事ハ翁ガ所為ニ非ズ。一両候フ小童部ノ、制シ宣ベ候へ

ドモ、制止ニモ不憚ズシテ、自然ラ仕ル事ニヤ候フラム。

今ハ此テ御マサバ何ガ可仕キ。世間ハ隙無ク候ヘバ、可罷

キ所不候ズ。只大学ノ南ノ門ノ東ノ脇ナム徒ナル地候フ。許

サレヲ蒙テ其ノ所ヘ罷リ渡ラムハ何カ」ト。宰相仰セテ

云ク、「此レ、極テ賢キ事也。速ニ一孫引キ烈レテ、其ノ所

ヘ可渡シ」ト。其ノ時ニ、翁音ヲ高クシテ答ヘヲ為ルニ付テ、

四五十人許ノ音ナム散ト答ヘケル。

夜暁ヌレバ、宰相ノ家ノ者共迎ヘニ来ヌレバ、宰相家ニ返

テ、其ノ後ヨリゾ此ノ家ヲ造ラセテ、例ノ様ニシテハ渡ケル。

然テ住ケル間、聊ニ怖シキ事無クテ止ニケリ。

然レバ、心賢ク智有ル人ノ為ニハ、鬼ナレドモ悪事モ否

不発ヌ事也ケリ。思量無ク愚ナル人ノ、鬼ノ為ニモ被□ル

也、トナム語リ伝ヘタルトヤ。

민부대부民部大夫 요리키요賴淸 집의
여자 이야기

민부대부民部大夫 요리키요賴淸가 재원齋院에게 의절을 당하고 근신하고 있던 때의 일로, 도읍에 있는 본가로 휴가를 간 하녀 미카와노 오모토參川御許가 주인의 명령이라 거짓말을 한 누군가의 꾐으로 다섯 살 정도의 딸을, 수풀이 무성한 황야에 버려두게 되었다는 괴이담. 진상은 알 수 없지만 여우의 짓으로 여겨졌고, 저택이 사라지고 아이는 황야의 한가운데에 내버려졌다고 한다. 이런 모티브는 권17 제33화에도 보인다.

　이제는 옛이야기이지만, 민부대부民部大夫[1] □□[2]요리키요賴淸라고 하는 사람이 있었다. 재원齋院[3]의 연여年預[4]였으나 재원에게 의절당하고 그 기간 동안 고바타木幡[5]라는 곳에 있는 자신의 영지에서 근신하고 있었다.
　그런데 요리키요가 하녀로 부리던 여자가 있었다. 미카와노 오모토參川御許[6]라고 불리며 오랜 세월동안 요리키요를 섬기고 있었는데, 이 여자의 본가는 도읍에 있었다. 주인인 요리키요가 재원에게 의절당해 고바타에서 근

1　민부성民部省의 삼등관. 육위六位의 대승大丞·하승下丞에서 선발되어 오위五位에 봉해진 사람.
2　요리키요賴淸의 성姓의 표기를 위한 의도적 결자.
3　가모 신사賀茂神社에서 봉사奉仕했던 미혼의 황녀皇女.
4　재원齋院의 잡무를 담당했던 관직.
5　지금의 교토 부京都府 우지 시宇治市 고바타木幡.
6　여성, 특히 시녀의 이름이나 신분의 아래 붙이는 일종의 경칭으로 친애의 정을 담은 것. 미카와 지방三河國
　(→ 옛 지방명.) 출신이었던 것으로 추정.

신하고 있어, 여가가 생겨서 오랫동안 본가에 돌아가 있었다. 그러다 요리키요로부터 사인舍人[7] 남자가 찾아와서는

"급한 일이 생겼으니 바로 돌아와 주게. 요즘 계속 고바타에 와 계시던 주인님이 무언가 중요한 용무가 생겨 어제 출발하셔서 야마시나山科의 어떤 사람의 집을 빌려 거기로 옮기셨다네. 그곳으로 당장 가 주게."

라고 말했다. 여자에게는 다섯 살 정도 된 아이가 있었는데 이야기를 듣고 아이를 안고 급히 길을 나섰다.

가보니 요리키요의 처가 평소보다 이 여자를 반갑게 맞이하며, 극진히 대접하고 식사를 하게 했는데, 바삐 이것저것 염색을 하거나 재양裁陽[8]을 하며 서서 일을 하고 있었다. 그래서 여자도 함께 거들고 있는 동안에 네댓새가 지났다.

그동안 주인 여자가 이 여자에게

"전에 있던 고바타의 집에는 잡색雜色[9]을 시켜 빈집을 보게 해 두었다. 그자에게 살짝 말해 두어야 할 용무가 있는데 다녀오지 않겠느냐."

라고 말했다. 여자는 "알겠습니다."라고 대답하고 자신의 아이를 동료 여자에게 맡기고 길을 나섰다.

고바타에 도착해서 집 안으로 들어갔더니 '필시 인기척도 없이 조용하겠지.'라고 생각하고 있었는데 무척이나 시끌벅적하고 방금 전까지 있었던 집에서 본 동료들도 모두 이곳에 있었다. 이상한 생각이 들어서 안으로 들어가 보니 주인도 있었다. '꿈인가.'해서 □[10]하고 서 있었더니 사람들이

"어머나 이게 누구야. 미카와노 오모토가 아닙니까. 왜 이제야 오십니까.

7 　귀족 집에 고용되어 말의 시중 등 잡다한 용무를 보던 하인.
8 　*옷을 빤 뒤에, 풀을 먹여 반반하게 펴서 말리거나 다리는 일.
9 　잡무에 종사하는 신분이 천한 남자.
10 　한자 표기를 위한 의도적 결자.

재원께서 주인님을 용서하셨기에 당신에게도 알리려고 사람을 보냈는데 심부름꾼이 '미카와노 오모토는 주인님이 계신 곳으로 간다고 하고 요 이삼일 집을 비우고 있다고 이웃이 말했습니다.'라며 돌아왔습니다만, 어디에 다녀오신 겁니까?"

라며 저마다 입을 모아 말했다. 여자는 몹시 놀랍고 두려워져서 있는 그대로 "이러이러한 일이 있었습니다."라고 떨면서 횡설수설했다. 이것을 듣고 집안사람들은 주인을 비롯해서 모두 두려움에 떨었는데 개중에는 웃는 사람도 있었다.

여자는 자기 아이를 그쪽에 두고 왔기에 이미 살해당했음에 틀림없다 생각하고 안절부절 못하면서 "그럼 사람을 보내서 보고 오게 해 주십시오."라고 말했다. 그래서 많은 사람들을 붙여 주었다. 여자가 가서 예의 집이 있던 부근을 보니 아득히 넓은 들판에 풀이 높이 자라 무성했다. 사람 그림자도 없었다. 가슴이 꽉 막히며 급히 아이를 찾아 헤매자 그 아이가 홀로 무성한 물 억새와 참억새 사이에서 울고 있었다. 어머니는 기뻐하며 아이를 안아 올려 고바타로 돌아와서는 "이러이러 했습니다."라고 말하자 주인은 이를 듣고 "네가 지어낸 이야기겠지."라고 말했다. 동료들도 매우 괴이하게 생각했다. 그러나 어린 자기 자식을 들판 한가운데로 데리고 가서 놓고 오는 일이 있을까?

이것을 생각하면 분명 여우 등이 한 짓일 것이다. 그렇기 때문에 아이가 무사했던 것이라고 많은 사람들이 몰려와 이야기를 듣고는 떠들어 댔다고 이렇게 이야기로 전하여 내려오고 있다 한다.

民部大夫賴清家女子語第三十二

今昔、民部ノ大夫[一]ト云フ頼清ト云フ者有ケリ。斉院ノ年

預ニテナム有ケルニ、斉院ノ勘当ヲ蒙タリケレバ、其ノ程、

木幡ト云フ所ニ知ル所有ケレバ、其ニ行テナム有ケル。

而ルニ、頼清ガ中間ニ仕ケル女有ケリ。名ヲバ参川ノ御許

トナム云ケル。年来仕ケルニ、其ノ女京ニ家有ケレバ、其ノ

頼清モ院ノ勘当ニテ木幡ニ入居ニケレバ、其ノ女暇有テ久シ

ク京ニ有ケル程ニ、頼清ガ許ヨリ舎人男ヲ遣セテ、「念グ事

有リ。只今参レ。日来御マシツル木幡ノ殿ハ故ノ事有テ、

昨日立セ給ヒニキ。山城ナル所ニナム人ノ家ヲ借テ渡セ給ヒ

タル。疾タク参レ」ト云ケレバ、女、五ツ許ナル子ヲナム持

タリケル、其レヲ掻抱テ忩テ行ニケリ。

行着テ見レバ、常ヨリモ頼清ガ妻、此ノ女ヲ取饗応ジテ物

ナド食セテ、忩ガシ気ニテ、何ニト無キ物染メ張リ忩ギケレ

バ、女モ諸共ニ忩テ四五日ニ成ニケリ。

而ル間、主ノ女此ノ女ニ云ク、「木幡ニ我ガ居タリシ所ニ

ハ、木守ニ雑色一人ヲナム置タル。其ニ行テ、忍ビテ可云キ

事ノ有ルヲ、行ナムヤ」ト。女、「承ハリヌ」ト云テ、子ヲ

同僚ニ預ケテ、出立テ行ニケリ。

木幡ニ行キ着テ家ノ内ニ入タレバ、「定メテ人無クテ、掻

澄テゾ有ラム」ト思フニ、糸稔ハシクテ、有ツル所ニテ只

今見ツル同僚共モ皆有リ。

奇異クテ奥ニ入タレバ、主モ有リ。

「夢カ」ト思エテ□テ立レバ、人々ニ云ク、「穴珍シ。参河ノ

御許ハ坐ケルハ。何ド久クハ参リ不給ザリツルゾ。□給ツル

殿ハ院ノ勘当被免給タレバ、我レニモ告申シニ人遣タリシ

カバ、『此ノ二三日ハ、殿ヘ、トテ不御ズ』ト隣ノ人ノ云ケ

ル』トテ返来タレバ、何コニ坐ツルゾ」ナド云合タレバ、女

糸奇異ク怖シク思テ、有ノマヽニ、「然々」トワナヽキ周タ

ル気色ニテ云フヲ、家ノ内ノ者共、主ヨリ始メテ恐合ケルニ、

咲フ者モ有ケリ。

女ハ我ガ子ヲ置テ来ヌルヲ、「今ハ無キ者ゾ」ト思エテ物
モ不思エデ、「然ハ人ヲ遣ハシテ見セサセ給ヘ」ト云ケレバ、
人ヲ数具シテ遣タリケレバ、女行テ、有ツル所ヲ見ケレバ、
遥々ト有ル野ニ、草糸高ク生タリ、人ノ形無シ。胸塞ガリテ
恋テ子ヲ求ケレバ、其ノ子只独リ荻薄ノ滋タル中ニ居テ哭ケ
レバ、母喜乍ラ子ヲバ抱キ取テ、本ノ木幡ニ返テ、「然々
有ツ」ト語ケレバ、主モ此レヲ聞テ、「汝ガ虚言也」トゾ云
ケル。同僚共モ糸々奇テゾ有ケル。然レドモ幼キ子ヲ野ノ
中ニ将行テ棄置タラムヤハ。

此レヲ思フニ、狐ナドノ所為ニコソ有メレ。然ルニテコソ
子ヲ不失ザリケル事、トナム、万ノ人挙テ問ヒ嘲ケル。此ク
奇異キ事ナム有ケル、トナム語リ伝ヘタルトヤ。

서경西京에 사는 사람이 응천문應天門 위에 빛나는 물체를 본 이야기

서경西京에 사는 아무개 집안의 시侍가 중병에 걸린 어머니의 마지막 소원을 듣고 심야에 활과 화살을 지니고 삼조三條 교고쿠京極에 있는 승려인 동생을 데리러 외출한다. 그 돌아오는 길에 응천문應天門 위층에서 소리를 내며 웃는 파랗게 빛나는 물체를 보고, 오싹해하며 서쪽으로 가다가, 풍락원豊樂院의 북쪽 들판에 원형으로 빛나는 물체를 보자마자 가부라야鏑矢를 쏴서 활로 맞혀 없애고 귀가하지만, 수일간 고열에 시달려 앓아누웠다고 하는 이야기. 이전 이야기와 같이 이것도 여우의 화신이라는 소문이 났다고 하는 괴이담이다.

이제는 옛이야기이지만, 서경西京[1] 근처에 사는 사람이 있었다. 아버지는 이미 죽고 나이 든 어머니가 한 사람 있었다. 형제 둘이 있었는데 형은 어느 저택에서 시侍[2]로 고용되어 있었고, 동생은 히에이 산比叡山[3]의 승려였다.

한편, 이 어머니가 무거운 병에 걸려 며칠이나 드러누워 있었기에 아들

---

1 헤이안 경平安京의 주작대로朱雀大路에서 서쪽인 지역. 우경右京. 좌경左京에 비해서 인가人家도 적고 쇠퇴해 있었음.

2 * 일본어로 '사부라이'로 읽음. 후세의 사무라이侍와는 다르게, 신분이 낮은 고용살이를 하는 남자의 총칭. 경비나 잡무에 종사하는 고용인.

3 → 사찰명. 히에이 산比叡山 엔라쿠지延曆寺.

두 사람은 함께 어머니 곁에서 시중을 들며 서경에 있는 집에서 어머니 간병에 힘썼다. 그 보람이 있어서 어머니의 병은 조금씩 차도를 보였기 때문에 동생인 승려는 삼조三條 교고쿠京極⁴ 근처에 사는 사승師僧이 있는 곳으로 갔다.

그런데 병이 악화되고 어머니는 지금이라도 죽을 것 같아서 곁에 있던 형에게 "나는 곧 죽을 것이다. 그렇지만 죽기 전에 한 번만 그 아이를 만나고 싶구나."라고 말했다. 하지만 이미 밤도 깊었고 종자從者도 없었다. 삼조 교고쿠는 한참 멀리 있어 어찌할 방법이 없었다. 그래서 어머니에게 "내일 아침에 부르겠습니다."라고 말하자, 어머니는

"나는 이제 하룻밤을 넘길 것 같지 않다. 그 아이를 보지 않고 죽는 것은 정말로 미련이 남을게야."

라고 하며 가냘프고 애절하게 울었다. 이것을 보고 형은

"그렇게까지 생각하고 계신다면 알겠습니다. 비록 밤중이지만 목숨을 아끼지 않고 부르러 가겠습니다."

라고 말했다. 그리고 화살을 세 개 정도 가지고 홀로 집을 나서서 우치노內野⁵를 지나가고 있었는데 밤이 깊은데다 겨울 무렵이었기에 찬바람이 불어 더할 나위 없이 무서웠다. 게다가 달도 없는 밤이어서 아무것도 보이지 않았다. 응천문應天門⁶과 회창문會昌門⁷ 사이를 지나갈 때는 두려움에 질려 몸이 굳을 정도였지만 꾹 참고 지나갔다.

---

4   삼조대로三條大路와 경극대로京極大路가 교차하는 부근. 서경西京에서 먼 지점이라고 하니 동경극대로東京極大路였을 것. → 헤이안경도.

5   대내리大內裏의 무덕전武德殿 동쪽 엔노 마쓰바라宴の松原를 가리킴. 대내리를 우치노內野를 지나 동서로 통과할 수 있는 것을 우치노 길內野通り이라고 함.

6   대내리 팔성원八省院(조당원朝堂院)의 남쪽 정문. 주작문朱雀門의 안쪽에 있음.

7   대내리 팔성원의 중문.

드디어 사승[8]의 방에 도착해서 승려인 동생을 불러달라고 청하자 오늘 아침에 히에이 산으로 올라갔다고 해서 할 수 없이 그대로 달려서 돌아왔는데 올 때와 마찬가지로 응천문과 회창문 사이를 지났다. 전보다 더 무서웠기에 급히 달려서 빠져 나오려고 응천문의 2층[9]을 올려다보았더니 무엇인가 시퍼렇게 빛나는 것[10]이 있었다. 캄캄했기 때문에 무엇인지는 알 수 없었지만 끊임없이 찍찍하며 쥐가 우는 소리를 내고 와하하 웃고 있었다. 머리털이 곤두서고 죽을 것 같았지만 '뭐, 여우겠지.'라며 마음을 애써 진정시키고, 서쪽을 향해 달려가자, 풍락원豊樂院[11]의 북쪽 들판에 둥글게 빛나는 물체가 보였다. 가부라야鏑矢[12]를 집어 그 물체를 겨냥하여 쏘자, 화살을 맞고 확 사라졌다. 이렇게 해서 한밤중이 되어 겨우 서경에 있는 집으로 돌아왔다. 그렇지만 그 공포 때문이었을까 며칠 동안 고열이 나서 앓아누웠다.

　이것을 생각하면 얼마나 섬뜩하고 무서웠겠는가. 그렇지만 "그것은 분명 여우 등이 한 짓일 것이다."라고 사람들은 이야기했다고 이렇게 이야기로 전하여 내려오고 있다 한다.

8　교고쿠에 있는 동생의 사승을 칭함.
9　누각의 상층. 2층. 불상이나 사천왕상 등이 안치된 일종의 이계異界로 신령이나 영혼이 출현. 권24 제1화와 권29 제18화 참조.
10　'빛나는 것'은 괴이 현상. 여우 불, 인혼人魂 등을 말하는 것으로 추정.
11　헤이안 경 대내리 팔성원의 서쪽에 있던 전사殿舍로 절회節會(＊옛날, 명절이나 기타 공적 의식이 있을 때 조정에서 베푼 연회) 등을 행했음.
12　안을 비워 두고 여러 개의 구멍을 뚫은 화살촉을 화살 끝에 붙인 화살. 바람을 가르고 울음소리를 내며 비행하며 악령 퇴치의 영력이 있다고 여겨졌음.

西京人見応天門上光物語第三十三

今昔、西ノ京辺ニ住ム者有ケリ。父ハ失テ、年老タル母、独ナム有ケル。男子二人有ケルガ、兄ハ人ノ侍ナドニテ被仕ケリ、弟ハ比叡ノ山ノ僧ニテナム有ケル。

而ル間、其ノ母重キ病ヲ受テ日来煩ケレバ、二人ノ子皆副テ、西ノ京ノ家ニ有テ繚ケルニ、母少シ病減気有ケレバ、弟ノ僧、三条京極ノ辺ニ、師ノ有ケル所ヘトテ行ニケリ。

而ル間、其ノ母ノ病尚発テ可死ク思エケレバ、兄ノ男ハ副テ有ケルニ、母ノ云ク、「我レ、必ズ死ナムトス。此ノ僧ヲ見テ死ナバヤ」ト。兄此レヲ聞クト云ヘドモ、既ニ夜ニ成ヌ、従者ハ無シ。三条京極ハ遥也。何ガハ可為カラム。「明旦ニコソハ呼ニ遣ハサメ」ト云ケレバ、母、「我レ今夜ヲ可過キ心地不思エズ。彼レヲ不見デ死ナバ、極テ口惜カリナム」ト云テ、力無ク術無気ナル気色ニ哭ケレバ、兄、「然許思給ニテハ、糸安キ事也、夜中也トモ命ヲ不顧ズ、呼ニ罷ナム」ト云テ、箭三筋許ヲ持テ、只独リ出テ、内野通ニ行ケルニ、夜打深更テ冬比ノ事ナレバ、風打吹テ怖シキ事無限シ。暗ノ比ニテ何ニモ物不見エズ。応天門ト会昌門トノ間ヲ通ケルニ、奇異ク怖カリケレドモ、思ヒ念ジテ過ヌ。

彼ノ僧ノ房ニ行着テ弟ノ僧ヲ尋ヌルニ、其ノ僧今朝山ヘ登ニケレバ、亦程モ無ク走リ返ルニ、初ノ如ク応天門ト会昌門トノ間ヲ通ケルニ、前ノ度ヨリモ増テ怖カリケレバ、念テ走リ過ケルニ、応天門ノ上ノ層ヲ見上タレバ、真サヲニ光ル物有リ。暗ケレバ何物トモ不見エヌ程ニ、幾ヲ頻ニシテナムカント咲ケル。頭毛太リテ死ヌル心地シケレドモ、「狐ニコソハ有ラメ」ト思ヒ念ジテ過テ、西様ヘ行ケルニ、豊楽院ノ北ノ野ニ円ナル物ノ光ル有ケリ。其レヲナム鳴ル箭ヲ以テ射タリケレバ、射散ス見ケレバ失ニケリ。然テナム西ノ京ノ家ニ夜半許ニ返リ着タリケル。其ノ怖シト思ケル気ニヤ、

374

日来温ニニムニ病ケル。

思フニ、何カニ奇異ク怖シカリケム。然レドモ、「其レハ
定メテ狐ナドノ所為ニコソハ有ラメ」トゾ人云ケル、トナム
語リ伝ヘタルトヤ。

이름을 부르는 구사이나기^{野猪1}를 활로 쏴서
정체를 밝힌 이야기

9월 하순의 어두운 밤, 도모시照射³⁴로 수렵에 나선 형의 이름을, 구사이나기野猪가 활을 쏠 수 없는 오른쪽에서 계속해서 불렀다. 도읍에서 돌아온 동생이 사정을 듣고 형을 대신하여 거꾸로 말에 걸터앉아 화살을 시위에 메기고 기다리고 있다가, 그 사실을 모른 채 형의 이름을 부른 구사이나기野猪를 사살한다는 이야기. 사람에게 정체를 들킨 구사이나기의 실패담으로 이후로 구사이나기의 괴이怪異가 세 화 이어진다.

이제는 옛이야기이지만, □□² 지방國 □□³군郡에 형제 두 사람이 살고 있었다. 형은 향리鄕里에 살면서 아침저녁으로 사냥을 업으로 삼았고, 동생은 도읍에 올라가 궁에서 일을 하며 때때로 향리에 돌아오곤 했다.

그런데 9월 하순, 이 형이 달이 없고 어두울 때 도모시照射로 사냥을 나서 큰 숲 근처를 지나고 있었다. 그때 숲 속에서 목이 쉰 이상한 목소리로 도모시를 하고 있는 형의 이름을 부르는 자가 있었다. 이상하게 생각해서 말을 돌려 왼쪽으로 그 목소리가 들려오도록 하고, 횃불을 호구시火串⁴에 끼우고 갔더니 그때는 목소리가 나지 않았다. 다시 전과 같이 오른쪽에서 부

---

1   * '구사이나기野猪'는 고어 사전에 의하면 '멧돼지' 혹은 '너구리'의 고어古語로 되어 있음.
2   지방 이름의 표기를 위한 의도적 결자.
3   군 이름의 표기를 위한 의도적 결자.
4   관솔을 걸어 두는 도구.

르는 목소리가 들리도록 하여 불을 오른손으로 들고 갈 때에는 반드시 불렀다. 그래서 '어떻게 해서든 저것을 쏴 주리라.'라고 생각했지만 오른쪽이었기 때문에 쏠 수도 없었다. 이런 식으로 몇 밤이나 지났지만 이 일은 누구에게도 말하지 않았다.

그러던 중, 동생이 도읍에서 내려왔기에 형이 "이러이러한 일이 있다."라고 이야기하자 동생은 "그것 참 불가사의한 일이군요. 저도 가서 시험해 보겠습니다."라고 말하고 도모시 사냥을 나갔다. 그 숲 근처를 지나자, 동생의 이름은 부르지 않고 전과 같이 형의 이름을 불렀다. 그날 밤, 동생은 그 목소리를 듣기만 하고 돌아왔다. 형이 "어땠느냐? 들었느냐?"라고 묻자 동생은

"정말이군요. 그렇지만 속임수임에 틀림없습니다. 정말 오니가미鬼神[5]라면 제 이름을 부를 터인데 역시 형님의 이름을 불렀습니다. 이런 정도도 알지 못하는 녀석이니, 내일 밤 가서 확실히 그 정체를 활로 쏴서 밝히겠습니다."라고 했고, 드디어 날이 밝았다.

다음날 밤, 전날 밤과 같이 나가서 횃불을 켜고 그곳을 지나가자 오른쪽에 있을 때는 이름을 부르고, 왼쪽에 있을 때는 부르지 않았다. 그래서 말에서 내려서 안장을 벗기고, 안장을 앞뒤를 바꿔서 올리고는 뒤를 향해 올라타서, 부르는 자에게는 자신이 오른쪽에 있다고 생각하게 하고 자기가 봤을 때는 상대를 왼쪽으로 두고 불을 히구시에 끼우고 오른 손으로 미리 화살을 활에 메어 두고 지나갔다. 그러자 상대는 오른쪽이라고 생각한 것인지 전과 같이 형의 이름을 불렀다. 그 목소리가 나는 방향으로 활을 쏘았더니 제대로 명중한 듯했다. 이에 안장을 원래대로 다시 돌려놓고 말에 타서 목소리가 났던 쪽을 오른쪽으로 하고 지나갔는데 더 이상 목소리가 나지 않았기

---

5 오니鬼를 영위靈威로 신격시神格視한 말.

때문에 그대로 집에 돌아왔다.

형이 "어땠느냐?"라고 물었기에 동생은

"목소리가 나는 방향으로 활을 쏘았는데 명중했다는 느낌이 들었습니다. 맞았는지 맞지 않았는지 날이 밝으면 확인해 봅시다."
라고 말하고 날이 밝자마자 형제가 함께 가보았더니 숲 속에 커다란 구사이나기野猪가 화살로 나무에 박힌 채 죽어 있었다.

이런 녀석이 사람을 홀리려고 했기에 아까운 목숨을 잃은 것이다.

이것은 동생이 사려가 깊어 활로 쏘아 그 정체를 밝힌 것이라고 사람들이 칭송했다고 이렇게 이야기로 전하여 내려오고 있다 한다.

被呼姓名射顕野猪語第三十四

今昔、□□ノ国、□□ノ郡ニ兄弟二人ノ男住ケリ。兄ハ本国ニ有テ朝夕ニ狩為ルヲ役トシケリ、弟ハ京ニ上テ宮仕シテ時々ゾ本国ニハ来ケル。

而ル間、其ノ兄、九月ノ下ツ暗ノ比、灯ト云フ事ヲシテ、大キナル林ノ当リヨリ過ケルニ、林ノ中ニ辛ビタル音ノ気色異ナルヲ以テ、此ノ灯為ル者ノ姓名ヲ呼ケレバ、「怪」ト思テ馬ヲ押返シテ、其ノ呼ブ音ヲ弓手様ニ成シテ火ヲ焔串ニ懸テ行レバ、其ノ時ニハ不呼ザリケリ。本ノ如ク女手ニ成シテ、火ヲ手ニ取テ行ク時ニハ必ズ呼ビケリ。然レバ、「構ヘテ此レヲ射バヤ」ト思ヒケレドモ、女手ナレバ可射キ様モ無クテ、此様ニシツ、夜来ヲ過ケル程ニ、此ノ事ヲ人ニモ不語ザリケリ。

而ル間、其ノ弟京ヨリ下ダリケルニ、兄、「然々ノ事ナム有ル」ト語ケレバ、弟、「糸希有ナル事ニコソ侍ナレ。己レ罷テ試ム」ト云テ、灯シニ行ニケル、彼ノ林ノ当リヲ過ケルニ、其ノ弟ノ名ヲバ不呼ズシテ、本ノ兄ガ名ヲ呼ケレバ、弟其ノ夜ハ其ノ音ヲ聞ツル許ニテ返ニケリ。兄、「何カニゾ、聞給ツヤ」ト問ケレバ、弟、「実ニ候ヒケリ。但シ、エセ者ニコソ候メレ。其ノ故ハ、実ノ鬼神ナラバ、己ガ名コソ可呼キニ、其御名ヲコソ尚呼ビ候ヒツレ。其レヲ不悟ヌ許ノ者ナレバ、明日ノ夜罷テ、必ズ射顕シテ見セ奉ラム」ト云テ、其ノ夜ハ明ヌ。

亦ノ夜、夜前ノ如ク行テ火ヲ燃シテ其ヲ通ケルニ、女手ナル時ニハ呼ビ、弓手ナル時ニハ不呼ザリケレバ、馬ヨリ下テ

鞍ヲ下テ、馬ニ逆様ニ置テ逆様ニ乗テ、呼ブ者ニハ女手ト思
ハセテ、我レハ弓手ニ成テ、火ヲ焔串ニ懸テ、箭ヲ番ヒ儲テ
過ケル時ニ、女手ト思ケルニヤ、前ノ如ク兄ガ名ヲ呼ケルヲ、
音ヲ押量テ射タリケレバ、「尻答ヘツ」ト思エテ、其ノ後鞍
ヲ例ノ様ニ置直シテ、馬ニ乗テ女手ニテ過ケレドモ、音モ

不為ザリケレバ、家ニ返ニケリ。

兄、「何ニカ」ト問ケレバ、弟、「音ニ付テ射候ツレバ、尻ニ
答フル心地シツ。明テコソハ、当リ不当ズハ行テ見ム」ト云
テ、夜明ケルマヽニ兄弟搔烈テ行テ見ケレバ、林ノ中ニ大キ
ナル野猪、木ニ被射付テゾ死テ有ケル。

此様ノ者ノ人謀ラムト為ル程ニ、由無キ命ヲ亡ス也。

此レハ弟ノ思量ノ有リテ、射顕カシタル也、トテゾ人讃ケ
ル、トナム語リ伝ヘタルトヤ。

빛을 내며, 죽은 사람 곁에 오는
구사이나기野猪[1]를 죽인 이야기

죽은 아버지의 관을 장송葬送 날까지 그대로 두었는데, 밤마다 그 둘레 가장자리에 빛나는 것이 있다는 괴이한 일을 듣고 아들 형제는 그 정체를 밝히고자 상의한다. 동생이 관의 뚜껑을 뒤집어 놓고 알몸으로 반듯이 누워서 기다리며 준비하고 있다가 천정에서 내려온 파랗게 빛나는 물체에 덤벼들어서 찔러 죽였는데 형이 준비한 등불로 비추어 보니 그것은 커다란 구사이나기野猪였다고 하는 이야기. 앞 이야기와 마찬가지로 위협을 가한 구사이나기野猪의 실패담. 앞 이야기에서는 동생의 사려분별을 칭송하고 이 이야기에서는 동생의 대담함을 칭찬하고 있다.

이제는 옛이야기이지만, □□[2]지방國 □□[3]군郡에 형제 두 사람이 있었다. 둘 다 용감하고 사려 깊었다.

아버지가 돌아가셔, 관에 넣어 뚜껑을 덮고 한 간間 떨어진 방에 두었는데, 아직 장송일이 제법 남아 있어 며칠간 그대로 두었다. 그러던 중 언젠가 이런 것을 어렴풋이 보았다고 하는 사람이 찾아와서는 "저 유해를 둔 곳에 한밤중에 뭔가 빛나는 것이 보입니다. 이상한 일입니다."라고 고했다. 형제

---

1   * '구사이나기野猪'는 고어 사전에 의하면 '멧돼지' 혹은 '너구리'의 고어古語로 되어 있음.
2   지방 이름의 표기를 위한 의도적 결자.
3   군 이름의 표기를 위한 의도적 결자.

는 이를 듣고

　"이것은 어쩌면 죽은 사람이 모노物⁴ 따위가 되어서 빛나는 것일지도 모른다. 혹은 죽은 사람이 있는 곳에 모노가 오는 것일까? 만약 그렇다면 어떻게든 정체를 확인해야 하지 않겠는가."

라고 말을 주고받고는 동생이 형에게 "내가 소리를 내면 바로 서둘러 등불을 밝히고 오세요."라고 약속했다. 밤이 되어 동생이 살며시 관 옆으로 가서 관의 뚜껑을 열고 거꾸로 뒤집어 놓고는 그 위에 산발⁵을 하고 알몸으로 반듯하게 누운 채, 칼을 몸에 꼭 밀착시켜 숨겨 놓고 있었다. 이윽고 한밤중이 되었다고 생각이 들었을 무렵, 슬며시 실눈을 떠서 보니 천정 근처에서 무엇인가가 빛났다.

　두 번 정도 빛난 뒤 천정을 비집어 열고 내려오는 것이 있었다. 눈을 뜨고 있지 않았기 때문에 분명하게 무엇인지는 알 수 없었다. 무언가 커다란 것이 마루에 쿵하고 내려오는 소리가 났다. 그동안 계속해서 시퍼렇게 빛나고 있었다. 이것이 동생이 누워 있는 관 뚜껑을 들어 옆에 두려고 했다. 그 기회를 엿보아 착 달라붙어 껴안고 큰 소리로 "잡았다."라고 외치고 옆구리라 생각되는 곳에 칼을 칼자루까지 닿을 정도로 꽂았다. 그 순간 빛도 사라졌다. 형은 준비해서 기다리고 있었기에 지체 없이 곧 등불을 켜서 가지고 왔다. 껴안은 채로 보니 털이 벗겨진 커다란 구사이나기野猪가 옆구리에 칼이 박힌 채 죽어 있었다. 그것을 보면서 기가 막혀서 말도 나오지 않았다.

　이것을 생각하면 관 위에서 누워 있던 동생은 참으로 무섭고도 섬뜩한 심성을 가진 자이다.⁶ 죽은 사람이 있는 곳에는 반드시 오니가 있다고 하는데

4　'모노노 레이物の靈'이라는 뜻. 정체불명의 요괴, 영귀靈鬼 등을 말함.
5　묶은 머리를 잘라서 죽은 사람의 머리를 산발로 하는 것은 당시부터의 습속이었던 것.
6　동생의 상상을 초월하는 대담함에 이렇게 느낀 것.

그렇게 누워 있었다니 실로 보통 사람이 할 수 있는 일이 아니다. 구사이나기野猪였다고 알고 나서는 안도했지만 그 전은 단지 오니였다고 생각했음에 틀림없다. 등불을 켜고 바로 달려올 정도의 사람은 어디에도 있겠지만 말이다. 또 구사이나기野猪는 부질없이 죽은 것이라고 이렇게 이야기로 전하여 내려오고 있다 한다.

有光来死人傍野猪被殺語第三十五

今昔、□ノ国、□ノ郡ニ兄弟二人ノ男有ケリ。共ニ心猛クシテ、思量有ケル。

而ルニ、其ノ祖死ニケレバ、葬送ノ日ノ遠カリケレバ、棺ニ入レテ蓋ヲ覆テ、一間有ケル離タル所ニ置テ、程ニ、自然ラ髭二人ノ見テ云ケル様、「此ノ死人置タル所ノ夜半許ニ光ル事ナム有ル。怪キ事也」ト告ケレバ、兄弟此レヲ聞テ、「此レハ若シ、死人ノ物ナドニ成テ光ルニヤ有ラム。亦死人ノ所ニ物ノ来ルニヤ有ラム。然ラバ此レ、構ヘテ見顕カサバヤ」ト云合セテ、弟兄云ク、「我ガ音セム時ニ火ヲ燃シテ、必ズ疾ク持来レ」ト契テ、夜ニ成テ、弟蜜ニ彼ノ棺ノ許ニ行テ、棺ノ蓋ヲ仰様ニ置テ、其ノ上ニ裸ニテ髭ヲ放テ、仰様ニ臥シテ、刀ヲ身ニ引副ヘテ隠シテ持タリケルニ、

「夜半ニハ成ヌラム」ト思フ程ニ、和ラ細目ニ見ケレバ、天井ニ光ル様ニス。二度許光テ後、天井ヲ掻開テ下来ル者ニ有リ。目ヲ不見開ネバ、懃ニ何者トハ不見ズ。大キヤカナル者、板敷ニトウト着ヌナリ。此ル程ニ真サオ二光タリ。此ノ者、臥タル棺ノ蓋ヲ取テ傍ニ置ムト為ルヲ押量テ、ヒタト抱付テ、音ヲ高ク挙テ、「得タリ、ヲウ」ト云テ、脇ト思シキ所ニ刀ヲ欄ロマデ突立テツ。其ノ時ニ、光リモ失ヌ。而ル間、兄儲テ待ツ事ナレバ、兄程無ク火ヲ燃テ持来タリ。抱キ付乍ラ見レバ、大キナル野猪ノ毛モ無キニ抱付テ、脇ニ刀ヲ被突立テ死テ有リ。見ルニ、糸奇異キ事無限シ。

此レヲ思フニ、棺ノ上ニ臥タル弟ノ心モ糸ムツケシ。「死人ノ所ニハ必ズ鬼有リ」ト云フニ、然カ臥タリケム心極テ難有シ。野猪ト思ル時ニコソ、其ノ心安ケレ、其ノ前ハ只鬼トコソ可思ケレ。火燃テ疾ク来ル人ハ有ナム。亦野猪ハ由無キ命亡ス奴也、トナム語リ伝ヘタルトヤ。

하리마 지방播磨國 이나미印南 들판에서
구사이나기野猪[1]를 죽인 이야기

서국西國에서 파발꾼으로 상경하던 남자가 하리마 지방播磨國 이나미印南 들판의 오두막에 머물렀던 밤의 일이었다. 가까운 곳에서 장송葬送이 행해졌는데, 묘 안에서 빠져 나와 오두막을 덮친 괴물이 있어 남자는 오니鬼라고 생각해서 정신없이 베어 죽이고 마을로 도망쳐 달려 나왔다. 다음 날 아침, 마을 사람들과 함께 가서보니 큰 구사이나기野猪가 죽어 있었다고 하는 이야기. 앞 이야기, 앞앞 이야기와 마찬가지로 부질없이 사람을 협박하려다가 도리어 죽임을 당한 구사이나기野猪의 환술 실패담. 환상의 장송을 만들어 내는 것은 여우, 너구리의 상투적인 방법으로 『소로리 이야기曾呂利物語』10에도 보인다.

이제는 옛이야기이지만, 서국西國에서 파발꾼으로 상경하는 남자가 있었다. 밤낮으로 오로지 혼자서 올라오던 중, 하리마 지방播磨國[2]의 이나미印南 들판[3]을 지날 무렵 날이 저물어 버렸다. 어딘가 머물 곳은 없는지 둘러보았으나 마을과 멀리 떨어진 들판 한가운데라 머물 만한 집이 없었다. 딱 하나 산간의 논을 경비하기 위한 변변찮은 오두막[4]이 있는 것을 발견하고는 '오

---

1   * '구사이나기野猪'는 고어 사전에 의하면 '멧돼지' 혹은 '너구리'의 고어古語로 되어 있음.
2   → 옛 지방명.
3   → 지명.
4   산전山田의 경비를 위한 변변찮은 오두막은 요괴나 영귀 등의 이류異類가 출현할 것 같은 장소임.

늘 하룻밤만 이 오두막에서 보내야겠다.'라고 생각하고 안으로 들어가 앉았다.

이 남자는 원래 용감하고 □□⁵한 남자여서 아주 가벼운 차림으로 태도 太刀만을 몸에 지니고 있었다. 이러한 논 한가운데에 있으니, 밤이었지만 의복을 벗지 않고 잠도 자지 않고 소리를 내지 않으면서 잠자코 있었다. 밤도 깊었을 무렵, 저 멀리 서쪽에서 많은 사람들이 징⁶을 치고 염불을 외우면서 다가오는 소리가 희미하게 들려왔다. 남자는 몹시 이상하게 생각하며 그쪽을 보자, 많은 사람들이 관솔불을 잔뜩 켜들고 오고 있었다.

많은 승려가 그 틈에 끼어서 징을 치며 염불을 외고 많은 속인俗人들과 함께 오고 있는 것이었다. 점점 가까이 오는 것을 보고 '뭐야. 장례식의 행렬이었구나.'라고 생각하고 있었는데 이 남자가 있는 오두막의 바로 옆으로 곧장 오자, 남자는 기분이 썩 좋지 않았다.

그리하여 이 오두막에서 두세 단段⁷ 정도 떨어진 곳에 죽은 사람의 관을 가지고 와서 장례를 치렀다. 그래서 이 남자는 더욱 숨을 죽이고 꼼짝하지 않고 있었다. 남자가

'만약 누군가에게 들킨다면 보는 바와 같이 서국에서 상경하는 사람으로 날이 저물어서 이 오두막을 숙소로 삼았다고 대답해야겠다. 하지만 그렇다고 해도 사람을 장사지내는 장소는 미리 그 준비가 되어 있기 때문에 금방 알 수 있었을 텐데, 아까 아직 해가 있었을 때 본 바로는 장례를 치를 것처럼 보이지 않았다. 실로 괴이한 일이다.'
라고 생각하고 있는 사이에 많은 사람이 모여서 나란히 서서 장례식은 모두

---

5   한자 표기를 염두에 둔 의도적 결자. 해당어 불명.
6   정鉦. 한 손으로 들고 치면서 염불이나 행도行道를 하는 징.
7   거리를 계측하는 단위로 한 단은 여섯 간間(약 11m). 즉, 20~30m 떨어진 곳.

끝났다. 그 후 또 셀 수 없을 정도의 많은 하인들이 징이나 괭이 등을 들고 와서는 순식간에 묘를 만들고 그 위에 솔도파率塔婆[8]를 가지고 와서 세웠다. 그리고는 금방 다 완성하여, 그 후 모두 돌아갔다.

남자는 이를 전부 보고는 아까보다 오히려 머리털이 쭈뼛 서는 것 같은 말할 수 없는 공포에 사로잡혀 '어서 날이 밝았으면.' 하고 기다리면서 두려워하며 이 묘지를 가만히 바라보고 있었다. 그러자 묘지 위가 어쩐지 움직이는 것처럼 보였다. 헛것을 본 것인가 생각해서 다시 잘 보고 있었더니 분명히 움직이고 있었다. '어째서 움직이는 것일까. 불가사의한 일이다.'라고 생각하고 있었더니 움직이고 있는 곳에서 부스스 나오는 것이 있었다. 잘 보니 사람이 알몸으로 흙에서 나와서 팔이나 몸에 붙은 불[9]을 불어서 끄면서 달려 나와서는 이 남자가 있는 오두막 쪽을 향해서 쏜살같이 돌진해 오는 것이 아닌가. 어두컴컴했기에 어떤 사람인지는 알 수 없었지만 굉장히 큰 녀석이었다.

그때, 남자는

'사람을 장사지낸 장소[10]에는 반드시 오니鬼가 있다고 한다. 그 오니가 나를 잡아먹으려고 온 것임에 틀림없다. 어찌 되었건 이제 이걸로 끝이구나.'
라고 생각하고

'어차피 죽는다면 이 오두막은 좁기 때문에 안으로 들여보내서는 곤란하다. 들어오기 전에 재빨리 나가서 베어 버리겠다.'
라고 결심하고 태도를 뽑아서 오두막에서 뛰어 나가 오니를 향해 달려들어 싹둑 베었는데 오니는 칼에 베여서 하늘을 보고 자빠져 쓰러졌다.

---

8   → 불교.
9   화장火葬의 자취를 떠올리게 하는 기사. 혹은 화장이라고 해도 현재와는 다르게 묘지에서 유해를 태워서 다 타지 않은 채로 매장했던 것으로 추정.
10   당시의 속신俗信으로 추정.

그것을 보고 남자는 마을 쪽으로 향해서 있는 힘껏 도망쳤다. 아주 먼 곳까지 도망쳐 달려서 가까운 마을에 뛰어 들어갔다. 그리고 그중 한 곳의 집으로 살며시 다가가 문 옆에 몸을 웅크리고 날이 밝기를 이제나저제나 하면서 기다렸다. 이윽고 날이 밝아서 남자는 그 마을 사람들과 만나 "이러이러한 일이 있었기 때문에 이렇게 도망쳐 온 것입니다."라고 말했더니, 마을 사람들은 이를 듣고 이상한 일이라고 생각하면서 "자, 그럼 가 봅시다."라며 혈기 왕성한 젊은이들 여럿이 남자와 함께 갔다. 그랬더니 어젯밤 장사 지낸 장소에는 묘도 솔도파도 없었다. 불탄 흔적도 없었고 다만 커다란 구사이나기野豬가 찔려 죽어 있었다. 이루 말할 수 없이 불가사의한 일이었다.

이것을 생각하면 구사이나기野豬가 이 남자가 오두막에 들어간 것을 보고 위협하려고 속였던 것이리라. "이 녀석, 괜한 짓을 하다가 죽어 버린 것이다."라고 사람들은 떠들썩하게 입을 모아 말했다.

그러므로 사람이 살지 않는 들판 등에서는 적은 인원으로 머물거나 하면 안 되는 것이다.

어찌되었든 남자가 도읍으로 올라가 이 일을 이야기한 것을 듣고 전하여, 이렇게 이야기로 전하여 내려오고 있다 한다.

於幡磨国印南野殺野猪語第三十六

今昔、西ノ国ヨリ脚力ニテ上ケル男有ケリ。夜ヲ昼ニ成

シテ、只独リ上ケル程ニ、幡磨ノ国ノ印南野ヲ通ケルニ、日

暮ニケレバ、「可立寄キ所ヤ有ル」ト見廻シケレドモ、人気

遠キ野中ナレバ、可宿キ所モ無シ。只山田守ル賤ノ小サキ菴

ノ有ケルヲ見付テ、「今夜許ハ此ノ菴ニテ夜ヲ明サム」ト思

テ、這入テ居ニケリ。

此ノ男ハ心猛ク□也ケル者ニテ、糸軽ビヤカニテ大刀

許ヲ帯テゾ有ケル。此ク人離レタル田居中ナレバ、夜ナレド

モ服物ナドモ不脱ズシテ不寝ズシテ、音モ不為デ居タリケル程ニ、

夜打深更ル程ニ、髣ニ聞ケバ、西ノ方ニ金ヲ扣キ、念仏ヲシ

テ、数ノ人遥ヨリ来ル音有リ。多ノ人、多ノ火共ヲ燃シ烈テ、

レバ、多ノ人、多ノ火共ヲ燃シ烈テ、僧共ナド数金ヲ打チ、

念仏ヲ唱ヘ、只人共モ多クシテ来ル也ケリ。漸ク近ク来ル

ヲ見レバ、「早ク葬送也ケリ」ト見ルニ、此ノ男ノ居タル菴

ノ傍ニ糸近ク只来ニ来レバ、気六借キ事無限シ。

然テ此ノ菴ヨリ二三段許ヲ去テ、死人ノ棺ヲ持来テ葬送ス。

然レバ、此ノ男弥ヨ音モ不為デ不動デ居タリ。「若シ、人ナ

ド見付テ問ハバ、有ノマヽ二西ノ国ヨリ上ル者ノ日ノ暮レテ、

菴ニ宿レル由ヲ云ハム」ナド思テ有ルニ、亦、「葬送為ル所

ハ兼テヨリ皆其ノ儲シテ験キ物ヲ、此レハ昼然モ不見ザリ

ツレバ、極テ怪キ事カナ」ト思ヒ居タル程ニ、多ノ人集リ

立並テ、皆、葬畢テツ。其ノ後、亦鋤鍬ナド持タル下衆共

員不知ズ出来テ、墓ヲ只築ニ築テ、其ノ上ニ卒都婆ヲ持来テ

起ツ。程無ク皆拈畢テ後ニ、多ノ人皆返ヌ。

此ノ男、其ノ後、中々ニ頭毛太リテ、怖シキ事無限シ。

「夜ノ疾ク明ヨカシ」ト心モト無ク思ヒ居タルニ、怖シキマ

マニ、此ノ墓ノ方ヲ見遣テ居タリ。見レバ、此ノ墓ノ上動ク

様ニ見ユ。「僻目カ」ト思テ吉ク見レバ、現ニ動ク。「何デ動

クニカ有ラム。奇異キ事カナ」ト思フ程ニ、動ク所ヨリ只出ニ出ヅル物有リ。見レバ、裸ナル人ノ、土ヨリ出テ、肱身ナドニ火ノ付タルヲ吹掃ヒツヽ、立走テ此ノ男ノ居タル奄ノ方様ニ、只来ニ来ル也ケリ。暗ケレバ何物トハ否不見ズ、器量ク大キヤカナル物也。

其ノ時ニ、男ハ思ハク、「葬送ノ所ニハ必ズ鬼有ナリ。其ノ鬼ノ我レヲ噉ハムトテ来ニコソ有ケレ。何様ニテモ我ガ身ハ今ハ限リ也ケリ」ト思フニ、「同死ニヲ。此ノ奄ハ狭ケレバ入ナバ悪カリナム。不入ヌ前ニ鬼ニ走リ向テ切テム」ト思テ、大刀ヲ抜テ奄ヨリ踊出テ、鬼ニ走リ向テ、鬼ヲフツト切ツレバ、鬼被切テ逆様ニ倒レヌ。

其ノ時ニ、男人郷ノ近キ方様へ走リ逃ル事無限シ。遥ニ遠ク走リ逃テ、人郷ノ有ケルニ走リ入ヌ。人ノ家ノ有ケルニ和ラ寄テ、門脇ニ曲マリ居テ、夜ノ明ルヲ待ツ程心モト無シ。夜明テ後ニ男、其ノ郷ノ人共ニ会テ、「然々ノ事ノ有ツレバ、此ク逃テ来レル」由ヲ語レバ、郷ノ人共此レヲ聞テ、「奇異」ト思テ、「去来、行テ見ム」ト云テ、若キ男共ノ勇タル数男ヲ具シテ行テ見ケレバ、夜前葬送セシ所ニ墓モ卒堵婆モ無シ。火ナドモ不散ズ。只大キナル野猪ヲ切殺シテ置タリ。実ニ奇異キ事無限シ。

此レヲ思フニ、野猪ノ、此ノ男ノ奄ニ入ケルヲ見テ、恐サムト思テ謀タリケル事ニコソ有メレ。「益無キ態シテ死ヌル奴カナ」ヽドゾ皆人云嗤ケル。

然レバ、人離レタラム野中ナムドニハ、人少ニテハ不宿マジキ事也ケリ。

然テ、男ハ京ニ上テ語ケルヲ聞継テ、此ク語リ伝ヘタルトヤ。

여우가 큰 삼나무로 변해 화살을 맞고 죽은 이야기

가스가春日 궁사宮司 아무개의 조카인 중대부中大夫가 풀을 먹고 있던 말을 잃어버려서 종자와 함께 찾으러 다니고 있었는데 눈앞에 본적도 들은 적도 없는 커다란 삼나무가 있는 것에 놀라서 수상하게 생각하여 종자와 같이 활을 쏘고 도망쳐 돌아와 다음날 아침 나가 보았더니 늙은 여우가 활에 맞아 죽어 있었다고 하는 이야기. 부질없이 사람을 협박하려다 죽음을 부른다고 하는 앞 이야기와 동일한 모티브의 여우 환술幻術 실패담.

이제는 옛이야기이지만, □□[1]무렵, 가스가 신사春日神社의 궁사宮司[2]인 나카토미노中臣 □□[3]라고 하는 사람이 있었는데 그 조카로 중대부中大夫[4] □[5]라고 하는 사람이 있었다. 그 중대부의 말이 풀을 먹고 있던 중에 모습이 보이지 않게 되어, 말을 찾으려고 중대부는 종자 한 사람을 데리고 자신은 화살통을 등에 지고 나섰다. 그가 사는 곳은 나라奈良의 도읍 남쪽에 해당하는 미하시三橋[6]라고 하는 곳이었다. 중대부가 그 미하시를 나서 말을 찾으면서

1　연호 혹은 연시年時의 표기를 염두에 둔 의도적 결자.
2　신주神主. 신관神官. 가스가 신사의 궁사는 나카토미中臣와 오나카토미大中臣의 두 가문에서 나옴.
3　가스가 궁사, 나카토미 아무개의 이름 표기를 염두에 둔 의도적 결자. 아리스케有助 또는 지카히데近秀라고 보는 설이 있음.
4　가스가 사가社家의 상중하上中下의 '중'가문의 오위五位라는 의미.
5　중대부 이름의 표기를 염두에 둔 의도적 결자.
6　→ 지명.

동쪽 산에 헤치고 들어가 이삼십 정町[7] 정도 가던 중에 날이 완전히 저물어 밤이 되었다. 마침 으스름한 달밤이었다.

어쩌면 말이 풀을 먹으며 어딘가에 서 있지 않을까 해서 찾고 있자, 뿌리의 두께가 두 간間[8] 정도 되는 집 정도로 보이고, 높이 스무 장丈[9] 정도인 삼나무가 한 단段[10] 정도 앞에 솟아 있었다. 중대부는 그것을 발견하고 그곳에 웅크리고 앉아 종자를 가까이 불러서

"어쩌면 내가 헛것을 보는 것인가, 그렇지 않으면 무엇인가에 홀려서 생각지도 못한 곳에 와 버린 것인가. 저기에 서 있는 커다란 삼나무가 네 눈에도 보이느냐?"

라고 물었더니 종자는 "저에게도 분명 보입니다."라고 대답했다. 그래서 중대부는

"그렇다면 내가 헛것을 본 것이 아니라 인간에게 착란錯亂을 일으켜 길을 헤매게 하는 신[11]을 만나 생각지도 못한 곳에 와 버린 것이로구나. 이 지방에 이 정도로 커다란 삼나무가 있는 것을 어디선가 본 적이 있느냐?"

라고 묻자 종자는

"전혀 기억이 없습니다. 어딘가에 삼나무가 한 그루 있습니다만 그것은 좀 더 작은 것입니다."

라고 대답했다. 중대부는

"생각대로 나는 완전히 홀려 버렸구나. 어찌 하면 좋을꼬. 참으로 무섭구나. 자, 돌아가자. 도대체 집에서 몇 정이나 온 것일까. 섬뜩하구나."

---

7 한 정町은 약 110m.
8 집의 기둥 사이.
9 한 장丈은 10척尺으로 약 3m.
10 한 단은 여섯 간으로 약 11m.
11 사람을 착란에 빠지게 해서 길을 잃게 만드는 신. 원문에는 "迷ハシ神"라고 되어 있음. 권19 제19화, 권27 제42화에도 위와 같은 신이 등장함.

라고 말하며 돌아가려고 했더니, 종자가

"이 정도의 일로 호락호락 돌아가는 것은 시시하지 않습니까. 이 삼나무에 화살을 쏴서 날이 밝은 다음에 상황을 보시면 어떻겠습니까?"
라고 말했다. 그러자 중대부도 "정말 그렇게 하는 것이 좋겠구나. 그렇다면 둘이서 쏘도록 하자."라고 말하고 주인과 종자가 함께 활에 화살을 메겼다. 종자가 "그렇다면 조금 가까이 걸어서 다가가 쏩시다."라고 말했기에 함께 다가가 둘이서 동시에 쏘았는데 맞았다고 생각한 순간 그 삼나무가 갑자기 사라졌다. 그것을 보고 중대부는 "생각했던 대로 모노物[12]를 만난 것이로구나. 아, 무섭구나. 자 돌아가자."라고 말하고 도망치듯 돌아갔다.

그리하여 날이 밝자 중대부는 아침 일찍 종자를 불러 "자, 어젯밤 그리로 가서 어떻게 됐는지 보자꾸나."라고 말하고 종자와 둘이서 가 보았더니 털이 빠진 늙은 여우가 삼나무 가지를 한 개 입에 물고 배에 두 대의 화살을 맞은 채로 쓰러져 죽어 있었다. 이것을 보고 "역시 어젯밤은 이 녀석에게 홀렸던 것이다."라고 말하고 화살을 뽑아서 돌아갔다.

이 이야기는 요 이삼 년 사이에 일어났던 일인 것 같다. 말세에도 이러한 불가사의한 일이 있는 법이다.

그러므로 길을 잘못 들어 모르는 곳에 가거나 하면 의심해야 하는 법이라고 이렇게 이야기로 전하여 내려오고 있다 한다.

---

12 정체불명의 요괴나 영귀.

狐変大槻木被射殺語第三十七

今昔、□ノ比、春日ノ宮司ニテ中臣ノ□ト云フ者有

ケリ。其レガ甥ニ中大夫□ト云フ者有ケリ。其レガ馬ノ食失
タリケレバ、其レ求ムトテ、其ノ中大夫、
我レハ胡録掻負テ出ニケリ。其ノ住ム所ノ名ヲバ奈良ノ京ノ
南ニ三橋ト云フ所也ケリ。中大夫、其ノ三橋ヨリ出テ、東ノ
山様ニ求メ入テ、二三十町許行ケレバ、日モ暮畢テ夜ニ成
ニケリ。ヲボロ月夜ニテゾ有ケル。
馬ヤ食立ルト見行ケル程ニ、本ノ大キサ屋二間許ハ有ラム
ト見ユル程ノ槻ノ木ノ長二十丈許有テ、一段許去キテ
立リケレバ、中大夫此レヲ見付テ、其ニ突居テ、此ノ従者ノ
男ヲ呼寄セテ云ク、「若シ、我ガ僻目力。亦物ノニ迷ハサレ
テ不思懸ヌ方ニ来ニタルカ。此ノ立ル槻ノ木ハ、和尊ノ目ニ
ハ見ユヤ」ト問ケレバ、男、「己モ然カ見侍リ」ト答フレバ、
中大夫、「然テハ、我ガ僻目ニハ非デ、迷ハシ神ニ値テ、不
思懸ヌ所ニ来ニタルニコソ有ナレ。此ノ国ニ取テ、此許ノ槻
ノ木有トハ何ニコニテカ見タル」ト問ケレバ、従者ノ男、「更
ニ思エ不侍ズ。其々ニゾ槻ノ木一本侍レドモ、其レハ小キ木

也」ト云ケレバ、中大夫、「然レバヨ。既ニ迷ハサレニケル

ゾ。何ガセムト為ル。極テ怖シ。去来返ナム。家ヨリ何町

許来ニタルラム。六借キ態カナ」ト云テ、返ナムト為ル時

ニ、従者ノ男ノ云ク、「此許ノ事ニ値テ、故モ無ク過シテ

ハ無下ノ事ナルベシ。此ノ榾ノ木ニ箭ヲ射立テ置テ、夜明コ

ソ尋テ御覧ゼメ」ト云ケレバ、中大夫、「現ニ然モ有ル事也。

去来然レバ二人シテ射ム」ト云テ、主モ従者モ共ニ弓ニ箭ヲ番

テケリ。従者ノ男、「然ラバ今少シ歩ビ寄テ射サセ給ヘ」ト

云ケレバ、共ニ歩ビ寄テ、二人乍ラ一度ニ射タリケレバ、箭

ノ尻答フト聞ケルマ丶ニ、其ノ榾ノ木俄ニ失ニケリ。然レバ、

中大夫、「然レバヨ、物ニ値ニケルニコソ有ケレ。怖シ。去

来還ナム」ト云テ、逃グガ如クニシテ返ケリ。

然テ、夜明ニケレバ、朝ニ中大夫、従者ヲ呼テ、「去来、

夜前ノ所ニ行テ尋テ見ム」ト云テ、従者ト二人行テ見ケレバ、

毛モ無ク老タリケル狐ノ榾ノ枝ヲ一ツ咋ヘタリケルガ、腹ニ

箭ヲ二ツ被射立テコソ死テ臥タリケレ。此レヲ見テ、「然レ

バコソ、夜前ハ此ノ奴ノ迷ハシケル也ケリ」ト云テ、箭打抜

テ返ニケリ。

此ノ事ハ、只此ノ二三年ガ内ノ事ナルベシ。世ノ末ニモ此

ル希有ノ事ハ有ケリ。

然レバ、道ヲ踏違ヘ不知ヌ方ニ行カムヲモ、怪ムベキ事也、

トナム語リ伝ヘタルトヤ。

여자로 변한 여우가
하리마노 야스타카播磨安高를 만난 이야기

근위사인近衛舍人 하리마노 야스타카播磨安高가 9월 중순의 달이 밝은 밤에 엔노 마쓰바라宴の松原에서 얼굴을 부채로 가린 절세 미녀와 만났는데, 이는 풍락원豊樂院 주변에 서식하는 유명한 요호妖狐의 짓이 아닌가 하고 수상하게 여겨 노상강도인 척하고 칼을 뽑아 협박했더니 미녀는 악취를 뿜으며 소변小便을 끼얹고는 그 즉시 여우로 변해서 도망쳐 버렸다고 하는 이야기. 앞 이야기와 마찬가지로 사람을 홀리려다 실패한 여우의 괴이담. 엔노 마쓰바라에 사는 여우가 미녀로 변신해서 나타난다는 이야기는 권14 제5화에도 보인다.

이제는 옛이야기이지만, 하리마노 야스타카播磨安高라고 하는 근위사인近衛舍人[1]이 있었다. 우근右近의 장감將監[2] 사다마사貞正[3]의 아들이다. 야스타카는 호코인法興院[4]의 어수신御隨身[5]이었는데 이 사람이 아직 젊었을 때의 일이다. 호코인이 내리內裏에 와 계실 때 야스타카도 내리에서 대기하고 있었는데 자기 집이 서경西京에 있었기 때문에 그곳으로 가려고 생각했다. 그러나

---

1 근위부近衛府의 장감將監 이하의 근위 관인. 수신隨身으로서 상황上皇이나 섭관攝關, 대신大臣 등의 외출에 수종隨從하는 사람.
2 우근위부右近衛府의 3등관.
3 → 인명.
4 → 헤이안경도. 여기에서는 후지와라노 가네이에藤原兼家(→인명)를 가리킴.
5 대신이 외출할 때 경비를 위해 수종했던 근위부의 무관武官.

종자의 모습이 보이지 않아, 홀로 우치노內野[6] 길을 지나서 가고 있었다. 마침 9월 중순 경이었기에 달이 굉장히 밝았다. 밤이 깊어 엔노 마쓰바라宴の松原[7] 근처까지 오자, 전방에 진한 보라색으로 잘 두들겨 광택을 낸 아코메衵[8]에 자원색紫苑色[9]의 무늬가 들어간 아코메를 겹쳐 입은 여동女童이 걷고 있었다. 달빛에 □□[10]해서 그 모습이며 머리모양이며 말할 수 없이 훌륭했다. 야스타카는 목이 긴 가죽신을 신고 있었는데 바스락 바스락 소리를 내면서 여자를 따라잡아 나란히 걸으며 보았더니 그림을 그려진 부채로 얼굴을 가리고 있어서 잘 볼 수 없었다. 이마나 볼 주변에 머리카락이 한두 가닥 흐트러진 모습은 뭐라 말할 수 없을 만큼 매력적이었다.

그래서 야스타카는 가까이 다가가 그 손을 잡으려고 했는데, 옷에 스며든 향기가 훅하고 풍겨 왔다. "이런 늦은 밤중에 당신은 어떤 분이시며 어디로 가고 계신 것입니까?"라고 야스타카가 묻자, 여자는 "누가 불러서 서경으로 가고 있습니다."라고 대답했다. "다른 사람에게 가시는 것보다, 제 집으로 오시는 것이 어떠시오?"라고 야스타카가 말하자 여자는 웃음 섞인 목소리로 "당신이 누구신지도 모르는데."라고 대답하는 모습이 몹시 귀여웠다. 이렇게 서로 이야기를 하면서 가는 사이에 근위어문近衛御門[11] 안으로 걸어 들어갔다.

그때 야스타카는 문득 정신이 들며

---

6 '우치노內野'는 대내리大內裏의 무덕전武德展 동쪽 엔노 마쓰바라宴の松原를 이름.
7 → 지명.
8 부녀자의 속옷으로 나중에 웃옷 대신이 됨.
9 궁중 여관女官들이 입던 여러 가지 옷 색깔의 배합 중 한 가지. 보통 겉은 옅은 보라, 안은 청색(황록). 가을에 착용.
10 한자 표기를 위한 의도적 결자.
11 양명문陽明門 혹은 은부문殷富門의 별칭. 여기서는 은부문을 가리킴. 대내리 외곽 서쪽에 있는 문. 문 안의 북쪽에 우근위부가 있었음.

'풍락원豊樂院[12] 안에는 사람을 홀리는 여우가 있다고 들었다. 혹시 이 여자가 그것이 아닐까. 이 녀석을 협박해서 시험해 보자. 얼굴을 전혀 보이지 않는 것이 어쩐지 수상하다.'

라고 생각하고는 여자의 소매를 잡고 "잠깐 여기 있어 주시겠습니까? 말씀드리고 싶은 것이 있습니다."라고 말했다. 그러자 여자는 부채로 얼굴을 가리면서 부끄러워했다. 그것을 보고 야스타카는 "사실 나는 노상강도다. 그 입고 있는 것을 이리 넘겨라."라고 말하면서 가리기누狩衣의 끈을 풀어 한쪽 어깨를 드러내고는 여덟 촌寸[13] 정도 되는 얼음 같은 칼을 뽑아 여자에게 겨누었다. 그리고 "숨통을 끊어 주마. 그 옷을 내놔라."라고 말하며 머리채를 잡고 기둥에 밀어붙여 칼을 목에 갖다 댔다. 그러자 여자는 말할 수 없을 만큼 지독한 냄새가 나는 소변을 앞으로 순식간에 휙 끼얹었다. 깜짝 놀란 야스타카의 손이 느슨해진 틈을 타 여자는 곧바로 여우의 모습이 되어 문에서 달려 나가, 캥캥 울면서 대궁대로大宮大路 북쪽으로 도망쳤다. 야스타카는 이것을 보고

"어쩌면 정말로 인간일지도 모른다고 생각해서 죽이지 않았지만 이럴 줄 알았더라면 확실히 죽였을 텐데."

라면서 화도 나고 분했지만 이미 엎질러진 물이었다.

그 후, 야스타카는 밤중이건 새벽이건 몇 번이고 우치노 길로 나가 보았으나 여우는 완전히 혼쭐이 났는지 전혀 만날 수 없었다. 여우[14]는 아름다운 여자로 변해서 야스타카를 □□[15]하려고 했었기 때문에 하마터면 죽임을

---

12 헤이안경 대내리의 팔성원八省院 서쪽에 있던 전사殿舍.

13 약 24cm.

14 음양오행사상陰陽五行思想에서는 여우는 음陰의 기운에 속하는 동물. 여자로 변해서 양陽(남자)의 정기를 빼앗는다고 여겨짐. 권14 제5화와 권16 제17화 본권 제39화 등 참조.

15 한자 표기를 위한 의도적 결자.

당할 뻔했던 것이다. 그러므로 마을에서 떨어진 들판 따위에 혼자 있을 때 아름다운 여자가 나타나더라도 섣불리 손대서는 아니 되는 것이다.

　이 이야기도 야스타카가 사려 깊어 무턱대고 여자에게 빠지지 않았기 때문에 □□[16]당하지 않았던 것이라고 이렇게 이야기로 전하여 내려오고 있다 한다.

16　한자 표기를 위한 의도적 결자.

狐変女形値幡磨安高語第三十八

今昔、幡磨ノ安高ト云フ近衛舎人有ケリ。右近ノ将監、貞正ガ子也。

法建院ノ御随身ニテナム有ケルガ、未ダ若カリケル時、殿ハ内裏ニ御マシケル間ダニ、安高ガ家ハ西ノ京ニ有ケレバ、安高内ニ候ケルガ、従者ノ不見エザリケレバ、只独リ内通リニ行ケルニ、九月ノ中ノ十日許ノ程ナレバ、月極ク明キニ、夜打深更テ、宴ノ松原ノ此レハ然ニモヤ有ラム。

程ニ、濃キ打タル袙ニ、紫苑色ノ綾ノ袙重ネテ着タル女ノ童ノ、前ニ行ク様ニ体頭ツキ有ハム方無ク、月影ニ□テ微妙シ。

安高ハ長キ沓ヲ履テ、コソメキ行クニ、歩ビ並ビ見レバ、絵書タル扇ヲ指隠シテ顔ヲ吉クモ不見セズ、額頬ナドニ髪捻懸タル、云ハム方無ク厳気也。

安高近ク寄テ触這ニ、薫ノ香極ク聞ユ。「此ク夜深更タルニ、何レノ御方ノ人何コヘ御スルゾ」ト安高云ヘバ、女、「西ノ京ニ二人ノ呼ベバ行ク也」ト答フ。安高、「人ノ許ニ御セムヨリハ、安高ガリ去来給ヘ」ト云ヘバ、女咲タル音ニテ、「誰ト知テカハ」ト答フル様、「豊楽院ノ内ニハ人謀ル狐有、ト聞クゾ。若シ、

行ク程ニ、近衛ノ御門ノ内ニ歩ビ入ヌ。

安高ガ思フ様、此ク互ニ語ヒ

極ク愛敬付タリ。此ク互ニ語ヒ

女に化けた狐（鳥獣人物戯画）

此奴恐シテ試ム。

顔ヲツフト不見セヌガ怪キニト思テ、安

高女ノ袖ヲ引ヘテ、「此ニ暫シ居給ヘレ。聞ユベキ事有リ」

ト云ヘバ、女扇ヲ以テ顔ニ指隠シテカヽヤクヲ、安高、「実

ニハ我レハ引剝ゾ。

シャ衣剝テム」ト云フマヽニ、紐ヲ解テ、

引編ギテ、八寸許ノ刀ノ凍ノ様ナルヲ抜テ、女ニ指宛テ、

「シャ吭搔切テム」ト、「其ノ衣奉レ」ト云テ、髪ヲ取テ柱

ニ押付テ、刀ヲ頸ニ指宛ツル時ニ、女艶ズ毞キ尿ヲ前ニ散

ト馳懸ク。其ノ時ニ、安高驚テ免ス際ニ、女忽ニ狐ニ成テ、

門ヨリ走リ出デ、ニコウヽト鳴テ、大宮登ニ逃テ去ヌ。安

高此レヲ見テ、『若シ人ニヤ有ラム』ト思テコソ不殺ザリツ

ルニ、此ク知タラマシカバ、必ズ殺テマシ」ト妬ク悔シク思

エケレドモ、甲斐無クテ止ニケリ。

其後、安高夜中暁ニ不云ズ、内通リニ行ケレドモ、狐懲

ニケルニヤ、更ニ不値ザリケリ。狐微妙キ女ト変ジテ、安高

ヲ□サムト為ル程ニ、希有ノ死ヲ不為ズシテナム有ケル。

然レバ、人遠カラム野ナムドニテ独リ間ニ、吉キ女ナドノ見

エムヲバ、広量ジテ不触這マジキ事也。

此レモ安高ガ心バヘノ有テ、女ニ強ニ不耽ズシテ不被□

ヌ也、トナム語リ伝ヘタルトヤ。

여우가 부인으로 변신해서 집으로 온 이야기

어느 해질 녘, 도읍에 사는 잡색雜色 남자의 집에 부인의 모습을 한 두 사람이 시간차를 두고 집으로 들어왔다. 놀란 남자는 양쪽을 협박해서 진위를 밝히려 했지만 결론이 나지 않아 결국 먼저 들어온 처를 여우라고 판단하고 붙잡았는데 악취를 풍기는 소변을 끼얹으며 정체를 드러내고는 도망쳐 버렸다고 하는 이야기. 앞 이야기에 이어 변신한 여우가 실패한 이야기로 악취를 풍기는 소변은 공통되는 요소이다. 또 여우가 어떤 인물과 같은 모습으로 변신하는 모티브는 본권 29화에도 보인다.

이제는 옛이야기이지만, 도읍에 살고 있던 어느 잡색雜色[1] 남자의 처가 저녁 어두워질 무렵 일이 있어 대로大路에 나가 있었지만 좀처럼 돌아오지 않았다. 남편이 '어째서 이렇게 늦는 것일까.' 하고 이상하게 생각하고 있자 이윽고 처가 집으로 들어왔다. 그런데 조금 뒤에 털끝 하나 다르지 않은 완전히 똑같은 얼굴을 한 처가 또 들어왔다.

이를 보고 기겁한 남편은 '어차피 한 사람은 여우 따위일 것이다.'라고 생각했지만 어느 쪽이 진짜 처인지 알 수 없었다. 이런저런 궁리를 하다 '나중에 들어온 처가 분명 여우임에 틀림없다.'고 생각해 태도太刀[2]를 뽑아 나중

---

1   잡역에 종사하는 하천한 남자.
2   '도刀'에 비해 긴 칼. 태도를 뽑아서 협박해 요괴나 영귀의 정체를 밝히려고 한 것. 도검에는 요기妖氣를 쫓는 주력이 있다고 믿었음.

에 들어온 처에게 덤벼들어 베려고 하자 처가 "이건 또 뭡니까. 어째서 제게 이런 짓을 하는 겁니까?"라고 말하며 울었다. 그래서 이번에는 앞에 들어온 처를 베려고 달려들자 그쪽도 손을 비비고 울며 야단이었다.

남자는 어떻게 하면 좋을지 알 수 없어서 이럴까 저럴까 안절부절못하고 있는 동안 역시 먼저 들어온 처가 수상하다는 느낌이 들어서 그것을 잡아 누르자, 갑자기 그 처가 이루 말할 수 없는 악취를 풍기는 냄새의 소변을 휙 끼얹었었다. 남편이 지독한 냄새를 못 참고 손을 느슨하게 한 틈을 타 그 처는 즉시 여우 모습이 되어 열려 있는 문을 통해 대로로 달려 나가 캥캥 울면서 도망쳤다. 남자는 화가 나고 분해서 견딜 수 없었지만 이미 엎질러진 물이었다.

이것을 생각하면 이 남자는 사려가 깊지 못한 자이다. 잠시 곰곰이 생각하여 두 처를 붙잡아 묶어 두었다면 결국은 정체가 드러났을 것이다. 놓쳐 버렸으니 참으로 안타까운 일이다. 인근의 사람들도 모여들어 이 모습을 보고 야단법석을 떨었다. 여우도 부질없는 짓을 하고, 겨우 목숨을 부지해서 도망칠 수 있었다. 그 여우는 대로에서 처를 보고 처의 모습으로 변신하여 속인 것이었다.

그러므로 이런 일이 있는 경우에는 마음을 진정시키고 곰곰이 생각해야 한다. 하마터면 진짜 처를 죽일 뻔했던 것을 그러지 않고 잘 넘어간 것이 그나마 다행이라고 사람들이 이야기했다고 이렇게 이야기로 전하여 내려오고 있다 한다.

狐変人妻形来家語第三十九

今昔、京二有ケル雑色男ノ妻、夕暮方二暗ク成ル程二、
要事有テ、大路二出タリケルガ、良久ク不返来ザリケレバ、
夫、「何ド遅ハ来ナラム」ト怪ク思テ居タリケル程二、妻入
来タリ。然テ暫許有ル程二、亦同顔ニシテ有様露許モ違タ
ル所モ無キ妻入来タリ。

夫此レヲ見ルニ、奇異キ事無限シ。「何ニマレ一人ハ狐ナ
ドニコソハ有ラメ」ト思ヘドモ、何レヲ実ノ妻ト云フ事ヲ不
知ネバ、思ヒ廻スニ、「後二入来タル妻コソ定メテ狐ニテハ
有ラメ」ト思テ、男大刀ヲ抜テ、後二入来タリツル妻二走リ
懸リテ切ラムト為レバ、其ノ妻、「此ハ何カニ。我レヲバ此

ハ為ルゾ」ト云テ泣ケバ、亦前二入来タリツル妻ヲ切ラムト
テ走懸レバ、其レモ亦手ヲ摺テ泣キ迷フ。

然レバ、男思ヒ繚テ此彼ヲ騒グ程二、尚前二入来タリツル妻
ノ怪ク思エケレバ、其レヲ捕ヘテ居タル程二、其ノ妻奇異ク
鬼尻ヲ散ト馳懸タリケレバ、夫鬼サニ不堪ズシテ打免タリ
ケル際二、其ノ妻忽二狐ニ成テ、戸ノ開タリケルヨリ大路
二走リ出テ、コウ〱ト鳴テ逃去ニケリ。其ノ時二、男妬ク
悔シク思ケレドモ更二甲斐無シ。

此レヲ思フニ、思量モ無カリケル男也カシ。暫ク思ヒ廻シ
テ、二人ノ妻ヲ捕ヘテ縛リ付テ置タラマシカバ、終ニハ顕レ
ナマシ。糸口惜ク逃シタル也。郷人共モ来テ集テ見嘲ケル。
狐モ益無キ態カナ。希有ノ命ヲ生テゾ逃ニケル。妻ノ大路二
有ケルヲ見テ、狐其ノ妻ノ形ニ変ジテ謀タリケル也。

然レバ此様ノ事ノ有ラムニハ、心ヲ静メテ可思廻キ也。希
有二実ノ妻ヲ不殺ザリケル事コソ賢ケレ、トゾ人云ケル、ト
ナム語リ伝ヘタルトヤ。

여우가 사람에게 씌어 빼앗긴 구슬을 돌려준 은혜를 갚은 이야기

여우에게 씐 무녀巫女로부터 여우가 소중하게 가지고 있던 흰 구슬을 빼앗은 젊은 시侍가 여우의 간곡한 부탁에 응해서 돌려주었는데 은혜에 감동한 여우가 신변보호를 약속한다. 그리하여 젊은 시侍가 고류지廣隆寺에 참배하고 밤중에 귀갓길에 여우의 길 안내를 받고 도적떼가 있는 곳을 피해 도적의 위험으로부터 빠져나올 수 있었다고 하는 이야기.

이제는 옛이야기이지만 모노노케物の氣[1]에게 씌어 병이 든 사람의 집이 있었다. 병을 고치기 위해 불러들인 무녀巫女[2]에게 모노노케가 씌어서

"저는 여우입니다. 지벌을 내리려고 온 것이 아닙니다. 다만 이런 곳에는 언제나 먹을 것이 널려 있을 것이라고 생각해서 살짝 들여다보았던 것인데 이렇게 갇혀 버린 것입니다."

라고 말했다. 그리고는 품에서 작은 귤 정도 되는 하얀 구슬을 꺼내서 공깃 돌 놀리듯이 보여 주었다. 이것을 보고 있던 사람은

'아름다운 구슬이다. 그렇지만 저것은 이 무녀가 처음부터 품에 가지고 있다가 속이려고 하는 것일 게다.'

---

1 사람에게 씌어 병이나 재액을 가져오는 영혼이나 요귀 등.
2 원문에는 "모노쓰키物託의 여자"라고 되어 있음. 모노노케의 매체가 되어 그 의사를 전하는 무녀.

라고 의심하고 있었는데 곁에 젊고 건강한 시侍가 있어서 무녀가 던진 구슬을 순식간에 잡아서 품에 넣었다.

그러자 이 여자에게 씐 여우가 "너무합니다. 그 구슬을 돌려주세요."라면서 계속해서 부탁했는데 남자는 들은 척도 하지 않았다. 여우는 울면서 남자를 향해

"당신이 그 구슬을 가진다 한들 사용법도 모르니까 당신에게 아무런 도움이 되지 않습니다. 나는 그 구슬을 빼앗긴다면 엄청난 손해를 봅니다. 그러니 그 구슬을 돌려주지 않으면 나는 당신을 언제까지나 적으로 여길 생각입니다. 만약 돌려주신다면 당신을 신처럼 생각하면서 당신의 곁에서 시중을 들면서 지켜 드리겠습니다."

라고 말했다. 이런 말을 듣고 남자는 이것을 가지고 있어도 별 소용이 없을 것이라는 생각이 들어서 "그렇다면 반드시 나를 지켜줄 것인가?"라고 묻자 여우는

"물론입니다. 반드시 지켜 드리겠습니다. 우리들은 인간과 달라서 결코 거짓말을 하지 않습니다. 또 은혜를 잊는 일도 없습니다."

라고 대답했다. 계속해서 남자가 "이렇게 당신을 묶어 둔 호법護法[3]이 증인이 되실 수 있겠는가?"라고 묻자 여우는 "진정 호법이시여, 들어 주십시오. 구슬을 돌려준다면 반드시 이 사람을 지키겠습니다."라고 말했기에 남자는 품에서 구슬을 꺼내서 여자에게 건넸다. 여우는 거듭 기뻐하며 그것을 받았다. 그 후 여우는 험자驗者[4]에게 쫓겨서 나갔다.

그래서 그곳에 있는 사람들이 그 무녀를 그 장소에서 꽉 눌러 일어나지 못하게 하고 품속을 뒤져 보았지만 구슬 따위는 전혀 없었다. 그리하여 그

3　눈에 보이지 않는 불법수호佛法守護의 선신善神. 가지기도加持祈禱로 악령 등의 제압을 위해 파견됨.
4　가지기도의 험력을 쌓은 승려.

구슬이 정말로 무녀에게 빙의했던 여우가 가지고 있었던 것이라고 알게 되었다.

그 후 여우의 구슬을 뺏은 남자가 우즈마사太秦⁵에 참배하고 돌아오는 길에, 어두워진 후 불당을 나왔기에 우치노內野⁶를 지날 즈음에는 완전히 밤이 되었다. 응천문應天門⁷ 근처에 이르자 몹시 무서워져서, 어찌된 일인가 이상하게 생각했지만 '그렇지 참. 나를 지켜 준다고 했던 여우가 있었구나.'라고 떠올리고는 어둠속에 홀로 서서 "여우야. 여우야."라고 불렀더니 캥캥 하고 울면서 여우가 눈앞에 와 있었다.

'역시 와 주었구나.'라고 생각하고 여우를 향해

"이보게 여우야. 정말 거짓말은 하지 않았구나. 감탄했다. 지금 여기를 지나려고 하는데 무서우니 나를 좀 바래다다오."

라고 말하자 여우는 알았다는 얼굴로 연신 뒤돌아보면서 앞으로 갔다. 남자가 그 뒤를 따라가니 여우는 평상시 길이 아닌 다른 길로 거침없이 갔다. 여우는 멈춰 서서 등을 굽히고 살금살금 걸으며 뒤돌아보았다. 남자도 같은 식으로 살금살금 걷자 그곳에 사람이 있는 듯했다. 살짝 보니 활이나 칼 등을 가진 많은 사람이 서서 무엇인가 서로 이야기하고 있었다. 담 너머로 살짝 엿들어보니 이게 웬일인가. 도둑이 이제부터 침입하려고 하는 집에 대해 의논을 하고 있었다.

'이 도둑들은 평상시 다니던 길에 있었던 것이구나. 그러니까 여우는 그 길로 가지 않고 담 옆의 길로 안내했구나. 여우는 이것을 전부터 알고 있어서 그 도둑이 있는 길을 피해서 지나가려고 한 것이구나.'

---

5   고류지廣隆寺(→ 사찰명)를 말함.
6   대내리大內裏 안쪽 엔노 마쓰바라宴の松原를 이름.
7   대내리 팔성원八省院의 남쪽 정문. 주작문朱雀門 안쪽에 있음.

라고 깨달았다. 그 길을 빠져나오자 여우는 어디론가 사라졌고 남자는 무사히 집으로 돌아올 수 있었다. 여우는 이뿐만이 아니라 언제나 이처럼 이 남자의 곁에서 여러 가지 도움을 주는 일이 많았다. 정말로 "지킨다."고 했던 그 말을 어기는 일이 없었기에 남자는 거듭 감탄했다. 만약 그 구슬을 아까워하며 돌려주지 않았더라면 남자에게 좋은 일은 없었을 것이다. 그래서 남자는 '돌려주길 잘했다.'라고 생각했다.

이것을 생각하면, 이러한 짐승은 이처럼 은혜를 알고 거짓말을 하지 않는 법이다.

그러므로 만약 무엇인가 기회가 있어서 도와줄 수 있을 것 같은 때에는 그런 짐승은 반드시 구해 주어야 한다. 그런데 인간은 사려 깊고 인과因果[8]를 알아야 함에도 불구하고 짐승보다 도리어 은혜를 모르고 마음도 진실하지 못하다고 이렇게 이야기로 전하여 내려오고 있다 한다.

8　불교의 근본이념. 선악善惡의 소행에 의해서 그에 맞는 결과가 생긴다고 하는 도리. 여기서는 선인선과善人善果 악인악과惡人惡果.

狐託人被取玉乞返報恩語第四十

今昔、物ノ気病為ル所有ケリ。

物託ノ女ニ物託テ云ク、

「己ハ狐也。祟ヲ成シテ来レルニハ非ズ。只、『此ル所ニハ自然ラ食物散ボフ物ゾカシ』ト思テ、指臨テ侍ルヲ、此ク被召籠テ侍ル也」ト云テ、懐ヨリ白キ玉ノ小柑子ナドノ程ナルヲ取出テ、打上テ玉ニ取ルヲ、見ル人、「可咲気ナル玉カナ。此ノ物託ノ女ノ、本ヨリ懐ニ持テ人謀ラムト為ルナメリ」ト疑ヒ思ケル程ニ、傍ニ若キ侍ノ男ノ勇タルガ居テ、物託ノ女ノ其ノ玉ヲ打上タルヲ、俄ニ手ニ受テ取テ懐ニ引入レテケリ。

然レバ、此ノ女ニ託タル狐ノ云ハ、「極キ態カナ。其ノ玉返シ得セヨ」ト切ニ乞ケレドモ、男聞キモ不入ズシテ居タルヲ、狐泣々ク男ニ向テ云ハ、「其ハ其ノ玉取タリト云フトモ、可持キ様ヲ不知ネバ、和主ノ為ニハ益不有ジ。我レハ其ノ玉被取ナバ極キ損ニテナム可有キ。然レバ、其ノ玉返シ不令得ズバ、我レ和主ノ為ニ永ク讎ト成ラム。若シ返シ令得タラバ、我レ神ノ如クニシテ和主ニ副テ守ラム」ト云フ時ニ、此ノ男、「由シ無シ」ト思ヒ心付テ、「然バ必ズ我ガ守ト成リ給ハムヤ」ト云ヘバ、狐、「然ラ也。必ズ守ト成ラム。此ノ者ハ努々虚言不為ズ。亦、物ノ恩不思知ズト云フ事無シ」ト云ヘバ、此ノ男、「此ノ掴サセ給ヘル護法證ゼサセ給フヤ」ト云ヘバ、狐、「実ニ護法モ聞コシ食セ。玉ヲ返シ得セタラバ、慥ニ守リ成ラム」ト云ヘバ、男懐ヨリ玉ヲ取出シテ女ニ与ヘツ。狐返々ス喜テ受取ツ。其ノ後、験者ニ被追テ狐去ヌ。

而ル間、人々有テ其ノ物託ノ女ヲヤガテ引ヘテ、不令立ズシテ懐ヲ捜ケルニ、敢テ其ノ物託ノ女無カリケリ。然レバ、「実ニ託タリケル物ノ持タリケル也ケリ」ト皆人知ニケリ。

其ノ後、此ノ玉取ノ男、大秦ニ参テ返ケルニ、暗ク成ル程

二御堂ヲ出テ返ケレバ、夜ニ入ニゾ内野ヲ通ケルニ、応天門
ノ程ヲ過ムト為ルニ、極ク物怖シク思エケレバ、「何ナルニ
カ」ト怪ク思フ程ニ、「実ヤ、『我レヲ守ラム』ト云シ狐有キ
カシ」ト思ヒ出テ、暗キニ只独リ立テ、「狐々」ト呼ケレバ、
コウ／＼ト鳴テ出来ニケリ。見レバ、現ニ有リ。
「然レバコソ」ト思テ、男狐ニ向テ、「和狐、実ニ虚言不為
ザリケリ。糸哀レ也。此ヲ通ラムト思フニ、極テ物怖シキヲ、
我レ送レ」ト云ケレバ、狐聞知顔ニテ見返々々行ケレバ、男
其ノ後ニ立テ行クニ、例ノ道ニハ非デ異道ヲ経テ行々テ、狐
立留マリテ、背ヲ曲テ抜足ニ歩ミ返ル所有リ。其ノママニ
男モ抜足ニ歩テ行ケバ、人ノ気色有リ。和ラ見レバ、弓箭
兵杖ヲ帯シタル者共数立テ、事ノ定メヲ為ルヲ、垣超シニ
和ラ聞ケバ、早ウ盗人ノ入ラムズル所ノ事定ムル也ケリ。
「此ノ盗人共ハ道理ノ道ニ立ル也ケリ。然レバ其ノ道ヲ経
デ迫ヨリ将通ル也ケリ。狐其レヲ知テ其ノ盗人ノ立テル道ヲ
バ経タル」ト知ヌ。其ノ道出畢ニケレバ、狐ハ失ニケリ。男

ハ平カニ家ニ返ニケリ。狐此レニ非ズ、此様ニシツ、常ニ此
ノ男ニ副テ、多ク助カル事共ゾ有ケル。実ニ、「守ラム」ト
云ケルニ違フ事無ケレバ、男返々哀レニナム思ケル。彼ノ
玉ヲ惜ムデ不与ザラマシカバ、男吉キ事無カラマシ。然レバ、
「賢ク渡テケリ」トゾ思ケル。
此レヲ思フニ、此様ノ者ハ此ク、者ノ恩ヲ知リ虚言ヲ不為
ヌ也ケリ。
然レバ、自然ラ便宜有テ可助カラム事有ラム時ハ、此様ノ
獣ヲバ必ズ可助キ也。但シ、人ハ心有リ、因果ヲ可知キ者ニ
テハ有レドモ、中々獣ヨリハ者ノ恩ヲ不知、不実ヌ心モ有
ル也、トナム語リ伝ヘタルトヤ。

고야 강高陽川의 여우가
여자로 변신해 말 뒤에 탄 이야기

여자 모습으로 변해, 고야 강高陽川 주변에 출몰하며 통행인의 말에 태워달라고 하고 도망치는 여우가 있었는데 그 일이 농구瀧口의 대기소에서 화제가 된다. 여우를 잡겠다고 나선 농구의 무사가 처음에는 여우의 환술幻術에 홀려서 실패했지만, 두 번째는 방심하지 않고 여우를 잡아 실컷 혼내주고 나서 풀어 주었다는 이야기. 열흘 후 일전의 여우가 변신한 여자와 만나 다시 말에 타도록 권하였으나 여우가 거절했다고 하는 후일담을 덧붙인다. 잡담의 화제를 계기로 설화가 전개되는 형식으로 본권 제13, 43, 44화도 같은 형식이다.

이제는 옛이야기이지만 닌나지仁和寺[1]의 동쪽에 고야 강高陽川[2]이라는 강이 있었다. 그 강 근처에 날이 저물면 젊고 용모가 아름다운 여동女童이 서 있다가, 말에 타고 도읍 쪽으로 가는 사람이 있으면 "당신의 말 뒤에 태워서 도읍으로 데려가 주세요."라고 부탁하고, 말에 탄 사람이 "타십시오." 하고 태워 주면, 사오 정町[3] 정도는 말 엉덩이에 앉아서 가다가 갑자기 말에서 뛰어내려서 도망쳤다. 쫓아가면 여우가 되어서 캥캥 하고 울면서 달려

---

1   → 사찰명.
2   → 지명.
3   한 정町은 60간間으로 약 110m. 400~500m 정도는 말 뒤에 타고 간 것으로 추정.

가 버렸다.

　이런 일이 벌써 몇 번이나 있었다고 소문이 났다. 어느 날 궁중의 농구瀧口[4]의 대기소[5]에서 시侍들이 여럿 모여 잡담으로 꽃을 피우고 있었는데 이 고야 강의 여동이 말 뒤에 타는 이야기를 하게 되었다. 그러자 용감하고 사려 깊은 한 젊은 농구의 시侍가 "내가 그 여동을 반드시 붙잡아 주겠어. 이놈이건 저놈이건 변변치 못해 놓치는 거야."라고 말했다. 혈기 넘치는 □[6]의 농구 무리가 이를 듣고 "뭐라고? 너는 절대 못 잡을 거야."라고 말하자, 잡겠다고 말했던 농구는 "그렇다면 내일 밤 반드시 잡아서 여기로 끌고 오지."라고 말했다. 이에 다른 농구 무리는 "잡히지 않을 것이다."라며 우겨대다 결국 말다툼이 되었다. 그래서 다음날 밤 그 농구는 아무도 대동하지 않고 홀로 훌륭한 말을 타고 고야 강으로 나가 강을 건넜지만 여동의 모습은 보이지 않았다. 그대로 말을 돌려 도읍 쪽으로 돌아가자 여동이 서 있었다. 농구가 지나가는 것을 보고 여동이 "말 뒤에 태워 주시어요."라며 웃음을 띠며 붙임성 있게 말했는데 그 모습이 귀여웠다. 농구가 "어서 타세요. 어디로 갑니까?"라고 물었다. 여동은 "도읍으로 갑니다만 날이 저물어 말 뒤에 타고 가고 싶습니다."라고 말했기에 남자는 바로 태워 주었다. 태우자마자 이전부터 계획한 대로 말의 고삐로 여동의 허리를 안장에 묶어두었다. 여동이 "어째서 이러십니까?"라고 말하자 농구는 "데리고 가서 오늘 밤 안고 잘 생각인데 도망치면 큰일이니까 말이지."라고 말하고 데리고 가는 동안에 완전히 밤이 깊었다.

　일조대로一條大路 동쪽으로 가서 서대궁대로西大宮大路를 지날 때 즈음, 보

4　궁중의 경비를 맡았던 무사.
5　농구의 진陣이라고도 함. 청량전淸凉殿의 북쪽 복도의 흑호黑戶의 동쪽에 인접隣接해 있었음.
6　한자 표기를 위한 의도적 결자. 해당어휘 불명.

니 동쪽에서 수없이 많은 횃불을 줄지어 밝히며 몇 대나 되는 수레의 행렬이 큰소리로 길을 비키도록 제지하며 다가오고 있었다. 농구는 '틀림없이 고귀한 분의 행렬일 것이다.'라고 생각해서 말을 돌려 서대궁대로를 남쪽으로 내려가 이조대로二條大路까지 가서 거기서부터 동쪽으로 향해 동대궁대로東大宮大路에서 토어문土御門[7]까지 갔다. 미리 종자에게 "토어문에서 기다려라."라고 말해 두었기 때문에 "종자는 와 있는가?"라고 묻자 열 명 정도가 "모두 와 있습니다."라고 대답하며 나왔다.

　그래서 여동을 묶어 둔 고삐를 풀고 말에서 끌어내려 팔을 붙잡아 문으로 들어가서 앞에 등불을 켜게 하고, 농구의 대기소로 데려가자, 농구에 있던 무리들은 모두 앉아서 기다리고 있다가 남자의 목소리를 듣고 "어땠는가?"라며 저마다 물었다. 남자가 "여기 붙잡아 왔다."라고 대답하고는, "이제 그만 용서해 주세요. 많은 분들이 계시는 거죠?"라고 울면서 몸을 비틀고 거부하는 여동을 데리고 들어갔다. 농구 사람들이 모두 나와서 주위를 에워싸고 횃불을 밝히고 "이 안에 풀어 놓게."라고 말했다. 붙잡아 온 농구는 "아니, 도망갈지도 모른다. 풀어놓을 수는 없네."라고 말했으나 모두 활에《히키메蕋目》[8]를 메기고

　"상관없어. 놓아줘 봐라. 재미있을 게다. 도망치려고 한다면 녀석의 허리를 쏴버리지. 혼자서 쏘면 □[9] 빗나갈지도 모르지만, 이만큼이나 사람이 있으니까 괜찮을 걸세."

라고 말하고 열 명 정도가 활을 겨누어 쏠 준비를 하고 있었다. 그래서 농구는 "정 그렇다면."이라며 여동을 놓아주었다. 그 순간 여동은 여우가 되어

7　토어문土御門은 동쪽의 토어문. 즉, 상동문上東門을 이름.
8　한자표기를 위한 의도적 결자. '히키메蕋目'가 들어갈 것으로 추정. 히키메는 화살촉을 단 화살.
9　한자표기를 위한 의도적 결자.

캥캥 하고 울면서 도망쳤다. 나란히 서 있던 농구들도 모두 감쪽같이 사라져 보이지 않았고 등불도 사라지고 주변은 어두컴컴해졌다.

농구는 당황하여 종자를 불렀지만 한 사람도 없었다. 둘러보니 어디인지도 알 수 없는 들판 한가운데였다. 간이 떨어질 정도로 몹시 놀랐고 너무나 무서워졌다. 너무 무서워 살아 있다는 느낌이 들지 않았지만 꾹 참고 잠시 주변을 둘러보았더니 산세山勢나 장소로 보아 아무래도 도리베노鳥部野[10] 한가운데 같았다. 토어문에서 분명 말에서 내렸다고 생각했으나 그 말도 없었다.

농구는

'서대궁대로를 돌았다고 생각했는데 어째서 여기로 와 버린 걸까. 일조대로에서 횃불을 밝혔던 행렬을 만났던 것도 여우가 《속이》[11]려 했던 게로군.'이라고 깨닫고 '언제까지나 여기에 있을 수는 없다.'고 생각하여 터벅터벅 걸어서 돌아갔는데 밤중 무렵에 집에 도착했다.

다음날, 정말이지 몸이 좋지 않아 죽은 듯이 앓아누웠다.[12] 농구 무리는 어젯밤 내내 기다리고 있었으나 이 농구가 모습을 보이지 않았기 때문에 "아무개가 고야 강의 여우를 잡아 오겠다고 했는데 어찌된 일일까."라며 여럿이서 비웃다가 심부름꾼을 보내 불러내자 3일째 저녁에 큰 병을 앓은 사람처럼 해서 농구의 대기소에 나타났다. 농구 무리가 "그날 밤 여우는 어떻게 되었는가?"라고 묻자 이 농구는

"그날 밤은 정말이지 견디기 힘든 병에 걸려서 갈 수 없었네. 그래서 오늘 밤 나가서 잡아 보겠어."

10　→ 지명.
11　한자표기를 위한 의도적 결자. 문맥을 고려하여 보충함.
12　요괴, 영귀, 호리狐狸 등의 요기妖氣와 접하게 된 후에는 심기가 혼란스러워 이상한 상태에 빠지거나 죽음에 이르는 경우가 있다. 제4, 16, 20, 33, 45화 등.

라고 말하자 농구들은 "오늘 밤은 두 마리 잡아 오게나."라며 비웃었으나 이 농구는 말없이 나가 버렸다. 남자는 마음속으로

'여우 녀석, 이전 날 밤에 나에게 속았기 때문에 오늘 밤은 설마 나오지 않을 게야. 만약 나온다면 하룻밤 내내 묶어 두겠다. 풀어 준다면 도망칠 테니 말이지. 만약 나오지 않는다면 앞으로 영원히 대기소에는 얼굴을 비추지 않고 집에 틀어박혀야지.'

라고 결심하고 이날 밤은 엄선한 종자를 여럿 데리고 말을 타고 고야 강으로 향했다. 남자는 '쓸데없이 오기 부리다가 신세를 망치게 될지도 모르겠구나.'[13]라고 생각했으나, 자기가 큰소리쳤던 것이기 때문에 이렇게 밖에 할 수가 없었다.

고야 강을 건넜으나 여동의 모습은 보이지 않았다. 말을 돌려 건너오자 강 근처에 여동이 서 있었다. 일전의 여동과 생김새부터 달랐다. 그러나 전과 같이 말 뒤에 태워달라고 말했기에 태웠다. 그리고 전처럼 밧줄로 단단하게 묶어 두고 도읍을 향해 일조대로로 돌아갔는데 어두워졌기에 여러 종자 중 어떤 사람에게는 횃불을 켜게 해서 앞서게 하고 어떤 사람에게는 말 곁을 지키게 해서 서두르지 않고 갈도성喝道聲을 크게 내면서 나아갔는데 이번에는 아무도 만나지 않았다. 토어문에서 말에서 내려 여동의 머리채를 붙잡고 농구의 대기소로 데려가려고 하자 여동은 울면서 싫어했으나 억지로 안으로 끌고 들어갔다.

농구 무리들이 "어찌 되었나? 어찌 되었어?"라고 물어보니, 그 농구가 "여기에 데리고 왔네."라고 하며, 이번에는 여동을 밧줄로 꽁꽁 묶어 놓았다. 잠시 동안은 사람 모습을 하고 있었지만 심하게 추궁하자 이윽고 여우의 모

---

13 사회적인 지위를 잃을지도 모른다고 각오하고 있음.

습이 되었다. 그래서 횃불을 갖다 대어 털이 없어질 정도로 태우고 《히키메》화살로 몇 번이고 쏴서 "네 이놈. 이제부터 이런 짓은 하지 마라."라고 말하고 죽이지 않고 풀어 주었더니 여우는 걷지도 못할 정도였지만 겨우겨우 도망쳤다. 이 후로 이 농구는 이전에 홀려서 도리베노에 갔던 일을 상세하게 이야기했다.

그 후 열흘 정도 지나 이 농구는 한 번 더 시험해 보고자 해서 말을 타고 고야 강으로 갔는데 이전의 여동이 큰 병을 앓았던 사람 같은 모습으로 강 근처에 서 있었다. 그래서 전과 같이 "이 말 뒤에 타시겠소? 아가씨."라고 말하자 여동은 "타고는 싶지만 불에 타는 것은 견딜 수 없네요."라고 말하고는 사라졌다.

사람을 홀리려고 하다 너무나 심한 꼴을 당한 여우이긴 하다. 이 일은 최근에 일어난 일인 듯하다. 기이한 이야기이기 때문에 입에서 입으로 전해지고 있는 것이다.

이것을 생각하면 여우가 사람 모습으로 변신하는 것은 예로부터 자주 있는 일로 특별히 드문 일은 아니다. 그러나 이것은 홀리는 방법이 너무나 뛰어나서 도리베노까지 데리고 갔던 것이다. 그렇다고는 해도 어째서 다음번에는 수레도 나타나지 않고 길도 바꾸지 않았던 것일까. 여우는 인간의 마음가짐에 따라 방식을 바꾼 것은 아닐까라고 사람들은 생각했다고 이렇게 이야기로 전하여 내려오고 있다 한다.

高陽川狐変女乗馬尻語第四十一

今昔、仁和寺ノ東ニ高陽川ト云フ川有リ。其ノ川ノ辺ニ

夕暮方ニ成レバ、若キ女ノ童ノ見目穢気無キ立リケルニ、馬
ニ乗テ京ノ方ヘ過ル人有レバ、其ノ女ノ童、「其ノ馬ノ尻ニ
乗テ京ヘ罷ラム」ト云ケレバ、馬ニ乗タル人、「乗レ」ト云
テ乗セタリケルニ、四五町許馬ノ尻ニ乗テ行ケルガ、俄ニ
馬ヨリ踊リ落テ逃テ行ケルヲ追ケレバ、狐ニ成テコウ〱ト
鳴テ走リ去ニケリ。

如此ク為ル事既ニ二度々ニ成ヌ、ト聞エケルニ、滝口ノ本所
ニ滝口共数居テ物語シケルニ、彼ノ高陽川ノ女ノ童ノ人ノ
馬ノ尻ニ乗ル事ヲ云出タリケルニ、一人ノ若キ滝口ノ、心猛
ク思量有ケルガ云ク、「己ハシモ彼ノ女ノ童ヲバ必ズ搦候ナ
ムカシ。人ノ弊テ逃スニコソ有レ」ト。□ノ滝口共ノ勇タル
此レヲ聞テ、「更ニ否ヤ不搦ザラム」ト云ケレバ、此ノ搦メ
ムト云フ滝口、「然ラバ、明日ノ夜必ズ搦テ将参ラム」ト云
ケレバ、異滝口共ハ云立ニタル事ナレバ、「否不搦ジ」ト、
固ク静ニ、明日ノ夜ヲ、□真ズシテ只独リ、極テ賢キ馬ニ

乗テ、高陽川ニ行テ川ヲ渡ルニ、女ノ童不見エズ。

即チ打返テ京ノ方ヘ来ルニ、女ノ童立リ。打過ルヲ見テ、童、「其ノ御馬ノ尻ニ乗セ給ヘ」ト打咲テ不憶ズ云フ様、愛敬付タリ。滝口、「疾ク乗レ。何チ行カムズルゾ」ト問ヘバ、女ノ童、「京ヘ罷ルガ、日ノ暮ヌレバ、御馬ノ尻ニ乗テ罷ラムト思フ也」ト云ヘバ、即チ乗セツ。乗スルマヽニ、滝口ノ儲タリケル物ナレバ、指縄ヲ以テ女ノ童ノ腰ヲ鞍ニ結付ツ。女ノ童、「何ド此ハシ給フゾ」ト云ケレバ、滝口、「然サリ将行テ抱テ寝ムズレバ、逃モゾ為ト思ヘバ也」ト云テ、将行クニ、既ニ暗ク成ヌ。

一条ヲ東様ニ行ケバ、西ノ大宮打過テ見レバ、東ヨリ多ノ火ヲ燃シテ烈レテ、車共数遣次ケテ、前ヲ追ヒ喤テ来ケレバ、滝口、「可然キ人ノ御スルナメリ」ト思テ、打返テ西ノ大宮ヨリ下リニ二条マデ行テ、二条ヨリ東様ニ行テ、東ノ大宮ヨリ土御門マデ行ニケリ。「土御門ノ門ニテ待テ」ト云置テ、タリケレバ、「従者共ヤ有ル」ト問ケレバ、「皆候フ」ト云テ、十人許出来ニケリ。

其ノ時ニ、女ノ童ヲ結付タル指縄ヲ解テ引落シテ、シヤ肱ヲ捕ヘテ、門ヨリ入テ前ニ火ヲ燃サセテ、本所ニ将行タレバ、滝口皆居並テ待ケレバ、音ヲ聞テ、「何ニゾ」トロ々ニ云ヘバ、「此ニ搦テ候フ」ト答フ。女ノ童ハ泣テ、「今ハ免シ給ヒテヨ。人々ノ御マスニコソ有ケレ」ト侘迷ケレドモ、不免ズシテ将行タレバ、滝口共皆出テ立並廻テ、火ヲ明ク燃テ、「此ノ中ニ放テ」ト云ヘバ、此ノ滝口ハ、「逃モコソ為レ。否不放ジ」ト云フヲ、皆弓ニ箭ヲ番テ、「只放テ。興有リ。シヤ腰射居ヘム。然リトモ一人コソ射ハヅサメ」トテ、十人許箭ヲ番テ指宛テ有レバ、此ノ滝口、「然バ」トテ打放チツ。其ノ時ニ、女ノ童、狐ニ成テコウ／\ト鳴テ逃ヌ。滝口共ノ立並タリツルモ皆搔消ツ様ニ失ヌ。火モ打消ツレバ、ツヽ暗ニ成ヌ。

滝口、手迷ヲシテ従者共ヲ呼ブニ、従者一人モ無シ。見廻セバ何クトモ不思エヌ野中ニテ有リ。心迷ヒ肝騒テ、怖シキ事無限シ。生タル心地モ不為ネドモ思ヒ念ジテ、暫ク此ヲ見

廻セバ、山ノ程、所ノ様ヲ見ルニ、鳥部野ノ中ニテ有リ。

「土御門ニテ馬ヨリ下ツル」ト思フモ、馬モ何ニシニカハ有ラム。「早ウ、西ノ大宮ヨリ打廻ルト思ツルハ此ヘ来ニケル也ケリ。一条ニ火燃テ値タリツルモ狐ノ□ケル也ケリ」ト思テ、然リトテ可有キ事ニ非ネバ、歩ニテ漸ク返ケル程ニ、夜半許ニゾ家ニ返タリケル。

次ノ日ハ心地モ乱レテ、死タル様ニテゾ臥タリケル。滝口共ハ其ノ夜待ケルニ、不見エザリケレバ、「何主ノ、『高陽川ノ狐搦メム』ト云シハ、何ニ」ナド、口々ニ云咲テ、使ヲ遣テ呼ケレバ、三日ト云フ夕方、吉ク病タル者ノ気色ニテ本ノ所ニ行タリケレバ、滝口共、「一夜ハ難堪キ病ノ罷発テ候ヒシカバ、否不罷ズ候ヒキ。然バ、今夜罷テ試候ハム」ト云ケレバ、滝口共、「此ノ度ハ二ツヲ搦メヨ」ナドゾ嘲ケレドモ、此ノ滝口言少テ出ニケリ。心ノ内ニ思ケル様、「初被謀タレバ、今夜ハ狐、ヨモ不出来ジ。若シ出来タラバ、終夜也トモ、

身ヲ放タバコソ逃サメ。若シ、不出来ズハ、永ク本所ヘ不指出ズシテ籠居ナム」ト思テ、今夜ハ強ナル従者共数ヲ具シテ馬ニ乗テ、高陽川ニ行ニケリ。「益無キ事ニ依テ身ヲ徒ニ成サムズルカナ」ト思ヘドモ、云立ニタル事ナレバ、此ク為ルナルベシ。

高陽川ヲ渡ルニ、女ノ童不見エズ。打返ケル度、川辺ニ女結付テ京様ニ一条ヲ返ルニ、暗ク成ヌレバ、数ノ従者共ヲ以テ、或ハ前ニ火ヲ燃サセ、或ハ馬ノ喬平ニ立ナドシテ、不騒デ物高ク云ツ、行ケルニ、一人値フ者無シ。土御門ニテ馬ヨリ下テ、女ノ童ノシヤ髪ヲ取テ、本所様ニ将行ケルニ、女ノ童泣タク辞ケレドモ、本所ニ至ニケリ。

滝口、「何々ニ」ト云ケレバ、「此ニ有」ト云テ、此ノ度ハ強ク縛テ引ヘタリケレバ、暫コソ人ニテ有ケレ、痛ク責メケレバ、遂ニ狐ニ成テ有ケルヲ、続松ノ火ヲ以テ毛毛無クセ、

ルゝ焼テ□ヲ以テ度々射テ、「己ヨ、今ヨリ此ル態ナセソ」ト云テ、不殺ズシテ放タリケレバ、否不歩ザリケレドモ、漸ク逃テ去ニケリ。然テゾ、此ノ滝口、前ニ被謀テ、鳥部野ニ行タリシ事共委ク語ケル。

其ノ後、十余日許有テ、此ノ滝口、「尚試ム」ト思テ、馬ニ乗テ高陽川ニ行タリケレバ、前ノ女ノ童吉ク病タル者ノ気色ニテ、川辺ニ立テリケレバ、滝口前ノ様ニ、「此ノ馬ノ尻ニ乗レ。和児」ト云ケレバ、女ノ童、「乗ラムト思ヘドモ、焼給フガ難堪ケレバ」ト云テ失ニケリ。

人謀ラムト為ル程ニ、糸辛キ目見タル狐也カシ。此ノ事ハ近キ事ナルベシ。

此レヲ思フニ、奇異ノ事ナレバ語リ伝ヘタル也。狐ハ人ノ形ト変ズル事ハ昔ヨリ常ノ事也。然ルニテハ何ド後ノ度ハ、車モ無ク道モ不違ザリケルニカ、人ノ心ニ依テ翔ナメリトゾ人疑ヒケル、トナム語リ伝ヘタルトヤ。

然レドモ此レハ掲焉ク謀テ、鳥部野マデモ将行タル也。

좌경속^{左京屬} 구니노 도시노부^{邦利延}가
마도와시가미^{迷神1}를 만난 이야기

산조^{三條} 천황이 이와시미즈하치만 궁^{石淸水八幡宮}에 행차하셨을 때 수행하던 좌경속^{左京屬} 구니노 도시노부^{邦利延}가, 구조^{九條} 근처에서 마도와시가미^{迷わし神}에 씌어 나가오카^{長岡}의 데라도^{寺戸} 주변을 하루 종일 걸어 돌아다녔다는 이야기. 길을 잃어 같은 장소를 빙글빙글 돌게 하는 것은 마도와시가미가 한 짓으로, 이야기 끝에서 그 정체를 여우라 하고 있다.

이제는 옛이야기이지만, 산조^{三條} 천황^{天皇2}의 치세에, 좌경속^{左京屬3}인 구니노 도시노부^{邦利延4}라고 하는 사람이 이와시미즈^{石淸水5} 행차⁶의 수행을 맡게 되었다. 수행하는 자는 구조^{九條7}에서 머무르고 있어야 하는데 무슨 생각을 했는지 나가오카^{長岳}의 데라도^{寺戸8}라고 하는 곳까지 가 버렸다.

1 　사람을 착란시켜서 길을 헤매게 하는 신.
2 　→인명. 재위 관홍寬弘 8년(1011)~장화長和 5년(1016).
3 　좌경직左京職(좌경左京의 호적, 조세, 소송, 경찰 등을 소관)의 4등관. 팔위八位에 상당.
4 　→ 인명.
5 　이와시미즈하치만 궁石淸水八幡宮(→사찰명)
6 　장화 2년 11월 28일.(『일본기략日本紀略』『부상약기扶桑略記』『미도관백기御堂關白記』)
7 　구조대로九條大路. 행렬은 구조의 나성문羅城門을 지나, 도바鳥羽에서 남하하여 예전의 나가오카 경長岡京으로 향했음.
8 　현재 교토 부京都府 히나타 시向日市 데라도 정寺戸町.

그곳을 지나고 있자, 함께 있던 사람들이 "이 근처에는 마도와시가미迷神가 있다 한다."라고 말했다. 도시노부도 "나도 그렇게 들었다."고 하며 그곳을 지나가고 있던 중에 날이 점점 저물었다. '이제는 야마자키山崎[9]의 나루터에 도착할 때가 되었을 터인데 이상하게도 또다시 나가오카 근처를 지나고 오토쿠니 강乙訓川[10] 근처를 지나고 있군.'이라 생각하고 있었더니 또 다시 데라도의 언덕을 오르고 있었다. 그 데라도를 지나서 계속해서 나아가고 있는 동안 다시 또 오토쿠니 강으로 나와 '강을 건넜다.'고 생각하고 있었는데 또 조금 전에 지나 온 가쓰라 강桂川[11]을 건너고 있었다. 이윽고 해질 녘이 되었다. 그래서 앞뒤를 둘러 보았지만 한 사람도 보이지 않았고 여럿이 무리지어 있던 사람들도 모두 사라졌다.

그러는 동안 밤이 되어, 데라도의 서쪽에 있는 판자지붕의 당堂[12] 앞에서 말에서 내려 머물렀다. 그곳에서 밤을 보내고 아침이 되어

'나는 좌경의 관인이다. 구조에 머무르고 있어야 하는데 어찌하여 이런 곳까지 온 것일까. 참으로 어처구니가 없다. 게다가 같은 장소를 반복해서 빙글빙글 돌았다고 한다면 이것은 구조 근처에서부터 마도와시가미가 씌어 제정신을 잃고 끌려다닌 게다.'

라고 생각하고, 그곳에서 서경[13]에 있는 집으로 돌아갔다.

그러므로 마도와시가미를 만난 것은 실로 무서운 일이다. 이렇게 마음을 □[14]하고 길도 헤매도록 속인 것이다. 여우 따위의 짓인 것일까.

---

9 → 지명.
10 교토 시京都市 니시쿄 구西京區 오에 산大枝山의 오이노사카老ノ坂 주변에서 시작해서 히나타 시日向市의 서쪽을 흘러 가쓰라 강桂川으로 합류. 통칭 오바타 강小畑川.
11 교토 시京都市 니시쿄 구西京區 가쓰라桂를 흐르는 강. 상류는 오이 강大堰川. 하류는 요도 강淀川. 동쪽의 가모 강賀茂川과 함께 교토를 대표하는 강.
12 간토쿠지願德寺(후일 보보제원寶菩提院)가 있었음. 그중 한 건물로 추정.
13 우경右京. 대내리大內裏에서 나성문羅城門에 이르는 주작대로朱雀大路에서 서쪽 땅.
14 한자표기를 위한 의도적 결자.

이것은 도시노부가 이야기한 것이다. 불가사의한 일이기에 이렇게 이야기로 전하여 내려오고 있다 한다.

左京屬邦利延値迷神語第四十二

今昔、三条ノ院ノ天皇ノ御時ニ、石清水ノ行幸有ケルニ、左京ノ属邦ノ利延ト云フ者共奉シテ仕タリケルニ、九条ニテ可留カリケルヲ、何ニ思ケルニカ、長岳ノ寺戸ト云フ所マデ行ニケリ。

其ヲ行ケル程ニ、人共有テ、「此ノ辺ニハ迷ハシ神有ナルゾカシ」ト云ツ、渡ケル程ニ、利延モ、「然カ聞クゾ」ナド云テ行ケルニ、日モ漸ク下レバ、今ハ山崎ノ渡ニハ行着ヌベキニ、「怪ク、長岳ノ辺ヲ過テ乙訓ノ川ノ辺ニ行ク」ト思ヘバ、亦寺戸ノ岸ヲ登ル。寺戸ヲ過テ行キ持行ク程ニ、「乙訓ノ川ニ来テ渡ル」ト思ヘバ、亦過ニシ桂川ヲ渡ル。漸ク日モ暮方ニ成ヌ。前後ヲ見レドモ、人一人モ不見エズ成ヌ。多ク次キ行ツル人モ皆不見エズ。

而ル間、夜ニ成ヌレバ、寺戸ノ西ノ方ナル板屋堂ノ檐ニ下居テ、夜ヲ明シテ、朝思ヘバ、「我レハ左京ノ官人也。早ク九条ニテ可留カリケルヲ、此マデ来ツラム、極マリテ由無シ。其レニ同所ニ絡返シ廻行ケルハ、九条ノ程ヨリ迷ハシ神ノ託テ、将狂ハシテ行カセケルナメリ」ト思テ、其レヨリナム西ノ京ノ家ニハ返リ来タリケル。

然レバ、迷ハシ神ニ値ヌルハ、希有ノ事也。此ク心ヲモ□。道ヲモ違ヘテ謀ル也。狐ナドノ為ルニヤ有ラム。此レハ利延ガ語リシ也。希有ノ事ナレバ此ク語リ伝ヘタルトヤ。

요리미쓰賴光의 낭등郎等 다이라노 스에타케平季武가
우부메産女를 만난 이야기

미나모토노 요리미쓰源賴光가 미노美農 수령이던 9월 하순 어두운 밤의 일로, 무사들이 시侍가 대기하고 있는 장소侍所에서 잡담을 할 때 그 지방의 나루터에 출몰해서는 강을 건너는 사람을 협박하는 우부메産女의 일건一件이 화제가 된다. 강을 건널 수 있다고 주장했던 다이라노 스에타케平季武가 동료들과 내기를 해서 현지로 나가 강을 건너고 돌아오는 길에 우부메가 유아를 안고 출현하지만, 스에타케는 겁먹지 않고 유아를 빼앗아 돌아왔다는 이야기. 의성어의 사용이 절묘하고 음성에 의한 추정의 조동사 '나리なり'도 효과적이다. 요리미쓰의 사천왕四天王의 한 사람인 다이라노 스에타케의 대담함을 칭송하는 괴이담이기도 하다.

이제는 옛이야기이지만, 미나모토노 요리미쓰源賴光[1]가 미노美農[2] 수령이었을 때 □□[3]군郡에 가 있던 일이 있었다. 어느 날 밤, 시侍가 대기하고 있는 장소에 무사들이 여럿 모여서 이것저것 잡담으로 꽃을 피우고 있었다. 그중 한 사람이

"이 지방에 나루터가 있는데 그곳에 우부메産女[4]가 있다고 한다. 밤이 되

---

1 → 인명.
2 요리미쓰賴光의 미노美農 수령 임기는 관홍寛弘 7년(1010).
3 군 이름의 명기를 위한 의도적 결자.
4 난산으로 죽은 여자의 망령. 예로부터 성불하지 못하는 부유령浮游靈이라고 여겨짐.

어 그 강을 건너려고 하는 사람이 있으면 우부메가 젖먹이를 울리며 '이것을 안아라. 이것을 안아라.'라고 말하는 모양이다."

라고 했다. 그러자 다른 한 사람이 "어떤가. 누군가 지금 그 나루터로 가서 건너 볼 사람은 없는가?"라고 말했다. 그러자 다이라노 스에타케平季武[5]라고 하는 자가 "나는 지금이라도 가서 건널 수 있다."라고 말했다. 그러자 그곳에 있던 다른 사람들이

"설령 천 명의 적군에게 혼자 덤벼들어 맞붙어 활을 쏘는 건 할 수 있어도, 지금 그 나루터를 건너는 것은 도저히 할 수 없다."

고 말했다. 스에타케가 "뭐 가서 건너는 일 정도야 너무나도 쉬운 일이지 않은가."라고 말하자 조금 전의 무리들은 "귀공이 아무리 무용이 뛰어난 분이라고는 해도 아마 건널 수 없을 것이다."라며 우겨 댔다.

　스에타케도 그 정도로 강변強辯한 이상, 질 수 없어 말싸움을 하고 있는 동안 열 명이나 되는 상대는

"단지 빈말로만 싸우는 것은 시시하다. 뭔가 걸도록 하자. 각자 갑옷, 투구, 활, 화살통, 심지어 말안장을 얹은 준마, 새로 불려 만든[6] 태도太刀 등을 내놓자."

라고 하며 내기를 했다. 스에타케도 "만약 건너지 못한다면 나도 그 정도의 물건을 내놓겠다."고 약속하고 "알았는가? 틀림없겠지?"라며 다짐하자 무리들도 "물론이다. 자, 서둘러라."라며 부추겼기에 스에타케는 갑옷과 투구를 쓰고 활을 들고 화살통을 메고 종자도 □□□ "□□[7] 무엇을 증거로 합니까?"라고 말했다. 스에타케는

5　→ 인명.
6　원문은 "우치이데打出". 단조鍛造의 뜻이라도 한다면, 새로 만든 태도라는 뜻으로 고대의 직도直刀에 비해 헤이안 중·말기부터 출현한 자루 쪽에 날이 휘어진 칼을 가리키는 것으로 추정됨.
7　이대로는 문장의 의미가 통하지 않음. 뒷 문장과의 사이에 탈문脫文이 있을 것으로 상정想定.

"여기 메고 있는 화살통의 우에자시上差[8]의 화살을 하나, 강 건너 언덕 흙에 박아 두고 돌아오겠다. 내일 아침 가서 확인하여라."

라고 말하고 나갔다. 언쟁을 하던 무리들 중 세 명 정도의 젊고 혈기 넘치는 자들이 스에타케가 확실히 강을 건너는지 지켜보고자 해서, 슬며시 빠져 나가 스에타케의 말꽁무니에 뒤처지지 않도록 달려갔지만 이미 스에타케는 그 나루터에 당도해 있었다.

9월 하순 달이 없을 무렵이라 칠흑 같이 어두운 그 주변을 스에타케가 첨 벙첨벙 물을 건너는 소리가 들렸다. 이미 건너편 언덕에 건너간 모양이었다. 세 젊은이가 강 바로 앞의 갈대 속에 숨어서 귀를 기울이고 있었다. 그러자 스에타케는 건너편 언덕에 당도하여 무카바키行縢[9]를 기세 좋게 툭 치고 화살을 뽑아 흙에 꽂고 있는지 잠시 뒤에 다시 되돌아서 강을 건너오는 것 같았다. 그때 강 한가운데 근처에서 스에타케에게 "이것을 안아라. 이것을 안아라."라고 분명하게 말하는 여자 목소리가 들렸고 갓난아기가 응애 응애 우는 소리가 났다. 그 사이에 역한 냄새[10]가 강에서 이쪽 언덕까지 풍겨왔다. 세 사람이나 있어도 머리카락이 곤두설 정도로 무섭기 그지없었다. 하물며 강을 건너고 있는 사람은 어떨지 생각하면 무서워 반은 죽어 있는 듯한 느낌이 들었다.

그때, 스에타케가 "좋아. 안아주지. 이 녀석."이라 말했다. 그러자 여자가 "그래. 이것이다."라고 말하고 건네는 듯했다. 스에타케가 소매 위에 갓난아기를 받아 들자 이번에는 여자가 쫓아오면서 "자, 그 아이를 돌려다오."라고 말했다. 스에타케는 "이제 돌려줄 수 없다."라 말하고 강에서 이쪽 언덕

---

8 장식적인 의미를 담아 화살통 위에 꽂아 두는 두 개의 화살. 우와야上矢라고도 함.

9 승마할 때 바지가 흐트러지지 않도록 허리에 차서 허벅지 부분의 전면前面을 덮는 용구. 사슴·곰·호랑이 등의 가죽으로 만들었음.

10 영귀나 대사大蛇 등이 출현할 때의 냄새. 권13 제17화 권17 제42화 참조.

으로 올라왔다.

스에타케가 숙소로 돌아오자 세 사람의 젊은이도 뒤를 쫓아 달려 돌아왔다. 스에타케는 말에서 내려서 집에 들어가 이전에 말싸움을 했던 무리를 향해

"너희들은 나를 굉장히 조롱했지만 어떠냐. 이처럼 □□11의 나루터에 가서 강을 건너고 갓난아기까지 데려왔다."
라며 오른쪽 소매를 열어 보았는데 나뭇잎12이 조금 있을 뿐이었다.

그 후, 몰래 뒤를 밟은 세 사람이 나루터에서 보고 온 일을 이야기하자 가지 않았던 사람들도 모두가 이루 말할 수 없이 무서워하였다. 그래서 약속대로 걸었던 물건을 모두 꺼내 주었는데 스에타케는 받지 않고 "아, 그저 해본 말이다. 이 정도의 일도 못하는 사람이 있겠는가."라고 하며 그 내기에 걸었던 물건을 전부 돌려주었다.

그래서 이것을 들은 사람은 모두 스에타케를 칭송했다.

이 우부메라고 하는 것은 여우가 사람을 홀리려고 하는 것이라고 말하는 사람도 있고 출산으로 죽은 여자가 영이 된 것이라고 말하는 사람도 있다고 이렇게 이야기로 전하여 내려오고 있다 한다.

---

11 나루터 이름의 표기를 위한 의도적 결자.
12 영귀나 여우, 요괴의 소지품이 다른 물건으로 변화하는 것은 일반적인 모티브.

頼光郎等平季武値産女語第四十三

今昔、源ノ頼光ノ朝臣ノ美濃ノ守ニテ有ケル時ニ、

ノ郡ニ入テ有ケルニ、夜ル侍ニ数ノ兵共集リ居テ、万ノ

物語ナドシケルニ、「其ノ国ニ渡ト云フ所ニ産女有ナリ。夜ル

ニ成テ其ノ渡為ル人有レバ、産女、児ヲ哭セテ、『此レ抱々

ケ』ト云フ事ヲ云出タリケルニ、一人有テ、

「只今其ノ渡ニ行テ渡リナムヤ」ト云ケレバ、平ノ季武ト云

者ノ有テ云ク、「己ハシモ只今也トモ行テ渡リナムカシ」ト

云ケレバ、異者共有テ、「千人ノ軍ニ一人懸合テ射給フ事ハ

有トモ、只今其ノ渡ヲバ否ヤ不渡給ザラム」ト云ケレバ、季

武、「糸安ク行テ渡リナム」ト云ケレバ、此ク云フ者共、

「極キ事侍トモ否不渡給ハジ」ト云立ニケリ。

季武モ、然許云立ニケレバ、固ク諍ケル程ニ、此ノ諍フ者

共八十人許有ケレバ、「只ニテハ否不渡ハジ」ト云テ、「鎧

甲弓、胡録、吉キ馬ニ鞍置テ、打出ノ大刀ナドヲ各取出サ

ム」ト懸テケリ。亦、季武モ、「若シ否不渡ズハ、然許ノ物

ヲ取出サム」ト契テ後、季武、「然ハ一定カ」ト云ケレバ、

此ク云フ者共、「然ラ也。遲シ」ト励マシケレバ、季武鎧

甲ヲ着、弓胡録ヲ負テ、従者モ □ □ 何デカ可知キ

ト。季武ガ云ク、「此ノ負タル胡録ノ上差ノ箭ヲ一筋、河ヨリ

彼方ニ渡テ土ニ立テ返ラム。朝行テ可見シ」ト云テ、行ヌ。

其ノ後、此ノ諍フ者共ノ中ニ、若ク勇タル三人許、「季武ガ

河ヲ渡ラム一定ヲ見ム」ト思テ、窃ニ走リ出テ、「季武ガ馬

ノ尻ニ不送レジ」ト走リ行ケルニ、既ニ季武其ノ渡ニ行着ヌ。

九月ノ下ツ暗ナルニ、ツ、暗ナルニ、季武河ヲブリ〳〵ト渡ルナリ。既ニ彼方ニ渡リ着ヌ。此レ等ハ河ヨリ此方ノ薄キ中ニ隠レ居テ聞ケバ、季武彼方ニ渡リ着テ、行騰走リ打テ、箭抜テ差ニヤ有ラム、暫許有テ、亦取テ返シテ渡リ来ナリ。其ノ度聞ケバ、河中ノ程ニテ、女ノ音ニテ、季武ニ現ニ、「此レ抱々ケ」ト云〳〵ト哭ナリ。其ノ間、生〳〵ト、亦児ノ音ニテ、「イガ〳〵」ト云晜キ香河ヨリ此方マデ薫ジタリ。三人有ルダニモ、頭毛太リテ怖シキ事無限シ。何況ヤ、渡ラム人ヲ思フニ、我ガ身乍モ半ハ死ヌル心地ス。

然テ、季武ガ云ナル様、「イデ抱カム。已」ト。然レバ、女、「此レハ、クハ」トテ取ラスナリ。季武袖ノ上ニ子ヲ受

行騰（男衾三郎絵詞）

取テケレバ、亦、女追々フ、「イデ、其ノ子返シ令得ヨ」ト云ナリ。季武、「今ハ不返マジ、已」ト云テ、河ヨリ此方ノ陸ニ打上ヌ。

然テ、館ニ返ヌレバ、此レ等モ尻ニ走返ヌ。季武馬ヨリ下テ、内ニ入テ、此ノ諍ツル者共ニ向テ、「其達極ク云ツレド モ、此ゾ□ノ渡ニ行テ河ヲ渡テ行テ、子ヲサヘ取テ来ル」ト云テ、右ノ袖ヲ披タレバ、木ノ葉ナム少シ有ケル。

其ノ後、此ノ窃ニ行タリツル三人ノ者共、渡ノ有様ヲ語ケルニ、不行ヌ者共、半ハ死ヌル心地シケル。然テ、約束ノマ、ニ懸タリケル物共皆取出シタリケレドモ、季武不取ズシテ、「然云フ許也。然許ノ事不為ヌ者ヤハ有ル」ト云テナム、懸物ハ皆返シ取セケル。

然レバ此レヲ聞ク人、皆季武ヲゾ讃ケル。

此ノ産女ト云フハ、「狐ノ人謀ラムトテ為ル」ト云フ人モ有リ、亦、「女ノ子産ムトテ死タルガ霊ニ成タル」ト云フ人有リ、トナム語リ伝ヘタルトヤ。

스즈카 산^{鈴鹿山}을 지나던 세 사람이
알지 못하는 당^堂에 들어가 숙박한 이야기

> 이세 지방伊勢國에서 오미 지방近江國을 향해 산을 넘어가려고 하던 서민 남자 세 사람의 대담함을 이야기하는 괴이담. 오니鬼가 산다고 하는 스즈카 산鈴鹿山 속의 고당古堂에 묵게 된 세 젊은이가 한밤중에 당내에서 잡담을 하다가 담력을 겨루게 된다. 한 사람은 깊은 밤에 죽은 사람을 가지러 가고, 다른 한 사람은 앞질러 가서 죽은 사람으로 가장해서 업혀 돌아온다. 나머지 한 사람은 당에 남아서 천정의 격자에 나타난 요괴를 태도太刀를 뽑아 퇴치한다. 시간의 흐름에 따라 순차적으로 각각의 남자의 대담함을 그린 진기珍奇한 이야기.

이제는 옛이야기이지만, 이세 지방伊勢國[1]에서 오미 지방近江國[2]으로 가려던 세 명의 젊은이가 있었다. 미천한 사람들이었지만 세 사람 모두 대담하고 사려가 깊었다.

스즈카 산鈴鹿山[3]을 지나고 있었는데 옛날부터 어떤 연유에서 그런 말이 나오게 되지는 알 수 없지만, "오니鬼가 나온다."고 해서 사람이 결코 머물지 않는 오래된 당堂이 있었다. 매우 넘기 힘든 산의 중간에 위치한 당이지

---

1 → 옛 지방명. 또한 이세에서 오미로 가는 것은 가메야마龜山로 나와 도카이도東海道로 들어가 스즈카 고개鈴鹿峠를 거쳐 쓰치 산土山에서 구사쓰草津로 나온 것일 것.
2 → 옛 지방명.
3 → 지명.

만, 이런 이야기가 전해지고 있어 누구 한 사람도 들르려 하지 않았다.

이 세 남자가 산을 지나가고 있었다. 때마침 여름이어서 하늘이 갑자기 흐려지고 소나기가 내리기 시작했다. 이제나 저제나 멈추길 기다리며 나뭇잎이 무성한 나무 아래서 기다렸지만 좀처럼 그치지 않는데다 날도 차츰 저물어갔다. 그러자 그중 한 사람이 "어떤가? 저기 있는 당에서 머물지 않겠는가?"라고 말했다. 다른 두 사람은

"저 당은 예로부터 오니가 나온다고 해서 아무도 가까이 가지 않는 당이니까 그만두는 것이 좋지 않겠나?"

라며 주저했다. 그러자 처음 당에서 묵어가자고 말을 꺼낸 남자가

"이런 기회에 정말 오니가 나오는지 아닌지 분명하게 확인해 보자. 만약 오니에게 잡아먹힌다 해도 어차피 한 번은 죽는 것, 개죽음당해도 상관없다. 그러나 어쩌면 여우나 구사이나기野猪[4] 따위가 사람을 속이려고 하는 것이 이처럼 전해 내려온 것인지도 모르지."

라고 말하자, 두 사람은 우물쭈물하면서 "그렇다면 그렇게 할까?"라고 말했다. 그러던 중 날이 완전히 저물어 세 사람은 그 당에 들어가서 묵기로 했다.

들어가기는 했지만, 장소가 그런 곳이었기에 세 사람 모두 잠도 자지 않고[5] 서로 이야기를 하고 있었다. 그러다 한 사람이

"낮에 지나가고 있을 때 산속에 죽은 남자가 있었어. 그것을 지금부터 가서 가지고 올 수 있을까? 어떤가?"

라며 말을 꺼냈다. 그러자 처음 머물자고 말했던 남자가 "그야, 물론 가져올

---

4   * '구사이나기野猪'는 고어 사전에 의하면 '멧돼지' 혹은 '너구리'의 고어古語로 되어 있음.
5   외박이나 숙직 등을 할 때는 위험을 예측하고 주의를 하며 자지 않았던 것으로 당시 소양이 있는 남자의 행실.

수 있지."라고 했다. 다른 두 사람이 "지금부터 가지러 간다니, 절대 못할 걸세." 하며 부추기자 이 남자는 "좋아, 그렇다면 가지고 오겠네."라고 하며 순식간에 옷을 벗어 던지고 알몸으로 뛰쳐나갔다.

비는 계속해서 내리고 주변이 온통 캄캄한 속을 다른 한 남자가 역시나 옷을 벗고 알몸[6]으로, 앞서 나간 남자의 뒤를 쫓아 나왔다. 앞 남자의 곁을 슬며시 달려 앞질러서는 그 시체가 있는 장소에 도착했다. 그리고 그 시체를 잡아 계곡에 던져 버리고는 그곳에 드러누웠다.

그러자 앞서 나갔던 남자가 와서는 시체 대신에 누워 있는 남자를 어깨에 들쳐 메자, 업힌 남자가 업은 남자의 어깨를 덥석 물었다. 시체를 업은 남자는 "그렇게 물지 마시오. 죽은 사람아."라고 하며 시체를 업은 채로 내달려 당의 문 앞에 내려놓고, "거기 있는 분들. 여기 업어 왔소."라고 하며 당 안으로 들어갔다. 그 틈에 업혀 온 남자는 도망쳐 버렸다. 앞의 남자가 돌아와 보니 죽은 사람이 없었기에 "이거 어찌된 일이지? 도망쳐 버렸구나."라고 말하고는 서 있었다. 그때, 업혀 온 남자가 옆에서 나와서 웃으면서 일의 자초지종을 이야기해주자 "어처구니없는 녀석이군."이라 말하고 함께 당 안으로 들어갔다.

이 두 사람의 배짱은 어느 쪽도 뒤지지 않지만 업어 온 남자 쪽이 더 훌륭하다. 죽은 사람 흉내를 내는 사람은 이외에도 있지만, 업고 오는 사람은 그렇게 흔하지 않을 것이다.

또 그 두 남자가 나가 있던 사이에 당의 천정 격자의 칸칸마다 여러 무서운 얼굴이 튀어 나왔다. 그래서 당에 남아 있던 남자가 태도太刀를 뽑아 번뜩이자 한꺼번에 와 하고 웃고는 사라져 버렸다. 그것을 보고도 이 남자는

---

6 죽은 사람으로 가장하기 위함.

꿈쩍하지 않았다. 그러므로 이 남자의 배짱도 결코 뒤지지 않는다고 생각된다. 세 사람 모두 대단한 사람이다. 한편 날이 밝았기 때문에 세 사람은 이곳을 나가 오미 쪽으로 넘어갔다.

이것을 생각하면, 그 천정에서 얼굴을 내민 것은 여우가 둔갑한 것일 것이다. 그것을 사람들이 오니가 나온다고 전했던 것일까? 예의 세 사람이 무사하게 머물고 나온 뒤 딱히 아무런 지벌도 없었다. 정말 오니였다면 그 장소에서도 또한 그 후로도 도저히 무사하지 않았을 것이라고 이렇게 이야기로 전하여 내려오고 있다 한다.

通鈴鹿山三人入宿不知堂語第四十四

今昔、伊勢ノ国ヨリ近江ノ国ヘ超ケル若キ男三人有ケリ。

下衆ナレドモ三人乍ラ心猛ク思量有ケリ。

鈴鹿ノ山ヲ通ケルニ、其ノ山中ニ、昔ヨリ何カニ云始ケル
ニカ有ケム、「鬼有」トテ、人更ニ不宿ヌ旧堂有ケリ。然許
ノ道中ナル堂ナレドモ、此ク云伝ヘテ人更ニ不寄ズ。

而ル間、此ノ三人ノ男、山ヲ通ル間ニ、夏比也ケレバ、
俄ニ掻暗ガリテ夕立シケレバ、「今ヤ止ム々」ト、木ノ葉ノ
滋キ下ニ立入テ待ツニ、更ニ不止ネバ、日ハ只暮レニ暮ヌレ

バ、一人有テ、「去来、彼ノ堂ニ宿ナム」ト云ケルヲ、今二
人有テ、「此ノ堂ハ昔ヨリ鬼有トテ、人不寄ヌ堂ニハ何ニ」
ト云ケレバ、先ヅ宿ラムト云ツル男、「此ル次デニ、実ニ鬼
有ラバ、然モ知ラム。亦狐野猪ナドノ人謀トテシケル事ヲ、此ク云
始メテ云伝ヘタルニモ有ラム」トモ云ヘバ、二人ノ男ハ怨ニ、
「然ラバ然モ」ト云フニ、日モ暮レテ暗ク成ヌレバ、此ノ堂
ニ入テ宿ヌ。

此ル所ナレバ、三人乍ラ不寝デ物語シテ居タル程ニ、一人
ノ男ノ云ク、「昼通ルニ山中ニ死タル男有リツ。其レ只今行
テ取テ来ナムヤ。何ニ」ト。此ノ、前ニ宿ラムト云ツル男、
「何ドカ取テ不来ザラム」トモ云ケルヲ、今二人ノ男、「更ニ其
レ取ニ只今否不行ジ」ト励マシケレバ、此ノ男、「イデ、然
ラバ取テ来ラム」ト云テ、忽ニ着物ヲ只脱ギニ脱テ、裸ニ成
テ走リ出テ行ヌ。

雨ハ不止ズ降テツ、暗ナルニ、今一人ノ男亦着物ヲ脱テ裸

二成テ、前ニ出デツル男ノ後ニ立テ出ヌ。前ノ男ヨリハ、喬ヨリ窃ニ走リ、前立テ、彼ノ死人ノ有ツル所ニ至ヌ。然テ、其ノ死人ヲバ取テ、谷ニ投棄テ、其ノ跡ニ臥ヌ。

而ル間、前ノ男来テ、死人ノ替ニ臥タル男ヲ掻負ハムト為ルヲ、此ノ被負ル男、負フ男ヲ肩ニ掻負テ、負フ男、「此ナ不食給ソ、死人ヨ」ト云テ、掻負テ走テ行ク堂ノ戸ノ許ニ打置テ、「彼ノ主達、此ニ負テ来タリ」ト云テ、堂ノ内ニ入タル間ニ、被負タリツル男ハ逃テ去ニケリ。返リ出テ見レバ、死人モ無ケレバ、「早ウ、逃テ行ニケリ」ト云テ、立テリ。其ノ時ニ被負タリツル男喬ヨリ出来テ、咲テ有様ヲ語ケレバ、「物ニ狂フ奴カナ」ト云テナム、二人乍ラ堂ノ内ニ入ニケル。

此ノ二人ノ男ノ魂何レモ不劣ズトハ云ヒ乍ラ、負来ツル男ハ増レリ。死人ニ成ル者ハ有モシナム、行テ負持来クル者ハ難有カリナム。

亦、其ノ二人ノ男ノ出テ行タリケル間ニ、堂ノ天井ヨリ組入ノ子毎ニ様々ノ希有ノ顔共ヲ指出タリケリ。然レバ、此ノ一人ノ男、大刀ヲ抜テヒラメカシケレバ、一度ニ散ト咲テ失ニケリ。其ノ男、其レニモ不騒ザリケリ。然レバ、其ノ男ノ魂モ不劣ヌカト。三人乍ラ極カリケル者共カナ。夜明ニケレバ、出テ近江ノ方ニ超ニケリ。

此レヲ思フニ、其ノ天井ニテ顔指出ケム物ハ狐ノ謀ケルニコソ有ラメ、トゾ思ユル。其レヲ人ノ鬼有トハ云伝ヘタリケルニヤ。其ノ三人ノ者共ハ平カニ堂ニ宿テ出ニケル後、別ノ恐レ無カリケリ。実ニ鬼ナラムニハ其ノ庭ニモ後モ平カニハ有ナムヤ。此ナム語リ伝ヘタルトヤ。

근위사인近衛舍人이 히타치 지방常陸國의 산속에서 노래를 불러서 죽은 이야기

궁중의 스모相撲 행사를 위한 사신으로 동국東國에서 내려가던 중, 노래를 잘하는 근위사인近衛舍人이 무쓰 지방陸奧國에서 히타치 지방常陸國으로 들어가는 다키야마燒山의 관문을 넘어갈 때 말 위에서 히타치노래常陸歌를 반복해서 불렀는데, 깊은 산속에서 산신山神이 손을 치면서 무서운 목소리로 칭찬했다. 그것을 들은 사인은 공포에 질린 나머지 병에 걸려 그날 밤 드러누운 채로 죽어 버렸다고 하는 이야기. 앞 이야기와는 국경의 산 속에서 겪는 괴이라는 점으로 연결된다. 신령이나 오니가 가무음곡歌舞音曲 등 예능을 사랑해서 창화唱和하거나 합주合奏한다고 하는 모티브는 전형적으로, 유사한 이야기는 『교훈초教訓抄』, 『속교훈초續教訓抄』 등 악서樂書류에 여러 곳 보인다. 단, 이 이야기에서는 산신인 것이 특징적이다.

이제는 옛이야기이지만, □□[1]무렵 □□□□[2]라고 하는 근위사인近衛舍人[3]이 있었다. 가구라神樂 사인舍人[4]이었던 탓인지 노래를 매우 잘 불렀다.

이 남자가 스모相撲 사신[5]으로서 동국東國으로 내려가게 되었다. 무쓰 지

1 연대 혹은 시기의 명기를 위한 의도적 결자.
2 근위사인의 성명姓名의 표기를 위한 의도적 결자.
3 근위부近衛府의 장감 이하의 근위 관인으로 상황·섭관·대신 등의 외출을 호위하던 사람.
4 가구라神樂(*신을 제사지내기 위해 행하는 무악舞樂)에 봉사奉仕하는 근위부의 사인.
5 스모相撲의 절회節會(*명절이나 기타 공적 의식이 있을 때 조정에서 베푼 연회)에 출장하는 씨름꾼을 여러 지방에서 모아 오는 역할을 하는 사람. 부령사部領使.

방陸奧國[6]에서 히타치 지방常陸國[7]을 넘는 산길은 다키야마燒山[8]의 관문이라고 하는 매우 깊은 산 속이었다. 이곳을 예의 □□[9]가 지나가고 있는 동안 지루하여 말 위에서 졸기 시작했다. 문득 눈을 떠서 '이런, 이곳은 히타치 지방이로군. 꽤나 멀리까지 와 버렸구나.'라고 생각하고 동시에 불안해져서 아오리泥障[10]를 치면서 박자를 맞추고 히타치노래常陸歌[11]라고 하는 노래를 두세 번 반복해서 불렀다. 그러자 아주 깊은 산 속에서 무서운 목소리로 "아아. 재미있도다."라고 하며 손을 탁 치는 자가 있었다. □□[12]은 말을 멈추고 종자들에게 "저건 누가 말한 것이냐?"라고 묻자 "누가 말한 것인지 아무것도 듣지 못했습니다."라고 대답했기에 머리털이 곤두설 정도로 무서워져서 그곳을 지나갔다.

□□[13]은 그 뒤로 몸이 좋지 않고 병이라도 걸린 듯이 보여[14] 종자들도 이상하게 생각하고 있었는데 그날 밤, 숙소에서 잠든 채로 죽어 버렸다. 그러므로 그러한 노래 같은 것을 깊은 산 속에서 불러서는 아니 된다. 산의 신이 듣고 재미있어 해서 붙잡기 때문이다.

이것을 생각하면, 그 히타치노래는 그 지방의 노래로, 그 지방의 신이 듣고 재미있어 해서 붙잡은 것이라고 생각된다.

그러므로 이것도 산의 신이 감탄해서 붙잡아 간 것임에 틀림없다. 부질없

---

6 → 옛 지방명.
7 → 옛 지방명.
8 이바라키 현茨城県 구지 군久慈郡 다이고 정大子町 고로후지頃藤에 소재하는 세키도 신사關戸神社 부근. 구지 강의 동쪽 연안. 구지 계곡에 있어서 예로부터 무쓰로 가는 입구.
9 근위사인의 이름의 표기를 위한 의도적 결자.
10 말의 좌우 옆구리에 늘어뜨려 진흙으로 더럽혀지는 것을 막는 가죽으로 만든 마구馬具.
11 『고금집古今集』권20에 가구라 노래神樂歌로서 궁정에서 불리던 히타치 노래가 2수 수록되어 있음.
12 → 주9.
13 → 주9.
14 권27 제41화 참조

는 일을 한 것이다.

종자들은 딱하게 생각하며 슬피 탄식했으나 가까스로 도읍으로 올라갔다. 종자가 이야기한 것을 듣고 전하여, 이렇게 이야기로 전하여 내려오고 있다 한다.

近衛舎人於常陸国山中詠歌死語第四十五

今昔、[六]ノ比、[七]ノ[　]ト云フ近衛舎人有ケリ。神[一九]

楽舎人ナドニテ有ルニヤ、歌ヲゾ微妙ク詠ケル。

其レガ相撲ノ使ニテ、東国ニ下ダリケルニ、陸奥国ヨリ

常陸ノ国ヘ超ル山ヲバ、焼山ノ関トテ極ジク深キ山ヲ通ル也、

其ノ山ヲ彼ノ[六]□通ケルニ、馬眠ヲシテ徒然カリケルニ、打

驚クマヽニ、「此ハ常陸ノ国ゾカシ。遥ニモ来ニケル者カナ」

ト思ケルニ、心細クテ、泥障ヲ打テ、常陸歌ト云フ歌[一〇]

ヲ詠テ、一二三返許押返シテ詠ケル時ニ、極ジク深キ山ノ奥

ニ、恐シ気ナル音ヲ以テ、「穴謎」ト云テ、手ヲハタト打ケ[一三]

レバ、□馬ヲ引留メテ、「此ハ誰ガ云ツル」ト従者共ニ[一四]

尋ケレドモ、「誰ガ云ツルゾトモ不聞ズ」ト云ケレバ、頭毛[一五][一六]

太リテ恐シト思フ、其ヲ過ニケリ。

然テ[一七]其ノ後、心地悪クテ病付タル様ニ思エケレバ、従[一八][一九]

者共ナド怪ビ思ケルニ、其ノ夜ノ宿ニシテ寝死ニ死ニケリ。然[二〇]

レバ、然様ナラム歌ナドヲバ深キ山中ナドニテハ不可詠ズ。

山神ノ此レヲ聞テ目出ル程ニ留ムル也。[二一]

然レヲ思フニ、其ノ常陸歌ハ其ノ国ノ歌ニテ有ケルヲ、其

ノ国ノ神ノ聞キ目出テ取テケルナメリ、トゾ思ユル。

然レバ、此レモ山神ナドノ感ジテ留テケルニコソハ。由無[二二]キ事也。[二三]

従者共奇異ク思ヒ歎キケレドモ相構テ京ニ上テ語ケルヲ聞[二四][二五]

継テ、此ク語リ伝ヘタルトヤ。

440

금석이야기집今昔物語集

부록

출전·관련자료 일람

1. 『금석 이야기집』의 각 이야기의 출전出典 및 동화同話·유화類話, 기타 관련문헌을 명시하였다.
2. 「출전」란에는 직접적인 전거典據(2차적인 전거도 기타로서 표기)를 게재하였고, 「동화·관련자료」란에는 동문성同文性 또는 동문적 경향이 강한 문헌, 또 시대의 전후관계를 불문하고, 간접적으로라도 어떠한 관련이 있다고 판단되는 문헌, 자료를 게재했고, 「유화·기타」란에는 이야기의 일부 또는 소재의 유사성이 있다고 판단되는 문헌을 게재했다.
3. 각 문헌에는 관련 및 전거가 되는 권수(한자 숫자), 이야기·단수(아라비아숫자)를 표기하였으며, 또한 편년체 문헌의 경우 연호年號·해당 연도를 첨가하였다.
4. 해당 일람표의 작성에는 여러 선행 연구에 의거하는 부분이 많은데, 특히 일본고전문학전집 『금석 이야기집』 각 이야기 해설(곤노 도루수野達 담당)에 많은 부분의 도움을 받았다.

권26

권/화	제 목	출 전	동화·관련자료	유화·기타
권26 1	於但馬國鷲擒取 若子語第一	日本靈異記上9	扶桑略記皇極天皇條 水鏡中·皇極天皇條	東大寺要錄一 七大寺巡禮私記東大寺條 七卷本實物集五 沙石集五末10 往因類聚抄 法華經鷲林 拾葉鈔九信解品四 直談因緣集七27 元亨釋書二東大寺良辨 大山緣起 神道集六三島之大明神之事 中世小説「みしま」 민담「鷲の育て兒」
2	東方行者娶蕪生 子語第二	未詳		
3	美濃國因幡河出 水流人語第三	未詳		發心集四9 三國傳記七30 민담「鴨取り權兵衛」「源五郎の天昇 り」

권/화	제 목	출 전	동화·관련자료	유화·기타
4	藤原明衡朝臣若時行女許語第四	未詳	宇治拾遺物語29	
5	陸奧國府官大夫介子語第五	未詳		落窪物語 古住吉物語
6	繼母託惡靈人家將行繼娘語第六	未詳		
7	美作國神依獵師謀止生贄語第七	未詳	宇治拾遺物語119	搜神記一九440 八岐大蛇退治(古事記·日本書紀) 그리스神話 페르세우스의 안드로메다 救出譚 민담「猿神退治」今昔二六8
8	飛彈國猿神止生贄語第八	未詳		민담「猿の經立」 眞言傳七末尾 今昔二六7
9	加賀國諍蛇蜈島行人助蛇住島語第九	未詳		搜神後記一○5 法苑珠林六四73 今昔一○38 古事談五34 太平記一五俵藤太事 俵藤太物語 日光山緣起 二荒山神傳
10	土佐國妹兄行住不知島語第十	未詳	宇治拾遺物語56	
11	參河國始犬頭絲語第十一	未詳	看聞御記永享六年三月二四日條	민담「花咲爺」蠶室 「太古蠶馬記」(搜神記一四350 法苑珠林六三園菓篇七二 神女傳蠶女條) 馬頭娘說話 오시라祭文
12	能登國鳳至孫得帶語第十二	未詳		今昔二○46
13	兵衛佐上綾主於西八條見得銀語第十三	未詳	宇治拾遺物語161	乾饌子(舊小說七乙集, 唐所引)寶叉致富譚 雜譬喩經(法苑珠林五六64)須達長者 類聚本系江談抄三24(醍醐寺本124)
14	付陸奧守人見付金得富語第十四	未詳		
15	能登國堀鐵者行佐渡國堀金語第十五	未詳	宇治拾遺物語54	
16	鎮西貞重從者於淀買得玉語第十六	未詳	宇治拾遺物語180(前半部)	宇治拾遺物語180(後半部) 金玉鼠ねずふくさ一1水魚の玉事 민담「魚石」

권/화	제 목	출 전	동화 · 관련자료	유화 · 기타
17	利仁將軍若時從京敦賀將行五位語第十七	未詳	宇治拾遺物語18	芋粥(芥川龍之介)
18	觀硯聖人在俗時値盗人語第十八	未詳		
19	東下者宿人家値産語第十九	未詳		搜神記一九448 민담「産神問答」「虻と手斧」 今昔一三34 · 一九12 宇治拾遺物語70
20	東小女與狗咋合互死語第二十	未詳		
21	修行者行人家秡女主死語第二十一	未詳		今昔二九9 宇治拾遺物語9
22	名僧立寄人家被殺語第二十二	未詳		今昔二六4
23	鎭西人打雙六擬殺敵被打殺下女等語第二十三	未詳		小右記寛仁三年八月一一日條 今昔二九30
24	山城國人射兄不當其箭存命語第二十四	未詳		

권27

권/화	제 목	출 전	동화 · 관련자료	유화 · 기타
권27 1	三條東洞院鬼殿靈語第一	未詳		大鏡伊尹傳 七卷本實物集二 古事談二2 續古事談二6 十訓抄九3 拾芥抄中 愚管抄七
2	川原院融左大臣靈宇陀院見給語第二	未詳	古今說話集上27(前半) 宇治拾遺物語152	類聚本系江談抄三32(前田家本85) 古事談一7 本朝文粹一四 扶桑略記延長四年七月四日條 續古事談四24 今昔二七17
3	桃薗柱穴指出兒手招人語第三	未詳		富家語105 宇治拾遺物語84
4	冷泉院東洞院僧都殿靈語第四	未詳		今昔二七13

권/화	제 목	출 전	동화 · 관련자료	유화 · 기타
5	冷泉院水精成人形被捕語第五	未詳		宇治拾遺物語158 尊卑分脈源時中の項 搜神記一二304
6	東三條銅精成人形被堀出語第六	未詳		百鬼夜行繪卷
7	在原業平中將被女噉鬼語第七	未詳	伊勢物語6	
8	於內裏松原鬼成人形噉女語第八	未詳	三代實錄仁和三年八月一七日條 扶桑略記仁和三年八月一七日條 古今著聞集一七589	今昔一四5 二七9・38
9	參官朝廳辨爲鬼被噉語第九	未詳		今昔二七8
10	仁壽殿台代御燈油取物來語第十	未詳		大鏡忠平傳 源氏物語夕顔
11	或所膳部見善雄伴大納言靈語第十一	未詳		
12	於朱雀院被取餌袋菓子語第十二	未詳		
13	近江國安義橋鬼噉人語第十三	未詳		今昔一二28 屋代本平家物語別卷劍卷 太平記三二 太平記付載劍卷 中世小說「羅生門」 謠曲「金札」「羅生門」 今昔二七41・43 大鏡道長傳 古今著聞集八322 一六516・538
14	從東國上人值鬼語第十四	未詳		今昔一二28 二七13・15
15	産女行南山科値鬼逃語第十五	未詳		今昔二七23 姥子屋敷傳說(新編會津風土記)
16	正親大夫□□若時値鬼語第十六	未詳		源氏物語夕顔 大和物語154・155 今昔二七7・17 宇治拾遺物語160
17	東人宿川原院被取妻語第十七	未詳		今昔二七2
18	鬼現板來人家殺人語第十八	未詳		
19	鬼現油瓶形殺人語第十九	未詳		三輪山型神婚說話(古事記崇神 日本書紀崇神)
20	近江國生靈來京殺人語第二十	未詳		片仮名本因果物語上7 御伽物語三10 민담「枯骨報恩」타입

권/화	제 목	출 전	동화·관련자료	유화·기타
22	美農國紀遠助值女靈遂死語第二十二	未詳		搜神記四74 五99 민담「沼神の手紙」 그림童話「手無娘」 神道集二6 今昔一七47 古本說話集下61 宇治拾遺物語192
23	獵師母成鬼擬噉子語第二十三	未詳		屋代本平家物語別卷劍卷 太平記三二 太平記付載劍卷 中世小說「羅生門」 민담「鍛治屋の婆」 閑居の友下3 曾呂利物語二2 今昔二七15
24	幡磨國鬼來人家被射語第二十四	未詳		
25	人妻死後會舊夫語第二十五	未詳		搜神記一六394~397 太平廣記316盧充·談生 317吳祥 法苑珠林九二 剪燈新話二4 伽婢子三3 雨月物語二1 今昔一〇18 發心集五4
26	女見死夫來語第二十六	未詳		今昔一〇18
27	河內禪師牛爲靈被借語第二十七	未詳	宇治拾遺物語118	搜神記二48
28	白井君銀提入井被取語第二十八	未詳		
29(1)	於京極殿有詠古歌音語第二十九	俊賴髓腦		
29(2)	雅通中將家在同形乳母二人語第二十九	未詳		쟈타카(佛本生譚)546發端部 棠陰比事 大岡政談 玉帚木一 太平百物語二 민담「片目違い」「にせ本尊」 今昔二七22·39
30	幼兒爲護枕上蒔米付血語第三十	未詳		
31	三善淸行宰相家渡語第三十一	未詳	塵袋二2 塵添壒囊鈔一〇19凶宅事條	

권/화	제 목	출 전	동화 · 관련자료	유화 · 기타
32	民部大夫賴淸家女子語第三十二	未詳		今昔一七33
33	西京人見應天門上光物語第三十三	未詳		中右記嘉保二年一○月二日條
34	被呼姓名射顯野猪語第三十四	未詳		
35	有光來死人傍野猪被殺語第三十五	未詳		
36	於幡磨國印南野殺野猪語第三十六	未詳		曾呂利物語一10
37	狐變大橲木被射殺語第三十七	未詳		
38	狐變女形値幡磨安高語第三十八	未詳		今昔一四5 二七39・41
39	狐變人妻形來家語第三十九	未詳		今昔二七38
40	狐託人被取玉乞返報恩語第四十			
41	高陽川狐變女乘馬尻語第四十一	未詳		今昔二七13・38
42	左京屬邦利延値迷神語第四十二	未詳	宇治拾遺物語163	
43	賴光郎等平季武値産女語第四十三	未詳		민담「産女の禮物」 今昔二七13・41・44
44	通鈴鹿山三人入宿不知堂語第四十四	未詳		今昔二七43
45	近衛舍人於常陸國山中詠歌死語第四十五	未詳		梁塵秘抄口傳集 吉野吉水院樂書 敎訓抄四蘇莫者條 曾呂利物語四1

인명 해설

1. 원칙적으로 본문 중에 나오는 호칭을 표제어로 삼았으나, 혼동하기 쉬운 경우에는 본문의 각주에 실명實名을 표시하였고, 여기에서도 실명을 표제어로 삼았다.
2. 배열은 한글 표기 원칙에 의한 가나다 순으로 하였다.
3. 해설은 최대한 간략하게 표기하며, 의거한 자료·출전出典을 명기하였다. 이는 일본고전문학전집『금석 이야기집今昔物語集』의 두주를 따른 경우가 많다.
4. 각 항의 말미에 해당 인물이 등장하는 이야기를 숫자로 표시하였다. 예를 들면 '㉗ 1'은 '권27 제1화'를 가리킨다.

㉮

간켄觀硯

출생, 사망 시기는 자세히 전해지지 않음. 후지와라노 요시타다藤原由忠의 아들. 후지와라노 야스마사藤原保昌의 사촌(『존비분맥尊卑分脈』). ㉖ 18

고마쓰小松 천황天皇

제58대 고코光孝 천황. 천장天長 7년(830)~인화仁和 3년(887). 재위在位, 원경元慶 8년(884)~인화仁和 3년. 닌묘仁明 천황의 제3황자. 어머니는 후지와라노 다쿠시藤原澤子. 무쓰常陸 태수太守·중무경中務卿·대재수大宰帥·식부경式部卿을 역임. 후지와라노 모토쓰네藤原基經에 의해 즉위. 인화仁和 3년 8월에 58세로 붕어崩御. 능은 노치노타무라 능後田邑陵. ㉗ 8

구니노 도시노부邦利延

출생, 사망 시기는 자세히 전해지지 않음. '利述'이라고 표기하기도 함. 『헤이안 유문平安遺文』2·368호·장덕長德 2년(996) 11월 25일부 문서에는

"左史生. 國利□"라고 되어 있고, 『제목대성초除目大成抄』7에는 "長保二年(1000)秋、左京少屬從七位上國宿禰利述、左辨官廳直史生"이라고 되어 있음. 『우지습유 이야기宇治拾遺物語』163화에는 "(左京屬)くにのとしのぶ(俊宣)"이라고 되어 있음. ㉗ 42

㉯

노리시게則重

출생·사망 시기는 자세히 전해지지 않음. 하타 씨秦氏. 대재대감大宰大監. 치력治曆 연간(1065~9)경부터 간제온지觀世音寺 관계 문서에 등장. 강화康和 원년(1099) 9월 22일자 『대재부청정문大宰府廳定文』에는 "筑前國 大監秦宿禰則重"이라고 보임. 연구延久 원년(1069) 8월 29일자 『축전국가마군사해안筑前國嘉麻郡司解案』에 "從五位下行大監秦宿禰"라고 되어 있는 사람도 동일인물일 가능성이 있음. ㉖ 16

니시노미야西宮 좌대신左大臣

미나모토노 다카아키라源高明. 연희延喜 14년

(914)~천원天元 5년(982). 다이고醍醐 천황天皇의
제10황자. 어머니는 우대변右大辨 미나모토노 도
나우源唱의 딸, 슈시周子. 강보康保 4년(967) 정이
위正二位 좌대신左大臣. 안화安和 2년(969) 3월 26
일, 안화의 변變으로 인해 대재권수大宰權帥로 좌
천당함. 천록天祿 3년(972) 소환되어, 귀경歸京.
천원 5년 12월 16일 사망. 저서로는 『서궁기西宮
記』, 가집家集으로는 『다카아키라집高明集』이 있
음. 저택이 서궁제西宮第와 고송제高松第라는 이
름이었기 때문에 니시노미야西宮 좌대신左大臣,
니시노미야도노西宮殿라 불림. ㉗ 3

㉯

다이고醍醐 천황天皇
인화仁和 원년(885)~연장延長 8년(930). 제60대
천황. 재위 관평寬平 9년(897)~연장 8년. 우다宇
多 천황의 제1황자. 후지와라노 도키히라藤原時
平를 좌대신左大臣, 스가와라노 미치자네菅原道
眞를 우대신右大臣으로 하여, 천황친정天皇親政
에 의한 정치를 행하였고, 후세에 연희延喜의 치
治라고 불리었음. 이 치세에, 『일본삼대실록日本
三代實錄』『유취국사類聚國史』『고금 와카집古今和
歌集』『연희격식延喜格式』 등의 편찬이 행해져 문
화사업文化事業으로서 주목해야 할 것이 매우 많
음. ㉗ 2·10

다이라노 도키미치平時道
출생, 사망 시기는 자세히 전해지지 않음. '時通'이
라고도 함. 관홍寬弘 9년(1012)에서 만수萬壽 2년
(1025)에 걸쳐 우병위부右兵衛府·우위문부右衛門
府의 위尉를 역임. 좌위문위左衛門尉라고 하는 기
록은 아직 없음. 『소우기小右記』『좌경기左經記』에
의하면, 사건 당시에는 우위문위右衛門尉. 또한
『조야군재朝野群載』 권11·연위延尉의 만수 2년 5
월 3일자 선지宣旨에 의하면, 검비위사檢非違使·

우위문대위右衛門大尉로 야마토 지방大和國으로
강도추포强盜追捕를 위해 파견되었음. ㉗ 43

다이라노 스에타케平季武
출생, 사망 시기는 자세히 전해지지 않음. 미나모
토노 요리미쓰源賴光(948~1021)의 낭등郎等으로,
와타나베노 쓰나渡邊綱, 다이라노 사다미치平貞
道, 사카타노 긴토키坂田公時와 함께, 이른바 요
리미쓰 사천왕賴光四天王의 한 사람(『고금저문집
古今著聞集』·권9·무용武勇12). 단 본집 권28 제2
화에는 와타나베노 쓰나의 이름이 보이지 않음.
㉗ 43

도모노 요시오伴善雄
'善男'라고도 함. 대동大同 4년(809)~정관貞觀 10
년(868). 구니미치國道의 아들. 재지才知·변설辨
舌에 능함. 승화承和 8년(841) 대내기大內記, 동
15년 참의參議, 가상嘉祥 3년(850) 중궁태부中宮
太夫, 정관 3년(861) 대납언大納言이 됨. 정삼위
正三位. 정관 8년(866) 응천문應天門 화재 때, 좌
대신左大臣 미나모토노 마코토源信를 방화범으
로 지목하려고 하였으나, 역으로 후지와라노 요
시후사藤原良房 등에 의해 아들인 나카쓰네中庸
와 함께 방화 주모자로 몰려 이즈 지방伊豆國으
로 유배를 감. 정관 10년 같은 곳에서 사망. 60
세(『일본삼대실록日本三代實錄』『공경보임公卿補
任』). ㉗ 11

도시히토利仁 장군將軍
출생·사망 시기는 자세히 전해지지 않음. 후지
와라노 도키나가藤原時長의 아들. 어머니는 에
치젠 지방越前國 출신의 하타노 도요쿠니秦豊國
의 딸. 연희延喜 11년(911) 고즈케上野 개介, 다
음 해에는 가즈사上總 개介. 연희延喜 15년 진수
부鎭守府 장군將軍. 진수부 장군에 임명되었기 때

문에 '도시히토 장군'이라고 불림. 그 외에『존비분맥尊卑分脈』에 의하면 무사시武藏 수령·좌장감左將監에도 임명됨. 종사위하從四位下. 우다宇多·다이고醍醐 천황 치세의 사람으로『이중력二中歷』일능력一能歷·무자武者의 항목에 기록되는 등, 무인으로 유명함. 전설적으로 영웅화되어 신라 정벌(권14 제45화)이나, 시모쓰케 지방下野國 다카쿠라 산高藏山의 군도群盜 평정(『안바가이지 연기鞍馬蓋寺緣起』) 등의 많은 무용 설화가 있음. ㉖ 17

미나모토노 고레스케源是輔

출생, 사망 시기는 자세히 전해지지 않음. 고코光孝 천황天皇의 손자. 미나모토노 기요히라源清平의 아들. 어머니 후지와라노 미치아키藤原道明의 딸. 사누키 수讚岐守. 종오위상從五位上(『존비분맥尊卑分脈』).『이중력二中歷』일능력一能歷·덕인德人의 항목에 그 이름이 보임. ㉗ 4

미나모토노 긴타다源公忠

관평寬平 원년(889)~천력天曆 2년(948). 구니노리國紀의 2남. 고코光孝 천황天皇의 손자. 어머니는 시게노노 나오이코滋野直子. 내장권두內藏權頭·민부소보民部少輔·우소변右少辨·우중변右中辨·오미 수近江守 등을 역임. 천경天慶 6년(943) 우대변右大辨. 종사위하從四位下. 다이고醍醐·스자쿠朱雀 두 천황의 신뢰가 두터웠으며, 와카和歌, 합향合香에 뛰어나고, 재예才藝가 높았음. 궁중宮中의 여러 연회에서는 가인歌人으로서 활약, 기노 쓰라유키紀貫之와도 긴밀하게 교우함. 천력 2년 10월 28일 60세의 나이로 사망(『존비분맥尊卑分脈』『일본기략日本紀略』『삼십육인가선전三十六人歌仙傳』 등).『긴타다집公忠集』을 남김. ㉗ 10

미나모토노 도루源融

홍인弘仁 13년(822)~관평寬平 7년(895). 사가嵯峨 천황天皇의 제8황자. 어머니는 오하라노 젠시大原全子. 시종侍從·사가미 수相模守·오미 권수近江權守·우중장右中將·미마사카 개美作介 등을 거쳐 정관貞觀 14년(872) 좌대신左大臣이 됨. 의정관議政官으로서, 좌대장左大將·황태자부皇太子傅 등을 겸임. 하원원河原院에 거주하였기 때문에 가하라河原 좌대신左大臣이라 불림. 종일위從一位. 관평 7년 8월 25일 74세의 나이로 사망. ㉗ 2

미나모토노 마사미치源雅通

?~관인寬仁 원년(1017). 우다宇多 미나모토 씨源氏. 도키미치時通의 아들. 영연永延 원년(987) 도키미치가 사망함으로써 조부인 마사노부雅信의 양자가 됨. 우근위권중장右近衛權中將·오위장인五位藏人·목공두木工頭·단바 수丹波守·중궁량中宮亮 등을 역임. 정사위하正四位下. 관인 원년 7월 10일 사망(『존비분맥尊卑分脈』『권기權記』「미도관백기御堂關白記』『소우기小右記』『좌경기左經記』). 사후, 왕생인往生人이라 일컬어짐.『후습유집後拾遺集』『이즈미 식부집和泉式部集』 등에 그 시가歌가 남아 있음. ㉗ 29-(2)

미나모토노 사다무源定

홍인弘仁 6년(815)~정관貞觀 5년(863). 사가嵯峨 천황天皇의 황자. 어머니는 상시尙侍 구다라노고니키시 케이묘百濟王慶命. 천장天長 5년(828) 신적臣籍으로 내려가 미나모토노아손源朝臣이라는 성을 받음. 참의參議·치부경治部卿·중무경中務卿·중납언中納言을 거쳐, 정관貞觀 원년 대납언大納言에 임명됨. 정삼위正三位. 정관貞觀 5년 정월 3일 사망. 시조 대납언四條大納言·가야노인賀陽院 대납언大納言이라고 불렸음. ㉕ 13

미나모토노 스케요시源扶義

천력天曆 5년(951)~장덕長德 4년(998). 우다宇多 미나모토 씨源氏. 마사노부雅信의 4남. 어머니는 후지와라노 모토카타藤原元方의 딸. 원융원圓融院 별당別當·가와치 수河內守·좌우소변左右少辨·좌중변左中辨·하리마 권수播磨權守 등을 역임. 정력正曆 5년(994) 참의參議, 장덕 2년 좌대변左大辨. 정사위하正四位下. 장덕 4년 7월 25(6)일 48세의 나이로 사망. ㉗ 4

미나모토노 시게노부源重信

연희延喜 22년(922)~장덕長德 원년(995). 우다宇多 미나모토 씨源氏. 아쓰미敦實 친왕親王의 아들, 우다宇多 천황天皇의 손자. 어머니는 후지와라노 도키히라藤原時平의 딸. 천록天祿 3년(972) 권중납언權中納言, 천연天延 3년(975) 중납언中納言, 정원貞元 3년(978) 대납언大納言, 정력正曆 2년(991) 9월 우대신右大臣, 동 5년 8월 28일 좌대신左大臣이 됨. 정이위正二位. 로쿠조六條 좌대신左大臣이라 불림. 장덕 원년 5월 8일 사망. 정일위正一位의 지위를 부여함(『공경보임公卿補任』). 『이중력二中曆』 일능력一能曆·관현인管絃人의 항목에 이름이 보임. ㉗ 12

미나모토노 요리노부源賴信

안화安和 원년(968)~영승永承 3년(1048). 미치나카滿仲의 3남. 요리미쓰賴光, 요리치카賴親의 남동생. 가와치 미나모토 씨河內源氏의 선조. 좌위문소위左衛門少尉·치부소보治部少輔·황후궁량皇后宮亮·좌마권두左馬權頭·진수부장군鎭守府將軍·이세 수伊勢守·가와치 수河內守·이와미 수石見守·가이 수甲斐守·시나노 수信濃守·미노 수美濃守·사가미 수相模守·무쓰 수陸奥守 등을 역임. 후지와라노 미치나가藤原道長의 시종으로서 종사함. 『소우기小右記』 관인寬仁 3년(1019) 7월 8일 조條에 이와미 수로서 근무지로 내려가는 이유가 보이며, 치안治安 3년(1023) 5월 23일 조에는 전 이와미 수 요리노부賴信가 해유解由를 가지고 왔다고 되어 있음. 영승 원년(1046)에는 가와치 수로 재임在任(『헤이안 유문平安遺文』·3·640호·『가와치 수河內守 미나모토노 요리노부源賴信 고문안告文案』). 무장武將으로서 유명하여, 『이중력二中曆』 일능력一能曆·무사武者의 항목에 보임. →후지와라노 요리노부藤原賴信 ㉗ 12

미나모토노 요리미쓰源賴光

천력天曆 2년(948)~안치治安 원년(1021). 미쓰나카滿仲의 장남. 어머니는 미나모토노 스구루源俊의 딸. 동궁대진東宮大進·동궁량東宮亮·내장두內藏頭·미노美濃 수령·이요伊予 수령·셋쓰攝津 수령 등을 역임. 정사위하正四位下. 오에 산大江山의 슈텐酒呑 동자童子 퇴치나 괴도 기도마루鬼同丸의 추포 등의 이야기는 유명. 『이중력二中曆』 일능력一能曆·무사의 항목에 보임. 치안治安 원년 7월 24일 사망(『존비분맥尊卑分脈』『미도관백기御堂關白記』『소우기小右記』). ㉗ 43

미노오水尾 천황天皇

세이와淸和 천황天皇. 가상嘉祥 3년(850)~원경元慶 4년(880). 제56대 천황. 재위, 천안天安 2년(858)~정관貞觀 18년(876). 몬토쿠文德 천황 제4황자. 어머니는 후지와라노 요시후사藤原良房의 딸, 메이시(아키라케이코)明子. 9세로 즉위. 나이가 어려, 외조부인 요시후사가 섭정이 되어 정무를 집행함. 원경 4년 12월 4일 붕어. 능은 교토 시京都市 우쿄 구右京區 사가嵯峨의 미노오 산릉水尾山陵. 미노오 천황은 능의 이름에서 따온 칭호. ㉗ 9

미요시노 기요쓰라三善淸行

승화承和 14년(847)~연희延喜 18년(918). '기요유

키'라고도 함. 우지요시氏吉의 아들. 문장박사文章博士. 시문詩文의 재능에 있어서는 스가와라노 미치자네菅原道眞, 기노 하세오紀長谷雄와 함께 유명함. 관평寬平 5년(893)에 빗추備中의 개介. 도읍인 교토로 돌아온 후, 문장박사, 대학두大學頭, 식부대보式部大輔, 참의參議, 궁내경宮內卿을 역임. 종사위상從四位上. 후지와라노 도키히라藤原時平와 함께 『연희격식延喜格式』의 편찬에 관여. 연희 14년, 의견봉사意見封事 12개조條를 정납呈納함. 저서로는 『엔친 화상전圓珍和尙傳』『후지와라노 야스노리전藤原保則傳』『혁명감문革命勘文』『선가비기善家秘記』등이 있음. ㉗ 31

㉮

사다마사貞正

출생, 사망 시기는 자세히 전해지지 않음. 하리마씨播磨氏. 천원天元 5년(982)에서 장치長治 원년(1104)에 걸쳐서 『소우기小右記』에 보이는 '貞理'가 동일인물로 추정. 『이중력二中歷』일능력一能歷·근위사인近衞舍人의 항목에는 "播磨定正"라고 보임. ㉗ 38

사다시게貞重

출생, 사망 시기는 자세히 전해지지 않음. 하타노 사다시게秦定重로 추정. 『미도관백기御堂關白記』관홍寬弘 6년(1009) 9월 19일 조에 의하면, 사다시게는 대재부大宰府의 정무와 관련이 있음. ㉟ 16

사에키노 긴유키佐伯公行

?~장원長元 6년(1033). 장인소출납藏人所出納을 거쳐, 천연天延 2년(974) 권소외기權少外記, 정원貞元 원년(976) 대외기大外記. 다음 해에 노토能登 권개權介가 되고, 영연永延 원년(987) 도토우미遠江 수령이 됨(『외기보임外記補任』). 그 후에

시나노信濃 수령을 거쳐 장덕長德 4년(998) 8월 27일 하리마播磨 개介(『권기權記』). 정사위하正四位下. 관홍寬弘 6년(1009)에는, 부인인 다카시나노 미쓰코高階光子가 중궁中宮 쇼시彰子와 아쓰히라敦成 친왕親王을 저주한 것이 발각되어, 벌을 받음(『일본기략日本紀略』『백련초百鍊抄』『정사요략政事要略』). 그 때문일까, 다음 해 3월 11일에 출가(『권기權記』『미도관백기御堂關白記』). ㉗ 27

산조三條 천황天皇

제67대 천황天皇. 정원貞元 원년(976)~관인寬仁 원년(1017). 재위, 관홍寬弘 8년(1011)~장화長和 5년(1016). 레이제이冷泉 천황의 제2황자. 어머니는 후지와라노 조시藤原超子. 관화寬和 2년(986) 7월 태자가 됨. 관홍寬弘 8년 36세로 즉위. 후지와라노 미치나가藤原道長와 대립하여, 『소우기小右記』장화長和 원년 4월 16일 조에는, "左大臣(道長)爲我無禮尤甚"라고 분개하고 있음. 외손자인 아쓰히라敦成 친왕親王(어머니는 쇼시彰子)을 옹립하려고 한 미치나가는, 산조 천황에게 눈병을 이유로 퇴위하도록 압박을 가함. 제1황자 아쓰아키라敦明 친왕親王을 태자로 세우는 조건으로, 양위하고 상황上皇이 됨. 관인寬仁 원년 4월 29일에 출가하고, 같은 해 5월 9일에 삼조원三條院에서 붕어崩御. ㉗ 42

시게아키라重明 친왕親王

연희延喜 6년(906)~천력天曆 8년(954). 식부경궁式部卿宮이라고도 함. 다이고醍醐 천황天皇의 제4황자. 어머니는 미나모토노 노보루源昇의 딸. 연희 8년 친왕의 지위를 받음. 초명初名인 마사야스將保를 바꾸어 시게아키라重明로 함. 연장延長 6년(928) 고즈케上野 태수太守가 되었고, 그 후 탄정윤彈正尹·중무경中務卿. 천력 4년에는 식부경式部卿이 됨. 삼품三品. 일기日記로서 『이부왕

기吏部王記』가 있음. 와카和歌와 관현管絃에 뛰어나, 관련 일화逸話가 『강담초江談抄』나 『고금저문집古今著聞集』 등에 전승됨. ㉗ 6

㉺

아리와라노 나리히라在原業平

천장天長 2년(825)~원경元慶 4년(880). 헤이제이平城 천황天皇의 제1황자인 아보阿保 친왕親王의 5남. 어머니는 간무桓武 천황天皇 황녀皇女 이토伊登 내친왕內親王. 천장天長 3년, 신적臣籍으로 내려가, 아리와라의 성姓을 받음. 좌병위좌左兵衛佐·좌근위권소장左近衛權少將·우마두右馬頭 등을 거쳐, 우근위권중장右近衛權中將. 종사위상從四位上. 자이고在五 중장中將·자이在 중장中將 등으로 불림. 형인 유키히라行平에 비해, 정치적으로는 불운. 풍류 가인으로도 유명하며, 육가선六歌仙 중의 하나. 『고금집古今集』에는 삼십 수가 수록되어 있음. 니조二條 황후 다카이코高子나 재궁齋宮 텐시恬子 내친왕과의 사랑은, '호색色好'으로 이야기되었고, 『이세 이야기伊勢物語』에는 전설적인 나리히라 상이 그려져 있음. ㉗ 7

아리히토有仁

출생·사망 시기는 자세히 전해지지 않음. 후지와라 씨藤原氏. 도시히토利仁의 장인. 또한 도시히토의 아내로 여겨지는 아리히토의 딸에 대해서도 미상. ㉖ 17

오노노미야 사네스케小野宮實資

후지와라노 사네스케藤原實資. 천덕天德 원년(957)~영승永承 원년(1046). '오노노미야小野宮'는 호. 사다토시齊敏의 아들. 후에 조부인 사네요리實賴의 양자가 됨. 천원天元 4년(981)에 장인두藏人頭, 영관永觀 원년(983) 좌중장左中將. 대납언大納言을 거쳐, 치안治安 원년(1021) 7월 5일에 우대신右大臣이 됨. 사망하기 전까지 우대신으로 있었음. 종일위從一位. '현인우부賢人右府'라 불리고, 고실故實(*옛날의 법제·의식·복식 등에 관한 규정이나 관습)에 능통함. 강직한 인품으로, 당시의 권력자인 미치나가와도 대립. 일기 『소우기小右記』, 고실서故實書 『오노노미야 연중행사小野宮年中行事』가 있음. ㉗ 19

요제이인陽成院

제57대, 요제이陽成 천황天皇. 정관貞觀 10년(868)~천력天曆 3년(949). 재위, 정관 18년~원경元慶 8년(884). 세이와淸和 천황天皇의 제1황자. 어머니는 후지와라노 나가라藤原長良의 딸 다카이코高子. 17세의 젊은 나이로 도키야스時康 친왕親王(고코光孝 천황天皇)에게 양위讓位. 양위의 이유는, 병약했다고 하는 설과, 요제이 천황이 아리하라노 나리히라在原業平의 서자庶子였기 때문이라는 설이 있음. 기행奇行·난행亂行으로 알려져 있으며, 『황년대약기皇年代略記』에는 "物狂帝"라고 기록하고 있음. 양위 후에는 요제이인이라 칭함. 천력 3년 9월 29일 82세의 나이로 붕어崩御. ㉗ 5

우다宇多 천황天皇

우다인宇多院. 정관貞觀 9년(867)~승평承平 원년(931). 제59대 천황. 재위在位 인화仁和 3년(887)~관평寬平 9년(897). 고코光孝 천황의 제7황자. 다이고醍醐 천황의 아버지. 우다 천황 즉위 때, 아형阿衡 사건이 일어난 사실은 유명함. 우다 천황의 체세는 후세에 '관평의 치治'라고 불림. 양위讓位 후인 창태昌泰 2년(899)에 출가, 다이조太上 천황이라는 존호尊號를 사퇴하고, 스스로 법황法皇이 됨. 이것이 법황의 최초의 예. 어소御所는 주작원朱雀院·닌나지 어실仁和寺御室·정자원亭子院·우다원·육조원六條院 등. 법황은 불교

교의에 깊이 통달하고, 신자쿠眞寂 친왕親王을 비롯한 제자를 두었으며, 그 법계法系는 히로사와류廣澤流·오노류小野流로서 후세까지 이어짐. 닌나지 어실仁和寺御室에서 붕어. ㉗ 2

우지도노宇治殿

후지와라노 요리미치藤原賴道. 정력正曆 3년(992)~연구延久 6년(1074). 아버지는 미치나가道長. 어머니는 미나모토노 마사노부源雅信의 딸 린시倫子. 권중납언權中納言·권대납언權大納言을 거쳐, 관인寬仁 원년(1017) 3월 26세의 젊은 나이로 섭정攝政이 됨. 고이치조後一條, 고스자쿠後朱雀, 고레이제이後冷泉 3대에 걸친 천황의 섭정·관백關白을 51년간 역임. 고스자쿠, 고레이제이에게 입궁시킨 딸, 겐시嫄子와 간시寬子에게서 황자가 태어나지 않아 외척外戚관계가 없는 고산조後三條 천황이 즉위. 이로 인해 치력治曆 3년(1067) 동생인 노리미치敎通에게 관백을 물려주고, 우지宇治로 은퇴함. 연구延久 4년 정월에 출가하여, 연구 6년 2월 2일, 83세의 나이로 사망. 우지의 평등원平等院은 말법末法에 들어가는 영승永承 7년(1052)에 요리미치가 전령傳領한 별업別業을 절로 개조한 것.㉕ 16

㉔

조조淨藏

관평寬平 3년(891)~강보康保 원년(964). '대덕'은 경칭. 미요시 기요유키(기요쓰라)三善淸行의 8남. 7세의 나이로 출가하여 히에이 산比叡山에 오름. 겐소玄昭, 다이에大惠 등에게 사사師事. 요카와橫川나 구마노熊野의 긴푸 산金峰山 등의 영장靈場에서 수행하였고, 수험자로서 명성이 세간에 널리 퍼져 있었음. 후지와라노 도키히라藤原時平가 병에 걸렸을 때, 스가와라노 미치자네菅原道眞의 원령怨靈을 퇴치하거나(『부상약기扶桑略記』)

다이라노 마사카도平將門를 요카와에서 항복하게 함(『습유왕생전拾遺往生傳』). 현밀顯密·실담悉曇·관현管弦·천문天文·역도易道·복서卜筮·교화敎化·의도醫道·수험修驗·다라니陀羅尼·음곡音曲·문장文章·예능藝能에 정통했음(『습유왕생전拾遺往生傳』). 강보 원년 11월 21일, 히가시 산東山의 운고지雲居寺에서 74세의 나이로 사망(『대법사 조조전大法師淨藏傳』).㉗ 31

조토몬인上東門院

후지와라노 쇼시藤原彰子. 영연永延 2년(988)~승보承保 원년(1074). 미치나가道長의 장녀. 어머니는 미나모토노 마사노부源雅信의 딸 린시倫子. 장보長保 원년(999) 11월 1일에 12세의 나이로 입궁. 동 7일에 이치조一條 천황天皇의 여어女御, 다음해 2월에 중궁中宮이 됨. 관홍寬弘 5년(1008) 9월에 아쓰히라敦成 친왕親王(고이치조後一條 천황天皇)이 탄생. 동 8년, 이치조 천황이 붕어崩御하여 황태후皇太后가 됨. 만수萬壽 3년(1026)에는 39세의 나이로 출가하여, 조토몬인上東門院이라 칭함. 승보 원년 10월 2일, 87세의 나이로 사망(『소우기小右記』『권기權記』『존비분맥尊卑分脈』). ㉗ 29-(1)

㉕

후지와라노 가네이에藤原兼家

연장延長 7년(929)~영조永祚 2년(990). 모로스케師輔의 아들. 자식으로는 미치타카道隆, 미치카네道兼, 미치나가道長 등이 있음. 정원貞元 3년(978) 10월 2일 우대신右大臣에 임명. 우대신 재임 기간은 관화寬和 2년(986) 6월 23일까지. 관화 2년 6월, 책략을 세워 가잔花山 천황天皇을 퇴위시키고, 외손外孫인 야스히토懷仁 친왕親王을 이치조一條 천황天皇으로서 즉위시킴. 그로 인해 가네이에는 섭정攝政·관백關白이 됨. 영조 원년 태정대신太政大臣. 종일위從一位. 다음해 7월 2일 사망. 호코인法興院이라 칭하게 됨. 법흥원法興院은 원래 이조二條 북쪽, 교고쿠京極 동쪽에 있었던 가네이에兼家의 저택으로 이조경극저二條京極邸(동이조원東二條院)라 칭했는데, 가네이에가 출가한 후인 영조 2년 5월에 사찰이 됨. ㉗ 38

후지와라노 기미나리藤原公業

?~만수萬壽 원년(1028). 아리쿠니有國의 아들. 구명舊名은 가게요시景能. 장인藏人·중궁대진中宮大進을 거쳐 가이甲斐 수령. 통칭 '가이도노甲斐殿'라 함. 정오위하正五位下.『소우기小右記』치안治安 2년(1022) 6월 18일 조條에 '甲斐守'라고 되어 있음. 만수 5년 4월 15일 사망. ㉕ 4

후지와라노 다카노리藤原孝範

출생, 사망 시기는 자세히 전해지지 않음. 사다타카貞孝의 아들. 강평康平 5년(1062) 민부대승民部大丞(『헤이안 유문平安遺文』·3·980호·강평 5년 5월 13일자 문서). 시모우사 권수下總權守·나가토 수長門守 등을 역임(『존비분맥尊卑分脈』). 나가토 수 재임 시기에 대해서는 『중우기中右記』 관치寬治 8년(1094) 윤閏 3월 10일에 "前長門寸孝範"라고 보임. ㉗ 22

후지와라노 사네후사藤原實房

출생·사망 시기는 자세히 전해지지 않음. 마사타다方正의 아들. 장인藏人·노토能登 수령. 종오위상從五位上(『존비분맥尊卑分脈』).『권기權記』 관홍寬弘 8년(1011) 6월 25일 조에 장인대부藏人大夫로 되어 있음.『미도관백기御堂關白記』 장화長和 원년(1012) 12월 19일 조에는 "攝津國使實房"라고 보이고, 셋쓰攝津 봉폐사奉幣使로 되어 있음. 또한, 노토 수령 재임기는 불명확하지만, 미나모토노 유키토源行任가 후임이라면, 장화長和 3년

부터 관인寬仁 원년(1017)까지라고 추정됨. ㉖ 12

후지와라노 사다나리藤原定成

출생·사망 시기는 자세히 전해지지 않음. 스에유키季隨, 또는 사다미치定通의 아들인 것으로 추측되는데, 전자는 노토能登·가와치河內·에치젠 수越前守를 후자는 사쓰마 수薩摩守를 역임한 것으로 되어 있으나, 둘 다 아와 수阿波守에 재임했던 기록은 보이지 않음. 또는 무쓰 수陸奧守 아사모토朝元의 아들 중 '定成'가 있는데, 응덕應德 3년(1086)에 73세의 나이로 출가하여, 권27 제27화의 내용과는 맞지 않음. ㉗ 27

후지와라노 아키히라藤原明衡

영조永祚 원년(989)~치력治曆 2년(1066). 아쓰노부敦信의 아들. 어머니는 요시미네 씨良峰氏. 당명唐名은 아키히라安耆比蘭. 후지와라노 요리미치藤原賴通를 모셨음. 우위문위右衛門尉·좌위문위左衛門尉·이즈모出雲 수령을 거쳐, 강평康平 5년(1062) 74세가 되어 문장박사文章博士. 종사위하從四位下. 승진이 늦고 불우했음. 유학자·시문가詩文家로 유명하고, 편저서編著書에『본조문수本朝文粹』『아키히라 왕래明衡往來』『신 사루가쿠기新猿樂記』 등이 있음. 치력治曆 2년 10월 18일 사망. ㉕ 4

후지와라노 요리노부藤原賴信

생몰연도·출신 미상. 관홍寬弘 원년(1004) 4월 17일 좌위문위左衛門尉(『미도관백기御堂關白記』), 동 2년 정월 27일 겸비위사檢非違使의 선지宣旨를 받음(『소우기小右記』), 동 3년 7월 17일자 '검비위사청옥수감문檢非違使廳獄囚勘文'(『조야군재朝野群載』·11·연위延尉)에는 좌권소위左權少尉라고 되어 있음. 본집 권27 제12화에는 이와미 수石見守라고 되어 있으나 이와미 수 재임在任 사

실은 검증하기 어려움. 혹은 『소우기』관인寬仁 3년(1019) 7월 18일 조條에서 볼 수 있는, 이와미 수로 되어 있는 미나모토노 요리노부源賴信와 혼동한 것으로 추정. → 미나모토노 요리노부源賴信 ㉗ 12

후지와라노 요리미치藤原賴通

정력正曆 3년(992)~연구延久 6년(1074). 아버지는 미치나가道長. 어머니는 미나모토노 마사노부源雅信의 딸 린시倫子. 권중납언權中納言·권대납언權大納言을 거쳐, 관인寬仁 원년(1017) 3월에 26세의 젊은 나이로 섭정攝政에 자리에 오름. 섭정攝政·관백關白·태정대신太政大臣. 종일위從一位. 법명은 렌케카쿠蓮花覺, 이후 자쿠카쿠寂覺. 우지宇治에 은거하여 우지도노宇治殿라고도 불림. 고이치조後一條·고스자쿠後朱雀·고레이제이後冷泉 3대 천황天皇에 걸쳐 섭정·관백關白을 51년간 담당함. 고스자쿠·고레이제이 천황에

게 입궁시킨 딸 겐시嫄子와 간시寬子에게 황자皇子가 태어나지 않아, 외척外戚 관계가 없는 고산조後三條 천황天皇이 즉위. 이에 따라 치력治曆 3년(1067) 동생인 노리미치敎通에게 관백의 자리를 물려주고, 우지宇治로 은퇴隱退. 연구 4년 정월에 출가하여, 연구 6년 2월 2일, 83세의 나이로 사망. 우지의 평등원平等院 봉황당鳳凰堂을 건립. 우지의 평등원平等院은 입말법入末法인 영승永承 7년(1052)에 요리미치가 소유하고 있던 별업別業을 사찰로 개조한 것. ㉗ 22·29-(1)

후지와라노 요시사다藤原良貞

출생, 사망 시기는 자세히 전해지지 않음. 다카이에隆家의 3남. 종사위하從四位下(『존비분맥尊卑分脈』). 『춘기春記』 장구長久 원년(1040) 11월 14일 조條에 빈고 수비守守, 『우지관백 고야산 참예기宇治關白高野山參詣記』 영승永承 3년(1048) 10월 11일 조에 전전 빈고 수라고 되어 있음. ㉗ 28

불교용어 해설

1. 본문 중에 나오는 불교 관련 용어를 모아 해석하였다.
2. 불교용어로 본 것은 불전佛典 혹은 불전에 나오는 불교와 관계된 용어, 불교 행사와 관계된 용어이지만 실재 인명, 지명, 사찰명은 제외하였다.
3. 배열은 가나다 순으로 하였다.
4. 각 항의 말미에 해당 단어가 등장하는 각 편을 숫자로 표시하였다. 예를 들면 '㉗ 1'은 '권27 제1화'를 가리킨다.

㉮

가지加持

범어梵語 adhisthana (서식棲息 장소)의 한역漢譯. 기도와 같은 의미. 부처의 가호加護를 바라며 주문을 외우고 인印을 맺는 것 등을 하며 기원하는 밀교密敎의 수법修法.㉗ 29(2)

관음觀音

범어梵語 Avalokitesvara의 한역 '관세음보살觀世音菩薩'의 줄임말. 관세음·관자재觀自在(현장玄奘 신역新譯)라고도 함. 대자비심大慈悲心을 갖고 중생을 구제하는 보살이라 하며, 구세보살·대비관음大悲觀音이라고도 함. 지혜를 뜻하는 오른쪽의 세지勢至와 함께 아미타여래阿彌陀如來의 왼쪽의 협사脇士로 여겨짐. 또 현세이익의 부처로서 십일면十一面·천수千手·마두馬頭·여의륜如意輪 등 많은 형상을 갖고 있기에 본래의 관음을 이들과 구별하여 성聖(정正)관음觀音이라 부름. 그 정토는 『화엄경華嚴経』에 의하면 남해南海의 보타락 산補陀落山이라 함.㉕ 3 ㉗ 13

㉯

솔도파率塔婆

범어梵語 stupa(유골遺骨을 매장埋葬한 묘묘墓墓)의 음사音寫. '率塔婆', '卒都婆', '率都婆'라고도 함. 본래는 불사리佛舍利를 매장, 봉안奉安한 탑. 일본에서는 사자공양死者供養을 위해 세운 석제石製 오륜탑五輪塔이나, 상부上部를 오륜탑의 형태로 새겨 넣은 가늘고 긴 목제 판비板碑. ㉗ 36

숙보宿報

전세前世로부터의 인연因緣에 의해 생겨난 현세現世에서의 과보果報. 전세부터 정해진 숙명宿命. ㉕ 1·3·4

숙세宿世

범어梵語 purva의 번역. 전세前世, 과거세過去世. 또 전세로부터의 인연因緣, 운명이라는 숙업宿業·숙명宿命의 의미를 줄여서 칭하는 경우에 사용됨. ㉕ 1

숙업宿業

과거세過去世에서 이루어진 행위의 선악善惡이
현세現世에 미치는 잠재적인 힘을 말함. ㉟ 21

㉑

아미타불阿彌陀佛

범어梵語 Amitayus(무량수無量壽), Amitabha(무
량광無量光)의 줄임말인 amita의 음사音寫. 아미
타불阿彌陀佛, 아미타여래阿彌陀如來라고도 함.

서방극락정토西方極樂淨土의 교주. 정토교의 본
존불本尊佛. 법장法藏 보살이 중생구제를 위해 48
개의 원願을 세워 본원本願을 성취하고 부처가
된 것임. 이 부처에게 빌고 이름을 외면 극락왕
생할 수 있다고 여겨짐. 일본에서는 헤이안平安
중기부터 미륵彌勒이 있는 도솔천兜率天보다 아
미타阿彌陀가 있는 극락정토를 염원하는 사상이
널리 퍼지게 되어 말법末法 사상과 함께 정토교
가 널리 퍼지는 풍조가 나타남. ㉟ 14

지명·사찰명 해설

1. 본문 중에 나오는 지명·사찰명 중 여러 번 나오는 것, 특히 긴 해설을 필요로 하는 것을 일괄적으로 해설하였다. 바로 해설하는 것이 좋은 것은 본문의 각주脚注에 설명했다.
2. 배열은 한글 표기 원칙에 의한 가나다 순으로 하였다.
3. 각 항의 말미에 그 지명·사찰명이 나온 이야기를 숫자로 표시하였다. 예를 들면 '⑰ 1'은 '권27 제1화'를 가리킨다.

㉑

경극전京極殿

토어문전土御門殿이라고도 함. 후지와라 씨藤原氏의 전성시대에 지어진 후지와라노 미치나가藤原道長의 저택. 『습개초拾芥抄』에 "土御門南京極西"라고 되어 있고, 현재의 교토京都 어원御苑 내, 대궁어소大宮御所의 북부에 해당하는 장소였음. 미치나가의 딸, 쇼시彰子는 이곳에서 고이치조後一條·고스자쿠後朱雀의 두 천황을 출산함. 후에 쇼시가 물려받아, 조토몬인上東門院이라고 불림. ⑰ 29-(1)

고류지廣隆寺

교토 시京都市 우쿄 구右京區 우즈마사하치오카정太秦蜂岡町에 소재. 진언종 오무로파御室派 대본산. 하치오카 산蜂岡山이라 불리었으며, 하치오카데라蜂岡寺·우즈마사데라太秦寺·하타데라秦寺·하타노키미데라秦公寺·가도노데라葛野寺라고도 함. 쇼토쿠聖德 태자가 건립한 칠대사七大寺 중 하나. 도래계渡來系 씨족인 하타 씨秦氏 가문의 절氏寺로, 교토에서 가장 오래된 사원. 『서기書紀』에 의하면 스이코推古 11년(603) 11월

에 쇼토쿠 태자의 명을 받들어 불상을 안치하기 위해 하다노 가와카쓰秦川勝가 창건. 『고류지 연기廣隆寺緣起』에는 스이코推古 30년 건립이라 되어 있음. 헤이안 경平安京 천도 이전에는 현재 위치보다 북동쪽에 있었음. 보관미륵보살반가사유상寶冠彌勒菩薩半跏思惟像(국보), '우는 미륵'으로 불리는 보계미륵반지상寶髻彌勒半跏像(국보)이 있음.⑰ 40

고야 강高陽川

가미야 강紙屋川. 가야 강賀俉川(권12 제35화)이라고도 표기. 교토 시京都市 기타 구北區 다카가미네鷹峯에서 시작하여, 시의 북서부를 남하하여 덴진 강天神川이 되어 가쓰라 강桂川으로 흘러들어감. 고대로부터 도서료圖書寮의 별소別所인 지옥원紙屋院이 있고, 종이를 떠서, 숙지宿紙(거무스름한 재생지)를 만든 것으로부터 온 이름. ⑰ 41

귀전鬼殿

『이중력二中歷』 명가력名家歷에 "三條南西洞院東, 西洞院西·有佐家", 『습개초拾芥抄』에 "三條南、西

洞院東、有佐宅、悪所云々。或朝成跡賎"라고 되어 있고, 헤이안平安 중기의 귀족, 후지와라노 아리스케藤原有佐의 저택이라고 추정. 다만,『습개초』에는 후지와라노 아사히라藤原朝成의 저택이라고도 추정하고 있으나 미상. 또한,『대경大鏡』고레마사전伊尹傳에 "三條よりは北、西洞院よりは西", 『십훈초十訓抄』권9 제3화에 "三條東院とぞ"라고 되어 있는데, 그 위치는 정확히 알 수 없음. ㉗ 1

기타야마시나北山科

『화명초和名抄』의 야마시로 지방山城國 우지 군宇治郡의 향명郷名에 '山科也末之奈'라고 보임. 현재의 교토 시京都市 야마시나 구山科區의 북쪽 지역. 교토 시의 동부로, 히가시 산東山 산지의 동측에 해당함. ㉗ 7·15

㉯

닌나지仁和寺

교토 시京都市 우쿄 구右京區 오무로오우치御室大内에 소재. 진언종 어실파御室派의 총본산. 본존本尊은 고코光孝 천황天皇 등신等身의 여래如來라고 전해지는 아미타삼존阿彌陀三尊. 인화仁和 2년(886) 고코 천황의 어원사御願寺로 공사를 시작하였고, 그 뜻을 이어받은 우다宇多 천황이 인화 4년에 완성시키고, 낙경落慶 공양供養을 행함. 후에 법황이 되어 어좌소御座所를 설치하고 이곳에서 지냈기 때문에, 어실어소御室御所라고도 함. 절의 이름은 창건한 연호에서 따온 것이지만, "니시야마西山의 어원사"(『일본기략日本紀略』), "니와지にわじ"(『마쿠라노소시枕草子』) 등이라고도 불림. 대로로 법친왕法親王이 문적門跡을 계승하여, 문적사원의 필두. 많은 탑두, 자원을 가지고 있음. 현재도 헨조지遍照寺·렌가지蓮花寺·법금강원院法金剛院 등이 남아 있음. 닌나지문적仁和寺門跡이라고도 함. ㉗ 41

㉰

도리베노鳥部野

'鳥邊野'라고도 표기. 고대로부터 도리베 산鳥邊山(현재의 교토 시京都市 히가시야마 구東山區 이마구마노 아미다가미네 정今熊野阿彌陀ヶ峯町)의 기슭, 북·서·남쪽으로 부채꼴 모양의 경사진 들판을 가리킴. 헤이안 경平安京이 정해진 이래로, 장례·화장터로 알려짐. 현재는, 기요미즈데라淸水寺 서남, 오타니 본묘大谷本廟(니시오타니西大谷) 동쪽 묘지를 이르는 것이 통례. ㉗ 41

도원桃園

헤이안 경平安京 대내리大內裏의 북동쪽에 접한 도원桃園이 있던 저택을 말함. 우대신右大臣 후지와라노 쓰구타다藤原繼繩가 만년에 이곳의 저택에서 살았기 때문에, 모모조노桃園 우대신이라고 불림. 또한, 모모조노桃園 친왕親王이라고 불린 사다즈미貞純 친왕, 모모조노桃園 병부경兵部卿이라고 불린 아쓰카타敦固 친왕의 저택이기도 함. 그중에서도, 미나모토노 야스미쓰源保光의 모모조노 저택을 후지와라노 고레마사藤原伊尹로부터 물려받은 후지와라노 유키나리藤原行成가, 이곳에 세손지世尊寺를 건립한 것으로 유명. 또한, 우대신 후지와라노 모로스케藤原師輔도 저택을 소유하고, 그곳에 딸(아이노미야愛宮)과 사위인 미나모토노 다카아키라源高明를 살도록 한 적도 있음. 다만, 후의 세손지와는 구별됨. ㉗ 3

동삼조전東三條殿

동삼조원東三條院이라고도 함. 후지와라노 가네이에藤原兼家의 저택.『이중력二中歷』명가력名家歷에 "二條町(イ南町西南北二丁坎)良房公家 又兼家公家 或現重明親王家 又白河 又染殿"라고 보임. 가네이에 이후, 그 딸인 엔유圓融 천황天皇의 황후였던 센시詮子가 살았고, 히가시산조인東三條

院이라고 불렸음. 후지와라 가문의 장자가 물려
받았고, 장화長和 2년1013)·장원長元 4년(1013)
5(4)월에 화재로 소실되었으나, 그때마다 재건
됨. ㉗ 6·22

㉕

미나미야마시나南山科
『화명초和名抄』의 야마시로 지방山城國 우지 군
宇治郡의 향명鄕名에「山科也末之奈」로 되어 있음.
현재의 교토 시京都市 야마시나 구山科區의 남부
지역. ㉗ 15

미이데라三井寺
정확하게는 온조지園城寺. 미이데라라는 이름은
통칭. 시가 현滋賀縣 오쓰 시大津市 온조지 정園城
寺町에 소재. 천태종 사문파寺門派 총본산. 본존
本尊은 미륵보살彌勒菩薩. 오토모大友 황자의 아
들, 오토모 요타노 오키미大友與多王의 집을 절로
만들어 창건했다고 전해짐. 오토모 씨大友氏 가
문의 절氏寺이었으나 엔친圓珍이 부흥시켜 엔랴
쿠지延曆寺의 별원別院으로 하고 초대 별당別當
이 되었음. 사이초最澄가 죽은 후, 엔친圓珍이 제
5대 천태좌주天台座主가 되지만, 엔닌圓仁의 문
도파門徒派(산문파山門派)와 엔친의 문도파(사문
파寺門派)의 대립이 생겨 정력正曆 4년(993) 엔친
의 문도는 엔랴쿠지를 떠나 온조지를 거점으로
하여 독립함. 황실이나 권세 있는 가문의 비호를
받아 대사원이 됨. ㉖ 17

미하시三橋
현재의 나라 현奈良縣 야마토코리야마 시大和郡
山市 시모미쓰하시 정下三橋町·가미미쓰하시 정
上三橋町에 해당. 사호 강佐保川 동쪽 연안 지역.
㉗ 37

㉛

세손지世尊寺
후지와라노 유키나리藤原行成가 헤이안 경平安京
일조一條 대로大路 북쪽의 사저私邸를 불사佛寺
로 창건한 사원. 장덕長德 원년(995) 권승정權僧
正 간슈觀修의 권유로 유키나리는 사저를 사원으
로 바꿀 것을 결의, 대일여래상大日如來僧과 보현
普賢·십일면관음十一面觀音의 두 보살을 만들고
장보長保 원년(999)에 절로 완성. 장보長保 3년
(1001) 정액사定額寺가 되었지만, 양화養和 원년
(1181)의 화재 이후, 사운寺運이 쇠퇴함. ㉗ 3

스즈카 산鈴鹿山
현재의 시가 현滋賀縣 남동부와 미에 현三重縣 북
부의 현 경계에 이어져 있는 산지로, 동해도東海
道의 난소難所 중의 하나. 산적이 횡행했음. 이가
伊賀·이세伊勢·오미近江의 국경國境에 해당하
고, 스즈카鈴鹿 고개에는 고대의 세 관문 중 하나
로, 스즈카鈴鹿 관문이 세워졌음. 동해도 교통의
요충지. ㉗ 44

시오가마塩釜
미야기현宮城縣 시오가마시塩竈市 가마우라竈浦·
마쓰시마 만松島湾 일대를 부르는 호칭. 무쓰 지
방陸奧國에서 예로부터 와카和歌의 소재가 된 명
승지. 미나모토노 도루源融가 하원원河原院 저택
내에, 그 경치를 모방한 정원을 조성하고, 소금
굽는 연기의 풍경을 즐긴 일화가 남아 있는 등,
고대로부터 유명함. ㉗ 2

㉒

아기安義 다리
통상은 '安吉ノ橋'라고 표기. 오미 지방近江國 가
모 군蒲生郡 아기 향安吉鄕에 있던 다리. 현재의
시가 현滋賀縣 오미하치만 시近江八幡市 구라하

시베 정창교部町의 남단을 서쪽으로 흐르는 히노강日野川에 세워져, 가모 군蒲生郡 류오 정龍王町을 연결하고 있음. 『양진비초粱塵秘抄』325에도 "오미와 관련된 훌륭한 우타마쿠라近江にをかしき歌枕"로 '아기安吉 다리'가 거론되고 있으며, 오미의 명소로 잘 알려져 있음. ㉗ 13

아와타 산粟田山

히가시 산東山 연봉連峰 중의 하나. 교토에서 동해도東海道·동산도東山道에의 출입구인 아와타구치粟田口(교토 시京都市 히가시야마 구東山區 아와타구치粟田口) 부근의 산을 총칭. 부근에는 귀족들의 별장이 많았음. ㉗ 15

야마자키山崎

교토 부京都府 오토쿠니 군乙訓郡 오야마자키 정大山崎町. 가쓰라 강桂川과 요도 강淀川의 합류지점 부근으로 경치가 훌륭한 지역. 교토의 출입구에 위치하여 군사·교통상의 요충지이기도 함. 교키行基에 의해 야마자키山崎 다리가 세워짐(『교키 연보行基年譜』『부상약기扶桑略記』신귀神龜 2년〈725〉조). ㉗ 42

양성원陽成院

요제이陽成 상황上皇의 어소御所. 처음에는 이조원二條院이라고 불렸고, 대취어문대로大炊御門大路 남쪽, 냉천소로冷泉小路 북쪽, 서동원대로西洞院大路 서쪽, 유소로油小路 동쪽(좌경左京 이조이방二條二坊 14정町)에 있었음. 그 후에, 이조대로二條大路 북쪽, 냉천소로冷泉小路 남쪽(이방二坊 30정町)의 땅이 헌상되어, 남북 2정町의 대저택이 되고, 14정은 양성원의 기타 정北町, 30정은 미나미 정南町이라고 불림. 요제이인陽成院의 붕어崩御 후에, 기타 정은 민간 소유의 땅이 되고, 미나미 정은 황폐한 저택이 되어 버림. 『습개초拾芥抄』에는 "大炊御門南、西洞院西、件院御誕生"라되어 있고, 같은 책의 '동경도東京圖'에 의하면, 냉천소로冷泉小路 북쪽 1정町의 대지. 구조가본九條家本『연희식부도延喜式付圖』(도쿄 국립박물관장)에는, 해당 지역 남북 2정町이 표시되어 있어, 권27 제5화에 기록되어 있는 것과 일치. 『하해초河海抄』도 "二條以北、大炊御門以南、油小路以東、西洞院以西"라고 되어 있어 일치함. 또한, 권27 제5화의 제목에 보이는 냉천원冷泉院은 양성원보다 서쪽으로, 이조二條 북쪽, 굴천堀川 서쪽, 대취어문大炊御門 남쪽의 4정町. ㉗ 5

엔노 마쓰바라宴ノ松原

의추문宜秋門 밖 광장. 소부료掃部寮의 남쪽, 진언원眞言院의 북쪽, 내선사內膳司의 서쪽에 소재. 이곳을 지나서 서쪽으로 향하면 무덕전武德殿이 있음. 본 이야기집 권14 제5화, 권27 제38화 등, 여우 요괴가 출몰하는 장소로 유명. ㉗ 8·38

요도淀

교토 시京都市 후시미 구伏見區. 오구라巨椋 연못의 서쪽 끝에 있으며, 요도 강淀川의 기점. 우지 강宇治川·가쓰라 강桂川·기즈 강木津川·가모 강鴨川이 합류하는 지점으로 요도 강 교통의 요충지. 교토의 외항外港으로 번영하였음. ㉖ 16

육각당六角堂

조호지頂法寺. 본당本堂의 구조가 육각으로 되어 있는 것에서 붙여진 속칭. 교토 시京都市 나카교 구中京區 도노마에 정堂之前町에 소재. 천태종天台宗 시운 산紫雲山이라고 칭함. 『육각당연기六角堂緣起』에 의하면 창건은 쇼토쿠聖德 태자太子가 시텐노지四天王寺 건립을 위한 재료를 구하여 이곳으로 왔을 때, 당사當寺를 건립했다고 알려짐. 홍인弘仁 13년(822), 사가嵯峨 천황天皇의 칙원소

勅願所가 되고, 후에 서국삼십삼소西國三十三所 관음영장觀音靈場 중 8번째가 됨. 본존本尊은 여의륜관음如意輪觀音으로, 낙양칠관음洛陽七觀音의 하나. ㉗ 28

이나미 들판印南野

하리마 지방播磨國 이나미 군印南郡의 평원을 가리킴. 현재의 효고 현兵庫県 가고가와 정加古川町에서 히가시아카시 시東明石市에 걸쳐 있는 평야. 헤이안平安 시대는 황실의 소유로 일반인의 출입이 금지. 『만엽집萬葉集』『습유집拾遺集』 등에 그 이름을 넣어서 지은 노래가 있음. 『마쿠라노소시枕草子』에는 "들판은 사가노가 제일이다. 이나미 들판, 가타노 들판"이라고 열거되어 있음. ㉗ 36

이와시미즈하치만 궁石清水八幡宮

교토 부京都府 하치만 시八幡市 하치만다카보八幡高坊에 소재. 오토코 산男山에 자리잡고 있기에 오토코야마하치만 궁男山八幡宮이라고도 함. 구 관폐대사官幣大社. 다이안지大安寺의 승려 교쿄行教가 정관貞觀 원년(859) 규슈九州의 우사하치만 궁宇佐八幡宮의 탁선託宣을 받아 권청勸請하여 이듬해에 창건. 조정의 존숭尊崇이 두터워 국가진호·왕성수호의 신으로서 신앙됨. 그 창건과 방생회放生会에 대해서는 12권 제10화에 자세히 나옴. ㉗ 42

㉫

지토쿠지慈德寺

교토 시京都市 야마시나 구山科區, 가잔 산花山山 동남東南 기슭, 간케이지元慶寺 부근에 있던 절. 장보長保 원년(999) 히가시산조인東三條院 센시詮子에 의해서 낙경落慶 공양供養이 행해짐. 장화長和 2년(1013)에는 간케이지와 함께 사지寺地가 정해지고, 자주 법화팔강法華八講이 행해졌음. ㉖ 18

㉭

하원원河原院

헤이안平安 좌경左京 육조사방六條四坊에 있던 미나모토노 도루源融의 저택으로 동육조원東六條院라고도 함. 『십개초拾芥抄』 중中 '제명소부諸名所部'에는 그 위치가 기록되어 있는데, 본래는 북쪽으로 육조방문六條坊門, 남쪽으로 육조대로六條大路, 동쪽으로 만리소로萬里小路, 서쪽으로 동경극대로東京極大路로 둘러싸여 있는 4정町으로 추정됨. 정원 연못 등은 무쓰 지방陸奧國 시오가마塩竈의 경치를 모방하는 등, 풍류가 있게 지은 대저택임. 도루가 죽은 후, 연희延喜 17년(917) 아들인 미나모토노 노보루源昇가 우다宇多 상황上皇에게 진상함. 상황이 죽은 후 사원이 되었고, 미나모토노 노보루源昇의 아들 안보安法가 살며, 장륙석가여래상丈六釋迦如來像이 안치되었으나, 가모 강鴨川의 수해水害를 피하기 위해 장보長保 2년(1000)에 기다린지祇陀林寺로 옮겨짐. ㉗ 2·17

하코자키筥崎

후쿠오카 시福岡市 히가시 구東區 하코자키箱崎. 오진應神 천황天皇·진구神功 황후皇后·다마요리히메노미코토玉依姬命를 제신祭神으로 하는 하코자키 궁筥崎宮이 있는 것으로 잘 알려져 있음. 예로부터 우타마쿠라歌枕(와카和歌의 소재가 된 명승지)로 유명. ㉖ 16

히에이 산比叡山

1) 히에이 산比叡山. 교토 시京都市와 시가 현滋賀縣 오쓰 시大津市에 걸친 산. 오히에이大比叡와 시메이가타케四明ヶ岳 등으로 되어 있음. 엔랴쿠

지延曆寺가 있는 곳으로 유명하지만, 엔랴쿠지가 생기기 이전부터 신앙의 대상으로 여겨짐. 덴다이 산天台山이라고도 함.

2) 엔랴쿠지延曆寺를 말함. 오쓰 시大津市 사카모토 정坂本町에 소재. 천태종天台宗 총본산. 에이 산叡山이라고도 함. 연력延曆 7년(788) 히에이 산 기슭에서 태어난 사이초最澄가 창건한 일승지관 원一乘止觀院을 기원으로 함. 사이초의 사망 이후, 홍인弘仁 13년(822) 대승계단大乘戒壇의 칙허勅許가 내리고, 이듬해 홍인弘仁 14년(823) 엔랴 쿠지라는 이름을 받음. 동탑東塔, 서탑西塔, 요카 와横川의 삼탑三塔을 중심으로 16곡谷이 정비되어 있음. 온조지園城寺(미이데라三井寺)를 '사문 寺門', '사寺'로 칭하는 것에 비해, 엔랴쿠지를 '산 문', '산'이라고 칭함. ㉗ 33

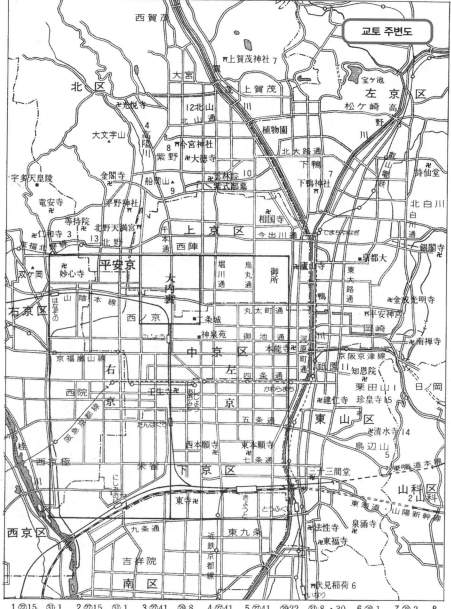

교토 주변도

西賀茂
上賀茂神社 7
宝ケ池
左京区
大宮
上賀茂
北区
松ケ崎 高
高野川
光悦寺
12北山
北山通
植物園
大文字山
4 高陽川
今宮神社
大徳寺
北大路通
詩仙堂
8 紫野
宇多天皇陵
金閣寺
船岡山
葉林院 10
下鴨
北白川
7
竜安寺
平野神社
9
葉式部墓
下鴨神社
白川
仁和寺
等持院
相国寺
銀閣寺
栗福北
北野天満宮
13 北野
上京区
今出川通
てまりなぎ
双ケ岡
妙心寺
平安京
大内裏
堀川通
烏丸通
御所
盧山寺
京都大
右京区
山陰本線
西ノ京
二条城
鴨
東大路通
金戒光明寺
はなits山
丸太町通
平安神宮
千本通
西陣
しょう
神泉苑
御池通
岡崎
京福嵐山線
右京
本能寺
河原町通
南禅寺
西院
左京
四条通
祇園 11
京阪京津線
知恩院
千生
かわらまち
建仁寺
珍皇寺 15
栗田山 1
日ケ岡
んばくち
五条通
清水寺 14
東山区
西本願寺
東本願寺
鳥辺山
5
下京区
七条通
東海道本線
二十三間堂
山科区
東寺
きょうと
とうふく
東海道・山陽新幹線
2 山科
九条通
東九条
法性寺
泉涌寺
西京区
桂
近鉄京都線
吉祥院
東福寺
伏見稲荷 6
南区
いなり

1 ㉗15、㉛1　2 ㉗15、㉛1　3 ㉗41、㉘8　4 ㉗41　5 ㉗41、㉙22、㉛8・30　6 ㉘1　7 ㉘2　8 ㉘2　9 ㉘3、㉙3　10 ㉘3、㉛23　11 ㉘11、㉛24　12 ㉘28、㉛15・20　13 ㉘35、㉛31　14 ㉙22・28　15 ㉛19

● 그림 중의 굵은 숫자는 권27~권31 이야기 속에 나오는 지점을 가리킨다.
● 지점 번호 및 그 지점이 나오는 권수 설화번호를 지점번호순으로 정리했다.
　1㉗1은 그림의 1 지점이 권27 제1화에 나온다는 의미이다.
　(다음의 헤이안경도의 경우도 동일하다)

0　　　　　2km

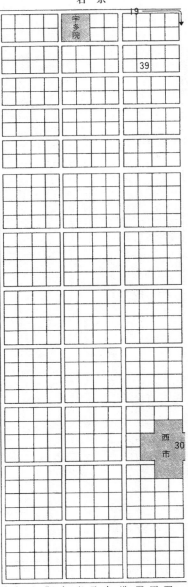

右　京

1 ㉗1　　　　　21 ㉘6
2 ㉗2・17　　　22 ㉘9
3 ㉘3、㉘8　　 23 ㉘13
4 ㉗4　　　　　24 ㉘13・37
5 ㉗5　　　　　25 ---→㉘16
6 ㉗6・22　　　26 ㉘17
7 ㉗12　　　　 27 ㉘3・21
8 ㉗12　　　　 28 ㉘22、㉙39
9 ㉗19　　　　 29 ---→㉘32
10 ㉗27　　　　30 ㉙1
11 ㉗28　　　　31 ㉙7
12 ㉗28　　　　32 ㉙8
13 ㉗29(1)　　 33 ㉙8
14 ㉗29(2)　　 34 ㉙14
15 ㉗31　　　　35 ㉙18
16 ㉗31　　　　36 ㉙37
17 ㉗33　　　　37 ㉚1
18 ㉗38、㉘3、㉛26　38 ㉚2
19 →㉗41　　　 39 ㉛5
20 ㉘3　　　　 40 ㉛6

● →은 이야기 속에서 등장인물이
이동한 경로를 가리킨다.

宇多院

39

西市 30

西京極大路　無差小路　山小路　菖蒲小路　木辻大路　恵止利小路　馬代小路　宇多小路　道祖大路　野寺小路　西堀川小路　西靭負小路

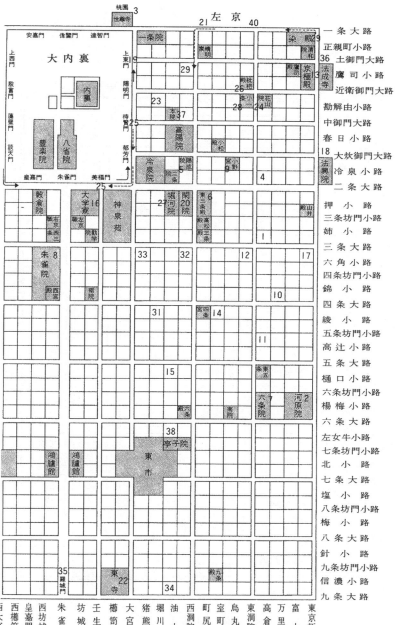

左 京

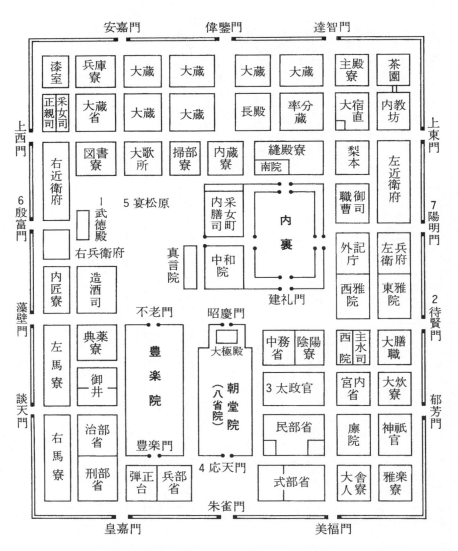

安嘉門　　　偉鑒門　　　達智門

| 漆室 | 兵庫寮 | 大蔵 | 大蔵 | | 大蔵 | 大蔵 | 主殿寮 | 茶園 |
| 正親司 采女司 | 大蔵省 | 大蔵 | 大蔵 | | 長殿 | 率分蔵 | 大宿直 | 内教坊 |

上西門

| 右近衛府 | 図書寮 | 大歌所 | 掃部寮 | 内蔵寮 | 縫殿寮 南院 | 梨本 | 左近衛府 |

上東門

5 宴松原

武徳殿

右兵衛府

| 采女町 | 内膳司 | | 内裏 | 職御曹司 |
| 中和院 | | | 外記庁 西雅院 | 左兵衛府 東雅院 |

6 殷富門

7 陽明門

真言院

建礼門

内匠寮

造酒司

藻壁門

2 待賢門

不老門　　昭慶門

| 典薬寮 | 豊楽院 | 大極殿 | 中務省 | 陰陽寮 | 西院 主水司 | 大膳職 |
| 御井 | | 朝堂院 （八省院） | 3 太政官 | | 宮内省 | 大炊寮 |

左馬寮

談天門

郁芳門

| 治部省 | 豊楽門 | | 民部省 | 廩院 | 神祇官 |

右馬寮

4 応天門

| 弾正台 | 兵部省 | 式部省 | 大舎人寮 | 雅楽寮 |

刑部省

朱雀門

皇嘉門　　　　　美福門

1 ㉗8　2（中御門）㉗9、（東中御門）㉘16　3（官）㉗9　4㉗33　5㉗38　6（近衛御門）
㉗38　7（近衛御門）㉘41

● （ ）안은 이야기 속에서의 호칭.

헤이안경 내리도

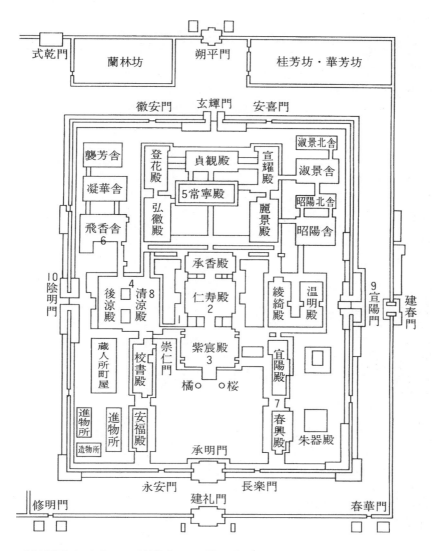

1（中橋）㉗10　2㉗10　3（南殿）㉗10　4（滝口）㉗41　5㉘4　6（藤壺）㉘14　7（陣の座）㉘25　8（夜御殿）㉘14　9（東ノ陣）㉛29　10（西ノ陣）㉛29

● ( ) 안은 이야기 속에서의 호칭.

옛 지방명

- 율령제의 기본행정단위인 '지방國'을 나열하고, 지도에 위치를 나타냈다.
- 명칭의 배열은 가나다 순을 따랐으며, 국명의 뒤에는 국명보다 상위로 설정되었던 '오기칠도五畿七道' 구분을 적었고, 추가로 현대 도都·부府·현縣과의 개략적인 대응 관계를 나타냈다.
- 지방의 구분은 9세기경 이후에 이러한 모습으로 고정되었다. 무쓰陸奥와 데와出羽는 19세기에 세분되었다.

㉮

가가加賀 (북륙도) 이시카와 현石川縣 남부.

가와치河內 (기내) 오사카 부大阪府 남동부.

가이甲斐 (동해도) 야마나시 현山梨縣.

가즈사上總 (동해도) 치바 현千葉縣 중앙부.

고즈케上野 (동산도) 군마 현群馬縣.

기이紀伊 (남해도) 와카야마 현和歌山縣 전체, 미에 현三重縣의 일부.

㉯

나가토長門 (산양도) 야마구치 현山口縣 북서부.

노토能登 (북륙도) 이시카와 현石川縣 북부.

㉰

다지마但馬 (산음도) 효고 현兵庫縣 북부.

단고丹後 (산음도) 교토 부京都府 북부.

단바丹波 (산음도) 교토 부京都府 중부, 효고 현兵庫縣 동부.

데와出羽 (동산도) 야마가타 현山形縣·아키타 현秋田縣 거의 전체. 명치明治 원년(1868)에 우젠羽前·우고羽後로 분할되었다. → 우젠羽前·우고羽後

도사土佐 (남해도) 고치 현高知縣.

도토우미遠江 (동해도) 시즈오카 현靜岡縣 서부.

㉱

리쿠젠陸前 (동산도) 미야기 현宮城縣 대부분, 이와테 현岩手縣의 일부. → 무쓰陸津

리쿠추陸中 (동산도) 이와테 현岩手縣의 대부분, 아키타 현秋田縣의 일부. → 무쓰陸津

㉲

무사시武藏 (동해도) 사이타마 현埼玉縣, 도쿄 도東京都 거의 전역, 가나가와 현神奈川縣의 동부.

무쓰陸津 (동산도) '미치노쿠みちのく'라고도 한다. 아오모리青森·이와테岩手·미야기宮城·후쿠시마福島 4개 현에 거의 상당한다. 명치明治 원년(1868) 세분 후의 무쓰는 아오모리 현 전부, 이와테 현 일부. → 이와키磐城·이와시로岩代·리쿠젠陸前·리쿠추陸中

미노美濃 (동산도) 기후 현岐阜縣 남부.

미마사카美作 (산양도) 오카야마 현岡山縣 북동부.

미치노쿠陸奥 '무쓰むつ'라고도 한다. → 무쓰陸津

미카와三河 (동해도) 아이치 현愛知縣 동부.

㉳

부젠豊前 (서해도) 오이타 현大分縣 북부, 후쿠오카 현福岡縣 동부.

분고豊後 (서해도) 오이타 현大分縣 대부분.

비젠備前 (서해도) 오카야마 현岡山縣.

빈고備後 (산양도) 히로시마 현廣島縣 동부.

빗추備中 (산양도) 오카야마 현岡山縣 서부.

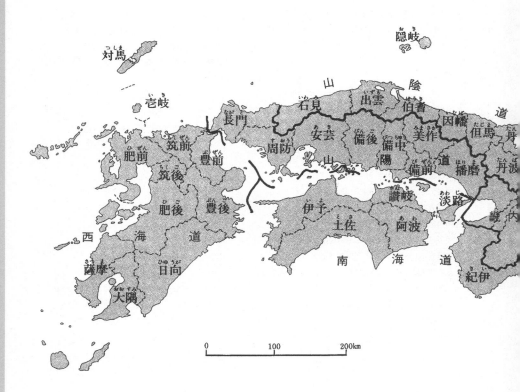

対馬（つしま）
隠岐（おき）
壱岐（いき）
山陰（さんいん）道
長門（ながと）
石見（いわみ）
出雲（いずも）
伯耆（ほうき）
因幡（いなば）
但馬（たじま）
丹波（たんば）
肥前（ひぜん）
筑前（ちくぜん）
豊前（ぶぜん）
周防（すおう）
安芸（あき）
備後（びんご）
備中（びっちゅう）
美作（みまさか）
播磨（はりま）
筑後（ちくご）
山城（やましろ）
備前（びぜん）
畿内（きない）
肥後（ひご）
豊後（ぶんご）
讃岐（さぬき）
淡路（あわじ）
伊予（いよ）
阿波（あわ）
西海（さいかい）道
薩摩（さつま）
日向（ひゅうが）
土佐（とさ）
南海（なんかい）道
紀伊（きい）
大隅（おおすみ）

0   100   200km

472

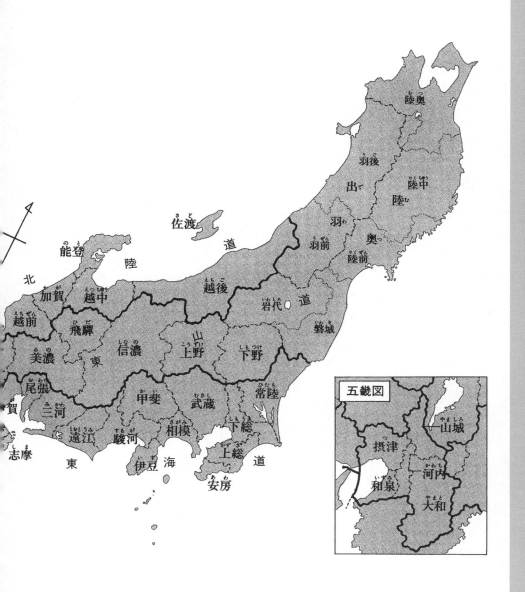

陸奥

羽後

出 羽

陸中

羽前

奥

陸前

佐渡

能登

北

陸

道

加賀

越中

越後

岩代

道

越前

飛驒

磐城

美濃

東

信濃

山 上野

下野

尾張

甲斐

武蔵

常陸

三河

志摩

遠江

駿河

相模

下総

伊豆

海

上総

道

安房

五畿図

摂津

山城

和泉

河内

大和

교주·역자 소개

마부치 가즈오馬淵 和夫

1918년 아이치현愛知県 출생. 도쿄문리과대학東京文理科大學 졸업(국어사 전
공). 前 쓰쿠바대학筑波大學 교수.

저 서:『日本韻学史の研究』,『悉曇学書選集』,『今昔物語集文節索引·漢
子索引』(감수) 외.

구니사키 후미마로国東 文麿

1916년 도쿄 출생. 와세다대학早稲田大學 졸업(일본문학 전공). 前 와세다대
학 교수.

저 서:『今昔物語集成立考』,『校注·今昔物語集』,『今昔物語集 1~9』(전권
역주) 외.

이나가키 다이이치稲垣 泰一

1945년 도쿄 출생. 도쿄교육대학東京教育大學 졸업(중고·중세문학 전공). 前
쓰쿠바대학筑波大學 교수.

저 서:『今昔物語集文節索引卷十六』,『考訂今昔物語』,『寺社略縁起類
聚 I』외.

한역자 소개

이시준 李市埈

한국외국어대학교 일본어과 및 동 대학원 석사졸업. 도쿄대학 대학원 총합문화연구과 박사(일본설화문학), 현 숭실대학교 일어일문학과 교수. 숭실대학교 동아시아언어문화연구소 소장.

저 서: 『今昔物語集 本朝部の硏究』(일본).
공편저: 『古代中世の資料と文學』(義江彰夫 編, 일본), 『漢文文化圈の說話世界』(小峯和明 編, 일본), 『東アジアの今昔物語集』(小峯和明 編), 『說話から世界をどう解き明かすのか』(說話文學會 編, 일본), 『식민지 시기 일본어 조선설화집 기초적 연구 1, 2』.
번 역: 『일본불교사』, 『일본 설화문학의 세계』, 『암흑의 조선』, 『조선이야기집과 속담』, 『전설의 조선』, 『조선동화집』.
편 저: 『암흑의 조선』 등 식민지 시기 일본어 조선설화집자료 총서.

김태광 金泰光

교토대학 일본어·일본문화연수생(일본문부성 국비유학생), 고베대학 대학원 문학연구과 석사졸업, 동 대학원 문화학연구과 박사(일본설화문학, 한일비교문화), 현 경동대학교 교수.

논 문: 「귀토설화의 한일비교 연구 ―『三國史記』와 『今昔物語集』을 中心으로―」, 「『今昔物語集』의 耶輸陀羅」, 「『今昔物語集』 석가출세성도담의 비교연구」, 「금석이야기집(今昔物語集)의 본생담 연구」 등 다수.
저역서: 『한일본생담설화집 "석가여래십지수행기"와 "삼보회"의 비교 연구』, 『세계 속의 일본문학』(공저), 『삼보에』(번역) 등 다수.

今昔物語集 日本部 七